Susan Sloan

Denn alle Sicherheit ist trügerisch

Susan Sloan

Denn alle Sicherheit ist trügerisch

Roman

Aus dem Amerikanischen
von Angela Stein

KNAUR

Titel der Originalausgabe: *An Isolated Incident*
Originalverlag: Warner Books, Inc., New York

CIP-Titelaufnahme der Deutschen Bibliothek

Susan Sloan:
Denn alle Sicherheit ist trügerisch : Roman / Susan Sloan
Aus dem Amerik. übers. von Angela Stein
München : Knaur, 1998
Einheitssacht.: An Isolated Incident <dt.>
ISBN 3-426-66022-9

Knaur Verlag, München

Umschlaggestaltung: Agentur Zero, München
Umschlagfoto:ZEFA, Düsseldorf
Satz: MPM, Wasserburg
Druck und Bindung: Franz Spiegel Buch GmbH, Ulm
Printed in Germany
ISBN 3-426-66022-9

2 4 5 3 1

Für Jack Fields,
einen großartigen Lehrer,
der mich vor allem gelehrt hat,
über die Dinge, die ich weiß,
zu schreiben

Zu großem Dank verpflichtet bin ich Howard Schage, Sally Sondheim, Susan Klein, Joyce Valentine, Betta Ferrendelli und Linda Stenn – meinen Freunden, die mich fördern und unterstützen. Denn nur von Freunden möchte man die Wahrheit erfahren. Ferner danke ich Fredy-Jo Grafman, Mona Kunen und Kasey Todd Ingram für ihre präzise Recherche und ihre Bereitschaft, am Entstehen des Buches teilzunehmen.

Herzlichen Dank auch an Chief of Police John Sutton und die Detectives Loretta Faust und Steve Cain vom Bainbridge Island Police Department für ihre Geduld, ihre Klugheit und ihre Fröhlichkeit. Ich hoffe, daß ich alles richtig wiedergegeben habe.

Becky Fox Marshall, Herausgeberin des *Central Kitsap Reporter*, bin ich sehr dankbar, weil sie mich an ihren Erfahrungen und Erkenntnissen teilhaben ließ.

Schließlich möchte ich mich bedanken bei den DNA-Spezialisten des Washington State Crime Laboratory und den netten Menschen im Kitsap County Prosecutor's Office, die sich die Zeit genommen haben, alle meine Fragen zu beantworten, auch wenn sie noch so dumm waren.

Ohne Euer aller Unterstützung wäre dieses Buch nie entstanden.

TEIL EINS

Die Tat

Denn Mord,
hat er schon keine Zunge,
spricht

William Shakespeare

1

Der Tod kam ohne Vorwarnung. Sie sah das Messer in seiner Hand im Mondlicht, doch sie glaubte, er wolle ihr nur drohen. Dann zerfetzte es ihren Rock. Das dachte sie in jenem kurzen Moment, in dem sie noch denken konnte – daß ihr Rock zerrissen war. Sie begriff nicht, daß er ihr das Messer in den Leib gestoßen hatte.

Verblüfft blickte sie an sich herunter. Sie betastete die Stelle, an der das Messer sie berührt hatte, und spürte etwas Feuchtes und Klebriges. Ungläubig schaute sie auf.

Doch sie verstand noch immer nicht, was er im Sinn hatte, bis er wieder auf sie einstach und sie den starren, gnadenlosen Blick in seinen Augen sah. Nun begriff sie, und es erfüllte sie nacktes Grauen.

Ihr erster Impuls war natürlich, wegzulaufen. Doch das mußte er geahnt haben, denn er packte sie an den Haaren und hielt sie von sich weg. Dann spürte sie, wie das Messer zum dritten Mal zustieß, eine neue Wunde riß, und dann zum vierten, fünften und sechsten Mal. Danach konnte sie nicht mehr zählen.

Ihre Knie gaben nach, und ihr wurde schwindlig. Er hielt sie aufrecht und stach weiter auf sie ein. Ihr Kopf dröhnte, doch sie verstand deutlich seine Worte.

»Tut mir leid«, sagte er, und seine Stimme war so ausdruckslos wie seine Augen, »aber ich kann es nicht zulassen. Ich kann es nicht zulassen, daß du mein Leben zerstörst.«

Sie dachte an ihr eigenes kurzes Leben, an all die Dinge, die sie geplant hatte. Die Orte, an die sie reisen, die Menschen, denen sie begegnen wollte. Weit weg von hier, in einem sonnigen, barmherzigen Land. Sie hatte ein guter Mensch sein und Gutes tun wollen. Es war so ungerecht.

Die warme Flüssigkeit rann nun aus zu vielen Öffnungen. Sie wußte, daß sie verloren war. Alles Blut würde aus ihr herausströmen, und dann würde sie sterben. Doch sie wehrte sich nicht. Sie schien ihr Schicksal als Gottes Willen hinzunehmen.

Schon als kleines Mädchen hatte sie hingebungsvoll den Worten von Pater Paul gelauscht, wenn er in der Kirche von dem schöneren Leben im Jenseits sprach, das den Gläubigen verheißen war, von der Erlösung der Seele, von den Segnungen des Himmels. Er hatte immer so mitreißend gepredigt, und sie hatte ihm glauben wollen. Doch in ihren letzten Momenten fragte sie sich, wie der Tod denn wirklich sein würde.

Als sie einen weißglühenden Schmerz in der Brust spürte, wußte sie, daß ihr Herz aufgab. Sie nahm all ihre Kraft zusammen und schrie. Sie glaubte nicht, daß jemand sie hören und retten würde. Der Schrei war ihr einziger Widerspruch – ein grauenhafter Laut, um so entsetzlicher, weil nicht Schmerz seine Ursache war, sondern gemeiner Verrat.

2

Der Nordwesten des Landes bewahrte sich den milden Sommer gern lange und sträubte sich nach Kräften gegen den schroffen Herbst. Manchmal vernahm man erst spät im Jahr das Knistern brennenden Laubs und das Pfeifen der kühlen Winde vom Meer; dann zog an frostigen Abenden der Duft von Holzfeuern heran, die langen Regen kamen, und das Licht wurde matt.

Auch in diesem Jahr waren die Nächte Mitte Oktober noch sternenklar und die Tage sonnig und mild, selbst wenn sie merklich kürzer wurden.

Am zweiten Sonntag des Monats fuhr Tom Hildress frühmorgens um halb sieben mit seinem Dodge-Pick-up durch die Einfahrt des Madrona Point Parks, bog nach rechts ab und steuerte auf den blauen Müllcontainer zu, der am Rande eines großen Schotterparkplatzes stand. Es war noch dunkel.

An diesem Wochenende konnte man auf Seward Island im Zuge des Herbstreinemachens seinen Sperrmüll loswerden, und zu diesem Zweck waren an mehreren Stellen auf der Halbinsel zusätzliche Container aufgestellt worden. Madrona Point, die dicht bewaldete Gegend an der Nordwestküste der Insel, war zwar der entlegenste Standpunkt, doch für die Hildresses war er der günstigste, da sie nur anderthalb Kilometer entfernt wohnten.

Tom hatte am Vortag die Garage entrümpelt und war so früh auf den Beinen, weil er noch zwei weitere Fuhren abladen wollte und seiner Frau versprochen hatte, daß er rechtzeitig

fertig sein würde, um gewaschen und anständig angezogen mit der Familie in die Kirche zu gehen.
Er hielt drei Meter vor dem Container und stellte den Motor ab.
»Du kletterst hoch, und ich reiche dir die Sachen rauf«, wies er den strohblonden neunjährigen Jungen an, der neben ihm saß.
»Okay«, erwiderte Billy Hildress, sprang aus dem Wagen und hüpfte die behelfsmäßige Treppe an dem Container hoch. »Igitt«, sagte er und rümpfte die Nase, als er oben angelangt war. »Irgendwas stinkt hier gräßlich.«
Er spähte über den Rand des großen Behälters. Es wurde erst in einer Stunde richtig hell, doch die Dämmerung kündigte sich an, und er sah, daß der Container schon halb voll war. Er konnte alte Autoreifen, Kühlschränke, ein ramponiertes Sofa und zwei zusammengerollte Teppiche erkennen.
»Mann, Dad«, rief er, »ich glaube, mit dem Krempel hier könntest du ein ganzes Haus einrichten.«
Tom Hildress war dafür bekannt, daß er ein Händchen dafür hatte, im Sperrmüll Schätze zu entdecken und sie mit viel Liebe wieder zu altem Glanz zu erwecken. Der Weihnachtsbasar der Eagle-Rock-Methodisten-Kirche war dank seines Geschicks immer ein Riesenerfolg. Normalerweise wäre er sofort zu Billy hinaufgeklettert, um die ausrangierten Sachen zu begutachten.
»Keine Zeit«, entgegnete er seufzend und reichte dem Jungen einen Stapel zusammengelegter Kartons. »Mom hat klare Befehle erteilt.«
Billy ließ die Kartons in den Behälter fallen. Als er die nächste Ladung hineinwerfen wollte, erstarrte er plötzlich mitten in der Bewegung.
Der erste Stapel Kartons hatte den zusammengerollten Teppich gestreift. Der war aufgeklappt, und blonde Locken und eine Schulter hingen heraus, eine Schulter, die viel zu groß war für eine kaputte Puppe.
»Hör mal, Dad«, sagte Billy mit gepreßter Stimme, »ich glaub, hier oben ist jemand.«

»Wer soll denn das sein?« fragte Tom, der sich mit dem dritten Stoß Kartons befaßte.
»Ein Mensch«, antwortete der Neunjährige. »Ein richtiger Mensch.«
Tom blickte seinen Sohn stirnrunzelnd an. »Wie meinst du das? Sucht jemand im Müll nach Sachen?«
Billy schüttelte den Kopf. »Schau mal selbst«, sagte er und stieg langsam rückwärts die Treppe hinunter.
Tom zügelte seine Ungeduld, ging die Treppe hoch und sah in den Container. Sofort stieg ihm der Gestank in die Nase, der schon Billy aufgefallen war. Er betrachtete das Gerümpel und entdeckte schließlich den Teppich.
»O mein Gott«, keuchte er.
Er sprang in den Container und watete durch den Müll. Tom war ein großer, sportlicher Mann, doch er kam nur langsam vorwärts, und das Herz schlug ihm bis zum Hals. Als er sich dem Teppich näherte, sagte er sich, daß es schließlich auch lebensgroße Puppen gab, doch der Gestank wurde immer schlimmer, und er wußte ebenso gut wie Billy, daß er eine Leiche finden würde.
Als erstes sah er das Blut. Der Teppich war förmlich durchtränkt davon. Dann nahm er das Mädchen wahr. Sie war jung, ein Teenager noch. Tom wurde schlagartig übel, und er wandte sich ab und erbrach sich heftig.
»Was ist es, Dad?« rief Billy von unten.
»Bleib weg, Junge«, rief Tom, sobald er wieder Luft bekam. »Warte im Wagen auf mich. Ich komme sofort.«
Er schluckte mühsam, beugte sich vor und schlug den Teppich auf. Die Leiche rollte heraus. Fetzen von Jeansstoff, einem Rock vielleicht, klebten an der Haut; der Stoff mochte einmal blau gewesen sein, jetzt war er dunkelrot verfärbt. Auch das durchlöcherte T-Shirt war blutgetränkt. Man mußte kein Fachmann sein, um zu erkennen, daß das Mädchen erstochen worden war. Tom glaubte beinahe, die besinnungslose Wut des Mörders zu spüren, und er fragte sich, wo auf Seward Island

sich ein Wahnsinniger aufhalten mochte, der zu solch einer Tat imstande war.
Er beugte sich vor und zwang sich, eine der Wunden zu berühren. Das Blut war noch klebrig, und er schloß daraus, daß sie erst seit wenigen Stunden tot war. Er sah, daß sie eine Kette mit einem kleinen goldenen Kreuz trug. Er fühlte nach ihrem Puls am Hals und fand bestätigt, was er schon wußte: Das Mädchen war tot.
Ihm wurde wieder übel. Er wollte sie nicht anfassen und Spuren zerstören – er war in Gedanken schon mit seinem Anruf bei der Polizei beschäftigt. Doch dann atmete er noch ein paarmal tief durch und schob die blonden Locken beiseite.
Ein Auge starrte zu ihm empor, weit aufgerissen, glasig und so voller Grauen, daß Tom unwillkürlich zurückwich. Der Mund klaffte auf, verzerrt und grotesk, in stummer Anklage.

3

Ginger Earley war als Dreijährige nach Seward Island gekommen. Am Tag nach ihrem dritten Geburtstag war ihre Familie von Pomeroy, einem Städtchen im Südosten des Bundesstaats Washington, auf die Insel gezogen, damit ihr Vater im Gericht von Puget County eine Stelle als Gerichtsdiener antreten konnte. Gingers Mutter war – entweder aus Unsicherheit oder aufgrund eines untrüglichen Instinkts – von Anfang an der Überzeugung gewesen, daß die Einheimischen sie insgeheim verachteten. Deshalb bemühte sie sich geradezu besessen darum, daß ihre Kinder die manierlichsten, saubersten, höflichsten und anständigsten der ganzen Insel waren.

Was die drei Jungen betraf, war ihr einigermaßen Erfolg beschieden, nicht so jedoch bei Ginger. Sie war das jüngste und eigensinnigste der vier Kinder und bereitete ihrer Mutter seit jeher Schwierigkeiten.

Schon als kleines Mädchen lehnte Ginger ihren eigentlichen Vornamen, Virginia, ab und reagierte nur auf den Kosenamen, den ihr Vater ihr gegeben hatte. Sie weigerte sich, Kleider und Lackschühchen zu tragen, und lief statt dessen barfuß und in Jeans herum. Sie schwänzte die Tanzstunde und ging zum Touchfootball-Spielen, und sie kletterte lieber auf Bäume, statt Klavier zu üben. Sie konnte nicht gepflegt Tee eingießen, verstand sich aber darauf, ein Pferd zu zähmen. Sie hielt es keine zehn Minuten bei den geschwätzigen Freundinnen ihrer Mutter aus, verbrachte jedoch Stunden in den Wäldern, wo Rehe und Backenhörnchen ihr aus der Hand fraßen.

Mit zwölf Jahren war Ginger bereits einen Meter fünfundsiebzig groß und überragte ihre Altersgenossen. Sie hatte einen wilden roten Haarschopf, von dem ihre Mutter behauptete, er müsse von der väterlichen Familie ererbt sein, ein Gesicht voller Sommersprossen und große Augen, die braun, golden und grün zugleich schimmerten. Sie war keine Schönheit, wenngleich sie einmal jemand als »atemberaubend« bezeichnete, was sie später sehr amüsant fand, und sie war viel zu sportlich, um während ihrer Jugend das Interesse des anderen Geschlechts zu erwecken. Doch das schien ihr einerlei zu sein. Sie war das einzige Mädchen, das in der Fußball- wie in der Softballmannschaft der Schule zugelassen war, und sie behauptete sich in beiden Sportarten. Sie überrundete noch den Besten beim Drachensteigen, war die talentierteste Reiterin der Insel und schaffte drei Jahre nacheinander den Rekord im 500- und 1000-Meter-Lauf.

Irgendwann schlug ihre Mutter verzweifelt die Hände über dem Kopf zusammen. »Dann sei eben eine wilde Range und blamiere uns«, schrie sie, als Ginger sechzehn wurde und lieber zum Basketball als ins Ballett gehen wollte.

»Mach *mir* keine Vorwürfe deswegen, wie ich bin«, gab der temperamentvolle Rotschopf zurück. »*Eure* Gene haben mich schließlich so werden lassen.« Damit war das Thema ein für allemal erledigt.

Ginger liebte Seward Island trotz der Vorbehalte ihrer Mutter. In ihrer Kindheit wohnten kaum viertausend Menschen auf diesem 55 Quadratkilometer großen Eiland mit seinen sanften Hügeln, lieblichen Tälern, dichten Wäldern und sandigen Stränden. Dort konnte man ungehindert umherschweifen.

Ginger war unabhängig und eigenwillig. Ihren Freunden hielt sie die Treue, von Gleichaltrigen wurde sie bewundert, und einem gerechten Kampf ging sie nicht aus dem Wege. Sie war groß und kräftig und konnte die meisten Jungen ihres Alters vertrimmen. Falls es ihr einmal nicht gelang, holte sie ihre großen Brüder, um ihren Standpunkt zu verdeutlichen.

Mit einer Geschichte erregte sie mächtig Aufsehen. Als der Nachbarssohn, ein Tunichtgut, die Katze der Earleys mit Benzin übergoß und anzündete, übergoß Ginger kurzerhand den Nachbarssohn mit Benzin und setzte ihn ebenfalls in Brand. Der Junge kam zwar mit dem Schrecken davon, doch die Sache sorgte für große Aufregung.

»Warum hast du ihn nicht einfach verhauen?« fragte Gingers Vater, ein gütiger, stattlicher Mann, verzweifelt, als die Eltern des Jungen drohten, Ginger zu verklagen.

»Weil er merken sollte, wie Mittens sich gefühlt hat, als er das mit ihr gemacht hat«, sagte sie. »Jetzt weiß er's, und ich wette, er tut's nie wieder.«

Die Polizei führte Ermittlungen durch. Die Bewohner der Insel waren sich uneins über das richtige Vorgehen. Nach einigem Hin und Her wurde die Sache fallengelassen.

Ginger gefiel es, als wilde Range zu gelten. Das hatte den Vorteil, daß man sie in Ruhe ließ und sie ihren Ehrgeiz mühelos kaschieren konnte. Sie wußte schon früh, daß sie sich nicht damit zufriedengeben wollte, so gut zu sein wie ihre Brüder – um so ernst genommen zu werden wie sie, mußte sie sie überrunden. Sie war das intelligenteste der vier Kinder und der Liebling ihres Vaters, doch wenn er etwas Wichtiges besprechen wollte, wandte er sich an ihre Brüder. Deren Standpunkte und Ansichten interessierten ihn, nicht die seiner Tochter. Ginger ärgerte sich darüber, doch auch sie selbst suchte mit ihren Problemen und Fragen den Rat des Vaters, nicht den der Mutter. Sie kam zu dem Schluß, daß es ihr gelingen mußte, von Männern als ebenbürtig anerkannt und dennoch als Frau geachtet zu werden.

Als sie mit Bravour ihren High-School-Abschluß machte, erwarteten Freunde und Familie, daß sie studieren würde, um Tierärztin oder Anwältin zu werden. Sie verblüffte alle.

Sie entschied sich nicht aufgrund ihres burschikosen Wesens dafür, auf die Polizeiakademie zu gehen und Polizistin zu werden, sondern weil sie aufrecht und klug war, einen ausgeprägten Gerechtigkeitssinn hatte und darauf hoffte, dort gleichberechtigt behandelt zu werden. Und weil sie stolz auf ihren Vater war, der dem Staate diente.

»Sag mir, was du davon hältst, Dad«, sagte sie. »Ganz ehrlich.«

»Ich glaube, daß du alles schaffen kannst, was du dir vornimmst«, antwortete Jack Earley, weil er seiner Tochter zum einen nichts ausschlagen konnte, zum anderen aber keiner seiner Söhne sich für seine Laufbahn entschieden hatte. »Aber wenn du zur Polizei gehst – tja, ich wüßte nichts, worauf ich stolzer wäre.«

»Ich dachte, du wolltest Anwältin werden«, sagte ihre Mutter, die Wert darauf gelegt hätte, einen Akademiker in der Familie zu haben. Ihre drei Jungen hatten sich alle gut entwickelt, doch der eine war zur Marine gegangen, der zweite arbeitete für Boeing, und der dritte hatte mit zwanzig schon Frau und Kind und eine Stelle bei einer Telefongesellschaft.

»*Du* wolltest, daß ich Anwältin werde«, hielt Ginger ihrer Mutter vor. »Ich nicht.«

Seltsamerweise bekam sie ihre erste Stelle nach der Ausbildung in einer kleinen Stadt im Osten von Washington, knapp dreißig Kilometer von ihrem Geburtsort Pomeroy entfernt. Sie wohnte dort bei Onkel und Tante. Sie machten sie mit einem attraktiven jungen Mann bekannt, der im Betrieb seines Vaters für Agrarbedarf arbeitete, und Ginger verliebte sich Hals über Kopf in ihn. Anderthalb Jahre waren die beiden unzertrennlich, doch er konnte sich offenbar nicht vorstellen, mit einer Polizistin verheiratet zu sein. Ginger war am Boden zerstört, als er ein halbes Jahr später eine andere heiratete.

Ihre zweite Anstellung bekam sie im Westen von Washington. Von dort aus konnte sie über die Wochenenden nach Hause fahren. Fünf Jahre lang arbeitete sie hart, lernte viel und wurde schließlich zum Detective befördert. Ab und zu hatte sie eine Verabredung, doch es entwickelte sich nie etwas Ernsthaftes daraus.

Als die Stelle auf Seward Island ausgeschrieben wurde, traf ihre

Bewerbung als erste ein. Sie hatte immer vorgehabt, eines Tages zurückzukehren. Außer ihr bewarben sich sechzehn Männer für den Posten, die allesamt erfahrener waren und teilweise schon höhere Positionen innegehabt hatten. Doch Ginger zweifelte keine Sekunde daran, daß sie die Stelle bekommen würde; nicht, weil sie schlauer oder findiger war als die anderen, sondern weil sie über einen großen Trumpf verfügte – sie war dort aufgewachsen, und sie wußte mehr über die Insel und ihre Bewohner als die anderen sechzehn Bewerber zusammen.

Deshalb war ihr auch Minuten nach ihrem Eintreffen am Madrona Point klar, daß der Fund, den Tom und Billy Hildress in dem blauen Container gemacht hatten, ihre Heimat zerstören würde.

4

Seward Island schimmerte auf der samtig blauen Fläche des Puget Sound wie ein kostbarer Diamant.

Die Insel war Ende des 18. Jahrhunderts von Commodore Nathaniel Seward entdeckt worden, den es im Gefolge von George Vancouver in diese Ecke der Welt verschlagen hatte. Er war von der Schönheit des Eilands so entzückt, daß er sofort an Land ging, sein Schiff zurück nach Portsmouth schickte und bis ins hohe Alter auf der Insel lebte.

Seward Island stand den tropischen Paradiesen, die der Commodore auf seinen Reisen gesehen hatte, in nichts nach. Überall boten sich dem Auge des Betrachters immergrüne Hügel, üppig mit Gras und Klee bewachsene Täler und eine atemberaubende Aussicht auf die zerklüfteten Olympic Mountains im Westen, die sanften Cascades im Osten, den harschen Mount Baker im Norden und den gen Himmel strebenden Mount Rainier im Süden.

Mitte des neunzehnten Jahrhunderts wurden jedoch viele Nachfahren des abgeschiedenen, wenngleich idyllischen Insellebens überdrüssig, verkauften ihr Land und zogen fort.

Engländer aus den Fabriken von Manchester und den Minen von Newcastle versuchten hier einen Neuanfang. Norweger, die sich auf Fischerei und Schiffbau verstanden, kamen zuhauf. Deutsche verließen aus Angst vor den drohenden Kriegen ihre Höfe in Elsaß-Lothringen und Schleswig-Holstein und siedelten sich auf Seward Island an. Und Iren, die zu Hause einer schlimmen Hungersnot entkommen waren, wollten sich hier eine neue Existenz aufbauen.

Warme Sonne im Sommer, milder Regen im Winter und fruchtbare Erde verwöhnten die Pflanzen. Blumen blühten üppig, und Obst und Gemüse gedieh bestens. Man holte sich Hühner vom Festland, so daß auf den Märkten frische Eier verkauft werden konnten. Auf den Wiesen im Cedar Valley grasten Pferde, und Kuhherden trotteten über die Hänge am Eagle Rock. Die Netze waren voll von Lachsen, die Strände mit Muscheln übersät, und es gab Krebse im Überfluß. Die Siedler gründeten Gewerbe, um mit allem versorgt zu sein, und eine kleine Werft entstand.

Schließlich wurde Seward zur eigenständigen Gemeinde und zur Hauptstadt von Puget County erklärt, einer Reihe kleiner Inseln, die man zusammengefaßt hatte. Die Anwohner wählten einen Bürgermeister und einen Stadtrat. Kurz darauf wurden Steuern erhoben, die Straßen gepflastert und Stromkabel gelegt. Man gründete Polizei und Feuerwehr, baute ein Krankenhaus und ermunterte kleine Industriebetriebe, sich dort niederzulassen.

Dennoch konnte sich die Insel im Nordwestpazifik ihren ländlichen Charme bewahren, weil sie nur auf dem Wasserweg zu erreichen war. Im Yachthafen an der Südseite von Gull Harbor lagen bis zu hundertfünfzig Schiffe, und einmal am Tag kam die Fähre.

Im letzten Jahrzehnt des zwanzigsten Jahrhunderts wohnten in diesem friedlichen Paradies zwölftausend Menschen, und die Stadt oberhalb des Hafens wurde liebevoll in der Gestalt erhalten, in der sie der Commodore und seine Nachfahren einst erbaut hatten.

Ein Drittel der Inselbewohner pendelte täglich mit der Fähre nach Seattle, und am Wochenende kamen die Touristen. Der Andrang war nicht ganz so heftig wie auf den benachbarten Inseln Bainbridge und Whidbey, doch die malerischen Läden auf der Commodore Street, die bezaubernden Tearooms am Seward Way, die kleinen Geschäfte, in denen man einheimische Marmeladen, Gelees und Limonenpaste erstehen konnte, und die Winzergenossenschaft hatten gute Einkünfte.

»Willkommen auf Seward Island« stand auf dem Holzschild, das die Besucher als erstes erblickten, wenn sie vom Schiff kamen. »Schön für einen Abstecher – ideal für Familien«.

Die Lokalzeitung hatte einmal angemerkt, daß mit diesem Spruch alles Wesentliche über die Insel gesagt sei. Man hatte hier die sauberste Luft der Region, eine der niedrigsten Verbrechensraten des gesamten Landes und eine Bevölkerung, die zu dreiundneunzig Prozent angelsächsischer, keltischer, deutscher und skandinavischer Herkunft war und sich nur zu sieben Prozent aus anderen Europäern, einer Handvoll Orientalen und einer kleinen Gruppe Asiaten zusammensetzte.

Ruben Martinez, der Polizeichef, fiel deshalb eindeutig aus dem Rahmen. Als zwei Monate altes Baby war er über die mexikanische Grenze geschmuggelt worden, dann schleiften ihn seine Eltern, die sich als Lohnarbeiter auf Farmen verdingten, quer durch Kalifornien, bis er schließlich mit zwölf zu einem Onkel nach Los Angeles geschickt wurde. Ruben hatte Glück, daß er seine Kindheit und Jugend überlebte. Er war vertraut mit Hunger und Entbehrungen aller Art.

Sein eiserner Wille und der Glaube daran, daß seine Eltern nicht wollten, daß er ein so erbärmliches Leben führte wie sie, ließen ihn den Barrios entkommen. Er besuchte die Polizeiakademie in Los Angeles und machte kraft seines scharfen Verstandes, seiner präzisen Auffassungsgabe und seiner Erfahrung mit dem Leben auf der Straße den drittbesten Abschluß seines Jahrgangs.

Ruben wollte in Südkalifornien bleiben und mit den Gangs aus dem Barrio arbeiten, die er so genau kannte, doch eine verirrte Kugel, die zu nahe bei seiner Wirbelsäule steckenblieb, machte seinem Einsatz auf der Straße ein Ende.

»Sie spielen Russisches Roulette, Sergeant«, teilte ihm der Arzt ohne Umschweife mit. »Wenn wir die Kugel nicht antasten, werden Sie Schmerzen haben und in Ihrer Bewegungsfähigkeit eingeschränkt sein. Wenn wir versuchen, sie zu entfernen, stehen die Chancen fünfzig zu fünfzig, daß Sie querschnittsgelähmt sind.«

Die Kugel blieb unberührt. Ruben bekam ein Stützkorsett und Schmerzmittel, die ihn benommen machten. Nach einer Woche spülte er die Pillen ins Klo.

Eine Zeitlang arbeitete er im Büro, aber seinem Rücken bekam das lange Sitzen nicht, und er wurde rastlos. Er zog in eine kleine kalifornische Stadt, wo es geruhsamer zuging. Danach sammelte er in anderen kleinen Städten Erfahrung und bildete sich weiter. Er heiratete. Seine Frau gebar ihm eine Tochter, bevor sie starb. Danach suchte er die Städte eher nach Lebensqualität und dem Ruf der Schulen aus denn nach der Größe des Polizeiapparats.

Ruben Martinez gelangte auf Umwegen nach Seward Island, doch er brachte erstklassige Referenzen mit und galt als ehrlich und tüchtig. Der Bürgermeister und der Stadtrat waren fast einhellig der Meinung, daß sie keinen besseren Polizeichef hätten finden können.

»Seine Laufbahn ist mustergültig«, sagte einer.

»Schon fast zu perfekt«, stimmte ein anderer zu.

»Er wird Eindruck machen«, meinte ein Dritter.

»Aber er ist keiner von uns«, wandte ein Vierter ein.

»Er ist genau der Richtige«, verkündete Albert Hoch, der wohlbeleibte, birnenförmige Bürgermeister.

Man stellte Ruben ein adrettes Holzhäuschen am Stadtrand zur Verfügung, von dem aus das Polizeirevier und die Seward-High-School, die seine Tochter seit zwei Jahren besuchte, leicht zu erreichen waren.

Die fünfzehnjährige Stacey Martinez stand im Mittelpunkt von Rubens Leben – ein zartes Mädchen, das von seiner Mutter das helle Haar und die feinen Gesichtszüge und von seinem Vater die olivbraune Haut und die dunklen Augen geerbt hatte. Er hatte allein für sie gesorgt, bis sie zehn wurde; danach hatte sie angefangen, für ihn zu sorgen. Ihre Lebensform war vermutlich der Grund dafür, warum er nie wieder geheiratet hatte. Er sah Stacey und sich als Team, sie brauchten niemand anderen.

Er wußte natürlich, daß dieser Zustand nicht ewig anhalten konnte. Nicht mehr lange, dann würde sie ihn verlassen, und er würde seine Situation überdenken müssen. Doch darüber wollte er sich nicht vorzeitig den Kopf zerbrechen.

In seinen drei Jahren als Polizeichef auf Seward Island hatte Ruben es mit diversen Fällen von Sachbeschädigung, einer beunruhigenden Zunahme von Drogenkriminalität, ab und zu einem Fall von Trunkenheit und Erregung öffentlichen Ärgernisses, mehreren Einbrüchen, einem bewaffneten Raubüberfall, zwei Vergewaltigungen und drei Unfällen mit Todesfolge zu tun gehabt. Niemand konnte sich erinnern, daß es je einen Mord auf der Insel gegeben hätte.

Ruben mußte zwar offiziell immer erreichbar sein, doch meist arbeitete er Montag bis Freitag, blieb samstags in Rufweite für Notfälle und verbrachte seine Sonntage ungestört mit Stacey. Deshalb war er ziemlich überrascht, als am zweiten Sonntag im Oktober um Viertel vor acht das Telefon klingelte und Detective Ginger Earley sich meldete.

»Tut mir leid, daß ich in deinen Sonntag platzen muß«, sagte sie. Ihre Stimme klang merkwürdig gepreßt. »Aber ich bin am Madrona Point, und ich denke, du solltest sofort herkommen.«

Sie wirkte so angespannt, daß Ruben sogar auf die Dusche verzichtete. Er zog sich an, trank drei Schluck Orangensaft aus einem Glas, das Stacey ihm eingegossen hatte, und stürzte zur Garage.

Eine Viertelstunde später hielt er mit seinem Dienstwagen, einem schwarzen Blazer, neben Gingers Streifenwagen auf dem Parkplatz am Madrona Point.

»Was ist los?« fragte er, als er ausstieg.

»So etwas habe ich noch nie gesehen«, sagte die Achtundzwanzigjährige, die in neun Jahren Polizeiarbeit einige Leichen in gräßlichem Zustand zu Gesicht bekommen hatte, mit einem Schaudern. »Es ist grauenhaft, sage ich dir.«

Ihr sonst rosiges, sommersprossiges Gesicht hatte einen grünlichen Farbton angenommen, der Ruben aus seinen Einsätzen in Los Angeles wohlvertraut war. Sie geleitete ihn zu dem Container und ging vor ihm die Treppe hinauf. Es war inzwischen hell geworden, und es gab keinen Zweifel mehr daran, was dort auf dem blutdurchtränkten Teppich lag. Ruben näherte sich der Leiche und bückte sich, um sie genauer zu betrachten.

Er schätzte, daß sie etwa zwölf Einstiche aufwies. Er sah sich die Farbe des Bluts an, berührte es dann mit dem kleinen Finger, um zu testen, wie trocken es war. Der bläuliche Ton der Haut war angesichts des warmen Wetters wohl eher auf den Blutverlust als auf Unterkühlung zurückzuführen. Schließlich hob er einen Arm der Leiche an, um festzustellen, wie weit die Totenstarre fortgeschritten war. Aus seinen Beobachtungen schloß er, daß das Mädchen seit mindestens sechs Stunden tot war.

»Hast du sie angefaßt?« fragte er seine Kollegin.

»Nein, war nicht nötig – Dirksen war hier«, sagte sie. Sie meinte den jungen Polizisten, der den Anruf von Tom Hildress angenommen und sie dann verständigt hatte. »Er sagte, er sei reingegangen und hätte sie angefaßt, aber nur, um festzustellen, ob sie wirklich tot ist.«

»Hat jemand irgend etwas verändert?«

Ginger zuckte die Achseln. »Ich war sehr vorsichtig, aber ein Mann, der mit seinem Sohn Sperrmüll ablud, hat sie gefunden. Ich habe noch nicht mit ihm gesprochen, weiß also nicht, wie er sich verhalten hat.«

»Okay, dann leg mal los«, wies Ruben sie fast mechanisch an. »Der gesamte Park muß abgesperrt werden. Im Umkreis von hundert Metern wird keiner mehr reingelassen, bevor wir hier fertig sind. Und jemand soll die Fähre im Auge behalten. Hol von mir aus das ganze Revier aus dem Bett, wenn's sein muß. Ich will, daß es nur so wimmelt hier von Uniformierten, die in jeden Winkel schauen und alles befragen, was sich bewegt. Und dann solltest du natürlich Doc Coop anrufen und Charlie herbestellen.«

Damit waren Magnus Coop, der ortsansässige Arzt, der auch als Gerichtsmediziner fungierte, und Charlie Pricker, der zweite Detective im Stab, der für die Spurensicherung zuständig war, gemeint.

»Dirksen sichert den Tatort«, erwiderte Ginger. »Zwei Uniformierte sind schon bei der Fähre, und mindestens sechs Mann sind unterwegs. Magnus mußte ich eine Nachricht hinterlassen; er entbindet gerade Zwillinge. Und Charlie müßte gleich kommen.«

»Gut«, sagte Ruben und gestattete sich ein kleines Lächeln, weil sie ihm, wie immer, um mehr als eine Nasenlänge voraus war.

»Du weißt, wer das ist, oder?« fragte sie ihn.

Der Polizeichef betrachtete das junge Mädchen. »Sie kommt mir bekannt vor«, murmelte er, doch er konnte sie nicht einordnen.

»Tara Breckenridge«, sagte Ginger.

Jetzt wußte er, wer sie war. Er blickte auf den entstellten Körper hinunter.

»O Gott«, murmelte er.

Sie war so alt wie Stacey, teilweise hatten die beiden sogar die gleiche Schulklasse besucht. Ihm wurde klar, daß genausogut seine eigene Tochter hier liegen könnte.

»Auf der Insel wird die Hölle los sein«, sagte Ginger.

Ruben richtete sich auf und stieg aus dem Container. Er spürte einen stechenden Schmerz im Rücken, weil er in der Hast vergessen hatte, sein Stützkorsett anzulegen. Er hatte mindestens seit zehn Jahren keinen Mordfall mehr bearbeitet. In einem Monat wurde er sechsundvierzig, aber in diesem Augenblick fühlte er sich wie sechsundsechzig.

Er seufzte unglücklich. »Wahrscheinlich mußte es eines Tages passieren«, sagte er.
»Was?« fragte Ginger.
»Daß es einen Mord gibt auf Seward Island.«

5

Kaum hatten die Gottesdienste begonnen, wußte man schon im letzten Winkel der Insel Bescheid über den Mord. Die Einwohner waren verstört. Niemals zuvor war etwas Derartiges in der friedlichen Gemeinde vorgekommen. Fast jeder kannte das Opfer oder seine Familie, doch auch diejenigen, die keinen der Betroffenen kannten, waren erschüttert über diesen brutalen, sinnlosen Mord. Die Leute fühlten sich, als sei ihnen allen Gewalt angetan worden.

»Wenn so etwas Tara zustoßen konnte«, flüsterten sie einander am Telefon, über den Gartenzaun oder an der Straßenecke zu, »dann kann es jedem passieren.«

Doch Tara war nicht »jeder«. Sie war die Tochter der angesehensten Familie der Insel. Ihr Vater, Kyle Breckenridge, war Präsident der ortsansässigen Bank, und der Mädchenname ihrer Mutter war Mary Seward; sie stammte noch vom alten Commodore ab.

Außerdem war Kyle im Vorstand der Handelskammer, Diakon der Episkopalkirche, stand der Eltern-Lehrer-Vereinigung vor und war Mitglied der Rotarier, des Wohltätigkeitsverbands und des Jagd-Clubs. Jeder wußte, daß er die Hypotheken für mindestens die Hälfte aller Eigenheime der Insel verwaltete und es noch nie für notwendig befunden hatte, eine zu kündigen.

Mary gehörte dem Garden Club an, arbeitete unermüdlich für »Kinder in Not«, eine christliche Wohltätigkeitsorganisation, und war erst jüngst maßgeblich an der Gründung der ersten Zufluchtsstätte für mißhandelte Frauen beteiligt gewesen.

Die fünfzehnjährige Tara war die älteste Tochter der Breckenridges. Die zweite Tochter, Tori, war gerade zwölf geworden. Blond und blauäugig, kam Tara ganz nach ihrem Vater, und sie galt als eines der hübschesten Mädchen der Insel. Sie war nicht nur entzückend anzusehen, sondern hatte auch eine zurückhaltende, reizende Art. Sie hatte ein Herz für alle, denen es weniger gut ging, eine Eigenschaft, die sie von ihrer Mutter geerbt hatte und die ihr viele Sympathien eintrug. Vor drei Tagen war sie mit überwältigender Mehrheit zur Erntekönigin gewählt worden.

Die Haushälterin öffnete die schwere Tür von Southwynd, der ehemaligen Villa der Sewards, das man jetzt als Anwesen der Familie Breckenridge kannte. Das Haus war 1830 vom einzigen Sohn des Commodore aus Stein und Zedernholz erbaut worden, und jede Generation hatte etwas hinzugefügt, was in einem Mischmasch verschiedener Stile resultierte.

Southwynd war von einem großen Park umgeben, und von einer mit Fichten und Ahornbäumen bewachsenen Anhöhe hatte man einen wunderbaren Blick auf den Puget Sound, Seattle und den Mount Rainier. Angesichts solcher Anwesen fühlte Ruben sich immer noch bemüßigt, nach dem Dienstboteneingang zu suchen, trotz der gesellschaftlichen Position, die er nunmehr innehatte.

»Mr. und Mrs. Breckenridge sind nicht zu Hause«, antwortete Irma Poole auf die Frage des Polizeichefs. »Sie sind zu einer Taufe nach Seattle gefahren.«

»Und die Mädchen?« fragte Ginger.

»Die sind natürlich hier«, sagte sie, fügte dann aber hinzu: »Nein, warten Sie mal. Nur Miss Tori ist hier. Ich glaube, Miss Tara ist noch nicht zurück.«

»Wo ist sie hingegangen?« erkundigte sich Ruben.

»Ich weiß es nicht. Ich glaube, sie besucht eine Freundin.«

»Hat sie bei dieser Freundin auch übernachtet?«

»O nein, sie übernachtet nie auswärts.«

»Sie meinen, sie ist heute morgen zu einer Freundin gegangen?« hakte Ginger nach.
»Ich nehme es an. Ziemlich früh, denn sie war zum Frühstück nicht da, und ich hatte Apfelpfannkuchen gemacht.«
»Warum glauben Sie, daß sie bei einer Freundin ist?« fragte Ruben.
Die Haushälterin zuckte die Achseln.
»Weil ihr Vater das gesagt hat, als sie nicht erschien«, sagte sie.
Ginger warf Ruben einen Blick zu. »Wann erwarten Sie die beiden, Mrs. Poole?«
Die Frau zuckte wieder die Achseln. »Sie haben nichts gesagt.«
»Hat Mr. Breckenridge ein Mobiltelefon?« fragte Ruben.
»Ja«, antwortete die Haushälterin.
»Würden Sie uns bitte die Nummer geben?«
»Das darf ich nicht«, erwiderte die Frau. »Hat es nicht Zeit, bis sie nach Hause kommen?«
»Nein«, sagte der Polizeichef ruhig, »ich fürchte nicht.«

Kyle Breckenridge sah mehr nach einem Filmstar als nach einem Bankdirektor aus. Er ging auf die Fünfzig zu, war über eins achtzig, hatte eisblaue Augen und blonde Haare, die begannen, an den richtigen Stellen grau zu werden. Er hielt sich extrem fit und war zu jeder Jahreszeit braungebrannt, im Winter mit Hilfe des Sonnenstudios. Seine Frau Mary dagegen war blaß und unscheinbar und trug unvorteilhafte Brauntöne.
Kyle bewegte sich immer sehr entschlossen. Das hatte er sich in seiner Jugend angewöhnt, weil er glaubte, damit bedeutungsvoll zu wirken. Als er am Sonntag um zwei Uhr mittags in das weiße Holzhaus marschierte, in dem das Medical Center von Puget County untergebracht war, waren seine Schritte besonders entschieden. Seine Frau, die hinter ihm hereilte, glich dagegen eher einem Schatten.
Die Klinik war ansprechend eingerichtet. Die bequemen Möbel und geblümten Tapeten in Pastelltönen erinnerten eher an das gemütliche Heim, das die Villa früher gewesen war, als an

eine Klinik. Magnus Coop, der die Familie Seward seit annähernd vierzig Jahren ärztlich betreute, wartete mit Ruben Martinez im Vorraum.

»Also, worum geht es?« fragte Kyle sofort. »Sie verlangen, daß wir die nächste Fähre nehmen sollen, ohne uns den Grund zu sagen.«

»Ich fürchte, wir haben schlimme Nachrichten für Sie, Mr. Breckenridge«, antwortete Ruben. »Ich ging davon aus, daß Sie nicht am Telefon davon erfahren wollten.«

Mary Breckenridge riß entsetzt die Augen auf. »Ist etwas mit Tara?« flüsterte sie. »Ist Tara etwas zugestoßen?«

»Wie kommen Sie darauf, Mary?« fragte Coop. Der Arzt war kaum größer als sie und wirkte gnomenhaft. Er hatte dichtes weißes Haar und spähte durch eine Nickelbrille. Seinen kleinen braunen Augen entging kaum etwas.

»Weil sie«, antwortete Mary und warf ihrem Mann einen raschen Blick zu, »heute morgen nicht zu Hause war.«

»Wissen Sie, wo sie war, Mrs. Breckenridge?« fragte Ruben.

»Wir nahmen an, daß sie vielleicht eine Freundin besucht hat«, antwortete Kyle anstelle seiner Frau.

»Dachten Sie an jemand Bestimmten?«

»Irgendeine ihrer Freundinnen«, sagte er. »Aber lassen wir das. Bitte sagen Sie uns, worum es geht.«

Coop räusperte sich. »Es tut mir leid«, sagte er leise. »Es fällt mir nicht leicht, Ihnen das zu sagen ... Tara ist tot.«

Mary Breckenridge stieß einen lauten Klagelaut aus, der, als sie nacheinander ihren Mann, Ruben und den Arzt anblickte, in einem unheimlichen, schrillen Schrei endete. »Tara ... tot? Haben Sie gesagt, sie sei tot?«

Ihr Mann führte sie zu einem Sessel, und Coop gab ihr rasch eine Spritze, die er in weiser Voraussicht für diesen Moment vorbereitet hatte.

»Was soll das heißen?« herrschte Kyle den Polizeichef an. Er war kreidebleich geworden. »Woher wissen Sie, daß sie tot ist?«

»Sie wurde heute früh gefunden«, sagte der Polizeichef.

»Gefunden?« wiederholte Kyle verständnislos. »Wovon reden Sie?«

»Einer der Anwohner hat ihre Leiche am Madrona Point entdeckt«, sagte Ruben. »Es hat den Anschein, als sei sie erstochen worden.«

»Wir wissen noch nicht genug«, ergänzte der Arzt. »Sie ist gerade erst hergebracht worden.«

»Erstochen?« sagte Kyle langsam, als höre er das Wort zum ersten Mal. »Sie meinen, es war kein Unfall? Sie ist nicht von einem Auto angefahren worden, gestürzt oder ertrunken? Sie wollen damit sagen, daß jemand sie … ermordet hat?«

Ruben nickte. »Ich fürchte, ja«, murmelte er.

»Es hat ganz den Anschein«, bestätigte Coop.

Der Bankdirektor schien in sich zusammenzusinken. Er umklammerte die Sessellehne, um sich aufrecht zu halten. »Wie konnte das geschehen?« rief er aus. »Warum?«

»Wir wissen es noch nicht«, antwortete Ruben mit einem tiefen Seufzer.

»Aber wir werden es herausfinden«, verkündete Magnus. Er blickte auf Mary hinunter. Das Beruhigungsmittel tat rasch seine Wirkung. Sie saß zusammengesunken im Sessel und jammerte vor sich hin, verfolgte das Gespräch nicht mehr. »Sie müssen einige Formulare unterzeichnen, Kyle.«

»Formulare?«

»Für die Autopsie.«

Breckenridge starrte den Arzt schockiert an. »Autopsie?« krächzte er. »Nein – keine Autopsie. Ich lasse nicht zu, daß Sie an ihr herumschneiden.« Er sah auf seine Frau hinunter. »Was haben Sie vor – wollen Sie Mary auch noch umbringen?«

»Ich fürchte, das ist unumgänglich, Sir«, sagte Ruben. »Wir brauchen den Befund für die Ermittlungen. Ein Verbrechen ist geschehen, ob uns das nun gefällt oder nicht. Um herauszufinden, wer diese grauenvolle Tat begangen hat, müssen wir sämtliche Beweismittel in Betracht ziehen.«

»Ich verstehe Ihren Standpunkt, Chief Martinez«, erwiderte

Kyle, »aber ich gehe davon aus, daß Sie keine wertvollen Erkenntnisse gewinnen, indem Sie meine Tochter ausnehmen.«
Ruben war dem Banker bisher selten begegnet, doch Magnus Coop kannte Kyle Breckenridge, seit dieser vor zwanzig Jahren nach Seward Island gekommen und die reichste junge Frau der Insel geheiratet hatte.
»Tja, es verhält sich so, daß wir Ihr Einverständnis nicht benötigen«, sagte der Arzt freundlich, aber bestimmt. »Das Unterschreiben der Papiere ist eine reine Formalität. Bei Mordfällen ist eine Autopsie vorgeschrieben.«
Breckenridge funkelte ihn zornig an. »Dann tun Sie, was Sie nicht lassen können«, erwiderte er barsch.
»Ich will meine Kleine sehen«, schluchzte Mary plötzlich. »Ich will sie sehen. Vielleicht ist es gar nicht Tara. Vielleicht haben Sie sich geirrt.«
Coop sah Kyle an und schüttelte den Kopf. Er dachte an den verunstalteten Körper, den er vor knapp einer Stunde vom Madrona Point in die Klinik gebracht hatte, wo er nun mit einem Tuch bedeckt in dem Hinterzimmer, das als Leichenhalle fungierte, auf einem Tisch lag.
»Wenn Magnus sagt, es sei Tara«, sagte Kyle mit schmerzverzerrtem Gesicht, »dann kannst du ihm das glauben. Meinst du, er würde uns das antun, wenn er nicht sicher wäre?«
»Ich muß sie zuerst untersuchen, Mary«, sagte Coop sanft. »Und herausfinden, was passiert ist. Danach können Sie sie selbstverständlich sehen.«
»Das sagen Sie auch immer, wenn sie krank ist«, murmelte Mary.
»Ja, das stimmt.«
»In Ordnung, Magnus«, sagte sie mit einem kläglichen Lächeln. »Dann untersuchen Sie sie gründlich, und machen Sie sie wieder gesund.«

Deborah Frankel erledigte die Wäsche immer sonntags. Sie hatte so viel zu tun, daß ihr nur dieser Tag dafür blieb. An den Wochentagen fuhr sie mit der Fähre nach Seattle, wo sie als stellvertretende Leiterin einer Firma für Anlageberatung tätig war. Samstag vormittags kaufte sie ein, und die Samstagnachmittage verbrachte sie mit ihrem Mann Jerry und dem gemeinsamen achtjährigen Sohn Matthew.

An diesem Samstag hatten sie mit dem Fahrrad den Madrona Point umrundet, und Matthew hatte wie immer versucht, so schnell zu fahren wie sein Vater, und war dabei gestürzt. Er hatte sich die Knie aufgeschürft, und seine neue Jeans war blutverschmiert. Kaum waren sie zu Hause, hatte Deborah ihm die Hose weggenommen, wobei sie sich mehr über den Vorfall ereiferte, als notwendig war, und sie über Nacht im Waschbecken eingeweicht.

Deshalb war sie ziemlich verblüfft, als sie die sauberen Handtücher und Laken zusammenlegte, die Kleider zum Waschen sortierte und dabei auf das hellgraue Sweatshirt mit dem Seward-Island-Logo stieß, das Jerry gestern getragen hatte. Es war blutverschmiert.

Sie stöberte ihn in der Bibliothek auf, die eigentlich nur aus einem Alkoven im Wohnzimmer des aus Zedernholz und Glas erbauten Hauses bestand, wo sie seine Bücher, Akten und seinen alten Rollschreibtisch untergebracht hatten, damit Deborah sich in dem zweiten Schlafzimmer ein hochmodernes Büro einrichten konnte. Er lag auf einer Lederliege, die sie gerade noch zwischen Fenster und Tisch gequetscht hatten, und grübelte mit gerunzelter Stirn über dem Kreuzworträtsel der *Sunday Times*. Sie waren schon seit neun Monaten auf der Insel, aber er weigerte sich nach wie vor, sein Abo der New Yorker Zeitung zu kündigen.

»Wieso ist dein Sweatshirt so blutig?« fragte sie ihn und hielt es hoch.

Jerry Frankel blickte überrascht auf. Er hatte ein ansprechendes, ebenmäßiges Gesicht, das besonders einnehmend war, wenn er lächelte. Die dunklen Haare fielen ihm in die Stirn, was ihn jungenhaft wirken ließ. Seine warmen braunen Augen starrten auf einen Punkt hinter ihr.

»Ich hab mich geschnitten«, erwiderte er nach einem Moment und hielt seinen verbundenen Daumen hoch.
»Soviel Blut von so einem kleinen Schnitt?«
Er zuckte die Achseln. »Er war ziemlich tief.«
»Warum hast du nichts davon gesagt?« hakte sie verärgert nach.
»Es ist gestern abend passiert, in der Werkstatt«, antwortete ihr Mann. »Du warst schon im Bett. Ich wollte dich nicht wecken.«
»Hättest du das Sweatshirt nicht auswaschen können? Oder es zumindest zu Matthews Jeans ins Waschbecken legen?«
Er zuckte wieder die Achseln. »Hab ich nicht dran gedacht«, sagte er. »Macht doch nichts, oder? Ich wußte ja, daß du heute wäschst.«
Deborah seufzte und ging mit dem Sweatshirt in den Keller. Sie nahm Matthews Jeans aus dem Waschbecken, ließ frisches Wasser ein und gab Fleckenmittel dazu. Wenn die Blutflecken nicht ganz eingetrocknet sind, dachte sie, gehen sie vielleicht noch raus.

6

Gail Browns Großeltern und Eltern hatten auf Seward Island gelebt, doch sie selbst war nach Massachusetts gezogen, um dort am Wellesley College ihren Abschluß in Englisch zu machen. Dann hatte sie an der Columbia University in New York Journalismus studiert und bei diversen Zeitungen an der Ostküste gearbeitet, bevor sie nach Hause zurückkehrte, um den *Seward Sentinel* als Chefredakteurin zu übernehmen.

Seit Jahrzehnten war die Zeitung für das Gesellschaftsleben der Insel zuständig gewesen. Gail machte sich als erstes bemerkbar, indem sie kräftig Sand ins Getriebe streute.

»Es genügt nicht mehr, daß wir über das Jahrestreffen des Garden Club berichten«, verkündete die hagere Brünette mit dem buschigen Pferdeschwanz und der dicken Brille ihren Angestellten, »oder über das Mittagessen, das Susie Sweetpea anläßlich ihres sechzehnten Geburtstags im Gull House gegeben hat. Damit ist die Bevölkerung hier nicht mehr zufrieden – und dic Anzcigcnkunden auch nicht, falls das noch niemand bemerkt haben sollte.«

Einige der Angestellten, die sich im Büro der Chefredakteurin drängten, nickten, andere zuckten die Achseln oder seufzten.

»Wenn wir unsere üppigen Gehälter behalten wollen«, fuhr Gail fort und wartete einen Moment, um das Gelächter abklingen zu lassen, mit dem sie gerechnet hatte, »müssen wir den Umsatz steigern. Dazu brauchen wir höhere Auflagen. Deshalb wird der *Seward Sentinel* von nun an die Realität dokumentieren. Wir werden uns mit den wahren Themen befassen, den

Themen, die uns alle betreffen, hier auf der Insel und überall im Land – Politik, Religion, Erziehung, Steuern, Korruption –, all jene Dinge, über die man die Bürger informieren muß, damit sie verantwortungsvolle Entscheidungen über ihre Zukunft treffen können. Niemand wird unserer Aufmerksamkeit entgehen, und Tabuthemen gibt es nicht.«

»Laufen wir damit nicht Gefahr, die Abonnenten zu verlieren, die ihre Zeitung so schätzen, wie sie jetzt ist?« erkundigte sich jemand.

»Wem das neue Konzept nicht paßt, der soll uns schreiben«, schlug die Chefredakteurin mit einem durchtriebenen Grinsen vor. »Wir drucken die Kommentare gerne ab.«

Innerhalb von sechs Monaten hatte sich die Auflage verdreifacht. Innerhalb eines Jahres war das Werbeaufkommen um vierzig Prozent gestiegen. Und nach zwei Jahren unter Gails Führung hatte sich die Rubrik »Leserbriefe« von einer wenig beachteten Spalte zu vollen zwei Seiten ausgewachsen, auf denen heftig debattiert wurde.

»Wenn man wirklich erfahren will, was auf Seward Island los ist«, hieß es allgemein, »muß man sich nur die Leserbriefe anschauen.«

Die Leute hatten recht.

»Der Charakter einer Gemeinschaft läßt sich nicht anhand der Ereignisse bestimmen«, äußerte Gail, »sondern anhand der Reaktionen der Bürger auf diese Ereignisse.«

Am Tag nach dem Tod von Tara Breckenridge saß die Chefredakteurin schon im Morgengrauen an ihrem Schreibtisch und verfaßte einen angemessen mitfühlenden und dennoch markanten Leitartikel. Sie arbeitete konzentriert, doch es entging ihr nicht, daß der Strom der Einwohner, die an dem Tresen unterhalb ihres Büros Briefe abgaben, nicht abriß.

Der *Sentinel* war in einem schönen alleinstehenden grauen Haus mit verschnörkeltem Schnitzwerk an der Johansen Street am südlichen Stadtrand untergebracht. Angeblich war dieses

Haus, das sogenannte Curtis House, 1915 von Adelaide Curtis, der berühmtesten Bordellbesitzerin der Stadt, erbaut worden. Sie hatte die Kühnheit besessen, es genau an der Kreuzung von Commodore Street und Seward Way im Zentrum errichten zu lassen. Die Empörung der Stadtväter war groß, wenngleich eher aufgrund der Tatsache, daß sie nicht beim Verlassen des Etablissements beobachtet werden wollten, denn aus moralischer Entrüstung. Sie ließen es kurzerhand auf Kosten des Steuerzahlers an seinen jetzigen, weniger exponierten Standort versetzen. Gail war es nicht gelungen, diese Legende zu belegen, doch allein die Vorstellung verlieh dem kleinen Haus ein gewisses Flair.

Um zehn nach acht steckte Iris Tanaka, die winzige Redaktionsassistentin des *Sentinel*, den Kopf durch die Tür von Gails Büro. »Es ist unglaublich!« rief sie aus. »Wir haben schon über zweihundert Briefe zum Tod von Tara Breckenridge, und es kommen immer noch mehr.«

»Jeder will sich in seinen fünfzehn Zeilen verewigen«, sagte die Chefredakteurin seufzend, nahm ihre Brille ab und rieb sich den Nasenrücken.

»Was sollen wir damit machen?«

»Aussortieren«, wies Gail sie an. »Schmeiß die raus, die sich nur bei der Familie Breckenridge einschmeicheln wollen. Such sechs gutgeschriebene aus, die aus den richtigen Gründen um Tara trauern, und zwei oder drei, die es sogar angesichts dieser Tragödie nicht lassen können, dem Opfer die Schuld zu geben.«

Iris rümpfte angewidert die Nase. »Du willst wirklich zu diesem Zeitpunkt die Büchse der Pandora öffnen?«

Gail setzte ihre Brille wieder auf. »Kontroverse ist immer gut«, erwiderte sie und wandte sich aufs neue dem Computer zu. »Außerdem bringt sie Auflage.«

Jerry Frankel parkte seinen rostbraunen Taurus-Kombi auf seinem Platz an der Seward-High-School. Er stieg aus, knöpfte das braune Tweed-Sakko zu, zu dem er ein sandfarbenes kariertes Hemd trug, strich sich die Haare aus den Augen, schnappte sich seinen Aktenkoffer und hastete den überdachten Weg zum Nordeingang des Gebäudes entlang, das zur Zeit seiner Erbauung 1865 aus einem einzigen Raum bestanden und sich im Laufe der Zeit zu einem weitläufigen Ziegelkomplex ausgewachsen hatte, in dem eine Turnhalle, ein Hallenbad, ein Theater und ein Labor Platz fanden. Um diese großzügige Anlage, an der sich zeigte, wie spendabel die Bürger von Seward Island waren, wenn es um das Wohl ihrer Kinder ging, wurde die Schule in der gesamten Region beneidet.

Es war zwanzig nach acht. Deborah hatte die frühe Fähre nach Seattle genommen und es Jerry überlassen, Matthew zu wekken, darauf zu achten, daß er sich anständig anzog und frühstückte, und ihn an seiner Grundschule abzuliefern. Jetzt mußte sich der Geschichtslehrer beeilen, damit er noch rechtzeitig zum Unterricht kam.

Er war nicht nur wegen Deborah in Zeitdruck. Er hatte verschlafen, weil er seit Sonntag nachmittag an bohrenden Zahnschmerzen litt, die ihn die halbe Nacht gequält hatten, bis Deborah schließlich aufgestanden war und ihm eine Schlaftablette verabreicht hatte.

Jerry stürzte zwei Minuten vor dem Gong ins Klassenzimmer. Er packte Bücher und Papiere aus und sann darüber nach, daß Matthew zum Glück die Zähne seiner Mutter geerbt hatte.

Sein Unterkiefer pochte schmerzhaft. Jerry nahm ein Stück Kreide, schrieb die Lektion für diese Stunde an die Tafel und überlegte, wie lange er noch warten mußte, bevor er sich unbeschadet die nächste Dosis Aspirin zuführen konnte. Er war so beschäftigt mit seiner Lage, daß er erst fünf Minuten nach dem Gong merkte, daß höchstens die Hälfte der Schüler anwesend war.

»Was ist hier los?« fragte er. »Wo stecken die alle?«

»Stehen unter Schock«, antwortete Hank Kriedler, ein blonder Junge mit akkuratem Haarschnitt, aus den hinteren Reihen.

»Haben Sie es denn nicht gehört?« sagte Jennie Gemmetta, die in der ersten Reihe saß, mit Tränen in den Augen. »Gott, ich dachte, inzwischen wüßte es jeder. Tara ist tot.«

»Tot?« Der Lehrer starrte die pausbäckige Schülerin verblüfft an. »Was soll das heißen, Tara ist tot?«

»Sie ist Samstag nacht ermordet worden.«

»Ermordet?« Jerry hielt sich an der Ecke seines Pults fest. Er war nicht beim wöchentlichen Kollegiumskaffee gewesen und hatte keine Zeit mehr gehabt, im Sekretariat vorbeizuschauen oder die Anschläge am schwarzen Brett zu lesen. Er blickte auf das leere Pult in der Mitte der dritten Reihe, und ihm war flau.

»Das tut mir leid«, sagte er in den Raum. »Weiß jemand, was passiert ist?«

»Sie wurde erstochen«, sagte Jack Tannauer.

»Mit mindestens zwanzig Stichen«, ergänzte Melissa Senn, eine schwarzhaarige Schönheit, die an der Tür saß und bei der Wahl der Ernteprinzessin den zweiten Platz gemacht hatte.

»Und dann in einen Müllcontainer geworfen«, fügte Jeannie hinzu und stellte fest, daß der Geschichtslehrer sehr blaß geworden war.

Jerry schluckte. »Gibt es irgendeinen Hinweis auf den Täter?« fragte er mit gepreßter Stimme.

Die Schüler schauten alle zu Stacey Martinez hinüber, die am Fenster saß.

Die Tochter des Polizeichefs mochte es nicht, wenn man sie an ihre Sonderstellung erinnerte. »Ich glaube nicht«, sagte sie. »Aber ich weiß auch nichts darüber.«

Die Polizeidienststelle von Seward Island war in einem quadratischen Gebäude am östlichen Ende der Commodore Street untergebracht. Im Volksmund wurde es liebevoll »Graham Hall« genannt, nach dem hochgeschätzten ersten Polizeichef der Insel.

Das Haus war 1946 erbaut worden, als die Insel gerade dreitausend Einwohner zählte und man nur sechs Polizisten beschäftigte, und war kaum geeignet für ein Team von nunmehr siebzehn Personen. Die Farbe an den Wänden blätterte ab, die grauen Metalltische sahen schwer mitgenommen aus, und die Polizisten saßen so dicht aufeinander wie in einer Sardinendose. Seit fünf Jahren stimmte die Bevölkerung in Volksentscheiden gegen die Renovierung und den Ausbau des Gebäudes.

Punkt neun Uhr morgens stürmte Albert Hoch, der korpulente Bürgermeister der Stadt, der wegen seiner markanten Nase und seinem Glatzkopf den Spitznamen »der kahle Adler« trug, unangemeldet in das winzige Kabuff, das als Büro des Polizeichefs fungierte.

»Äußern Sie sich, Ruben«, polterte er so laut, daß man ihn im ganzen Haus hören konnte. »Auf dieser Insel gab es bislang keine Gewaltverbrechen. Hier ist noch nie jemand ermordet worden.«

»Nun, jetzt ist es passiert«, erwiderte der Polizeichef gelassen.

»Ich bin eng befreundet mit Kyle Breckenridge«, fauchte ihn der Bürgermeister an. »Die Tote war mein Patenkind, um Himmels willen. Ich will wissen, was Sie bis jetzt in Erfahrung gebracht haben, und ich möchte täglich auf den neuesten Stand gebracht werden, bis der Fall abgeschlossen ist.«

Ruben seufzte. Nicht weil er das Gehabe des Stadtoberhaupts verabscheute, sondern weil Albert Hochs Verständnis für die Arbeit der Polizei ausgesprochen gering war.

»Bis jetzt wissen wir nur, daß sie irgendwann Samstag nacht oder Sonntag früh erstochen und in einen Container am Madrona Point geworfen wurde«, legte Ruben dar. »Die Autopsie und die Untersuchung des Tatorts werden sicher weitere Hinweise erbringen.«

»Haben Sie irgendwelche Spuren?« wollte Hoch wissen. »Irgendeine Ahnung, wer es gewesen sein könnte?«

»Im Moment nicht«, sagte Ruben. »Aber wir stehen auch erst am Anfang.«

Dem Stadtoberhaupt mangelte es nicht nur an Fachkenntnis-

sen, sondern auch an Diskretion. Ruben wußte seit langem, daß es sich nicht empfahl, dem Bürgermeister etwas mitzuteilen, was nicht im Handumdrehen die ganze Insel wissen sollte.
»Wer wird den Fall leiten?« erkundigte sich Hoch.
»Ich«, antwortete der Polizeichef. »Ginger Earley führt die Ermittlungen durch. Charlie Pricker ist für die Spurensicherung verantwortlich. Ich gehe davon aus, daß wir jeden unserer Leute einsetzen müssen.«
So klein wie ihr Team war, lag das nur nahe. Es kam Ruben absurd vor, dem Bürgermeister vorzubeten, was er bereits wußte. Schließlich gab es bei der Polizei von Seward Island nur zwei Detectives: Ginger, die er selbst vor knapp zwei Jahren eingestellt hatte, und Charlie, den er übernommen und im letzten Jahr zum Zivilfahnder befördert hatte.
»Herr im Himmel«, keuchte Hoch und schüttelte ratlos den Kopf. »Was hatte Tara um diese Uhrzeit dort draußen zu suchen? Wie kam sie zum Madrona Point? Und wie, Herrgott, landete sie in diesem Container? Warum, zum Teufel, sollte jemand so etwas tun?«
Lauter berechtigte Fragen, dachte Ruben. Bis jetzt konnte er keine von ihnen beantworten.

»Mr. Frankel schien echt erschüttert zu sein«, sagte Melissa Senn in der Mittagspause.
»Kam mir auch so vor«, stimmte Jeannie Gemmetta ihr zu. »Hast du sein Gesicht gesehen? Er war so blaß, daß ich gedacht habe, er fällt gleich in Ohnmacht oder so.«
»Genau«, sagte Melissa. »Er war völlig betroffen – als sei sie seine beste Freundin gewesen.«
»Tja, Tara sah Spitze aus«, äußerte Jack Tannauer. »Wer weiß – vielleicht haben sie's miteinander getrieben.«
»So was Dämliches«, höhnte Jeannie. Jacks Vater gehörte das Kino der Insel, und manchmal schien Jack sich zu viele Hollywood-Streifen angesehen zu haben. »Er ist einfach so. Ein einfühlsamer Mensch, der sich über andere Gedanken macht.« Ein

Lächeln trat auf ihr rundes, mütterliches Gesicht. »Ich hätte auch nichts dagegen, wenn er sich über mich Gedanken machte«, gestand sie kühn. »Du mußt zugeben, er ist wirklich süß.«

»Findest du?« fragte Melissa.

»Ja klar«, erwiderte Jeannie. »Diese verträumten Augen – wenn er mich anschaut, habe ich immer das Gefühl, er schaut in meine Seele.«

»Hör mal, der könnte dein Vater sein«, mischte sich Bill Graham ein, ein dürrer Sechzehnjähriger mit ungesunder Gesichtsfarbe, die, wie seine Freunde beschlossen hatten, aus der Tatsache resultierte, daß er zuviel Zeit im Hinterraum der Leichenhalle verbrachte, in der sein Vater tätig war.

»Na und?« gab Jeannie zurück. »Man sieht es ihm nicht an. Ich finde sogar, er hat ein bißchen Ähnlichkeit mit Brad Pitt.«

»Jetzt, wo du's sagst: Ich glaube, er ist wirklich ziemlich süß«, äußerte Melissa und kicherte.

»Wenn man mal von seiner Nase absieht«, warf Hank Kriedler ein.

»Was ist mit seiner Nase?«

»Ziemlich groß, findest du nicht?« sagte der bullige blonde Teenager mit höhnischem Grinsen.

»Ist mir noch nie aufgefallen«, gab Jeannie zu.

»Die hat er, weil er Jude ist«, sagte Hank.

»Ach ja?« rief Jeannie aus. »Das wußte ich nicht. Woher hast du das?«

Hank zuckte die Achseln. »In welcher Welt lebst du denn? Ich dachte, das wüßte jeder.«

»Es gibt noch nichts Konkretes«, berichtete Albert Hoch, der sich gegen Abend in Kyle Breckenridges geräumigem Büro an der Ecke von Commodore Street und Seward Way einfand.

Der Bankdirektor saß hinter einem eleganten Schreibtisch aus Rosenholz, der förmlich auf dem flauschigen, leuchtend blauen Teppichboden zu schweben schien, und durchbohrte den beleibten Bürgermeister mit Blicken.

»Ich will alles bis ins Detail wissen«, sagte er.

»Nun, Ruben hat natürlich alle Hebel in Bewegung gesetzt. Alles andere ist jetzt zweitrangig. Die Autopsie ist im Gange, und die Ermittlungen laufen auf Hochtouren. Magnus wird seinen Bericht in wenigen Tagen fertig haben, und Charlie Pricker hat die Spurenermittlung am Tatort sicher morgen abgeschlossen. Doch du weißt sicherlich, daß es Wochen, ja sogar Monate dauern kann, bevor die Ergebnisse der Laboruntersuchungen feststehen. Ginger Earley ist unterwegs und spricht mit den Leuten – mit denen, die Tara kannten.«

»Ich nehme an, daß dann auch jemand in Southwynd erscheinen wird«, sagte Breckenridge mit einem tiefen Seufzer. »Um ehrlich zu sein, Albert, ich weiß nicht, wie lange Mary das noch durchsteht.«

Hoch nickte. Mary Breckenridge war kein starker Mensch. »Wenn Phoebe und ich was für euch tun können ...« murmelte er.

»Ja, natürlich, besten Dank«, sagte Kyle, dem bewußt war, daß Phoebe Hoch mindestens so schwatzhaft war wie ihr Mann. »Ihr beide wart schon so hilfreich.« Er blinzelte mehrfach und richtete sich dann auf. »Weißt du, ob es schon brauchbare Verdächtige gibt?« fragte er. »Kann Martinez ein Motiv nennen? Oder hat er zumindest eine Theorie?«

Hoch rutschte unbehaglich hin und her. Der Polizeichef war ziemlich wortkarg gewesen und behielt seine Erwägungen offenbar für sich. Hoch hatte ihn nicht unter Druck gesetzt.

»Ich denke nicht«, sagte er. »Ich weiß, daß es Fälle gibt, in denen die Beweislage so offensichtlich und das Motiv so klar ist, daß der Mörder sofort überführt werden kann. Doch das scheint hier anders zu sein. Es wimmelt nicht gerade von Verdächtigen. Ruben muß losziehen und den Dreckskerl aufspüren. Aber dafür haben wir ihn schließlich auch eingestellt, oder?«

»Eine meiner Schülerinnen ist am Wochenende umgekommen«, berichtete Jerry Frankel seiner Frau am Montag abend beim Essen.

»Das ist ja schlimm«, murmelte Deborah, die sowohl mit einem Teller Linguine als auch mit einem ausführlichen Bericht befaßt war, den sie bis zum nächsten Morgen gelesen haben mußte.

»Nein, ich meine, sie wurde ermordet.«

Deborah blickte auf. »Jemand ist ermordet worden – hier auf Seward Island?« Ihr Mann nickte. »Das ist ja schockierend«, sagte sie. »Ich dachte immer, die Leute machen hier nichts anderes, als den Zedern beim Wachsen zuzuschauen.«

Sie waren allein in dem hellgrauen Eßzimmer. Jerry machte Matthew immer um sechs sein Abendessen, dann ließ er ihm sein Bad ein und brachte ihn ins Bett. Deborah kam selten vor acht Uhr nach Hause, doch sie schaffte es meist noch, ihrem Sohn einen Gutenachtkuß zu geben. Wenn sie wieder herunterkam, stand das Essen auf dem Tisch – Jerry war ein recht passabler Koch geworden –, und falls es irgend etwas zu besprechen gab, unterhielten sie sich beim Essen darüber. Das fiel allerdings aus, wenn Deborah noch zu arbeiten hatte. Sie hatten sich auf diese Regelung geeinigt, als sie beschlossen, daß Deborah sich zu dem Ableger ihrer Firma in Seattle versetzen lassen würde und Jerry mitten im Schuljahr nur eine Stelle auf einer Insel mit unregelmäßigem Fährverkehr finden konnte.

»Alle Schüler haben nur davon geredet«, sagte er. »Sogar Matthew wußte schon davon, als er heimkam.«

»Kanntest du das Mädchen gut?«

»Eigentlich nicht«, sagte er beiläufig und wickelte seine Linguine auf die Gabel. »Sie hieß Tara Breckenridge. Sie war im Sommer in der Ferienschule und in diesem Schuljahr auch in einer meiner Klassen.«

Deborahs helle Augen verdunkelten sich. »Was ist ihr zugestoßen?« fragte sie.

Jerry betrachtete stirnrunzelnd die Pasta auf seiner Gabel, als sei er nicht sicher, ob er sie essen wollte. »Angeblich ist sie erstochen worden und dann irgendwie in einem Müllcontainer am Madrona Point gelandet.«

Deborah hatte noch nie von Tara Breckenridge gehört, aber sie waren vor zwei Tagen am Madrona Point gewesen. Ein Schauer lief ihr den Rücken hinunter.

»Das ist ja gräßlich«, murmelte sie, widmete sich wieder ihren Linguine und blätterte den Bericht um.

»Alle sind furchtbar aufgeregt wegen Tara«, berichtete Stacey abends ihrem Vater. »Sie reden über nichts anderes. In jeder Pause fragen sie mich, ob ich irgendwas wüßte. Ich hasse das. Als würde ich irgend etwas ausplaudern, was ich von dir erfahren hätte.«

»Du weißt wahrscheinlich auch nichts über sie, oder?« fragte Ruben und seufzte.

»Im Grunde nicht«, sagte Stacey nachdenklich. »Es ist komisch, weißt du. Alle mochten Tara. Aber wenn man so hört, was sie über sie reden, merkt man, daß eigentlich keiner sie näher kannte. Sie haben alles nur aus zweiter Hand. Tara war nicht verwöhnt. Ich glaube, ihre Eltern waren sogar ziemlich streng mit ihr. Sie war auch nicht versnobt oder so. Sie hat ihren Reichtum, ihr Aussehen und ihre gesellschaftliche Stellung nie ausgenutzt, hat sich immer bemüht, zu allen nett zu sein, aber im Grunde ist sie ziemlich auf Distanz geblieben.«

»Wie fandest du sie?«

Stacey hatte von ihrem Vater nicht nur die Augen und die Hautfarbe geerbt, sondern auch den scharfen Verstand, und er wußte, daß auf ihr Urteil über Menschen Verlaß war.

»Ich hab sie wirklich kaum gekannt, obwohl ich im Unterricht immer wieder mit ihr zusammenkam. Aber genau das meine ich – sie hat niemanden an sich herangelassen. Ich dachte immer, sie sei eine gute Schülerin, aber vielleicht waren ihre Leistungen schlechter geworden oder so; jemand sagte, daß ihre Eltern sie auf die Ferienschule geschickt hätten. Ich habe nur einmal länger mit ihr geredet, und das war über Algebranoten.«

»Mit wem war sie befreundet?«

»Warte mal ... ich hab sie nur mit Melissa Senn und Jeannie Gemmetta öfter gesehen.«

»Und mit Jungen?«

Stacey schüttelte den Kopf. »Wenn sie mit Melissa und Jeannie zusammen war, schloß sie sich manchmal Hank Kriedler und seiner Clique an, aber ich bin ziemlich sicher, daß da nichts anderes lief.«

»Bist du sicher, daß du sie nie mit einem Jungen alleine gesehen hast?«

Das Mädchen dachte einen Moment nach, weil sie meinte, sich an etwas zu erinnern, doch sie bekam das Bild nicht zu fassen. Sie zuckte die Achseln und schüttelte den Kopf.

»Ich glaube, falls es so war, hab ich es vergessen«, sagte sie.

7

Tara Breckenridge ist nicht erst nach ihrem Tod zum Madrona Point geschafft, sondern auch dort umgebracht worden«, eröffnete Charlie Pricker am Dienstag morgen.

Er hatte in Rubens kleinem Büro auf dem einzigen verfügbaren Stuhl Platz genommen und ließ sich nach hinten an die Wand kippen. Seine randlose Brille thronte auf seinen brauen Locken. Der Polizeichef saß hinter seinem Schreibtisch. Somit blieb für Ginger nur ein knapper Stehplatz an der Tür.

»Woher weißt du das?« fragte sie.

Pricker grinste. »Wir haben die Stelle gefunden, wo er sie erledigt hat«, sagte er. »Etwa zwanzig Meter von dem Container entfernt. 'ne Menge Blut. Sieht aus, als hätte er versucht, es aufzuwischen – vielleicht mit dem Teppich, in den er sie eingewickelt hat. Der war blutdurchtränkt, und es hing Schotter dran. Als das nicht geklappt hat, ist er dazu übergegangen, den Schotter über die Flecken zu scharren. Er konnte vermutlich schlecht sehen im Dunkeln.« Der Detective wackelte mit dem Kopf. »Man kann nur hoffen, daß diese Leute nicht irgendwann rauskriegen, wie man so viel Blut beseitigt.«

»Warum hat er sie nicht einfach liegenlassen?« dachte Ginger laut.

Pricker zuckte die Achseln. »Ist ein ziemlich penibler Bursche, unser Missetäter, ein echter Sauberkeitsfreak. Wollte eben keine Schweinerei hinterlassen, denk ich mir. Oder vielleicht hat er sie in den Container geworfen, weil er dachte, da findet sie keiner. Er ist doch wahrhaftig danach in den Waschraum im

Park marschiert und hat sich gesäubert. Da haben wir auch Blutspuren gefunden.«

»Von ihr oder von ihm?« fragte Ruben.

»Wissen wir nicht«, antwortete Pricker. »Ich kann nur sagen, daß sie Blutgruppe A hatte, was mit einigen Spuren in dem Waschraum übereinstimmt. Aber wir haben auch AB und 0 gefunden. Die Blutspuren können was mit dem Mord zu tun haben oder auch nicht. Dasselbe gilt für die mindestens hundert Fingerabdrücke.«

»Fingerabdrücke in einem öffentlichen Park, nach einem Wochenende?« äußerte Ruben. »Da stehen die Chancen schlecht. Waren blutige dabei?«

»Nein«, erwiderte Charlie. »Aber wir haben einen Teilabdruck auf dem Kreuz gefunden, das Tara an einer Kette trug.«

Ruben und Ginger beugten sich gleichzeitig vor.

»Blutig?« fragte der Polizeichef.

Der Detective schüttelte den Kopf. »Leider nicht.«

»Na ja, immerhin etwas«, sagte Ginger. »Es heißt nicht, daß er vom Zeitpunkt des Mordes stammen muß, aber wir können ihn vielleicht trotzdem verwenden.«

Ruben lehnte sich zurück. »Die ersten achtundvierzig Stunden sind entscheidend bei einem Mordfall«, sagte er. »In dieser Zeit muß man die Beweise finden, die zum Täter führen.«

»Was haben wir bis jetzt?« fragte Ginger nach.

Der Breckenridge-Fall war neunundvierzig Stunden alt. Ruben seufzte. »Nicht genug«, antwortete er.

Sie konnten die Todeszeit eingrenzen. Sie waren ziemlich sicher, daß sich bei der Autopsie herausstellen würde, daß Tara Breckenridge an den Stichwunden gestorben war. Sie konnten Tom und Billy Hildress als Tatverdächtige ausschließen. Sie wußten, daß der Mörder den Teppich, in den das Opfer eingewickelt gewesen war, aus dem Container geholt hatte, denn der sechsundsechzigjährige Egon Doyle hatte bezeugt, daß er aus dem Besitz seiner kürzlich verstorbenen Mutter stammte. Er sagte aus, daß er den Teppich Samstag nachmittag gegen fünf in den Container geworfen hatte. Egon Doyle kam als Tatverdächtiger nicht in Frage. Und nun wußten sie, daß Madrona Point auch der Tatort gewesen war. Doch sie hatten weder Augenzeugen noch Mordwaffe, weder Motiv noch Verdächtige.

»Die Leute hier möchten unbedingt glauben, daß der Mord von einem geistesgestörten Fremden begangen wurde«, sagte Ginger. »Die Vorstellung, daß einer von ihnen Tara auf so grauenhafte Art ermordet hat, ist einfach zu bedrohlich.«

»Das kann man verstehen«, erwiderte Ruben.

Ginger sah ihn prüfend an. »Du glaubst nicht, daß es ein Fremder war, oder?«

Der Polizeichef schüttelte den Kopf. »Nein«, gab er zu. »Aber ich kann mich täuschen. Es ist nur so eine Ahnung, die mit der Art des Verbrechens zu tun hat.«

»Einen Zusammenhang mit Drogen können wir, glaube ich, ausschließen«, äußerte Ginger. »Jeder, mit dem ich gesprochen habe, sagte, daß Tara nicht mal Aspirin nahm. Und kein Mensch hat sie je mit einem der Drogenfreaks gesehen.«

Bei den Teenagern erfreuten sich Marihuana, Speed und Methedrin großer Beliebtheit. Der Polizeistatistik zufolge war der Konsum auf der Insel doppelt so hoch wie im nationalen Durchschnitt.

»Charlie, können wir Drogen ausschließen?« fragte Ruben.

Der Detective nickte. »Ja«, erwiderte er. »Laut Magnus hatte sie keine Drogen, keinen Alkohol und kein Aspirin im Blut.«

»Wenn hier ein Irrer herumläuft«, sagte Ginger, »dann sucht er sich vielleicht noch weitere Opfer.«

»Wenn das die Tat eines Irren war«, entgegnete Ruben, »schließe ich meine Tochter bis zum Ende ihres Lebens auf ihrem Zimmer ein.«

»Wovon können wir sonst ausgehen, solange wir kein Motiv haben?« fuhr Ginger unbeirrt fort.

Ruben stand auf und streckte den Rücken. »Wir kommen offensichtlich nicht weiter, indem wir herumsitzen und uns irgendwas zurechtlegen«, erklärte er. »Charlie, du mußt ein blutiges Messer finden. Und du, Ginger, sprichst mit jedem, der Tara kannte.« Er hielt inne und dachte an Staceys Worte. »Rede mit jedem, der irgend etwas über sie weiß.«

»Schon unterwegs«, sagte Charlie. »Falls du mich brauchst: Ich bin am Madrona Point.«

»Ich ziehe auch los«, verkündete Ginger. »Falls du mich brauchst: Ich bin in der Schule.«

Ruben nickte. »Und falls ihr mich braucht: Ich bin auf Southwynd.«

Um Punkt zehn Uhr morgens klingelte Ruben an der Haustür von Southwynd.

»Kommen Sie herein, Chief Martinez«, bat ihn Mary Breckenridge, die selbst öffnete. »Mein Mann erwartet Sie.«

Sie war sehr blaß. Ihre Augen waren rot und von dunklen Schatten umgeben. Sie sah aus wie ein Gespenst. Ihr hellbraunes Haar wirkte zerzaust. Ihr schwarzes Kleid hatte sicher viel Geld gekostet, war aber unvorteilhaft für sie.

»Es tut mir leid, Sie in der Trauerzeit stören zu müssen«, murmelte Ruben.

Sie führte ihn einen hellgrünen marmorgekachelten Flur entlang, in dem auf verschnörkelten Säulen Büsten von Vorfahren und ausladende Blumenbouquets standen. Sie betraten eine holzgetäfelte Bibliothek, die mit flauschigem rotem Teppichboden und schimmernden Ledermöbeln ausgestattet war. In den Regalen, die vom Boden bis zur Decke reichten, standen Bücher unterschiedlichster Art und Größe. Ruben erkannte Werke von Stevenson, Kipling, Hardy und Maugham, vermutlich Erstausgaben.

Die Morgensonne stahl sich durch die Holzjalousien. In dem ausladenden Kamin glomm ein Feuer. Dies war kein Zimmer, in dem Kinder spielen durften. Es war ein Raum, der unzweifelhaft einem Mann gehörte, und er war makellos. Ruben konnte kein Stäubchen, nicht die geringste Spur von Unordnung entdecken.

»Ich beantworte Ihnen gerne alle Fragen«, sagte Kyle Breckenridge. »Aber ich glaube kaum, daß ich Ihnen weiterhelfen kann.«
Er trug einen dunkelgrauen Anzug, ein perfekt sitzendes weißes Hemd und eine schwarze Krawatte. Trotz seiner Sonnenbräune wirkte sein Gesicht fahl.
»Nun, manchmal erweist sich eine scheinbar unbedeutende Information als Dreh- und Angelpunkt eines Falls«, entgegnete Ruben.
Breckenridge wies auf zwei Sessel am Kamin. Seine Frau machte Anstalten, sich zurückzuziehen.
»Bitte, bleiben Sie, Mrs. Breckenridge«, hielt Ruben sie zurück. »Ich würde dieses Gespräch gerne mit Ihnen beiden führen, falls es möglich wäre.«
Sie sah ihren Mann an. Er zuckte die Achseln. Sie zog sich einen Stuhl heran und ließ sich auf der Kante nieder. Ruben nahm an, daß sie sich nicht sehr häufig in diesem Raum aufhielt. Er holte einen Block und einen Stift aus der Jackentasche.
»Fangen wir mit dem letzten Samstag an«, sagte er. Er bemühte sich um einen freundlichen, gelassenen Tonfall. »Um welche Zeit haben Sie Tara zuletzt gesehen?«
»Es muß etwa um zehn Uhr abends gewesen sein«, antwortete Kyle. »Wir aßen um halb acht, danach sahen wir eine Weile fern. Um neun ging unsere jüngere Tochter schlafen. Um zehn zog sich meine Frau zurück, weil sie Kopfschmerzen hatte, und ich hielt mich eine Weile hier auf und las.«
»Und Tara?«
»Als meine Frau sich zurückzog, ging Tara auf ihr Zimmer, um Hausaufgaben zu machen.«
»War das üblich?«
»Was?«
»Daß sie sich am Samstagabend in ihrem Zimmer aufhielt, um Hausaufgaben zu machen?«
»Üblich würde ich vielleicht nicht sagen, aber es kam öfter vor,

vor allem, wenn eine Arbeit bevorstand oder sie etwas abgeben mußte.«

»War das an diesem Abend der Fall?«

Breckenridge sah seine Frau an. »Ich weiß es nicht genau«, antwortete er.

»Wissen Sie es, Mrs. Breckenridge?« fragte Ruben höflich.

»Nein«, sagte Mary Breckenridge kaum hörbar. »Ich kann nur vermuten, daß es so war.«

»Wie verbrachte Tara die Wochenenden, wenn sie nichts für die Schule zu tun hatte?« Die Frage war an die Mutter gerichtet, doch der Vater beantwortete sie.

»Wenn meine Frau und ich ausgingen, blieb sie mit ihrer Schwester zu Hause.«

»Und wenn das nicht der Fall war?«

»Manchmal gingen wir abends alle zusammen essen und ins Kino«, sagte Breckenridge. »Ab und zu fuhren wir nach Seattle ins Konzert oder ins Theater.«

»War Tara manchmal Samstag abends mit Freunden unterwegs?«

»Gelegentlich«, antwortete Breckenridge.

»Hatte sie einen Freund?«

»Nein«, sagte der Vater entschieden. »Das erlaubten wir ihr nicht. Sie war erst vierzehn.«

»Fünfzehn«, murmelte die Mutter.

Ruben warf beiden einen kurzen Blick zu. »Wo war Tara an diesem Samstag tagsüber?« fragte er.

»Mit ihrer Schwester in der Stadt«, sagte Mary. »Ich habe sie kurz vor elf abgesetzt. Sie aßen zusammen zu Mittag und gingen bummeln, und ich holte sie später ab. Um drei waren wir wieder zu Hause.« Die Mutter blickte ins Feuer. »Die beiden verstanden sich sehr gut.«

»Und ab drei war Tara im Haus?«

»Ja.«

»Kamen Anrufe für sie? Wissen Sie, ob sie jemanden angerufen hat?«

Kyle schüttelte den Kopf. »Nein, ich hatte am Samstag ein Golfturnier. Ich war erst kurz nach sechs zurück.«
»Wissen Sie etwas, Mrs. Breckenridge?« fragte Ruben.
Mary schüttelte den Kopf. »Ich habe nicht gehört, daß sie telefoniert hätte. Aber sie hat ein Telefon auf ihrem Zimmer, es wäre also möglich.«
»Gut«, sagte Ruben so behutsam wie möglich, »aus unseren bisherigen Ermittlungen schließen wir, daß Tara zwischen zwölf und zwei Uhr nachts starb. Das heißt, sie müßte das Haus irgendwann zwischen zehn Uhr, als Sie sie zuletzt sahen, und Mitternacht verlassen haben. Wissen Sie, wohin sie um diese Uhrzeit gegangen sein könnte?«
Kyle zuckte die Achseln. »Ich habe keine Ahnung.«
»Und sie hat keinem von Ihnen etwas gesagt, bevor sie wegging?«
»Wie ich schon sagte. Ich war hier in der Bibliothek und las. Ich habe sie nicht mehr gesehen, nachdem sie nach oben gegangen war, und ich habe auch nicht gehört, wie sie das Haus verließ.«
Ruben wandte sich an die Mutter.
»Ich war auf meinem Zimmer«, beantwortete sie die stumme Frage. »Ich hatte Migräne.«
»Aber Sie wissen sicher, daß es nach zehn war?«
»Ja«, sagte der Vater.
»Tat Tara so etwas öfter?« fragte Ruben.
»Was?«
»So spät abends noch aus dem Haus gehen?«
»Nein, natürlich nicht«, antwortete Breckenridge. »Sie war ein anständiges Mädchen. Wenn wir nicht zusammen unterwegs waren, lag sie jeden Samstagabend um elf im Bett.«
»Aber an diesem Samstag war es nicht so, nicht wahr?«
Kyle zögerte kurz. »Nein, offenbar nicht.«
»Und sie ging aus dem Haus, ohne Ihnen etwas davon zu sagen.«
»Es sieht so aus.«

»Und als sie morgens nicht da war, nahmen Sie an, daß sie bei einer Freundin war.«
»Ja.«
»Warum?« wollte Ruben wissen.
»Es war die naheliegende Erklärung«, sagte Breckenridge. »Beim Abendessen hatte sie erwähnt, daß sie irgendwelche Aufzeichnungen aus der Chemiestunde zurückgeben müsse.«
»Aber Sie waren nicht beunruhigt, als sie zum Frühstück nicht erschien?«
Breckenridge runzelte die Stirn. »Ich habe mich gewundert, und ich muß zugeben, daß ich auch etwas verärgert war, weil sie keinem gesagt hatte, daß sie wegging, aber ich war nicht beunruhigt«, sagte er. »Die Insel hier war immer so sicher. Außerdem wußten wir ja nicht, daß sie die Nacht nicht zu Hause verbracht hatte.«
»Hat jemand nachgesehen, ob Tara in ihrem Bett geschlafen hatte?«
»Ja, ich«, sagte Mary. »Das Bett sah benutzt aus. Sie schien darin gelegen zu haben.«
»Wir kamen nicht auf den Gedanken, daß ihr etwas zugestoßen sein könnte«, sagte Breckenridge. Er seufzte schwer. »Hätte ich nur nach ihr gesehen, bevor ich ins Bett ging.«
»Sie konnten es nicht ahnen«, sagte Ruben.
Kyle schloß die Augen. »Nein«, sagte er. »Wahrscheinlich nicht.«
»Übrigens, wann sind Sie selbst zu Bett gegangen?«
»Ich glaube, etwa um halb elf«, antwortete Breckenridge. »Kurz danach vielleicht.« Er sah seine Frau an. »Weißt du noch, wann ich nach oben kam?«
Mary Breckenridge blinzelte ein paarmal. »Etwa um halb elf«, sagte sie.
»Sind Sie sicher?« hakte Ruben behutsam nach.
Sie nickte stumm.
»Die Haushälterin müßte es wissen«, sagte Breckenridge plötzlich. »Sie hat in der Eingangshalle das Licht ausgemacht, als ich nach oben ging.«

»Gab es an diesem Abend irgendeine Auseinandersetzung?« fragte Ruben. »Hatte sich Tara über etwas aufgeregt? War einer von Ihnen aus irgendeinem Grund böse auf sie?«
»Nein«, antwortete Breckenridge. »Es gab keinen Streit. Niemand war wütend.«
»Gab es möglicherweise etwas, das Tara bedrückte?«
»Was meinen Sie damit?«
»Nun ja, ich habe selbst eine Fünfzehnjährige im Haus«, sagte Ruben und lächelte, »und ich weiß, daß sie manchmal Probleme hat, die ihr unlösbar erscheinen. Jugendliche in diesem Alter tun sich oft schwer damit, mit ihren Eltern über ihre Gefühle zu sprechen.«
»Warum fragen Sie das alles?« sagte Breckenridge mit einem Stöhnen.
»Ich weiß, wie qualvoll das für Sie sein muß«, sagte Ruben. »Doch nur, indem wir alles über Tara und ihre Lebensgewohnheiten erfahren, können wir herausfinden, warum diese schreckliche Tat begangen wurde.«
Breckenridge seufzte. »Nun, Chief Martinez, wenn sie ein Problem hatte, das sie mit uns nicht besprechen wollte, können wir wohl auch nichts davon wissen, oder?«
»Und Sie, Mrs. Breckenridge?« fragte Ruben. »Hatten Sie den Eindruck, daß Tara etwas bedrückte oder beschäftigte?«
»Nein«, flüsterte die Frau. Tränen stiegen ihr in die Augen.
»Und ihre Schwester? Sie sagten, die beiden verstanden sich gut. Könnte Tara mit ihr darüber gesprochen haben?«
»Tori ist erst zwölf«, sagte Breckenridge. »Wenn Tara sich mit ihr unterhalten hat, dann nur über Puppen und Haarbänder. Wie ich Ihnen schon sagte, Tori ging an diesem Abend um neun zu Bett. Sie weiß nichts – wir haben sie gefragt. Sie ist völlig verstört durch den Tod ihrer Schwester, und ich möchte Sie bitten, ihre Lage nicht noch zu verschlimmern, indem Sie ihr jetzt Fragen stellen. In ein, zwei Wochen vielleicht, wenn es nicht mehr – so schmerzhaft ist.«
»Selbstverständlich«, sagte Ruben. »Ich habe volles Verständ-

nis. Gut, Sie hatten Aufzeichnungen aus dem Chemieunterricht erwähnt. Wenn Tara beschlossen hat, diese Aufzeichnungen an jenem Abend zurückzugeben, wohin könnte sie dann gegangen sein? Zu einer Klassenkameradin? Einer Freundin? Haben Sie eine Ahnung, wer das sein könnte?«

»Ich fürchte, dazu kann ich nichts sagen«, gab Breckenridge zu. »Ich wußte nicht viel über ihre Freundinnen und Klassenkameradinnen.«

»Sie vielleicht, Mrs. Breckenridge?« erkundigte sich Ruben.

»Vielleicht zu Melissa oder Jeannie«, äußerte Mary und tupfte sich die Wangen mit dem nassen Taschentuch ab. »Ich glaube, sie waren zusammen im Chemieunterricht.«

»Hätte sie zu Fuß zu diesen beiden Mädchen gelangen können?«

Ein kurzes Schweigen trat ein.

»Jeannie wohnt auf der anderen Seite der Insel«, sagte Mary Breckenridge dann. »Melissas Haus ist etwa einen Kilometer entfernt von hier. Vielleicht gibt es noch jemanden, der direkt in der Nachbarschaft wohnt. Ich weiß es nicht.«

»Wissen Sie, vielleicht wollte sie nur ein bißchen frische Luft schnappen«, äußerte Kyle unvermittelt. »Ohne bestimmtes Ziel, einfach so.«

»Frische Luft?« erkundigte sich Ruben höflich.

Breckenridge nickte. »Es war wunderbares Wetter am Samstag, ziemlich warm für die Jahreszeit. Vielleicht ist sie ein bißchen spazierengegangen, und ein Wahnsinniger kam vorbei, und sie ist aus irgendeinem schrecklichen Grund zu ihm ins Auto gestiegen. Niemand von der Insel natürlich«, fügte er hastig hinzu. »Ein Fremder.«

»Das wäre möglich«, räumte Ruben ein und wechselte das Thema. »Lebt Ihre Haushälterin bei Ihnen?«

»Ja«, bestätigte Breckenridge.

»Wohnt außer ihr noch jemand im Haus?«

»Nein.«

»Bekommt sie manchmal Besuch?«

»Nein. Mrs. Poole ist Witwe. Sie hat keine Kinder und bekommt nie Besuch. Wir sind vermutlich ihr Familienersatz. Sie ist seit zwanzig Jahren bei uns.«

»Es wäre hilfreich, wenn ich kurz mit ihr sprechen könnte«, sagte Ruben. »Um noch etwas klarer zu sehen.«

Breckenridge zog an einer Seidenkordel neben dem Kamin. Sie saßen schweigend da, bis Irma Poole leise anklopfte und dann eintrat.

»Chief Martinez ist wegen Tara hier«, informierte sie Kyle. »Er möchte erfahren, was wir am Samstagabend gemacht haben. Ich habe ihm schon gesagt, daß ich gesehen habe, wie Sie gerade das Licht ausschalteten, als ich nach oben ging. Mrs. Breckenridge und ich denken, daß das ungefähr um halb elf war. Können Sie sich erinnern?«

Irma Poole blickte ihren Dienstherrn an und nickte. »Es war genau um halb elf«, sagte sie.

»Sind Sie sicher?« fragte Ruben.

»Ja«, antwortete die Haushälterin.

»Wieso wissen Sie das so genau?«

»Weil ich immer um halb elf die Tür abschließe und die Lichter lösche«, sagte Irma Poole.

»Ist Ihnen an diesem Abend irgend etwas Außergewöhnliches aufgefallen? Irgend etwas, das Sie zunächst nicht für wichtig hielten, das Ihnen jetzt aber ungewöhnlich vorkommt?«

Die Frau dachte kurz nach. »Nein«, sagte sie schließlich und sah Ruben dirckt an. Ihr Blick war traurig. »Mir ist nichts aufgefallen.«

»Danke, Mrs. Poole«, sagte Kyle, und die Haushälterin entfernte sich.

»Sie hatte Tara so gern«, sagte Mary mit einem kläglichen Lächeln. »Jeder hatte sie gern.«

Ruben sah Breckenridge an; er starrte ins Feuer, und sein Gesicht war angespannt und blaß. Was er als nächstes tun mußte, war Ruben zuwider, aber es ließ sich nicht vermeiden.

»Mr. Breckenridge, wären Sie, falls es sich als erforderlich

herausstellen sollte, bereit, sich einem Lügendetektortest zu unterziehen und uns eine Blutprobe zu geben?«
Mary keuchte erschrocken, und Kyle bedachte den Polizeichef mit einem eisigen Blick.
»Ist das Ihr Ernst?« fragte er. »Glauben Sie wirklich, daß ich so etwas meinem eigenen Kind antun würde?«
Ruben zuckte die Achseln. »Es tut mir leid«, sagte er. »Aber es gehört zu meiner Arbeit, auch die unwahrscheinlichsten Möglichkeiten in Betracht zu ziehen.«
»Ich werde mich in Graham Hall für etwaige Tests zur Verfügung stellen, falls Sie ausreichend Gründe finden, meine Beteiligung an diesem Fall in Erwägung zu ziehen«, lautete die indignierte Antwort.
»Danke«, sagte Ruben und fuhr fort. »Haben Sie eine Vorstellung, wer Grund gehabt haben könnte, Ihrer Tochter etwas anzutun?«
Bei dieser Frage brach Mary endgültig in Tränen aus und verbarg schluchzend das Gesicht im Taschentuch.
Kyle Breckenridge schüttelte den Kopf. »Wie meine Frau gerade schon sagte, Chief Martinez: Jeder hatte Tara gern. Sie hatte keine Feinde.«
»Gibt es vielleicht jemanden, der über sie *Ihnen* Leid zufügen wollte?«
»Mir?« fragte Breckenridge aufrichtig erstaunt. »Aber ich habe auch keine Feinde. Ich habe mein Leben lang anderen geholfen. Es kann niemanden geben, der mich so sehr haßt, daß er seinen Zorn an diesem wunderbaren Mädchen ausläßt.«
Bei den letzten Worten begann seine Stimme zu zittern, und es war um seine Fassung geschehen. Er wandte sich ab.
Im Laufe der Jahre hatte Ruben gelernt, wann er einen Schlußpunkt setzen mußte.
»Ich danke Ihnen, daß Sie sich Zeit genommen haben«, murmelte er. »Ich finde hinaus.« Er steckte seinen Block und seinen Stift in die Jackentasche und erhob sich. An der Tür blieb er stehen. Er hatte das Bedürfnis, den verzweifelten

Eltern seine Gefühle zu vermitteln. »Meine Tochter bedeutet mir alles im Leben«, sagte er. »Ich weiß, wie mir zumute wäre, falls ihr so etwas zustieße. Mein herzliches Beileid.«

Kyle Breckenridge nahm sich zusammen und stand auf. »Ich weiß, daß Sie Ihre Ermittlungen durchführen müssen, Chief Martinez«, sagte er mit tonloser Stimme, »und ich möchte Sie in keiner Weise behindern. Aber wir müssen unsere Tochter zu Grabe tragen und unsere Trauerzeit durchstehen. Ich glaube, die Bewohner der Insel empfinden das ebenso. Wenn Sie die Untersuchung beschleunigen könnten, würde uns das unendlich viel bedeuten.«

Ruben nickte. »Ich werde dafür sorgen, daß der Leichnam so bald wie möglich freigegeben wird.«

Jetzt standen dem Vater Tränen in den Augen. »Finden Sie den Dreckskerl, der meiner Kleinen das angetan hat«, flüsterte er.

Ruben fuhr zum Revier zurück und dachte über das Gespräch mit den Breckenridges nach.

Es war ein Armutszeugnis für die Welt, in der er lebte, befand er, daß er im Zuge seiner Ermittlungen nicht umhinkonnte, Kyle Breckenridges Alibi zur Tatzeit festzustellen. Der Mann litt ganz offensichtlich, und als Vater identifizierte sich Ruben unwillkürlich mit ihm. Allein die Vorstellung, daß jemand Stacey auch nur ein Haar krümmen könnte, trieb ihn zur Raserei, und er wußte, wie er sich in einer solchen Lage verhalten würde.

In Anbetracht der Umstände hatte Tara Breckenridges Vater sich verhalten wie ein Gentleman.

»Die Polizei geht davon aus, daß Tara Breckenridge nach zehn Uhr am Samstag abend in der Nähe ihres Elternhauses unterwegs war und von einer oder mehreren Personen angegriffen wurde«, *begann die Titelgeschichte des* Sentinel *am nächsten Tag.*

»Wie Bürgermeister Albert Hoch verlauten ließ, war das all-

seits beliebte Mädchen auf dem Weg zu einer Freundin oder wollte frische Luft schnappen.
Hoch sagt: ›Wir haben Grund anzunehmen, daß Tara in der Nähe von Southwynd entführt und von dort aus zum Madrona Point gebracht wurde, wo sie auf so tragische Weise zu Tode kam.‹«

»Wenn eine solche Tragödie überhaupt etwas Gutes haben kann«, *schrieb ein Mitglied der Episkopalkirche, der die Familie Breckenridge angehörte,* »dann besteht es nur darin, daß der Kummer, den uns Taras Tod bereitet, uns dazu bewegt, jeden Moment mit unseren eigenen Kindern um so mehr auszukosten.«

»Ob es uns gefällt oder nicht: Auf unserer Insel hat es ein Gewaltverbrechen gegeben«, *schrieb ein grimmiger Fischer, dessen Sohn wegen Kokainbesitz zwei Jahre in einem Gefängnis in Kalifornien absaß.* »Vielleicht schaffen wir es nur, unsere Jugend vor Schwierigkeiten zu bewahren, indem wir sie von der Straße fernhalten.«

8

Malcolm Purdy lebte im Westen der Insel auf einem fünftausend Quadratmeter großen Grundstück, das ihm von einem Großonkel hinterlassen worden war, den er nie kennengelernt hatte. Als der mürrische ehemalige Angehörige der Marines sein Erbe antrat, grenzte er das Land als erstes durch eine hohe Steinmauer und ein Eisentor ab. Dann ließ er Strom legen.

Zehn Jahre zuvor war er in einem neuen Jeep Cherokee von der Fähre gefahren, in Begleitung eines halbblinden Hundes. Er tauchte quasi aus dem Nichts auf. Niemand auf der Insel hatte je erfahren, womit er sein Geld verdiente. Er ging nicht zur Arbeit, hatte offenbar kein Vermögen und von seiner Pension, die er von der Armee bezog, und seinem kleinen Erbe abgesehen, kein Einkommen. Er lebte allein in dem Häuschen, das sein Großonkel gebaut hatte, und ging so gut wie nie aus dem Haus. Lediglich einen Monat pro Jahr verbrachte er nicht auf der Insel.

Die wenigen Menschen, die das Grundstück je zu Gesicht bekamen – vorwiegend Lieferanten –, berichteten, daß er das Land brachliegen ließ. Seine Nachbarn wußten, daß er viel Zeit mit Schießübungen verbrachte, denn die Schüsse vernahm man weithin. Die Frau, die dreimal in der Woche zu ihm kam, putzte, seine Wäsche wusch, für ihn einkaufte und während seiner einmonatigen Abwesenheit in dem Haus wohnte, war so wortkarg wie ihr Dienstherr. Einige behaupteten, daß sie auch seine Geliebte sei, doch falls dem so war, schien sich ihr Gatte, ein ergrauter Fischer, der manchmal monatelang auf seinem Boot lebte, nicht daran zu stören.

In den ersten Jahren seiner Anwesenheit war Malcolm Purdy Gesprächsthema Nummer eins auf der Insel, denn in einer kleinen Gemeinde erfährt man alles über die Nachbarn. Die Leute wußten, daß er sich von einem Versandhaus einen teuren Computer bestellt hatte. Sie waren nahezu über jeden Cent im Bilde, den er in Gus Landrys Waffengeschäft für Munition ausgab. Sie bemerkten die Waffenzeitschriften, die in seinem Briefkasten steckten. Sie nahmen an, daß er ein regelrechtes Waffenlager auf seinem Grundstück hatte, doch da niemand eingeladen wurde, wußte keiner genau Bescheid. Vor allem zerbrachen sie sich den Kopf darüber, was er während des einen Monats tat, den er fern der Insel verbrachte. Sie hätten fast alles darum gegeben, das zu erfahren, doch sie kannten niemanden, der diese Frage beantworten konnte.

Schließlich gewöhnte man sich an ihn und gönnte dem Einsiedler die Abgeschiedenheit. Dann tauchten seltsame Männer auf der Insel auf, kamen ein oder zwei Monate bei ihm unter und verschwanden wieder.

Kurz nach dem Erscheinen der ersten Besucher wurden große Mengen Holz und anderes Baumaterial angeliefert, und die Nachbarn hörten, wie gesägt und gehämmert wurde. Ein Mann vom Festland, der Klärbehälter auf dem Grundstück installierte, berichtete, daß Purdy hinter seinem Häuschen eine Schlafbaracke baute. Ein auf der Insel ansässiger Klempner bestätigte diese Aussage später.

Man hatte neuen Gesprächsstoff. Was ging dort vor? fragten sich die Klatschmäuler. Bildete er Terroristen aus? Plante er einen Aufstand? Verbarg er gesuchte Straftäter?

Falls Purdy wußte, wie sehr sich die Inselbewohner über ihn den Kopf zerbrachen, ließ er es sich jedenfalls nicht anmerken. Für ihn befanden sie sich auf einem anderen Planeten. Er war ohne Eltern aufgewachsen und bis zu seinem achtzehnten Lebensjahr von einem Verwandten zum nächsten weitergereicht worden. Das Marine-Corps war jahrelang sein ein und alles gewesen. Dort gewann er Freunde, lernte Disziplin und fand eine Identität und ein Lebensziel für sich. Er lernte auch zu töten; schnell, sauber und skrupellos. Malcolm Purdy gefiel es bei den Marines.

Er hatte einst eine Frau gehabt, mit der er sein Leben verbringen wollte. Eines Tages war er unangemeldet nach Hause gekommen und hatte sie mit einem anderen im Bett vorgefunden. Er hatte beide kaltblütig mit einem Kopfschuß umgebracht.

Seinem Anwalt, einem scharfzüngigen Major, gelang es, Purdy zu entlasten. Er vertrat den Standpunkt, daß es sich um ein Verbrechen aus Leidenschaft handelte, und er ließ sogar durchblicken, daß es der Frau und ihrem Liebhaber geradezu recht geschehen sei.

Doch die Marines mußten ihren Ruf schützen. Nach dreiundzwanzig Jahren treuer Dienste wurde Purdy von einem Tag auf den anderen entlassen. Er machte dem Corps keine Vorwürfe; er verstand die Regeln.

Er war alleine mit einer fünf- und einer dreijährigen Tochter. Er brachte sie zu einer Cousine zweiten Grades und ihrem Mann in Mobile, die um die Dreißig waren und keine eigenen Kinder hatten.

»Ich möchte, daß ihr die Mädchen adoptiert«, sagte er. Er übergab ihnen ein Papier, in dem er auf sämtliche väterlichen Rechte verzichtete. »Sie brauchen ein anständiges Zuhause und eine anständige Mutter. Sie müssen nicht erfahren, daß ihre leibliche Mutter eine Hure und ihr Vater ein Mörder war.«

»Wo wirst du hingehen?« fragte seine Cousine. »Was willst du tun?«

»Ich weiß es nicht«, sagte er. »Mach dir keine Gedanken darüber.«

Einen Monat später meldete sich ein Anwalt, der das Erbe seines Großonkels verwaltete, bei ihm.

In den zehn Jahren, die seither vergangen waren, hatte Malcolm Purdy keinen Versuch unternommen, mit seiner Cousine in Kontakt zu treten oder zu erfahren, was aus seinen Kindern geworden war. Er schickte keine Geburtstagskarten und keine Weihnachtsgeschenke. Doch nachdem er aus der Zeitung von dem Mord an Tara Breckenridge erfahren hatte, griff er zum Telefon und rief in Mobile an.

»Ich wollte nur mal hören, ob es ihnen gutgeht«, sagte er.

»Es geht ihnen bestens«, sagte seine Cousine. »Es sind ganz normale, intelligente, hübsche Mädchen, und sie sind glücklich.«

»Erinnern sie sich ... an irgendwas?« fragte er.

»Ich glaube, sie erinnern sich nur an Gutes«, antwortete sie. »Möchtest du mit ihnen sprechen?«

»Nein«, sagte er hastig. »Ich wollte nur hören, wie es ihnen geht.«

9

Sämtliche Bemühungen, der Person oder der Personen habhaft zu werden, die Tara Breckenridge nach Polizeiangaben vermutlich in der Nähe ihres Elternhauses entführten und dann brutal ermordeten, sind bisher ergebnislos«, meldete der *Sentinel*.

»Die Polizei bittet alle Mitbürger, denen am späten Samstag abend oder frühen Sonntag morgen in der Nähe des Anwesens Southwynd oder im Madrona Point Park etwas Ungewöhnliches aufgefallen ist, so schnell wie möglich Meldung darüber zu erstatten.

›Wir suchen vermutlich nach einem Fremden‹, äußerte Bürgermeister Hoch dem Reporter gegenüber. ›Nach jemandem, der nicht auf Seward Island lebt, sondern sich nur an diesem Tag auf der Insel aufhielt. Wenn jemand von einer solchen Person weiß, sie gesehen oder mit ihr gesprochen hat, möge er uns bitte schnellstens davon in Kenntnis setzen.‹

›Manchmal führt die kleinste, scheinbar unbedeutende Information zur Aufklärung eines Falls‹, sagte Detective Ginger Earley.«

»Wenn unsere Kinder irregehen, haben wir es versäumt, ihnen die christliche Moral nahezubringen«, *schrieb ein religiöser Eiferer an die Zeitung.* »Sie fallen der Genußsucht anheim, die unsere Gesellschaft zersetzt, und wir müssen alles tun, was in unseren Kräften steht, um sie wieder in die Arme des Herrn zurückzuführen.«

»Der Tod von Tara Breckenridge ist grauenhaft und erschütternd«, *schrieb eine Hausfrau, Mutter von vier Kindern,* »aber nicht ihr Mangel an Moral hat sie getötet, sondern ein Wahnsinniger, und das sollten wir nicht vergessen. Unsere Kinder sind in Ordnung.«

»Wenn Tara Breckenridge zu Hause gewesen wäre, wie es sich für ein anständiges Mädchen gehört, statt mitten in der Nacht draußen herumzulaufen, wäre sie dann noch am Leben?« *fragte ein geschiedener Tischler, der seine eigene Tochter äußerst selten sah.*

Magnus Coop saß am Ende des rechteckigen Metalltisches in dem kleinen fensterlosen Raum in Graham Hall, den die Polizei für Verhöre oder Treffen mit mehr als drei Personen benutzte. Vor ihm lag die aufgeschlagene Morgenzeitung. »Manchmal weiß ich nicht, was schlimmer ist«, verkündete er und beäugte den Text durch seine Nickelbrille, »die Fakten oder die Spekulation.«
»Die Abwesenheit von ersteren führt häufig zum vermehrten Auftreten des letzteren«, bemerkte dazu der Polizeichef, der ihm gegenübersaß. Er blickte auf den Ordner, der aufgeschlagen vor dem Gerichtsmediziner lag. »Ich nehme an, das ist unser Autopsiebericht.«
»So ist es.«
»Und wie sieht's aus?«
»Ich sollte Sie warnen, Magnus«, sagte Ginger, die zwischen den beiden Männern an der Längsseite des Tisches saß, »denn Ruben ist im Gegensatz zu unserem geschätzten Lokalblatt nicht der Ansicht, daß unser Täter ein Fremder ist.«
»Nein?« fragte Coop und fixierte den Polizeichef. »Weshalb nicht?«
Ruben zuckte die Achseln. »Es würde den Fall in vielerlei Hinsicht vereinfachen. Aber es paßt einfach nicht. Außerdem neige ich immer dazu, den Statistiken zu glauben. Weit über

achtzig Prozent der Mordopfer hierzulande kannten ihren Mörder.«

»Das mag stimmen«, räumte der Arzt ein. »Aber ein paar Prozent bleiben da noch übrig.«

»Okay, denken wir diese Möglichkeit einmal durch«, sagte Ruben. »Nehmen wir an, der Täter ist ein Fremder, der sich nur zufällig auf der Insel aufhält und mitten in der Nacht an Southwynd vorbeifährt, als Tara dort herumspaziert, und sie läßt es zu, daß er sie mitnimmt und mit ihr in den Madrona Point Park fährt, wo er sie umbringt. Als erstes stellt sich mir da die Frage: Warum sollte Tara mit einem Fremden fahren? Wir haben es hier nicht mit einem wilden Mädchen zu tun, das auf Abenteuer aus war. Tara war unschuldig und schüchtern und gut erzogen. Sie nahm keine Drogen und hatte noch nicht einmal angefangen, sich mit Jungen zu treffen. Würde so ein Mädchen mitten in der Nacht zu einem Fremden ins Auto steigen?«

Charlie Pricker saß Ginger gegenüber. »Er könnte sie gezwungen haben.«

»Mit einer Schußwaffe, ja, aber mit einem Messer? Aus dem Auto heraus? In dieser Gegend? Sie hätte geschrien und wäre weggelaufen.«

»Vielleicht ist er ausgestiegen«, meinte Charlie.

»Vielleicht waren sie zu zweit«, fügte Ginger hinzu.

»Also, ich weiß nicht«, sagte Charlie. »Die Spuren weisen auf eine Person hin.«

»Gut«, fuhr Ruben fort, »nehmen wir einmal an, dem Täter gelingt es irgendwie, Tara ins Auto zu befördern und mit ihr zum Madrona Point zu fahren, wo er sie umbringt. Aber warum tut er das? Denkt daran, in welchem Zustand die Leiche war; das arme Kind ist brutal erstochen worden. So etwas geschieht nicht aus einer Laune heraus. Der Mörder hat gerast vor Wut. Und wenn wir es mit einem Fremden zu tun haben – wo ist das Motiv?«

»Vielleicht hatte er einfach einen Haß auf die Welt«, schlug Charlie vor.

»Gut, gehen wir mal davon aus. Er fährt also mit einer Fähre auf eine entlegene Insel, auf der abends um neun die Bürgersteige hochgeklappt werden, um sich dort ein Opfer zu suchen? Und während wir alle im Bett liegen, streift er herum, trifft Tara im vornehmsten Viertel der Stadt und weiß dann genau, wo er mit ihr hinfahren muß?«

»Wäre es denn theoretisch nicht möglich?« fragte Ginger. »Vielleicht war er schon öfter hier.«

»Nehmen wir also an, das stimmt«, sprach Ruben weiter. »Er war schon hier, und er hat Tara entführt, ist mit ihr zum Madrona Point gefahren und hat sie, aus welchem Grund auch immer, umgebracht. Wie kam er wieder weg von hier? Selbst wenn wir von dem frühesten Todeszeitpunkt ausgehen, war die letzte Fähre längst weg. Und er muß blutbespritzt gewesen sein – wir wissen, daß er versucht hat, sich auf der Toilette zu säubern. Was hat er den Rest der Nacht getrieben? Hat er im Island Inn übernachtet? Auf der Straße geschlafen? Selbst wenn er im Park geblieben ist – wo ist er dann morgens hingefahren?«

»Das stimmt«, sagte Ginger stirnrunzelnd. »Nach halb sieben kann er nicht mehr am Madrona Point gewesen sein, sonst hätten Tom Hildress und sein Sohn ihn gesehen.«

»Und sonntags geht die erste Fähre erst um acht«, fügte Ruben hinzu, »wenn er sich also am Hafen aufgehalten hätte, wäre er auf jeden Fall gesehen worden. Vergeßt nicht, daß unsere Leute um Viertel vor acht im Park, am Hafen und überall auf der Insel unterwegs waren. Welcher Mörder, so haßerfüllt er auch sein mag, tötet sein Opfer auf einer abgelegenen Insel und schneidet sich dann selbst den Rückzugsweg ab?«

»Ich weiß, was du meinst«, murmelte Ginger. »Aber vielleicht wollte er sie ja nicht umbringen. Vielleicht wollte er sie irgendwo vergewaltigen, und es klappte nicht.«

»Nein«, sagte Coop.

Ruben sah ihn an. »Weshalb nicht?«

Der Arzt seufzte. »Es gibt keinerlei Anzeichen, daß sie vergewaltigt oder sexuell belästigt wurde. Sie hatte Abschürfungen an den Armen, die darauf hinweisen, daß jemand sie festhielt, und eine Verletzung im Gesicht, aus der man schließen kann, daß sie geschlagen wurde. Die Kopfhaut weist Quetschungen auf, zu denen ich mich gleich noch äußern werde, aber ich habe kein Sperma gefunden und auch nichts, was auf anale oder vaginale Blutungen oder Verletzungen schließen läßt.«

»Und weiter?«

»Die Todesursache hat sich bestätigt«, sagte Coop bedrückt. »Dreizehn Stiche – neun in den Unterleib, vier in die Brust. An einem der letzten vier, bei dem die linke Herzkammer durchbohrt wurde, starb sie.«

Ginger schauderte. »Es muß grauenhaft für sie gewesen sein.«

Der Arzt nickte grimmig. »Sie ist keinen leichten Tod gestorben«, sagte er. »Doch seltsamerweise habe ich zwar Blut an ihren Händen gefunden, aber keinerlei Verletzungen, die darauf hinweisen, daß sie sich gewehrt hat, und keine Spuren unter den Fingernägeln. Trotz der Brutalität des Angriffs hat sie offenbar nicht versucht, sich zu schützen.«

Ginger hatte wenig Erfahrung mit solchen Morden. »Ist das ungewöhnlich?« fragte sie.

»Wenn man angegriffen wird, wehrt man sich instinktiv«, sagte Coop, »vor allem, wenn der Angriff mit einem Messer erfolgt. Dann hätte Tara Schnitte und Schürfungen an Händen und Unterarmen gehabt.«

»Was haben Sie noch herausgefunden, Doc?« erkundigte sich Charlie.

»Die Stichwunden waren überwiegend sehr tief«, fuhr der Arzt fort, »das Messer wurde bis zum Heft eingeführt, woraus sich schließen läßt, daß der Mörder ziemlich kräftig war. Ich bin der Überzeugung, daß eine einzige Person ihr all die Verletzungen zugefügt hat, und zwar mit einer einzigen Waffe – höchstwahrscheinlich einem Messer mit nur einer Schneide und gebogener Klinge, etwa fünfzehn Zentimeter lang und an der dicksten Stelle circa viereinhalb Zentimeter breit. Einem Jagdmesser

also, das man hier im Umkreis von siebzig Kilometern vermutlich in hundert Geschäften kaufen kann und das sicher mindestens in dreißig Prozent aller Haushalte auf der Insel vorhanden ist. Ich weiß zum Beispiel, daß alleine Jim Petrie drüben im Eisenwarenladen eine ganze Kiste davon hat.«
»Das erleichtert die Suche«, murmelte Ginger.
»Nun, in gewisser Weise schon«, sagte Coop. »Denn ich bin anhand des Einstichwinkels und der Lage der Wunden zu dem Schluß gekommen, daß der Mörder Linkshänder ist.«
»Linkshänder?« Charlie horchte auf.
»Ich gehe davon aus«, sagte der Arzt, »daß er sie an den Haaren festhielt. Ich habe auf ihrer Kopfhaut mehrere Quetschungen gefunden, die vermutlich durch den Druck von Knöcheln der rechten Hand entstanden sind und meine Annahme bestätigen, daß er sie mit der rechten Hand festhielt und mit der linken auf sie einstach. Das habe ich auch in meinem Bericht vermerkt.«
»Gut«, sagte Ginger, »nun wissen wir, daß der Mörder kräftig genug ist, um ihr zuerst die Verletzungen zuzufügen und sie dann in den Container zu hieven, und daß er vermutlich Linkshänder ist.« Sie wandte sich zu Ruben. »Und was nun?«
Doch der Polizeichef hatte nur mit halbem Ohr zugehört, weil ihn eine der Aussagen des Arztes beschäftigte.
»Sagten Sie, daß sich von den dreizehn Stichwunden neun im Unterleib befanden?« fragte er.
Coop blinzelte hinter seiner Nickelbrille. »Richtig«, bestätigte er.
Charlie Pricker beugte sich vor.
Ginger blickte von einem zum anderen. »Habe ich was verpaßt?« fragte sie.
»Noch nicht«, antwortete Ruben und sah den Arzt prüfend an. »Was ist es, Doc, was Ihnen so zu schaffen macht, daß Sie es uns nicht sagen wollen?« fragte er ruhig.
Magnus Coop seufzte tief. Vor nicht ganz fünfzehn Jahren hatte er geholfen, dieses Mädchen auf die Welt zu bringen, und es

war so rein und unschuldig und vollkommen gewesen, und nun würde er es zerstören, wie auch der Wahnsinnige mit dem Messer es getan hatte. Wer an Tara dachte, würde sich von nun an immer zuerst daran erinnern.

»Tara Breckenridge war schwanger.«

10

Wenn Ginger an ihre Kindheit dachte, hatte sie immer die Puzzles vor Augen, die sie mit ihrem Vater gemacht hatte. Sie erinnerte sich an die langen Winterabende, an denen sie vor dem Kaminfeuer hockten und von Jahr zu Jahr kompliziertere Landschaften aus kleinen Pappstückchen zusammenfügten. Es faszinierte sie heute noch, wie all die seltsam geformten Teile zuletzt ein vollständiges Bild ergaben.

Damals ahnte sie nicht, daß sie bei diesem Spiel auch viel lernte. Doch später sagte sie immer, daß sie es bei den Puzzles geübt hätte, ein Gesamtbild in Einzelteilen zu sehen. Und sie hatte damit ihre Geduld trainiert. Diese Fähigkeiten waren ideale Voraussetzungen für die Polizeiarbeit. Sie sah jeden Fall als ein solches Puzzle, bei dem es darauf ankam, den nächsten Hinweis in den richtigen Zusammenhang zu setzen, um schließlich die Wahrheit zu ermitteln.

»Du hattest recht, und ich hätte es gleich merken müssen«, sagte sie zu Ruben, nachdem der Arzt gegangen war und Charlie sich verzogen hatte, um den Autopsiebericht zu studieren. »Wir haben es hier nicht mit einem Fremden zu tun, und es war kein willkürlicher Akt der Brutalität. Sie kannte den Mörder.«

»Scheint so«, stimmte Ruben zu.

»Deshalb ist sie auch zu ihm ins Auto gestiegen. Er war ja kein Fremder; es gab keinen Grund, weshalb sie es nicht tun sollte. Und da haben wir unser Motiv – er hat sie geschwängert und beschloß dann, daß ihm das nicht paßte.«

»Eine ziemlich drastische Form der Abtreibung«, sagte der Polizeichef seufzend.
»Vielleicht ließ sie ihm keine Wahl«, erwiderte Ginger.
»Kann sein.«
»Und deshalb war sie auch an diesem Abend noch unterwegs«, fuhr Ginger fort. »Sie wollte weder frische Luft schnappen noch eine Freundin besuchen, sondern sich mit *ihm* treffen. Sie war verabredet und wollte nicht, daß ihre Eltern es erfuhren. Wahrscheinlich hatte sie ihm gesagt, daß sie schwanger war. Vielleicht wollte sie das Kind nicht abtreiben, sie stritten sich, und er geriet in Panik. All diese Stiche in den Unterleib – er wollte das Kind töten.«
»Vermutungen sind in Ordnung«, warf Ruben ein, »aber sie dürfen das Bild nicht verschleiern. Ja, er wollte offenbar nicht, daß sie das Kind austrug, aber wissen wir deshalb, ob der Mord lediglich aufgrund der Schwangerschaft geschah?«
Ginger dachte einen Moment nach. »Nein«, räumte sie dann ein. »Er hätte sich aus der Situation herauslavieren können, er hätte sie deshalb nicht aufschlitzen müssen. Wir können davon ausgehen, daß der Mörder einiges zu verlieren hatte.«
»Versuch mal ein Täterprofil«, schlug Ruben vor.
»Okay«, sagte Ginger nachdenklich. »Er ist kräftig, vermutlich sportlich, höchstwahrscheinlich Linkshänder, und das Opfer kennt ihn. Er könnte ein Student mit großen Karriereplänen sein. Ein Verwandter oder ein Freund der Familie aus guter Gesellschaft. Ein Lehrer, Priester, Arzt oder andere Respektsperson. Er könnte verheiratet sein. Er ist entweder tatsächlich sehr verwundbar, oder er hält sich dafür. Man kann davon ausgehen, daß Tara ihm vertraut hat.«
»Wen haben wir bis jetzt ausschließen können?«
»Tom und Billy Hildress und Egon Doyle.«
»Wer bleibt als Verdächtiger?«
»Alle anderen – beziehungsweise alle anderen Linkshänder.« Sie hielt inne. »Können wir Kyle Breckenridge ausschließen? Er ist halber Linkshänder.«

»Halber Linkshänder?«

Ginger zuckte die Achseln. »Ich weiß, daß er beide Hände einsetzen kann. Ich habe ihn mit links schreiben sehen, aber Golf spielt er mit der rechten.«

»Er hat auch ein Alibi für die Tatzeit«, rief Ruben ihr in Erinnerung. »Und die Unterstützung der gesamten Insel. Solange wir keine Indizien finden, die uns direkt zu ihm führen, sollten wir ihn als Verdächtigen außer acht lassen.«

Albert Hoch hatte sich klar ausgedrückt. Kaum eine Stunde, nachdem Ruben sein Verhör mit Breckenridge beendet hatte, rief ihn der Bürgermeister an.

»Der Mann hat mehr für Seward Island getan als jeder andere in den letzten hundert Jahren«, schrie Hoch in den Hörer. »Ich weiß, daß er am Boden zerstört ist über den Tod seiner Tochter. Solange Sie nicht imstande sind, ihm den Besitz der blutverschmierten Mordwaffe nachzuweisen, unterstehen Sie sich gefälligst, seinen guten Namen in den Dreck zu ziehen.«

»Zum Profil zurück«, fuhr Ruben fort. »Nehmen wir einmal an, bis hierher stimmt alles. Wovor hat unser Täter am meisten Angst?«

Ginger mußte wieder einen Moment nachdenken. »Als Vater des Kindes entlarvt zu werden«, sagte sie dann. »Denn das würde ihn nicht nur dem Zorn der Familie Breckenridge aussetzen – was schon schlimm genug wäre. Aber Tara war erst fünfzehn, das heißt, daß er in jedem Fall wegen Vergewaltigung dran wäre, selbst wenn sie freiwillig mitgemacht hat. Es droht eine Haftstrafe. Sein Leben wäre zerstört.«

»Was können wir also ergänzen?«

»Er ist mindestens achtzehn.«

»Und was Jungen betrifft, hast du eine Niete gezogen?«

Ginger nickte. »Ich habe mit den Kids gesprochen, mit denen sie zusammen war. Sie waren ganz sicher, daß sie sich mit niemandem traf.«

»Das war auch die Ansicht ihrer Eltern«, sagte Ruben.

»Meinst du, sie wußten, daß sie schwanger war?«

»Ich denke, die Mutter wohl eher nicht, aber beim Vater bin ich mir nicht sicher. Vielleicht hat er es vermutet, aber er wollte seine Tochter schützen und dachte sich wahrscheinlich, wenn es sich bei der Autopsie nicht herausstellt, geht es uns nichts an.«

»Geht uns nichts an?« rief Ginger aus. »Aber das verändert den gesamten Ansatz. Es bedeutet, daß wir jetzt nach jemandem suchen, der auf Seward lebt. Er könnte im Haus nebenan wohnen.«

»Oder nebenan im Schlafzimmer sein«, murmelte Ruben.

Ginger seufzte. »Alle werden es schrecklich finden. Aber vielleicht hat es sein Gutes. Die meisten Leute hier sind ehrlich. Sie sind es gewohnt, von so etwas nur aus dem Fernsehen zu hören. Jetzt erfahren sie plötzlich, daß der Mörder kein Fremder ist, sondern einer von ihnen, daß er immer noch da ist und wieder zuschlagen könnte. Keine Mutter hier wird ihren Sohn verraten, die meisten Frauen würden es sich zweimal überlegen, ob sie ihren Mann ausliefern, aber vielleicht verrät ihn jemand anders.«

Ruben lächelte. Wie Ginger auch denken mochte über einen Fall – er konnte sich immer darauf verlassen, daß sie ihm eine klare Analyse des Geisteszustandes der Menschen auf der Insel lieferte.

»War doch ein schlauer Zug von mir, dich einzustellen, wie?« dachte er laut.

Ginger errötete, obwohl ihre braunen Augen übermütig funkelten. »Dafür, daß du so ein Super-Cop bist, hast du aber mächtig lange gebraucht, um das zu merken«, gab sie zurück.

An dem Tag, an dem Tara begraben wurde, regnete es in Strömen. Pater Paul, der betagte Priester der Episkopalkirche von Seward, deutete die Regengüsse flugs als Zeichen der Trauer Gottes, der einen so jungen Menschen wie Tara zu sich rufen müsse.

Hunderte von Menschen wollten die Gelegenheit nicht versäu-

men, sich von Tara zu verabschieden. Die Schüler hatten nachmittags frei bekommen, um zum Begräbnis gehen zu können. Einige Geschäfte schlossen zwei Stunden, damit ihre Angestellten Tara die letzte Ehre erweisen konnten. Die Hausfrauen erledigten ihre Einkäufe vormittags. Die Pendler kamen mit der Mittagsfähre zurück.
Auch aus Seattle und Olympia fanden sich zahlreiche Trauergäste ein. Die Sewards waren als erste in diesen Teil des Landes gekommen, und die Familie hatte aufgrund ihrer Besitztümer jenseits des Puget Sound Kontakte, die über die Insel hinausreichten.

Die eindrucksvolle Kirche am nördlichen Ende des Parks war das größte und ehrwürdigste Gotteshaus der Insel. Es wurde noch zu Lebzeiten von Nathaniel Seward erbaut. An diesem Tag war das kunstvoll geschnitzte Chorgestühl aus edlem Mahagoniholz voll besetzt, und die Leute drängten sich auf dem durchweichten Rasen vor der Kirche unter Dutzenden von Regenschirmen.
Die Trauerfeier war ergreifend. Der Chor sang, wie Mary Breckenridge bemerkte, die Kirchenlieder, die Tara am meisten gemocht hatte. Über zwanzig Redner erinnerten sich an lustige, glückliche und rührende Momente mit dem Mädchen, das nur so kurze Zeit an ihrem Leben teilgehabt hatte.
»Sie war schön, reich und hatte alles, wovon wir nur träumen können«, sagte Melissa Senn. »Aber man mußte sie einfach mögen, weil sie so liebenswert war.«
»Sie war nicht nur mein Patenkind«, schluchzte Albert Hoch, »sondern sie war mir auch einer der liebsten Menschen auf der Welt. Und ich bin sicher, daß sie nun im Himmel auch einer der Lieblinge des Herrn sein wird.«
»Von mir hat sie den ersten Klaps auf den Po und die erste Impfung bekommen«, erinnerte sich Magnus Coop. »Wenn ich sie untersuchen mußte und sie tapfer war, gab es immer einen Lutscher. Ich habe an ihrem Bett gesessen, als sie Masern und

Mumps hatte. Ich habe ihren Arm eingegipst, als sie ihn gebrochen hatte, und ihren Knöchel bandagiert, als sie ihn verstaucht hatte. Ich habe gesehen, wie sie von einem reizenden Kind zu einem bezaubernden jungen Mädchen heranwuchs. An der Wand in meiner Praxis haben wir jedes Jahr vermerkt, wieviel sie gewachsen war, und ihren Namen an den Strich geschrieben, wie bei vielen von euch. Ich werde diese Wand nie mehr streichen lassen, solange ich lebe.«
Die Vorsitzende des Erntefests gab bekannt, daß man in diesem Jahr im Gedenken an Tara auf die Feier verzichten wolle. Niemand erhob Einspruch.

Ruben und Ginger standen im hinteren Teil der Kirche.
»Kennst du die alten Krimis«, flüsterte Ginger, »in denen der Inspektor immer zum Begräbnis geht und versucht, die Person zu entdecken, die unecht wirkt?«
Der Polizeichef nickte. »Du meinst den, der schuldbewußt aussieht?«
»Genau«, sagte Ginger.
Ruben lächelte. »Meinst du wirklich, daß er sich hierhertraut?«
Ginger ließ den Blick über die Menge schweifen: die Familie, die Freunde, die gesamten Angestellten der Bank, einige Politiker, Vertreter der Wohltätigkeitsorganisationen, in denen Mary tätig war, Kyles Golffreunde, Mitglieder seiner Clubs und viele Lehrer und Schüler.
»Der ist hier, ganz sicher«, murmelte sie. »Er kann es sich nicht leisten, wegzubleiben.«

Jerry Frankel verließ die Kirche mit einigen Kollegen. Er war ergriffen von den Beileidsbezeugungen für die Tote.
»Wirklich außergewöhnlich, daß ein so junger Mensch so vielen etwas bedeutet hat«, sinnierte er.
»Ich weiß, daß Sie noch nicht lange hier sind, aber Sie sollten wissen, daß das nichts mit Tara zu tun hat«, äußerte jemand zynisch. »Hier geht es darum, gesehen zu werden.«

»Sind die Breckenridges so einflußreich?« fragte Jerry.
»Sagen wir mal so: Sie sollten ihnen besser nicht in die Quere kommen«, sagte ein anderer Lehrer. »Der alte Seward, Taras Großvater, hat einen Lehrer kurzerhand gefeuert, weil er den Commodore als Piraten bezeichnet hatte.«
Jerry lachte. »Aber er war wirklich einer«, sagte er. »Und noch dazu einer der besten.«
Die Kollegen blickten unruhig um sich.
»Sie sollten lieber an sich halten«, sagte einer von ihnen. »Mit Kyle Breckenridge ist auch nicht zu spaßen.«

Mary Breckenridge ging den breiten Flur im ersten Stock des Herrenhauses entlang. Sie hielt sich dicht an der Wand. Die Nonnen hatten ihr beigebracht, so zu gehen. Ihre Mutter, die Katholikin gewesen war, hatte darauf bestanden, Mary auf eine Klosterschule in Seattle zu schicken. Mary war immer so still und fügsam gewesen, daß die Mutter wahrscheinlich gehofft hatte, sie werde ihr Leben ganz dem Glauben widmen.
Das tat sie nicht. Still und fügsam war sie zwar, doch Mary wußte genau, was sie wollte, und es hatte nichts mit einem Leben hinter Klostermauern ohne Ehe und Familie zu tun.
»Sie ist ein gutes Kind«, berichteten die Ordensschwestern, »aber eine Nonne wird nicht aus ihr.«
Als Mädchen wirkte Mary frisch und zart, als sie jedoch zur Frau heranwuchs, ging ihr dieser Zauber verloren. Sie lernte Kyle Breckenridge kennen, als sie zwanzig war. Er fing bei der Bank ihres Vaters an und war zehn Jahre älter als sie.
»Dieser junge Mann hat Köpfchen«, sagte ihr Vater nach einem Monat. »Wenn er im Bankgewerbe bleiben will, wäre er eine echte Bereicherung für uns.«
»Und er hat so gute Manieren«, fügte ihre Mutter hinzu. »Er muß aus einer feinen Familie kommen, die sich viel Zeit für seine Erziehung genommen hat.«
In Wirklichkeit war Kyle das neunte von zwölf Kindern eines Bergmanns aus Minnesota, und seine Eltern waren nicht ver-

heiratet. Kyle war bis zu seinem achtzehnten Lebensjahr vorwiegend vom Staat aufgezogen worden. Dann bekam er nach seinem Sportstudium an der University of Minnesota ehrenhalber einen akademischen Titel verliehen, beendete zusätzlich sein Wirtschaftsstudium an der University of Chicago mit Diplom und schloß endgültig ab mit seiner Vergangenheit.

Er brachte sich selbst gepflegtes Sprechen und untadelige Umgangsformen bei, indem er sich immer wieder Cary-Grant-Filme ansah, erfand eine tragische Geschichte, um die gänzliche Abwesenheit von Familie zu erklären, und machte der Tochter des Bankdirektors ein Jahr, nachdem er sie kennengelernt hatte, einen Heiratsantrag.

Mary schwebte im siebten Himmel. Das hatte sie sich natürlich erhofft und gewünscht, doch sie hätte es sich trotz ihres gesellschaftlichen Status niemals träumen lassen, daß ein Mann, der so charmant, anziehend und aufregend war wie Kyle Breckenridge, sich für sie entscheiden könnte. Sie verliebte sich Hals über Kopf in ihn.

Sie brach ihr Studium ab, heiratete ihn und brachte zwei Töchter zur Welt. Er übernahm die Bank, nachdem ihre Eltern bei einem tragischen Bootsunglück umgekommen waren, und sie lebten in dem prachtvollen Haus, das ihre Ahnen erbaut hatten. Und ganz allmählich, so langsam, daß Mary es kaum merkte, ergriffen Kyles Bedürfnisse, Wünsche und Gewohnheiten Besitz von ihr, und sie gab ihr eigenes Leben vollständig auf.

Alle priesen die engagierte Gemeindearbeit der Breckenridges und ihre Großzügigkeit in sozialen Belangen, bewunderten ihr Familienleben und beneideten sie um ihren Lebensstil. Doch Mary wußte, daß die Leute nur ihre eigenen Wunschbilder sahen. Sie hatten keine Ahnung, wie es wirklich aussah. Sie wußten nicht, wie Mary Tag für Tag litt, nachdem ihr klargeworden war, daß Kyle sie nicht aus Liebe, sondern wegen ihres Reichtums geheiratet hatte.

Das war ihr nie deutlicher gewesen als in diesen Tagen, als ihre mühsam am Leben erhaltene Illusionswelt in tausend Stücke zu zerfallen drohte und er nicht bei ihr war.

Sie war am Ende des Korridors angelangt und betrat Taras Zimmer – einen behaglichen, in Gelb und Rosa gehaltenen Raum, den das bezaubernde Mädchen, der Stolz ihrer Mutter, nur so kurz bewohnt hatte. Alles war zerstört. Ihre Tochter war an einen Ort gegangen, an dem Mary sie nicht mehr erreichen, sie nicht mehr in den Arm nehmen und ihr die Tränen trocknen konnte. Und als wäre das nicht schon schlimm genug, würde nun die Erinnerung an Tara für immer befleckt sein. Wenn die morgige Ausgabe des *Sentinel* erst auf den Frühstückstischen lag, würden alle, die Tara bewundert und beneidet hatten, alle, die geschluchzt hatten, als der Sarg in die kalte Erde hinabgelassen wurde, wissen, daß ihr Liebreiz und ihre Unschuld nur Fassade gewesen waren.

Fassade, dachte Mary bitter, und bei einer Ehe kann es genauso sein. Sie sank auf das gelbrosa Baldachinbett, schlang die Arme um sich und weinte.

Dem Protest von Albert Hoch und Kyle Breckenridge zum Trotz stand die Meldung von Taras Zustand am Morgen nach dem Begräbnis auf der Titelseite der Zeitung.

»Wenn Sie diese Information der breiten Masse zugänglich machen, behindern Sie womöglich die Ermittlungen«, hatte der Bürgermeister zur Chefredakteurin gesagt.

»Das ist Blödsinn, und Sie wissen es genau«, gab Gail Brown zurück. »Ganz im Gegenteil: Sie kann dazu beitragen, daß der Dreckskerl gefunden wird.«

»Kommen Sie mir nicht dumm, Ms. Brown«, warnte sie Breckenridge, »sonst befördere ich Sie mitsamt Ihrem Blatt ins Abseits. Ich kündige Ihren Kredit, und wenn das noch nicht reicht, werde ich Ihren Anzeigenkunden zusetzen, bis sie das Weite suchen.«

»Tun Sie das«, forderte Gail ihn unbeeindruckt auf. »Ich werde bringen, was Sie gerade gesagt haben, in Gegenwart von Zeugen, und dann sollen nicht nur die Bürger von Seward Island, sondern die Leser der gesamten Region über ihr Recht auf Information entscheiden.«

»Aber Sie werden sich so unbeliebt machen mit dieser Meldung«, jammerte der Bürgermeister. »Sie wird lediglich den guten Namen eines unschuldigen Mädchens in den Schmutz ziehen.«

»Beliebtheit ist mir einerlei, ich mache eine Zeitung«, erklärte die Journalistin. »Und ich bin nicht für die Nachrichten verantwortlich – ich verbreite sie nur. Außerdem weiß morgen sowieso jeder alles, was Sie heute wissen, Albert – was macht es da noch für einen Unterschied, wenn wir es in der Zeitung bringen?«

»Ich hoffe, Sie haben zumindest soviel Anstand, damit bis nach der Beerdigung zu warten«, sagte Kyle.

»Überraschende neue Erkenntnisse, die von gerichtsmedizinischer Seite bestätigt wurden«, *begann der Artikel des* Sentinel, »haben zu einem veränderten Ansatz bei den Ermittlungen im Fall Tara Breckenridge geführt. Die Polizei geht nicht mehr davon aus, daß der mutmaßliche Täter auf Seward Island fremd war, sondern glaubt, daß es sich um einen Einheimischen handelt, den das Mordopfer kannte.«

»Na, zumindest hat sie gewartet, bis das arme Ding unter der Erde ist«, bemerkte Charlie Pricker und warf die Zeitung in den Papierkorb.

»Das nützt der Familie auch nichts mehr«, sagte Ginger seufzend.

Die Meldung wurde zum Hauptgesprächsthema in der Drogerie, der Bäckerei, der Bücherei und dem Café. Überall standen die Leute in kleinen Grüppchen zusammen, sprachen in gedämpftem Tonfall und verstummten sofort, wenn ein Mitglied der Familie Breckenridge sich näherte.

»Es ist im doppelten Sinn eine Tragödie«, *fühlte sich eine Bibliothekarin bemüßigt, der Redaktion zu schreiben.* »Jetzt hat die Familie Breckenridge zwei Morde zu verkraften.«

»Denn der Sünde Sold ist Tod«, *zitierte die Gattin des Baptistenpredigers mit seiner Erlaubnis.* »Tara Breckenridge hat gesündigt und ist für ihre Sünde bestraft worden. Möge Gott sich ihrer Seele erbarmen.«

»Wenn die Eltern außerstande sind, ihre Kinder aufzuklären, und die Kirche Sex bei Jugendlichen weiter so hartnäckig ignoriert«, *schrieb ein wütender Biologe,* »sollten wir wohl demnächst in der Schule Kondome verteilen.«

Eine Meinung schien jeder zu haben, ob nun über den Mord oder minderjährige Schwangere oder den Sittenverfall bei der Jugend. Doch die Wochen gingen ins Land, ohne daß jemand die Polizei mit einer brauchbaren Information versehen hätte.

»Die Polizei braucht dringend Unterstützung bei der Suche nach dem Mörder von Tara Breckenridge«, *sprang der* Sentinel *ein.* »Wenn jemand Tara an dem Abend gesehen hat, an dem sie ermordet wurde, oder sich Sonntag früh zwischen Mitternacht und zwei Uhr im Madrona Point Park aufhielt, so teilen Sie dies bitte den örtlichen Behörden mit. Bürgermeister Albert Hoch ruft alle Bürger zur Mithilfe auf. ›Wir brauchen Ihre Unterstützung, um Seward Island wieder zu einem sicheren Ort zu machen‹, *sagt er.* ›Der Mörder darf seiner gerechten Strafe nicht entgehen‹.«

Der Fall Breckenridge war bereits drei Wochen alt, und es gab noch keine heiße Spur. Die Bevölkerung wurde nervös.

»Warum läuft der Mörder von Tara Breckenridge immer noch frei herum?« *fragte der verängstigte Vater zweier Töchter die*

Herausgeberin in einem Brief. »Auf einer so kleinen Insel müßte doch die Polizei längst einen Verdächtigen haben, müßte genügend Beweise bieten können und kurz vor einer Verhaftung stehen. Wir zahlen Steuern, damit die Polizei unsere Gemeinde schützt. Was ist los mit denen?«

»Wäre es möglich, daß er nur ein Haus weiter wohnt?« *fragte sich eine achtzigjährige Großmutter.* »Wäre es möglich, daß ich ihn kenne, seit er ein Kind war, daß ich ihn habe heranwachsen sehen und das Böse in ihm nicht bemerkt habe? Wäre es möglich, daß er mit meinem Enkel gespielt oder sich mit meiner Tochter verabredet hat? Ich bin hier großgeworden. Ich weiß nicht, ob ich es wirklich wissen möchte.«

»Ich habe Angst, aus dem Haus zu gehen«, *schrieb eine Schülerin.* »Ich habe Angst, daß der Mörder mich erwischt.«

»So was habe ich noch nie erlebt«, sagte Hoch zu Ruben und wedelte mit der neuesten Ausgabe der Zeitung. »Die Leute sind regelrecht panisch. Sie lassen ihre Kinder abends nicht mehr aus dem Haus. Sie gehen selbst nicht mehr aus. Die Restaurants hatten letzte Woche sechzig Prozent weniger Einnahmen als sonst, das Kino ist nur noch halb voll. Früher hat hier niemand seine Haustür abgeschlossen. Jetzt sagt Jim Petrie aus dem Eisenwarenladen, daß er mit dem Verkauf von Sicherheitsschlössern gar nicht mehr nachkommt. Man traut keinem mehr. Die Leute sind plötzlich mißtrauisch gegenüber Nachbarn, die sie schon ihr Leben lang kennen. Alle sind dünnhäutig.«
»Das ist doch verständlich«, sagte der Polizeichef. »In dieser Gemeinde hat es noch nie einen kaltblütigen Mord gegeben, und die Leute wissen nicht, wie sie damit umgehen sollen.«
»Und natürlich denken alle darüber nach, wer das nächste Opfer sein wird.«
»Das nächste Opfer?« wiederholte Ruben. »Wieso denken Sie, daß es noch einen Mord geben wird?«

»Weil der Wahnsinnige hier lebt, wo er jederzeit wieder zuschlagen kann«, erklärte Hoch. »Geistesgestörte hören doch nach einem Mord nicht auf, oder?«

»Wir gehen davon aus, daß der Mörder außer sich war vor Wut«, erwiderte der Polizeichef, »aber wir halten ihn deshalb nicht für geistesgestört. Ob er wieder tötet, hängt davon ab, warum er es beim ersten Mal getan hat.«

Dem Bürgermeister traten die Augen aus dem Kopf. »Glauben Sie denn nicht, daß er wieder morden wird?«

Ruben lehnte sich zurück, dehnte seinen Rücken und starrte einen Augenblick an die Wand, während er sich überlegte, ob er Albert Hoch seine Meinung mitteilen sollte.

»Schauen Sie, ich äußere hier lediglich meine persönliche Ansicht, die aus meiner Erfahrung resultiert«, sagte er schließlich. Er wußte, daß man in knapp einer Stunde diese Ansicht überall auf der Insel als Tatsache darstellen würde. »Ich neige zu der Einschätzung, daß es sich um eine einmalige Tat handelt, die sich speziell auf Tara bezog und die aus einem ganz bestimmten Grund begangen wurde. Es gibt keinerlei Anhaltspunkte, aus denen man folgern könnte, daß der Mörder sich ein weiteres Opfer suchen wird. Ich kann mich selbstverständlich irren, aber alles deutet darauf hin, daß es sich hier um einen einmaligen Vorfall handelt.«

11

Er sah nur ihre Augen. Sie glühten im Mondlicht, losgelöst von ihrem Körper. Wie er sich auch drehte und wendete, es gab kein Entkommen für ihn. Sie urteilten über ihn.
Er bedeckte das Gesicht mit den Händen, um sie nicht mehr zu sehen. Doch sie verfolgten ihn überallhin. Er versuchte sich zu verstecken, krümmte sich und wimmerte, denn er wußte, was als nächstes geschehen würde. Er hielt sich die Ohren zu, doch es nützte nichts: Ihr verzweifelter Schrei zerriß die Nacht und kündete von seiner Schuld.
Dann wachte er auf, keuchend vor Entsetzen und schweißbedeckt. Kein Mond, kein Schrei; das Zimmer war still und dunkel. Man hatte ihn nicht entdeckt. Es war nur ein Alptraum gewesen.
Einen Moment lang war seine Kehle so eng, daß er kaum mehr atmen konnte, der Schmerz in seiner Brust so schneidend, daß er fürchtete, einen Herzinfarkt zu bekommen. Was für ein lächerlicher Patzer wäre das, dachte er, wenn ich jetzt hier sterben würde, weil ich schlecht geträumt habe, wo ich doch noch so viel vor mir habe.
Er zwang sich, tief Luft zu holen, dann atmete er so langsam wie möglich aus, um sich zu entspannen.
Als er sich einigermaßen beruhigt hatte, schob er sein Kissen ans Kopfbrett des Bettes, lehnte sich zurück, ging in Gedanken alles noch einmal von Anfang bis Ende durch und versicherte sich, daß ihm keine andere Möglichkeit geblieben war. Was sie verlangt hatte, hätte sein Leben zerstört. Vermutlich wäre er

sogar ins Gefängnis gekommen. Doch sie hatte sich gar nicht darum bemüht, die Dinge aus seiner Sicht zu sehen. Er hatte es ihr immer wieder erklären wollen, doch sie hatte nicht zugehört. Er konnte kaum glauben, wie stur sie gewesen war. Schließlich hatte sie ihm keine Wahl mehr gelassen.
Das Dumme war, daß man eine Lösung hätte finden können. Es lag ganz bei ihr. Das hatte er ihr klar und deutlich vermittelt. Sie hatte es sich also selbst zuzuschreiben, ihren Scham- und Schuldgefühlen. Sie hatte ihn im Grunde dazu gezwungen. Hatte mit ihrem Leben gespielt und verloren. Es war also ihre eigene Entscheidung gewesen.
Mit einem erleichterten Seufzer schloß er die Augen und versuchte wieder einzuschlafen. Er sagte sich, daß sie am Ende wohl verstanden hatte, warum er es tun mußte – weil sie ihn dazu gezwungen hatte. Sie hatte es begriffen. Deshalb hatte sie sich nicht gewehrt.

12

In den kommenden Wochen werden wir uns mit dem Zweiten Weltkrieg befassen, und wir werden dieses Thema nicht distanziert behandeln, sondern uns auch einen persönlichen Zugang dazu verschaffen«, eröffnete Jerry Frankel seinen Schülern in der Geschichtsstunde am Montag nach Halloween. Seit Taras Tod waren drei Wochen vergangen.

»Wie viele von euch bereits wissen werden, hatte dieser Krieg, abgesehen von dem Verlust von Menschenleben und dem Sieg über den Nationalsozialismus, auch großen sozioökonomischen Einfluß auf unser Land. Damit werden wir uns ausführlich beschäftigen. Aber als Einstieg die Frage an euch: Hat aus euren Familien jemand am Krieg teilgenommen?«

Drei Hände gingen hoch.

»Mein Großvater hat bei der Invasion einen Arm verloren«, sagte Lucy Neiland.

Viele in der Klasse nickten. Sie kannten Lars Neiland. Ihm gehörte der Laden für Segelbedarf in South Cove, und er konnte mit seinem Stahlhaken schneller einen Knoten knüpfen als manch anderer mit zwei Händen.

»Ein Großonkel von mir war bei der Marine«, berichtete Jack Tannauer. »Aber den hab ich nie kennengelernt. Die Japsen haben sein Schiff im Pazifik versenkt, bevor ich auf die Welt kam.«

Jerry sah den Jungen an. »Du meinst die Japaner, nicht wahr?« sagte er.

Jack zuckte die Achseln. »Ja, klar, so oder so«, sagte er.

»Von meiner Großmutter ist die ganze Familie umgekommen«, sagte Daniel Cohen. »Ihre Eltern, ihre Geschwister und auch alle ihre Tanten, Onkel, Vettern und Cousinen. Sie sind in Auschwitz vergast worden. Sie hat als einzige überlebt.«
Aus den hinteren Reihen war ein Grunzen zu vernehmen.
»Hank, wolltest du dich dazu äußern?« fragte Jerry.
»Dieses Gerede von wegen Vergasen ist doch alles Quatsch«, sagte Hank Kriedler.
»Was meinst du mit ›Quatsch‹?« hakte der Lehrer nach. »Willst du behaupten, daß Daniel die Geschichte von seiner Großmutter erfunden hat?«
»Na ja, er glaubt vielleicht, daß es stimmt«, antwortete Hank mit einem abfälligen Achselzucken, »weil sie ihm das weisgemacht haben. Haben sie doch allen eingeredet.«
»Sie? Wen meinst du damit?«
»Die Juden natürlich«, sagte Hank Kriedler. »Das ist alles Propaganda. Das haben die Juden verbreitet, um Hitler schlechtzumachen, weil es ihnen nicht gepaßt hat, daß er wieder was machte aus Deutschland.«
Jerry betrachtete den Sechzehnjährigen prüfend, bevor er weitersprach. »Am Unterarm meines Vaters ist eine Nummer eintätowiert. M4362«, sagte er schließlich. »Er trägt immer langärmelige Hemden, weil er sich schämt. Er hat sie seit dem Tag, als er in Maidanek eintraf – einem von Hitlers schlimmsten Vernichtungslagern, wie wir noch erfahren werden. An diesem Tag erlebte er auch mit, wie seine Eltern in einen Duschraum getrieben wurden, aus dem sie nie wieder herauskamen. Er schämt sich, weil er nichts tun konnte, um sie zu retten. Er war zwölf Jahre alt. Meinst du das mit Propaganda, Hank? Glaubst du, mein Vater hat das alles erfunden?«
»Die Juden haben Deutschland zerstört«, entgegnete der Jugendliche. »Sie hatten alles Geld. Sie erstickten die Wirtschaft. Jeder weiß doch, daß sie den Börsenkrach herbeigeführt haben, damit sie noch reicher und mächtiger werden konnten. Und sie haben Frankreich und England dazu aufgestachelt,

Krieg mit Deutschland anzufangen. Hitler mußte sie loswerden, während er sein Land verteidigte. Aber das waren keine Todeslager, wie immer alle behaupten, nur Internierungslager, wie wir sie hier für die Japsen – äh, Japaner – hatten. Das ganze Massenmordgeschwätz ist Blödsinn.«
»Und was, glaubst du, ist mit den sechs Millionen Juden passiert und den Millionen politischer Gegner und all den anderen im Dritten Reich unerwünschten Personen, die während des Krieges verschwanden?«
»Wie ich schon sagte – Propaganda«, wiederholte Hank stur. »Die meisten gab's wahrscheinlich gar nicht.«
»Du scheinst dich mit diesem Thema sehr gut auszukennen«, bemerkte der Lehrer. »Darf ich fragen, woher du deine Informationen beziehst?«
Hank zuckte wieder die Achseln. »Aus Büchern«, sagte er. »Mein Dad hat richtige Geschichtsbücher, die mein Bruder und ich gelesen haben, Bücher, in denen steht, wie es wirklich war, und nicht diese Lügen, die sie uns in der Schule auftischen wollen.«
Jerry Frankel betrachtete die dreiundzwanzig Schüler seiner Klasse, die auf den ersten Blick ganz unauffällig wirkten. »Ist noch jemand Hanks Ansicht?« fragte er. »Meint noch jemand, daß in unseren Geschichtsbüchern hier nur Lügen stehen?«
Hank funkelte seine Klassenkameraden an, vor allem seine Freunde. Jack Tannauer zuckte die Achseln und hob die Hand. Einen Moment später tat Kristen Andersen es ihm gleich. Einige schienen es sich zu überlegen, besannen sich dann aber eines Besseren.
»Immerhin drei«, murmelte Jerry und spürte, wie ihm ein Schauer den Rücken hinunterlief. Er traf eine rasche Entscheidung.
»Hank, hör mal«, sagte er. »Bring die Bücher deines Vaters bitte in die nächste Stunde mit. Wir werden sie gemeinsam durcharbeiten und mit den Texten vergleichen, die hier seit nunmehr fünfzig Jahren in jeder Schule des Landes als Standard-

werke akzeptiert sind. Dann werden wir die Spreu vom Weizen trennen und versuchen, zur Wahrheit vorzudringen.«
Ein Raunen ging durch den Raum. Alle wandten sich zu Hank Kriedler um. Er war groß für sein Alter, sah gut aus und war einer der wenigen aus der Klasse, der schon ein eigenes Auto fuhr. Er galt allgemein als einer der Wortführer, und nun hatte man ihn herausgefordert.
»Ich werd' meinen Vater fragen«, murmelte der Teenager, der bis unter die weißblonden Haarwurzeln errötet war. »Die Bücher gehören ihm. Ich weiß nicht, ob er mir erlaubt, sie mit in die Schule zu nehmen.«
»Warum nicht?« erkundigte sich Jerry Frankel freundlich. »Die Schule ist ein neutraler Ort. Unser Ziel ist es, zu lernen. Du hast uns heute eine außergewöhnliche historische Einschätzung präsentiert, von der du offenbar glaubst, daß wir alle sie teilen sollten. Ich biete dir einfach die Möglichkeit, dein Ziel zu erreichen: Du kannst uns Material liefern, das der Überprüfung durch deine Klassenkameraden standhält.«

Spät nachts saßen sieben Männer in einem Kellerraum bei Kerzenlicht zusammen. Es war kein offizielles Treffen irgendeiner Organisation, doch sie trafen sich auch nicht zum Vergnügen. Diese Männer stammten aus unterschiedlichsten gesellschaftlichen Kreisen. Sie fanden sich immer wieder zusammen, weil sie an eine gemeinsame Sache glaubten und ein bestimmtes Thema erörtern wollten.
Sie sprachen so leise, daß niemand sie hören konnte, und ihre Gesichter blieben im Schatten. Im flackernden Licht der Kerze ließ sich nur ein Objekt klar erkennen: eine rote Fahne mit einem Hakenkreuz an der Rückwand des Raumes.

13

Bei jedem Fall kam eine Phase, die Ginger nicht mochte: wenn sie zum zweiten Mal bei Leuten erscheinen mußte, die sie bereits befragt hatte, um weiter Druck auf sie auszuüben, damit sie vielleicht irgendwann ihren Bruder, besten Freund oder Nachbarn preisgaben. Häufig handelte es sich um unbescholtene Menschen, die nur ihre Ruhe haben wollten.

In den Wochen nach dem Begräbnis befaßte sie sich noch einmal mit den Schülern, die Tara am besten gekannt hatten. Hatte einer von ihnen bemerkt, daß Tara sich besonders für einen bestimmten Schüler, Lehrer oder anderen Mann aus der Gemeinde interessiert hatte? Die Antwort fiel negativ aus.

»Tara war meine beste Freundin«, sagte Melissa Senn, »und ich weiß, daß sie sehr behütet war. Sie durfte sich nicht mal mit Jungs treffen. Ich denke, ihre Eltern glaubten, daß sie noch zu jung und naiv war. Wahrscheinlich dachten sie, daß sie sich schwängern lassen würde oder so was.« Das schwarzhaarige Mädchen verstummte und wurde rot, als ihr auffiel, was sie gesagt hatte. »Sie hatten wohl recht, wie?«

»Tara wirkte irgendwie unantastbar«, äußerte Bill Graham. »Ich glaube nicht, daß ihr das bewußt war. Aber ich denke, daß alle sie so gesehen haben. Sie wissen schon: bloß gucken, nicht anfassen. Manchmal war sie bei unserer Clique dabei, wir alberten ein bißchen herum, aber das war auch alles.«

»Und das habt ihr akzeptiert?«

Bill zuckte die Achseln. »Mein Vater ist Bestatter, Detective Earley. Er kleidet Leichen an und hebt Gräber aus. Mein

Studium ist noch lange nicht gesichert. Hank Kriedlers Vater verkauft Autos. Jack Tannauers Dad reißt im Kino die Karten ab und putzt die Klos. Wir sind nicht grade die Leute, die man auf Southwynd gern sieht, wenn Sie wissen, was ich meine. Ich glaube, die Breckenridges erwarteten sich für Tara mehr als einen Jungen von Seward Island.«

Ginger nahm sich die älteren Jungen aus der Schule vor. Wer hatte Tara gekannt? War jemand mit ihr ausgegangen? Hatte jemand sie in einer ungewöhnlichen Situation gesehen? Wieder zog sie eine Niete.

Sie sprach mit jedem einzeln. Was hast du an dem Abend getan, als Tara getötet wurde? Kann jemand das Alibi erhärten? Würdest du aufs Revier kommen und dich einem Lügendetektortest unterziehen, falls man dich fragt?

Dann ging Ginger ins Sekretariat und ließ sich Taras Akte geben. Als sie auf die High-School kam, hatte Tara nur Einsen und Zweien gehabt. Am Ende das ersten Schuljahres jedoch hatten sich die Noten allmählich verschlechtert. Dann hatte sie während der Sommerferien Förderklassen besucht und wieder aufgeholt. In Geschichte hatte sie sogar eine Eins.

Schließlich unterhielt Ginger sich noch einmal mit den Lehrern. War jemandem in der Zwischenzeit etwas eingefallen, das der Polizei weiterhelfen konnte? Hatte sich Tara in den letzten Wochen ihres Lebens verändert?

»Sie hätte weitaus bessere Noten haben können«, sagte ihr Physiklehrer. »Ich denke, sie hatte das Zeug dazu, mehr zu leisten.«

»Algebra war nicht ihre Stärke«, berichtete ihr Mathematiklehrer. »Aber ich weiß, daß sie sich Mühe gegeben hat. Ich habe noch einmal nachgesehen – in ihrer letzten Arbeit hatte sie eine Eins geschrieben.«

»Sie war gut in Grammatik und Aufsatz, aber unkonzentriert«, äußerte ihr Englischlehrer bedrückt. »Wäre ich nur wachsamer gewesen. Wenn ich geahnt hätte, was los war, hätte ich ihr doch geholfen. Aber ich dachte, daß es nur mit dem neuen Schuljahr

zu tun hatte und sich nach einer Weile geben würde, wie bei den anderen auch.«
»Die Eins in Geschichte hat sie sich in der Förderklasse erarbeitet«, sagte Jerry Frankel, der Geschichtslehrer. »Die ist ihr nicht in den Schoß gefallen. Sie hat sich richtig angestrengt. Aber nach den Ferien wirkte sie irgendwie verändert. Sie gab ihre Hausarbeiten häufig zu spät oder gar nicht ab, und mir fiel auf, daß sie Mühe hatte, bei der Sache zu bleiben.«

Ginger suchte das Gebäude neben der High-School auf, in dem Tori Breckenridge zur Schule ging, und fragte nach ihr. Sie zogen sich in die Bücherei zurück und ließen sich dort an einem Tisch nieder.
»Ich weiß gar nichts«, sagte das zwölfjährige Mädchen. »Meine Mutter behauptet immer, daß Tara und ich uns so gut verstanden. Das stimmt nicht. Ich meine, wir haben uns vertragen, sie war nicht gemein zu mir oder so. Aber sie hat mir nie irgendwas Persönliches erzählt oder mir was anvertraut.«
»Weißt du jemanden, mit dem sie vielleicht über ein Problem gesprochen hätte?«
Tori zuckte die Achseln. »Pater Paul vielleicht. Tara ging immer gern zur Kirche.«

Die schwere Tür der Episkopalkirche stand offen, und der Herbstwind fegte hinein. Ginger fand den alten Pfarrer kniend vor dem Altar. Er fröstelte unter seinem Gewand.
»Es ist kalt, Pater Paul«, sagte sie freundlich. »Vielleicht könnten wir zusammen einen Tee trinken?«
Der Pfarrer rappelte sich auf und ging voraus zu seinem Büro. Er war über achtzig und betreute diese Gemeinde seit fast fünfzig Jahren. Der Kirchendiener, ein hagerer Mann um die Vierzig, brachte den Tee.
»Tara war sehr gläubig«, sagte Pater Paul. Der Tee stand unbeachtet neben ihm. »Sie unterrichtete die Kleinen in der Sonntagsschule, wissen Sie. Sie hat keinen Gottesdienst versäumt,

war immer da zum Abendmahl. Es schien sie zu beflügeln und ihre Seele zu stärken.«

»Und so war es bis zu ihrem Tod?« fragte Ginger.

»Nein«, gab der Pfarrer zu. »Eine Zeitlang, Anfang September war es wohl, kam sie zwei Wochen nicht. Ich hatte angenommen, daß sie krank sei. Danach sah ich sie wieder regelmäßig, aber sie wollte das Abendmahl nicht mehr einnehmen und unterrichtete auch die Kinder nicht mehr.«

»Haben Sie sie gefragt, warum?«

Der Pfarrer seufzte. »Ich hatte es vor«, sagte er.

»Hat es Sie nicht gewundert?«

»Doch, selbstverständlich.«

»Sie hat sich nicht an Sie gewandt?«

»Nein.«

»Meinen Sie, sie hat sich vielleicht jemand anderem hier anvertraut, einem Ihrer Kirchendiener?«

»Im Augenblick ist hier nur Pater Timothy«, sagte er. »Und an ihn hat sie sich leider auch nicht gewandt. Sie hat mit keinem hier gesprochen. Und das werde ich mir nie verzeihen, bis zu meinem Tode nicht.« Dem alten Mann stiegen Tränen in die Augen. »Sie war ein wunderbares Kind«, sagte er. »Rein und unschuldig wie ein Engel, ein Gottesgeschenk. Was ihr hier auf Erden zustieß, war ganz gewiß das Werk des Satans.«

Das letzte Gespräch an diesem Tag führte Ginger mit Magnus Coop in der Klinik.

»Sie waren doch ihr Arzt«, bedrängte sie den mürrischen Mann. »Und Sie wußten tatsächlich nicht, daß sie schwanger war?«

»Nein«, seufzte er und schüttelte den Kopf. »Bei Gott, ich wünschte, ich hätte es gemerkt. Anfang August war ich zur Routineuntersuchung in der Schule. Mir fiel nichts Besonderes auf, und sie klagte über nichts. An eine Schwangerschaft dachte ich natürlich nicht. Und danach habe ich sie nicht mehr lebend gesehen.«

»War sie bei einem anderen Arzt?«
»Hier auf der Insel nicht«, versicherte er. »Vielleicht war sie bei einem Kollegen in Seattle.«
»Alleine?« fragte Ginger zweifelnd.
»Wohl eher nicht«, gab der Arzt zu.
»Aber sie muß gewußt haben, daß sie schwanger war«, insistierte Ginger. »Sonst ergäbe das alles keinen Sinn. Meinen Sie, sie hat vielleicht einen dieser Schwangerschaftstests zu Hause gemacht?«
»Das wäre möglich«, sagte Coop.
»Sie hat weder mit ihren Eltern oder ihrer Schwester gesprochen, noch mit ihren Freunden, dem Pfarrer oder Ihnen«, äußerte Ginger. »Sie muß sich so entsetzlich einsam gefühlt haben.«

Ruben saß an seinem Schreibtisch im Revier und verzehrte seinen Mittagsimbiß, den Stacey ihm jeden Morgen zubereitete. Heute war Dienstag, da gab es immer ein Sandwich mit Fleischbällchen und reichlich Salsa, wie er es liebte. Aber er aß mechanisch und schmeckte so gut wie nichts.
Seit dem Mord an Tara Breckenridge waren bereits drei Wochen vergangen, und Ruben bemühte sich immer noch, den wenigen Spuren, die Charlie Pricker am Madrona Point gefunden hatte, Hinweise auf den Mörder zu entnehmen.
Das gesamte Department war auf den Fall angesetzt, und bisher hatten sie nichts vorzuweisen außer einem blutgetränkten Teppich, ein paar Haaren und Fasern, die nicht vom Opfer stammten und auch nicht nachweislich vom Täter, dem Teilfingerabdruck auf Taras Kreuz, zu dem sie noch keine Entsprechung gefunden hatten, über hundert Fingerabdrücken, für deren Zuordnung man Monate brauchen würde – falls sie überhaupt gelang –, und der Gewißheit, daß er irgendwo herumlief, sie beobachtete und sich über sie lustig machte.
Ginger hatte berichtet, daß sie mindestens zweihundert Leute befragt hatte. Sie hatte mit Freunden des Opfers, Klassenkame-

raden, Lehrern, mit der Familie, mit Nachbarn und anderen Leuten aus der Stadt gesprochen und allen dieselben Fragen gestellt: Waren sie ganz sicher, daß sie Tara an dem besagten Abend nirgendwo gesehen hatten? Daß sie nicht mit ihr gesprochen hatten? Daß sie nicht wußten, ob sie sich mit jemandem verabredet hatte? Daß sie sie nicht mit jemandem gesehen hatten? Nicht gehört hatten, daß sie jemanden erwähnte?

Alle waren ganz sicher. Sie hatten sie nicht gesehen, nicht mit ihr gesprochen, sie wußten von nichts und niemandem. Außerdem waren sie im tiefsten Innern alle davon überzeugt, daß keiner von ihnen ein so grauenvolles Verbrechen begehen könne. Ein paar hatten sich freiwillig zum Revier bewegt und sich Lügendetektortests unterzogen. Sie kamen alle als Verdächtige nicht in Frage.

Dennoch war Ruben überzeugt davon, daß irgend jemand etwas wußte. Vielleicht war die Information noch nicht ins Bewußtsein gedrungen. Irgend etwas ließ sich immer finden. Er seufzte und sah zum x-tenmal die kriminaltechnischen Berichte durch. Fingerabdrücke, Fasern, Haare, Blut. Es war alles da. Sie mußten nur irgendwo ansetzen.

»Klopf, klopf«, sagte Helen Ballinger. Die freundliche, mollige Sekretärin stand in der offenen Tür und schüttelte mißbilligend den Kopf, als sie Ruben mit dem Sandwich in der einen und dem Hefter in der anderen Hand erblickte. »Von so was kriegt man Magenbeschwerden«, sagte sie.

»Sie haben wahrscheinlich recht«, gab er zu.

»Na, dann gönnen Sie sich jetzt mal 'ne Pause. Hier ist ein junger Mann, der mit Ihnen reden möchte.«

Ruben ließ den Hefter sinken, legte das Sandwich beiseite und lehnte sich zurück. »Okay«, sagte er, »schicken Sie ihn rein.«

Der Junge mochte etwa siebzehn sein, hatte kastanienbraunes Haar, blaue Augen und extrem unreine Haut.

»Ich bin Owen Petrie«, sagte er und blieb unsicher in der Tür stehen.

»Kein Grund, nervös zu sein, Junge«, sagte Ruben und lächelte ermutigend. »Hier geht's ziemlich locker zu.« Er wies auf den Stuhl am Schreibtisch. »Setz dich doch, mach's dir bequem und erzähl mir, was dich zu mir führt.«

Der Junge zögerte einen Moment, als müsse er sich erst überlegen, ob er das wagen konnte, dann setzte er sich rasch und schluckte. »Ja, also, es ist so, ich weiß vielleicht was über, Sie wissen schon, über den Mord«, sagte er und betrachtete eingehend seine Sneakers.

Ruben rührte sich nicht, und sein Gesichtsausdruck blieb unverändert, doch er sah den Jungen prüfend an. »Falls du den Mord an Tara Breckenridge meinst«, sagte er dann im selben lockeren Tonfall, »könntest du uns damit sehr helfen.«

»Tja, also, wissen Sie, zuerst dachte ich mir nichts dabei, aber dann hab ich meinem Vater davon erzählt, und der meinte, vielleicht könnte es doch was sein und ich soll lieber zu Ihnen gehen und es Ihnen erzählen.«

»Bist du der Sohn von Jim Petrie vom Eisenwarenladen?«

Der Junge schaute auf. »Ja. Kennen Sie ihn?«

»Klar«, antwortete Ruben. »Er ist im Stadtrat, und damit ist er einer meiner Chefs.«

Owen rutschte auf seinem Stuhl hin und her. »Ah ja. Tja, also, wissen Sie, ich war an diesem Abend dort – im Madrona Point Park, meine ich. An dem Abend, als Tara getötet wurde. Da ist es abends echt ruhig, und manchmal fahren die Jungs dahin, um, na ja, Sie wissen schon, ein bißchen mit Mädels rumzumachen. Ich darf da eigentlich nicht hin, deshalb hab ich erst nichts gesagt, aber dann dachte ich, wenn's nun wichtig ist und ich der einzige bin, der was gesehen hat, na ja, dann riskier' ich lieber ein Donnerwetter und sag's meinem Vater.«

»Was hast du denn gesehen, Owen?« fragte Ruben behutsam.

»Na ja, Tara selbst hab ich nicht gesehen, sonst hätte ich mich ja gleich gemeldet«, sagte der Teenager. »Aber ich hab ein Auto gesehen im Park. So um elf, also viel früher, als der Mord passiert ist, deshalb hab ich nicht gleich geschaltet. Aber ich bin ziemlich sicher, daß es noch da war, als wir so um halb zwölf wegfuhren. Also könnte es vielleicht doch was zu bedeuten haben.«

»Konntest du jemanden erkennen?« fragte Ruben.

Owen schüttelte den Kopf. »Nee. Wissen Sie, der Wagen hielt ja nicht neben uns oder so, sondern fuhr am anderen Ende des Parkplatzes entlang, bei dem Müllcontainer, und da gibt's auch keine Laternen oder so.« Er lief rot an. »Deshalb gehen wir ja dahin, wissen Sie, weil es dunkel und ruhig ist und so.«

Ruben nickte. Er erinnerte sich, daß er in seiner Jugend in Los Angeles auch ab und zu mit einem Mädchen lauschige Plätze aufgesucht hatte. »Konntest du sehen, wie viele Personen in dem Auto saßen?«

Der Junge zuckte die Achseln. »Na ja, mindestens einer jedenfalls«, sagte er. »Könnten auch zwei gewesen sein. Ich weiß es nicht. Ehrlich gesagt, war ich ziemlich beschäftigt.«

Der Polizeichef verkniff sich ein Grinsen. »Meinst du, die junge Dame, die bei dir war, könnte sich an etwas erinnern?« fragte er.

»Nein, die hat nichts gesehen«, antwortete Owen und wurde noch röter. »Sie hat nicht viel zum Fenster rausgeschaut, wenn Sie verstehen, was ich meine.«

»Ja, ich denke, schon«, murmelte Ruben. »Hast du Tara Breckenridge persönlich gekannt, Owen?«

»Nicht genauer«, antwortete der Junge und sah den Polizeichef offen an. »Klar kannte ich sie. Unsere Familien gingen in dieselbe Kirche und sind im selben Countryclub, und manchmal traf man sich auf Festen. Aber sie war noch ein halbes Kind. Da hat man schnell Streß am Hals, sagt mein Pa. Ich hab nie versucht, sie anzubaggern, falls Sie das meinen, und von meinen Freunden hätte das auch keiner gewagt. Ihr Vater hätte jedem den Hals umgedreht, der so was versucht hätte.«

»Zurück zu dem Auto«, sagte Ruben. »Du kannst dich wohl nicht zufällig an die Nummer erinnern, wie?«

»Nee. Ich konnte doch nicht wissen, daß das wichtig sein würde. Ich dachte mir eben, das ist auch ein Typ mit einem Mädchen.«

»Könntest du den Wagen denn beschreiben?« erkundigte sich Ruben.
»Ja, klar«, sagte der Teenager. »Sonst wäre ich nicht hergekommen. Es war ein Ford-Taurus-Kombi oder vielleicht ein Mercury Sable – die sehen ziemlich ähnlich aus, wissen Sie. Meine Ma fährt einen Taurus. Deshalb weiß ich es so genau. Aber ihrer ist weiß, und der war dunkel. Dunkelgrün oder braun oder grau, so was in der Art.«

»Nach drei Wochen unsere erste brauchbare Spur«, sagte Ginger.
»Eventuell«, dämpfte Ruben ihre Freude. »Es kann sich als völlig bedeutungslos erweisen. Vielleicht saß nur ein weiterer jugendlicher Herzensbrecher drin, der sich ein bißchen amüsieren wollte.«
Ginger zuckte die Achseln. »Na ja, so viele Taurus- oder Sable-Kombis kann es nicht geben auf der Insel. Wir werden ihn finden.«
»Fang bei Kriedler an, der verkauft Ford«, sagte der Polizeichef. »Er müßte dir eine Kundenliste geben können. Und dann schick jeden los, der irgendwie verfügbar ist.«
Immerhin war es eine Spur. Nach wochenlanger ergebnisloser Suche hatten sie hier zumindest einen Anhaltspunkt. Ruben packte die Aufregung. Wie in alten Zeiten, dachte er.

14

Nach neun Monaten beschloß Matthew Frankel, daß es auf Seward Island gar nicht so übel war. Er hatte einen Freund gefunden, Billy Hildress, der ganz in der Nähe wohnte, und das entschädigte ihn für den Abschied von Scarsdale, seinen Großeltern, seinen Kumpels und seinem Zuhause.

Die beiden Jungen gingen in dieselbe Klasse und waren unzertrennlich. Der Lehrer sagte, sie seien wie siamesische Zwillinge. Sie saßen nebeneinander, arbeiteten bei Projekten zusammen und halfen sich beim Lernen. Sie aßen zusammen zu Mittag, gingen gemeinsam nach Hause und trafen sich nach der Schule zum Spielen. Natürlich lud Matthew Billy zu seinem neunten Geburtstag ein.

Es war ein warmer sonniger Tag, ungewöhnlich für Mitte November, und sie saßen an Deck, als sie mit der Fähre nach Seattle fuhren. Erst besuchten die Frankels mit ihrem Gast das Luftfahrtmuseum am Boeing Field, wo die beiden Jungen in einer Weltraumkapsel saßen, die riesige Blackbird erkundeten und in eine alte B-52 kletterten, wo sie Pilot und Bombenschütze spielten. Danach gab es Mittagessen in einem lustigen Restaurant, und nun waren sie wieder bei Matthew zu Hause und spielten im Garten mit seinem neuen Golden-Retriever-Welpen.

»Ich hab ihn Chase genannt, weil er immer hinter mir her rennt«, sagte Matthew zu seinem Freund.

»Kleine Hunde sind süß«, sagte Billy. »Unser Hund ist zu alt, der spielt nicht mehr mit mir.« Er ließ sich ins Gras fallen, und das Hündchen leckte ihm das Gesicht ab.

»Wenn er stubenrein ist, darf er bei mir im Zimmer schlafen«, sagte Matthew. »Und ich werd ihn füttern und ausführen und ihn zur Hundeschule bringen, wenn es soweit ist.«
»Vielleicht krieg ich ja zu meinem nächsten Geburtstag auch einen kleinen Hund«, sagte Billy, »dann können die beiden zusammen spielen.«
Aus dem Augenwinkel sah Matthew, daß sich an einem Fenster im Stock des Nachbarhauses die Gardine bewegte. Justin Keller beobachtete sie. Justin war elf, ein ernsthafter Junge, der immer alleine war und mit seinen neuen Nachbarn noch kein Wort gewechselt hatte, obwohl sie schon seit neun Monaten hier wohnten.
»Ich hab Geburtstag«, rief Matthew zu ihm hoch. »Ich hab einen kleinen Hund bekommen. Du kannst rüberkommen und auch ein bißchen mit ihm spielen, wenn du möchtest.«
Justin verschwand sofort. Die Sonne spiegelte sich einen Moment in seinen Brillengläsern, bevor er sich abwandte. Dann sah man eine Hand, die den Vorhang zurechtrückte und das Fenster schloß.
»Der ist aber komisch«, sagte Billy.
Matthew zuckte die Achseln. »Tja, stimmt.«
»Und es wird gleich noch komischer«, fügte Billy hinzu. »Da fährt ein Polizeiauto bei euch vor.«
Matthew blickte zur Auffahrt hinüber. Tatsächlich hielt dort ein schwarzer Blazer, auf dessen Tür das Emblem der Inselpolizei zu erkennen war. Ein Mann und eine Frau stiegen aus.
»Das ist Chief Martinez«, flüsterte Billy. »Und Detective Earley. Mit der haben mein Pa und ich gesprochen, als wir die Leiche in dem Container fanden. Ich frage mich, was die hier wollen.«
»Weiß ich auch nicht«, sagte Matthew und sah den Polizisten nach, die zur Haustür gingen.

Die Polizei hatte drei Ford-Taurus-Kombis und einen Mercury Sable auf der Insel gefunden, auf die Owen Petries Beschreibung zutraf, und Ginger und Ruben suchten an diesem Tag die Besitzer auf.

Der erste Taurus auf der Liste war an besagtem Wochenende in der Werkstatt gewesen.

»Die verdammte Schüssel steht öfter in Hank Kriedlers Werkstatt als bei mir in der Garage«, schimpfte der Besitzer. »Ich hätte mich nicht von meiner Frau zu der Karre überreden lassen sollen.«

Er gab Ruben die Rechnung von der Reparatur und sagte ihm den Namen des Mechanikers, der daran gearbeitet hatte.

Der zweite Taurus war auf dem Festland in Yakima gewesen.

»Meine Schwiegermutter hat ihren fünfundsiebzigsten gefeiert«, erklärte der Besitzer. »Wir sind Freitag mittag losgefahren und mit der letzten Fähre Sonntag abend zurückgekommen. Die ganze Familie meiner Frau war da, sogar die grölenden Cousins aus Albuquerque. Zweiundfünfzig Leute, alles in allem.«

Er gab Ginger eine Gästeliste und die Telefonnummer seiner Schwiegermutter.

Der Mercury Sable gehörte Dr. Frederick Winthur, einem zweiundvierzigjährigen geschiedenen Mann, der, wie sich herausstellte, schon lange als Zahnarzt die Familie Breckenridge betreute.

»Wo ich an dem Abend war, als Tara ermordet wurde?« fragte er. »Hier, mit meinen beiden Jungs. Ich hab sie jedes zweite Wochenende.«

»Wie alt sind Ihre Söhne, Dr. Winthur?« erkundigte sich Ruben.

»Acht und zehn.«

»Wissen Sie noch, was Sie an diesem Abend gemacht haben?«

»Warten Sie mal – wir waren wahrscheinlich Pizza essen, weil wir das an diesen Samstagen immer machen. Dann sind wir wohl nach Hause gegangen und haben den Science-Fiction-Kanal geschaut. Das gehört auch immer dazu.«

»Und können Sie sich erinnern, wann Ihre Jungs zu Bett gegangen sind?«

»Vermutlich so um elf«, antwortete Winthur. »Ich wäre Ihnen aber verbunden, wenn Sie das nicht an die große Glocke hängen würden. Meine Exfrau flippt aus, wenn sie hört, daß sie bei mir länger als bis neun aufbleiben dürfen.«

»Und Sie selbst?«

»Tja, ich weiß es nicht mehr so genau, aber ich bin wahrscheinlich eine halbe Stunde danach ins Bett gegangen. Ich sehe mir normalerweise noch die Spätnachrichten an.«

»Hatte jemand außer Ihnen an diesem Abend Zugang zu Ihrem Wagen?« fragte Ginger. »Wollte ihn jemand borgen? Könnte es sein, daß ein Freund oder Verwandter oder Nachbar damit gefahren ist?«

»Nein«, antwortete der Arzt. »Ich verleihe meinen Wagen nicht, und ich kann mich auch nicht erinnern, daß mich je jemand darum gebeten hätte.«

»Hätten Sie etwas dagegen, wenn Detective Earley und ich mal einen Blick auf den Wagen werfen?« fragte Ruben.

»Weshalb? Meinen Sie, daß ich Sie anlüge?«

»Keinesfalls«, entgegnete der Polizeichef ruhig. »Aber ein Auto, dessen Beschreibung auf Ihren Sable paßt, wurde kurz vor der Tatzeit am Madrona Point gesehen. Wir möchten eindeutig ausschließen können, daß es sich dabei um Ihren Wagen handelte.«

Der Zahnarzt zuckte die Achseln. »Wenn ich dabeisein kann, damit alles seine Ordnung hat, können Sie von mir aus so lange schauen, wie Sie wollen«, sagte er.

»Danke«, murmelte Ruben.

»Ach, übrigens«, fragte Ginger, als Winthur sie zur Garage führte, »wann haben Sie Tara zum letzten Mal gesehen?«

»Warten Sie mal«, sagte der Arzt und runzelte die Stirn. »Ich glaube, sie kam zuletzt im Juli zu einer Routineuntersuchung. Könnte auch Juni gewesen sein. Ich glaube, sie war mit ihrer Schwester da, aber da müßte ich noch mal in meine Unterlagen sehen.«

Nach zehn Minuten kam Ginger zu dem Schluß, daß der Wagen, soweit sie es ermitteln konnte, nicht in Frage kam. Sie hatte weder Blutspuren noch blonde Haare oder einen Hinweis auf eine Tatwaffe gefunden.

»Noch eine Frage, Doktor«, sagte Ruben, als er und Ginger sich verabschiedeten. »Sind Sie Linkshänder oder Rechtshänder?«

»Rechtshänder«, sagte der Arzt. Er schob den Ärmel seines Pullovers hoch und zeigte ihnen seine verkrümmte linke Hand. »Zum Glück, denn die linke kann ich seit meinem zwölften Lebensjahr nur begrenzt einsetzen.«

»Das tut mir leid«, murmelte Ginger.

Der Zahnarzt zuckte die Achseln. »Ich habe den starken Mann gespielt und an einer Waffe herumgefummelt. Das verdammte Ding ging los und hätte mir um ein Haar den Arm abgerissen. Meine Jungs werden Waffen nicht mal aus der Ferne zu Gesicht kriegen. Das ist der einzige Punkt, in dem meine Exfrau und ich uns einig sind.«

Der letzte Taurus auf der Liste war auf Deborah Frankel, Anlageberaterin in Seattle, zugelassen.

Als sie an der Auffahrt hielten, sah Ginger im Garten zwei Jungen, die mit einem kleinen Hund spielten. Sie spürte ihre Blicke im Rücken, als sie zur Haustür gingen.

»Guten Tag«, sagte Ruben, als eine dunkelhaarige Frau die Tür öffnete. »Ich bin Chief Martinez, das ist Detective Earley. Wir sind von der Polizei. Wir würden gerne einen Moment mit Ihnen sprechen. Es geht um den Fall Breckenridge.«

»Wie bitte?« fragte Deborah Frankel verblüfft. Normalerweise standen an einem friedlichen Samstagnachmittag keine Polizisten vor der Tür, die mit ihr über einen Mord reden wollten.

»Das Mädchen, das letzten Monat in dem Container gefunden wurde«, erklärte Ginger.

»Ja, ist mir klar«, erwiderte Deborah. »Ich weiß nur nichts darüber.«

»Wir sind hier wegen eines rostbraunen Taurus-Kombi«, sagte Ruben. »Sie fahren so einen Wagen, nicht?«
»Nein«, sagte Deborah, »mein Mann fährt ihn, aber mit dem haben Sie schon gesprochen.« Ruben sah Ginger an. »In der Schule«, fügte Deborah hinzu. »Er war einer der Lehrer des toten Mädchens.«
»Ja, richtig«, sagte Ginger. »Ich habe mit mehreren Lehrern über Taras Noten und ihr Verhalten gesprochen. Hier geht es um etwas anderes.«
Die Tür zu der Doppelgarage stand offen, und man konnte den rostbraunen Kombi sehen. »Vielleicht könnten wir ein Wort mit Ihrem Mann reden, falls er da ist.«
»Ja, sicher«, murmelte Deborah. »Kommen Sie doch herein.« Sie führte die beiden Polizisten in die Bibliothek, wo Jerry an seinem Rollschreibtisch saß und Aufsätze korrigierte.
»Diese Schüler«, sagte er glucksend. »Dünkirchen halten sie für eine Stadt in Iowa, und Churchill war Präsident der Vereinigten Staaten.« Er lächelte die unerwarteten Besucher an. »Hallo, Detective Earley. Was zwingt Sie zur Wochenendarbeit?«
»Wir gehen einem Hinweis nach, den wir im Fall Breckenridge erhalten haben«, erklärte Ginger. »Es handelt sich um einen Taurus-Kombi, der am Abend des Mordes etwa um elf Uhr im Madrona Point Park gesehen wurde. Wir fragen jeden auf der Insel, der so einen Wagen fährt, ob er zu diesem Zeitpunkt dort war, und falls ja, ob der Betreffende etwas gesehen hat, das uns weiterhelfen könnte.«
Jerry zuckte die Achseln. »Ja, ich fahre einen Taurus-Kombi, aber an diesem Abend stand er in der Garage.«
»Hat sonst noch jemand Zugang zu Ihrem Auto?« fragte Ginger.
»Nur ich«, antwortete Deborah, »aber ich bin an diesem Abend auch nicht damit gefahren.«
Ruben schaute von einem zum anderen. »Könnte sich jemand den Wagen ausgeliehen haben? Ihr Sohn vielleicht oder Ihre Tochter?«

Der Lehrer und seine Frau schüttelten beide den Kopf. »Wir haben nur ein Kind«, sagte Deborah. »Einen Jungen. Er ist neun – gerade heute geworden.«
»Tut mir leid, daß wir Sie an einem so erfreulichen Tag stören müssen«, sagte Ruben aufrichtig. »Leider haben Ermittlungen die Eigenart, zum ungünstigsten Zeitpunkt akut zu werden. Um dies abzuschließen: Sie sind also sicher, daß Ihr Auto den ganzen Abend über in der Garage stand?«
Jerry sah den Polizeichef nicht direkt an, sondern blickte über dessen Schulter. »Ich erinnere mich, daß ich in der Werkstatt war, um an einem Drachen für meinen Sohn zu arbeiten. Die Werkstatt ist in der Garage, mir wäre bestimmt aufgefallen, wenn der Wagen nicht da gewesen wäre. Ich habe mich dort etwa von zehn bis zwölf aufgehalten.«
»Ich bin um elf ins Bett gegangen«, sagte Deborah, obwohl Ruben sie nicht gefragt hatte.
»Nachmittags waren wir dort«, sagte Jerry. »Im Madrona Point Park, meine ich. Wir sind mit dem Fahrrad gefahren, aber spätestens um vier waren wir wieder zu Hause.«
Deborah nickte bestätigend.
»Nun ja, war einen Versuch wert«, sagte Ruben abschließend.
Jerry lächelte ihn an. »Ich dachte immer, Lehrer zu sein, wäre hart«, sagte er. »Aber Sie haben es noch schwerer. Ich beneide Sie nicht.«
»Ach, übrigens«, sagte Ruben beiläufig, »Sie hätten doch sicher nichts dagegen, wenn wir mal einen Blick auf Ihren Wagen werfen, oder?«
»Einen Blick?«
»Ja. Sie sagten, der Wagen sei an diesem Abend nicht unterwegs gewesen, und wir würden ihn gerne definitiv ausschließen können. Manchmal müssen wir so vorgehen – eine Möglichkeit nach der anderen abhaken, bis nur noch eine übrigbleibt.«
Jerry sah den Polizeichef offen an. »Ich dachte, Sie seien hier, um einen Zeugen zu finden – oder hoffen Sie etwa auf einen Verdächtigen?«

Ruben zuckte entschuldigend die Achseln. »So läuft es nun mal«, sagte er. »Manchmal wissen wir es einfach nicht vorher.«
»Dann schauen Sie sich den Wagen ruhig an«, sagte der Lehrer. »Meine Frau begleitet Sie. Ich muß die Aufsätze hier weiter korrigieren.«

Die Untersuchung des Taurus erbrachte nichts. Soweit sich mit bloßem Auge feststellen ließ, gab es keine Spur, die das Auto mit dem Verbrechen in Verbindung brachte.
»Und, was meinst du?«, fragte Ruben, als sie wieder in ihren Dienstwagen stiegen. »Kommt er als Zeuge in Frage, der mauert?«
»Ich weiß nicht«, antwortete Ginger vorsichtig. »Soweit ich informiert bin, hat er einen untadeligen Ruf. An der Schule ist er sehr beliebt, und die Schüler sagen, er sei völlig verstört gewesen, als er von dem Mord erfuhr. Ich denke, wenn er an dem Abend irgendwo im Park war, hätte er es uns gesagt.«
»Es sei denn, er hatte einen Grund, sich rauszuhalten«, äußerte Ruben.
»Du meinst, er hat was mit einer anderen Frau, kann sich mit ihr nur am Madrona Point treffen, wird Zeuge des Mordes und hält den Mund, damit sein Verhältnis nicht auffliegt?« fragte Ginger mit einer Spur Skepsis in der Stimme.
»Wäre das möglich?«
Ginger zuckte die Achseln. »Möglich ist wohl alles, aber ich finde es nicht sehr einleuchtend. Erstens: Du hast seine Frau gesehen. Sie sieht klasse aus. Warum sollte er ihr untreu sein? Aber nehmen wir mal an, es wäre so. Am Madrona Point treffen sich Kids, keine Erwachsenen. Selbst wenn er das nicht wußte, wäre er sofort wieder weggefahren, wenn er ein anderes Auto gesehen hätte.«
»Vielleicht hat er das andere Auto nicht bemerkt.«
»In einer Kleinstadt wie dieser ist jemand, der etwas Verbotenes tut, garantiert übervorsichtig«, wandte Ginger ein.
»Du kannst recht haben«, gab Ruben zu und ließ den Motor an.

»Gut, wenn er also als Zeuge nicht in Frage kommt, dann vielleicht als Verdächtiger? Er fährt einen rostbraunen Taurus – und er ist Linkshänder.«

»Ich weiß«, sagte Ginger. Das war ihr auch aufgefallen, als Jerry Frankel die Arbeiten benotete. »Könnte reiner Zufall sein.«

»Könnte«, sagte der Polizeichef. »Aber ich habe was gegen Zufälle. Es darf uns nichts entgehen. Laß uns sehen, was wir noch über ihn erfahren können.«

»Okay«, sagte Ginger. »Setz mich am Revier ab, ich fange gleich damit an.«

Ruben warf einen Blick auf seine Uhr. Es war nach fünf. »Am Samstag abend?« sagte er. »Na, komm schon. Du wirst doch wohl was anderes vorhaben als zu arbeiten?«

»Eigentlich nicht«, gestand Ginger. »Für mich ist das ein Abend wie jeder andere.« Sie zuckte die Achseln. »Wenn du's genau wissen willst: Mein gesellschaftliches Leben ist zur Zeit nicht sehr bewegt. Aber es macht mir nichts aus. Ich liebe meinen Beruf.«

»Wenn du wirklich nichts anderes vorhast«, sagte Ruben unvermittelt, »könnten wir doch zusammen zu Abend essen. Meine Tochter ist ausgegangen, und mein gesellschaftliches Leben ist auch nicht gerade rege.«

»Du meinst, ein Arbeitsessen?« fragte Ginger. »Um über den Fall zu reden?«

Ruben zögerte. Was tat er da? War er verrückt geworden? »Nein«, hörte er sich sagen. »Ich meine ein richtiges Abendessen in einem netten Restaurant, mit Tischdecken und Wein. Und reden können wir über alles, wonach uns zumute ist.«

15

An diesem zweiten Samstag im November kannten sich Ginger Earley und Ruben Martinez einundzwanzig Monate und fünf Tage, und ihre Beziehung war einzig und allein von Arbeit geprägt gewesen.

Kaum hatte Ruben die Einladung ausgesprochen, begann er an seinem Verstand zu zweifeln. Er konnte es nicht fassen, daß er eine Verabredung anberaumt hatte, die zweifellos den Charakter eines Rendezvous hatte. Er hatte noch nie etwas mit einer Kollegin angefangen, und ganz bestimmt nicht mit einer, die für ihn arbeitete. Er hatte sich in den letzten Jahren aber auch selten mit anderen Frauen getroffen. Er war zwar überrascht über seine Äußerung, doch dann merkte er, daß er diese Idee schon lange im Kopf gehabt hatte.

Ginger war so frisch und tatkräftig. Sie erinnerte ihn daran, wie er selbst gewesen war, vor seiner Verletzung. Er war gerne mit ihr zusammen. Und er mußte zugeben, daß sie auch äußerst ansehnlich war. Mit ihren roten Haaren und den Sommersprossen wirkte sie durchaus weiblich, trotz ihres eher burschikosen Auftretens. Er fand es erstaunlich, daß sie nicht von Scharen von Verehrern umlagert wurde, und freute sich insgeheim darüber.

Er wußte natürlich, daß er sich nicht hineinsteigern durfte in diese Sache. Sie war schließlich viel zu jung für einen illusionslosen Kerl wie ihn. Er war achtzehn Jahre älter als sie und kannte sich im Gegensatz zu ihr bestens aus mit Enttäuschungen und Härten. Doch er konnte nicht dagegen an: Er wollte einfach wissen, wie es wäre, ihr einen Abend lang gegenüberzusitzen, und zwar nicht im Revier. Nur einen Abend, versuchte er sich einzureden. Er hielt die Luft an und wartete auf ihre Antwort.

Für Ginger kam das Angebot völlig überraschend. Seit sie Ruben kannte, hatte er sich ihr gegenüber immer verhalten wie ein Vorgesetzter. Er hatte sich auch stets bemüht, sie nicht anders zu behandeln als ihre männlichen Kollegen. Sie war zwar die einzige Polizistin im Revier, aber sie kam sich immer vor wie einer der Männer.

Und da fragte er sie nun nach all der Zeit plötzlich, ob sie Samstag abend mit ihm ausgehen wolle, als sei es die natürlichste Sache der Welt. Was Ginger komplett aus der Fassung brachte, war die Tatsache, daß sie viel Zeit darauf verwendet hatte, sich genau das vorzustellen.

An den langen ruhigen Abenden in ihrer gemütlichen Wohnung, in der sie seit ihrer Rückkehr nach Seward Island lebte, hatte sie häufig, während sie ein Buch las, Musik hörte oder fernsah, darüber nachgedacht, was Ruben wohl gerade tat, was für ein Leben er führte, was für Frauen er mochte und ... wie er als Liebhaber war.

Es gab keinen Mann außer ihrem Vater, den sie so bewunderte wie ihn. Aus seinen Kenntnissen, seiner Intuition und seiner Geduld schloß sie, daß sie es mit einem Mann zu tun hatte, der einfühlsam und fürsorglich war und seinen Beruf liebte. Ruben behandelte jeden respektvoll, ob es sich nun um den Bürgermeister, seine Angestellten oder einen Kleinkriminellen handelte.

Der Altersunterschied spielte keine Rolle für sie. In Rubens dichtem schwarzen Schopf war kein graues Haar zu sehen, keine Fältchen umgaben seine klugen braunen Augen, sein kantiges Kinn war fest, und er hatte keinerlei Bauchansatz.

Er war kaum größer als sie, aber fit und schlank, und er trieb trotz seines Stützkorsetts viel Sport. Ginger wußte natürlich von

seiner Verletzung; jeder im Revier kannte die Geschichte, und Ginger fand, daß sie ihn nur interessanter machte.
»Klingt gut«, hörte sie sich sagen.

Ginger wohnte im Parterre eines dreistöckigen Gebäudes an der Green Street, unweit des Seward Way, das eher einer Villa glich als einem Wohnblock. Ihre Wohnung hatte ein geräumiges Schlafzimmer mit angrenzendem Bad, eine kleine Küche und ein Wohnzimmer mit einem offenen Kamin, großen Glastüren, die in einen kleinen Garten hinausgingen, und einem Alkoven, in dem ihr runder Eichentisch und vier Stühle Platz fanden.
Sie hatte sich auch wegen der Lage für die Wohnung entschieden – sie war nur einen Katzensprung vom Revier entfernt –, doch in erster Linie hatte sie der bezaubernde kleine Garten überzeugt, in dem, umgeben von einer hohen Photiniahecke, Seidelbast, Rosmarinheide und Ceanothus gediehen. Er war von den vorherigen Mietern angelegt und liebevoll gepflegt worden. Ginger war nicht sehr begabt im Umgang mit Pflanzen, aber sie hatte sie gerne um sich und bemühte sich nach Kräften um ihr Wohlergehen. Für Tiere hatte sie ein besseres Händchen, und ihr jetziger Kater, ein riesiger rotgetigerter Bursche namens Twink, beschützte die Pflanzen vor Schnekken, Kellerasseln und anderen Parasiten, die ihre Blüten bedrohten.
Ruben fand das Haus mühelos. Er hielt davor und wartete zehn Minuten im Wagen, bis es genau sieben Uhr war. Dreißig Sekunden später klingelte er an Gingers Tür und war dabei so aufgeregt und unsicher wie ein Teenager bei seiner allerersten Verabredung.
Ihre Mutter hatte Ginger ewig mit den Vorzügen der Pünktlichkeit in den Ohren gelegen, und das hatte tatsächlich über die Jahre Wirkung gezeigt: Ginger erwartete ihn bereits. Sie trug ein schlichtes schwarzes Kleid mit kurzem Rock und Ausschnitt. Ruben konnte sich nicht entsinnen, sie je im Rock

gesehen zu haben – bei der Arbeit trug sie immer Hosen –, und er stellte auf den ersten Blick fest, daß sie sehr hübsche Beine hatte. Ihr feuerrotes Haar, das sie sonst immer zu einem Zopf geflochten trug, fiel ihr lockig auf die Schultern.

»Du siehst großartig aus«, murmelte er und fragte sich, wo das burschikose Wesen geblieben war, das er zum Essen eingeladen hatte.

»Du machst dich auch nicht übel«, erwiderte sie grinsend. Sein dunkelblauer Anzug glänzte zwar an einigen Stellen, und sein weißes Hemd war am Kragen ein wenig abgenutzt, aber er wirkte frisch und energiegeladen, und sie fand, daß er noch nie attraktiver gewesen war.

Wegen des Mordes blieben immer noch viele Leute abends zu Hause, so daß Ruben ohne Probleme einen Tisch im Gull House reservieren konnte, einem bekannten Restaurant am Hafen, das die beste Fischküche des gesamten Nordwestens und einen überwältigenden Blick auf den Puget Sound zu bieten hatte. Die Atmosphäre dort erinnerte eher an einen Club als an eine Gaststätte. Die Beleuchtung war dezent, die Teppichböden flauschig und der Service so hervorragend wie das Essen.

Ruben war bisher nur einmal dort gewesen, zum Vorstellungsgespräch mit dem Bürgermeister und einigen Stadträten. Ginger hatte zum letzten Mal an ihrem einundzwanzigsten Geburtstag dort gegessen.

Der Maître geleitete sie zu einem Fenstertisch im kleinsten, aber schönsten der drei Räume.

»Du liebe Güte, der beste Tisch des Hauses«, flüsterte Ginger. »Ich wußte gar nicht, daß du so prominent bist.«

»Ich auch nicht«, flüsterte Ruben zurück.

Es entging ihnen nicht, daß die wenigen Einheimischen, die sich aus ihren Häusern gewagt hatten, ihnen erstaunt nachsahen und zu tuscheln begannen, und beide amüsierten sich über das Aufsehen, das ihre Anwesenheit in dem Lokal hervorrief.

»Was glaubst du, was die denken?« fragte Ginger mit einem übermütigen Funkeln in den Augen.
»Tja, sie werden denken, daß ich ein Glückspilz bin, weil ich mit einer so entzückenden jungen Dame ausgehe«, antwortete Ruben grinsend.
»Ich finde es toll, daß du dich für dieses Restaurant entschieden hast«, sagte sie. »Jetzt haben sie ordentlich was zu tratschen und lassen sich nicht immer nur über unsere mangelnden Ergebnisse im Fall Breckenridge aus.«
Sie bestellten Salat Cäsar, gegrillten Schwertfisch für Ruben, Dungeness-Krebs für Ginger und eine gute Flasche Chardonnay. Während des Essens unterhielten sie sich darüber, welchen Unterschied es machte, auf einer kleinen Insel aufgewachsen oder aber erst unlängst zugezogen zu sein.
»Was meinst du, wie lange dauert es, bis man sich als Einheimischer fühlt?« fragte er.
»Das weiß ich selbst noch nicht«, sagte sie. »Drei, vier Generationen vermutlich.«
Sie sprachen über ihre Freizeitaktivitäten.
»Ich gehe gerne wandern«, sagte sie. »Ich habe schon mit zehn angefangen, den Mount Olympus zu erkunden.«
»Ich hab's nur bis zum Hurricane Ridge geschafft«, gestand er. »Aber eines Tages möchte ich auf jeden Fall bis zum Gletscher hoch.«
Sie erzählten einander davon, wie sie sich ihr Leben wünschten.
»Ich liebe das Wasser«, sagte Ginger. »Wenn ich was von Schiffen verstünde, würde ich auf einem Hausboot leben.«
Ruben nickte. »Ich habe mir immer vorgestellt, eines Tages an einem menschenleeren Strand zu leben«, sagte er, »in einer kleinen Hütte, mit einem Hund. Wenn ich in Rente bin und Stacey aus dem Haus ist.«
Sie sprachen über Hobbys und waren verblüfft, als sie feststellten, daß sie beide gerne Vögel beobachteten.
»Im Grunde nicht so sehr wegen der Vögel«, begann sie.

»Sondern wegen der Stille«, beendete er den Satz.

Er war beeindruckt von ihrem Engagement im Tierschutz. Sie war hoch erfreut, als sie hörte, daß ihm jede Form der Jagd zuwider war. »Ich weiß, ich sollte das nicht sagen«, meinte er, »aber ich glaube, ich würde eher imstande sein, einen anderen Menschen zu töten, als ein wehrloses Tier.«

Sie unterhielten sich über Musik, Filme und Bücher. Sie verstanden sich so gut, als würden sie sich schon eine Ewigkeit kennen, und sie stellten bald fest, daß sie viele Gemeinsamkeiten hatten.

Allzu schnell war das Mahl beendet, das letzte Stückchen vom cremigen Käsekuchen gemeinsam verzehrt, der letzte Schluck Kaffee ausgetrunken, und er hatte sie nach Hause gefahren und brachte sie zur Tür.

»Danke«, sagte sie und stand etwas verlegen auf der Schwelle. »Es war wirklich schön.«

»Finde ich auch«, sagte er.

Sie wollte nicht, daß der Abend schon zu Ende ging. Sie wollte ihn hereinbitten auf eine Tasse Kaffee, einen Schlummertrunk, eine Fortsetzung ihrer Unterhaltung, weil sie sich unbeschwert, angeregt und froh fühlte, froher, als sie seit Jahren gewesen war, und weil sie diesen Zustand noch ein wenig länger erhalten wollte, für den Rest ihres Lebens vielleicht.

»Wir sehen uns dann Montag«, sagte sie.

»Klarer Fall«, erwiderte er.

Beide zögerten kurz, dann wandte er sich um und ging. Der Moment war verloren. Sie konnte nicht hinter ihm herlaufen, das wäre peinlich gewesen. Sie stand da und sah ihm nach, bis er verschwunden war. Dann ging sie hinein und zog entschlossen die Tür hinter sich zu.

Er war schließlich ihr Chef, und sie wußte, daß es idiotisch wäre, etwas mit ihm anzufangen. Eine persönliche Beziehung zwischen ihnen würde alles durcheinanderbringen und sie womöglich den Job kosten, den sie so sehr liebte. Vielleicht war ihr der Wein zu Kopf gestiegen, sagte sie sich. Vielleicht war sie so aufgekratzt, weil ihr das Restaurant gefallen hatte und sie seit Jahren zum ersten Mal wieder ausgegangen war.

Sie schleuderte ihre Pumps von den Füßen und tappte den Flur entlang ins Schlafzimmer. Sie hatten sich wie alte Freunde unterhalten, weil sie das in gewisser Weise auch waren. Sie arbeiteten seit fast zwei Jahren zusammen, und diese Form von Nähe hatte Vertrautheit zwischen ihnen geschaffen. Das war nicht weiter verwunderlich; Ginger betrachtete mindestens die Hälfte ihrer Kollegen als Freunde.

Es war auch nicht ungewöhnlich, daß sie einiges gemeinsam hatten. So gut wie jeder hier in der Gegend ging gerne wandern und fuhr gerne Boot. Und sie waren auch nicht die einzigen, die eine Vorliebe für das Beobachten von Vögeln, für klassische Musik, Filme von David Lean und Kriminalromane von Tony Hillerman hatten.

Ginger wusch sich das Gesicht, putzte sich die Zähne und legte sich ins Bett. Sie beschloß, in Zukunft öfter auszugehen und den Versuch zu machen, andere Männer kennenzulernen. Der Kater sprang zu ihr herauf und machte es sich neben ihr bequem.

»Ich wüßte nicht, was ich ohne dich täte, Twink«, sagte sie und kraulte ihm die Ohren. »Aber als Bettgenosse bist du einfach nicht ganz der Richtige, wenn du verstehst, was ich meine.«

Der Kater schmiegte sich an sie und begann zu schnurren.

Ginger seufzte. Sie liebte ihren Beruf, aber das reichte natürlich nicht aus für ein ganzes Leben. Irgendwo mußte es doch jemanden geben, der ihren beruflichen Einsatz tolerieren und nicht davor zurückschrecken würde. Irgendwo mußte man einen solchen Mann treffen können.

Sie dachte an ihre Schulfreundinnen, die inzwischen fast alle verheiratet waren und Kinder hatten. Sie dachte an die Jungen, mit denen sie aufgewachsen war. Sie waren entweder verheiratet oder weggezogen. Auf der Insel lebten fast nur Familien.

Die Chancen, hier den Richtigen kennenzulernen, waren äußerst gering, und sie haßte die Vorstellung, in Seattle in Bars herumzusitzen.
Vielleicht sollte sie eine Fortbildung besuchen, sich für Kurse an der Universität einschreiben oder einem Club beitreten. Ja, das war das Richtige – den Horizont erweitern, sich anderswo umsehen, wo nicht so viele Komplikationen drohten.
Ruben war ein ganz besonderer Mann, daran gab es keinen Zweifel. Aber warum sollte sie sich auf ein Verhältnis einlassen, das von vornherein zum Scheitern verurteilt war?

Stacey war noch nicht zu Hause, als Ruben zurückkam. Er mixte sich einen schwachen Scotch mit Wasser, ließ sich im Wohnzimmer nieder und dachte darüber nach, warum er den gemeinsamen Abend vor elf Uhr beendet hatte.
Die Tische neben ihnen hatten sich geleert, während er und Ginger lachten, plauderten und sich in aller Ruhe ihr Essen schmecken ließen. Sie hätten endlos weiterreden können. Ruben lächelte in sein Glas. Er hatte das Gefühl, daß ihnen nie der Gesprächsstoff ausgehen würde.
Vor ihrer Tür hatte er einen Moment lang gedacht, sie würde ihn hereinbitten, und sich gefragt, wie er reagieren würde. Doch der Augenblick verstrich, und er war gleichermaßen enttäuscht und erleichtert darüber.
In Gegenwart anderer im Restaurant hatten sie eine freundschaftliche Ebene beibehalten können, doch in ihrer Wohnung wäre das nicht mehr so einfach gewesen. Er wußte, daß es vernünftiger war, diese lockere Umgangsform beizubehalten, sich auf nichts einzulassen. Sie konnten beide keine Schwierigkeiten bei der Arbeit gebrauchen, die Verzögerungen auslösten oder für Klatsch sorgten.
Man wußte schließlich, daß private Beziehungen am Arbeitsplatz selten glücklich endeten. Er hatte einen Abend mit ihr verbringen wollen, und den hatte er gehabt.

Ruben leerte mit einem entschlossenen Seufzer sein Glas und erhob sich. Andererseits hatte er sich immer bemüht, sich selbst nichts vorzumachen. Und er wußte ganz genau, daß ein Abend mit ihr ihm nicht genügte.

16

Sie erwachte mitten im Traum – einem beunruhigenden Traum, der sich aber noch nicht zum Alptraum ausgewachsen hatte. Deborah Frankel schlug die Augen auf und erwartete, das Mädchen vor sich zu sehen. Doch da war nur das Mondlicht, das sich durch die Vorhänge stahl, und die Umrisse ihrer robusten Rosenholzmöbel. Wer war dieses Mädchen? fragte sich Deborah. Woher kam sie? Und was hatte sie in einem Traum zu suchen, in dem Jerry von einer Klippe stürzte?

Deborah hatte ihr Gesicht nicht klar erkennen können, doch das Mädchen hatte dagestanden und unbewegt zugesehen, wie Deborah verzweifelt versuchte, ihren Mann zu retten.

»Hilf mir!« hatte Deborah geschrien. »So hilf mir doch!«

Doch das Mädchen hatte nicht reagiert.

Deborah warf einen Blick auf den Wecker. Die fahle grüne Leuchtschrift zeigte drei Uhr achtzehn an. Sie blickte zu Jerry hinüber. Er lag eingerollt unter der Decke, als halte er einen Teddybär im Arm, und schlief fest.

Deborah seufzte. Als sie sich kennenlernten, hatte sie nicht bemerkt, wie naiv und verspielt er sein konnte, wie hilflos er manchmal war. Das war vor zwölf Jahren gewesen, und sie sah inzwischen einiges anders als damals.

Sie war Studentin gewesen und hatte versucht, ihre Zukunft zu planen. Er hatte sein Studium bereits abgeschlossen und unterrichtete Geschichte an einer Schule in Philadelphia. In der Synagoge hatten sie sich zum ersten Mal gesehen, am Neujahrsfest. Er war mit seinem Vater dort, sie mit ihrer Mitbewohnerin.

Der jüdische Glaube nahm keinen sehr großen Raum ein in Deborahs Leben, doch er war Teil ihrer Herkunft, und sie wußte, daß ihre Eltern, die in Scarsdale im Bundesstaat New York lebten, sich freuten, wenn sie zumindest die Festtage beging.

Sie hatten einander sofort entdeckt und warfen verstohlene Blicke, sobald der andere wegsah. Nach dem Gottesdienst fanden sie eine Möglichkeit, miteinander zu sprechen.

»Ich habe Sie noch nie hier gesehen«, sagte er.

»Ich bin auch zum ersten Mal in dieser Synagoge«, erwiderte sie.

Er war größer und gutaussehender als sein Vater, doch er hatte dieselben sensiblen und ausdrucksstarken Augen. In seine Augen hatte sie sich zuerst verliebt. Sie hatten sie so fasziniert, daß sie sich von seinem Blick regelrecht verschlungen fühlte, als er sie fragte, ob sie ihn heiraten wolle. Diese Augen, die strahlten, als ihr Sohn auf die Welt kam, die weinten, als ihre Tochter starb. Die Augen, die Ruben Martinez' Blick gemieden hatten, als Jerry erklärte, er habe in der Werkstatt gearbeitet an dem Abend, als Tara Breckenridge getötet wurde.

Deborah kannte diesen Blick. Sie war sicher, daß er den Augenkontakt mied, um sich zu konzentrieren, doch manchmal fragte sie sich, ob er nicht auswich. Sie dachte an den Morgen nach dem Mord, an seinen bandagierten Daumen und das blutverschmierte Sweatshirt. Damals hatte sie sich keine Gedanken darüber gemacht, doch plötzlich fiel ihr diese Szene wieder ein, und ein Schauer lief ihr über den Rücken, als sie sich fragte, ob ihr Mann die Wahrheit gesagt hatte.

Sie waren seit zwölf Jahren verheiratet, und dennoch konnte sie nicht die Hand für ihn ins Feuer legen. Als sie jung und unerfahren war, hatte sie geglaubt, daß sie sich gut verstanden. Doch im Laufe der Zeit hatte sie gemerkt, daß er sich immer mehr in sich zurückzog und nur selten etwas von sich preisgab. Zu Anfang hatte Deborah versucht, zu ihm durchzudringen, doch nach einer Weile war es ihr zu mühevoll geworden, und sie hatte aufgegeben.

Manchmal kam ihr das Leben wie ein großes schwarzes Loch vor, ein dunkler Raum, in den man hineingeriet, ohne zu ahnen, was einen erwartete, nicht unähnlich dem düsteren Teich hinter dem Haus, in dem sie aufgewachsen war. Man traf Entscheidungen, die man für sinnvoll und richtig hielt, nur um später zu merken, daß sie unklug waren. Man glaubte zu wissen, was man wollte, bis man feststellte, daß es einem in Wirklichkeit um etwas ganz anderes ging. Man hielt sich für weise und erfahren und reif genug, um die richtige Wahl treffen, und kam zu dem Schluß, daß man sich geirrt hatte. Und dann fand man sich plötzlich in einer Lage wieder, die einem ganz und gar nicht gefiel, und man wußte weder, wie man da hineingeraten war, noch wo es einen Ausweg gab.

Deborah erinnerte sich, wie begeistert sich ihre Familie über die Ehe und das Mutterdasein ausgelassen hatte, und sie fragte sich, wieso keiner es für nötig gehalten hatte, sie vor den möglichen Fehlern zu warnen. Sie wäre nicht so weit gegangen, ihre Ehe als Fehler zu bezeichnen, aber sie wäre froh gewesen, wenn sie manches früher gewußt hätte, um sich dagegen zu wappnen und besser damit zurechtzukommen.

Sie gähnte, ließ sich auf ihr Kissen sinken und kuschelte sich unter die Decke. Jetzt konnte sie in Ruhe weiterschlafen. Die analytische Seite ihres Verstandes hatte die Oberhand gewonnen – ihr Arbeitshirn, wie sie es immer nannte. Es hatte bereits begonnen, die Situation abzuschätzen, Resultate zu kalkulieren und die Optionen zu erwägen.

Der Traum war vergessen. Mitsamt dem Mädchen.

17

»Seit über einem Monat ist Tara Breckenridge tot«, *schrieb Gail Brown in ihrem Leitartikel im* Sentinel, »und die Polizei ist der Verhaftung des Mörders nicht näher als am Tag der Tat. Wie kann es dazu kommen? Warum wird dieser Fall nicht aufgeklärt, obwohl der Polizei heutzutage modernste Technologie zur Verfügung steht?

Chief Ruben Martinez hatte erstklassige Referenzen, als er vor drei Jahren nach Seward Island kam, und er hat sich eine hervorragende Truppe zusammengestellt. Ich kenne die meisten seiner Mitarbeiter; sie sind ausgesprochen fähig und einsatzbereit. Dennoch ist es ihnen bislang nicht gelungen, das scheußlichste Verbrechen aufzuklären, das je in dieser Gemeinde geschah. Was stört an diesem Bild?

Wenn es an uns selbst liegt, wenn hier jemand lebt, der etwas weiß, das zur Verhaftung von Taras Mörder führen könnte, und es nicht preisgibt, dann sollten wir uns schämen, denn selbst die beste Polizei kann nicht aus dem Leeren schöpfen.

Unsere idyllische Insel ist schwer erschüttert worden und wird nun auf eine harte Probe gestellt. Unser Leben hat sich für immer verändert. Überall stößt man auf Angst und Mißtrauen. Freunde und Nachbarn, die hierhergezogen sind, um den Gefahren der Großstadt fernzubleiben, verriegeln ihre Türen und sehen sich argwöhnisch um. Taras grausamer Tod hat uns alle verstört. Er ist eine offene Wunde, die erst verheilen kann, wenn der Mörder verurteilt ist.

Wir alle, die wir Tara gut oder weniger gut kannten, wollen, daß ihre Seele in Frieden ruhen kann. Wir wollen, daß es für die Familie Breckenridge ein Ende der Schmerzenszeit gibt. Wir wollen wieder ein normales Leben führen können. Wir alle haben es verdient, daß dieser Fall aufgeklärt wird. Wenn es unter uns jemanden gibt, der uns diese Erleichterung versagt, indem er wichtige Informationen zurückhält, dann müssen wir alle uns schämen.«

»Diesmal hat sie sich die ganze Insel vorgeknöpft«, sagte Charlie Pricker und ließ die Zeitung auf Rubens Schreibtisch fallen.

»Das war ein Fehler von ihr«, bemerkte Ginger.

»Warum?« wollte Ruben wissen. Die drei hockten wieder dicht zusammengedrängt in Rubens engem Büro.

»Weil sie von hier stammt«, erklärte Ginger. »Sie müßte es besser wissen. Ihr Artikel wird lediglich dazu führen, daß alle sich noch weiter entfremden, und uns wird er die Arbeit zusätzlich erschweren.«

»Ich wüßte nicht, was es da noch zu erschweren gibt«, sagte Charlie seufzend.

Ginger schüttelte den Kopf. »Die meisten Inselbewohner sind anständige Leute, aber sie glauben, wenn sie jeden Sonntag in die Kirche gehen, dem Gottesdienst lauschen und eifrig beten, seien sie mit Gott im reinen. Wenn man sie beschuldigt, wenden sie sich gegen einen. Wenn man sie einfach in Ruhe läßt, tun sie früher oder später einfach das Richtige.«

»Mag ja sein, aber wie lange willst du noch warten?« warf Charlie ein.

Die Ermittlungen bezüglich des geheimnisvollen Taurus-Kombi, der am Abend des Mordes im Madrona Point Park gesehen worden war, hatten nichts ergeben, und Gingers Beschäftigung mit dem früheren Leben des Geschichtslehrers hatte nur ihre frühere Einschätzung bestätigt, nach der er eine absolut weiße Weste hatte.

»Er ist sauber«, sagte sie. »Ich habe nichts gefunden, was in irgendeiner Weise auffällig gewesen wäre.«
Charlie zuckte die Achseln. »Zurück zum Ausgangspunkt.«
»Es macht einen wahnsinnig«, sagte Ruben. »Der Typ, den wir suchen, ist hier, direkt vor unserer Nase, und wir finden ihn nicht. Wir sitzen hier auf einer Insel mit zwölftausend Einwohnern. Das heißt, wir haben vielleicht 3500 männliche Verdächtige zwischen achtzehn und, sagen wir mal, siebzig Jahren, von denen nur ein kleiner Prozentsatz Linkshänder sein dürfte. Tara hatte offensichtlich mit einem von ihnen ein Verhältnis, und das muß irgend jemand bemerkt haben. Wieso haben wir solche Probleme, den Kerl aufzuspüren?«
»Weil wir es vom falschen Ende her angehen«, sagte Ginger langsam.
»Was meinst du damit?«
»Na ja, wir sollten vielleicht die Männer unter die Lupe nehmen, statt auf Taras Seite nach Spuren zu suchen.«
Ruben sah sie an. »Du willst 3500 Männer verhören?«
Ginger zuckte die Achseln. »Entweder wir sitzen hier und warten, bis was passiert, oder wir unternehmen selbst etwas.«
Der Polizeichef runzelte die Stirn. »Und wie willst du das angehen?«
Ginger überlegte einen Augenblick. »Dieser Fall wird durch das Blut aufgeklärt werden«, sagte sie schließlich. »Deshalb würde ich damit anfangen. Und zwar mit einer überschaubaren Gruppe, Schülern aus der Oberstufe zum Beispiel. Da hat man nur siebzig Mann oder so. Ich werde ihnen genau erklären, was wir machen. Dann werde ich sie bitten, uns freiwillig eine Blutprobe für einen Vaterschaftstest zu geben. Wenn sie unschuldig sind, können sie das damit am leichtesten beweisen. Wenn sie sich weigern, haben wir zumindest die Zahl der Verdächtigen verkleinert. Dann können wir von denen, die sich weigern, die Rechtshänder ausschließen und uns auf die Verbleibenden konzentrieren. Wenn wir da nicht weiterkommen, können wir uns eine andere Gruppe vornehmen und den Vorgang wiederholen.«

»Solche Tests kosten ein Vermögen«, rief ihr Charlie in Erinnerung, »und sie dauern Monate.«
»Wir können vermutlich einen großen Teil allein aufgrund der Blutgruppe ausschließen«, entgegnete Ginger. »Und vergiß nicht, wir suchen nach einem Linkshänder, was die Gruppe erheblich verkleinert. Wir werden also nur die Blutproben von Linkshändern mit der richtigen Blutgruppe einschicken.«
»Und wie kriegen wir raus, wer Linkshänder ist und wer nicht?« erkundigte sich Charlie.
»Das kann Magnus beim Blutabnehmen machen«, sagte Ginger. »Er soll das Blut nur dem Arm entnehmen, den der Untersuchte überwiegend einsetzt oder selten einsetzt oder so was. Und der Assistent kann vermerken, welcher es ist.«
»Hast du schon mal dran gedacht«, wandte Charlie ein, »daß wir vielleicht nicht nach jemandem suchen, der eindeutiger Linkshänder ist, sondern nach jemandem, der mit beiden Händen gleich geschickt ist?«
»Ja, sicher«, sagte Ginger. »Aber ich glaube, es gibt auf der Insel so wenige Männer, auf die das zutrifft, daß wir das vorerst außer acht lassen können. Ich würde mich auf das Naheliegende konzentrieren. Wenn wir die Gruppe zu einem späteren Zeitpunkt erweitern müssen, können wir die mit einbeziehen. Und wenn wir nicht preisgeben, daß wir nur nach einem Linkshänder Ausschau halten, haben wir eine gute Position.«
Das war die einzige Information, die sie vor Albert Hoch und somit auch vor dem Rest der Insel hatten geheimhalten können.
»Geraten wir nicht in Konflikt mit der Verfassung?« fragte Ruben. »Ich möchte nicht, daß irgendwelche unverbrüchlichen Rechte verletzt werden.«
»Solange der Test freiwillig bleibt, sehe ich da keine Schwierigkeiten«, sagte Ginger.
Charlie zuckte die Achseln. »Wißt ihr, es ist so naheliegend, daß es wirklich funktionieren könnte.«

Ruben mußte ihm recht geben. Er sah die junge Frau an, die er seit fast zwei Jahren kannte und jetzt näher kennenlernte. Wenn es seiner Truppe jemals gelang, diesen Fall aufzuklären, hatte sie einen großen Anteil daran, dessen war er sich sicher. Sie arbeitete mit einer Intuition, die man nicht erlernen konnte, und brachte ein grundsätzliches Verständnis für die Menschen dieser Region mit. Als er noch in den Barrios ermittelte, hatte auch er es leichter, denn er gehörte zur Gemeinde. Hier war er ein Außenseiter und sie war Einheimische, und ihr Gespür war für ihn unverzichtbar.

Am Samstag abend waren sie zusammen essen gewesen. Jetzt war Mittwoch, und er hatte so oft an diesen Abend gedacht, an jedes Wort, jede Geste, jedes Lächeln von ihr. Es war, als sei er aus einer Eiswüste an einen warmen, wunderschönen Ort gekommen, und nach all den Jahren hatte er sich zum ersten Mal wieder wirklich lebendig gefühlt.

Er war den Alpdruck losgeworden, den der tödliche Unfall seiner Frau für ihn bedeutet hatte – ein Kleinlaster, der ins Rutschen kam, nicht mehr zu bremsen war und in die Beifahrerseite des alten Chevy raste. Es ging alles zu schnell. Es blieb keine Zeit, zu reagieren, auszuweichen. Alle hatten das gesagt. Aber das änderte nichts daran, daß Ruben sich schuldig und einsam fühlte und litt. Er hatte seine Frau sehr geliebt. Nach ihrem Tod begann er sich zu fragen, ob er sie auch genug geliebt hatte. Die Zweifel verschlimmerten seinen Zustand.

Stacey hatte ihn gerettet. Sie war damals erst zwei Jahre alt gewesen, und sie brauchte ihn. Er konnte sie nicht im Stich lassen. Er zwang sich dazu, alle Emotionen in sich zu verschließen, die nichts mit seiner Tochter oder seiner Arbeit zu tun hatten, und das gelang ihm auch.

Bis zu diesem Samstagabend.

Jetzt öffneten sich zahllose Türen in seinem Inneren, und er war plötzlich den Erwartungen, der Unsicherheit, den Freuden und Ängsten ausgesetzt, die sich einstellen, wenn man sich auf

einen anderen Menschen einläßt. Denn genau das war geschehen. Er konnte sich nichts vormachen.
Dabei war so vieles unstimmig – ihr Alter, ihre Arbeitssituation, ihr Hintergrund. Er war sich dessen bewußt. Doch das war ihm egal, denn er war überzeugt davon, daß sie die Richtige war.
Er sprach am Sonntag beim Frühstück mit Stacey darüber; sie hatten nur selten Geheimnisse voreinander.
»Sieht aus, als hätte es echt gefunkt zwischen euch«, sagte sie. Sie hatte die tatkräftige junge Polizistin mehrfach auf dem Revier getroffen und auf Anhieb gemocht. »Und, willst du dich wieder mit ihr treffen?«
»Das ist doch zwecklos«, sagte ihr Vater aufrichtiger, als er es eigentlich vorhatte. »Die Insel ist winzig. Es könnte unsere Arbeitsbeziehung gefährden. Das Gerede könnte Schwierigkeiten machen. Vom Altersunterschied mal ganz abgesehen. Sie ist vom Alter her eher eine Gefährtin für dich als für mich. Nein, es hat keinen Sinn; so eine Beziehung hat keine Zukunft.«
»Danach hab ich dich nicht gefragt«, äußerte Stacey. Manchmal ist sie viel zu ausgefuchst für ihr Alter, dachte er. Die Antwort auf ihre Frage war natürlich ein Ja, aber es wollte ihm nicht über die Lippen kommen. Er fürchtete, daß er Ginger überrumpelt hatte, daß sie seine Einladung nicht mehr ablehnen konnte, nachdem sie ihm bereits gesagt hatte, daß sie sich nichts vorgenommen hatte für diesen Abend. Er wollte nicht, daß sie vielleicht nur mit ihm ausging, weil er ihr Chef war und sie es nicht wagte, ihm eine Abfuhr zu erteilen. Ruben hatte genug Ablehnung erfahren in seinem Leben, auf diese Erfahrung konnte er verzichten.
»Und selbst wenn ich mich wieder mit ihr verabreden wollte?« antwortete er mit einer Gegenfrage. »Vielleicht hat sie ja kein Interesse. Und ich möchte nicht, daß sie nur aus Höflichkeit darauf eingeht.«
Stacey warf ihr seidiges blondes Haar aus dem Gesicht, das dem

ihrer Mutter so ähnlich war. »Lade sie doch hierher zum Essen ein«, schlug sie vor. »Wenn sie eine Einladung zu dir nach Hause annimmt, kannst du davon ausgehen, daß sie nicht nur aus Höflichkeit kommt. Ich schau sie mir mal genauer an, und dann werden wir sehen.«

»Meinst du wirklich?«

Seine Tochter blickte ihn skeptisch an. »Was wäre denn schlimmer für dich?« fragte sie durchtrieben. »Wenn sie nein sagt – oder wenn sie ja sagt?«

Seit diesem Gespräch versuchte der Polizeichef, der sich sonst vor nichts fürchtete, seinen ganzen Mut zusammenzunehmen, um diese Frage auszusprechen.

Der Sonntag nach dem gemeinsamen Abend war kühl und stürmisch gewesen, und bleierne Regenwolken hingen am Himmel.

Ginger hatte den Tag vorwiegend in ihrer Wohnung verbracht. Sie hörte sich im Radio ein Beethoven-Konzert an und räumte ihre Schränke auf. Sie wollte sich beschäftigen, auf keinen Fall nachdenken über Ruben.

Sie hatte beschlossen, daß es einfach ungerecht war. Sie war achtundzwanzig und hatte vielleicht den Mann fürs Leben gefunden – aber er war ihr Chef, und sie lebten in einer Kleinstadt, in der eine Beziehung allein schon am Tratsch zugrunde gehen konnte. Es stimmte so vieles nicht, wenn man sie beide betrachtete – und doch war alles genau richtig. Sie hatten ähnliche Ansichten, viele gemeinsame Interessen und den gleichen Sinn für Humor. Ginger hatte keinerlei Zweifel daran, daß auch ihre Körper sich perfekt ergänzen würden.

Obwohl sie am Abend zuvor beschlossen hatte, gelegentlich auszugehen und andere Männer kennenzulernen, überlegte sie jetzt, ob sie sich nicht versetzen lassen sollte, damit sie sich weiter treffen könnten. Sie würde zwar äußerst ungern die Insel verlassen, aber die Beziehung zu Ruben wäre es ihr wert.

Um halb vier Uhr nachmittags war das Konzert vorbei, und Ginger zog sich um und fuhr zu dem weitläufigen Farmhaus im Westen der Insel, in dem sie aufgewachsen war. Dort traf sich wöchentlich die Familie zu einem gemeinsamen Essen, das Ginger nur selten verpaßte, weil sie dabei nicht nur ihre Eltern, sondern auch ihre drei Brüder und deren Familien wiedersah.

Normalerweise ging es bei dem Familientreffen lärmend und turbulent zu. Ihre Nichten und Neffen tobten herum, und ihr Vater und ihr jüngster Bruder spielten Touchfootball. Doch an diesem Tag war die Stimmung seltsam gedrückt. Die Kinder waren merkwürdig still, ihre Brüder wirkten verlegen, ihr Vater zerstreut und ihre Mutter aufgebracht.

»Eleanor Jewel hat mich sofort damit überfallen«, platzte die dralle Frau mit den blondierten Haaren heraus, sobald Ginger das Haus betreten hatte. »Sie hat mir regelrecht aufgelauert, als wir in die Kirche kamen.«

»Womit hat sie dich überfallen?« fragte Ginger.

»Na, daß du mit diesem Chief Martinez ausgegangen bist, und das ausgerechnet noch ins Gull House«, antwortete Verna Earley.

»Na und?«

»Was glaubst du denn, was das für einen Eindruck macht?« sagte ihre Mutter anklagend. »Du triffst dich zum Abendessen mit deinem Chef?«

»Wir haben lange gearbeitet und uns dann spontan entschlossen, essen zu gehen«, sagte Ginger. »Wenn ich daran irgend etwas falsch gefunden hätte, hätte ich es nicht getan.«

Verna blickte hilfesuchend ihren Gatten an.

»Ich denke, deine Mutter hat mehr Schwierigkeiten damit, wie es gewirkt hat, als damit, wie es tatsächlich war«, äußerte Jack Earley mit einem unglücklichen Seufzer.

»Das stimmt nicht«, widersprach Verna. »Es ist schon schlimm genug, daß du mit ihm arbeiten mußt, aber dich auch noch in deiner Freizeit mit ihm sehen zu lassen, in Gegenwart unserer

Freunde, unserer Nachbarn, all der Leute, die dich von Kind auf kennen – das ist nun wirklich höchst unpassend.«
Ginger blickte von ihrer Mutter zu ihrem Vater und sah dann wieder ihre Mutter an. »Hab ich irgendwas verpaßt?«
»Es hat einige Jahre gedauert, bis wir hier dazugehörten, junge Dame«, sagte ihre Mutter. »Du bist zu jung, um dich daran zu erinnern, aber wir sind nicht einfach so in die Gemeinde aufgenommen worden. Dein Vater und ich haben uns darum bemüht. Wir mußten in eine bestimmte Kirche und in die richtigen Clubs eintreten und bestimmte Freundschaften pflegen. Seward Island ist ziemlich verklüngelt, wie du wohl weißt, und dein Vater und ich hatten es nicht leicht, akzeptiert zu werden. Es hat lange gedauert, aber heute ist das unser Zuhause, und die Menschen hier und ihre Ansichten über uns bedeuten uns etwas.«
»Ich muß wohl dämlich sein«, sagte Ginger. »Ich kapiere immer noch nicht, worum es geht.«
Ihre Mutter seufzte entnervt. »Du bist dabei gesehen worden, wie du mit ihm gekichert und gelacht und dein Essen geteilt hast, wie bei einem Rendezvous, um Himmels willen«, sagte Verna. »In einem tiefausgeschnittenen Kleid bist du im teuersten Restaurant der Stadt gesessen, und das – es tut mir leid, es sollte nicht nötig sein, so deutlich zu werden, aber du läßt mir ja keine Wahl – mit einem Mexikaner.«
Das Wort war als Pfeil gedacht, der Ginger treffen sollte, und sie war tatsächlich einen Moment lang so erschüttert, daß es ihr die Sprache verschlug.
»Mir war nicht klar, daß etwas dagegen spricht, mit Mexikanern befreundet zu sein«, sagte sie schließlich. »Das habt ihr mir nie gesagt.«
»Es gab ja keine hier«, erwiderte ihre Mutter. »Wir hatten also keinen Anlaß dazu.«
»Und du willst damit sagen, daß alle Leute auf der Insel dieser Meinung sind?«
»Nun, ich kann natürlich nicht für die gesamte Insel spre-

chen«, sagte Verna leicht verunsichert, »aber auf unsere gesellschaftlichen Kreise trifft das zu. Es gibt Leute, die dazugehören, und Außenstehende, und dabei soll man es belassen.«

»Tut mir leid«, sagte Ginger langsam. »Das wußte ich nicht.« Sie hatte immer wieder Andeutungen gehört, die in diese Richtung gingen, sie jedoch als gedankenloses Geschwätz abgetan. Eine derartig drastische Äußerung kam ihr zum ersten Mal zu Ohren. Sie betrachtete ihre Mutter, als habe sie sie nie zuvor gesehen.

»Nun also«, sagte Verna, »Schwamm drüber. Du hast es jetzt verstanden, und wir können das Thema vergessen.«

Die Familie wirkte erleichtert. Gingers Mutter marschierte in die Küche, um sich dem Braten zu widmen. Die Kinder spielten im Garten Fangen. Auf dem Rasen vor dem Haus fand das Touchfootball-Spiel statt. Man hatte ein heikles Thema abgehakt, nun konnte es weitergehen wie zuvor. Keiner schien zu bemerken, daß Ginger sich nicht richtig am Spiel beteiligte, den ganzen Abend lang äußerst schweigsam war und in ihrem Essen stocherte.

Erst in ihren eigenen vier Wänden brach die Wut aus ihr heraus, und sie schleuderte ihre Handtasche gegen ein Regal im Flur. Ein paar Bücher fielen um, und ein kleiner Porzellanengel, den sie zum sechzehnten Geburtstag von ihrer mittlerweile verstorbenen Großmutter bekommen hatte, zerbrach in tausend Stücke.

Zum ersten Mal wurde Ginger bewußt, wie weit sie sich von der Familie entfernt hatte, an der sie so hing. Der Alltag der Polizeiarbeit außerhalb der behüteten Atmosphäre der Insel war hart und schonungslos, und sie hatte ganz andere Ansichten als ihre Eltern. Deren Welt und Werte hatten nichts mehr mit ihr zu tun.

Sie versuchte sich vorzustellen, wie sie mit zehn oder zwölf in der großen gemütlichen Küche ihrer Mutter beim Plätzchenbacken zugesehen oder Schulter an Schulter mit ihrem Vater an einem Puzzle getüftelt hatte. Hatten sie ihr damals gesagt, daß es Menschen gab, auf die man weniger Wert legte als auf andere? Oder hatten sie einfach für sie gedacht und gehandelt, bis sie sich von ihnen gelöst hatte und ihrer eigenen Wege ging?

Plötzlich fiel Ginger ein Mädchen japanischer Herkunft ein, mit dem sie sich in der Grundschule angefreundet hatte. Ihre Mutter hatte diese Freundschaft aus unersichtlichen Gründen torpediert. Und dann war da ein jüdischer Junge auf der High-School gewesen, der mit ihr ausgehen wollte. Verna hatte eindeutig etwas dagegen gehabt. Sie war also da, diese Haltung. Sie trat nicht offen zutage und wurde nicht heftig geäußert, aber sie war vorhanden. Und es wurde erwartet, daß man sie stillschweigend verstand.

Ginger hatte verstanden, o ja. Sie kniete sich hin und sammelte die Scherben ein. Ihre Ängste und Zweifel wegen einer Beziehung am Arbeitsplatz waren vergessen. Auch die Idee, sich versetzen zu lassen. Sie würde hierbleiben, wo sie hingehörte, auf Seward Island, und ihr Leben endlich selbst in die Hand nehmen. Sie hatte ein Recht darauf, so viele Fallstricke und Gefahren sie auch erwarten mochten.

Sie kniete am Boden und betete inständig, daß Ruben Martinez ihr wieder den Vorschlag machen würde, mit ihm einen Abend zu verbringen.

Vier Tage später tat er es.

»Ich hätte wohl schon früher etwas sagen sollen«, begann er vorsichtig, als sie am Donnerstag morgen einen Moment lang alleine im Büro waren, »aber ich wollte dir noch einmal für den schönen Abend neulich danken. Es hat wirklich sehr viel Spaß gemacht mit dir.«

»So ging es mir auch«, sagte sie. »Ich kann mich eigentlich an keinen schöneren Abend erinnern.«

»Wirklich?« sagte er und strahlte. »Ich war mir nicht sicher, ob ich dich nicht bedrängt hatte mit meinem Vorschlag.«

»Kein bißchen«, sagte sie. »Ich hätte doch ablehnen können.«
»Na dann«, sagte er ermutigt. »Ich hatte mir überlegt, ähm, ob wir das vielleicht, na ja, irgendwann wiederholen könnten?«
Gingers Herz tat einen Sprung. »Sehr gerne«, gab sie zur Antwort.
Ruben grinste wie ein Honigkuchenpferd. »Toll«, sagte er. »Klasse.« Er blickte auf die Ordner, die vor ihm lagen, dann sah er wieder Ginger an. »Du hast wohl nicht zufällig am Sonntag Zeit, wie?«
»Doch, hab ich«, antwortete sie, ohne zu zögern.
»Stacey meinte, ich solle dich zum Abendessen nach Hause einladen, damit sie dich mal in Augenschein nehmen kann, aber wir können auch gerne ausgehen, falls es dir lieber ist.«
Ginger lachte. »Mann, ich kann mich nicht erinnern, wann mich zum letzten Mal jemand in Augenschein nehmen wollte«, sagte sie. »Ich komme sehr gern zu euch.«
Ruben steckte die Hände in die Hosentaschen, weil er fürchtete, daß er sonst etwas Idiotisches tun könnte, wie zum Beispiel klatschen.
»Wie wär's mit sechs?« fragte er.
»Sechs ist prima, und ich weiß auch, wie ich zu euch finde.«
»Kommt nicht in Frage«, sagte er. Er war zwar in den Barrios aufgewachsen, aber er wußte, was sich gehörte. »Ich hole dich um sechs ab.«
»Gut«, sagte Ginger. »Ich freue mich.«
Ruben grinste. »Und ich erst.«
Ginger grinste auch, Ihre Eltern würden am Sonntag ohne sie auskommen müssen. Sie begann sich zurechtzulegen, wie sie ihnen die Nachricht unterbreiten würde.

»Der Hinweis mit dem Wagen hat nichts gebracht«, berichtete Albert Hoch Kyle Breckenridge. »Sie fangen wieder bei Null an.«
Der Bankdirektor schüttelte den Kopf. »Ein Monat, und keine

konkreten Hinweise. Das ist nicht gut, Albert. Das hinterläßt den Eindruck, daß unsere Polizei bestenfalls schwach und schlimmstenfalls unfähig ist. Die Leute fangen an sich zu fragen, wieso es so schwer ist, auf einer Insel mit zwölftausend Leuten einen Mörder aufzuspüren.«

»Ich weiß, Kyle, ich weiß«, sagte Hoch. »Aber sie haben einen neuen Plan. Sie wollen ihn über die DNA drankriegen. Als erstes sollen die älteren Schüler ihnen Blutproben geben, die wollen sie dann mit dem Embryo abgleichen. Falls dabei nichts herauskommt, wollen sie die Gruppe erweitern. Sie glauben, daß sie ihn so erwischen werden.«

»Das ist doch entsetzlich«, verkündete Breckenridge. »Die Menschen hier solch einer Prozedur auszusetzen. Wo soll das noch hinführen – daß wir unsere besten Freunde und unsere Nachbarn verhören, in ihre Intimsphäre eindringen und vor nichts mehr Respekt zeigen?«

»Sie haben keine anderen Anhaltspunkte«, verteidigte sich Hoch. »Du willst doch, daß sie den Mörder finden, oder? Sie können sich schließlich keinen Verdächtigen basteln.«

»Nein«, räumte Kyle Breckenridge ein und seufzte unfroh. »Da hast du wohl recht.«

Am Donnerstag nachmittag begann Ginger mit ihren Telefonaten. Am Freitag hatte sie bereits mit sämtlichen zweiundsiebzig Schülern der Oberstufe an der Seward-High-School gesprochen. Sechsundvierzig von ihnen erklärten sich zu dem Bluttest bereit, elf sagten, sie würden sich wieder bei ihr melden, und fünfzehn weigerten sich rundweg.

»Viele Eltern sind nicht gerade begeistert davon«, berichtete sie Ruben. »Aber die meisten haben kapiert, worum es geht. Wenn sie ihren Söhnen die Teilnahme verweigern, sieht es aus, als hätten sie etwas zu verbergen.«

Die Blutproben würden am Samstag in der Klinik abgenommen. Magnus Coop, Charlie Pricker und drei Laborassistenten würden zur Stelle sein und notieren, ob die Untersuchten Links- oder Rechtshänder waren. Charlie würde die Proben persönlich zum kriminologischen Labor in Seattle bringen. Mit etwas Glück hätten sie die Ergebnisse in zwei Monaten.

18

Um Viertel vor acht am Sonntag morgen hatte Ruben bereits geduscht und sich angekleidet, doch Stacey war ihm um eine Nasenlänge voraus. Sie war ausgehbereit, und das Frühstück wartete.

»Ich dachte schon, daß du heute zur Kirche wolltest«, sagte sie, stellte ihm einen Teller Rührei mit Würstchen hin, goß ihm Kaffee ein und ließ sich dann mit im Schoß gefalteten Händen am Tisch nieder.

Ruben ging so selten wie möglich zur Kirche. Er ließ sich höchstens einmal an den Feiertagen dort sehen, und das auch nur Stacey zuliebe. Doch es gab gewisse Rituale, die eingehalten werden mußten.

»Ja«, sagte er und dachte, daß seine Tochter den besten Kaffee der Welt kochte.

Als er Ginger zum Essen einlud, hatte Ruben nicht auf das Datum geachtet. Doch heute war der dreizehnte Jahrestag des Unfalls, bei dem seine Frau ums Leben gekommen war, und an diesem Tag gingen Stacey und er grundsätzlich gemeinsam zur Kirche.

»Wir haben nachher noch genug Zeit zum Aufräumen und Kochen«, beruhigte ihn Stacey.

Ruben nickte traurig. Ihr fiel es leicht, von der Vergangenheit auf die Gegenwart umzuschalten, denn sie war zu klein gewesen, um sich noch an ihre Mutter zu erinnern.

Die katholische Kirche Saint Aloysius war ein historisches Gebäude unweit des Stadtparks. Dreimal in seiner Geschichte fiel das aus weißem Holz und Schindeln erbaute Gotteshaus mit den kunstvollen Glasfenstern einem Feuer zum Opfer, und jedesmal wurde es prachtvoller und robuster als zuvor wieder aufgebaut. Drei Prozent der Inseleinwohner unterstützten die Kirche mit großzügigen Spenden.

Als Ruben und Stacey eintrafen, war die Mehrheit der Bänke schon besetzt. Sie ließen sich wie immer in den hinteren Reihen nieder. Stacey kniete sich hin und begann mit ihrem Gebet. Ruben blieb sitzen. Seit dem Tod seiner Frau hatte er seinen Glauben verloren. Im Lauf der Jahre hatte er eine Gelassenheit im Umgang mit Gott entwickelt, mit der er gut leben konnte. Was Gott davon hielt, wußte er natürlich nicht.

Die Messe war traditionell, die Predigt konservativ. Der Priester war ein sympathischer Mann, doch kein begnadeter Redner. Ruben sah innerlich unbeteiligt zu, wie Stacey das Abendmahl empfing. Er war froh, daß sie Trost darin finden konnte. Dann zündeten sie gemeinsam eine Kerze für seine Frau an.

Als die Messe vorüber war und sie mit den anderen die Kirche verließen, hörten sie zufällig ein Gespräch mit.

»... der Chief hat uns heute mit seiner Anwesenheit beehrt«, sagte John O'Connor.

»Ist wohl ziemlich beschäftigt mit dem Fall Breckenridge«, entgegnete Kevin Mahar.

»Ich glaube eher, mit dem Fall der rothaarigen Kollegin«, sagte O'Connor und lachte.

»Ist das nicht unglaublich?« rief Lucy Mahar aus. »Ich weiß nicht, was sie sich dabei denkt.«

»Daß sie achtundzwanzig und immer noch ledig ist, meine Liebe«, antwortete Doris O'Connor achselzuckend.

»Was er bisher in dem Mordfall zustande gebracht hat, hätte auch ein Chihuahua geschafft«, sagte John O'Connor.

Stacey hakte ihren Vater unter. »Komm, Dad«, sagte sie laut und deutlich. »Wenn wir uns sputen, hast du dein Futter auf dem Tisch, bevor du wau sagen kannst.«

Die O'Connors verdrückten sich wortlos. Kevin Mahar machte zumindest ein verlegenes Gesicht.
»Tut uns leid, Ruben«, murmelte er. »Wir wußten nicht, daß Sie hinter uns sind.«
»Das sollte an Ihrer Meinung nichts ändern«, sagte Ruben würdevoll. »Einer der Vorzüge dieses Landes ist es, daß man seine Meinung frei äußern kann.«
»Weißer Pöbel«, bemerkte Stacey, als sie in den Blazer stiegen.
»Nein«, erwiderte Ruben mit einem Seufzer. »Das sind ganz gewöhnliche Leute, die es nicht gewohnt sind, sich im Dunkeln fürchten zu müssen.«

Der Apfelkuchen kühlte ab, der Braten war im Ofen, das kleine Haus blitzte vor Sauberkeit, und der Tisch war für drei Personen gedeckt, als Ruben aufbrach, um Ginger abzuholen. Stacey hatte ihm ein weißes Hemd und einen roten Pullover ausgesucht und ihm die Hände mit Lotion eingerieben.
»Falls du mal ihren Ellbogen nimmst oder so«, sagte sie mit einem spitzbübischen Blick. »Sie soll doch nicht denken, daß du Hausarbeit machst, oder?«
Ginger erwartete ihn schon, als er bei ihr klingelte. Sie trug leuchtend blaue Hosen und einen weichen Pullover im selben Farbton. Er paßte wunderbar zu ihrem roten Haar, das sie zurückgekämmt und im Nacken mit einer großen blauen Schleife zusammengefaßt hatte.
»Rot, weiß, blau«, sagte sie zur Begrüßung. »Wir geben ja ein patriotisches Paar ab.«
Ruben Martinez war ein entschlossener, geradliniger Mann, der nie lange um den Brei herumredete.
»Hör mal«, sagte er. »Bevor wir losfahren, möchte ich dir sagen, daß einige Leute ... reden. Über uns, meine ich. Ich kümmere mich normalerweise nicht um so etwas, aber ich habe heute in meiner Kirche ein paar Bemerkungen gehört, und ich wollte nur wissen, ich meine, ich hätte volles Verständnis dafür, wenn du lieber nicht mitkommen möchtest zum Essen.«

»Bemerkungen?« wiederholte Ginger. »Was für Bemerkungen?«
»Nun ja, ich fürchte, es ging darum, daß man dich – mit mir gesehen hat.«
»Ich gehe schon seit Jahren nicht mehr zur Kirche«, sagte Ginger und hob das Kinn. »Jetzt weiß ich auch, warum.«
»Wir leben in einer Kleinstadt«, sagte er.
»Ja, und einige der Leute hier sind auch ziemlich klein*geistig*«, sagte sie.
»Aber du bist hier aufgewachsen«, rief er ihr in Erinnerung. »Ich möchte nicht, daß du meinetwegen Schwierigkeiten bekommst. Die Entscheidung liegt ganz bei dir.«
»Dann kann ich nur hoffen, daß du gut kochen kannst«, verkündete Ginger. »Ich habe nämlich einen Bärenhunger.«
Das Haus, in dem Stacey und Ruben lebten, strahlte Behaglichkeit und Wärme aus, und Ginger fühlte sich sofort wohl dort. Es war klein, und die Möbel waren ein wenig abgenutzt, doch man merkte, daß der Haushalt mit Liebe geführt wurde. Stacey umarmte Ginger lächelnd, und falls sie noch Zweifel gehabt hatte, schon beim zweiten Treffen zu Ruben nach Hause zu kommen, so verflogen sie spätestens in diesem Moment.
»Ich hoffe, Sie mögen Roastbeef«, sagte das Mädchen. »Es war das einzige, worauf Dad und ich uns einigen konnten.«
Es war genau so geraten, wie Ginger es am liebsten mochte – noch leicht rosa in der Mitte; die Möhrchen waren knackig und schmeckten leicht nach Zimt; der Salat war schlicht, aber schmackhaft, und der Reis mit Bohnen war eine ungewöhnliche, aber äußerst interessante Beilage.
»Dad war für komplett mexikanisch«, vertraute Stacey Ginger an und reichte ihr einen Teller warme Tortillas mit Butter, »aber ich hab ihm gesagt, er soll Sie nicht überfordern, sonst kriegen Sie noch einen Schreck.«
Ginger lachte. »Ich erschrecke nicht so leicht«, sagte sie und warf Ruben einen Blick zu.
Sie ließen sich Zeit mit ihrem Mahl. Der Wein war nicht teuer,

aber gut, der Kaffee hervorragend. Sie aßen alles auf und unterhielten sich prächtig. Manchmal lachten sie so heftig, daß ihnen die Tränen übers Gesicht liefen. Ginger konnte sich nicht erinnern, wann sie sich zum letzten Mal so entspannt, so herzlich empfangen und rundum zufrieden gefühlt hatte. Es war schon nach elf, als Ruben sie nach Hause fuhr. Die fünf Stunden waren wie im Flug vergangen.
»Es war toll«, sagte sie an ihrer Haustür und wünschte sich, daß der Abend noch nicht zu Ende sei.
»Das fand ich auch«, sagte er und hoffte, daß sie ihn diesmal auf einen Schlummertrunk oder einen Kaffee oder irgend etwas hereinbitten würde, denn er wollte sich noch nicht von ihr trennen.
»Die Zeit ist so schnell vergangen«, sagte sie. Sie wollte ihn eigentlich bitten, hereinzukommen, doch sie fürchtete, daß er ablehnen könnte. Falls er nicht ablehnte, fürchtete sie die beidseitigen Erwartungen, und sie fühlte sich noch außerstande, damit umzugehen. »Es ist doch wirklich erstaunlich, wieviel wir uns immer zu erzählen haben.«
»Es war schön, daß du bei uns warst«, sagte er. »Wir sehen uns dann morgen.«
»In alter Frische«, bestätigte sie.
Einen Moment lang standen sie beide unschlüssig da. Dann beugte er sich vor und küßte sie leicht auf die Wange.
»Schlaf gut«, murmelte er und eilte davon.
Ginger ging hinein. Sie spürte seinen Kuß noch immer und berührte die Stelle mit den Fingern. Sie fühlte sich weich und warm an, und die Wärme strömte durch ihren ganzen Körper. Sie schlang die Arme um sich, um das Gefühl festzuhalten. Als es nachließ, ging sie ins Badezimmer und zog sich aus. Dann nahm sie ein heißes Bad – was sie sehr selten tat – und dachte an Ruben. Seit fast zwei Jahren sprach sie mit ihm, hörte ihm zu, arbeitete mit ihm und lernte von ihm, und nie hätte sie geglaubt, daß er jemals etwas anderes für sie sein würde als ihr Vorgesetzter. Und nun hatte sich innerhalb einer Woche alles verändert.

Das schlichte Haus am Ende der Commodore Street war plötzlich der schönste Ort der Welt für sie. Schon bei der Vorstellung, zur Arbeit zu gehen, lächelte sie; beim Gedanken, ihn tagtäglich sehen zu können, wurde sie übermütig vor Freude. Sie dachte nicht mehr daran, wie ihre Beziehung enden könnte. Sie fing ja gerade erst an. Und am Anfang wollte man immer glauben, daß sie für die Ewigkeit sei.
Sie versuchte sich an den jungen Mann aus Pomeroy zu erinnern. Doch sie sah sein Gesicht nur noch verschwommen vor sich, und Gefühle, die es nicht mehr gab, ließen sich nicht wiederbeleben. Es kam ihr absurd vor, daß sie damals so unter der Trennung gelitten hatte; jetzt war sie frisch verliebt und konnte vielleicht sogar wirklich glücklich werden.
Es war schon nach zwölf, als sie sich ins Bett legte und das Licht löschte. Sie mußte früh im Büro antreten, aber sie stellte den Wecker nicht. Sie mußte über zu vieles nachdenken, wollte noch lange träumen. Nach Schlafen war ihr nicht zumute.

19

Den Montag verbrachte Ginger hauptsächlich damit, die Liste der Schüler durchzugehen, die sich nicht zum Bluttest in der Klinik eingefunden hatten. Achtzehn Jungen waren nicht erschienen.

»Meinst du wirklich, er ist dabei?« fragte Charlie Pricker, der ihr über die Schulter sah.

»Wer weiß«, sagte Ginger achselzuckend und seufzte. »Aber es ist immerhin ein Ansatzpunkt.«

Seit Charlies Beförderung vor einem Jahr saßen die beiden gemeinsam in einem Büro, in dem gerade ihre zwei Schreibtische an gegenüberliegenden Wänden, zwei graue Aktenschränke und ein Besucherstuhl Platz fanden. Sie hockten aufeinander wie in der Sardinendose, sagten sie manchmal, und sie waren es gewohnt, sich den Kaffeebecher des anderen auszuleihen, das Telefon des anderen abzunehmen, für den anderen Papiere zu unterzeichnen und alles zu besprechen.

»Du bist vier Jahre länger im Department als sie«, beklagte sich Charlies Frau Jane bei ihm. »Warum hast *du* nicht den höheren Dienstgrad?«

»Sie ist um einiges länger im Dienst als ich«, erklärte er geduldig.

»Aber du bist seit dreizehn Jahren Polizist«, beharrte Jane, »und du bist sechs Jahre älter als sie. Das muß doch auch zählen.«

Ihr Mann lächelte gelassen. »Tut's auch«, sagte er verschmitzt, denn er liebte seine Frau beinahe so sehr wie seine Arbeit. »Manchmal muß *sie* Kaffee kochen.«

Jane schniefte. »Und jetzt, wo sie mit dem Chief schöntut, hast du sicher überhaupt keine Chance mehr, zu zeigen, wie gut du bist.«

»Das tue ich Tag für Tag«, sagte er. Sein Lächeln wirkte schon etwas angestrengter. »Indem ich mein Bestes gebe. Und ich lege keinen Wert darauf, daß meine Frau über meine Kollegen klatscht. Das behindert meine Arbeit.«

Falls Charlie Ginger ihre Position neidete, ließ er es sich jedenfalls nicht anmerken. Sie bearbeiteten unterschiedliche Bereiche, tauschten sich in den Punkten aus, die für beide wichtig waren, alberten herum und verstanden sich gut. Für ihn war sie wie die kleine Schwester, die er nie gehabt hatte. Und sie ging mit ihm um wie mit einem ihrer Brüder.

»Ich mag Ruben«, sagte er unvermittelt. Er ließ sich nieder, brachte seine langen Beine unter dem Tisch unter, schob sich die Brille auf die Nase und begann, einen Bericht durchzusehen. »Ich kenne ihn länger als du. Er ist ein prima Bursche, aber ich glaube, in dieser Hinsicht ist er ziemlich verletzlich. Dich mag ich auch sehr. Du bist goldrichtig, aber ich glaube, du bist weniger angreifbar als er. Das heißt, daß du vorsichtig mit ihm sein solltest.«

Ginger drehte sich um und betrachtete seinen Rücken. »Höre ich hier deine Meinung oder die dämlichen Gerüchte, die auf der Insel umgehen?«

»Mit Klatsch hab ich nichts am Hut«, erwiderte Charlie gelassen. »Ich sag nur, was ich denke.«

»Wir sind gerade zweimal zusammen aus gewesen«, sagte Ginger abwehrend. »Warum macht da jeder gleich eine Staatsaffäre daraus?«

»Zweimal?« wiederholte er. »Verflixt, ich dachte, es sei nur einmal gewesen. Ich war schon besser informiert.«

Sie konnte ihm nicht lange böse sein. »Danke«, sagte sie kichernd. »Ich weiß, daß du's nur gut meinst.«

»Dann gib mir doch mal diese Namensliste«, sagte er. »Ein Freund von mir ist Englischlehrer an der High-School. Vielleicht kann er mir sagen, wie viele von den Drückebergern Linkshänder sind.«

»Es ist ungeheuerlich«, *schrieb Grant Kriedler an den* Sentinel. »Man versucht unsere Söhne in den Fall Breckenridge zu verwickeln, und dafür sollen wir unsere Grundrechte opfern. Falls die Polizei genügend Hinweise hat, um einen der Jungen mit Recht zu verdächtigen, dann soll sie sie vorlegen und einen korrekten Haftbefehl beantragen. Andernfalls soll sie sich aus ihrem Privatleben raushalten. Mein achtzehnjähriger Sohn hat sich geweigert, dieses Narrenspiel mitzumachen, und ich stehe hinter ihm.«

»Ob wir nun an dem Test teilnehmen oder nicht, wir können's nicht allen recht machen«, *schrieb ein Schüler der Oberstufe, der sich zur Blutprobe in der Klinik eingefunden hatte.* »Aber wenn man den Mörder von Tara schneller findet, wenn ich eine Blutprobe gebe, dann meinetwegen.«

»Drei von den Jungen, die sich weigern, sind Linkshänder«, teilte Charlie Ginger am Mittwoch mit.
»Danke«, sagte sie und blickte auf das Blatt mit den Namen und den drei roten Sternchen daneben. »Immerhin etwas.«

Stacey Martinez hielt ihrem Vater eine Schüssel mit Maiseintopf hin.
»Alle reden nur noch darüber«, sagte sie. »Ich meine, es kommt ja auch nicht jeden Tag vor, daß sämtliche Jungen einer Klasse Blutproben abgeben sollen, um in einem Mordfall ihre Unschuld zu beweisen.«
»Mir wäre ein anderer Weg auch lieber gewesen«, sagte Ruben und nahm sich eine große Portion.
»Glaubst du wirklich, daß der Täter in der Schule sitzt, als sei nichts gewesen?«
»Ich weiß es nicht. Du?«

»Ich kann es mir nicht vorstellen«, erklärte Stacey und bestrich eine Tortilla mit Butter. »Ich weiß, du glaubst, daß der Täter einen bestimmten Grund hatte und vor Wut den Kopf verlor, aber ich kann einfach nicht glauben, daß einer der Jungs aus der Schule Tara erstochen hat und dann so ein Doppelspiel treibt. Ich sehe die doch ständig. Die meisten sind ganz normal. Diese Sache mit dem Blut regt alle auf.«
»Wie meinst du das?« fragte Ruben.
»Na ja, es bilden sich Gruppen. Entweder du bist dafür, oder du bist dagegen. Jeder ergreift Partei, und die Auseinandersetzungen werden sogar handgreiflich. Der Direktor mußte heute zweimal in eine Schlägerei eingreifen.«
Ruben sah seine Tochter nachdenklich an. »Ist dir jemand aufgefallen, der sich raushält?« fragte er. »Der keine Position bezieht? Der nur zuschaut?«
Stacey wollte den Kopf schütteln, doch dann hielt sie inne. Sie hatte plötzlich ein Gesicht vor Augen. Sie runzelte die Stirn, weil es nichts mit der Frage ihres Vaters zu tun hatte.
»Danny Leo«, sagte sie.
»Danny Leo?« fragte Ruben. »Er hält sich aus allem raus?«
»Nein, ich meine was anderes«, sagte Stacey. »Weißt du noch, direkt nach dem Mord hast du mich gefragt, ob ich Tara mit jemandem gesehen hätte? Damals wollte mir etwas nicht mehr einfallen, aber jetzt weiß ich es wieder. Ich habe Tara einmal nach der Schule mit Danny Leo gesehen.«

»Komm zum Abendessen, Danny«, rief Rose Leo die Treppe hinauf. »Beeil dich, dein Vater wartet schon.«
Ein hübscher achtzehnjähriger Junge polterte die Stufen herunter und ließ sich am Eßtisch nieder. Er hatte kurz geschnittene braune Locken und klare grüne Augen, die Mädchenherzen höher schlagen ließen.
»Seit Tagen schließt du dich in deinem Zimmer ein, Sohn«, sagte Peter Leo. »Was ist los? Stimmt irgendwas nicht?«
»Nein, alles in Ordnung, Dad«, antwortete Danny. »Ich bastle

nur ein Modell von der Bounty. Es ist ein Geschichtsprojekt, und Mr. Frankel sagt, er reicht es für eine Preisvergabe ein, wenn es gut wird. Ich schließe nur ab, damit die Mädchen nicht reinkommen und alles durcheinanderbringen.«

Die zwei Schwestern, die ihrem Bruder am Tisch gegenübersaßen, schnieften gekränkt.

»Ich wollte bloß meinen roten Nagellack wiederhaben«, sagte die Dreizehnjährige.

»Und ich will mein blaues Haarband«, warf die Zehnjährige ein.

»Ich habe die Sachen für das Projekt gebraucht«, sagte Danny. »Ich hab euch doch gesagt, daß ich euch neue besorge.«

»Tu das, Junge«, äußerte Peter. »Und ich glaube, du brauchst die Tür jetzt nicht mehr abzuschließen. Die Mädchen wissen nun Bescheid und lassen dein Projekt in Ruhe.«

Die beiden sahen sich an, dann schauten sie zu ihrem Vater und nickten widerstrebend. Das Wort von Peter Leo war Gesetz. Das Problem war nur, daß er immer auf Dannys Seite stand. Die Mädchen mußten allerdings zähneknirschend einräumen, daß Danny es meist auch verdient hatte. Er war ein hervorragender Feld- und Eishockeyspieler, betreute die Sportseite der Schülerzeitung, fungierte als Sprecher der Schülervertretung, war ein Einser-Kandidat, würde wohl ein Stipendium für Harvard bekommen und hielt sein Zimmer tadellos in Ordnung. Sie hätten es nur angenehm gefunden, wenn ab und zu einmal jemand die Dinge aus ihrer Perspektive gesehen und verstanden hätte, wie mühevoll es war, Superboy zum Bruder zu haben.

»Da ist noch was«, sagte Stacey zu ihrem Vater. »Ich weiß, ich sollte es eigentlich nicht wissen, aber ich habe es zufällig gehört, als du mit Ginger gesprochen hast – Danny Leo ist Linkshänder.«

»Bist du sicher?«

Sie nickte. »Ich arbeite mit ihm bei der Schülerzeitung. Ich habe ihn oft schreiben sehen.«

»Seltsam, wie die Dinge manchmal laufen«, sagte Ginger am nächsten Morgen. »Man fängt mit einem Wald an, und plötzlich sieht man den Baum.«
Danny Leo stand auf der Liste der Jungen, die sich dem Bluttest entzogen hatten.
»Ein Gespräch mit dem Jungen läßt sich auf jeden Fall vertreten«, sagte Ruben. »Aber ich bezweifle, daß wir ihn vorladen können. Wir können ihn nur darum bitten. Um ihn zu zwingen, liegt nicht genug vor. Wie willst du vorgehen?«
»Ich kenne die Familie«, sagte Ginger. »Laß mich erst mal privat mit ihnen reden. Dann sehen wir weiter.«

»Ich weiß nicht, was ich da machen soll«, sagte Rose Leo und zuckte hilflos die Achseln. »Peter ist noch nicht zu Hause.«
Ginger stand in der Tür. Es war Viertel vor sechs. Sie hatte eine Stunde im Auto gewartet, bis sie sah, wie Danny aus dem letzten Schulbus stieg, die Lindstrom Avenue entlangschlenderte, abbog und über den Rasen auf das bescheidene graue Holzhaus zuging.
Tagsüber hatte sie sich über Danny Leo informiert. In seiner Schulakte stand, daß er einen Meter achtundsiebzig groß war und ungefähr fünfundsiebzig Kilo wog. Das war nicht übermäßig kräftig, doch als Ginger ihm nachsah, wie er im Haus verschwand, merkte sie, daß er sehr muskulös war.
Sie war auch im Bilde über seine guten Noten und sein Stipendium und hatte erfahren, daß seine Mutter eine halbe Stelle als Krankenschwester hatte und sein Vater in der Boeing-Fabrik in Everett arbeitete.
»Wann kommt Peter normalerweise nach Hause, Rose?« fragte sie.
»Um halb fünf hat er Feierabend«, antwortete die Frau. »Wenn er die Fähre um fünf erreicht, ist er meist um sechs hier.«
»Es macht mir nichts aus, zu warten«, sagte Ginger. »Es handelt sich um etwas Wichtiges.«
»Etwas Wichtiges? Inwiefern? Danny hatte nichts mit dem

ermordeten Mädchen zu tun. Er ist ein anständiger Junge. Wenn es wegen diesem Bluttest ist: Da kann Danny nichts dafür. Sein Vater hat ihm verboten, ihn mitzumachen.«

»Bitte, Rose«, sagte Ginger. »Ich wäre nicht hier, wenn ich nicht einen guten Grund dafür hätte. Aber Sie müssen sich nicht aufregen. Ich möchte nur ein paar Dinge mit Danny besprechen.«

»Hören Sie, Detective Earley«, sagte der Junge von der Treppe her. »Reden Sie ruhig mit mir. Sie müssen nicht auf meinen Vater warten. Fragen Sie einfach. Ich habe nichts zu verbergen.«

»Nein, Danny«, warf Rose ängstlich ein. »Du wartest, bis dein Vater hier ist.«

»Ist schon in Ordnung, Ma«, sagte der Junge. »Wirklich. Kein Problem.«

»Ich möchte nicht, daß du den Wünschen deiner Mutter zuwiderhandelst, Danny«, sagte Ginger entschieden. »Ich warte lieber auf deinen Vater.«

»Kommen Sie doch ins Wohnzimmer«, sagte Danny. »Da können wir uns in Ruhe unterhalten. Falls Sie mich etwas fragen, was ich nicht beantworten möchte, können wir immer noch auf meinen Vater warten.«

Rose Leo blickte vom einen zum anderen. »Ich mache das Abendessen«, sagte sie ergeben.

Das Wohnzimmer war im Pionierstil eingerichtet und sah aus, als werde es nicht sehr häufig benutzt. Ginger und Danny ließen sich auf zwei mit Kissen bedeckten Sofas an einem Ahorncouchtisch nieder.

»Ich weiß nicht, was ich Ihnen erzählen könnte«, begann der Junge. »Tut mir leid, daß ich den Bluttest nicht mitmachen konnte. Ich hätte es gerne getan, aber mein Vater meinte, man solle so etwas aus Prinzip nicht tun.«

»Vergessen wir das mal fürs erste«, sagte Ginger. »Im Moment würde ich lieber etwas über deine Beziehung zu Tara Breckenridge hören.«

Danny blinzelte. »Ich hatte keine Beziehung mit ihr«, sagte er. »Wir kannten uns nur flüchtig, aber wir haben uns ganz gut verstanden.«

»Wie habt ihr euch kennengelernt?«

»Im Countryclub. Ich habe dort zwei Sommer lang gekellnert, und sie kam manchmal vorbei.«

»Und?« forschte Ginger.

»Wenn sie an einem meiner Tische saß, grüßten wir uns«, sagte er. »Und wenn sie alleine kam, unterhielten wir uns ein bißchen.«

»Du bist einige Jahre älter als Tara«, bemerkte Ginger. »Worüber habt ihr euch unterhalten?«

»Weiß nicht«, sagte der Teenager mit einem unbehaglichen Achselzucken. »Nichts Wichtiges.«

»Danny, warum hast du mir nicht gesagt, daß du Tara kanntest, als ich zum ersten Mal mit dir gesprochen habe?«

»Aber irgendwie gekannt hat sie doch jeder«, sagte er. »Ich dachte nicht, daß das so wichtig wäre.«

»Es könnte sogar sehr wichtig sein«, sagte Ginger. »Also erzähl mir doch einfach jetzt davon.«

Der Junge zögerte. »Ich habe es aber versprochen«, sagte er. »Ich habe versprochen, niemandem etwas davon zu sagen.«

»Du hast Tara versprochen, daß du niemandem erzählen würdest, daß ihr euch gut verstanden habt?«

Er nickte.

»Tara ist tot«, sagte Ginger. »Ich glaube nicht, daß es ihr etwas ausmacht, wenn du jetzt dein Versprechen brichst.«

Danny seufzte. »Wegen ihrer Eltern, wissen Sie. Die waren total streng mit ihr. Sie durfte sich nicht mit Jungen treffen und kaum ausgehen. Sie durfte nicht mal auf Partys, wenn ihr Vater wußte, daß Jungs dort waren. Sie hätte Ärger bekommen, wenn ihre Eltern erfahren hätten, daß wir uns im Restaurant unterhielten. Aber wir haben es trotzdem gemacht. Sie schien das Bedürfnis zu haben, mit jemandem zu sprechen. Wie ich schon sagte, wir haben uns ganz gut verstanden, aber das war auch alles. Na schön, wir haben uns ein paarmal heimlich getroffen, an Orten, wo wir dachten, daß uns keiner sieht. Sie sagte, ihre Eltern würden ausrasten, wenn sie davon erführen, deshalb habe ich ihr versprochen, daß ich niemandem was davon sage. Aber wir haben wirklich immer bloß geredet. Sie war ein nettes Mädchen. Sehr schüchtern, aber nett.«

»Habt ihr euch wirklich nur unterhalten, Danny?« fragte Ginger sanft. »Habt ihr euch nicht vielleicht heimlich getroffen, damit ihr ungestört andere Sachen tun konntet? Hast du deshalb nichts davon erzählt? Willst du uns deshalb keine Blutprobe geben? Weil du weißt, wie das Ergebnis ausfallen würde?«

»Nein!« rief Danny aus. »Ich schwöre Ihnen, wir haben nur geredet, sonst nichts. Na gut, wenn Sie es unbedingt wissen müssen: Ich habe ihr Nachhilfe gegeben.«

»Nachhilfe?« fragte Ginger verständnislos.

»Ja. Sie hatte Probleme in der Schule. Ihre Leistungen wurden plötzlich viel schlechter. Ihre Eltern regten sich darüber auf, was Tara schwer zu schaffen machte. Deshalb fragte sie mich, ob ich ihr helfen könne. Ich glaube, es war ihr ziemlich peinlich. Sie hatte Angst, sitzenzubleiben. Ich weiß noch, daß sie sagte, ihr Vater solle stolz auf sie sein und sich ihrer nicht schämen müssen.«

»Wenn ihr beide euch getroffen habt«, bohrte Ginger nach. »Was habt ihr da gemacht?«

Danny zuckte die Achseln. »Wir haben uns nach der Schule verabredet«, sagte er. »Damit keiner was merkte, haben wir nicht zusammen das Gebäude verlassen, sondern uns erst später getroffen.«

»Und wo?«

»Am Hafen gibt es ein ziemlich abgeschiedenes Fleckchen. Da sind wir ein paarmal hingegangen.«

»Habt ihr euch noch an einem anderen Ort getroffen?«

»Einmal waren wir zusammen am Strand.«

Ginger sah den Jungen eindringlich an. »Hast du dich mit Tara auch am Madrona Point getroffen?«
»Nein«, erklärte er. »Nie. Meistens gingen wir einfach zur Schule zurück und saßen hinter der Zuschauertribüne im Hof.«
»Und abends?« fragte Ginger unvermittelt. »Hast du Tara auch abends gesehen?«
Der Junge rutschte unbehaglich hin und her. »Ja, einmal«, gab er widerstrebend zu. »Da waren wir eben am Strand. Es war Samstag abend, und sie schrieb am Montag eine Arbeit in Algebra. Sie sagte mir, ihre Schwester sei um neun ins Bett gegangen, und ihre Eltern seien bei einer großen Wohltätigkeitsgala in Seattle und würden frühestens um zwölf zurück sein. Ich habe sie so um zehn herum vor ihrem Haus abgeholt. Wir fuhren zum Strand, setzten uns an einen der Picknicktische und sahen uns die Aufgaben mit einer Taschenlampe an.« Danny grinste. »Sie hat super abgeschnitten«, sagte er, dann wurde er plötzlich ernst. »Das war eine Woche, bevor ... sie umkam.«
»Lief das auf einer geschäftlichen Ebene, Danny?« fragte Ginger. »Hat Tara dich für die Nachhilfe bezahlt?«
»Nein«, sagte er. »Es war ein Freundschaftsdienst.«
»Ganz und gar uneigennützig?«
Der Teenager zuckte ein wenig verlegen die Achseln. »Na ja, ich hatte schon etwas dabei im Sinn«, gestand er. »Ich hatte mir überlegt, daß ihr Vater mir doch eine Referenz für die Uni geben könnte. Er hat ziemlich viel Einfluß, wissen Sie, und ich dachte, es könnte nicht schaden, ihn im Hintergrund zu haben. Ich hielt das für einen guten Handel, wenn ich dafür Tara Nachhilfe gab. Sie sagte, wenn ihre Noten wieder besser wären, würde sie ihm sagen, daß ich ihr geholfen hätte.«
»Was für ein Auto fährst du?« wechselte Ginger überraschend das Thema.
»Ich habe kein eigenes Auto«, antwortete er, ohne zu zögern. »Ich nehme den Wagen meiner Mutter, wenn sie ihn nicht

braucht. Aber das ist kein Taurus, falls Sie darauf hinauswollen. Sie fährt einen Honda.«

Ginger betrachtete ihn prüfend. »Schau, Danny, ich glaube, daß du die Wahrheit sagst«, meinte sie schließlich. »Aber ich stecke hier in der Klemme. Da ist ein totes Mädchen, das schwanger war und höchstwahrscheinlich von dem Mann umgebracht wurde, dem sie diesen Zustand zu verdanken hatte. Du hast gesagt, daß du dich gut mit Tara verstanden hast. Du hast auch zugegeben, daß du dich öfter heimlich mit ihr getroffen hast, einmal auch abends. Es gibt keine Beweise, daß du ihr nur Nachhilfe gegeben hast.«

»Aber es war so!« beteuerte der Junge.

»Nun, das ließe sich am leichtesten beweisen, wenn du uns eine Blutprobe gibst«, erklärte Ginger. »Im Augenblick kann ich dich nicht dazu zwingen, obwohl ich ziemlich sicher bin, daß ich mit den Informationen, die ich gerade von dir erhalten habe, eine Vorladung bekomme. Aber das möchte ich eigentlich nicht. Es wäre mir wesentlich lieber, wenn du diesen Test freiwillig mitmachen würdest. Glaube mir, wenn du nichts mit Taras Tod zu tun hast, gibt es keinen Test auf der Welt, der dir etwas anhängen kann.«

»Ich habe Ihnen doch schon gesagt, ich wollte gerne –«

»Danny, ab sofort sagst du kein Wort mehr.« Peter Leo stand in der Tür. »Verschwinden Sie, Ginger. Und zwar sofort.«

»Nein, Dad, es ist alles in Ordnung«, protestierte Danny. »Wirklich, ich will –«

»Ich habe gesagt, du sollst ruhig sein«, schnauzte Leo seinen Sohn an. Dann wandte er sich zu Ginger. »Sie haben kein Recht, sich in meinem Haus aufzuhalten«, fuhr er sie an. »Sie haben kein Recht, hier einzudringen und ohne meine Erlaubnis meinen Sohn zu verhören. Volljährig oder nicht, er wohnt immer noch unter meinem Dach, und ich sage, das ist ein Verstoß gegen die Bürgerrechte. Verschwinden Sie.«

Ginger stand auf. »Ich bedaure, daß Sie das so sehen, Peter«, sagte sie. Sie sah den Jungen an und seufzte. »Es tut mir leid, Danny, aber ein unschuldiger Mensch wurde auf grausame Weise ermordet, und ich werde herausfinden, wer das getan hat.«

20

Ich glaube, wir haben genug für eine Vorladung«, sagte Ginger am Freitag zu Ruben. »Danny Leo kannte Tara persönlich. Seit September trafen sie sich pro Woche dreimal. Er hat zugegeben, daß sie sich einmal Samstag abends verabredet hatten. Und seinem Vater scheint es mehr um seinen Sohn zu gehen als ums Prinzip.«

»Glaubst du, der Junge hat gelogen?«

»Das nicht«, sagte sie. »Ich denke, er hat die Wahrheit gesagt, aber er kann mir trotzdem einiges verschwiegen haben.«

Ruben streckte seinen Rücken und dachte nach. »Wir wissen aufgrund der Autopsie, daß Tara in der zehnten Woche schwanger war. Das heißt, das Kind ist in der ersten Augusthälfte gezeugt worden, eine Woche, bevor die Schule wieder anfing. Danny sagt, er habe ihr erst im September Nachhilfe gegeben, aber er kannte sie durch seinen Job im Club. Reicht das, um eine Beziehung zu beweisen?«

»Ich weiß es nicht«, sagte Ginger. »Ich glaube nicht, daß sie ihn nur wegen seiner guten Noten als Nachhilfelehrer ausgesucht hat. Und sie hat ihn nicht bezahlt für die Stunden, zumindest nicht mit Geld. Und warum haben sie sich versteckt, wenn nichts dabei war? Nur weil ihre Eltern es ihr nicht erlaubten, sich mit Jungs zu treffen? Ich denke, Kyle Breckenridge wäre begeistert gewesen, daß einer der besten Schüler der Insel seiner Tochter Nachhilfe gab. Er hätte Danny wahrscheinlich nach Southwynd eingeladen.«

Ruben kratzte sich am Ohr. »Schon möglich.«

»Und da ist noch was«, sagte Ginger. »Danny hat sich für ein Stipendium in Harvard beworben. Es ist zwar noch nicht offiziell bestätigt, aber der Direktor sagt, er sei ein sicherer Kandidat. Ein Junge wie er kann es sich nicht leisten, so etwas wegen einer Sommerliebelei aufs Spiel zu setzen.«
»Okay«, sagte Ruben. »Geh zu Richter Jacobs. Er wird uns sagen, ob es ausreicht.«

»Was, zum Teufel, ist in Sie gefahren, Ruben?« brüllte Albert Hoch am Montagmorgen. »Sie lassen Danny Leo vorladen, um sein Blut zu testen? Ich dachte, diese DNA-Geschichte sollte freiwillig sein?«
»Sein Vater hat ihm untersagt, den Test zu machen. Ich denke, es liegt hinreichender Tatverdacht vor.«
»Weshalb denn das? Er hat das Mädchen aus dem Club gekannt. Er hat ihr ein paar Nachhilfestunden gegeben. Er hat ihr an einem Abend geholfen, für eine Mathearbeit zu büffeln. Da soll Tatverdacht vorliegen? Blödsinn. Danny Leo ist einer unserer Besten; ein hervorragender Schüler, exzellenter Sportler, ein Junge mit Führungsqualitäten. Das ist absoluter Blödsinn, was Sie da eingefädelt haben.«
»Wenn dem so ist, wird Richter Jacobs uns das mitteilen.«
»Wissen Sie, Ruben, mir hat diese hirnrissige Sache mit dem Bluttest von Anfang an nicht behagt. Aber ich hätte es glattweg verboten, wenn ich gewußt hätte, daß jemand wie Danny Leo dabei in Verdacht gerät.«
»Was haben Sie denn geglaubt?« entgegnete Ruben. »Daß wir das zum Spaß machen?«
»Ehrlich gesagt, dachte ich, Sie machen es, damit man den Eindruck hat, Sie kommen vorwärts«, antwortete Hoch. »Damit die Leute nicht noch nervöser werden.«
Ruben starrte den Bürgermeister an. »Sie glauben, wir ermitteln, damit die Bürger nicht nervös werden?« erwiderte er. »Wir haben hier einen Mordfall, verdammt. Ihre Patentochter ist getötet worden. Ich will den Mörder finden – Sie vielleicht nicht?«

»Doch, sicher«, sagte Hoch ärgerlich. »Aber Sie glauben doch wohl nicht wirklich, daß es Danny Leo war, oder?«
»Um ehrlich zu sein: Ich weiß es nicht«, sagte Ruben seufzend. »Aber ich kann ihn im Moment nicht ausschließen.«
»Das ist schrecklich«, murmelte Hoch. »Das ist entsetzlich. Diese Sache spaltet die ganze Insel. Ich weiß nicht, was ich noch tun soll.«

»Mein Sohn hat den Bluttest mitgemacht, damit die Wahrheit ermittelt wird«, *schrieb eine Mutter an den* Sentinel. »Er hatte nichts zu tun mit Tara Breckenridges Tod; er kannte das Mädchen kaum. Aber er will, daß ihr Mörder gefaßt wird. Er will der Polizei dabei behilflich sein, das Verbrechen aufzuklären, das die Gemeinde seit über einem Monat in Aufruhr versetzt. Wenn Danny Leo Tara nicht getötet hat, wovor hat sein Vater dann Angst?«

»Wo soll das noch hinführen?« *schrieb ein freier Journalist.* »Soll unter dem Deckmantel der Verbrechensaufklärung den Behörden erlaubt werden, in unsere Häuser einzudringen, unsere Kinder in Angst und Schrecken zu versetzen und uns mit Strafverfolgung zu drohen, wenn wir uns weigern, unsere Bürgerrechte aufzugeben? Kehrt unsere Regierung nun endgültig der Verfassung den Rücken?«

»Wenn unser Polizeichef tatsächlich glaubt, daß ein so anständiger junger Mann wie Danny Leo etwas mit dem Mord an Tara Breckenridge zu tun hat«, *schrieb die Mutter eines Mädchens, mit dem Danny sich manchmal traf,* »sollten wir uns wohl nach einem anderen umsehen.«

»Warum sind alle so besorgt um Danny Leo?« *erkundigte sich der Vater eines mathematikbegabten Schülers, der auf die Stanford University gehen würde.* »Er könnte das Mädchen doch tatsächlich umgebracht haben. Mein Sohn war es nicht, er hat sie kaum gekannt, aber er hat sich dem Bluttest gestellt. Warum sollte Danny Leo davon ausgenommen werden?«

»Mit dieser Hexenjagd muß Schluß sein«, *gab ein Lehrer der High-School zu bedenken.* »In unseren Klassenzimmern herrscht Krieg. Ich weiß, wie wichtig es ist, den Mörder von Tara Breckenridge zu fassen, aber müssen wir dabei diese Insel zerstören?«

Malcolm Purdy war etwa einsneunzig, wog um die hundertzehn Kilo, hatte einen kurzgeschorenen Schädel und trug so gut wie immer Tarnkleidung, die er sich aus einem Geschäft in Seattle kommen ließ, das Armeerestbestände verkaufte. Als er am Freitag nach Thanksgiving mit seinem Jeep Cherokee die Johansen Street entlangfuhr und vor dem Curtis House parkte, blieben die Fußgänger stehen und gafften. Seit zwei Jahren war er nicht mehr in der Stadt gesehen worden.

Er stieg aus, marschierte in das Haus des *Sentinel* und baute sich am Eingangstresen auf.

»Ich will eine Anzeige aufgeben«, teilte er der verblüfften Iris Tanaka mit.

»Sofort, Sir«, sagte sie und suchte hastig nach einem Formular.

»Ich biete hunderttausend Dollar Belohnung für jeden, der Informationen liefern kann, die zur Verhaftung und Verurteilung des Schlächters führen, der die kleine Breckenridge ermordet hat.«

Iris starrte ihn an. »Wie bitte?« stammelte sie.

»Sie haben mich verstanden«, sagte er. »Ich habe diesen Mist satt. Setzen Sie das in die Zeitung, in einen großen schwarzen Kasten auf einer Seite, die jeder liest. Die Anzeige bleibt bis auf Abruf drin. Ich bezahle einen Monat im voraus.«

»Meinen Sie nicht, ähm, Sie sollten damit erst zur Polizei gehen, Sir?«

»Mit denen hab ich nichts am Hut«, antwortete er knapp.

»Sagen Sie mir nur, wieviel Geld Sie von mir kriegen.«
Iris teilte ihm die Summe mit und sah zu, wie er die Scheine aus seiner Brieftasche nahm.
»Kannten Sie Tara näher?« wagte sie zu fragen.
Purdy schüttelte den Kopf. »Nee. Hab sie nie kennengelernt.«
Die Assistentin war verwirrt. »Warum ... tun Sie das dann?«
»Ich habe meine Gründe«, sagte er. »Die gehen Sie nichts an.«
Sobald Purdy seine Quittung eingesteckt und das Gebäude verlassen hatte, hastete Iris ins Büro der Chefredakteurin. »Können wir das machen?« fragte sie.
»Er hat dafür bezahlt«, antwortete Gail Brown mit einem Achselzucken. »Wenn er eine Anzeige aufgeben will, ist das sein gutes Recht. Sie mag uns nicht gefallen, aber wir haben Pressefreiheit.«
Sie schaute aus dem Fenster und beobachtete, wie der Cherokee davonfuhr. »Tja, das wird die Gemüter erregen«, sinnierte sie.

Es verursachte einen regelrechten Aufruhr.
»Für wen hält der Kerl sich?« tobte Bürgermeister Hoch, der sich insgeheim darüber ärgerte, daß er nicht selbst auf die Idee gekommen war – wenn er auch den Betrag weitaus niedriger angesetzt hätte.
»Ich werde es nicht zulassen, daß der Tod meiner Tochter zur Volksbelustigung dient«, verkündete Kyle Breckenridge.
»Ich würde gerne mal wissen, wo er plötzlich soviel Geld herhat«, äußerte Jim Petrie im Stadtrat. »Und woher wollen wir wissen, daß es kein Betrug ist?«
»Da gehen seltsame Dinge vor sich«, sagte jemand von der Handelskammer. »Und ich meine, es wird höchste Zeit, daß wir uns darüber informieren.«
Neue Gerüchte machten die Runde. Die Einheimischen ließen sich diverse Ausreden einfallen, um an Purdys Haus vorbeizufahren.

Einige waren sogar so dreist, auszusteigen und zum Tor zu gehen, das sie aber vorsichtshalber nicht berührten. Doch das Tor war nur knapp vier Meter breit, und das Grundstück war riesig und größtenteils hinter einer Anhöhe verborgen.

»Wir möchten, daß diese Sache sofort überprüft wird«, verlangte eine Gruppe renommierter Bürger, die beim Polizeichef vorsprach. »Wir wollen wissen, was dieser Kerl hier seit Jahren treibt. Wir haben immer schon gedacht, daß es da draußen nicht mit rechten Dingen zugeht. Jetzt sind wir sicher. Es kann nichts Legales sein, sonst wäre der Mann nicht so verschwiegen.«

»Haben Sie Indizien für einen Gesetzesverstoß?« fragte Ruben. »Etwas Konkretes?«

»Nun ja, nein«, mußten sie zugeben.

»Bitte sagen Sie mir doch sofort Bescheid, wenn Sie etwas gegen ihn in der Hand haben«, wurde ihnen höflich und bestimmt mitgeteilt. »Wir kümmern uns dann umgehend darum.«

»Sämtliche Irren werden aus ihren Löchern kriechen«, orakelte Charlie Pricker. »Und uns Zeit kosten, die wir nicht haben.«

»Sag Dirksen, er soll die Anrufe aussieben«, wies Ruben Ginger an und seufzte. »Aber entschuldige dich vorher ausgiebig.«

Officer Glen Dirksen war zweiundzwanzig Jahre alt und seit neun Monaten bei der Polizei von Seward Island. Er war an jenem zweiten Sonntag im Oktober als erster im Madrona Point Park eingetroffen. Seither sah er immer wieder Tara Breckenridges verunstalteten Körper vor sich. Er hatte selbst zwei Schwestern in diesem Alter, die bei den Eltern in Blaine lebten, und sich ausgebeten, an dem Fall mitarbeiten zu dürfen. Deshalb freute er sich sogar über diese undankbare Aufgabe.

»Die Polizei hat es nun wahrlich schwer genug«, *empörte sich ein Umwelttechniker in einem Leserbrief an die Zeitung.* »Wie soll sie den ganzen Müll bewältigen, der über sie hereinbricht, weil nun jeder Spinner, der Geld braucht, sich zu Wort meldet?«

»Falls jemand auf der Insel über Informationen im Mordfall Breckenridge verfügt, die er der Polizei bislang vorenthalten hat, wird er sie wohl kaum aufgrund der ausgesetzten Belohnung preisgeben«, *tat ein Psychologe seine Meinung kund.* »Ich gehe deshalb davon aus, daß zahlreiche plausible Lügengeschichten kursieren werden.«

»Mir ist kotzübel«, verkündete Glen Dirksen am darauf folgenden Mittwoch. »Sechzig Anrufe bisher, aus jedem Winkel der Insel, und alle möglichen Theorien, von der Latino-Mafia bis zu Außerirdischen. Ich habe langsam den Eindruck, daß einige Leute die eigene Mutter ausliefern würden, um an das Geld zu kommen.«
»Wir haben nicht behauptet, daß Sie es leicht haben würden«, sagte Ginger.
»Ich hatte einen Typen von einer religiösen Gruppe dran, der behauptete, in der Mordnacht seinen Nachbarn mit einem bluttriefenden Messer gesehen zu haben. Als ich ihn fragte, warum er uns das nicht vorher mitgeteilt habe, meinte er, für nichts und wieder nichts hätte er nicht das Leben seines Nachbarn zerstören wollen.«
»Solche Erfahrungen sind wichtig zur Charakterbildung«, sagte Ruben zu dem jungen Polizisten. »Aber überprüfen Sie den Nachbarn trotzdem.«
»Ich fände es eigentlich wichtiger, sich Malcolm Purdy mal anzusehen«, warf Charlie ein.
»Schon erledigt«, sagte Ginger. Sie war selbst hingefahren.
Es hatte eine Ewigkeit gedauert, bis sich an der Sprechanlage am Tor jemand zu Wort meldete.

»Was wollen Sie?« fragte Purdy.
»Ich würde gerne mit Ihnen über die ausgesetzte Belohnung sprechen«, sagte Ginger, nachdem sie sich vorgestellt hatte.
»Was ist damit? Die spricht doch für sich selbst.«
»Nun, es ergeben sich da einige Fragen ...«
»Fragen?« knurrte er. »Vor kurzem war das hier noch ein freies Land. Sie wollen mir doch nicht etwa mitteilen, daß die Regierung die Verfassung geändert hat?«
»Müssen wir uns unbedingt über die Sprechanlage unterhalten, Sir?« erkundigte sich Ginger.
Nach einer Weile schwang das Tor auf.
Als Ginger den schmalen unbefestigten Weg entlangfuhr, kam sie zu dem Schluß, daß die Berichte der Handwerker, die das Gelände zu Gesicht bekommen hatten, zutreffend waren; Purdy ließ das Land brachliegen. Sein Großonkel hatte die Felder bestellt und einen beträchtlichen Anteil zur Getreideversorgung der Insel beigetragen, doch nun war das Gelände unkrautüberwuchert.
Purdy erwartete sie vor der Tür. Er hatte also offenbar nicht vor, sie hereinzubitten. Ginger legte auch keinen großen Wert darauf; das Haus sah aus, als könne es jeden Moment zusammenbrechen. Doch die neu erbaute Baracke hinter dem Haus machte einen soliden Eindruck.
»Und was meinen Sie nun wissen zu müssen?« fragte er.
Ginger sah ihn prüfend an. »Ich würde zum Beispiel gerne erfahren, ob Sie die Anzeige aufgegeben haben, um unsere Ermittlungen zu fördern oder um sie zu behindern?«
Er lachte. »Um Ihnen zu helfen, natürlich«, sagte er. »Irgend jemand auf diesem Eiland muß etwas wissen. An sein Gewissen zu appellieren hat Ihnen bislang nicht viel gebracht, oder? Da kann es doch nicht schaden, demjenigen mit einer kleinen Belohnung ein bißchen auf die Sprünge zu helfen.«
»Und wenn es funktioniert?«
»Dann schnappen Sie sich einen Mörder, und ich bin hunderttausend los«, sagte er.

»Sie leben seit zehn Jahren hier, Mr. Purdy«, sagte Ginger, »und Sie haben bisher wenig Interesse an den Belangen der Gemeinde gezeigt. Woher nun dieser plötzliche Gesinnungswechsel?«
Er starrte sie einen Moment lang an. Seine Augen waren leuchtend blau. »Nun, wenn Sie jetzt mein Leben unter die Lupe nehmen wollen, Detective, sollten wir es uns etwas gemütlicher machen«, sagte er dann überraschend und hielt ihr die Tür auf.
So verkommen das Haus von außen gewirkt hatte, so anheimelnd sah es innen aus. Es hatte schimmernde Holzböden und eine blitzsaubere Wohnküche. Bunte Kissen und Läufer sorgten für Farbe, und an den Wänden hingen Gemälde. Als komme man von Kansas nach Oz, dachte Ginger. Auf dem Herd in der Küche stand ein Kaffeetopf, und auf der anderen Flamme köchelte etwas, das köstlich duftete. Im offenen Kamin prasselte ein Feuer. In einer Ecke des Wohnraums stand eine Staffelei, die mit einem Tuch zugehängt war.
»Sie malen, Mr. Purdy?« fragte Ginger, der es nicht ganz gelang, ihre Verblüffung zu verbergen.
»Ab und zu«, antwortete er.
Sie betrachtete die Gemälde an den Wänden, und ihr war klar, daß sie von ihm stammten; Landschaftsbilder und Seestücke in klaren, sicheren Pinselstrichen und ein eindrucksvolles Porträt von zwei jungen Mädchen.
»Das ist sehr hübsch«, sagte sie.
»Hab ich aus der Erinnerung gemalt«, brummte er. »Sie sind viel älter.«
»Ihre Töchter?«
Er warf ihr einen schiefen Blick zu. »Ich wüßte nicht, was meine Privatsachen Sie angingen«, sagte er. »Sie sollen doch lediglich rausfinden, ob ich diese Belohnung ausgesetzt habe, um von mir abzulenken.«
Ginger mußte unwillkürlich lächeln. »Und, ist das so?«
»Nee. Ich hab nichts zu tun mit dem Mord. Da wird keiner was bei mir finden.«

»Welches Motiv hatten Sie dann?«

»Ich habe einfach meine Gründe«, sagte er. »Die gehen nur mich was an. Sie brauchen lediglich zu wissen, daß ich das Geld tatsächlich habe.«

»Malcolm Purdy jagt nicht«, berichtete Ginger. »Er ist Vegetarier. Er besitzt keine Messer, nur Gewehre, und damit macht er lediglich Schießübungen, sagt er. Und in der Mordnacht war er zu Hause.«

»Kann das jemand bestätigen?« fragte Charlie.

Ginger zuckte die Achseln. »Die Frau, die bei ihm putzt.«

»Hast du eine Ahnung, warum er das getan hat?« erkundigte sich Ruben.

»Ich kann nur mutmaßen«, sagte Ginger. »Aber ich glaube, daß er selbst Töchter hat.«

»Gut, dann wollen wir's mal dabei belassen, solange wir nichts Neues über ihn erfahren«, sagte der Polizeichef.

»Und was das Geld betrifft, müssen wir ihm auch glauben«, sagte Ginger. »Er behauptet, daß er es hat, aber er will mir nicht sagen, wo, und ich habe nirgendwo ein Bankkonto ermitteln können. Er hat eine Visa-Karte, für die er die Gebühren überweist. Seine Rechnungen bezahlt er auch entweder mit Überweisung oder in bar.«

Ruben sah Ginger nachdenklich an. »Okay, gehen wir mal davon aus, daß er sauber ist«, sagte er. »Wie deutest du die Reaktionen der Leute?«

Ginger zuckte die Achseln. »Wie zu erwarten war«, sagte sie. »Die Leute hier sind wie überall. Die meisten sind friedlich und wollen einfach in Ruhe gelassen werden. Deshalb leben sie hier. Aber wenn man ihnen gute Gründe bietet, dann werden sie aktiv. Malcolm Purdy hat ihnen gerade hunderttausend gute Gründe geboten. Und manche Leute entwickeln erst aus Geldgier Gewissen.«

»Sie meinen, bei den Anrufen könnte wirklich was rüberkommen?« fragte Dirksen.

»Das ist das Problem«, sagte Ginger. »Man weiß es eben nicht genau.«

Das Treffen im Keller war nur von kurzer Dauer. Es gab lediglich ein Thema auf der Tagesordnung, über das man sich rasch einigte. Schon kurz vor zehn verließen die Männer das Haus und verschwanden in der Dunkelheit.

21

Stacey Martinez ging nach der Schule meist alleine nach Hause. Sie hatte es nicht weit. Ihre Freunde wohnten alle weiter entfernt und fuhren mit dem Bus, und die Klassenkameraden, die in ihrer Gegend zu Hause waren, kehrten gerne in der Pizzeria um die Ecke ein, tranken eine Cola, aßen eine Kleinigkeit und ließen Dampf ab. Am Donnerstag jedoch fand sich plötzlich Kristen Andersen an Staceys Seite ein.

»Stört es dich, wenn ich ein Stück mitgehe?« fragte sie.

»Natürlich nicht«, antwortete Stacey, ohne sich ihre Überraschung anmerken zu lassen. Sie saßen in Geschichte nebeneinander und waren zusammen in einer Biologie-Arbeitsgruppe gewesen, und manchmal schenkte ihr das grünäugige blonde Mädchen Kosmetikpröbchen, die sie von ihrem Vater, einem Drogisten, bekam.

Aber sie gehörte zur Clique um Hank Kriedler und hatte sich noch nie besonders um Stacey bemüht.

»Ähm, ich würde gerne mal mit dir reden«, sagte sie zögernd. »Ich hab da ein Problem, und ich weiß nicht recht, was ich tun soll. Es könnte ganz bedeutungslos sein, weißt du, aber es geht mir eben im Kopf herum, und ich dachte, weil du doch die Tochter vom Chief bist, könntest du mir vielleicht sagen, was ich machen soll.«

»Ich werd es gerne versuchen«, versicherte ihr Stacey.

»Tja, es geht um etwas, das ich vor einer Weile gesehen habe. Es hat was mit Tara zu tun, weißt du.«

Stacey sah das Mädchen scharf an. »Wenn du Informationen

über Tara hast, solltest du mit meinem Vater sprechen, nicht mit mir.«
»Genau darum geht es ja«, erwiderte Kristen. »Ich weiß eben nicht, ob es irgendwas mit ... dem Mord zu tun hat, weißt du. Deshalb wollte ich zuerst mit dir sprechen. Wenn du meinst, daß es notwendig ist, kann ich ja immer noch zu deinem Vater gehen.«
Stacey nickte langsam. »Na gut«, sagte sie.
»Schau, ich will niemanden in Schwierigkeiten bringen«, betonte Kristen. »Was ich gesehen habe ... betrifft jemanden. Außer Tara, meine ich. Wahrscheinlich hat er deinem Vater sowieso davon berichtet, und die ganze Sache war ganz unverfänglich, also muß ich mir wohl keine Gedanken machen, oder?«
»Wenn du wissen möchtest, ob jemand sich intensiver mit meinem Vater über Tara unterhalten hat, kann ich dir nicht helfen«, sagte Stacey. »Aber wenn du etwas weißt, das zur Aufklärung des Falls beitragen kann, solltest du dir keine Sorgen machen, ob du jemanden belastest.«
Kristen atmete tief durch. »Also gut«, platzte sie heraus. »Du weißt ja bestimmt, daß Tara und ich zusammen Sport hatten. Und an einem Tag, es war, glaube ich, der Mittwoch, bevor sie ... starb, bin ich länger geblieben, weil ich die Matten und das Zeug wegräumen mußte. Ich dachte natürlich, daß alle längst weg seien, aber als ich aus der Sporthalle kam, so etwa eine halbe Stunde später, schätze ich, sah ich, daß Tara noch da war. Sie stand im Gang und weinte. Ich wollte zu ihr gehen, um sie zu fragen, was los war, aber da merkte ich, daß sie nicht alleine war. Jemand war bei ihr und nahm sie in die Arme und hielt sie ganz fest. Ich wollte nicht stören, aber ich ... mußte an ihnen vorbeigehen, um nach draußen zu kommen. Als er mich bemerkte, ließ er sie sofort los. Mir war das Ganze ziemlich unangenehm, und ich machte, daß ich rauskam.«
Stacey fand, daß Kristen auch jetzt peinlich berührt wirkte. Sie war rot angelaufen, sprach so schnell, daß sie sich beinahe verhaspelte, und hatte den Blick starr auf ihre Füße gerichtet.

»Du meinst, Tara war mit jemandem zusammen?« half Stacey ihr auf die Sprünge.

»Na ja, Detective Earley hat uns das auch gefragt, aber da hab ich nicht an diese Sache gedacht, sondern an richtige Freunde und so. Aber dann fiel mir das wieder ein.« Kristen schwieg unsicher.

»Ich weiß nicht«, fügte sie hinzu. »Vielleicht war ja auch gar nichts dabei. Meinst du, ich soll es deinem Vater sagen?«

»Ich kann das nicht beurteilen«, sagte Stacey. »Es kommt sicher auf die Umstände an und auf die Person.«

Kristen sah sich um, als wolle sie sich versichern, daß niemand sie hören konnte.

»Das ist es ja«, raunte sie. »Deshalb wußte ich nicht recht, wie ich mich verhalten soll. Die Polizei scheint zu glauben, daß der Mörder einer der älteren Schüler war, aber die Person, mit der ich Tara gesehen habe ... na ja, es war zwar in der Schule, aber es war kein Schüler. Es war ein Lehrer. Mr. Frankel.«

TEIL ZWEI

Der Verdächtige

»Nichts ist gefährlicher als eine Überzeugung,
wenn wir nur eine einzige haben.«

Émile-Auguste Chartier

1

Jerry Frankels Eltern kannten sich zu Beginn ihrer Ehe nicht sehr gut, und als sie endete, wußten sie weniger voneinander als zuvor. Er wuchs in einem Haus auf, in dem nie gelacht wurde. Seine Mutter Emma war im Konzentrationslager Buchenwald zur Welt gekommen. Ihre Mutter war ein dreizehnjähriges jüdisches Mädchen, das bei der Geburt starb, ihr Vater ein deutscher Offizier, der später von den Alliierten exekutiert wurde. Nach dem Krieg wurde Emma von einer Familie Kaufman aus Philadelphia adoptiert, die kurz vor der Machtergreifung in die USA emigriert war und sich nach Kräften bemühte, zu vergessen, daß Emma die Tochter eines Nazis war.

Doch Emma selbst vergaß es nie. Es gab keinen Tag, an dem sie nicht unter der Scham litt. Sie war ein bezauberndes Mädchen, das von der Mutter das dunkle Haar und vom Vater die hellen Augen geerbt hatte. Schon als Kind hatten die Leute sie fasziniert und bewundernd angestarrt. Doch innerlich fühlte sie sich häßlich.

Sie war keine gute Schülerin. Mit siebzehn, gleich nach der High-School, heiratete sie den ersten Mann, der sich ernsthaft um sie bemühte, weil er ein eigenes Unternehmen besaß und gut verdiente und weil er nicht wußte, daß sie Tochter eines Nazis war. Die Kaufmans erhoben keinen Einspruch. Sie waren aufrechte Leute, aber sie waren froh, sie loszuwerden.

Aaron Frankel war dreizehn Jahre älter als Emma. Für ihn war sie das wunderbarste Wesen, das er je erblickt hatte. Außerdem hatte sie, wie er, den Holocaust überlebt, den die meisten

Amerikaner nach Beendigung des Krieges gerne vergessen wollten. Er glaubte, daß Emma aufgrund dieser gemeinsamen Erfahrung imstande sein würde, seine Alpträume zu begreifen. Er war außer sich vor Glück, als sie seinen Antrag sofort annahm.

Aaron war nach dem Krieg zu seinem einzigen überlebenden Verwandten gekommen, einem entfernten Cousin, der in York in Pennsylvania lebte. Der Cousin war ein anständiger Kerl, aber er hatte eine Frau und fünf Kinder zu ernähren und konnte niemanden mehr durchfüttern. Deshalb reichte er den Jungen an den Onkel seiner Frau weiter, einen griesgrämigen Junggesellen, der bei Philadelphia lebte und eine kleine Firma besaß, die chirurgische Instrumente herstellte.

Aaron hatte wenig Schulbildung genossen, doch er war ein kluger Junge. Der Onkel war Mitte Sechzig und froh, Aaron sein Wissen vermitteln zu können. Er war freudig überrascht, als der Junge Interesse für den Betrieb zeigte. Aaron arbeitete hart, lebte bescheiden und sparte für den Tag, an dem der Onkel ihm die Firma übertragen würde. Als Aaron Emma kennenlernte, gehörte ihm die Firma bereits, und er hatte sie zudem zu einem der renommiertesten Betriebe auf diesem Sektor ausgebaut. Als er sich, mit dreißig, finanziell ausreichend abgesichert fühlte, beschloß Aaron, daß es an der Zeit war, sich eine Frau zu nehmen.

Doch Emma wußte nicht, was von einer Ehefrau erwartet wurde, und es war ihr auch einerlei. Sie konnte nicht kochen, es machte ihr keine Freude, ein Heim zu schaffen, und seine körperlichen Avancen im Bett ertrug sie stumm und angewidert.

Aaron verzieh ihr. Sie war so jung und schön, daß es ihm eine Freude war, sie anzusehen, und er sagte sich, daß sie alles andere noch lernen werde. Daß sie jedes Gespräch über den Holocaust strikt verweigerte, enttäuschte ihn nur kurz. Schließlich war sie noch klein gewesen, sagte er sich, bestimmt erinnerte sie sich nicht mehr richtig. Daß sie keinerlei Interesse an seiner Arbeit zeigte und sogar gähnte, wenn er ihr etwas erklären wollte, machte ihm schon mehr zu schaffen, denn er hätte sich jemanden an seiner Seite gewünscht, dem er seine Begeisterung vermitteln konnte. Doch dann beschloß er, daß ihre Schönheit jegliches Desinteresse wettmachte. Die nächsten zehn Jahre lang verzieh er ihr alles.

Als Emma merkte, daß die Ehe nicht so romantisch war, wie man es in Filmen und Zeitschriften sah, kehrte ihre Unzufriedenheit zurück. Sie bekämpfte sie, indem sie Geld ausgab, sehr viel Geld, mehr, als Aaron sich leisten konnte. Es war wie eine Droge – je mehr sie ausgab, desto besser fühlte sie sich. Und sobald der Rausch eines Einkaufs verflogen war, machte sie sich zum nächsten auf. Sie kaufte alles: Porzellan und Kristall, mehr Möbel, als sie in ihrem eleganten Haus in Cheltenham unterbringen konnten, kostbaren Schmuck, den sie einmal trug und dann in eine Schublade warf, und Kleider, die zwar ihre hübsche Figur betonten, zum Teil aber, noch mit Etikett versehen, im Schrank landeten.

Als sie feststellte, daß sie schwanger war, weinte sie eine Woche lang.

»Ich will kein Baby«, schluchzte sie. »Da werde ich fett! Was soll ich mit einem Baby?«

»Du wirst schon sehen«, redete ihr Aaron gut zu, der begeistert war über die Nachricht. »Dann sind wir eine richtige Familie, und es wird dir gefallen, Mutter zu sein. Das gefällt jeder Frau.«

Emma verabscheute es, Mutter zu sein. Sie vergaß immer wieder, Jerry zu füttern, vergaß, seine Windeln zu wechseln, ließ ihn oft stundenlang allein, um sich ihren Einkäufen zu widmen.

Schließlich stellte Aaron ein Kindermädchen ein. Er brachte den größten Teil der Kleider, der Einrichtungsgegenstände und des Schmucks zurück und ließ sich das Geld auszahlen. Er veranlaßte die Geschäfte, in denen Emma verkehrte, ihn von ihren Erwerbungen in Kenntnis zu setzen. Er hoffte, daß sie vielleicht mit dem Einkaufen zufrieden war und ihr der

Besitz der Dinge nichts bedeutete. Tatsächlich vermißte Emma die Sachen nicht, die wieder aus ihrer Umgebung verschwanden.

Doch irgendwann verflog der Rausch des Einkaufens, und sie wandte sich statt dessen dem Wodka zu, der fortan nicht mehr aus ihrem Orangensaft zum Frühstück, ihrem Tee am Nachmittag, ihrem Kaffee nach dem Abendessen wegzudenken war und auch zwischen den Mahlzeiten immer griffbereit auf dem Tisch stand.

»Das ist Mamis Wasser«, fuhr sie ihren Sohn an, wenn er nach ihrem Glas griff. »Hol dir selbst welches.«

Als sie über Schlafstörungen klagte, suchte Aaron einen Arzt, der ihr Schlaftabletten verschrieb. Danach schlief sie viel, wachte häufig erst mittags auf und ging vor acht wieder ins Bett. Da Aaron sich keinen Rat wußte, redete er sich ein, daß all diese Störungen vorübergehender Natur seien.

Das Gegenteil war der Fall. Emma versank mehr und mehr in Depressionen. Sie ging nicht mehr einkaufen. Sie vernachlässigte sich. Sie aß kaum mehr. Ruhelos streifte sie durchs Haus, nicht selten mit einem Wodka in der Hand und im Morgenmantel.

Der Vietnamkrieg faszinierte sie. Stundenlang hockte sie vor dem Fernseher und wartete auf Nachrichten über das blutige Gemetzel.

»Wirklich erstaunlich, wie man einen Krieg im Wohnzimmer haben kann, ohne Schaden zu nehmen«, äußerte sie. »Man sieht alles und bleibt unversehrt dabei.«

Sie haßte die Protestbewegung.

»Was wollen die?« fauchte sie. »Daß der Krieg aufhört? Und wie soll ich dann meine Tage verbringen?«

Aaron versuchte nicht, ihren Zustand zu verdrängen. Er war nur so fixiert auf sein ursprüngliches Bild von ihr, daß er nicht sah, was aus ihr geworden war.

Sie beachtete ihren Sohn nicht, merkte nicht, wie hübsch, klug und heiter er war. Nur in seine Augen blickte sie, und als sie

feststellte, daß sie dunkelbraun, warm und offen waren wie die von Aaron, nicht hell und kalt, seufzte sie erleichtert.
Am 4. Mai 1970, am selben Tag, an dem vier Studenten bei einer Anti-Kriegs-Demo an der Kent State University von der Nationalgarde erschossen wurden, trank Emma Kaufman Frankel einen Cocktail aus einer halben Flasche Schlaftabletten und einem Glas Wodka und starb.
Jerry fand sie in ihrem Bett, als er aus der Schule kam. Sie sah aus, als schliefe sie, und auf ihrem Gesicht lag ein Ausdruck, den der Junge noch nie zuvor gesehen hatte. Sie sah glücklich aus.
Aaron war am Boden zerstört. Er weigerte sich zu glauben, daß sie es mit Vorsatz getan hatte. Er behauptete, durch den Wodka habe sie die Kontrolle über sich verloren.
Für Jerry spielte das keine große Rolle. Seine Mutter war eben tot. Er versuchte zu ergründen, was das für ihn bedeutete. Er dachte an seine Freunde, deren Mütter sie umarmten und umsorgten, ihnen nachmittags Snacks bereiteten und sie zu Sportereignissen kutschierten und wieder abholten. Seine Mutter hatte nichts von alledem getan. Er konnte sich eigentlich nicht erinnern, daß sie jemals irgend etwas für ihn getan hätte. Er kam zu dem Schluß, daß ihr Tod keine große Auswirkung hatte auf sein Leben.
Sein Kindermädchen, eines von vielen, die sein Vater angestellt hatte, zog ihm schwarze Kleidung an und trug ihm auf, um seine Mutter zu trauern.
»Warum?« fragte der nachdenkliche achtjährige Junge. »Sie ist doch jetzt nicht mehr traurig.«
Aaron Frankel wandte sich verstärkt seinem Sohn zu, um den Verlust zu verkraften. Sie kamen sich so nahe, wie das möglich war zwischen einem zutiefst verstörten Mann und einem einsamen Jungen. Aaron hatte sich intensiv bemüht, sich eine solche Familie zu schaffen, wie er sie in Maidanek verloren hatte, und er verstand nicht, warum er so kläglich gescheitert war.

Andere Frauen interessierten ihn nicht. Er war noch immer der Überzeugung, daß die wunderbarste aller Frauen seine gewesen war, und mit etwas Geringerem wollte er sich nicht zufriedengeben. Es mangelte nicht an Bewerberinnen, die versuchten, ihn umzustimmen – er war schließlich ein begüterter Witwer, eine gute Partie. Von vielen Familien in Philadelphia wurde er zum Essen eingeladen. Er ließ sich bewirten, aber ihre Töchter übersah er.

Jerry wuchs heran und wurde ein kräftiger Bursche. Er war gut im Fußball, im Debattierclub und bei Arbeitsgruppen, und er merkte, daß er sich in der Schule wohl fühlte, daß er gerne lernte. Viele seiner Lehrer bewunderte er, und im Unterricht lebte er auf. Die Bücherei mit ihrer ruhigen, strengen Atmosphäre und dem leicht muffigen Geruch war ihm so vertraut wie die Teddybärdecke, die er als Kind immer umklammert hatte. Oft blieb er dort, wenn der Unterricht aus war, las hie und da in einem Band, ohne etwas Bestimmtes zu suchen, nur um sich im Schulgebäude aufzuhalten. Nicht selten kam er erst abends nach Hause, kurz bevor sein Vater eintraf.

Nach außen hin war er der fröhliche, gehorsame Sohn, den sein Vater sich wünschte. Doch Jerry wußte, daß seine wirkliche Persönlichkeit ganz anders war. Er zog den Schatten dem Sonnenlicht vor, die Ruhe der Bewegung, die Einsamkeit der Geselligkeit.

Wenn er als Kind auf Festen eingeladen war, spielte er immer gerne Verstecken, doch er wollte nie mit Suchen dran sein: Er versteckte sich lieber, und er suchte sich stets Orte, wo ihn stundenlang keiner fand. Er verbarg sich auch zu Hause gerne. Dann hörte er sein Kindermädchen nach ihm rufen und antwortete nicht. Erst wenn er die Stimme seines Vaters vernahm, kroch er widerstrebend unter dem Dachvorsprung auf dem Speicher hervor und kletterte die Leiter hinunter.

Jerry achtete immer sorgfältig darauf, daß sein Vater nichts von den düsteren Stimmungen mitbekam, die immer wieder von ihm Besitz ergriffen. Er wollte nicht, daß Aaron fürchtete, sein

Sohn könne enden wie seine Frau. Oder vielleicht fürchtete Jerry auch selbst, Emma ähnlich zu sein.

Er hatte viele Bekannte, aber wenige wirkliche Freunde, weil er niemanden an sich heranließ. Er traf sich mit Mädchen und gelangte auch häufig über das Stadium heftigen Atmens und halbherziger Proteste hinaus, doch früher oder später verlangten all diese Mädchen eine Bindung, auf die er sich nicht einlassen wollte.

Am glücklichsten war er, wenn er mit seinem Vater in der Bibliothek sitzen, Musik hören und sich unterhalten konnte. Jerry war schließlich derjenige, mit dem Aaron über Maidanek sprach. Der Junge war ein aufmerksamer Zuhörer, und Aaron erzählte oft stundenlang, erinnerte sich an Einzelheiten aus jener Vergangenheit, die der gesamten Welt Schande bereitet hatte.

»Wir, die wir überlebt haben«, sagte er, noch immer mit einem leichten Akzent, »haben aus einem bestimmten Grund überlebt. Und ich glaube, nicht nur, um zu berichten, was damals geschah, sondern um dafür zu sorgen, daß so etwas nie wieder geschehen kann. Denn nur, indem wir die Vergangenheit studieren und aus ihr lernen, können wir verhindern, daß wir sie wiederholen.«

»Aber wie genau?« fragte der Junge.

Aaron dachte einen Moment nach. »Jede Generation muß lernen, daß Völkermord keine Sache ist, die nur vor dreißig Jahren in Deutschland stattfand«, sagte er dann. »Es ist zuvor schon geschehen, und es kann jederzeit überall wieder passieren – in Europa, Asien, Afrika. Auch in diesem Land kam es vor – die Ureinwohner wurden vernichtet, nicht wahr?«

Der Junge nickte.

»Nun, es könnte jederzeit wieder geschehen«, betonte sein Vater. »Die Juden, die Schwarzen, die Chicanos können genauso die Opfer sein wie jede andere Gruppierung, deren Mißhandlung von einer gleichgültigen Bevölkerung geduldet wird. Es braucht dazu nur eine Gruppe Menschen, die sich einen

Sündenbock sucht, um ihre eigene Unsicherheit, Unfähigkeit oder ihr mangelndes Selbstwertgefühl zu vergessen, und prompt hast du den Boden, auf dem ein neuer Hitler agieren kann.«
»Glaubst du wirklich, daß so was heute noch passieren kann, Dad?« fragte Jerry. »Wo die Welt so viel kleiner ist und die Menschen so viel mehr wissen?«
Aaron wiegte den Kopf. »Nicht die Intellektuellen haben Hitler und seine Gefolgschaft stark gemacht«, sagte er. »Sie waren ebenso geächtet wie die Juden und alle anderen, die Hitler für ›nicht lebenswert‹ hielt. Es war der Pöbel, der Abschaum; die Heuchler, die Habenichtse, die Gierigen, die hofften, das an sich reißen zu können, was sie aus eigener Kraft nie bekommen hätten. Denk daran: Wenn man das Bildungsniveau verkommen läßt, die Wirtschaft vernachlässigt, eine hohe Arbeitslosigkeit nicht bekämpft und den Leuten Anlaß gibt, das Vertrauen zu ihrer Regierung zu verlieren, kann es überall geschehen.«
Diese Worte seines Vaters legten den Grundstein zu Jerrys Zukunft. Es gab keinen besseren Weg, die Kinder in diesem Land auf die Fehler der Vergangenheit aufmerksam zu machen, als ihnen Unterricht zu erteilen, beschloß er.
Er schloß die Schule mit Bravour ab, lehnte höflich ein Stipendium von Princeton ab, weil sein Vater es sich selbst leisten konnte, ihn aufs College zu schicken, und studierte an der University of Pennsylvania.
Jerry liebte seinen Beruf. Er durfte sich in den Klassenzimmern und Büchereien aufhalten, in denen er sich früher so wohl gefühlt hatte, und Geschichte faszinierte ihn. Je mehr er über die Vergangenheit erfuhr, desto überzeugter war er, daß die Geschichte aus komplizierten Mustern bestand, die sich dennoch immer wiederholten.
Beispielsweise gab es so viele vergleichbare Motive im Untergang der großen Weltreiche von Griechenland über Rom bis zu Rußland. Und ähnliche Bedingungen hatten Hitler in Deutschland nach dem Ersten Weltkrieg den Weg geebnet.

Voraussetzung für das Dritte Reich waren soziale Unruhen, die zum Teil durch die Demütigung Deutschlands im Versailler Vertrag ausgelöst wurden. Die Wirtschaftskrise infolge des Börsenkrachs trug weiter zur Verunsicherung der Bevölkerung bei und bereitete den Boden für Verantwortungslosigkeit und die Mißachtung der Gesetze. Oder, wie sein Vater es immer auszudrücken pflegte, für »die Herrschaft der Schläger«.

Jerry kam zu dem Schluß, daß das Leben vorhersehbar war; die Umstände änderten sich, doch die Menschen blieben im wesentlichen gleich. Dieses Konzept der Wiederholung historischer Prozesse versuchte er seinen Schülern begreiflich zu machen.

Er war froh, wenn er sah, daß sie etwas verstanden, das er ihnen mit großer Sorgfalt und Geduld vermittelt hatte. Er war in Hochstimmung, wenn er vor der Klasse stand und zwanzig Augenpaare ihn anblickten und seine nächste Äußerung erwarteten. Sie kamen ihm vor wie leere Bildschirme, auf denen er seine Botschaft hinterlassen konnte. Das Gefühl der Macht, das sein Beruf ihm gab, die tägliche Bestätigung, war berauschend.

Er unterrichtete im zweiten Jahr an einer staatlichen High-School in Philadelphia, als er Deborah Stein kennenlernte. Sie studierte noch und bewunderte ihn wie seine Schüler. Wenn er mit ihr zusammen war, erlebte er dasselbe Hochgefühl wie in der Schule. Und sie hatte dunkle Haare und helle Augen wie Emma.

»Alle sagen, du sähest meiner Mutter so ähnlich«, sagte er scherzhaft, als er wußte, daß nun wirklich eine feste Bindung anstand. »Wenn ich dich heirate, werden sie behaupten, ich habe einen Ödipuskomplex.«

»Mag sein«, antwortete sie, warf die Haare aus dem Gesicht und blickte ihn mit einem schelmischen Funkeln in den Augen an. »Aber wenn du mich nicht heiratest, werden sie dich für verrückt halten.«

Zwei Monate später wurden sie getraut.

Deborah Frankel studierte Wirtschaft an der University of Pennsylvania. Jeden Abend, wenn sich die jungen Eheleute in ihrer gemütlichen kleinen Wohnung wiedertrafen, berichteten sie einander haarklein von den Ereignissen des Tages und maßen auch Einzelheiten große Bedeutung bei. Dann träumten sie beim Abwasch gemeinsam von der Zukunft, von einem Haus, Kindern, großen Reisen, exotischen Orten, die sie auf den Spuren von Jerrys Lieblingsgestalten aus der Vergangenheit erkunden wollten. Wenn das Geschirr sauber war, nahmen sie die Decke vom Küchentisch und breiteten ihre Bücher aus. Jerry war stolz auf Deborahs Klugheit, ihren Ehrgeiz, ihre Erfolge. Davon ging zwar nicht allzuviel auf sein Konto, doch er war hoch erfreut, wenn sie ihn für ihre Arbeiten um Unterstützung bat.

»Ich weiß nicht, weshalb ich das nicht verstehe«, sagte sie dann.

»Versuchen wir mal, es vereinfacht darzustellen«, erwiderte er.

Jeden Abend kam sie mit Fragen, bis sie sich nach einem halben Jahr so intensiv in ihr Fachgebiet eingearbeitet hatte, daß er sich nicht mehr damit auskannte. Kurz darauf kam sie zwei oder drei Abende pro Woche später nach Hause, weil sie zu einer Freundin zum Lernen ging.

Dann aßen Jerry und sie zusammen, gaben dabei einen Kurzbericht vom Tage und setzten sich danach über ihre Bücher.

»Soll ich dir helfen?« fragte er.

»Danke, ich komm schon klar«, antwortete sie.

Irgendwann gab er es auf, sie zu fragen. Er freute sich über ihre Fortschritte, doch es tat auch weh, sie so selbständig und unabhängig zu sehen.

Im zweiten Jahr von Deborahs Studium kam Matthew auf die Welt. Deborah blieb bis nach Weihnachten zu Hause, gewöhnte sich an ihr Dasein als Mutter und versuchte nebenbei, den Lehrstoff nachzuholen. Dann packte sie den Kleinen in eine Trage und nahm ihn mit in die Uni.

Jerry hätte niemals geglaubt, daß er einen anderen Menschen so lieben könne, wie er seinen Sohn liebte. Die Heftigkeit seiner Gefühle überraschte ihn. Er vergötterte seine Frau, doch was er für Matthew empfand, war etwas ganz anderes. Der Junge war ein neuer Mensch und doch Teil von ihm selbst, jemand, der ihn brauchte, den er nähren, prägen und von klein auf belehren konnte.

Schon als Jerry sich in der Säuglingsstation die Nase an der Scheibe plattdrückte, konnte er es kaum erwarten, den Kleinen seinem Vater zu zeigen. Er war glücklich darüber, Aaron wieder eine Familie schenken zu können; eine Familie, die ihm nicht verlorengehen würde wie damals in Maidanek.

»Ich möchte nach New York zurück«, verkündete Deborah, als Matthew sieben Jahre alt war und sie ihr Diplom gemacht hatte. »Meine Eltern sind dort, alle meine Verwandten. Ich habe ein Angebot von einer sehr guten Firma an der Wall Street, und ich möchte die Stelle haben. Ich weiß, daß du in Pennsylvania aufgewachsen bist und daß Aaron hier ist und alles, aber ich hänge auch an meiner Familie, und ich bin jetzt seit sechs Jahren weg und möchte zurück.«

Jerry hatte nicht das geringste Bedürfnis, nach New York zu ziehen, aber ihm wollte kein Gegenargument einfallen, das sie nicht als blanken Egoismus geißeln konnte. Widerstrebend verfaßte er einen Lebenslauf und bekam nach einem Monat eine Stelle an einer Privatschule in Scarsdale angeboten, der Stadt im Westchester County, in der Deborahs Eltern lebten.

Aaron leistete eine Anzahlung für ein kleines Haus. Jerry war von dort aus in einer Viertelstunde in der Schule, Deborah fuhr mit dem Zug nach New York. Ihre Mutter paßte auf Matthew auf, bis Jerry nach Hause kam, und abends beeilte sich Deborah, damit sie dem Kleinen das Abendessen machen, ihn baden und ins Bett bringen konnte.

Im folgenden Jahr kam das zweite Kind der Frankels zur Welt, ein Mädchen, das sie Emily nannten. Deborah hatte eine schwere Schwangerschaft gehabt, und das Kind wurde mit einem Hirnschaden geboren. Nach sechsundzwanzig Stunden starb es. Das junge Paar war verzweifelt. Wie betäubt ertrugen sie das Begräbnis und nahmen eine endlose Woche lang die Beileidsbezeugungen entgegen. Dann überraschte Deborah jedermann, vor allem Jerry, indem sie zwei Wochen von ihrem Mutterschaftsurlaub nahm und in die Karibik flog. Als sie wiederkam, war sie braungebrannt und erholt und stürzte sich wie besessen in ihre Arbeit. Sie kam abends nicht mehr rechtzeitig nach Hause, um ihren Sohn zu Bett zu bringen, und wenn sie besonders lange arbeitete, blieb sie manchmal ganz weg. Jerry verstand sie in gewisser Weise; sie hatte eine schreckliche Zeit hinter sich, und ihr Beruf konnte ihr helfen, dieses Erlebnis zu verarbeiten.

Acht Monate später, am selben Tag, an dem ihre Firma ihr eine Beförderung anbot, teilte Deborah Jerry mit, daß sie keine Kinder mehr haben wolle.

»Die Ärzte sagen, es kann wieder passieren«, sagte sie, »und ich habe Angst davor. Ich will das nicht noch mal durchmachen. Aber wir haben Matthew, und er ist ein toller kleiner Kerl. Ich finde, wir haben doch wirklich Glück mit ihm. Außerdem bin ich gerade befördert worden, und ich möchte mich jetzt erst mal auf meine Karriere konzentrieren.«

Jerry merkte bald, wie sie sich das vorstellte. Sie kam fast jeden Abend spät nach Hause und arbeitete auch am Wochenende. Er verbarg seine Enttäuschung. Er wußte, daß sie extrem fähig war und ein Recht auf ihren Beruf hatte, doch sie fehlte ihm. Er sehnte sich zurück nach der jungen Frau, die zu ihm aufgeschaut hatte, die ihm Fragen gestellt hatte. Mit der neuen Deborah hatte er nicht viel gemeinsam. Wenn sie einmal rechtzeitig zum Abendessen zu Hause war, erzählte sie unentwegt von Dingen, von denen er nichts verstand, und wenn er etwas von seinem Tag berichtete, hörte sie kaum zu.

Je mehr Energie sie auf ihre Arbeit verwendete, desto weniger blieb für ihren Mann übrig. Sie sprachen hauptsächlich über Geld und über Matthew. Irgendwann unterhielten sie sich nicht mehr über ihre aufregende Zukunft, sondern blickten nur noch auf die Gegenwart.

Jerry stellte seine Ehe nie in Frage. Deborah und Matthew waren der Mittelpunkt seines Lebens. Doch er hatte zunehmend den Eindruck, daß er nicht mehr der Mittelpunkt von Deborahs Leben war. Er versuchte mit ihr darüber zu sprechen, weil er ihre Entfremdung aufhalten wollte. Doch entweder drückte er sich unklar aus, oder sie hörte nicht zu. Nach einer Weile gab er es auf.

So gingen sie beide ihrer Wege, und irgendwann hatten sie sich an diesen Zustand gewöhnt. Schließlich fanden sie ihn ganz angenehm, und es bedurfte keiner weiteren Äußerungen darüber.

Dennoch beunruhigte Jerry etwas, das er nicht genau benennen konnte, das er nicht einmal richtig zu fassen bekam, weil es aus seiner Vergangenheit herrührte. Doch er spürte die Stimmung. Er war einsam.

2

Könnte ich kurz mit Ihnen sprechen, Mr. Frankel?« fragte Ginger.

Es war Freitag und lange nach Schulschluß, doch der Lehrer hielt sich immer noch im Klassenzimmer auf.

»Klar, nur herein«, antwortete Jerry. »Ich erledige noch Papierkram.«

Er trug ein dunkelblaues Sakko, ein gestreiftes Hemd und eine graue Hose und wirkte eher wie ein Student von einer Elite-Uni denn wie ein Lehrer.

Ginger sah sich um. Ungefähr zwanzig Metalltische standen in dem Klassenzimmer. Auf einer Empore thronte ein sichtlich betagter Holztisch, hinter dem zwei zusammengerollte Landkarten hingen. Ginger wußte genau, was auf diesen Karten zu sehen war. Sie wußte, daß drei Wände des Raums mit Schiefertafeln versehen waren und die vierte Wand aus Fenstern bestand.

Sie überlegte rasch. Wenn sie sich in eine Schulbank setzte, war sie in einer unterlegenen Position. Blieb sie stehen, war seine Lage nachteilig. Sich an den Schreibtisch zu lehnen, war zu vertraulich. An der Tür zu stehen, wirkte unsicher. Schließlich ließ sie sich in der ersten Bank der mittleren Reihe, direkt vor Frankel, nieder.

»Das war mein Platz, als ich hier zur Schule ging«, sagte sie. »Fühlt sich immer noch vertraut an.«

Jerry lächelte. »Ich habe den größten Teil meines Lebens in Schulräumen verbracht«, sagte er. »Aber vor ein paar Jahren war ich beim fünfzehnten Klassentreffen in meiner alten High-School, und ich habe mich tatsächlich verlaufen in dem Gebäude, in dem ich mich früher besser auskannte als zu Hause. Es war mir richtig fremd geworden.«

Ginger ging in Gedanken noch einmal die Akte durch, die sie über den Geschichtslehrer angelegt hatte. Begonnen hatte sie damit an dem Tag, als Ruben und sie ihn wegen des Taurus aufsuchten, fortgesetzt hatte sie die Arbeit gestern nachmittag, nachdem Stacey Kristen Andersen zu ihr gebracht hatte. Ginger wußte, daß Jerry Frankel fünfunddreißig Jahre alt war und daß dieses fünfzehnte Klassentreffen vor zwei Jahren stattgefunden hatte. Sie wußte, daß er in Cheltenham, einem gutsituierten Vorort von Philadelphia, zur Schule gegangen war und als Bester seiner Klasse abgeschlossen hatte. Sie wußte auch, daß sein Magister von der University of Pennsylvania den Vermerk *summa cum laude* trug. Aber es gab keinen Grund, ihm mitzuteilen, daß sie über seine Vergangenheit bestens im Bilde war.

Soweit sie das beurteilen konnte, waren seine Referenzen erstklassig. Er hatte fünf Jahre an einer staatlichen High-School in Philadelphia unterrichtet und war dann zu einer Privatschule in Scarsdale im Staat New York gewechselt. Der Direktor der Schule in Philadelphia hatte ihn sehr ungern gehen lassen. Der Leiter der Schule in Scarsdale hatte seine Kündigung mit großem Bedauern entgegengenommen.

Frankel war im letzten Januar nach Seward Island gezogen, als die Firma seiner Frau sie nach Seattle versetzte. Es war interessant, wenn auch nicht allzu aussagekräftig, daß sie offensichtlich in der Wahl des Arbeitsplatzes Vorrang hatte.

Der Direktor der Seward-High-School, Jordan Huxley, betonte, daß er Frankel für einen hervorragenden Lehrer halte, der bei Kollegen und Schülern beliebt und ein echter Gewinn für die Insel sei. Seine Aussage wurde von diversen anderen Lehrkräften und Schülern bestätigt.

Ginger hatte keinerlei Vermerke über Frankel gefunden. Er

schien noch nie mit dem Gesetz in Konflikt geraten zu sein. In beiden Bundesstaaten hatte er noch nicht einmal einen Strafzettel bekommen. Es gab nicht den geringsten Hinweis darauf, daß er nicht das war, was alle in ihm sahen – ein engagierter Lehrer, treuer Gatte und stolzer Vater.
Dennoch konnte Ginger Kristen Andersens Geschichte nicht ignorieren.
»Könnte sein, daß ich mich täusche«, hatte sie zu Ruben gesagt.
»Ja, könnte sein«, stimmte er zu.
»Wir haben wirklich nur einen Bericht über eine Szene, für die es womöglich eine ganz naheliegende Erklärung gibt.«
»Aber es ergeben sich ein paar seltsame Übereinstimmungen.«
»Das ist wahr«, räumte sie ein. »Ich denke, ich rede einfach noch mal mit ihm. Unter vier Augen, in seinem Revier, ganz locker, und dann schauen wir mal, was passiert.«
Der Polizeichef lächelte, denn genau das hätte er selbst auch getan.

»Sie wissen sicher, daß wir immer noch im Fall Breckenridge ermitteln«, sagte Ginger zu Jerry Frankel. Er saß an seinem Pult und blickte auf sie hinunter.
»Davon bin ich ausgegangen«, bestätigte der Lehrer.
»Und sobald wir auch nur die kleinste Information erhalten, die von Bedeutung sein könnte, müssen wir sie selbstredend überprüfen.«
»Auch davon gehe ich aus.«
»In einem solchen Fall treffen allerhand Meldungen ein«, sagte Ginger und versuchte, im Gesicht des Lehrers zu lesen. Sie hatte den Eindruck, daß er sie auch forschend betrachtete. »Die Leute meinen immer, sie hätten die entscheidende Information für uns. Meist führt es zu nichts, aber wenn wir der Sache nachgehen, haben wir zumindest das Gefühl, daß wir etwas tun.«
Jerry nickte. »Und welcher Hinweis hat Sie zu mir geführt?« erkundigte er sich freundlich.

»Eine Schülerin der High-School hat gesagt, daß sie Tara und Sie drei Tage vor Taras Tod zusammen gesehen hätte, und zwar allein.«

Der Lehrer runzelte die Stirn. »Ich weiß nicht genau, wovon die Rede ist, deshalb kann ich das weder bestätigen noch verneinen«, sagte er. »Wenn Sie mir mehr darüber sagen könnten, würde das meinem Gedächtnis vielleicht auf die Sprünge helfen.«

»Eine Ihrer Schülerinnen«, sagte Ginger, ohne Namen zu nennen, »behauptet, daß sie Sie zusammen mit Tara am Mittwoch vor deren Tod um halb sechs im Flur hinter der Sporthalle gesehen hat.«

»Das ist durchaus möglich«, sagte Jerry. »Ich kann mich nicht genau erinnern, aber ich kann auch nicht behaupten, daß ich Tara an diesem Tag nicht dort begegnet wäre.«

»Sie weinte wohl«, hakte Ginger weiter nach. »Und Sie hatten die Arme um sie gelegt.«

Die Augen des Lehrers weiteten sich. »Ach, an *diesem* Tag«, murmelte er. Er stand auf, verließ das Podest und setzte sich neben Ginger. »Jetzt erinnere ich mich. Ich wollte durch den Gang an der Sporthalle zu meinem Zimmer, und da sah ich sie dort stehen. Sie weinte. Es kann schon sein, daß ich sie in den Arm genommen habe, um sie zu trösten.«

»Hat sie Ihnen gesagt, warum sie weinte?«

»Nein«, sagte er. Er blickte ins Leere, als versuche er sich zu erinnern. »Sie sagte nur, ihr Leben sei ein einziges Chaos. Ich muß zugeben, daß ich mir weiter keine Gedanken darüber gemacht habe. Jugendliche in diesem Alter, vor allem Mädchen, sind sehr gefühlsbetont und halten ihr Leben des öfteren für ein Chaos.«

»Warum haben Sie uns nicht von diesem Vorfall berichtet?« forschte Ginger. »Daß sie kurz vor ihrem Tod an einem solchen Ort in Tränen ausbrach, könnte wichtig sein.«

»Tut mir leid«, sagte er. »Ich habe einfach nicht mehr an diese Szene gedacht. Es fiel mir erst jetzt wieder ein.«

»Bitte entschuldigen Sie die Frage, Mr. Frankel, aber waren Sie auch noch zu einem anderen Zeitpunkt allein mit Tara?«

»Ja, Detective Earley«, sagte Jerry und sah Ginger unumwunden an. »Tara kam mehrfach nach der Schule zu mir, um mich um Hilfestellung zu bitten. Ich hatte, glaube ich, schon erwähnt, daß ihre Noten zu wünschen übrigließen. Ich sagte ihr, sie könne jederzeit zu mir kommen.«

»Gab es noch andere Schüler, denen Sie Nachhilfe gaben?«

Jerry setzte zu einem Lächeln an, wurde dann ernst. »Ja. Ungefähr zwölf Schüler kommen relativ regelmäßig zur Nachhilfe.«

»Ob Sie vielleicht so nett sein könnten und mir deren Namen aufschreiben?«

»Selbstverständlich.« Er stand auf und ging zu seinem Pult, wo er die Namen auf einen Block schrieb. Er riß das Blatt ab und reichte es ihr.

»Danke«, sagte Ginger, erhob sich und nahm es in Empfang. »Ich hoffe, Sie verstehen, daß wir in einem Mordfall selbst der allerkleinsten Spur nachgehen müssen.«

»Aber sicher«, sagte der Lehrer. »Ich hätte gleich an diese Sache denken und Ihnen davon berichten sollen.«

»Als Polizist hinterfragt man alles«, fügte sie, einer plötzlichen Eingebung folgend, hinzu. »Erst sagt uns jemand, er habe einen dunklen Taurus-Kombi etwa zur Tatzeit im Park gesehen – und wir stellen fest, daß Sie so einen Wagen fahren. Und nun hat Sie jemand mit Tara in einer potentiell kompromittierenden Situation beobachtet, nicht lange, bevor sie ermordet wurde.« Daß er Linkshänder war, brachte sie bewußt nicht zur Sprache.

»Und das veranlaßt die nun zu dem Schluß, daß ich ein Kinderschänder bin?« Diesmal lächelte er ein wenig.

»Manchmal geht es ziemlich mies zu in der Welt«, sagte Ginger. »Aber, um das klarzustellen: War Ihr Verhältnis zu Tara rein auf die Lehrer-Schüler-Beziehung beschränkt, oder gab es noch eine andere Ebene?«

Es schien ihr, als zögere er kurz, doch sie war nicht ganz sicher.
»Nein, es gab keine andere Ebene«, antwortete Jerry Frankel.
»Sie hätten doch sicher nichts dagegen einzuwenden, sich – selbstverständlich nur freiwillig – auf dem Revier einem Lügendetektortest zu unterziehen und an dem Bluttest für die DNA-Bestimmung teilzunehmen?«
Diesmal war das Zögern offensichtlich.
»Ich denke nicht«, sagte er. »Aber ich würde es mir gerne vorher überlegen.«
»Natürlich«, sagte Ginger.

»Ich weiß nicht«, sagte sie eine Stunde später und ließ sich in Rubens winzigem Büro auf den einzigen verfügbaren Stuhl fallen.
»Entweder hat der Typ wirklich nichts damit zu tun, oder er ist der perfekteste Lügner, der mir je untergekommen ist.«
»Du weißt es nicht?«
»Ich habe ihm wirklich Druck gemacht«, berichtete Ginger. »Ich habe quasi durchblicken lassen, daß wir ihn nicht mehr als Zeugen, sondern als Tatverdächtigen im Auge haben. Wenn er irgend etwas wüßte, hätte er sich eigentlich verraten müssen. Aber ich habe ihn scharf beobachtet. Er hat nicht mal mit der Wimper gezuckt. Alles, was er sagte, klang überzeugend, jede Geste war einwandfrei, sein Gesichtsausdruck vollkommen aufrichtig.«
»Und deshalb glaubst du, daß er lügt?«
»Klingt idiotisch, wie?«
Ruben zuckte die Achseln. »Kann ich daraus schließen, daß du noch nicht bereit bist, ihn vom Haken zu lassen?«
Ginger überlegte einen Moment. »So sieht's aus«, sagte sie schließlich.
»Meinst du, er kommt als Zeuge in Frage?«
»Eher nicht.«
»Als Tatverdächtiger?«

»Ich bin mir nicht sicher.«
»Sagt dein Instinkt dir, daß er ein Mörder sein könnte?« fragte Ruben.
»Mit dem entsprechenden Motiv könnte meiner Ansicht nach jeder zum Mörder werden«, sagte Ginger.
»Paßt das Täterprofil auf ihn?«
»Und ob«, sagte Ginger. »Hundertprozentig. Er ist stark genug, er hat kein Alibi, er fährt den richtigen Wagen, er ist Linkshänder, und er kannte das Opfer. Aber, von dem Wagen abgesehen, paßt es auch auf Danny Leo. Und wahrscheinlich auf hundert andere Männer, von denen wir noch nichts wissen.«
»Was haben wir also in der Hand?« fragte Ruben.
»Eine unbestimmte Ahnung von mir«, sagte sie. »Ich habe einfach das Gefühl, daß er uns etwas verschweigt.«
»Gut, nehmen wir mal an, du hast recht. Wie willst du weiter vorgehen?«
»Tja, erst mal ist er jetzt dran. Ich habe ihn gebeten, sich hier einem Lügendetektortest zu unterziehen.«
»Und er hat abgelehnt?«
»Nicht direkt«, sagte Ginger. »Er hat die Antwort vertagt.«
»Schlau.«
»Was meinst du, was er macht?«
Ruben zuckte die Achseln. »Er wird sich vermutlich einen Anwalt nehmen.«
»Das dachte ich mir auch«, sagte Ginger.
»Also mal angenommen, er redet mit dem Anwalt und verweigert den Detektortest?«
»Ich werde Schritt für Schritt vorgehen«, antwortete Ginger, lehnte sich zurück und verschränkte die Hände auf dem Kopf. »Ich will den Mann wirklich nicht bedrängen. Aber wenn er irgend etwas verschweigt, was mit diesem Fall zu tun hat, werd ich es rauskriegen.«
Sie trug eine dunkelblaue Hose und eine blaue Bluse und hatte ihr rotes Haar zu einem Zopf geflochten. Sie war kaum geschminkt, und ihre Sommersprossen leuchteten. Ohne die

Waffe am Gürtel hätte man sie für ein unbekümmertes junges Mädchen halten können. Ruben lächelte in sich hinein.
Vor drei Wochen hatten sie sich bei ihm getroffen. Es kam ihm vor, als wären dies die längsten drei Wochen seines Lebens gewesen. Sie war vorsichtig, und er wollte nichts überstürzen, wollte sie nicht erschrecken, indem er sie zu häufig einlud, und er wollte auch den Klatschmäulern nicht unnötig Stoff liefern. Doch er sehnte sich nach ihr; sehnte sich danach, sie anzuschauen, mit ihr zu sprechen und zu lachen.
Sie waren selten allein auf dem Revier. Ständig gingen Leute ein und aus. Zuletzt hatten sie vor einer Woche ein paar Worte unter vier Augen reden können. Er hätte sie natürlich nach der Arbeit anrufen können, doch Ruben wollte sich lieber von Angesicht zu Angesicht mit ihr unterhalten, so daß er ihre Reaktionen sehen und besser einschätzen konnte, ob ihr wirklich an ihm lag oder ob sie nur aus Höflichkeit mit ihm ausging.
»Was ist mit dem jungen Leo?« fragte er.
»Ich weiß nicht, ob etwas dabei herauskommt, aber er steht immer noch ganz oben auf der Liste«, sagte sie. Einer sehr kurzen Liste, dachte sie.
Ruben nickte langsam. »Die Leute reden schon von Hexenjagd«, sagte er. »Erst der Bluttest, dann haben wir es auf einen der besten Schüler der Insel abgesehen und nun auf einen der beliebtesten Lehrer. Geh behutsam vor und strengstens nach Vorschrift. Du mußt jeden Schritt rechtfertigen können.«
»Versprochen.«
Ginger lächelte in sich hinein und fragte sich, wieso sie noch nie bemerkt hatte, wie vorsichtig er war. Drei Wochen lag es zurück, daß sie bei ihm gegessen hatte, und der Abend war so schön gewesen, daß sie nicht verstand, warum er sich nun so zurückhielt. Bei der Arbeit benahm er sich neutral, aber das hatte sie nicht anders erwartet. Beiden war klar, daß ihr Privatleben am Arbeitsplatz nichts zu suchen hatte. Doch das Warten bereitete ihr Höllenqualen, und sie fragte sich schon, ob sie irgend etwas falsch gemacht hatte.

Das Gespräch schien beendet. Ginger stand auf und wandte sich zum Gehen.
»Ach, übrigens«, sagte sie unvermittelt und drehte sich noch einmal um, »ich habe zwei gute Steaks gekauft, und eins davon könnte für dich sein, falls du morgen abend noch nichts vorhast.«
Ruben strahlte. »Hab ich nicht«, sagte er. »Ich hätte so was Ähnliches jetzt auch zur Sprache gebracht.«
»Schön. Wie wär's um sieben?«
»Bestens«, sagte er.
Als Kind war sie oft auf Bäume geklettert. Sie erinnerte sich an die Angst, wenn der Ast sich als dünner herausstellte, als sie geglaubt hatte, und an die Freude, wenn sie merkte, daß er sie dennoch trug. So fühlte sie sich jetzt.
Steaks, Salat, Backkartoffeln, Dessert und eine gute Flasche Wein, dachte sie rasch. Auf dem Heimweg heute abend würde sie einkaufen. Dann konnte sie sich morgen ausgiebig der Wohnung widmen.
»Bis morgen dann«, sagte sie.
»Ich freu mich«, sagte er.
Beide verloren sie kein Wort darüber, daß sie am kommenden Abend zum allerersten Mal ganz allein sein würden.

3

Danny Leo fuhr am Freitag erst mit dem späten Bus nach Hause. Je näher der Schulabschluß rückte, desto mehr gesellschaftliche Aktivitäten wurden von ihm erwartet. An diesem Tag war es ein Treffen des Tanzkurses, an dem er teilnehmen mußte.

Wenn seine Mutter sich über die Uhrzeit beklagte oder sein Vater ihn wegen Vernachlässigung der Haushaltspflichten tadelte, rief Danny seinen Eltern in Erinnerung, daß man in Harvard Studenten erwartete, die nicht nur fachlich gute Leistungen erbrachten, sondern sich in jeder Hinsicht gesellschaftlich bewähren konnten. Das brachte sie fürs erste zum Schweigen. Peter Leo war in der Nähe der Harvard University groß geworden, und er hatte sich geschworen, daß sein Sohn einmal dort studieren werde, an der Universität, zu der er selbst keinen Zugang gefunden hatte, weil er sowohl geistig als auch finanziell nicht die Voraussetzungen dafür erbracht hatte.

»Detective Earley war heute nachmittag in der Schule«, sagte Danny zu seinem Vater.

Peter fuhr auf. »Hat sie dich wieder belästigt?«

»Nein«, beruhigte Danny ihn. »Sie wollte nicht zu mir. Sie hat mit einem von Taras Lehrern gesprochen.«

»Was ist daran so außergewöhnlich?«

»Im Grunde nichts«, antwortete Danny, »außer, daß sie schon mit allen Lehrern gesprochen hat, gleich nach dem Mord. Und heute hat sie nach Schulschluß ganz gezielt einen von ihnen aufgesucht. Ich hab gesehen, wie sie in sein Klassenzimmer ging.«

»Hört, hört«, murmelte Peter, und ein Lächeln breitete sich auf seinem Gesicht aus. »Das klingt doch schon besser, oder? Hoffen wir mal, daß sie dich dann in Ruhe läßt.«

»Aber ich hab dir doch gesagt, Dad, daß ich den Bluttest jederzeit machen würde«, betonte Danny. »Ich kann meine Unschuld beweisen.«

»Das verstehst du nicht, Sohn«, sagte Peter. Danny hatte diese Reaktion erwartet. »In diesem Land mußt du nicht deine Unschuld beweisen. Du giltst so lange als unschuldig, bis jemand dir etwas anderes beweisen kann.«

»Ich, ähm, bin morgen abend nicht zu Hause«, teilte Ruben Stacey mit, als sie sich zum Abendessen setzten. »Ich werde mit Ginger essen.«

Das Mädchen grinste. »Was, schon wieder?« murmelte sie.

»Was heißt ›schon wieder‹?« protestierte er. »Es ist drei Wochen her.«

Stacey lachte lauthals. »Mann, Dad, du hörst dich an wie ein Teenager.«

»Nun mal halblang«, gab ihr Vater zurück. »Ich bin es nicht gewöhnt, über meine Rendezvous zu diskutieren.«

»Ich auch nicht«, rief sie ihm in Erinnerung.

Ruben runzelte die Stirn. Daran hatte er bislang nicht gedacht.

»Hey, kommst du damit klar?« fragte er. »Ich meine, macht es dir etwas aus, daß ich mich mit Ginger treffe?«

Stacey hatte tatsächlich nicht geahnt, wie sie reagieren würde, wenn ihr Vater eine neue Beziehung einging. Sie wußte, daß er sich ab und zu mit Frauen getroffen hatte, doch nie häufiger als ein- oder zweimal, und er hatte nie jemanden mit nach Hause gebracht. Als sie noch klein war und sich nach einer Mutter sehnte, hatte sie sich gewünscht, daß er wieder heiraten würde. Doch als sie heranwuchs, wurde ihr klar, daß eine Ehe nicht daraus bestand, daß man Kinder großzog oder sich ein gemütliches Heim einrichtete, sondern daß dazu eine sehr spezielle Beziehung nötig war, die nur dann zustande kam, wenn alle Voraussetzungen stimmten.

»Ich komme gut damit zurecht«, versicherte sie ihm. »Ich mag Ginger. Und ihr gebt ein hübsches Paar ab.«

Er blickte sie forschend an. »Das klingt schrecklich erwachsen«, äußerte er. »Seit wann bist du so reif?«

Stacey grinste. »Oh, seit einer Minute oder so«, sagte sie. »Und, geht ihr schick aus in Seattle?«

Sie wollte der Beziehung der beiden nichts in den Weg legen, doch der Tratsch, den sie vor einigen Wochen in der Kirche zum ersten Mal erlebt hatte und der sich nun zu ständigen Witzeleien seitens ihrer Klassenkameraden ausgewachsen hatte, ließ sie nicht unberührt.

Ruben versuchte, beiläufig zu wirken. »Nein, wir bleiben hier«, sagte er. »Ginger hat mich, ähm, zu sich eingeladen.«

Die Fünfzehnjährige verdaute das einen Moment. »Dann würde ich an deiner Stelle ein Kondom mitnehmen«, äußerte sie schließlich.

Wäre Ruben hellhäutiger gewesen, hätte man gesehen, wie er bis zu den Haarwurzeln rot anlief. Staceys Bemerkung war ihm zum einen peinlich, weil er fand, daß er sich über derlei Dinge nicht mit seiner minderjährigen Tochter unterhalten sollte, zum anderen aber, weil er diesen Gedanken auch schon gehabt hatte. Es gelang ihm mit Mühe, ein weiteres »nun mal halblang« zu äußern.

»Ich habe auf dem Markt etwas ganz Seltsames gehört«, verkündete Libby Hildress beim Abendessen. Die Gattin des Mannes, der Tara Breckenridges Leiche gefunden hatte, war in vielerlei Hinsicht ganz anders beschaffen als er. Sie war klein und rundlich, hatte weiches blondes Haar, das ihr hübsches Gesicht umrahmte, und klare blaue Augen.

»Was denn?« fragte Tom, der gerade einen Löffel mit Tomatensuppe zum Mund führte.

»Jemand sagte, daß die Polizei Jerry Frankel unter die Lupe nimmt.«

Tom blinzelte. »Weshalb?«

»Vielleicht glauben sie, daß er etwas mit dem Fall Breckenridge zu tun hat.«

»Das ist doch wohl nicht dein Ernst«, sagte ihr Mann.

Libby zuckte die Achseln. »Das hab ich gehört.«

»Wer ist denn so blöd, so was zu glauben?« äußerte Billy abfällig. »Ich kenne Mr. Frankel. Er ist Matthews Papa und ein richtig anständiger Kerl. Nie im Leben ist der ein Mörder.«

»Und weshalb nicht?« widersprach ihm sein Bruder Bud. »Nur weil du bei ihm zu Hause warst, weißt du trotzdem nicht, was er so alles treibt. Außerdem muß die Polizei den Mord irgendwem anhängen, und das kann genausogut ein Lehrer sein.« Bud war dreizehn, ging in die achte Klasse und konnte die Schule nicht sonderlich leiden.

»Das würde die Polizei doch nicht machen, Dad, oder?« fragte Billy ängstlich. »Matthew ist mein bester Freund.«

»Sie verfolgen jemanden nur, wenn es einen Grund dafür gibt«, versicherte ihm Tom.

»Wir wissen ja nicht mal, ob das überhaupt stimmt«, sagte Libby. »Bis jetzt ist es ein Gerücht. Ich habe Deborah natürlich gleich im Büro angerufen, als ich das gehört habe.« Die beiden Paare hielten keinen Kontakt, hatten aber für den Notfall Telefonnummern ausgetauscht, weil die beiden Jungen befreundet waren. »Sie sagte, die Polizei habe noch etwas abklären wollen.«

»Na, siehst du«, meinte Tom und strich Butter auf ein Brötchen. »Weißt du noch, letzte Woche gab es diese Aufregung wegen Danny Leo. Jetzt ist Jerry dran. Nächste Woche ist es wahrscheinlich wieder ein anderer.«

»Ich verstehe das nicht«, sagte Deborah Frankel. »Die Polizei hat schon mehrfach mit dir über diesen Mord gesprochen. Was wollten sie denn dieses Mal?«

Jerry zuckte die Achseln. »Ich weiß auch nicht mehr als du.«

»Ach, komm schon, sie müssen doch einen Grund haben«, entgegnete Deborah aufgebracht. Sie fand es ungeheuerlich, daß er sie nicht selbst angerufen und ihr von dem Gespräch mit Ginger berichtet hatte. Statt dessen mußte sie es von der Mutter eines mit Matthew befreundeten Jungen erfahren. »Eine Frau, die ich kaum kenne, ruft mich bei der Arbeit an und läßt mich aus einer wichtigen Sitzung holen«, ereiferte sie sich. »Und will von mir wissen, warum die Polizei in Zusammenhang mit dem Fall Breckenridge meinen Mann aufsucht. Und ich habe keinen Schimmer, was ich ihr sagen soll.«

»Ich hielt es nicht für so wichtig«, erwiderte er.

»Ist es aber wohl, wenn die ganze Stadt darüber redet.«

Jerry merkte, daß sie nicht lockerlassen würde.

»Es muß irgendwann kurz vor Taras Tod gewesen sein«, sagte er seufzend. »Da traf ich sie zufällig eines Nachmittags in der Schule. Sie war in Tränen aufgelöst. Ich weiß nicht mehr, ich hab ihr wohl den Arm um die Schultern gelegt, um sie zu trösten. Ich erinnerte mich, ehrlich gesagt, überhaupt nicht mehr daran, aber offenbar hat mich jemand gesehen, die Situation falsch verstanden und der Polizei davon berichtet.«

Deborah lief ein Schauer den Rücken hinunter. »Du hast das ermordete Mädchen im Arm gehalten?« fragte sie.

Er funkelte sie an. »Da war absolut nichts dabei«, sagte er kalt.

Scott Cohen galt unter seinen Kollegen als einer der besten Strafverteidiger des Staates Washington, wenn nicht des gesamten Landes. Er war nicht großspurig wie F. Lee Bailey oder volkstümlich wie Gerry Spence. Aber auf seine ruhige, bescheidene Art gelang es ihm immer wieder, die Anklage zu zerpflücken.

Er war klein und rundlich, und schon als Scott vierzig wurde, war von seinem hellbraunen Haar nur mehr ein spärlicher Kreis in der Mitte seines Kopfes verblieben, der einem seltsamen Heiligenschein ähnelte, weshalb ihn seine Kollegen gerne

»Cherub« nannten. Doch das Auffälligste an ihm waren seine Augen: große meergrüne Augen mit schweren Lidern, die so klug und zugleich einfühlend blicken konnten, daß sogar die verzweifeltsten Angeklagten wieder Mut faßten.

Scott, seine Frau Rachel und ihr Sohn Daniel lebten seit fünf Jahren auf Seward Island. Damals war Scott in die Kanzlei Morgan, Kaperstein und Cole eingestiegen, und sie hatten eine alte Farm gekauft. Rachel hatte das 1909 erbaute Haus für sie ausgesucht, weil ein bezaubernder kleiner Teich und ein gepflegter Obstgarten dazugehörten. Scott hatte sich dafür entschieden, weil er dort nach Herzenslust renovieren konnte.

»Bist du sicher, daß es dir nichts ausmacht, zu pendeln?« fragte Rachel, als sie das Haus auf dem Queen Anne Hill aufgaben, von dem er in zehn Minuten in seinem Büro war.

»Ich glaube, es wird mir sogar Spaß machen«, antwortete er. »Ich gewinne ein wenig Distanz dabei.«

Die Passagiere auf der Sieben-Uhr-Fähre von Seward nach Seattle sahen den Cherub allmorgendlich unter Deck sitzen. Er wirkte seltsam spitzbübisch in seinem Anzug mit Weste, trank immer eine Tasse Kaffee und blickte aus dem Fenster. Er schaute nie in eine Akte und machte sich nie Notizen. Erst wenn er in seinem Büro eintraf und sich mit seiner dritten Tasse Kaffee an seinem Schreibtisch niederließ, begann er seinen Arbeitstag.

Scott arbeitete Sonntag bis Freitag, jedoch niemals am Samstag; er hielt den Sabbat ein. Als die Cohens auf die Insel zogen, gab es dort keine Synagoge. Doch nachdem Scott zwei Jahre lang zum Gottesdienst nach Seattle gefahren war, sprach er mit einigen jüdischen Familien auf Seward und engagierte sich für die Entstehung einer kleinen Gemeinde. Es gelang ihm, den Assistenten seines alten Rabbi zu gewinnen, und die Unitarier erklärten sich bereit, der jüdischen Gemeinde für einen vernünftigen Preis ihre Kirche am Freitagabend, Samstagmorgen und an den wichtigen Feiertagen zur Verfügung zu stellen. Es gab damals kaum dreißig jüdische Familien auf der Insel. Ein eigenes Gottes-

haus zu erhalten lohnte sich nicht. Daniels Bar Mitzwa fand also in der Unitarischen Kirche von Cedar Valley statt.
»Gott lebt in vielen Häusern«, hatte der Rabbi gesagt. »Er erfreut sich unser überall.«
Scott war kein Fanatiker, aber er nahm seinen Glauben sehr ernst. Als Jerry Frankel an einem Samstag nachmittag bei ihnen klopfte, ging Scott deshalb davon aus, daß er ihm einen Privatbesuch abstatten wolle.
»Wie geht's?« fragte er herzlich.
Die beiden Familien hatten sich im März kennengelernt, als die Frankels schon zwei Monate auf Seward Island lebten und zum Passah-Fest in die Kirche gegangen waren. Sie hatten festgestellt, daß die Cohens ganz in der Nähe wohnten, und bald darauf hatten sich die beiden Paare angefreundet.
»Kann ich kurz mit dir sprechen?« fragte der Lehrer.
»Klar«, sagte Scott. »Komm herein.«
Jerry schüttelte den Kopf. »Können wir spazierengehen?« fragte er.
Der Anwalt blinzelte. »Falls es um etwas Geschäftliches geht, hat das nicht Zeit bis morgen?«
»Tut mir leid, das habe ich ganz vergessen«, sagte Jerry nervös. »Nein, kein Problem, so wichtig ist es nicht.«
Er wandte sich ab, aber Scott hatte in seinem Blick etwas entdeckt, womit er so häufig zu tun hatte, daß er es sofort erkannte: Panik.
»Laß uns doch eine Runde um den Teich drehen«, sagte er. »Rachel meint, wir sollten an einem Ende eine Brücke bauen. Ich wollte sowieso hören, was du davon hältst.«
Die beiden Männer gingen den Abhang hinter dem Farmhaus hinunter. Jerry hatte die Hände in die Taschen gesteckt. Seine Schultern wirkten verkrampft. Scott seufzte innerlich.
»Kann sein, daß ich da in etwas hineingeraten bin, was mir über den Kopf wächst«, sagte Jerry, sobald man sie im Haus nicht mehr hören konnte. »Und ich weiß nicht, wie ich mich verhalten soll.«

»Nun, es läßt sich gewiß eine Lösung finden«, erwiderte Scott.
Jerry sah den Freund an. »Ich glaube, die Polizei verdächtigt mich der Beteiligung an dem Mordfall Breckenridge.«
»Und ist da etwas dran?« fragte der Anwalt überrascht.
Jerry starrte über seinen Kopf hinweg. »Nein, natürlich nicht.«
Der Cherub zuckte die Achseln. »Dann würde ich mir keine Gedanken darüber machen.«
»Aber sie wollen, daß ich mich einem Lügendetektortest unterziehe und ihnen eine Blutprobe gebe. Wenn bekannt wird, daß sie mich überhaupt gefragt haben, verliere ich meine Glaubwürdigkeit als Lehrer in dieser Gemeinde.«
Scott legte eine Sprechpause ein und dachte einen Moment nach. »Du kannst dich jederzeit weigern«, sagte er dann.
»Macht das nicht alles noch schlimmer?«
»Soweit ich das mitbekommen habe, haben sie ziemlich viele Leute gefragt, ob sie sich beiden Tests unterziehen würden.«
»Das ist etwas anderes«, murmelte Jerry. »Die meisten waren Schüler oder Leute, die einen ganz gewöhnlichen Beruf ausüben. Aber ich bin Lehrer. Ich arbeite mit Jugendlichen. Mein Erfolg hängt von ihrem Vertrauen und ihrer Achtung ab. Schon die Andeutung eines Skandals kann für mich das Aus bedeuten.«
Scott Cohen verfügte über ein hervorragendes Gespür für Menschen und die Fähigkeit, eine Situation rasch zu erfassen. »Bis jetzt haben wir uns als Freunde unterhalten«, sagte er. »Willst du, daß ich dich als Anwalt vertrete?«
Der Lehrer seufzte. »Ich denke schon«, sagte er.
»Gut, dann läuft es folgendermaßen. Sie können dich nicht dazu zwingen, den Lügendetektortest zu machen. Das ist nur auf freiwilliger Basis zulässig. Was die Blutprobe betrifft: Die können sie nur per gerichtlicher Verfügung bewirken. Dafür aber muß hinreichender Tatverdacht vorliegen. Wenn dem so wäre, würden sie dich nicht bitten. Wir können also wohl davon ausgehen, daß sie im Trüben fischen. Wenn du, wie du sagst, nichts damit zu tun hat, werden sie nichts fangen und sich auf einen anderen Teil des Teichs verlegen.«

»Und ich stehe nicht schlecht da, wenn ich ablehne? Wirkt es dann nicht, als hätte ich etwas zu verbergen?«

Scott zuckte die Achseln. »Du hast das Recht, diese Tests zu verweigern; das ist im Fifth Amendment festgelegt. Aber du bist Geschichtslehrer, das weißt du wohl selber.«

Das schien Jerry etwas aufzumuntern. »Natürlich, du hast recht. Das habe ich wohl vergessen.«

Der Anwalt lächelte. »Dann ist die Krise ausgestanden, wie?«

Doch der Lehrer erwiderte das Lächeln nicht. »Falls sie sich wieder melden und mir Druck machen wollen, kann ich dich dann anrufen?« fragte er statt dessen.

»Du bist jetzt mein Klient«, sagte Scott. »Du kannst mich Sonntag bis Freitag erreichen.«

4

Am Samstag um fünf Uhr nachmittags sah Gingers Wohnung aus wie das Studio für eine Putzmittelwerbung. Alles funkelte und blitzte, und nirgendwo war ein Stäubchen zu entdecken.

Gegenstände, die sich nicht aufräumen ließen, waren im Schlafzimmerschrank gelandet. Als sie mit der Küche fertig war, wirkte sie wie neu. Dann hatte sie das Badezimmer geschrubbt, ihre Unterwäsche von der Trockenstange genommen, ein frisches Gästehandtuch aufgehängt und eine unbenutzte Seife ans Waschbecken gelegt. Zuallerletzt bezog sie ihr breites Bett.

Ihr blieben noch zwei Stunden zum Kochen und Zurechtmachen. Der Salat war im Handumdrehen fertig. Dann verrührte sie Sauerrahm und Schnittlauch für die Kartoffeln. Schließlich putzte sie den Spargel, der in der Mikrowelle garen sollte. Um sechs würde sie die Kartoffeln in den Ofen schieben; sie waren riesig, und laut Kochbuch brauchten sie anderthalb Stunden, um zu garen. Ruben aß sein Steak gerne englisch, wie sie auch; das Fleisch würde sie also erst in letzter Minute auf den Grill legen. Das Dessert war schon fertig – es gab Mousse au Chocolat aus der Tüte. Zugegebenermaßen nicht gerade ein Mahl für Feinschmecker, aber sie war schließlich berufstätig. Ruben würde sicher Verständnis dafür haben.

Um halb sechs stieg sie in die Dusche, wusch sich die Haare, fönte sie, rannte hinaus, um die Kartoffeln in den Ofen zu schieben, und kehrte wieder zurück, um ihr Minimal-Make-up aufzulegen. Um Viertel nach sechs steuerte sie auf ihren Schrank zu. Zehn vor sieben hatte sie so gut wie den gesamten Inhalt herausgezerrt und durchprobiert und war kurz davor, einen Schreikrampf zu bekommen.

»Es muß etwas Schlichtes sein«, sagte sie zu ihrem Spiegelbild. »Schön, aber nicht zu herausfordernd. Etwas, das signalisiert, daß ich entspannt, aber nicht unbedingt verfügbar bin. Etwas Weiches.«

Twink, der Kater, kauerte auf dem Bett und ließ ein lautes Miau vernehmen.

»Genau!« rief Ginger aus. Sie sprintete zu ihrer Kommode, wühlte in der untersten Schublade und förderte einen weiten grauen Angorapullover mit Rollkragen zutage, den sie vor einigen Jahren von ihren Eltern zum Geburtstag bekommen hatte. »Das ist es«, sagte sie mit durchtriebenem Lächeln. »Wir wollen doch mal sehen, ob du davon die Hände lassen kannst, Herr Polizeichef.«

Sie war gerade in eine schwarze Wollhose geschlüpft, hatte schwarze Slipper an den Füßen und befestigte silberne Kreolen an den Ohren, als es auch schon klingelte. Es war genau dreißig Sekunden nach sieben.

»Ich hoffe, ich komme nicht zu spät«, sagte Ruben.

»Nein, genau richtig«, erwiderte sie.

Auch er hatte sich für einen Rollkragenpulli entschieden, beige und aus dicker weicher Wolle. Dazu trug er eine braune Hose. Er wirkte so akkurat gekleidet, daß sie sich fragte, ob er ebensolche Mühe mit der Wahl gehabt hatte wie sie.

Er reichte ihr einen Strauß Winterblumen. »Ich bin wohl ein bißchen aus der Übung«, gestand er. »Ich wußte nicht genau, was ich mitbringen sollte.«

»Du hättest gar nichts mitbringen müssen«, sagte sie. »Aber diese Blumen sind zauberhaft, vielen Dank.«

Ginger ging in ihre kleine Küche und suchte eine passende Vase heraus. Den ganzen Tag hatte sie sich auf diesen Abend gefreut, doch jetzt war sie plötzlich nervös.

»Möchtest du einen Drink?« fragte sie, um ihre Zappligkeit zu überspielen.
»Gerne«, sagte er.
»Scotch?« Ginger hatte sonst nie Spirituosen im Haus. Sie hatte den Scotch gekauft, weil er zu Hause welchen getrunken hatte.
»Bestens«, sagte er.
Sie mixte ihn mit Eis und etwas Wasser, wie sie es bei ihm beobachtet hatte.
»Woher weißt du, wie ich ihn trinke?« fragte er.
Sie zwinkerte. »Ich bin doch schließlich Polizistin.«
Sie goß sich auch einen kleinen Schluck ein und füllte mit Wasser auf, dann gingen sie ins Wohnzimmer. Das Feuer im Kamin drohte auszugehen.
»Darf ich?« fragte er.
»Wäre mir eine Freude«, antwortete sie.
Er nahm den Holzstapel neben dem Kamin in Augenschein, und sie sah ihm zu, wie er sich einige Scheite und etwas Anmachholz zurechtlegte. Der beige Pullover warf Falten am Rücken, und sie fragte sich, ob er sein Stützkorsett trug. Er begann die Glut anzufachen, erhob sich immer wieder, um Holz zu holen, und ging dann in die Hocke, um es aufzulegen. Wenn er stand, saß seine Hose locker, doch wenn er sich bückte, spannte sie über seinem Hintern. Ginger leerte mit zwei Schlucken ihr Glas und ging in die Küche. Sie schenkte sich nach, und diesmal nahm sie die doppelte Menge Scotch und wenig Wasser.
Zuerst hatte sie ihn einfach wiedersehen wollen. Sie hätte ihn ungern in ein Restaurant eingeladen, obwohl die Zeiten sich geändert hatten, und da sie schon bei ihm zu Hause gewesen war, lag es nur nahe, daß er diesmal zu ihr kam. Erst nachdem er die Einladung angenommen hatte, begann sie darüber nachzudenken, wie sich der Abend gestalten mochte. Natürlich konnte man allem aus dem Weg gehen; es war sowieso unwahrscheinlich, daß irgend etwas passierte. Nur Traumstoff, mit dem sie sich beschäftigte, während sie die Wohnung putzte.

Doch nun war sie gar nicht mehr sicher, was sie eigentlich wollte.
Ruben brachte das Feuer wieder in Gang. Er ließ sich viel mehr Zeit damit, als nötig gewesen wäre, um beschäftigt zu sein. Er hatte sich wirklich darauf gefreut, den Abend mit Ginger allein zu verbringen, doch jetzt fragte er sich, ob sie sich nicht besser im Restaurant getroffen hätten.
»So, ich glaube, das genügt«, sagte er, als die Flammen aufloderten. Er erhob sich und nahm sein Glas vom Kaminsims. Ginger hatte sich mit unterschlagenen Beinen auf ihrem blauen Sofa niedergelassen. Er setzte sich in den blaugrün gestreiften Sessel ihr gegenüber.
»Ich fürchte, ich habe kein Händchen fürs Feuermachen«, sagte Ginger. »Ich kriege es immer an, aber dann schaffe ich es nicht, es in Gang zu halten.«
»Das ist nicht so schwer«, versicherte er ihr. »Du mußt die Scheite nur locker auflegen, damit sie genug Luft haben. Dann brennen sie gut.«
»Ich werd's mir merken.«
»Man braucht natürlich auch das richtige Holz«, sagte er und trank einen Schluck Scotch.
»Ja, das dachte ich mir.«
»Und jeder Kamin ist anders«, fügte er hinzu. »Einige ziehen schlecht und andere zu stark, aber ich glaube, dieser ist gerade richtig.«
»Gut zu wissen«, murmelte sie.
Sie verfielen in Schweigen. Zum Thema Kaminfeuer wollte Ruben nichts mehr einfallen, und er hatte auch keine andere Idee. Er trank einen großen Schluck Scotch.
»Es war wirklich schönes Wetter heute«, äußerte er schließlich, um die Stille zu durchbrechen.
»Ja«, sagte Ginger. »Ungewöhnlich warm für Dezember.«
»Ich war in Hemdsärmeln im Garten.«
»Ich bin ohne Mantel rausgegangen.«
»Das Klima hier überrascht mich immer wieder«, sagte er.

»Man würde doch denken, daß es so weit im Norden viel kälter ist.«
»Das ist unser bestgehütetes Geheimnis«, entgegnete sie.
Twink hockte an der Glasschiebetür und schlug ungeduldig mit dem Schwanz auf den Boden, als langweile er sich und warte auf ein neues Gesprächsthema.
»Ich habe immer noch viel zu wenig von der Gegend hier gesehen«, sagte Ruben, der langsam in Verzweiflung geriet. »Wir kennen weder die San Juan Islands noch Skagit Valley oder Leavenworth. Stacey und ich reden immer davon, daß wir ein Picknick am Mount Rainier machen wollen, und ich hätte auch Lust auf eine Wanderung am Mount St. Helen's. Aber bis jetzt hatten wir einfach noch keine Zeit dazu.«
»Ja, es gibt wunderschöne Flecken hier in der Gegend«, sagte Ginger.
Ausflüge? Das Wetter? Sie konnte nicht fassen, daß sie dasaßen und sich benahmen wie zwei Menschen, die sich zum ersten Mal sahen. Sie hatten sich weder an ihrem ersten noch an ihrem zweiten Abend über das Wetter unterhalten. Sie waren immer so entspannt gewesen und hatten sich so wohl gefühlt zusammen. Ihr jetziges Gespräch wirkte dagegen geradezu komisch. Aber Ginger war nicht nach Lachen, sondern eher nach Weinen zumute. Alles lief ganz anders, als sie es sich vorgestellt hatte. Sie leerte ihr Glas.
»Ich mag es, wie du das Zimmer eingerichtet hast«, sagte Ruben, der sich zwingen mußte, nichts Überstürztes zu tun, wie zum Beispiel wegzulaufen. »Die Farben ergänzen sich wunderbar.«
»Ich bin da etwas eingeschränkt«, sagte sie. »Ich kann nicht allzu viele Farben ertragen. Rote Haare sind sehr dominant.«
»Mit Rot- und Gelbtönen bin ich groß geworden«, sagte er, »aber ich mag Grün und Blau viel lieber. Das sind weichere Farben, und sie passen gut zu dir.«
Sie spürte, wie der Scotch sie innerlich wärmte.
»Ich wollte immer gern leuchtendes Rot tragen«, sagte sie

unvermittelt und kicherte. »Und mit wackelndem Hintern die Commodore Street entlangflanieren. Meine Mutter meinte, daß nur verkommene Frauen Rot tragen, aber ich glaube, sie hat mich nicht ganz überzeugen können.«

Ruben war entzückt. »Ach, deshalb das jungenhafte Gehabe«, konterte er. »Um das wilde Weib in dir zu verstecken.«

Ginger grinste breit. »Klar. Und ich habe es so gut hingekriegt, daß ich anfing, es selbst zu glauben.«

»Sag mir bitte Bescheid, wenn du die Wilde in dir mal freilassen willst«, sagte er. »Ich glaube fast, ich würde meine Rente dafür geben, wenn ich sehen könnte, wie der werte Albert Hoch Ecke Commodore und Seward Street einen Herzinfarkt kriegt.«

Ginger johlte.

Das Eis war gebrochen. Beide spürten es und lehnten sich mit einem stummen Seufzer der Erleichterung zurück. Sogar Twink bemerkte die veränderte Stimmung. Er schlenderte herbei und machte es sich vor dem Kamin bequem.

»Ich hab noch nie zwei Scotch hintereinander getrunken«, sagte Ginger kichernd.

»Ich bin wirklich froh, daß du's jetzt getan hast«, erwiderte Ruben.

Sie grillte die Steaks, er machte den Salat. Sie richtete den Spargel an, er rettete die Kartoffeln. Sie deckte den Tisch, er zündete die Kerzen an. Sie schaltete die Stereoanlage ein, er schenkte den Wein ein. Schließlich saßen sie sich am Tisch gegenüber.

»Ich fing langsam an zu denken, daß es ein schrecklicher Fehler war, dich hierher einzuladen«, sagte sie und spießte ein Stück in Sauerrahm getunkte Kartoffel auf.

»Ich weiß nicht, warum, aber ich war seit Ewigkeiten nicht mehr so nervös«, gab er zu und schnitt sein Steak an.

»Man könnte meinen, wir seien zwei Teenager«, sagte sie.

»Die sich per Kontaktanzeige getroffen haben«, fügte er hinzu.

»Statt Freunde ...«, begann sie den Satz.

»... die zusammen einen schönen Abend verbringen wollen«, führte er ihn zu Ende.

Sie lächelten sich zu.

Ruben nahm sein Weinglas. »Auf das gute Essen und die wunderbare Gesellschaft«, sagte er.

Ginger prostete ihm zu. »Auf die Ausdauer«, murmelte sie.

Nach dem Essen bestand Ruben darauf, ihr beim Abwasch zu helfen.

»Das brauchst du nicht«, protestierte sie.

»Aber sicher«, erwiderte er. »Ich möchte nicht, daß du glaubst, Stacey hätte mich schlecht erzogen.«

Ginger kicherte. »Sie kann wirklich von Glück sagen, daß sie dich als Vater hat.«

Ruben schüttelte den Kopf. »Nein«, sagte er und lächelte sanft. »Es ist umgekehrt.«

Als sie die Küche aufgeräumt hatten, holte Ginger eine Flasche Kahlúa aus dem Schrank und schenkte ihnen ein. Dann gingen sie ins Wohnzimmer zurück. Im Radio lief eine Tschaikowski-Symphonie. Sie setzten sich auf die Couch.

»Die *Pathétique*«, murmelte er. »Die finde ich wunderschön.«

Ginger nickte. »Ja, ich auch«, sagte sie.

Sie tranken ihren Kahlúa und lauschten der Musik. Nach einer Weile griff er nach ihrer Hand. Sie zog sie nicht zurück. Sie ließ die Symphonie, den Likör, die Wärme des Feuers und die stille Energie, die seine Hand ausstrahlte, auf sich wirken und war vollständig entspannt und zugleich aufgeregt. Sie erlebte unterschiedlichste Gefühle: Verlangen und Scheu, Neugier und Angst.

Ginger hatte zum letzten Mal vor fünf Jahren mit einem Mann geschlafen, als sie sich auf eine Kurzaffäre mit einem Reporter aus Seattle eingelassen hatte, der über einen ihrer Fälle berichten sollte. Sie hatte sich benutzt gefühlt danach und war zu dem Schluß gekommen, daß es sich für Sex allein nicht lohnte, sich seiner Kleider zu entledigen.

Doch sie hoffte, daß es diesmal ganz anders sein würde. In den letzten Wochen hatte sie gemerkt, daß sie für Ruben ähnliche Gefühle empfand wie damals für den jungen Mann, in den sie sich so sehr verliebt hatte. Sie wollte ihre Empfindungen noch nicht in Worte fassen, aber sie war bereit, den nächsten Schritt zu tun.

Andererseits wußte sie natürlich nicht, was in Ruben vorging. Sie hatten sich schließlich erst zum dritten Mal verabredet, und bislang war er sehr zurückhaltend gewesen. Es war also durchaus möglich, daß sie für ihn nur Zerstreuung bedeutete, daß er ihrer überdrüssig würde, wenn der Reiz des Neuen verflogen war, wenn er sich nicht mehr einsam fühlte. In dem Fall wäre es sinnvoll, seine nächste Reaktion abzuwarten.

Doch vielleicht war er auch einfach schüchtern und wußte nicht, wie er sich verhalten sollte, weil er so lange allein gewesen war. In diesem Fall konnte es sein, daß er ihr Verhalten abwarten wollte. In ihrem Beruf verfügte Ginger über eine hervorragende Intuition im Umgang mit Menschen, doch in ihrem Privatleben hatte sie sich noch nie darauf verstanden, die Gefühle von Männern zu erraten.

Ruben hatte dieses Problem nicht. Er war genauestens über seine Gefühle im Bilde. Und er wußte, daß er in Ginger eine ganz außergewöhnliche Frau gefunden hatte. Sie war nicht nur herzlich und einfühlsam und paßte hervorragend zu ihm, sondern er kam allmählich auch zu der Überzeugung, daß er sie vielleicht für den Rest seines Lebens an seiner Seite wissen wollte. Die Vorstellung begeisterte und beängstigte ihn zugleich. Die letzten dreizehn Jahre waren sehr einsam gewesen. Erst jetzt begann er zu spüren, was ihm seit dem Tod seiner Frau fehlte; was er sich wegen seiner Schuldgefühle und seines Kummers versagt hatte. Jetzt, da er Ginger gefunden hatte, war seine Leidenszeit vielleicht vorüber.

Das war alles gut und schön, trug jedoch wenig dazu bei, sein gegenwärtiges Problem zu lösen – was sollte er als nächstes tun? Verstohlen blickte er auf die Uhr. Zehn Minuten nach zehn. Die *Pathéthique* würde bald zu Ende sein. Sollte er sich bei

Ginger für das gute Essen bedanken und gehen? Oder sollte er sich von der Stimmung leiten lassen und abwarten, was passierte? Ruben hörte die letzten Töne der Symphonie. Er mußte sich entscheiden. Sie wandten sich einander gleichzeitig zu und sprachen im selben Moment.

»Das Essen war großartig.«

»Ich freue mich, daß du gekommen bist.«

Sie verstummten wieder und erhoben sich beide.

Sie hat kein Interesse, dachte er.

Er will sich nicht weiter einlassen, dachte sie.

Dennoch suchten beide nach Worten, wollten irgend etwas sagen, das die Trennung verhindern würde, und so sprachen sie zum zweiten Mal gleichzeitig.

»Es ist noch ziemlich früh.«

»Möchtest du noch einen Kahlúa?«

»Ja«, sagte er.

»Ja«, sagte sie.

Und dann hielt er sie plötzlich in den Armen, und ihre Körper schmiegten sich aneinander. Ruben konnte kaum fassen, wie wunderbar sie duftete, wie gut sie sich anfühlte, wie warm und lebendig. Die Erinnerungen an die wenigen flüchtigen Begegnungen der letzten Jahre waren vergessen. Er spürte ein Verlangen, wie er es zuletzt bei seiner Frau erlebt hatte.

Beim Zusammensein mit anderen Frauen hatte er sich immer schuldig gefühlt, weil sie ihm nichts bedeutet hatten. Doch nun, als er Ginger auf die Stirn küßte, ihre Augen, ihre Wangen und schließlich ihren Mund mit den Lippen berührte, hatte er kein schlechtes Gewissen. Er küßte sie sachte, behutsam, weil er noch immer nicht sicher war, welchen Weg sie einschlagen wollte.

Doch als sie seine Zärtlichkeiten erwiderte, wurde er kühner und drängender, öffnete ihre Lippen und trank von ihnen, bis er bebte und ihm schwindelte. Dann zog er sie an sich und hielt sie ganz fest, und die Welt drehte sich um sie.

»Ich bin ein bißchen eingerostet«, murmelte er in ihr Haar.

»Wenn du nicht magst, sag es mir einfach, dann gehe ich.«
»Bleib bei mir«, flüsterte sie.
Noch nie zuvor hatte sie sich so vollständig, so eins mit sich gefühlt wie in seinen Armen. Nicht einmal bei ihrer Jugendliebe. Es kam ihr vor, als entdecke sie erst jetzt, mit achtundzwanzig Jahren, was es bedeutete, eine Frau zu sein. Jeder Nerv in ihrem Körper vibrierte, alle Sinne waren erwacht. Noch nie war sie ihrer selbst und ihrer Wünsche so sicher gewesen. Sie nahm ihn bei der Hand und führte ihn ins Schlafzimmer.
Twink ließ sich auf der blauen Couch nieder, auf der warmen Stelle, an der sie gesessen hatten, und begann sich die großen Pfoten zu lecken.
Im Schlafzimmer umschlangen sie einander sofort. Wenn sie sich nicht küßten, versuchten sie sich ihrer Kleider zu entledigen. Sie zogen sich gegenseitig die Pullover aus. Während ihre Lippen sich nicht voneinander lösen konnten, knöpfte er ihre Hose auf, sie löste seinen Gürtel. Er schüttelte seine Schuhe ab, sie schleuderte ihre Slipper von den Füßen. Dann standen sie in Unterwäsche und Strümpfen da und fingen an zu kichern.
»Das sollte ein höchst romantischer Moment sein«, beklagte er sich lächelnd.
»Tja, ich glaube, wir müssen uns damit abfinden, daß er eher lustig ist«, erwiderte sie.
Sie fielen einander lachend in die Arme, verloren das Gleichgewicht und fielen aufs Bett.
»Das macht nichts«, murmelte er. »Das ist genau das richtige für uns.«
Er zog sein Unterhemd aus.
»Du hast ja dein Stützkorsett gar nicht an«, bemerkte sie.
Ruben blickte beschämt. »Na ja, es sieht nicht so toll aus, und ich dachte, es schreckt dich vielleicht ab«, gestand er. »Das war vermessen von mir, was?«
»Kein Problem«, sagte sie. »Ich hab auch das Bett frisch bezogen.«

Mit einem dankbaren Grunzen zog er sie an sich. In wenigen Sekunden waren sie ihre restlichen Kleidungsstücke losgeworden und brauchten keine Worte mehr, um sich zu verständigen. Sie ließen ihre Körper sprechen.

Sie duftete nach Frühlingsblumen, und ihre Haut fühlte sich so zart an wie Rosenblätter. Ihr Körper wirkte alles andere als jungenhaft – er war weiblich gerundet und von einladender Weichheit. Ginger war groß und schlank, sie hatte keinerlei Ähnlichkeit mit Rubens Frau, die zart und zierlich gewesen war, aber er empfand dieselben überwältigenden Gefühle, ließ sich tragen von der Welle bis zu dem Punkt, an dem sie sich brechen und sie beide in ihren Strudel reißen würde.

Sein Körper fühlte sich fremd an. Die Festigkeit, die straffe Haut über harten Muskeln, die kräftigen Hände, die warmen, weichen Lippen, das dichte Haar auf seiner Brust – all das war für Ginger so ungewohnt. Deshalb kam ihr vielleicht auch ihr Zimmer, das Bett, in dem sie seit fast zwei Jahren schlief, so wenig vertraut vor.

Doch als sie sich schließlich fanden, verschmolzen, vergaß sie die Fremdheit und die Unsicherheit. Sie vergaß alles, spürte nur noch, wie berauschend es war, mit ihm zusammenzusein, wie wohltuend, wie richtig.

Es kam ihr vor, als flöge sie auf den Schwingen eines Adlers höher und immer höher.

Was sie hier erlebte, war nicht nur Sex. Es war etwas vollkommen Neues.

Als sie danach nebeneinander lagen, sich an den Händen hielten, erschöpft, fehlten beiden die Worte. Sie konnten nicht benennen, was sie soeben erlebt hatten.

»Wäre es nicht schrecklich gewesen«, sagte sie nach einer Weile, »wenn ich irgendwann gestorben wäre, ohne zu wissen, wie es wirklich sein soll?«

»Ich hoffe, daß wir das noch öfter erleben werden«, sagte er.

Sie drückte seine Hand. »Worauf du dich verlassen kannst«, sagte sie.

Irgendwann hatten sie an das Kondom gedacht, doch sie wußten nicht mehr, wann. Es hatte ihren Rausch nicht gestört.

»Ein Jammer, daß wir nicht verheiratet sind«, murmelte er. »Aus solchem Einklang sollte neues Leben entstehen.«

5

Am Sonntag fuhr Ginger kurz nach zwölf zu ihren Eltern. Sie wußte, daß ihre Brüder um diese Uhrzeit noch nicht da waren. Tatsächlich waren ihre Eltern gerade erst aus der Kirche zurück.

»Was ist passiert?« fragte ihre Mutter, als sie die Tür öffnete.

»Nichts«, beruhigte Ginger sie. »Ich möchte nur etwas mit euch besprechen, bevor die anderen kommen.«

»Besprechen? Was denn?«

»Soll ich das hier auf der Veranda vor Gott und der Welt vortragen?« fragte Ginger. »Oder darf ich vielleicht erst mal reinkommen?«

»Ach, nun sei nicht albern«, gab Verna zurück. »Natürlich, komm rein.«

Sie ließen sich im Wohnzimmer nieder. Gingers Vater versuchte, seine Pfeife anzuzünden, ihre Mutter rang die Hände im Schoß.

»Ich wollte es euch selbst erzählen«, begann Ginger in sachlichem Tonfall, »damit ihr nicht als erstes von Eleanor Jewel davon erfahrt. Ruben Martinez und ich werden uns von nun an öfter sehen. Privat, meine ich. Wir haben uns mehrfach getroffen und haben beschlossen, daß wir eine Beziehung eingehen wollen.«

»Du meinst, ihr wollt heiraten?« platzte Verna entsetzt heraus.

»Nein«, entgegnete ihre Tochter. »Ich meine, daß wir uns regelmäßig treffen werden; daß wir zusammen essen gehen, ins Kino, zum Tanzen, wonach uns der Sinn steht, und daß wir mal schauen, was dabei herauskommt.«

»Du meinst, ihr überlegt euch, ob ihr heiraten wollt?«
»Wir überlegen gar nichts im Moment«, sagte Ginger. »Wir sind nur zusammen.«
»Aber das läuft darauf hinaus.«
»Falls dem so sein sollte, werden wir uns damit befassen, wenn es soweit ist.«
»Du meinst, wenn es zu spät ist, um dich noch zur Vernunft zu bringen. Weißt du eigentlich, was du da von uns verlangst? Solche Leute haben keine Moral. Solche Leute bringen dich in Schwierigkeiten und lassen dich dann einfach sitzen.«
»Von welchen Leuten sprichst du, Mutter?« fragte Ginger scharf. »Anständigen Leuten, die hart arbeiten für ihr Geld, wie Dad? Leuten, die ihr Leben aufs Spiel setzen, um den Mist von anderen zu beseitigen? Leuten, die alleine ihre Kinder großziehen, nachdem ihre Frauen gestorben sind? Sprechen wir über diese Leute?«
Verna blickte Unterstützung heischend ihren Gatten an. »Sag du es ihr, Jack. Mir hört sie ja nicht zu.«
Jack Earley seufzte. »Was soll ich ihr denn sagen?« fragte er seine Frau. »Sheriff Martinez ist ein guter Mann, und das kann ich nur von den wenigsten behaupten, die ich kenne, egal, wo sie herkommen. Wenn Ginger mit ihm eine Beziehung eingehen möchte, hat sie das Recht dazu.«
»Das Recht dazu?« kreischte Verna entrüstet. »Nach all den Jahren, in denen ich mich bemüht habe, uns hier Geltung zu verschaffen, soll sie das Recht haben, das zu zerstören?«
Jack zog an seiner Pfeife und dachte an das letzte Vierteljahrhundert, das er mit seiner Frau verbracht hatte. »Falls es unseren Ruf ruinieren sollte, wenn Ginger sich mit einem Mexikaner trifft«, sagte er, »dann haben wir uns vielleicht all die Jahre in den falschen Kreisen bewegt.«

»Am Freitag nachmittag«, *wurde in der Wochenendausgabe des* Sentinel *berichtet,* »sprach Detective Ginger Earley in der Seward-High-School zum zweiten Mal mit einem der

Lehrer der ermordeten Tara Breckenridge. Offenbar stand das Gespräch in Zusammenhang mit dem Bericht einer Schülerin, die diesen Lehrer nur wenige Tage vor Taras Tod mit ihr gesehen hatte – und zwar allein. Einzelheiten aus der Unterredung wurden nicht bekanntgegeben, doch man kann davon ausgehen, daß die Ermittlungen im Fall Breckenridge sich in eine neue Richtung bewegen.«

»Sie haben ihn vielleicht nicht namentlich erwähnt, aber du weißt genauso gut wie ich, von wem die Rede ist«, sagte Libby Hildress zu ihrem Mann, als sie die Meldung gelesen hatte. »Also stimmte das wohl doch, was ich gehört habe.«

Tom seufzte. »Deshalb muß er noch lange nichts mit der Sache zu tun haben«, wandte er ein. »Das heißt nur, daß sie mit ihm gesprochen haben.«

»Sicher«, gab Libby zu. »Aber wo Rauch ist, ist meist auch Feuer.«

Sie saßen beim Kaffee und studierten wie immer sonntags nach dem Kirchgang und dem Mittagessen den *Sentinel*, um über die Ereignisse auf der Insel auf dem laufenden zu bleiben. Die Jungen hatten schon aufstehen dürfen und spielten draußen.

»So oder so«, sagte Tom, »sei so gut und bausche die Geschichte nicht auf. Matthew ist Billys Freund, und ich denke, daß wir seine Eltern unterstützen sollten.«

»Ich habe nicht vor, mich darüber bei jemand anderem auszulassen«, sagte Libby. »Aber du wirst sehen: Diese Sache ist nicht in einer Woche ausgestanden.«

»Jeden Tag, auf jeder Seite der Zeitung der Fall Breckenridge«, beklagte sich Deborah Frankel. »Und wenn es gerade nichts zu berichten gibt, wenden sie sich dann vielleicht anderen Themen zu? Nein, sie erfinden was und zerbrechen sich den Kopf darüber. Man könnte meinen, daß es nichts Wichtigeres mehr gibt auf der Welt.«

»Du mußt in Betracht ziehen, daß es für die Leute *hier* tatsächlich nichts Wichtigeres gibt«, wandte Rachel Cohen ein. Die Frau des Anwalts war einen Kopf kleiner als Deborah und hatte rotbraunes Haar, sanfte braune Augen und ein herzförmiges Gesicht.

»Das unterscheidet uns«, sagte Deborah seufzend. »Du lebst gerne in der Provinz – ich nicht.«

Es war Sonntag nachmittag, die Wäsche war erledigt, und die zwei Frauen tranken in der Küche zusammen Kaffee. Jerry, Scott und die beiden Jungen waren mit dem Fahrrad unterwegs. Die Zeitung lag auf dem Küchentisch.

»In den ersten Monaten habe ich mich schrecklich gefühlt hier«, gab Rachel zu. »Ich war von allem, woran mir lag, so vollkommen abgeschnitten. Heutzutage würde ich nicht mehr in die Stadt zurückziehen.«

»Aber langweilst du dich nicht manchmal entsetzlich?« rief Deborah aus.

Die Frau des Anwalts zuckte die Achseln. »Ich kann doch jederzeit mit der Fähre rüberfahren und einen Tag in Seattle verbringen«, erwiderte sie.

Die Frankels hatten zwar einen großen Bekanntenkreis auf der Insel, doch Rachel war die einzige enge Freundin, die Deborah hier gewonnen hatte. Deborah hatte ihre Freundschaften beschränkt, weil sie nicht in den Tratsch der Kleinstadt einbezogen werden wollte.

»Ich glaube nicht, daß ich es hier aushalten könnte, wenn ich nicht täglich zur Arbeit fahren würde«, gestand sie. »Ich weiß nicht, wie du es schaffst. Immer hier zu sein, meine ich. Es ist alles so beengt hier.«

»Man gewöhnt sich daran«, sagte Rachel. »Nach einer Weile lernt man die Vorzüge zu schätzen: die Ruhe, die gute Luft, die Sicherheit. Man findet Freude an Dingen wie Brotbacken und Gärtnern. Und es ist auch angenehm, sich nicht jeden Tag eine dicke Schicht Make-up ins Gesicht schmieren zu müssen.«

»Aber einige Leute hier sind so engstirnig und bösartig«,

wandte Deborah ein. »Sie lächeln dich an, aber sobald du dich umdrehst, stoßen sie dir das Messer in den Rücken.«

»Ich glaube nicht, daß die Leute hier in unserer Gegend so sind«, sagte Rachel.

»Ja, mag sein«, räumte Deborah ein. »Einige sind wohl in Ordnung. Aber es gibt auch die anderen.«

Rachel besaß nicht weniger Einfühlungsvermögen als ihr Mann. »Weißt du, ich glaube, die Menschen sind im wesentlichen überall gleich«, sagte sie, griff beiläufig nach der Zeitung und ließ sie neben ihrem Stuhl auf den Boden fallen. »Alle haben dieselben Träume und dieselben Ängste. Ich glaube nicht, daß da zwischen Großstadt und Provinz so ein gewaltiger Unterschied ist.«

Doch Deborah starrte noch immer auf die Stelle, an der die Zeitung gelegen hatte. »Jerry hat nichts zu tun mit dem Mord an diesem Mädchen«, brach es plötzlich aus ihr heraus. »Es ist mir egal, was sie reden – es ist einfach nicht wahr.«

»Ginger erzählt uns nicht viel über den Fall«, sagte Verna Earley am Telefon zu Eleanor Jewel. Verna war froh, daß es bei dem üblichen Anruf am Sonntagabend um den Mord ging und nicht um Heiratspläne. »Sie muß schließlich Stillschweigen bewahren über ihre Arbeit.«

»Aber irgendwas muß sie doch gesagt haben«, bohrte Eleanor. »Jetzt, wo sie und der Polizeichef so, wie soll ich sagen, vertraulich an dem Fall arbeiten, ist sie doch sicher über alles bestens informiert.«

Verna hatte das Gespräch mit ihrer Tochter noch im Ohr und reagierte entsprechend gereizt. »Ich finde, daß es dich nichts angeht, was meine Tochter tut und was sie weiß.«

»Da irrst du dich aber. Ich habe zwei Enkel an der High-School«, widersprach Eleanor. »Wenn einer der Lehrer etwas mit dem Breckenridge-Fall zu tun hat, sollten wir das doch wohl wissen, oder?«

»Nun, ich würde an deiner Stelle keine verfrühten Rückschlüsse ziehen«, sagte Verna und lächelte vor sich hin. All die Jahre war die größte Tratschtante der Insel hochnäsig gewesen gegenüber den Earleys, aber jetzt kam sie angekrochen. »Wenn die Zeit gekommen ist, wirst du sicher alles erfahren, was du wissen möchtest.«

»Du weißt aber doch etwas«, insistierte Eleanor.

»Das habe ich nicht gesagt«, verteidigte sich Verna.

»Das höre ich aber deiner Stimme an. Der Lehrer, mit dem sie geredet haben, war es, oder? Er hat die arme Tara umgebracht, stimmt's?«

Ginger hatte ihren Eltern gegenüber kein Wort über den Fall verloren. Alles, was Verna wußte, hatte schon in der Zeitung gestanden. Doch das würde sie Eleanor Jewel nicht auf die Nase binden.

»Tut mir leid«, sagte sie zuckersüß, »aber mehr kann ich dir leider nicht sagen.«

6

Ich habe mit meinem Anwalt gesprochen, Detective Earley«, sagte Jerry Frankel am Montag am Telefon. »Er sagte mir, daß ich in keiner Weise dazu verpflichtet bin, mich dem Lügendetektortest zu unterziehen oder Ihnen eine Blutprobe zu geben.«

»Da hat Ihr Anwalt recht«, erwiderte Ginger.

»Solange Sie also keine Indizien haben, die mich mit dem Fall in Verbindung bringen, werde ich mich auf nichts dergleichen einlassen, weil es sich mit großer Wahrscheinlichkeit negativ auf meine Berufslaufbahn auswirken würde.«

»Wenn Sie nichts zu verbergen haben, Mr. Frankel«, sagte Ginger rasch, »würden Ihnen daraus beruflich keine Nachteile entstehen.«

»So naiv bin ich nicht, Detective«, entgegnete Jerry. »Lesen Sie die Zeitung nicht? Ich tue es. Allein die Meldung, daß Sie mich erneut befragt haben, könnte für eine Suspendierung ausreichen. Und obwohl Ihre Tests natürlich negativ ausfallen würden, bliebe doch ein Verdacht, und meine Glaubwürdigkeit als Lehrer wäre zerstört.«

Ginger konnte seine Argumentation nicht von der Hand weisen. Sie war erbost über den Artikel in der Zeitung und ärgerte sich, daß sie nun dazu Stellung nehmen mußte.

»Der *Sentinel* hat Ihren Namen nicht erwähnt«, sagte sie.

»Das war auch nicht nötig«, erwiderte er. »Wir leben in einer kleinen Gemeinde. Als Sie am letzten Freitag in der Schule waren, hielten sich noch Kollegen und Schüler dort auf. Was haben Sie geglaubt, wie lange es dauern würde, bis die Sache rum ist? Ich habe keinerlei Informationen über den Mord an Tara Breckenridge. Andernfalls hätte ich mich längst bei Ihnen gemeldet. Und nun lassen Sie mich bitte in Ruhe.«

Er hatte aufgehängt. Ginger saß da und hielt den Hörer in der Hand. Sie hatte Ruben zugesagt, daß sie den Lehrer nicht unter Druck setzen würde, und das wollte sie auch nicht. Außerdem verhielt er sich tatsächlich wie ein Mann, der ein reines Gewissen hat; er versuchte seinen Ärger im Zaum zu halten und machte seinen Standpunkt klar.

Obwohl sie dringend einen Verdächtigen brauchten, obwohl Ginger noch immer das Gefühl nicht loswurde, daß Frankel irgend etwas wußte, das er ihnen vorenthielt, begann sie sich nun zu fragen, ob es an der Zeit war, eine andere Richtung einzuschlagen.

»Zuerst stand einer unserer besten Oberschüler im Verdacht, am Mordfall Tara Breckenridge beteiligt zu sein, nun einer unserer Lehrer«, *schrieb der Studiendirektor der High-School an den* Sentinel. »Und nicht irgendein Lehrer, nein, einer der herausragendsten, die wir uns jemals glücklich schätzen durften, für die Schüler dieser Insel zu gewinnen. Und aus irgendeinem Grunde hält es diese Zeitung für nötig, auch noch über das belangloseste Detail in einem Stil zu berichten, als handle es sich dabei um die entscheidende Information in dem Mordfall. Sie sollten mehr Wert auf Sorgfalt und Anstand legen, damit Sie nicht den Ruf eines angesehenen Mannes durch Spekulationen zerstören.«

»Ich weiß, welchen Lehrer die Polizei befragt hat«, *schrieb die Mutter eines jüngeren Schülers der High-School.* »In einer kleinen Gemeinde wie dieser spricht sich derlei schnell herum. Und ich kann einfach nicht glauben, daß es der Polizei ernst ist damit. Meine Tochter ist bei ihm im Unterricht. Sie hat in der kurzen Zeit, in der er hier ist, mehr gelernt als bei jedem anderen Lehrer zuvor, wie man auch an ihren Noten sehen kann. Ein solcher Mann baut etwas auf, er zerstört nicht.«

»Ist jemandem aufgefallen, was an der High-School los ist?« *fragte einer der Englischlehrer.* »Lernen rangiert dort jetzt hinter Spekulationen und Wissen hinter Gerüchten. Wenn die Polizei einen Mörder sucht, dann soll sie das dort tun, wo sich Mörder aufhalten, und nicht an einem Ort, an dem der Geist junger Menschen geschult wird.«

»Ich weiß nicht, wer sich verrückter aufführt, der *Sentinel* oder seine Leser«, *schrieb eine Mutter, die Zwillinge an der Schule hatte.* »Ist besagter Lehrer nun ein Fall für die Todeszelle, nur weil Detective Earley sich mit ihm unterhalten hat?«

»Wann wird eine legale Ermittlung zur Belästigung?« *fragte sich ein Mitglied von Scott Cohens kleiner Gemeinde.* »Und wann wird Belästigung zur Verfolgung? Die Polizei hat den Lehrer, der in Ihrer Meldung erwähnt wurde, mittlerweile viermal befragt. Wenn es irgend etwas gäbe, das ihn mit dem Fall Breckenridge in Verbindung bringen könnte, würde sie dann nicht längst zu anderen Mitteln greifen, als sich mit ihm zu unterhalten?«

»Sollten wir nicht zuerst eine Gerichtsverhandlung und Beweise sehen, bevor wir einen der besten Lehrer aburteilen, den die Insel je hatte?« *fragte eine Sekretärin.*

»Ich weiß es aus zuverlässiger Quelle«, sagte Eleanor Jewel über einem großen Milchkaffee im »Pelican«, einem beliebten Café an der Anlegestelle der Fähre, zu einer Bekannten. »Es war der Lehrer. Die Polizei weiß es, aber sie haben noch nicht genug Beweise, um ihn zu verhaften.«

»Welcher Lehrer?« fragte die Bekannte.
»Aber, meine Liebe«, säuselte Eleanor, »ich dachte, das wüßte jeder.«

»Ich kann's nicht fassen, daß die Polizei wirklich glaubt, Mr. Frankel könne Tara ermordet haben«, äußerte Melissa Senn in der Mittagspause und biß in ein Ei-Salat-Sandwich.
Wie Jerry selbst es vorausgesehen hatte, war inzwischen fast jeder über seine Unterredung mit der Polizei im Bilde.
»Tja, so hab ich's gehört«, sagte Hank Kriedler.
»Woher weißt du das alles?« wollte Jeannie Gemmetta wissen.
Hank zuckte die Achseln. »Die Leute reden eben«, sagte er. »Du weißt doch, wie's läuft.«
»Vor allem Kristen Andersen«, sagte Jeannie abfällig. »Die hat diese dämliche Geschichte doch jedem aufgebunden, der zugehört hat. Von wegen, daß sie die beiden gesehen hat, wie sie sich umarmten.«
»Was glaubst du – daß sie das erfunden hat?« fragte Bill Graham.
»Das vielleicht nicht grade«, räumte Jeannie ein. »Aber sie könnte die Sache aufgebauscht haben. Du kennst doch Kristen – sie übertreibt immer.«
»Und hast du den Montag nach Taras Tod vergessen?« erinnerte ihn Melissa. »Ich weiß noch genau, wie betroffen Mr. Frankel aussah. Er wußte nichts darüber. Wir mußten es ihm doch erst erzählen.«
»Vielleicht ist er ein guter Schauspieler«, sagte Jack Tannauer.
»Wenn er so gut wäre«, gab Jeannie zurück, »würde er in Hollywood Filme drehen und nicht auf Seward Island Geschichte unterrichten.«
»Ich bin absolut sicher, daß nichts war zwischen den beiden«, äußerte Melissa. »Erstens ist er verheiratet. Zweitens war Tara zwar hübsch, aber nicht mal annähernd klug genug für jemanden wie ihn. Drittens sehen wir ihn jeden Tag in der Schule, und da wirkt er total normal, dabei wissen wir doch, daß alle Mörder sich irgendwann verraten. Außerdem ging Tara ja noch

nicht mal mit Jungs aus. Ich war ihre beste Freundin; ich würde es wissen.«

»Stille Wasser sind tief«, sagte Hank.

»Wie meinst du das?« fragte Jeannie.

»Ich weiß nicht, wie es euch geht«, sagte Jim Petrie, »aber das Ausbleiben von Resultaten im Fall Breckenridge macht mir langsam Sorgen.«

Die Stadträte hatten sich zu ihrem allmonatlichen Mittagessen getroffen, zu dem keine Presse zugelassen war und bei dem »keiner ein Blatt vor den Mund nehmen mußte«, wie Albert Hoch sich auszudrücken pflegte. Wie üblich hatten sie sich im kleinen Speiseraum des Gull House zusammengefunden. Sie vertrauten auf die Diskretion des Restaurants.

»Mir ist auch nicht wohl dabei, Jim«, erwiderte Maxine Coppersmith. »Aber soweit ich das beurteilen kann, tut die Polizei alles Erdenkliche, um den Fall aufzuklären, und ich wüßte nicht, was man darüber hinaus verlangen könnte.«

»Haben wir nicht aus diesem Grund Martinez eingestellt?« fragte Dale Egaard. »Weil er so ein Superstar mit Großstadterfahrung war?«

»Da scheinen wir ziemlich danebengegriffen zu haben«, sagte Petrie.

»Was soll das heißen?« erkundigte sich Ed Hingham. »Willst du sagen, wir sollen ihn entlassen, weil er den Fall nicht in sechzig Minuten aufgeklärt hat?«

»Es geht schon eher um sechzig Tage«, gab Petrie zurück.

»Meinst du, du kannst es besser, Jim?« näselte Henry Lewiston. »Willst du den Job?«

»Keineswegs«, erwiderte Petrie ärgerlich. »Ich will nur, daß der Fall aufgeklärt und der Mörder geschnappt wird, damit wir hier wieder ein normales Leben führen können. Aber Martinez verzettelt sich und vergeudet kostbare Zeit, indem er absonderliche Theorien verfolgt, die bislang offensichtlich zu nichts geführt haben.«

»Ich stimme mit dir überein, daß die Purdy-Sache zu einem absolut ungelegenen Zeitpunkt kam«, sagte Maxine. »Das hat nur für Aufruhr gesorgt. Und die Irren auf den Plan gerufen. Aber das hatte niemand im Griff, und Ruben können wir das wohl kaum anlasten.«

»Ich laste keinem was an«, sagte Petrie. »Ich sage nur, daß ich endlich Resultate sehen will. Und wenn die bei unserem jetzigen Polizeichef ausbleiben, müssen wir uns vielleicht überlegen, ob wir uns einen neuen holen.«

»Jetzt ermitteln sie doch gegen einen der Lehrer, oder?« fragte Ed Hingham. »Vielleicht kommt dabei ja was raus.«

»Ich meine nicht, daß wir zu diesem Zeitpunkt jemanden entlassen sollten«, meldete sich Albert Hoch zum ersten Mal zu Wort. »Warten wir erst einmal ab, bis sich die Wogen von dieser Purdy-Geschichte geglättet haben, und schauen dann, was passiert. Das Thema ist angesprochen. Wir können später immer noch darauf zurückkommen, falls es notwendig sein sollte.«

»Hey, ich hab was für dich«, sagte Glen Dirksen zu Ginger, als er ihr auf dem Rückweg vom Mittagessen begegnete. »Da ist so ein Zwölfjähriger, der sagt, seine siebzigjährige Großmutter hätte zugegeben, daß sie Tara Breckenridge mit einer Axt erschlagen hat, weil sie junge Knochen für ihre Wintersuppe brauchte.«

Ginger verdrehte die Augen. »Und du hast bestimmt geglaubt, wir spielen hier nur Räuber und Gendarm, wie?«

Ruben rief sie herein, als sie an seinem Büro vorbeiging.

»Erzähl mal«, sagte er. »Wo stehen wir?«

»Kommt ganz auf deinen Blickwinkel an«, antwortete sie. »Entweder ermitteln wir fieberhaft und werden bald Erfolg haben, oder wir klammern uns an Strohhalme. Dirksen hat eine heiße Spur, die zu einer Oma führt.«

Ruben schüttelte ungläubig den Kopf. »Was Neues über den Lehrer?«

»Nein«, sagte Ginger. »Und ich weiß auch nicht, ob aus der

Richtung noch was kommt. Aber Peter Leo hat den Prozeß verloren. Richter Jacobs hat die Vorladung von Danny abgesegnet. Er hat eine Woche Zeit, in der Klinik vorstellig zu werden.«

»Wenn seine DNA nichts bringt und wir den Lehrer von der Leine lassen müssen«, sagte er, »stehen wir wieder mit leeren Händen da.«

Doch daran brauchte er Ginger nicht zu erinnern.

»Du hast gut daran getan, ihnen nicht nachzugeben, Albert«, erklärte Kyle Breckenridge. »Ich bin froh, daß wenigstens einer im Rathaus den Überblick behält. Wer auch nur ein bißchen Verstand hat, macht sich doch klar, daß man nicht mitten im Rennen das Pferd wechselt.«

»Genau das habe ich ihnen gesagt«, sagte der Bürgermeister, geschmeichelt über das Lob. »Ruben hat immer noch Spuren, denen er nachgehen kann. Zum einen den Lehrer, obwohl ich nicht annehme, daß dabei etwas herauskommen wird. Und so sehr es mich schmerzt, aber die Sache mit Danny Leo ist auch noch nicht abgeschlossen. Von den vielen Hinweisen, die seit der von Purdy ausgesetzten Belohnung eintreffen, ganz zu schweigen. Ich habe ihnen gesagt, sie sollen erst mal in Ruhe abwarten.«

Breckenridge nickte. »Irgend etwas wird passieren«, sagte er. »Vermutlich sogar schon bald.«

Jordan Huxley war seit sechzehn Jahren Direktor der Seward-High-School. Er hatte nicht wenige Lehrer kommen und gehen sehen, und er schätzte sich glücklich, jemanden wie Jerry Frankel im Kollegium zu haben.

Der Zeitpunkt war geradezu ideal gewesen. Da starb Jim Duffy mit zweiundfünfzig im Januar überraschend an einem Herzinfarkt, und der Schule fehlte schlagartig ein Geschichtslehrer. Und dann wurde Frankels Frau nach Seattle versetzt, und kaum war der arme Duffy begraben, lag ein Bewerbungsschreiben auf Huxleys Schreibtisch. Er hatte einen Geschichtslehrer ver-

loren und bekam sofort einen neuen angeboten. Er studierte kurz, aber eingehend Frankels Referenzen und griff zu. Frankel konnte sofort antreten, so daß die Schüler kaum Unterricht verpaßten.
Huxley war achtundfünfzig Jahre alt, stark beleibt und hatte kleine braune Augen, die fast in Speckfalten verschwanden, wenn er lächelte. Sein dichtes, einst braunes Haar war weitgehend ergraut.
Er kam aus Enumclaw östlich von Taoma, hatte an der Washington State University studiert und war direkt nach dem Examen nach Seward Island gezogen. Zwölf Jahre lang hatte er an der High-School Mathematik unterrichtet, dann war er sieben Jahre Studiendirektor gewesen und schließlich zum Direktor ernannt worden. In all diesen Jahren hatte er keinen so begabten Lehrer wie Jerry Frankel erlebt.
Schon in seinem ersten Schuljahr hatte Frankel auf ganzer Linie Erfolg. Es gelang ihm irgendwie, bei den Schülern eine Begeisterung für das Fach Geschichte hervorzurufen, wie es sie noch nie zuvor an der Schule gegeben hatte – eine Begeisterung, die sich dann nach und nach auch auf andere Fächer übertrug.
»Wie machen Sie das nur?« fragte der Direktor.
Der Lehrer zuckte die Achseln. »Da ist kein besonderer Trick dabei«, antwortete er. »Ich vermittle den Kindern nur, daß Lernstoff keine übelschmeckende Medizin ist, die ihnen die Erwachsenen verordnet haben, damit sie einen Abschluß bekommen. Und daß Geschichte nichts Altes, Verstaubtes, Langweiliges ist, sondern daß sie unser aller Dasein jetzt und heute beeinflußt. Wenn sie erst einmal begriffen haben, daß sie selbst tagtäglich Geschichte machen, merken sie auch, wie wichtig es ist, aus dem Scheitern und den Erfolgen anderer zu lernen.«
Jerry Frankels Stunden schwänzte keiner mehr. Der Notendurchschnitt stieg an. Frankel hatte nach dem Unterricht eine Gesprächsgruppe eingerichtet, in der die Schüler Fragen zu

den Hausaufgaben stellen, kleine Arbeitskreise bilden oder mit dem Lehrer über ein Thema diskutieren konnten. Diese Anregung war so erfolgreich, daß andere Kollegen es ihm gleichtaten. Jerry Frankel war noch nicht lange an der Schule, doch er wurde von allen geachtet und galt als vorbildlicher Lehrer und Erneuerer. Und Jordan Huxley heimste das Lob für seine Anstellung ein.

Eine geborene Führungsnatur, dachte der Direktor. Auf die lächerlichen Gerüchte in Zusammenhang mit dem Breckenridge-Mord gab er nichts. Er hoffte allerdings darauf, daß Frankel ihm aus einer unangenehmen Lage helfen konnte.

Es war kein Geheimnis, daß Frankel Jude war. Das spielte für Huxley keine Rolle. Ihn interessierte nur die Arbeitsqualität eines Mannes, und nicht, wo er sein Seelenheil fand. Doch nun war massiver Protest gegen das jährliche Weihnachtsspiel laut geworden, das seit Jahrzehnten stattfand. Auf seinem ausladenden, schimmernden Mahagonischreibtisch – die einzige Extravaganz, die er sich in fünfunddreißig Jahren erlaubt hatte – lag eine offizielle Anfrage mitsamt einer Unterschriftenliste. Mehrere hundert Leute hatten die Petition unterschrieben, darunter die Mehrheit der auf Seward Island ansässigen Juden. Huxley war gar nicht klar gewesen, daß es so viele jüdische Mitbürger auf der Insel gab.

Seit fünf Jahren war immer wieder über das Weihnachtsspiel diskutiert worden, doch in diesem Jahr hatte der Protest erstmals eine offizielle Form angenommen. Huxley hatte zwei Möglichkeiten: Er konnte die Petition der Schulverwaltung vorlegen und sich so des Problems entledigen, oder er konnte selbst nach einer Lösung suchen. Da er sich selten vor etwas drückte, entschied er sich auch in diesem Fall für letztere Option. Und dabei hatte er den Mann eingeplant, der soeben sein Büro betrat.

Jerry Frankel wußte, daß es nur eine Frage der Zeit war, bis sein Ruf als Lehrer Schaden nehmen würde. Seit zwei Tagen wurde

auf den Fluren der Schule getuschelt, man warf ihm neugierige Blicke zu. Im Unterricht schienen sich die Schüler mehr mit seiner Person zu befassen als mit dem Lernstoff. In den Pausen boten ihm die Kollegen ihre Unterstützung an, ohne zu erwähnen, weshalb. Es war erniedrigend.
Und nun überraschend diese Mitteilung von Huxley: *Könnten Sie nach dem Unterricht zu mir kommen,* stand auf dem Zettel, den man ihm in der letzten Stunde überbracht hatte. Daß es sich dabei nicht um eine Frage handelte, war klar ersichtlich.
Jerry wußte dafür nur eine Erklärung: Er wurde an der Schule als Störfaktor empfunden.
»Stehen Sie nicht herum, kommen Sie herein, mein Junge«, dröhnte Huxley herzlich, winkte Jerry zu und erhob sich dann, um hinter ihm die Tür zu schließen.
Jerry wurde kalt.
»Setzen Sie sich«, forderte der Direktor ihn auf und begab sich wieder hinter seinen Schreibtisch.
Der Geschichtslehrer ließ sich auf der Stuhlkante nieder und fragte sich, in welcher Form Huxley ihn von der Suspendierung unterrichten werde.
»Ich will ganz offen sein«, begann dieser. »Ich brauche Ihre Hilfe.«
Ich soll also freiwillig ausscheiden, dachte Jerry. Keine Suspendierung und womöglich lange, unerquickliche Untersuchungen – das Geschwür einfach rausschneiden, schnell und sauber. Er biß die Zähne zusammen.
»Sehen Sie«, fuhr Huxley fort, »ich habe hier diese Petition, die von ziemlich vielen Leuten unterschrieben wurde, und ich weiß nicht recht, wie ich damit umgehen soll.«
Jerry runzelte die Stirn und fragte sich, wie man zu seiner Person so schnell eine Petition zustande gebracht hatte. Sicher, die Insel war nicht groß, und die Presse hatte rasch reagiert, aber das Gespräch mit Ginger Earley hatte vor drei Tagen stattgefunden, und erst gestern hatte er sich offiziell geweigert, die Tests zu machen.

»Und da Sie ja auch unterschrieben haben«, fuhr Huxley fort, »hatte ich gehofft, daß Sie mir vielleicht etwas dazu sagen könnten.«

Jerry blickte den Direktor verständnislos an. Wovon sprach er? Er hatte nun gewiß kein Papier unterzeichnet, auf dem seine eigene Entlassung verlangt wurde.

»Die Petition«, half ihm Huxley auf die Sprünge. »Die hier auf dem Tisch liegt. In der Sie alle verlangen, daß das jährliche Weihnachtsspiel nicht mehr stattfinden soll.«

Jerry lehnte sich erleichtert auf seinem Stuhl zurück. »Ich dachte, Sie wollten ... ich habe geglaubt, es geht um ... ja, wissen Sie, ich dachte, Sie wollten mich wegen der Gerüchte sehen«, stammelte er.

Jetzt blickte der Direktor verständnislos. »Gerüchte?« fragte er. »Welche Gerüchte? Ich rede nicht von Gerüchten, sondern von einer alten Tradition.«

Jerry schüttelte den Kopf, um wieder klarzusehen. »Entschuldigen Sie«, sagte er. »Ich hatte einen anstrengenden Tag. Wo liegt jetzt das Problem mit dem Weihnachtsspiel?«

»Ja, genau das wollte ich gern von Ihnen wissen«, erwiderte Huxley. »Sie wollen, daß etwas abgeschafft wird, was wir seit Jahrzehnten erhalten. Ich würde gerne wissen, weshalb.«

»Ich denke, daß es mittlerweile ziemlich viele Leute auf der Insel gibt, die mit der gegenwärtigen Form des Spiels nichts anfangen können«, sagte Jerry.

»Aber es ist doch nur eine Weihnachtsaufführung«, wandte der Direktor ein. »Ein Krippenspiel, ein paar Gedichte, Tänze, Lieder. Die Kinder haben Spaß dabei und proben schon seit über einem Monat. Was ist schlecht daran?«

»Alle Kinder oder nur einige?« fragte Jerry. »Ist aus jeder Weltreligion ein Beitrag dabei oder nur aus einer?«

»Nun, die Mehrheit der hiesigen Bürger fühlt sich wohl davon angesprochen, und wir leben in einem demokratischen Staat, oder?«

»Mr. Huxley, wie Sie wissen, unterrichte ich Geschichte«, sagte

Jerry langsam und nachdenklich. »Und ich bin Jude. Deshalb habe ich vielleicht einen anderen Blickwinkel als Sie, aber ich bin jedenfalls nicht der Meinung, daß ein Diktat der Mehrheit dazu führen sollte, daß alle anderen Positionen negiert werden.«
Die braunen Äuglein des Direktors blinzelten. »Sie meinen also, daß die Minderheit bestimmen sollte?«
»Wenn Sie es so sehen, hat die Minderheit bereits bestimmt«, sagte Jerry mit einem Achselzucken. »Das ist in der Verfassung festgelegt. Aber in diesem Fall könnte doch jeder das Wort bekommen.«
»Wie meinen Sie das?«
»Wir sind hier an einer Schule, oder? An einem Ort der Lehre? Warum nutzen wir das Weihnachtsspiel nicht als Lernmöglichkeit? Sie können Ihr Krippenspiel aufführen, aber wir nehmen auch eine Szene über Chanukka dazu und ein jüdisches Lied oder vielleicht einen Tanz. Und dasselbe machen wir für den Ramadan.«
»Ramadan, ah ja«, murmelte Huxley. Er hatte keine Ahnung, worum es sich dabei handelte, aber das wollte er Frankel nicht auf die Nase binden.
»Ich habe auch mitbekommen, daß es gar nicht so wenige Buddhisten gibt auf der Insel, warum stellen wir also nicht auch einige ihrer Bräuche vor?« fügte Jerry hinzu. »Und jede andere Religion, die in der Gemeinde vertreten ist, sollte ebenfalls die Möglichkeit dazu bekommen. Es schadet unseren Kindern gewiß nicht, wenn sie etwas über Kultur und Brauchtum von Menschen lernen, die nicht so leben wie sie. Im Gegenteil: Wissen ist das beste Mittel, um der Intoleranz vorzubeugen.«
Jordan Huxley grinste erfreut. »Wenn das nicht eine erstklassige Idee ist«, erklärte er. »Ich weiß nicht, warum ich nicht selbst drauf gekommen bin. Die Aufführung findet erst in einigen Wochen statt. Da bleibt noch Zeit für Änderungen. Ich werde es morgen dem Kollegium mitteilen und mal sehen, wie es ankommt.« Der Direktor stand auf, kam um dem Tisch herum

und streckte Jerry die Hand hin. »Ich bin froh, daß Sie die Zeit gefunden haben, herzukommen. Ich wußte, daß Ihnen etwas einfallen würde.«
Jerry schüttelte Huxley die Hand. Der Direktor schien ihm den Arm ausreißen zu wollen. »War mir ein Vergnügen«, murmelte er.

Martin Keller kam selbst zur Tür. »Ja, bitte?« fragte er.
Er war klein und korpulent und trug einen dunkelbraunen korrekt sitzenden Anzug, der zu seiner Tätigkeit als Buchhalter eines Krankenhauses in Seattle paßte; dazu ein gestärktes weißes Hemd, eine Fliege mit Paisley-Muster und ein Einstecktuch aus demselben Stoff. Seine braunen Schuhe waren auf Hochglanz poliert. Er schien Anfang Fünfzig zu sein. Die Farbe der schütteren Haare und des kleinen Schnurrbarts war undefinierbar, und die Augen hinter der Brille mit goldenem Metallgestell wirkten wäßrigblau.
Ginger zeigte ihm ihren Ausweis. »Ich bin Detective Virginia Earley vom Seward Island Police Department«, sagte sie. Sie war mindestens fünf Zentimeter größer als er. »Wenn ich Sie nicht gerade beim Abendessen störe, würde ich Ihnen gerne einige Fragen stellen.«
»Einige Fragen?« wiederholte er mit leicht schriller Stimme. »Worüber?«
Ginger sah sich um. »Über Ihre Nachbarn«, antwortete sie.
»Ich spreche nicht über meine Nachbarn«, sagte er und machte Anstalten, die Tür zu schließen.
»Es ist äußerst wichtig, Sir, sonst wäre ich nicht hier. Es geht um den Mordfall Breckenridge.«
Martin Keller betrachtete sie. »Nun gut«, sagte er dann und trat beiseite, um sie hereinzulassen. Er geleitete sie durch einen großen, hohen Vorraum mit dunklen Wänden ins Wohnzimmer.
In Sekundenschnelle hatte Ginger alle Details erfaßt. Das Zimmer wirkte abweisend, war in muffigen Rost- und Erdtönen

gehalten. Die Möbel waren alt und unansehnlich, die Teppiche abgenutzt und fast farblos. Sogar die Vorhänge sahen düster und bedrückend aus. »Praktisch« war das Wort, das Ginger dazu einfiel.

In diesem Raum sah man so schnell keinen Staub, aber er schluckte auch alles Licht. Das einzige dekorative Element war eine Vitrine mit Meißener Porzellan in einer Ecke.

»Das gehört meiner Frau«, sagte Keller, als hätte er ihre Gedanken erraten. »Hat sie von ihrer Großmutter geerbt.«

»Sehr hübsch«, murmelte sie.

»Bitte, Detective«, sagte er und wies auf zwei Sessel am Kamin, in dem fein säuberlich Holz aufgeschichtet war. Auf dem Sessel, in dem er sich niederließ, lag ein Buch ohne Cover, in dem er, dem Zustand nach zu schließen, häufig zu lesen schien. Er klappte es zu, als er sich setzte, und ließ es beiläufig neben sich auf den Boden fallen. »Ich glaube nicht, daß ich etwas über den Fall Breckenridge weiß«, sagte er. »Aber es interessiert mich, warum Sie das glauben.«

Ginger ließ sich ihm gegenüber nieder und fragte sich, warum sie sich in seiner Gegenwart so unwohl fühlte. Er schien ein harmloser kleiner Mann zu sein, und er war äußerst höflich, geradezu liebenswürdig. Dennoch strahlte er irgend etwas aus, das sie beunruhigte. Normalerweise war sie diejenige, die ein solches Gespräch lenkte, doch in diesem Fall schien er es zu sein. Sie hatte den Eindruck, daß er sie prüfender betrachtete als sie ihn, daß er sie mit diesen hellen Augen so eingehend studierte wie ein Wissenschaftler, der etwas unter dem Mikroskop beobachtete.

»Bei einem Fall wie diesem gehen immer zahlreiche Hinweise ein«, begann sie. »Und so weit hergeholt sie auch scheinen mögen, müssen wir sie doch alle überprüfen.«

»Das ist sicher sinnvoll«, sagte er.

»Wir haben Informationen erhalten, die einen Ihrer Nachbarn betreffen, und versuchen nun herauszufinden, ob sie für uns von Belang sind.«

»Über welchen Nachbarn?« erkundigte sich Martin Keller.
»Jerry Frankel«, antwortete Ginger.
Die hellen Augen fixierten sie einen Moment, dann sagte Keller: »Die Frankels wohnen neben uns, was Sie sicher bereits wissen. Sie haben das Haus vor einem Jahr gekauft. Sie mähen ihren Rasen regelmäßig, sie feiern keine lauten Feste, und soweit ich das beurteilen kann, sind sie gesetzestreu.«
In diesem Moment kam ein elf- oder zwölfjähriger Junge ins Zimmer geschlittert, vermutlich, um mit seinem Vater zu sprechen.
»Justin, auf Mutters Böden rutschen wir nicht, und wir betreten kein Zimmer, ohne anzuklopfen«, sagte Keller streng.
Der Junge, offensichtlich überrascht, jemand Unbekannten vorzufinden, blinzelte hinter seinen runden Brillengläsern und lief dann hinaus, ohne einen Ton von sich zu geben.
»Kinder«, murmelte Keller seufzend. »Ich muß mich für die schlechten Manieren meines Sohnes entschuldigen.«
»Kennen Sie sie gut?« fragte Ginger, um zum Grund ihres Besuchs zurückzukommen.
»Wen?«
»Die Frankels.«
»Ich kenne sie gar nicht«, stellte Keller klar. »Meine Frau, mein Sohn und ich leben sehr zurückgezogen, Detective Earley. Wir mischen uns nicht in die Angelegenheiten anderer und erwarten von ihnen dasselbe.«
»Wäre es vielleicht dennoch möglich«, fragte Ginger, »daß Ihnen etwas aufgefallen ist? Vor allem an dem Abend, an dem Tara Breckenridge getötet wurde?«
Er schwieg kurz.
»Da muß ich Sie leider enttäuschen«, sagte Martin Keller schließlich. »Ich habe nichts Ungewöhnliches gesehen oder gehört.«
Kurz darauf stand Ginger auf der Auffahrt der Kellers und blickte zum Haus der Frankels hinüber. Das Licht in den Fenstern schimmerte anheimelnd. Ein Hund bellte, eine Jun-

genstimme war zu hören. Die Familie war offenbar zu Hause. Das Haus wirkte gemütlich und einladend, wie viele Häuser auf der Insel.

Dies war ihr letzter Versuch gewesen. Sie hatte alle sieben Nachbarn in der näheren Umgebung der Frankels befragt und hatte nichts erfahren. Niemandem war am Abend des Mordes etwas Ungewöhnliches aufgefallen. Alle schienen Jerry Frankel für einen netten Burschen, hervorragenden Lehrer und echten Gewinn für die Gemeinschaft zu halten.

Ginger seufzte. Es war fast acht, sie war müde und hungrig, und ihr fiel nichts mehr ein, was sie noch unternehmen konnte. Sie stieg in ihren Wagen und fuhr los.

Durch einen winzigen Spalt zwischen den Vorhängen sah Martin Keller ihr nach.

»Du glaubst doch nicht wirklich, daß Mr. Frankel Tara ermordet hat, oder?« fragte Stacey ihren Vater.

»Wie kommst du darauf?« erwiderte Ruben.

»Wegen der Geschichte, die Kristen erzählt hat«, antwortete sie. »Alle an der Schule wissen, daß sie mit mir gesprochen hat und daß ich sie zu Ginger gebracht habe und daß Ginger dann sofort zu ihm ging. Und jetzt behaupten einige, er sei der Mörder.«

»Kleinstadt«, sagte er und schüttelte den Kopf. »Aber um deine Frage zu beantworten, ich weiß es nicht.«

»Ich mag Mr. Frankel, Dad«, sagte Stacey ernsthaft. »Nicht nur, weil er ein guter Lehrer ist. Auch, weil das, was er uns beibringt, ihm wirklich am Herzen liegt. Und wir, glaube ich, auch. Er ist sehr klug und weiß soviel über Menschen, ob sie nun vor tausend Jahren gelebt haben oder heute. Er ist kein Hitzkopf. Ich finde, er ist so, wie du möchtest, daß *ich* bin – er ist besonnen und denkt über alles genau nach, bevor er handelt. Er hatte Tara vielleicht gern, aber ich glaube nicht, daß er sie getötet hat.«

»Was meinst du mit ›er hatte sie gern‹?«

»Na ja, ich habe darüber nachgedacht«, sagte das Mädchen. »Und es kann schon sein, daß er sie ein bißchen anders behandelt hat als uns.«

Diesmal wurde bei der Versammlung im Keller erbittert debattiert, und man vergaß sogar wiederholt den gedämpften Tonfall.

»... noch nie so eine gute Gelegenheit«, erklärte einer.

»... subtil wie ein Vorschlaghammer«, äußerte ein anderer verächtlich.

»... besteht die Gefahr, entdeckt zu werden«, warnte ein dritter.

»... können es nicht riskieren, erkannt zu werden«, brachte ein vierter vor.

»Feiglinge«, höhnte der erste Sprecher.

»Es reicht«, sagte der Anführer entschieden. »Dieses Gezänk führt zu nichts. Wir müssen uns auf das Ziel konzentrieren.«

Die Männer sahen sich an. Ihre Zusammenkunft fand aus einem bestimmten Grund statt, das wußten sie; man mußte diverse Möglichkeiten erörtern, eine Entscheidung treffen, einen Plan ausarbeiten. Ungeachtet ihrer Unterschiedlichkeit verfolgten diese Männer ein Ziel. Sie beruhigten sich und fingen noch einmal von vorne an.

Anderthalb Stunden später stand der Anführer auf. »Gut, sind wir uns alle einig?« fragte er.

Einer nach dem anderen nickte.

7

Gail Brown saß mit untergeschlagenen Beinen auf dem Korbsofa im Wohnzimmer ihres Strandhauses am äußersten Ende von North Point und zupfte geistesabwesend an ihrem Pferdeschwanz. Auf dem Polster neben ihr stand eine Tasse Tee, die sie längst vergessen hatte.

Vor dem Fenster ragte der Mount Baker zum strahlend blauen Himmel auf. Die Winterregen blieben nun seit zwei Monaten aus, und die Meteorologen, die seit Wochen einen Wetterumschwung vorhersagten, der dann nie eintraf, begannen allmählich, die Möglichkeit einer Dürre nicht mehr auszuschließen.

Die Landschaft war bezaubernd, doch die Herausgeberin starrte ins Leere und nahm die Schönheit vor ihren Augen nicht wahr.

Gail Brown war kerngesund, und doch hatte sie sich an diesem Tag krank gemeldet, mitten in der Woche, was sie in ihrer gesamten Berufslaufbahn noch nie getan hatte. Doch sie mußte eine Entscheidung treffen, für die sie Abstand von ihrem Büro und ihren Mitarbeitern brauchte.

Gail lebte in einem Zwiespalt. Die Liebe zu Seward Island war ihr mit in die Wiege gegeben worden. Ihre Familie lebte hier seit achtzig Jahren, und sie selbst war hier geboren und aufgewachsen. Doch davon abgesehen, war die Insel für sie auch Zufluchtsort, ihr Ruhepunkt in einer immer verrückter werdenden Welt. Hier fühlte sie sich uneingeschränkt angenommen. Sie war zwar weggegangen, um zu studieren und Berufs-

erfahrung zu sammeln, doch sie hatte immer gewußt, daß sie zurückkehren würde.
Das kleine Haus, in dem sie nun lebte, hatte sie von ihrer Großmutter geerbt. Die alte Dame hatte es als »Heimstatt demütiger Gedanken« bezeichnet. Dorthin hatte sie sich zurückgezogen, wenn sie allein sein mußte, um etwas für sich zu klären, und auch, um zu sterben.
Gail hatte ein ähnliches Verhältnis wie ihre Großmutter zu dem schlichten Häuschen an der Nordostspitze der Insel. Man hatte von hier einen großartigen Blick auf den Puget Sound, war jedoch selbst vor den Blicken der Welt verborgen. Das Haus war gleichermaßen ihr Fenster zur Welt wie auch der Ort, an dem sie sich verkriechen konnte.
Gails Bindung an die Insel war ihre Ehe zum Opfer gefallen. Sie konnte nicht verstehen, warum jemand nicht mitten im Wasser auf einem einsamen Felsen leben wollte, den man nur auf dem Schiffsweg verlassen konnte; er konnte nicht verstehen, warum jemand das wollte. Er suchte die Aufregung, die es nur bei der Zeitung einer Metropole geben konnte. Seattle war zu klein für ihn. Sie verließen Boston gemeinsam; er in Richtung Chicago, sie in Richtung Heimat. Sie liebte ihn, aber die Insel liebte sie mehr.
Dies war die eine Seite von Gail Brown – die Seite, die für diesen Ort und seine Menschen kämpfen würde bis zum letzten Blutstropfen.
Ihre andere Seite war klug, entschlossen und durch und durch Journalistin. Die Verfassung war für sie ebenso Gesetz wie die Zehn Gebote. Sie glaubte an das Recht der Menschen auf Information und hielt das First Amendment für den besten Schutz des Staates. Und sie hoffte, daß ihr für diese Haltung die Anerkennung und die Achtung ihrer Mitmenschen zuteil würde.
Gail hätte nie geglaubt, daß sie eines Tages gezwungen sein könnte, sich für eine der beiden Seiten zu entscheiden. Doch seit dem Mord an Tara Breckenridge waren bereits zwei Mona-

te vergangen, und trotz Gails Bemühungen, ihre Zeitung zum Gewissen der Gemeinde zu machen – oder, weniger edel dargestellt: die Story nach Strich und Faden auszuschlachten –, war man der Aufklärung des Falls um keinen Schritt nähergekommen. Für sie hatte das Vor- und Nachteile. Wenn die Menschen verunsichert waren, kauften sie häufiger die Zeitung – ein Effekt, dessen Absurdität ihr durchaus bewußt war.

Jetzt stand sie vor der Frage, wie weit sie gehen wollte. Wollte sie ihre eigenen Regeln überschreiten? Wollte sie ihre eigene Moral außer acht lassen?

Der *Sentinel* hatte bewußt keinen Namen genannt, doch Gail wußte, daß Detective Earley gegen Jerry Frankel ermittelte, und wahrscheinlich war das inzwischen den meisten Einwohnern von Seward Island bekannt. Die Chefredakteurin hörte förmlich die Gespräche, die jetzt in der Markthalle und beim Friseur stattfanden.

Wieder nahm sie den Brief in die Hand und fragte sich, nicht ohne einen gewissen Zynismus, was die Klatschmäuler wohl sagen würden, wenn sie davon wüßten.

Er war mit Schreibmaschine geschrieben, auf einfachem weißen Papier. Unterschrift und Absender fehlten. Der Brief war in Seattle abgestempelt und an ihre Privatadresse geschickt worden. Unter normalen Umständen hätte Gail ein derartiges Schreiben nicht ernstgenommen. Doch die Umstände waren derzeit nicht normal, und sie gab dem kleinen Adrenalinstoß und der inneren Stimme nach, die raunte, daß man sich in dieser Lage nicht mit moralischen Erwägungen aufhalten sollte.

Im *Sentinel* wurden grundsätzlich keine anonymen Briefe abgedruckt. Gail rief sogar jeden, dessen Brief sie zu veröffentlichen gedachte, vorher an, um sich noch einmal von seiner Meinung zu überzeugen. Doch dieses Schreiben konnte sie nicht so einfach übergehen.

Wäre der Brief an jemand anderen gerichtet gewesen, wäre die betreffende Person vermutlich sofort damit zur Polizei gegan-

gen. Gail Brown aber war zwar ihrem Heimatort aufs tiefste verbunden, doch sie war auch Herausgeberin einer kleinen Tageszeitung, die noch um ihren Status kämpfen mußte, und das beeinflußte Gails Entscheidungen in jeder Hinsicht.
Einerseits achtete sie auf absolute Integrität, was das journalistische Niveau des Blattes betraf. Andererseits konnte ein derartiger Brief den Wendepunkt im ersten Mordfall dieser Gemeinde bringen, und sie war professionell – oder auch egoistisch – genug, um daran beteiligt sein zu wollen.
Aus irgendeinem Grund war sie in die Sache mit einbezogen worden. Im Gefolge von Malcolm Purdys absonderlicher Anzeige war dieser Brief bei ihr gelandet. Das gab ihr das Recht, ihn auch zu nutzen. Die Frage war nur: wie?
Sie hatte Jerry Frankel nie kennengelernt. Doch sie hatte sich ausführlich mit Jordan Huxley und diversen Lehrern, Schülern und Eltern unterhalten. Frankel wurde von allen in den höchsten Tönen gepriesen.
»Er ist eine hervorragende Lehrkraft«, sagte einer der Englischlehrer.
»Er hat das Niveau der Schule merklich gehoben«, äußerte ein Kollege, der auch Geschichte unterrichtete.
»Er hat großes Talent«, sagte ein Schüler.
»Bei ihm macht das Lernen Spaß«, bemerkte ein anderer.
»Ich gehe jeden Tag gerne in seinen Unterricht«, sagte ein Dritter. »Diese ganzen langweiligen Daten und das Zeug, das wir im Kopf haben müssen – bei ihm hat das auch eine Bedeutung.«
»Mein Sohn hatte früher immer eine Vier in Geschichte«, sagte ein Vater. »Jetzt bringt er Einsen nach Hause und überlegt, ob er später Historiker werden soll.«
Jerry Frankel war zweifelsfrei ein Gewinn für die Insel. Gail wußte, daß bei dem derzeit schlechten Bildungsniveau ein Lehrer, der Schüler derart motivieren konnte, ein seltener Glücksfall war.
Doch da lag dieser Brief. Die Journalistin lehnte sich in ihre

Kissen zurück und trank einen Schluck kalten Tee. Sie hatte sofort gewittert, was der Brief für eine unbekannte kleine Zeitung wie die ihre bedeuten konnte. Sie hatte schon eine neue Serie vor Augen: der *Sentinel* als Polizeiberater. Eine Serie, in der die Zeitung nicht nur bei der Spurensuche half, sondern auch zur Ergreifung der Täter beitrug. Damit konnten sie den nationalen Durchbruch schaffen. Vielleicht sogar den Pulitzer-Preis erringen, träumte sie.

Das war der ewige Wunsch jedes Journalisten. Allein beim Gedanken daran lief Gail ein Schauer über den Rücken. Sie war sich zwar darüber im klaren, welche Folgen ihre Handlungsweise für die friedliche kleine Gemeinde haben würde, die sie so liebte, doch sie war nicht sicher, ob sie eine solche Chance ungenutzt verstreichen lassen konnte. Sie konnte es auch leicht vor sich rechtfertigen. Was war wichtiger? fragte sie sich. Einen Lehrer zu schützen, der einen hervorragenden Ruf hatte – oder aber die Insel von einem gefährlichen Mörder zu befreien? Außerdem konnte es immer noch sein, daß die Recherchen nichts erbrachten.

Sie hatte ihre Entscheidung getroffen. Sie griff zum Telefon und wählte die Nummer ihres Reisebüros. Dann warf sie noch einmal einen Blick auf den Brief.

»An die Chefredakteurin«, stand da. »Die Polizei sollte sich lieber zu spät als nie einen gewissen Geschichtslehrer an der High-School vornehmen. Wenn jemand wirklich daran interessiert ist, den Fall Breckenridge aufzuklären, sollte er bei der Holman Academy in Scarsdale, New York, vorsprechen.«

8

Es sind schon über hundert Anrufe eingegangen«, berichtete Glen Dirksen am Mittwoch nachmittag. »Und jeden Tag kommen welche dazu. Über zwanzig Hinweise habe ich weiterverfolgt. Es ist nichts dabei rausgekommen.«

»Tja, wir haben uns nicht allzuviel davon erwartet«, sagte Ruben. »Aber bleib trotzdem dran.«

Der junge Polizist schüttelte den Kopf. »Ein Typ sagte, es ginge ihm nicht um das Geld, nur um Gerechtigkeit. Wollte nicht mal seinen Namen sagen. Er meinte nur, ›wo Schmutz ist, sind auch schmutzige Taten‹ und legte auf.«

»War vermutlich einer der stadtbekannten Spinner«, bemerkte Charlie Pricker.

»Oder ein Umweltschützer«, witzelte Ginger.

»Hey, Stacey, warte mal«, hörte Stacey Danny Leo rufen, als sie das Schulgelände verließ.

Die Tochter des Polizeichefs blieb stehen. »Hi, Danny«, sagte sie. »Ich weiß, ich bin ein bißchen spät dran mit der Geschichte über die Mädchen-Basketballmannschaft. Du kriegst sie morgen.«

»Das macht nichts«, sagte er. »Es geht um etwas anderes.« Er verstummte unsicher. »Hör mal, könnte ich, ähm, mit dir über was reden?«

»Klar.«

Danny hatte goldbraunes Haar und grüne Augen mit dichten Wimpern, angesichts derer die meisten Mädchen an der Schule schwach wurden. Im Moment starrte er angestrengt auf die Spitzen seiner Sneekers. Stacey arbeitete seit anderthalb Jahren mit ihm an der Schulzeitung, und sie hatte ihn wütend, aufgeregt, verwirrt und auch beschämt erlebt, doch niemals sprachlos.

»Ich schätze, du weißt alles über mich«, sagte er schließlich. »Dein Vater hat dir sicherlich die Sache mit Tara und mir erzählt.«

»Ehrlich gesagt, Danny, habe ich ihm davon erzählt«, sagte Stacey. »Ich hab euch einmal zusammen gesehen. Tut mir leid.«

»Ist schon gut«, erwiderte er. »Ich hätte von mir aus damit rausrücken müssen. Ich bin jedenfalls in einer ziemlich blöden Lage und wollte dich fragen, ob du mir vielleicht helfen kannst.«

»Was für eine Lage?«

»Detective Earley hat doch diese Vorladung zum Bluttest für mich. Mein Vater hat versucht, gerichtlich dagegen vorzugehen, und hat verloren. Aber die Ergebnisse kommen erst in zwei Monaten, und dann kann ich mein Stipendium für Harvard vergessen. Das ist mir aber total wichtig, und ich schwöre dir, ich habe nichts zu tun mit Taras Tod. Ich dachte mir jetzt, wenn ich den Lügendetektortest mache, hätte man die Ergebnisse gleich, und ich wäre entlastet.«

»Das ist doch kein Problem. Da mußt du einfach zu Ginger Earley gehen.«

»Wenn mein Vater das rauskriegt, bringt er mich um«, sagte Danny. »Er ist so fixiert auf seine Prinzipien, daß er nicht merkt, daß er damit mein Leben verpfuscht. Außerdem habe ich Angst, daß er selbst dabei in Schwierigkeiten kommt. Ich will den Test machen, aber er soll erst davon erfahren, wenn ich ihn hinter mir habe. Meinst du, du könntest mit deinem Vater sprechen und das für mich arrangieren?«

»Ich rede mit ihm«, versprach Stacey.

»Als der Stadtrat vor drei Jahren Ruben Martinez einstellte, habe ich mich gefreut«, *schrieb ein Geschäftsmann an die Zeitung.* »Ich wußte, daß es nur eine Frage der Zeit wäre, bis die Kriminalität auch auf unser idyllisches Inselchen übergreift. Ich hatte gelesen, daß Ruben seit fünfundzwanzig Jahren gute Arbeit leistet, und hatte den Eindruck, daß er diesen Veränderungen Einhalt gebieten könnte. Doch nun ist Tara Breckenridge schon seit zwei Monaten tot, und allmählich bin ich mir nicht mehr so sicher.«

»Was macht unsere Polizei den ganzen Tag?« *fragte eine Hausfrau.* »Ich sehe sie immer nur Strafzettel für falsches Parken austeilen, Verkehrssündern auflauern und alte Leute über die Straße geleiten. Das ist alles ehrenwert, keine Frage, aber Chief Martinez behauptet, daß jeder vom Department am Fall Breckenridge arbeitet. Meinen sie wirklich, daß der Mörder zu dicht bei einem Hydranten parkt, die Center Island Road entlangrast oder über achtzig und gebrechlich ist?«

»Ruben, wir haben ein Problem«, verkündete Albert Hoch im Büro des Polizeichefs, und seine Stimme war trotz geschlossener Tür im Flur zu vernehmen. »Seit dem Mord sind zwei Monate vergangen, und Sie sind der Aufklärung des Falls keinen Schritt nähergekommen.«
Es war Mittwoch abend. Der Polizeichef hatte soeben mit seiner Tochter gesprochen und für Danny Leo einen Termin zum Lügendetektortest vereinbart. Er wollte sich gerade auf den Heimweg machen, als der Bürgermeister auftauchte.
»Manchmal braucht man Zeit für so etwas«, sagte er ruhig.
»Zeit? Wieviel Zeit denn noch? Je mehr Zeit vergeht, desto kälter wird die Spur. Danny Leo hat seinen Bluttest gemacht. Was ist mit dem Lehrer?«
»Wir haben keinerlei Indizien, die ihn mit der Tat in Verbindung bringen.«

»Habt Ihr noch einen Verdächtigen?«
»Im Moment nicht.«
Hoch seufzte schwer. »Vor drei Jahren habe ich mich für Sie starkgemacht. Viele Leute hier waren der Meinung, daß Sie nicht der Richtige sind für diesen Job, aber ich habe sie vom Gegenteil überzeugt, indem ich auf Ihre Erfahrung verwies. Und nun schauen Sie, was passiert: Da haben wir das erste größere Verbrechen hier, und Sie verplempern Ihre Zeit wie ein Anfänger.«
Ginger, die das Gespräch in ihrem Büro mithörte, knirschte wütend mit den Zähnen. Es war ungerecht. Wenn der Bürgermeister Schuldzuweisungen erteilen wollte, sollte er zu ihr kommen. Sie leitete schließlich die Ermittlungen. Wenn sie keine Fortschritte vorwiesen, war sie dafür verantwortlich zu machen.
»Manche Fälle lassen sich nicht so leicht aufklären«, hörte sie Ruben sagen. »Ich hatte gehofft, daß es anders sein würde, aber so läuft es leider nicht. Und solange wir nicht alle Bürgerrechte mißachten und sämtliche Männer zum Blut- und Lügendetektortest anschleppen wollen, müssen wir darauf vertrauen, daß sich weitere Anhaltspunkte finden.«
»Was glauben Sie, wie lange wir noch warten können?«
»Solange wir müssen, schätze ich.«
»Verdammt, Ruben, das ist keine zufriedenstellende Antwort.«
»Wenn Sie jemand anderen mit dieser Aufgabe betrauen wollen«, erwiderte der Polizeichef, »steht Ihnen die Entscheidung selbstverständlich frei.«
Ginger zuckte zusammen. Sie konnte nicht glauben, daß Albert Hoch wirklich mit dem Gedanken spielte, Ruben zu entlassen. Nicht jetzt, wo sie beide sich endlich gefunden hatten.
»Die Leute machen mir Druck«, sagte der Bürgermeister. »Sie wollen Taten sehen. Sie wollen wissen, warum unsere hochgelobte Polizei außerstande ist, ein simples Verbrechen aufzuklären. Was soll ich ihnen sagen?«
»Sagen Sie ihnen, daß sich bei der Polizei von Seward Island

hochqualifizierte und engagierte Leute für das Wohl der Gemeinschaft einsetzen«, antwortete Ruben.
Albert Hoch war von Natur aus ein freundlicher Mensch. Er seufzte. »Die Stadträte sind alles andere als glücklich«, sagte er. »Ehrlich gestanden, weiß ich nicht, wie lange ich sie Ihnen noch vom Hals halten kann.«

»Ich heiße Heidi Tannauer«, sagte die junge Frau am Telefon.
»Guten Tag, Ma'am«, erwiderte Officer Dirksen und unterdrückte ein Gähnen. »Was kann ich für Sie tun?«
»Ich studiere an der Northwestern University«, sagte sie. »Ich habe erst von dem Fall Breckenridge erfahren, als ich Thanksgiving nach Hause kam. Nun haben mir meine Eltern erzählt, daß Sie denken, einer der Lehrer habe etwas damit zu tun?«
Dirksen wurde schlagartig wach. »Tut mir leid, Ma'am, aber darüber kann ich zur Zeit keine Auskünfte erteilen«, sagte er.
»Tja, ich weiß nicht, ob das irgend etwas damit zu tun hat«, fuhr Heidi fort, »aber ich habe letztes Jahr in der Ferienschule einen Make-up-Kurs belegt, und ich erinnere mich, daß ich Tara nach dem Unterricht mehrmals mit einem der Lehrer gesehen habe.«
»Erinnern Sie sich zufällig noch, um welchen Lehrer es sich handelte?« fragte Dirksen betont beiläufig.
»Ich weiß seinen Namen nicht mehr«, antwortete Heidi, »aber ich bin ziemlich sicher, daß es der neue Geschichtslehrer war.«

9

Das Telefon klingelte. Jerry Frankel packte die Tüte mit Lebensmitteln fester und schloß die Hintertür auf. Er stellte die Tüte auf den Küchentresen und nahm ab.

»Mr. Frankel, hier ist Detective Earley«, hörte er. »Ob Sie wohl morgen nach dem Unterricht aufs Revier kommen könnten?«

Jerry seufzte. Er wurde noch immer verfolgt von Getuschel und neugierigen Blicken. Und das nicht nur in der Schule, sondern auf Schritt und Tritt. Er hatte gehofft, daß sich die Situation beruhigen würde, doch sie schien sich eher zuzuspitzen. Gerade eben waren zwei Frauen im Supermarkt schlagartig verstummt, als er sich hinter ihnen an der Kasse anstellte.

»Was gibt es nun, Detective?« fragte er.

»Das möchte ich nicht am Telefon erörtern«, erwiderte Ginger. »Wir müssen etwas besprechen, und das wäre hier am günstigsten.« Sie zögerte kurz. »Sie können selbstverständlich Ihren Anwalt mitbringen.«

»Halten Sie das für notwendig?«

»Das liegt ganz bei Ihnen«, sagte sie. »Wie es Ihnen am angenehmsten ist. Sagen wir, um vier?«

»Um vier«, antwortete er matt.

Jerry legte auf und räumte mechanisch die Lebensmittel ein. Er stellte die Erdnußbutter in den Kühlschrank und die Milch ins Regal in der Vorratskammer, dann erst merkte er, was er tat. Er erreichte Scott Cohen im Büro.

»Wollen sie Anklage erheben?« fragte der Anwalt.

»Ich weiß es nicht«, antwortete Jerry. »Sie sagte, sie wolle mit mir reden und ich könne dich mitbringen.«
Scott schwieg einen Moment. »Nun, es hört sich nicht an, als wollten sie dich verhaften«, sagte er dann, »aber sie läßt durchblicken, daß es sich nicht nur um einen unverbindlichen Plausch handelt. Bleib dran, ich schau mal eben in meinen Kalender.«
Jerry wartete, während der Anwalt seinen Terminplan durchging und sich mit seiner Sekretärin besprach. Sein Kopf schmerzte, und sein Hirn fühlte sich an wie Matsch; er konnte keinen klaren Gedanken mehr fassen. Scott sollte für ihn denken.
»Ich könnte um vier auf dem Revier sein«, sagte Scott.
»Meinst du, es macht einen seltsamen Eindruck, wenn ich meinen Anwalt mitbringe?« fragte Jerry.
»In deiner Lage dürfte das dein geringstes Problem sein«, antwortete Scott.

Sie trafen sich in dem fensterlosen Verhörraum. Die Polizistin saß auf der einen Seite des rechteckigen Metalltischs, der Lehrer und sein Anwalt auf der anderen. Offenbar würde es sich wirklich nur um ein Gespräch handeln; niemand schrieb mit, kein Tonband stand bereit.
»Ich habe Sie hergebeten, Mr. Frankel«, begann Ginger, »weil sich in diesem Fall so viele Hinweise häufen, daß ich nicht mehr sicher sein kann, ob Sie mir gegenüber tatsächlich aufrichtig waren.«
»Von welchen Hinweisen sprechen Sie, Detective Earley?« fragte Scott.
»Fangen wir mit den Punkten an, die Mr. Frankel und ich bereits besprochen haben«, sagte Ginger zu dem Anwalt. »Da war einmal die Tatsache, daß am Abend des Mordes im Madrona Point Park ein dunkler Taurus-Kombi gesehen wurde; Ihr Klient fährt einen solchen Wagen. Ferner hat er kein überprüfbares Alibi für die Tatzeit. Er hat das Opfer unterrich-

tet, die beiden kannten sich also. Er wurde kurz vor Tara Breckenridges Tod in einer Situation mit ihr beobachtet, die durchaus belastend für ihn sein könnte. Nun haben wir neuerdings erfahren, daß er im Sommer während der Ferienschule mehrfach nach den Kursen mit ihr gesehen wurde. Und schließlich verfügen wir über eine Information, die wir bislang nicht publik gemacht haben – der Mörder war Linkshänder, Ihr Klient ist es auch. Zugegebenermaßen sind diese Einzelheiten bislang nicht mehr als Indizien, aber bei uns hat sich der Eindruck erhärtet, daß Ihr Klient möglicherweise mehr mit dem Fall zu tun hat, als er uns berichtete.«

»Aber das stimmt nicht«, warf Jerry ein.

Scott legte ihm die Hand auf den Arm. »Detective Earley, mein Klient hat bereits ausgesagt, daß er am Abend des Mordes zu Hause war. Sie haben seinen Wagen untersucht und nichts gefunden. Ich wage es zu bezweifeln, daß er der einzige Linkshänder ist, den Tara Breckenridge kannte. Und es ließen sich vermutlich etliche Personen finden, die in der Zeit vor Taras Tod mit ihr alleine gesehen wurden; wie beispielsweise Danny Leo, unser geschätzter Bürgermeister Albert Hoch, Magnus Coop. Diese Männer sind übrigens auch Linkshänder. Solange Sie also nichts weiter vorzubringen haben, das meinen Klienten nachweislich mit dem Fall in Verbindung bringt, kann ich dieses Gespräch nur als Versuch werten, meinen Klienten psychisch unter Druck zu setzen.«

»Mr. Cohen, ich bin nicht naiv«, sagte Ginger. »Wir haben nichts in der Hand, um Anklage zu erheben. Falls dem so wäre, säßen wir nicht hier, sondern ich würde ihn mit einem Haftbefehl von zu Hause abholen. Aber ich habe hier einen brutalen Mord aufzuklären und werde das Gefühl nicht los, daß Ihr Klient entweder etwas damit zu tun hat oder etwas weiß, das uns weiterhelfen könnte. Ich habe nicht vor, ihn unter Druck zu setzen. Ich tue nur meine Arbeit.«

»Haben Sie eine bestimmte Vorstellung?«

Ginger sah Jerry an. »Ich glaube, daß Ihre Beziehung zu Tara

über das normale Lehrer-Schüler-Verhältnis hinausging«, sagte sie. »Ich glaube, daß Sie etwas wissen – vielleicht unbewußt –, das zur Ergreifung des Täters führen könnte.«
Jerry blickte seinen Anwalt an.
»Würden Sie uns kurz entschuldigen, Detective?« fragte Scott. »Ich möchte mich mit meinem Klienten besprechen.«
»Selbstverständlich.« Ginger stand ohne Umschweife auf, ging hinaus und schloß die Tür hinter sich.
»Wie läuft's?« fragte Ruben.
Ginger zuckte die Achseln. »Sie beraten sich«, sagte sie.
Zehn Minuten später öffnete Scott die Tür. »Kommen Sie doch bitte herein, Detective Earley. Mein Klient möchte eine Aussage machen.«
»Offiziell, meinen Sie?« fragte Ginger.
Scott warf Frankel einen Blick zu. »Dem steht nichts entgegen«, sagte er.
Ein Kassettenrecorder wurde hereingebracht.
»Wenn es Ihnen nichts ausmacht, würde ich gerne Chief Martinez hinzuziehen«, sagte Ginger.
Scott nickte. Ruben kam herein und setzte sich neben Ginger. Sie drückte den Aufnahmeknopf und sprach ins Mikrophon.
»Es folgt eine freiwillige Aussage von Mr. Jeremy Frankel in Anwesenheit seines Anwalts, Mr. Scott Cohen, Polizeichef Ruben Martinez und Detective Virginia Earley.«
Sie schob das Mikrophon über den Tisch. Der Lehrer richtete sich auf und räusperte sich.
»Zu Anfang möchte ich klarstellen, daß ich nichts mit dem Tod von Tara Breckenridge zu tun habe«, sagte er. »Ich kannte sie, und wir hatten eine Beziehung zueinander, die nicht unverbindlich war, den Rahmen einer Lehrer-Schüler-Beziehung jedoch niemals überschritt.« Er hielt inne. »Schon in den ersten Tagen der Ferienschule bemerkte ich an Tara etwas, das ich als Melancholie bezeichnen möchte. Es handelte sich mit Sicherheit nicht nur um die gewöhnliche Langeweile, die

Schüler immer wieder an den Tag legen. Dazu kam, daß sie wesentlich intelligenter wirkte, als man aus ihren Noten schließen konnte. Ich hatte mir vorgenommen, herauszufinden, was mit ihr nicht stimmte, und ihr zu helfen. Ich habe mich vielleicht mehr mit ihr beschäftigt als mit den anderen Schülern, weil ich versuchte, mit ihr ins Gespräch zu kommen, ein Vertrauensverhältnis aufzubauen. Wie meist, wenn ein Lehrer Interesse an einem Schüler signalisiert, kam auch hier die Reaktion. Ihre Noten wurden besser. Ich hielt das für ein gutes Zeichen und lobte sie dafür. Sie ging zunehmend aus sich heraus und vertraute sich mir an. Dieses Verhältnis hatte ich angestrebt.

Ich habe festgestellt, daß Schüler, die entspannt sind, besser lernen, und tatsächlich wurde sie leistungsstärker. Ich finde nicht, daß ich da unrecht gehandelt habe. Wenn sie sich nach dem Unterricht an mich wandte, wies ich sie nicht ab. Wenn ich ihr zwischen den Stunden begegnete, war ich freundlich zu ihr. Wenn sie Hilfe bei ihren Hausaufgaben brauchte, versuchte ich ihr zu helfen. Ich bin Erzieher, Detective Earley, ich erschließe den Geist, und man wird den Schülern nicht gerecht, wenn man alle über einen Kamm schert. Ich war freundlich zu ihr, ermutigte sie, und meine Bemühungen zeigten Wirkung. Sie lernte fleißig und bekam eine sehr gute Note, und das war alles.«

Er verstummte. Ginger wartete, bis sie sicher sein konnte, daß seine Aussage beendet war, dann beugte sie sich zum Mikrophon.

»Sie sagten, Sie und Tara hatten ein Vertrauensverhältnis, Mr. Frankel«, sagte sie. »Sie sagten, sie sei aus sich herausgegangen. Worüber sprach sie mit Ihnen?«

Jerry dachte einen Moment nach. »Hauptsächlich übers Erwachsenwerden«, sagte er. »Über ihre Familie. Sie sagte, sie wäre lieber ein Junge.«

»Sagte sie, warum?«

»Ich glaube, es hatte etwas mit ihrem Vater zu tun – sie hatte das Gefühl, seinen Erwartungen nicht zu genügen. Er hoffte wohl, daß sie auf eine Elite-Uni gehen und Karriere machen würde, aber sie hatte kein Interesse daran. Sie glaubte, daß er mit einem Sohn glücklicher gewesen wäre.«

»Hat sie Ihnen erzählt, was sie sich für ihr Leben wünschte?«

»Sie sagte einmal, sie würde gerne Nonne werden.«

»Wie bitte?«

»Sie sagte, sie würde gerne Nonne werden«, wiederholte er. »Aber sie hatte Angst, daß Gott sie nicht haben wollte.«

Die Familie Breckenridge gehörte zwar der Episkopalkirche an, aber Ginger wußte, daß Mary Breckenridge im katholischen Glauben erzogen worden war. »Sagte Tara, warum sie glaubte, von Gott nicht gewollt zu sein?«

»Sie sagte, sie sei nicht gut genug. Gott wähle nur die Besten.«

»Die Tochter der angesehensten Familie der Insel glaubte, sie sei nicht gut genug, um Nonne zu werden?«

Jerry zuckte die Achseln. »Manchmal hat Selbstwertgefühl wenig mit Reichtum und gesellschaftlicher Stellung, nicht einmal mit Schönheit zu tun, Detective Earley«, sagte er sanft. »Tara war kein glückliches Mädchen.«

»Hat sie jemals einen Jungen oder einen Mann erwähnt, mit dem sie näher zu tun hatte?«

Der Lehrer kniff nachdenklich die Augen zusammen. »Ich wüßte nicht«, sagte er.

»Sind Sie ganz sicher?« bohrte Ginger. »Sie können sich sicher denken, wie wichtig eine solche Information wäre.«

»Tut mir leid. Sie hat nie etwas erwähnt. Nicht einmal an dem Tag, an dem ich sie hinter der Sporthalle traf. Ich erinnere mich nur an das, was ich Ihnen schon mitgeteilt habe – sie sprach davon, daß ihr Leben schrecklich sei. Ich glaube, sie sagte ›eine totale Katastrophe‹. Aber Jugendliche sagen so etwas öfter, und ich habe es nicht ernst genommen. Ich bedaure das heute. Aber sie hat nie einen Namen genannt.«

»Und Ihre eigene Beziehung zu Tara – Sie sagen hier offiziell

aus, daß Sie lediglich ein berufsbezogenes und niemals ein sexuelles Verhältnis mit Tara hatten?«
Jerry starrte die Polizistin wütend an. »Was ist los mit Ihnen?« fragte er. »Sie war doch noch ein Kind, um Himmels willen. Ein Kind.«

»Kann ich am Samstag abend den Wagen haben?« fragte Danny Leo.
»Wofür, Sohn?« wollte Peter wissen.
»Ich will mit einem Mädchen ins Kino.«
»Wie schön«, sagte Rose. »Natürlich kannst du den Wagen nehmen.«
Er war zwar einer der beliebtesten Jungen der Insel, doch Danny traf sich meist nur in Gruppen mit seinen Freunden.
»Welches Mädchen?« fragte Peter.
Danny faßte sich ein Herz. »Stacey Martinez«, antwortete er.
Peter blickte überrascht. »Die Tochter des Polizeichefs? Warum gerade sie?«
»Ich arbeite mit ihr an der Schulzeitung, und ich mag sie.«
»Du kennst doch so viele Leute. Weshalb sie?«
Danny zuckte die Achseln. »Ich würde sie gerne näher kennenlernen.«
»Ist sie nicht ein bißchen jung für dich?«
»Sie ist ziemlich reif für ihr Alter.«
Peter betrachtete seinen Sohn. »Und sie ist die Tochter des Polizeichefs«, sagte er. »An deiner Stelle wäre ich vorsichtig.«
»Wir gehen doch bloß ins Kino, Dad.«

»Ist mir egal, was du sagst«, äußerte Libby Hildress, als sie zu Bett gingen. »Irgendwas stimmt da nicht.«
»Wo stimmt was nicht?« fragte Tom, der genau wußte, um was es ging.
»Ich habe bei der Chorprobe heute abend mit Judy Parker gesprochen. Sie hat mir erzählt, daß Mildred MacDonald Jerry

Frankel und Scott Cohen gesehen hat, wie sie ins Polizeirevier gingen. Wozu braucht er einen Anwalt?«

»Er ist mit Scott befreundet«, rief Tom ihr in Erinnerung.

»Nimmt man seinen Freund mit, wenn man zur Polizei geht?«

10

Mitten im Dezember nach Scarsdale im Bundesstaat New York zu reisen gehörte nicht zu den Dingen, die Gail Brown besonders verlockend fand. Dennoch hatte sie sich am Kennedy Airport einen Mietwagen genommen und fuhr nun den Hutchinson River Parkway entlang. Es war dunkel, und ein eisiger Regen hatte eingesetzt.

Sie hatte bei der Holman Academy angerufen, bevor sie ihre Flüge bestätigte. Man hatte ihr gesagt, daß die Schule am Wochenende offiziell geschlossen war, sich jedoch meist ein, zwei Angestellte im Gebäude aufhielten. Das kam Gail gerade recht. Je weniger Leute wußten, warum sie quer durchs Land flog, desto besser.

Gail hatte bei ihren Recherchen schon immer den Weg der vorsichtigen Annäherung bevorzugt. Dabei schadete man weniger Leuten und kam selbst seltener in Schwierigkeiten. Vor allem bei dieser Sache, wo sie gar nicht wußte, wonach sie eigentlich suchte, empfahl sich der dezente Ansatz.

Der anonyme Brief hatte sie zwar zu dieser Reise veranlaßt, aber er hatte keine Einzelheiten enthalten. Es war auch möglich, daß sie eine Niete ziehen würde.

Gail hielt vor dem Hotel, in dem ihr Reisebüro für sie ein Zimmer reserviert hatte. Es war ein hübsches kleines Giebelhaus. Gegenüber befand sich ein gemütlich wirkendes Restaurant. Sie checkte ein, packte ein paar Dinge aus und ging essen. In dem Restaurant herrschte reger Betrieb, was immer ein gutes Zeichen war.

»Was hätten Sie gerne?« fragte die Kellnerin, als sie schließlich zu Gail an den Tisch kam. Sie schien um die Fünfzig zu sein. Ihr Haar war dünn und matt, die Augen müde. Ihr Namensschild wies sie als Sally aus.

»Was können Sie empfehlen?« erkundigte sich Gail.

Sally zuckte die Achseln. »Der Eintopf ist immer lecker«, sagte sie. »Einige Stammgäste nehmen gerne das Huhn. Die Pasta ist frisch. Die Fischsuppe ist spitze.«

Gail sah sie an. »Was essen Sie denn am liebsten?«

Die Kellnerin lächelte, und Gail merkte, daß sie wesentlich jünger war, als sie wirkte. Mit etwas Make-up hätte sie regelrecht hübsch sein können.

»Ich mag die Fischsuppe besonders gern«, sagte Sally.

»Dann nehme ich die«, sagte Gail.

Die Chefredakteurin hatte zwar an der Ostküste studiert und bei diversen Zeitungen gearbeitet, doch sie war noch nie in Scarsdale gewesen. Sie wußte, daß es eine elegante, reiche Stadt war. Sie wußte auch, daß Leute, die in einer solchen Stadt lebten, ungern Informationen herausrückten, weil sie sich gegenseitig schützen wollten. Wo viel Geld war, gab es auch mehr Leichen im Keller.

»Sind Sie geschäftlich hier oder aus Spaß?« fragte Sally, als sie die Suppe, einen Teller Salat und einen Brotkorb servierte.

»Geschäftlich«, sagte die Journalistin.

»Ah ja? In welcher Branche?«

»Ich arbeite für eine Zeitung«, antwortete Gail.

»Wirklich?« sagte Sally. Das schien ihr zu der dünnen Frau mit dem buschigen Pferdeschwanz und der dicken Brille nicht zu passen. »Sind Sie eine von diesen Großstadtreporterinnen, die immer irgendwelche Schweinereien auffliegen lassen?«

»Nicht direkt«, lautete die Antwort. »Ich bin Redakteurin, keine Reporterin. Und ich arbeite für eine kleine Zeitung im Westen.«

»Oh«, murmelte Sally, die das Thema nun offenbar weniger interessant fand.

»Sie scheinen enttäuscht zu sein«, sagte Gail lächelnd. »Warum? Gibt es hier in Scarsdale viele Schweinereien, die man aufdecken sollte?«

Die Kellnerin zuckte die Achseln. »Wahrscheinlich nicht mehr und nicht weniger als in jeder anderen Stadt auch.« Sie entfernte sich, bevor Gail ihr weitere Fragen stellen konnte.

Die Suppe war gut, doch Gail aß nicht viel. Sie gab ein großzügiges Trinkgeld.

»Für die Empfehlung und für den Service«, sagte sie, als sie die Rechnung bezahlte.

»Danke«, sagte die Frau und steckte die Scheine in die Tasche ihrer rosa Uniform.

Gail ging auf ihr Zimmer zurück und schaltete den Fernseher ein. An diesem Abend gab es nichts weiter zu tun. Am nächsten Morgen würde sie die Holman Academy aufsuchen.

»Was ist denn mit deinem Dad los?« fragte Billy Hildress Matthew. Die beiden saßen in Matthews Schlafzimmer vor einem Videospiel. Chase, der kleine Retriever, der inzwischen stubenrein war und durchs Haus stromern durfte, hockte dabei und beobachtete jede ihrer Bewegungen.

»Was meinst du damit?« fragte Matthew.

»Na ja, ich weiß nicht«, sagte Billy, »aber meine Mom meint, die Leute behaupten, daß dein Vater was mit der Leiche zu tun hat, die mein Dad und ich in dem Müllcontainer gefunden haben.«

Matthew starrte seinen Freund an. »*Mein* Vater?« wiederholte er. »Wie kommen die Leute denn darauf?«

Bill zuckte die Achseln. »Ich weiß nicht, aber das hat meine Mom gehört. Kannte dein Dad das tote Mädchen?«

»Ja, ich glaube, sie war in einer seiner Klassen«, sagte Matthew. »Aber das hat nichts zu bedeuten – er kennt viele Schüler.«

»Also, irgendwie ist es echt unheimlich, wenn man die Leute so über den Vater von seinem besten Freund reden hört«, gestand Billy.

Matthew runzelte die Stirn. Jetzt fiel ihm ein, daß seine Mutter

schon seit einigen Tagen ziemlich seltsamer Stimmung war. Vielleicht gab es da einen Zusammenhang.
»Sag mal, Dad, warum glauben die Leute, daß du was mit dem Mord zu tun hast?« fragte er beim Abendessen.
»Matthew!« rief seine Mutter aus. »So was fragt man seinen Vater nicht. Er ist doch nicht dafür verantwortlich, was andere Leute denken.«
»Aber Billy hat was davon erzählt, und ich wußte nicht, was ich sagen sollte«, erwiderte der neunjährige Junge. Er merkte nicht, daß seine Mutter nicht die Frage selbst getadelt hatte, sondern lediglich, daß er sie stellte.
»Sag Billy, daß die Polizei sich mit jedem befassen muß, der etwas mit einem Verbrechen zu tun haben könnte«, antwortete sein Vater. »Das ist ihre Aufgabe. Und das tun sie unter anderem, indem sie einen nach dem anderen ausschließen, bis der Täter übrigbleibt. Zur Zeit sind sie nun gerade damit beschäftigt, mich auszuschließen.«
Das leuchtete ein. »Kapiere«, sagte Matthew. »Sie machen eine Liste und streichen die durch, die sich erledigt haben – und am Ende bleibt nur noch der Mörder übrig.«
»So ähnlich«, sagte sein Vater.

Die Holman Academy lag am Rande der Stadt. Der Hotelier beschrieb Gail den Weg, und sie fand das dreistöckige rote Ziegelgebäude, einstige Villa eines Bankiers, sofort. Das Grundstück war umgeben von einer hohen Ziegelmauer. Das eiserne Tor stand offen. Auf dem Schotterparkplatz vor dem Nebeneingang standen nur ein alter Ford-Pick-up und ein blauer Oldsmobile. Als Gail ihren Mietwagen am Samstag morgen dort parkte, war es genau zehn Minuten nach zehn.
Das muß eine prachtvolle Anlage gewesen sein, dachte sie, als sie ausstieg und zum Haupteingang ging. Die regennasse Landschaft schillerte im blassen Sonnenlicht. Auf endlosen Rasenflächen erhoben sich alte Ulmen, elegante Ahornbäume und ausladende Rhododendren, die sogar ohne Blüten eindrucks-

voll wirkten. Zwischen Blumenrabatten schlängelten sich kleine Wege dahin. Und am Fuße einer Anhöhe sah sie einen Ententeich.

Die Tür war nicht verschlossen, und Gail betrat das Haus. Der Flur war mit schwarzweißen Marmorkaros ausgelegt, die Wände mit Mahagoni getäfelt. Einer Messingtafel an der Wand ließ sich entnehmen, daß man sich in der Holman Academy befand, einer Lehranstalt für junge Frauen, die 1943 gegründet wurde.

Sie hörte das Klacken einer Schreibmaschine und ging dem Geräusch nach. Es kam aus einem Raum, der früher wohl ein kleiner Salon gewesen war, nun aber als Büro genutzt wurde.

Eine grauhaarige Frau schrieb auf einer betagten Smith-Corona. Auf dem Schreibtisch stand ein Schild, das die Frau als Mrs. Quinlan auswies. »Kann ich Ihnen helfen?« sagte sie und lächelte freundlich.

»Ich heiße Gail Brown«, sagte die Redakteurin, »und ich bräuchte Informationen über einen Lehrer, der früher hier angestellt war.«

»Die Lehrkräfte an der Holman Academy sind samt und sonders herausragend«, äußerte Mrs. Quinlan. Es klang, als sage sie einen Standardtext auf. »Wir haben hohe Ansprüche, sind sehr wählerisch und können uns die besten Lehrkräfte leisten. Wenn Sie eine Referenz brauchen, dürfte das keinerlei Problem darstellen.« Sie wandte sich zu einem Aktenschrank. »Um welchen Lehrer handelt es sich?«

»Jeremy Frankel.«

Bilde ich mir das ein, dachte Gail, oder zögert sie? Ihr Verhalten änderte sich nicht sichtlich, doch Gail hatte gute Instinkte. Mrs. Quinlan zog die unterste Schublade eines Metallschranks auf, ging eine Reihe von Akten durch und nahm schließlich eine heraus. »Mr. Frankel war bis Januar letzten Jahres bei uns«, sagte sie, nachdem sie hineingeblickt hatte. »Er unterrichtete Geschichte. Er war sechseinhalb Jahre hier angestellt und ein hervorragender Lehrer.« Sie steckte die Akte zurück und schloß den Schrank energisch.

»Das scheint eine so wunderbare Schule zu sein«, bemerkte Gail. »Können Sie mir sagen, warum er hier aufgehört hat?«

»Die Lehrkräfte kommen und gehen«, sagte die Frau. »War das alles? Ich habe hier sehr viel zu tun.«

»Ich möchte Ihnen wirklich keine Umstände machen, Mrs. Quinlan«, sagte Gail, »aber ich habe eine weite Reise hinter mir, und es ist enorm wichtig für mich, herauszufinden, warum Mr. Frankel die Holman Academy verlassen hat.«

»Ich wüßte nicht, wie ich Ihnen da weiterhelfen könnte«, entgegnete die Frau. »Ich weiß nur, daß er mitten im Schuljahr gekündigt hat. Ich weiß nicht, weshalb. Warum fragen Sie ihn nicht selbst?«

»Bitte glauben Sie mir, wenn das möglich wäre, würde ich es tun.« Gail wog ihre Worte sorgfältig ab. »Sehen Sie, im Augenblick unterrichtet er an der High-School in der Stadt, in der ich lebe, und es könnte sein, daß er etwas mit einer Sache zu tun hat, die der gesamten Gemeinde schadet. Mir wurde nahegelegt, hier nach dem zu fragen, was ich wissen möchte.«

»Es tut mir leid«, sagte Mrs. Quinlan, und in ihrer Stimme war eine Spur Mitgefühl zu hören. »Ich hoffe, daß sich die Angelegenheit zum Guten wendet, aber ich kann nicht mehr sagen. Unsere Akten sind vertraulich, und ich habe Ihnen schon mehr mitgeteilt, als ich dürfte.«

»Ist sonst jemand im Haus, der mir helfen könnte?« fragte Gail.

Mrs. Quinlan schüttelte den Kopf. »Im Moment ist nur noch jemand von der Hausverwaltung da. Er kann Ihnen bestimmt nichts sagen.«

»Vielen Dank«, sagte Gail.

Sie wandte sich zum Gehen und stieß an der Tür mit einem Mann zusammen, der einen blauen Overall mit dem eingestickten Namen »Ezekiel« trug.

»Nichts für ungut«, murmelte er verlegen. »Ich wollt Sie wirklich nicht anrempeln.«

»Nein, bitte, ich war schuld«, sagte Gail rasch. »Ich laufe manchmal herum wie ein blindes Huhn.«
Sie ging den Flur entlang, doch bevor sie das Haus verließ, drehte sie sich noch einmal um. Ezekiel stand da und starrte ihr nach.

»Ich glaube, heute werde ich die Pasta probieren«, sagte Gail zu der Kellnerin.
»Klar, gerne«, antwortete Sally.
Es war noch früh, kurz vor sechs, doch das Restaurant war bereits gut besetzt. Heutzutage ist zwar die Hausmannskost in Amerika sehr beliebt, aber man kocht nicht mehr gerne zu Hause, dachte Gail.
Von der Holman Academy aus war sie zur Redaktion der hiesigen Tageszeitung gefahren, die im Gebäude der Stadtbücherei an der Olmstead Road untergebracht war. Sie hatte sich vorgestellt und ihr Anliegen geschildert.
»In der Stadt, in der ich lebe, liegt eine Sache vor, an der möglicherweise ein Lehrer beteiligt ist, der früher an der Holman Academy unterrichtet hat«, sagte sie. »Ich versuche herauszufinden, ob es da eine Verbindung gibt. Können Sie mir weiterhelfen?«
»Wenn Sie mir genauer sagen würden, wonach Sie suchen«, bat die hübsche rothaarige Angestellte.
»Kommt Ihnen der Name Jerry Frankel bekannt vor?«
Sie schwieg kurz. Ihre Augen blieben ausdruckslos, dann schüttelte sie höflich den Kopf. »Wir berichten über die Academy quasi nur, wenn Abschlußfeiern und offizielle Anlässe anstehen«, sagte sie.
»Warum?«
»Vermutlich, weil es sich um eine private Institution handelt. Man bemüht sich dort sehr um Wahrung der Privatsphäre.«
»Warum? Haben sie denn was zu verbergen?« fragte Gail halb scherzhaft.
»O nein, das glaube ich nicht«, antwortete die Angestellte

rasch. »Ich glaube eher, daß es darum geht, die Schüler zu schützen. Es ist eine sehr exklusive Schule, die vor allem Kinder reicher Familien besuchen. Die legen keinen Wert darauf, ins Gerede zu kommen. Ich bin seit sechs Monaten bei dieser Zeitung, und seither gab es nicht eine einzige Meldung über die Academy.«

»Meinen Sie, daß Ihr Chefredakteur über Informationen verfügt?« erkundigte sich Gail. Ein Kollege war vielleicht genauer im Bilde.

Die Angestellte zuckte die Achseln. »Mag sein, aber er ist nicht da. Ein Todesfall in der Familie. Er kommt erst Ende nächster Woche wieder.«

Gail bedankte sich und ging eine Tür weiter in die Bücherei, wo sie den Nachmittag mit der Lektüre alter Zeitungen aus der Region zubrachte. Sie suchte sich die Jahrgänge heraus, die während Jerry Frankels Zeit an der Holman Academy erschienen waren, und hielt nach irgendeinem Anhaltspunkt Ausschau. Sie fand nichts.

Schließlich ging sie zum Polizeirevier.

»Ich untersuche einige Behauptungen in bezug auf einen Lehrer namens Jeremy Frankel«, sagte sie zu dem diensthabenden Polizisten, einem kleinen Mann mit schütterem dunklem Haar und einem buschigen Schnauzbart. »Wissen Sie zufällig etwas über ihn?«

»Nein, Ma'am«, antwortete Detective Derek McNally, ohne zu zögern. »Da muß ich passen.«

»Schauen Sie«, sagte Gail müde. »Ich will keine Skandalstory, und ich wäre nicht hier, wenn es nicht wirklich wichtig wäre. Um ehrlich zu sein: Ich hoffe sogar, daß nichts dran ist an den Behauptungen. Aber ich muß es genau wissen.«

»Ich wüßte nicht, was ich Ihnen da sagen könnte«, lautete die Antwort.

»Kannten Sie Frankel?« fragte sie.

Er schüttelte den Kopf. »Nein. Aber das hat nichts zu bedeuten. Viele der Lehrer hier leben außerhalb von Scarsdale.«

»Ich hatte gehört, daß Frankel aber vor Ort wohnte.«
McNally zuckte die Achseln. »Ich kannte ihn trotzdem nicht.«
»Wissen Sie, ob er in seinem letzten Jahr in irgendeine kriminelle Sache verwickelt war?«
»Ich glaube, ich habe vor ein paar Wochen schon mal mit jemandem von Ihrer Polizei über den Mann gesprochen«, äußerte McNally. »Mit Detective Earley, kann das sein?«
»Ginger Earley ist sehr fähig«, sagte Gail. »Sie ist klug und gründlich. Aber ich weiß etwas, das sie nicht weiß. Und bevor ich mit ihr darüber spreche, möchte ich erst einmal herausfinden, ob überhaupt etwas dran ist.«
Detective McNally betrachtete die schmale Frau, der die Frustration anzumerken war.
»Gegen Ihren Mr. Frankel ist niemals Anzeige erstattet worden«, sagte er. »Nicht einmal wegen eines Verkehrsdelikts oder so.«
»Nun gut, niemand hat Anzeige erstattet«, bemerkte Gail schlau. »Aber gab es Vorwürfe? Wurde wegen irgend etwas ermittelt?«
»Uns liegen keine Unterlagen über Ermittlungen irgendwelcher Art vor.«
Gail nickte. Es war ein langer Tag für sie gewesen, und sie hatte nur Nieten gezogen. »Danke für das Gespräch«, sagte sie. »Ich mußte einfach sichergehen. Ich bin froh, daß es so ausgeht, denn der Mann ist wirklich ein hervorragender Lehrer.«
»Erstklassig«, bestätigte der Detective.
Sie ging hinaus und stieg in ihren Wagen. Ginger und Ruben würden den Fall Breckenridge ohne ihre Hilfe aufklären müssen, beschloß sie, als sie den Motor anließ. Sie würde jedenfalls keine Zeit mehr mit der Suche nach etwas vergeuden, das es nicht gab. Der Brief war offenbar ein übler Streich gewesen. Sie fuhr zu ihrem Hotel zurück. Sie hatte mittags nichts zu sich genommen und freute sich auf ein frühes Abendessen. Dann wollte sie versuchen, ob sie für die Morgenmaschine nach Seattle noch einen Platz bekam.
Detective Derek McNally stand in der Tür und sah ihr nach, wie sie davonfuhr.

Sally brachte den Salat.
»Haben Sie Ihre Arbeit erledigen können?« fragte sie.
»Ich denke schon«, antwortete Gail.
»Ist schön, die Holman Academy, nicht?«
»Ja.« Gail schaute auf. »Woher wissen Sie, daß ich dort war?«
»Weiß nicht«, antwortete Sally achselzuckend. »Sie haben es wahrscheinlich beim Frühstück erwähnt.«
Gail probierte den Salat und ging das Gespräch im Kopf durch.
»Ich glaube nicht, daß ich erwähnt habe, wo ich hinwollte«, meinte sie, als Sally die Pasta brachte.
Die Kellnerin zuckte die Achseln. »Vielleicht hat mein Mann was gesagt«, meinte sie. »Ihm gehört das Hotel.«
Die Pasta schmeckte hervorragend. Als Gail satt war, zahlte sie und verließ das Restaurant. Wieder setzte eisiger Regen ein, und sie hastete zurück zu ihrer Unterkunft. Sie hoffte, daß es morgen trocken bleiben würde; ihr stand nicht der Sinn danach, bei demselben miserablen Wetter zum Flughafen zurückzufahren, wie sie es bei der Herfahrt erlebt hatte.
Sie bereute die Reise nicht. Was sie zu Derek McNally gesagt hatte, war aufrichtig gemeint gewesen; die Fahrt würde so oder so sinnvoll sein, und es war ihr angenehmer, nun zu wissen, daß der Brief ein Streich gewesen war, als zu erfahren, daß der Geschichtslehrer ein erschreckendes Doppelleben führte.
Auf ihrem Zimmer rief sie bei der Fluggesellschaft an und buchte für den nächsten Morgen einen Flug nach Seattle. Dann schaltete sie CNN ein, legte sich aufs Bett und sah sich die Nachrichten an. Jerry Frankel war vergessen. Nach zehn Minuten schlief sie fest.

Im Westen war es kurz nach neun. In dem kleinen Kamin in Rubens Wohnzimmer knisterte ein Feuer. Ruben und Ginger hatten die Kissen von der Couch genommen, lehnten sich gemütlich zurück, tranken Kahlúa und lauschten dem Wind, der ums Haus fegte.
»Ich habe alles organisiert«, hatte Ruben am Donnerstag ge-

sagt. »Danny Leo geht am Samstag abend mit Stacey ins Kino.«
»Wo wollt ihr es machen?« fragte Ginger.
»Hier zu Hause«, antwortete er. »Bis sieben Uhr haben wir alles aufgebaut. Es dauert nicht länger als anderthalb Stunden, da kommen sie noch rechtzeitig zur Neun-Uhr-Vorstellung.«
»Ich hoffe, daß es gut läuft«, sagte sie. »Ich möchte nicht, daß Stacey Schwierigkeiten bekommt.«
Ruben nickte. »Ja, das hoffe ich auch«, sagte er beklommen.
Stacey war sofort zu ihm gegangen, nachdem Danny sie angesprochen hatte.
»Sein Vater muß es doch nicht erfahren, oder?« fragte sie. »Ich meine, vorher?«
Ruben überlegte. »Der Junge ist volljährig. Wenn er den Test freiwillig macht, brauchen wir uns nicht darum zu kümmern, ob er die Zustimmung seines Vaters dafür einholt.«
»Gut«, sagte sie. »Ich glaube nämlich nicht, daß er etwas mit Taras Tod zu tun hat.«
»Du magst recht haben«, sagte Ruben, »aber ich warne dich: Wenn der Test gegen ihn spricht, werden wir seine Eltern verständigen müssen. Und du gehst nicht ins Kino mit ihm.«
»Aber wenn es gut läuft? Wenn er den Test besteht?«
Ruben zuckte die Achseln. »Dann kann er sich selbst überlegen, ob er seinem Vater davon berichtet oder nicht. Und du kannst mir am Sonntag morgen erzählen, wie's im Kino war.«
Der Lügendetektortest hatte genau eine Stunde und siebzehn Minuten gedauert. Danny hatte jede Frage über Tara Breckenridge beantwortet, ohne auch nur mit der Wimper zu zucken.
»Hattest du ein sexuelles Verhältnis mit Tara Breckenridge?«
»Nein.«
»Warst du der Vater ihres ungeborenen Kindes?«
»Nein.«
»Hast du Tara Breckenridge getötet?«
»Nein.«
»Wie sieht's aus?« fragte Ruben danach.

»Es gibt immer Möglichkeiten, den Detektor zu betrügen«, antwortete der Experte. »Man kann sich niemals hundertprozentig auf das Ergebnis verlassen. Aber soweit ich das beurteilen kann, hat der Junge die Wahrheit gesagt.«

Jetzt war der Lügendetektor abgebaut, und Danny und Stacey saßen im Kino. Ruben und Ginger waren allein.

»Ich schätze, damit ist Danny aus dem Schneider«, sagte sie.

Ruben war nicht ganz überzeugt gewesen von dem Vorhaben, vor allem, weil Danny Stacey mit einbezogen hatte. Deshalb hatte er den Jungen mit Argusaugen beobachtet. Doch Danny hatte während des gesamten Tests ruhig und gelassen gewirkt, sich Zeit gelassen und jede Frage klar und deutlich beantwortet.

»Sieht so aus«, sagte Ruben vorsichtig. »Aber die Blutprobe wird trotzdem untersucht.«

»Klar«, äußerte Ginger lächelnd. Ihr Chef war immer äußerst penibel. Als sie es sich vor dem Kamin bequem gemacht hatten, sannen beide über dieselbe Frage nach – was nun?

»Ich würde ja an dem Lehrer dranbleiben, wenn ich das Gefühl hätte, daß es etwas bringt«, sagte sie. »Aber ich habe mir seine Aussage x-mal angehört, ich finde einfach keine Unstimmigkeit. Ich glaube, er hat wirklich mit allem ausgepackt, und ohne weitere Hinweise vergeude ich meine Zeit.«

»Ich glaube, du hast recht, was Frankel betrifft«, sagte Ruben. »Wir alle wollen diesen Fall abschließen. Ich zuvörderst, weil er mich nun auch noch meinen Job kosten kann. Aber jemandem zusetzen, damit man seine Stelle nicht verliert, ist nicht mein Stil. Der Mann scheint sauber zu sein. Wenn also nicht noch etwas auftaucht, das ihn belastet, lassen wir ihn von der Leine.«

Gail erwachte, steif von der unbequemen Lage und mit dem Gefühl, etwas Wichtiges vergessen zu haben. Das Licht war an, der Fernseher lief. Sie warf einen Blick auf ihre Armbanduhr. Es war schon nach Mitternacht, sie hatte also über fünf Stunden geschlafen.

Sie bewegte den Kopf hin und her, um ihren Nacken zu entspannen, und versuchte sich zu erinnern, warum sie wach geworden war. Hatte sie geträumt, oder war ihr im Schlaf etwas eingefallen? Sie schloß die Augen und versuchte, den Traum zu rekonstruieren. Tagesbilder zogen vorüber: ein Polizist, eine Sekretärin, eine Kellnerin, eine Redaktionsassistentin, ein Hausmeister.

Gail fuhr auf. Sie war jetzt ganz sicher, daß sie etwas Entscheidendes übersehen hatte. Doch was? Sie ging alles noch einmal durch – eine Sekretärin, die nur ungern über einen ehemaligen Lehrer sprechen wollte; ein auffallend zuvorkommender Polizist, der behauptete, nichts über Jerry Frankel zu wissen; eine schwatzhafte Kellnerin, die wußte, daß sie die Holman Academy aufgesucht hatte; eine rothaarige Redaktionsassistentin, die sagte, die Zeitung berichte nicht über diese Schule; ein Hausmeister, der ihr nachstarrte.

Gail sprang auf und ging in dem kleinen Zimmer auf und ab. Wie waren McNallys Worte gewesen? Er hatte nicht gesagt, daß niemals gegen Jerry Frankel ermittelt wurde – er hatte nur gesagt, daß keine Unterlagen über Ermittlungen vorlagen. Und Mrs. Quinlan hatte gesagt, daß Frankel gekündigt hatte, war jedoch nicht bereit, den Grund anzugeben, obwohl es sich dabei lediglich um die Versetzung seiner Frau handeln mußte. Aufregung erfaßte sie. Es war zum Greifen nah gewesen, und sie hatte es übersehen! War sie etwa eingerostet? Als Reporterin wäre ihr das nicht passiert. Sie hörte noch die Worte der Redaktionsassistentin: »... eine private Institution ... es geht darum, die Schüler zu schützen.«

Wie hatte sie nur so blind sein können? Der anonyme Brief war kein Streich. Er hatte sie auf die richtige Fährte gesetzt. Man hatte sie deshalb abblitzen lassen, weil hier etwas vertuscht wurde. Und dafür gab es einen Grund – doch es war nicht Jerry Frankel, den die Leute hier zu schützen versuchten.

Sie dachte fieberhaft nach. Sie stellten sich nicht vor den Lehrer und auch nicht vor die Schule. Gail glaubte nicht, daß die Einwohner der Stadt sich besonders für die Schule ins Zeug legen würden. Nur dann, wenn ein Bürger der Stadt betroffen war, eine prominente Person oder, dachte sie mit einem Schaudern, vielleicht die *Tochter* einer prominenten Person.

Gail rief wieder bei der Fluggesellschaft an. Diesmal sagte sie ihren Rückflug ab. Dann setzte sich hin und arbeitete einen Plan aus.

11

Am nächsten Morgen hatte der Eisregen aufgehört, und es nieselte nur. Kurz nach elf fand sich Gail wieder bei der Holman Academy ein. Das Tor stand offen, und wie sie gehofft hatte, war auf dem Schotterplatz nur der Pick-up geparkt. Gail hielt daneben. Sie wußte nicht, wo sie ihn suchen sollte; er konnte überall auf dem Grundstück zu tun haben.

Sie stieg aus und ging zum Personaleingang. Die Tür war unverschlossen. Sie betrat das Gebäude.

Nach zwanzig Minuten hatte sie ihn gefunden, oder vielmehr er sie. Sie wanderte ziellos die Flure entlang, schaute in jedes Zimmer, als plötzlich eine Stimme hinter ihr sagte: »Sie haben hier aber nix zu suchen. Heut ist keine Schule.«

Sie fuhr herum, und da stand er, im selben blauen Overall.

»Ezekiel, nicht wahr?« sagte sie lächelnd. »Ich heiße Gail. Ich war gestern hier und habe mit Mrs. Quinlan gesprochen. Erinnern Sie sich?«

Ezekiel blinzelte, dann nickte er. »Ja, ich weiß noch. Sie haben über den Lehrer geredet.«

Gails Herz schlug höher. »Ja, genau«, sagte sie. »Erinnern Sie sich an den Lehrer?«

»Ja, klar«, sagte Ezekiel und lächelte. Sein Lächeln war zahnlos und unschuldig wie das eines kleinen Kindes. »Er war 'n prima Lehrer. Manchmal durft ich zu ihm ins Klassenzimmer kommen, wenn die Stunde aus war, und er hat mir lauter Sachen erzählt, die passiert sind, als ich noch nich mal geboren war. Ich hab ihm gern zugehört.«

»Wissen Sie, warum er die Schule verlassen hat, Ezekiel?«
Sein Gesicht verdüsterte sich. »Sie war schuld dran«, sagte er. »Sie hat schreckliche Sachen gesagt, und dann kam die Polizei.«
»Die Polizei von Scarsdale?« fragte Gail.
»Mhm. Hübsche Uniformen hatten die.«
»Was ist dann passiert?«
»Der Direktor hat die Polizei weggeschickt und gesagt, ich soll alles vergessen. Aber der Lehrer war ganz durcheinander und hat nicht mehr dran gedacht, mich ins Klassenzimmer zu holen, wie sollt ich das denn da vergessen?«
»Das weiß ich auch nicht, Ezekiel«, antwortete Gail. »Aber sagen Sie mir: Nachdem das Mädchen die schrecklichen Sachen gesagt und der Direktor die Polizisten weggeschickt hatte, was ist dann passiert?«
»Der Lehrer war weg.«
»Gleich danach?« fragte Gail. »Sofort nach diesem Vorfall?«
»Ziemlich bald danach«, antwortete Ezekiel. »Ich weiß, daß es nach den Ferien war, weil der Direktor mir da gesagt hat, daß der Lehrer weg ist und nie mehr wiederkommt.«
Gail hielt den Atem an. »Wissen Sie, wer das Mädchen war?«
»Er fehlt mir«, sagte der Mann wehmütig. »Jetzt spricht keiner mehr so mit mir.«
»Ezekiel«, drängte Gail. »Wissen Sie, wer das Mädchen war?«
Er nickte. »Sie war 'n nettes Mädchen«, sagte er.
»Was ist mit ihr geschehen? Wissen Sie das?«
Ezekiel zuckte die Achseln. »Ich glaub, nichts.«
Gail starrte ihn an. »Was meinen Sie mit ›nichts‹? Lebt sie? Ist sie immer noch an der Schule?«
»Mhm«, antwortete er. »Ich seh sie oft. Nettes Mädchen. Die Mädchen hier sind alle nett. Manche necken mich.« Er wurde unruhig. »Aber ich darf nich über sie reden, hat der Direktor gesagt.«
»Keine Angst, das brauchen Sie nicht, Ezekiel«, beruhigte ihn Gail. »Sie haben mir sehr weitergeholfen. Nun sagen Sie mir nur noch, wie ich hier wieder rausfinde.«

Er begleitete sie zur Eingangstür und hielt sie ihr auf. »Sie sind nich von hier«, sagte er.
»Nein«, bestätigte Gail. »Ich komme aus dem Westen.«
»Woher wissen Sie dann von Alice?«
Gail sah ihn an. »Heißt sie so?« fragte sie atemlos. »Heißt das Mädchen Alice?«
»Alice ist ein hübscher Name«, sagte Ezekiel und schloß die Tür.

Gail fuhr zum Polizeirevier.
»Ich glaube, daß Sie mir nicht die Wahrheit gesagt haben, Detective McNally«, sagte sie. »Sie behaupten, Jerry Frankel nicht gekannt zu haben – sagen aber, er sei ein erstklassiger Lehrer gewesen.«
»Ich dachte, Sie wollten einen persönlichen Eindruck von mir haben«, wich der Polizist gewandt aus. »Daß er einen sehr guten Ruf hat, hab ich nur gehört.«
»Ach ja? Über einen bestimmten Lehrer von einer Schule, in der es nur Spitzenkräfte gibt? Wie wollen Sie von seinem Ruf gehört haben? Er unterrichtete an einer Institution, die auf absolute Diskretion hält. Wieso spricht man dann über einen einzelnen Lehrer?«
»Das kommt schon mal vor.«
»Sie wollten mir außerdem weismachen, daß niemals gegen ihn ermittelt wurde. Das stimmt nicht, oder?«
McNally seufzte. »Schauen Sie, Ms. Brown, ich bräuchte gar nicht mit Ihnen zu sprechen. Ich wollte nur nicht unhöflich sein.«
»Dann hätten Sie mir doch einfach sagen können, daß es Ihnen nicht möglich ist, über den Fall zu sprechen«, entgegnete Gail.
»Dann wären Sie gegangen?«
»Hören Sie, McNally, ich bin nicht der Feind. Und ich mache hier keinen Erholungsurlaub. Ich bin hergekommen, weil es vor zwei Monaten in meiner Heimatstadt einen Mord gab – den

ersten seit Menschengedenken. Ein fünfzehnjähriges Mädchen wurde auf brutalste Weise ermordet, und unsere Polizei, die an sich sehr gut ist, hat den Mörder bislang noch nicht ermitteln können. Dann bekomme ich einen anonymen Hinweis in bezug auf einen neuen Lehrer an unserer High-School, der mich direkt zur Holman Academy führt. Nun, was hätten Sie an meiner Stelle getan?«

McNally seufzte. »Gut, es gab eine Anschuldigung. Wir suchten die Schule auf, um die Sache zu überprüfen. Der Lehrer leugnete, der Direktor sagte uns, es handle sich um eine Privatangelegenheit, und wir zogen wieder ab. Keine Ermittlung. Ende der Geschichte.«

»Können Sie mir sagen, worum es dabei ging?«

»Um einen Lehrer und eine Schülerin.«

»War der Lehrer Jerry Frankel?«

Der Detective nickte widerstrebend.

»Gut, McNally«, sagte Gail vorsichtig, »Jerry Frankel ist schon lange aus Scarsdale verschwunden, das heißt, Sie haben keinen Grund, ihn zu decken. Wen bemühen Sie sich so krampfhaft zu schützen? Könnte es sich nicht vielleicht um ein Mädchen namens Alice handeln?«

Der Detective sah sie an. »Sie haben erfahren, was Sie wissen wollten, Ms. Brown. Das Gespräch ist hiermit beendet. War nett, Sie kennenzulernen, gute Heimreise.«

Eine Stunde später saß Gail im Restaurant und versuchte das Bild zusammenzusetzen. Vor ihr standen ein Schinkensandwich, das sie noch nicht angerührt hatte, und eine Tasse Kaffee, die allmählich auskühlte.

Offenbar war die Anschuldigung, die eine der Schülerinnen gegen Jerry Frankel vorgebracht hatte, schwerwiegend genug gewesen, um die Polizei auf den Plan zu rufen. Und die Bürger der Stadt sorgten sich wenig um das Wohl von Frankel, traten aber vehement für die Schülerin ein. Woraus Gail schloß, daß sie die Tochter eines einflußreichen Mannes sein mußte.

Es lief ihr kalt den Rücken hinunter angesichts dieser unheimlichen Parallele zwischen Alice und Tara Breckenridge. Doch Ezekiel hatte gesagt, daß Alice immer noch an der Holman Academy zur Schule ging. Es war also nicht zu einer Eskalation gekommen wie auf Seward Island.

Gail erwog ihre Optionen. Sie wußte jetzt, daß zwischen Jerry Frankel und einer Schülerin etwas vorgefallen war, doch sie hatte nichts Genaueres in Erfahrung bringen können. Hatte sie ihre Mission dennoch erfüllt? Konnte sie abreisen, ohne herauszufinden, worauf sich die Anschuldigung bezogen hatte?

Normalerweise scherten sich die Massenmedien wenig um Fairneß, doch Gail war daran gelegen. Sie hatte sich immer bemüht, beide Blickwinkel einer Geschichte herauszuarbeiten und beiden gleich viel Gewicht beizumessen, auch wenn es ihr manchmal zuwider war. Konnte sie jetzt nach Hause fahren und jemanden anklagen, ohne den Hintergrund der Geschichte liefern zu können?

»Möchten Sie frischen Kaffee?« fragte Sally. »Sagt Ihnen der Schinken nicht zu?«

Gail schaute auf. »Danke«, sagte sie. »Ja, heißer Kaffee wäre nicht schlecht. Der Schinken ist einwandfrei. Ich war nur in Gedanken.«

»Sie stochern in einem Hornissennest, was?« bemerkte die Kellnerin und stellte eine frische Tasse Kaffee auf den Tisch.

»Ah ja?« sagte Gail und kniff leicht die Augen zusammen. »Das war mir nicht klar.«

»Der Lehrer ist weg. Den Rest läßt man besser ruhen.«

»Ich habe Ihnen nicht erzählt, daß ich zur Holman Academy wollte, nicht?«

»Spielt das 'ne Rolle?« sagte Sally und zuckte die Achseln.

Gail wagte einen Versuch. »Alice ist sicher ein ganz besonderes Mädchen«, sagte sie.

»Welche Alice?« fragte Sally ungerührt.

»Das Mädchen, das sich mit dem Lehrer eingelassen hatte.«

Die Kellnerin zuckte wieder die Achseln. »Davon weiß ich nichts«, antwortete sie.
»Natürlich nicht«, sagte Gail. »Ich habe nur so geraten. Wissen Sie, bei all dem Aufwand, den sie getrieben haben, um die Sache zu vertuschen.«
Sally lachte kurz auf. »Sie meinen, sie haben *versucht,* es zu vertuschen«, sagte sie.
Gail gestattete sich ein wissendes Grinsen. »Tja, so dachte ich mir das. Ich bin selbst in einer Kleinstadt aufgewachsen.«
»Na ja, dann wissen Sie ja, wie's läuft.«
»Klar. Jemand wie Alice muß unter allen Umständen geschützt werden.«
»So ist es wohl«, entgegnete Sally.
»Sie fanden das nicht gut?« fragte Gail.
Die Kellnerin schnaubte. »Mich hat keiner nach meiner Meinung gefragt«, antwortete sie. »Aber da Sie ohnehin alles alleine rausgefunden haben, kann ich Ihnen nur sagen: Die Mädchen an der Academy sind ein Haufen verwöhnter reicher Zicken. Keine von denen wird auch nur einen Tag in ihrem Leben was arbeiten müssen – können Sie sich das vorstellen? Aber sind sie deshalb was Besonderes? Für mich nicht. Wenn's nach mir geht, verdienen die den ganzen Mist, in den sie reingeraten.«
»Alice auch?«
»Weshalb nicht? Ihr Vater ist reicher als der Herrgott und hält sich für besser als den Rest der Welt, bloß weil er irgend so 'n Superarzt ist und einen auf sozial macht. Ich seh sie manchmal, wenn sie mit ihren Freunden herkommt und hart arbeitende Leute wie mich behandelt, als seien wir der letzte Dreck. Sie können mir glauben, die ist nicht besser als all die andern.«
Der Versuch war es wert gewesen. Gail trank einen Schluck Kaffee, probierte ihr Sandwich und lächelte Sally wohlwollend an. Sie würde noch ein Weilchen in Scarsdale bleiben.

»Ich stehe nicht mehr unter Verdacht im Fall Breckenridge«, teilte Danny Leo seinen Eltern am Sonntag nach der Kirche mit.

»Was soll das heißen?« fragte Peter. »Haben sie den Mörder gefaßt? Ich habe nichts davon gehört.« Er blickte seine Frau an.

Rose schüttelte den Kopf. »Ich auch nicht.«

»Ich weiß nicht, ob sie irgendwen haben oder nicht«, sagte Danny. »Ich weiß nur, daß sie sich nicht mehr für mich interessieren.«

»Woher willst du das wissen?«

»Detective Earley hat es mir gesagt.«

Peter runzelte die Stirn. »Das hat sie dir explizit gesagt?«

»Jawohl.«

»Wie kommt das?«

Danny zuckte die Achseln. »Ich habe sie offenbar überzeugt.«

»Wie hast du das gemacht, Sohn?«

»Na ja, wenn du's unbedingt wissen willst«, antwortete Danny, »ich habe den Lügendetektortest gemacht.«

Peter funkelte den Jungen wütend an. »Ich werd diese verdammten Polypen verklagen«, rief er aus. »Sie haben nicht das Recht, dich hinter meinem Rücken zu verfolgen!«

»Das haben sie nicht getan«, stellte Danny klar. »Ich bin zu ihnen gegangen. Ich wollte den Test machen. Ich wollte, daß Schluß ist mit dieser Sache.«

»Aber ich hatte dir doch gesagt, daß es hier ums Prinzip geht.«

»Du hast das alles viel zu sehr aufgebauscht. Den Gerichtsbeschluß anzufechten! Sogar meine eigenen Freunde haben mich schon schief angeschaut, so als würde mein eigener Vater mich für schuldig halten.«

»Deine Freunde können nicht viel taugen, wenn sie die Bedeutung eines Prinzips nicht begreifen.«

»Zum Teufel mit deinen Prinzipien, Dad. Unser Direktor hat mir klipp und klar gesagt, daß ich wegen deines Verhaltens dabei war, mein Stipendium für Harvard zu verlieren. Wolltest du das vielleicht?«

Einen Moment lang sah Peter aus, als wolle er Danny schlagen. Dann zuckte er die Achseln und lachte in sich hinein.
»Hast den Detektortest bestanden, was?«
Danny grinste. »Summa cum laude«, sagte er.

Gail brachte vier Stunden in der Stadtbücherei und anderthalb mit dem Studium des Telefonbuchs zu. Dann hatte sie Dr. Stuart Easton, seine Frau Denise und ihre siebzehnjährige Tochter Alice ausfindig gemacht.
Die Eastons lebten in einer riesigen Villa, die angeblich in den dreißiger Jahren einem berüchtigten Gangster gehört hatte. Dr. Easton war Chefarzt an einer namhaften Klinik, die einen ganzen Trakt nach ihm benannt hatte, und wo man ihn erwähnte, wurden immer auch seine außergewöhnlichen Leistungen in der Chirurgie sowie seine vorbildlichen Aktivitäten im sozialen Bereich aufgeführt.
Um zehn nach acht am Montag morgen hielt Gail vor dem Haus. Das Hausmädchen öffnete ihr und führte sie einen mit flauschigem Teppichboden ausgelegten Korridor entlang zu einem kleinen Salon, in dem Stuart Easton sie erwartete. Er war um die Fünfzig, mittelgroß, schlank und dunkelhaarig und strahlte etwas aus, das Gail an einen lauernden Panther erinnerte.
»Ich muß Ihnen sagen, daß ich Ihre Anwesenheit hier nicht gutheißen kann, Ms. Brown«, sagte er, nachdem sie sich vorgestellt hatten. »Wir legen großen Wert auf unsere Privatsphäre und waschen nicht gern schmutzige Wäsche in der Öffentlichkeit. Ich habe eingewilligt, Sie zu treffen, weil ich Detective McNally diesen Gefallen erweisen wollte, aber nur unter der Bedingung, daß dieses Gespräch inoffizieller Natur ist. Ich warne Sie – überschreiten Sie diese Grenze nicht, sonst ist die Unterredung sofort beendet.«
»Ich weiß es zu schätzen, Dr. Easton, daß Sie sich so kurzfristig Zeit für ein Treffen nehmen konnten, und ich möchte Ihnen versichern, daß es nicht in meiner Absicht steht, Ihnen

oder einem Mitglied Ihrer Familie Schaden zuzufügen«, sagte Gail. »Detective McNally hat Ihnen sicher erklärt, daß ich lediglich ein paar Hintergrundinformationen brauche, um eine Situation in meiner Heimatstadt richtig einschätzen zu können.«

Er ließ sich in einem Ledersessel nieder und wies auf eine Couch. »Was möchten Sie wissen?« fragte er.

Sie informierte ihn über den Mord an Tara Breckenridge und die Umstände, die auf Jerry Frankel hinwiesen, dann legte sie ihm den Inhalt des anonymen Schreibens dar.

»Normalerweise beachte ich anonyme Briefe nicht«, sagte sie. »Doch angesichts der Lage fühlte ich mich verpflichtet, der Sache nachzugehen. Ich müßte lediglich wissen, wessen der Lehrer bezichtigt wurde und ob es dafür triftige Gründe gab.«

»Meine Tochter hatte bei ihm Geschichte«, sagte Easton. »Sie kam mit einigen Dingen nicht zurecht, und er gab ihr nach der Schule Nachhilfe. Diese Gelegenheit nutzte er aus, um sie sexuell zu belästigen.«

»Wie haben Sie davon erfahren?«

»Alice hat es uns erzählt. Aber erst, nachdem das offenbar schon Monate so ging.«

»Was haben Sie dann getan?«

»Wie meinen Sie das?« fragte er patzig. »Ich habe natürlich die Polizei verständigt.«

»Wurde Alice von einem Arzt untersucht?«

»Ich *bin* Arzt, Ms. Brown«, sagte er gereizt.

»Verstehen Sie mich bitte nicht falsch, Dr. Easton«, sagte Gail hastig, »ich versuche lediglich, das Bild zu vervollkommnen.«

»Sind wir immer noch inoffiziell?« fragte er argwöhnisch.

»Sicher.«

»Gut, ja. Ich habe sie von einem Arzt untersuchen lassen.«

»Und?«

»Sie war natürlich schwanger.«

»Wurden DNA-Tests gemacht? Ließ sich Jerry Frankel als Vater ermitteln?«

»Er weigerte sich, einen solchen Test mitzumachen.«
»Sie hätten ihn dazu zwingen können.«
»Dazu hätte ich vor Gericht gehen müssen, und die Geschichte wäre in der Öffentlichkeit breitgetreten worden«, sagte er und seufzte. »Auf jeden Fall wäre der gute Ruf meiner Tochter dahin gewesen. Und wofür? Alice ist ein zartes, empfindsames Mädchen, Ms. Brown. Ich fand, daß sie schon genug durchgemacht hatte. Mir ging es in erster Linie darum, daß das Kind nicht ausgetragen würde. Natürlich hatte ich kein Interesse daran, ihren Namen in den Dreck zu ziehen.«
»Detective McNally sagte mir, Jerry Frankel habe jede sexuelle Beziehung mit Ihrer Tochter geleugnet.«
»Erstaunt Sie das?«
»Nein. Aber ohne Tests und präzise polizeiliche Ermittlungen bleibt das Ganze nur auf der Ebene von Behauptungen. Frankel gilt allgemein als sehr engagierter, integrer Lehrer. Wäre es möglich, daß Alice, sagen wir, nicht ganz offen Ihnen gegenüber war?«
»Ich bin es nicht gewohnt, die Worte meiner Tochter anzuzweifeln«, entgegnete Easton. »Wenn sie gesagt hat, er war es, dann war er es auch.«
»Sie meinen, sie hat Ihnen gesagt, Jerry Frankel sei der Verantwortliche, und das war alles?«
»Im wesentlichen, ja.«
»Hat Alice gesagt, ob sie sich freiwillig auf das Verhältnis eingelassen hat?«
»Freiwillig oder nicht, sie war sechzehn Jahre alt und seine Schülerin«, sagte er. »Er war eine Autoritätsperson – ihr Lehrer. Sie hat zu ihm aufgeblickt. Er hat sie ausgenutzt.«
»Können Sie mir sagen, Dr. Easton, ob Ihre Tochter vor dem angeblichen Verhältnis mit Jerry Frankel, ähm, bereits sexuell aktiv war?«
Easton fühlte sich sichtlich unbehaglich. »Schauen Sie, ich habe sehr viel zu tun. Vielleicht bin ich nicht so häufig zu Hause, wie ich es sein sollte. Vielleicht sollte ich meiner Toch-

ter näher sein. Aber ich tue, was ich kann. Falls sie vorher bereits sexuell aktiv war, weiß ich jedenfalls nichts davon.«

»Ich verstehe, wie unangenehm das für Sie sein muß«, sagte Gail, obwohl sie in Wirklichkeit wenig Mitgefühl für den Mann empfand. »Ich an Ihrer Stelle wäre sicher auch entsetzt. Diese Fragen sind eine Zumutung, das ist mir klar, aber glauben Sie mir, ich würde sie Ihnen ersparen, wenn es nicht so wichtig wäre.«

Er nickte. »Ich verstehe schon«, sagte er.

»Ich habe nur noch einige wenige Fragen.«

»Bitte.«

»Was hat Alice der Polizei gesagt?«

Der Chirurg blinzelte. »Nichts«, sagte er. »Ich habe ihr nicht erlaubt, mit den Polizisten zu sprechen. Sie hat mir und ihrer Mutter die Situation geschildert, und *wir* haben sie der Polizei dargelegt.«

»Und lediglich aufgrund dessen, was Ihre Tochter Ihnen mitgeteilt hatte, wurde Frankel – was? Gezwungen, seine Stellung an der Holman Academy aufzugeben?«

»Selbstverständlich«, erklärte Easton. »Sie glauben doch wohl nicht, daß ich es Alice gestattet hätte, weiter diese Schule zu besuchen, wenn er noch dort unterrichtet hätte, oder?«

»Aha.«

»Und glauben Sie mir, engagierter Lehrer hin oder her: Viele der Eltern standen hinter uns.«

»Sie sagten, es wurden keine DNA-Tests durchgeführt, und Detective McNally hat mir mitgeteilt, daß der Direktor der Academy die Ermittlungen unterbunden hat. Es gab also niemals eine ordentliche Untersuchung der Angelegenheit?«

»Ich glaube, Ihr Ton gefällt mir nicht, Ms. Brown.«

»Dr. Easton, hier steht das Leben eines Menschen auf dem Spiel. Wenn Jerry Frankel Ihre Tochter sexuell belästigt und das Mädchen auf Seward Island ermordet hat, will ich, daß er dafür bestraft wird. Falls er es nicht getan hat, möchte ich ihn nicht zu Unrecht beschuldigen. Hier scheint lediglich eine

nicht bewiesene Anschuldigung seitens Ihrer Tochter vorzuliegen, die von Ihnen an die Polizei weitergegeben wurde.« Gail hielt inne. »Sie würden es mir wohl nicht ermöglichen, mit Alice zu sprechen, oder?«
»Unter keinen Umständen.«
Gail nickte. Wie gewonnen, so zerronnen, dachte sie, als sie aufstand. In vielerlei Hinsicht hatte sie mehr Fragen als Antworten.
»Danke, daß Sie mich empfangen haben.«
Draußen stieg sie in ihr Auto, ließ den Motor an und wollte losfahren. Irgend etwas bewog sie, einen Blick auf das Haus zu werfen. An einem Fenster im ersten Stock stand ein blondes Mädchen. Vielleicht lag es am Licht, vielleicht bildete Gail es sich auch ein, doch es kam ihr vor, als weine das Mädchen.

Er fuhr entsetzt hoch, starrte in die Dunkelheit. Sein Herz hämmerte, er keuchte, war schweißüberströmt. Der Alptraum suchte ihn immer wieder heim. Doch diesmal fühlte sich sein Kopf an, als sei er in einen Schraubstock gespannt. Er hatte noch nie Kopfschmerzen gehabt, hatte nie verstanden, warum die Leute darunter litten. Er fragte sich, ob sie ihn nun für immer verfolgen würden.
Diese Woche hatte ihn der Traum schon zum dritten Mal aus dem Schlaf gerissen. Jedesmal starrten ihm diese anklagenden Augen entgegen, jedesmal zerriß dieser grauenvolle Schrei die Stille und prangerte ihn an. Dieser Alptraum war ein Moment gefrorener Zeit, der sich nicht verändern, mildern oder vergessen ließ. Er war gnadenlos, wie eine Filmaufnahme, in der die Wirklichkeit für immer festgehalten war.
Bei klarem Verstand konnte er sich leicht einreden, daß sie schuld hatte, nicht er. Daß er sich nur verteidigt, sein Leben vor der Zerstörung bewahrt hatte. Es brachte ihn zur Verzweiflung, daß dieser Traum ihn immer wieder aus seiner Ruhe aufstörte.
Er stand auf, stolperte ins Badezimmer und nahm drei

Schmerztabletten, die er mit einem Glas Wasser hinunterspülte. Dann ließ er sich kaltes Wasser über den Nacken laufen. Als er vor Kälte zu zittern begann, trocknete er sich ab und stieg wieder ins Bett. Auf dem Wecker war es fünf nach halb eins. Er hatte höchstens eine Stunde geschlafen. Diesmal war der Traum früh gekommen. Er begann seine Schläfen zu massieren. Nach einer Weile ließ der Schmerz nach, und er schlief wieder ein.

12

Auf dem gesamten Rückflug nach Seattle rang Gail mit sich. Doch schließlich ging sie zu Ginger und erzählte ihr, was sie erfahren hatte.

»Es ist kein Stoff, den ich guten Gewissens benutzen könnte«, schloß sie, »es sind nichts als Ansätze. Aber vielleicht ist es hilfreich für Sie.«

»Mit dem Mädchen konnten Sie nicht sprechen?« fragte Ginger.

Gail schüttelte den Kopf. »Ich habe es versucht. Ihr Vater hat es mir verweigert. Er gab sogar zu, daß nicht einmal die Polizei mit ihr geredet hat. Ich war auch noch mal an der Schule, aber der Direktor wollte mich nicht empfangen. Er ließ mir durch seine Sekretärin ausrichten, daß er unter keinen Umständen mit mir über Alice Easton sprechen werde und daß alles, was sie in dieser Angelegenheit unternommen hatten, im Interesse der Schule geschehen sei.«

»Ich muß nun doch sagen, daß es besser gewesen wäre, wenn Sie sich zuvor an mich gewandt hätten«, äußerte Ginger. »Ich hätte Sie gern begleitet.«

Gail zuckte die Achseln. »Den journalistischen Entdeckerdrang wird man wohl nie los«, sagte sie.

»Der Dreckskerl!« schrie Ginger, sobald Gail gegangen war. »Er hat mich tatsächlich hinters Licht geführt.«

»Er ist offenbar gerissener, als wir geglaubt haben«, bemerkte Ruben.

»Mag sein, aber was ist mit meinem Instinkt, meiner Intuition?«
»Mach dir keine Vorwürfe. Er hat offenbar ziemlich viele Leute getäuscht.«
»Aber ich bin Polizistin«, widersprach sie. »Ich hätte das alles durchschauen müssen. Er kam mir so offen und ehrlich vor. Jetzt wird mir klar, daß er einfach gut vorbereitet war. Er hatte das alles schon mal mitgemacht.«
»Das stimmt nicht ganz«, wandte Ruben ein. »Alice Easton lebt noch.«
»Das war die Generalprobe«, sagte Ginger. Sie wußte nicht, was sie schlimmer fand – daß Frankel ein Kinderschänder und Mörder war oder daß es ihm gelungen war, ihr etwas vorzumachen. Sie ärgerte sich über ihre Dummheit und fühlte sich betrogen.
»Nun ja, jetzt wissen wir zumindest Bescheid«, sagte Ruben.
»Ja.« Ginger nickte. »Und nun wird es auch Zeit, daß wir dem Herrn Lehrer ans Leder gehen. Ich werde ihn ausquetschen, bis er uns keine Lügen mehr vorsetzt.«
Polizistin mit Leib und Seele, dachte Ruben.

»Wir haben noch einige Informationen erhalten, Mr. Frankel«, sagte Ginger am Telefon. »Ob Sie vielleicht so freundlich sein würden und morgen nachmittag aufs Revier kommen, damit wir darüber sprechen können? Nach der Schule?«
»Worum geht es denn jetzt, Detective Earley?« fragte er gereizt.
»Wir würden gerne mit Ihnen über die Holman Academy sprechen.«
Er hielt hörbar die Luft an. »Wie haben Sie das herausgefunden?« fragte er.
»Spielt das eine Rolle?« fragte sie zurück.
Er schwieg kurz, dann war ein Seufzen zu vernehmen. »Ich melde mich bei Ihnen«, sagte er und legte auf.

Am nächsten Tag betrat der Geschichtslehrer um fünf vor halb fünf Uhr nachmittags allein das Polizeirevier.

»Ich bin der Ansicht, daß Sie Ihren Anwalt bei sich haben sollten«, sagte Ginger warnend.
»Er kommt um fünf«, sagte Jerry. »Ich wollte vorher noch mit Ihnen allein sprechen.«
Sie führte ihn zum Verhörraum, wo er sich auf dem Stuhl niederließ, auf dem er schon beim letzten Gespräch gesessen hatte. Der Recorder stand bereit, neben einem Krug Wasser und mehreren Gläsern. Ferner lag eine Akte mit der ersten Aussage des Lehrers auf dem Tisch.
»Sie werden von einem Anwalt vertreten«, sagte Ginger und setzte sich ihm gegenüber. »Das heißt, Sie können nur in seiner Gegenwart auf Ihre Rechte verzichten. Wir werden also warten, bis er hier ist. Das dient Ihrem eigenen Schutz.« Sie wollte klare Verhältnisse haben mit diesem Mann; jedes Wort, das er äußerte, sollte vor Gericht verwendbar sein.
Jerry sah sie mit einem kleinen Lächeln an. »Habe ich Schutz nötig, Detective Earley?«
»Das weiß ich nicht, Mr. Frankel«, sagte sie. »Aber so ist das Verfahren.«
»Ich habe dieses arme Mädchen nicht umgebracht«, sagte er.
»Sagen Sie bitte nichts mehr.«
»Ich habe sie nicht umgebracht«, wiederholte er. »Und die Sache mit der Holman Academy ist ein Mißverständnis.«
»Mr. Frankel«, erwiderte sie ruhig, »ich kann es Ihnen nicht gestatten, fortzufahren.«
»Aber ich versuche doch nur, es Ihnen begreiflich zu machen«, sagte er. »Ich habe ...«
»Mr. Frankel, bitte«, fiel sie ihm ins Wort. »Wenn Sie nicht einwilligen, nicht mehr zu sprechen, bis Ihr Anwalt hier ist, gehe ich hinaus.«
Er schüttelte den Kopf. »Was ich sagen wollte, hatte nichts mit dem Fall Breckenridge zu tun«, sagte er. »Es geht um etwas ganz anderes, und ich verstehe nicht, weshalb ich nicht ohne meinen Anwalt darüber sprechen kann.«
Ginger stand auf. »Ich warte draußen«, sagte sie.

»Nein, bleiben Sie hier«, sagte er müde. »Sie müssen nicht rausgehen. Ich sage nichts mehr.«
Sie setzte sich wieder, und die beiden warteten schweigend. Der Lehrer war unruhig, und Ginger beobachtete gelassen jede seiner Bewegungen.
»Können wir nicht wenigstens übers Wetter reden?« äußerte er. »Ich habe gehört, daß es ungewöhnlich mild ist für Dezember.«
»Es wäre wirklich am besten, wenn wir gar nicht sprechen«, sagte sie.
Er seufzte tief und sah sich um; kahle graue Wände, wohin das Auge blickte. Nach ein paar Minuten griff er zu einem der Gläser, goß sich Wasser aus dem Krug ein und trank. Als das Glas leer war, stellte er es auf das Tablett zurück. Ginger sah ihm zu.
Drei Minuten nach fünf kam Scott Cohen herein und setzte sich neben seinen Klienten. »Gut«, sagte er. »Wie ist der Stand der Dinge, und warum sind wir hier?«
»Wir möchten über neue Informationen sprechen, die wir hinsichtlich eines Vorfalls an der vorherigen Arbeitsstelle Ihres Klienten erhalten haben«, erklärte Ginger. »Mr. Frankel ist bereits vor einer halben Stunde hier eingetroffen und wollte sich dazu äußern, doch ich riet ihm, das nur in Ihrer Anwesenheit zu tun.«
»Habe ich das richtig verstanden: Sie beziehen sich auf einen Vorfall, der nicht mit dem Fall Breckenridge in Verbindung steht?« erkundigte sich Scott.
»Jawohl.«
»Dann sehe ich hier keine Relevanz.«
»Moment«, warf Jerry ein. »Ich will darüber reden. Ich will diese Sache ein für allemal aus der Welt haben.«
»Ich möchte mich kurz mit meinem Klienten besprechen«, sagte Scott.
Ginger stand sofort auf und ging hinaus.
»Jerry«, sagte Scott eindringlich. »Es ist nicht der richtige Moment ...«

»Das ist mir egal«, entgegnete der Lehrer. »Diese Ermittlungen haben mein gesamtes Leben durcheinandergebracht, und ich will, daß das aufhört. Ich werde ihnen jetzt alles erzählen, was sie wissen wollen.«

»Davon rate ich dir ausdrücklich ab.«

»Sie haben eine falsche Vorstellung«, sagte Jerry. »Es hat nichts mit dem Fall Breckenridge zu tun.«

»Hör mir jetzt bitte gut zu«, befahl der Anwalt. »Alles, was du von dir gibst, jedes Wort, hat mit dem Fall Breckenridge zu tun. Sie sind hinter einem Mörder her, und sie werden alles Erdenkliche tun, um einen zu finden. Sie suchen nach einem Motiv, einem Verhaltensmuster, irgendeinem Punkt, der es ihnen ermöglicht, jemanden zu verhaften. Diese Angelegenheit an deiner ehemaligen Schule liefert ihnen eventuell all das.«

Jerry blinzelte. »Aber sie kennen ohnehin schon die andere Seite der Geschichte«, sagte er. »Ich will es ihnen nur aus meiner Perspektive schildern.«

Scott seufzte. »Also gut«, sagte er. »Aber ich gestatte dir nicht, es als offizielle Aussage zu deklarieren.«

Er stand auf und ging zur Tür. Ginger kam wieder herein, diesmal in Begleitung von Ruben.

»Was Mr. Frankel jetzt äußert, ist inoffiziell«, sagte Scott. »Keine Bandaufnahme, kein Protokoll. Nichts von dem, was er sagen wird, kann gegen ihn verwendet werden. Sind wir uns darüber einig?«

Die beiden Polizisten sahen sich kurz an, dann schob Ginger den Recorder beiseite und lehnte sich zurück. »Erzählen Sie uns, was an der Holman Academy passiert ist.«

»Sie wissen sicher schon, daß das Mädchen Alice Easton hieß und daß sie auf diese Schule ging«, begann Jerry. »Sie war einziges Kind eines Star-Mediziners und einer Gesellschaftsdame. Beide fanden offenbar nicht viel Zeit für sie. Sie war sehr unglücklich. Sie sagte mir immer wieder, daß sie nicht verstehe, weshalb sie überhaupt ein Kind bekommen hätten, denn sie sei hauptsächlich von Hausangestellten großgezogen worden. Als ich sie kennenlernte, war sie vierzehn und regelrecht ausgehungert nach Zuwendung. Und ich war ... verfügbar. Alice war nicht die erste Schülerin, die sich in mich verguckte; das ist bei dem Beruf unvermeidlich. Aber sie war die erste, die ihre Phantasie nicht im Griff hatte.«

»Phantasie?«

»Ja«, sagte er. »Die ganze Geschichte fand nur in ihrer Phantasie statt. Sie hatte von Anfang an Probleme mit Geschichte, aber sie brauchte ein ganzes Schuljahr, bis sie kam und mich um Hilfe bat. Ich habe meine Schüler immer ermuntert, das zu tun. Wir lernen nicht alle gleich schnell, wissen Sie, und wenn man ein bestimmtes Niveau erreicht hat, kommen einzelne Schüler manchmal nicht mehr mit. Alice Easton war eine durchschnittliche Schülerin, nicht sehr ehrgeizig. Nach den Sommerferien kam sie zuerst ein-, zweimal die Woche nach dem Unterricht, Ende Oktober dann täglich.«

»Fanden Sie das nicht ungewöhnlich?«

»Doch, natürlich. Sie hatte sich vorher nie sonderlich für Geschichte interessiert. Aber ich wies sie nicht ab. Ich dachte, daß sie dort zumindest in Sicherheit war, denn aus ihrem Verhalten ging ganz klar hervor, daß sie nirgendwo einen Anlaufpunkt hatte.«

»Kamen auch noch andere Schüler?«

»Ja. Aber wenn andere vor ihr da waren, setzte sie sich ganz hinten an einen Tisch und wartete, bis sie weg waren. Wenn Schüler nach ihr kamen, bestand sie darauf, daß ich mit denen zuerst sprach.« Er seufzte. »Zu Anfang unterhielten wir uns ausschließlich über Geschichte, und ihre Noten wurden etwas besser. Doch nach einer Weile fing sie an, mir von sich zu erzählen, und manchmal stellte sie mir auch Fragen über mein Leben und meine Familie – die ich übrigens so allgemein wie möglich beantwortete. Sie tat mir leid. Sie schien kaum Freundinnen zu haben und war offenbar bei Jungs nicht sehr beliebt. Sie kam mir ziemlich einsam vor. Sie war reich und hatte einen gesellschaftlichen Hintergrund und Privilegien, um die viele Leute sie beneidet hätten, und dennoch war sie deprimiert und unglücklich. Deshalb ließ ich sie erzählen. Ich dachte mir nichts dabei. Wissen Sie, es kommt öfter vor, daß Lehrer Schülern in Dingen Rat erteilen, die nichts mit dem Lernstoff zu tun haben. Ich glaubte, die Situation im Griff zu haben. Eine einsame Schülerin – ein fürsorglicher Lehrer. Ich dachte, mehr sei nicht dabei.«

»Was sich als Irrtum erwies?« fragte Ginger.

»Ende November kam sie einmal ziemlich spät zur Beratung«, sagte er. »Ich wollte gerade aufbrechen. Sie sagte, sie hätte draußen gewartet, bis alle weg waren, denn wir dürften nicht gestört werden. Ich fragte sie, was sie meinte, und sie antwortete: Sex natürlich. Sie habe beschlossen, bereit zu sein.«

»Sie hat Sie angemacht?«

»Angemacht?« wiederholte Jerry. »Sie stand mitten im Klassenzimmer und zog sich aus, Detective Earley. In der Schule, wo jederzeit jemand hereinkommen konnte. Man wird in der Lehrerausbildung auf allerhand vorbereitet, aber nicht auf so etwas, glauben Sie mir. Ich hatte Angst. Ich versuchte, freundlich zu sein, aber ich war vermutlich nicht so ... diplomatisch, wie es richtig gewesen wäre. Ich bin nicht stolz darauf, aber ich ließ sie schließlich alleine da stehen, nackt, und ging hinaus. Als nächstes wurde ich der Notzucht, des Kindesmißbrauchs, des Verkehrs mit einer Minderjährigen bezichtigt – und so weiter, ihr Vater war da nicht wählerisch.«

»Und sämtliche Vorwürfe waren unberechtigt?«

»Ganz und gar«, antwortete Jerry entschieden. »Habe ich die Grenzen der Lehrer-Schüler-Beziehung überschritten? Ich weiß es nicht. Manchmal sehe ich diese Grenze nicht mehr so deutlich, vor allem, wenn ein Schüler Defizite hat. Habe ich ihr den Arm um die Schultern gelegt, sie gelobt, versucht, ihr Selbstwertgefühl zu stärken? Ja, das gebe ich zu. Aber ich habe nichts von all dem getan, was mir vorgeworfen wurde.«

»Sie wollen also damit sagen, daß Ihre Versuche, Alice Easton in Ihrer Funktion als Lehrer zu helfen, von ihr gänzlich mißverstanden wurden?«

»Genau«, bestätigte Jerry.

»Und daß Sie beide eine Liebesbeziehung hatten, fand nur in ihrer Phantasie statt?«

»Ja.«

»Und daß sie sich für die Zurückweisung im Klassenzimmer gerächt hat, indem sie behauptete, Sie seien der Vater ihres ungeborenen Kindes?«

»Ja«, sagte Jerry. »Mein Anwalt sagt nun, ich hätte Ihnen das alles nicht erzählen sollen. Er sagt, Sie würden es verwenden, um im Fall Breckenridge gegen mich zu ermitteln. Deshalb möchte ich klarstellen, daß ich vorhatte, an der Holman Academy zu bleiben und gegen die Anschuldigungen vorzugehen, weil ich wußte, daß ich gewinnen würde. Doch als sich herausstellte, daß ich als Erzieher nicht mehr respektiert wurde, sah ich das als sinnlos an. Kinder sind die gnadenlosesten Richter.«

Ginger sah ihn scharf an. »Sie waren nicht der Vater von Alice Eastons ungeborenem Kind?«

Jerry hielt dem Blick stand. »Nein.«

»Haben Sie einen DNA-Test abgelehnt?«

»Nein. Ich bin nie dazu aufgefordert worden. Der Polizist, der in die Schule kam, bot es mir als Möglichkeit an, mich zu entlasten. Ich sagte ihm, die Vorwürfe seien nicht haltbar, und wenn nicht jemand gerichtlich gegen mich vorgehen wolle, sähe ich keinen Anlaß dazu, damit meine Karriere zu gefährden.«

»Das haben Sie uns auch gesagt, nicht?«

»Und aus demselben Grund.«

»Ein interessanter Zufall, oder?«

»So was kommt vor«, erwiderte der Lehrer. »Die Polizei von Scarsdale hat die Sache jedenfalls nicht weiter verfolgt, und damit war der DNA-Test auch kein Thema mehr.«

Ruben beugte sich vor und legte die Arme auf den Tisch. »Ich bin seit fünfundzwanzig Jahren im Polizeidienst, Mr. Frankel«, sagte er. »Vielleicht bin ich darüber zum Zyniker geworden, aber Zufälle gibt es für mich nicht. Ich sitze hier einem Mann gegenüber, der unserem Täterprofil entspricht, der etwas zugibt, das viele als außerordentliches Verhalten im Umgang mit Schülern einstufen würden, und der mit zwei schwangeren minderjährigen Mädchen in Verbindung gebracht wurde – von denen eine Sie als Vater angab und die andere umgebracht wurde. Das ist nun schon eine Häufung von Zufällen. Aus meiner Warte sieht es so aus, als sei Alice Easton dafür verantwortlich gewesen, daß Sie Ihre letzte Stelle loswurden – und vielleicht wollten Sie sichergehen, daß sich das bei Tara Breckenridge nicht wiederholte.«

»Haben Sie etwas in der Hand, um gegen meinen Klienten Anklage zu erheben?« fragte Scott unvermittelt.

»Nein«, gab Ruben zu.

»Dann ist dieses Gespräch beendet.«

Der Anwalt stand auf, nahm seinen Klienten am Ellbogen und führte ihn hinaus.

»Ziemlich gerissener Knabe«, bemerkte Ruben.

»Wer, der Anwalt oder der Lehrer?« fragte Ginger.

Ruben gluckste. »Das kannst du dir aussuchen.«

»Der Dreckskerl war's«, sagte sie. »Es ist mir jetzt so klar, daß ich nicht verstehe, wie es mir bisher entgehen konnte.«

»Jetzt geht das alles von vorne los«, sagte Jerry verzweifelt, als er sich zu dem Parkplatz schleppte, wo er seinen Wagen abgestellt hatte. Er hatte sich tapfer gehalten im Verhörraum, doch jetzt zitterte er wie Espenlaub.

»Sie stochern nur«, sagte Scott. »Sie haben nicht mehr als vorher. Du mußt die Nerven behalten.«

»Überall in der Schule wird darüber geredet. Ich sehe es in den Augen der Schüler. Wenn sie kein Vertrauen mehr zu mir haben, bin ich wertlos für sie. Und auf der ganzen Insel wird geraunt. Sogar Matthews Freunde haben ihn danach gefragt. Warum wahre ich hier irgendwelche Prinzipien? Vielleicht sollte ich den verdammten Lügendetektortest machen und ihnen eine Blutprobe geben. Es kann gar nicht mehr schlimmer werden.«

Scott zuckte die Achseln. »Die Möglichkeit bleibt dir immer noch.«

»Würdest du mir dazu raten?«

»Im Moment glaube ich, daß du noch im Vorteil bist«, sagte der Anwalt, seine Worte sorgfältig erwägend. »Du hast jegliche Beteiligung an dem Mord geleugnet, und sie haben dich zwar in Verdacht, können jedoch auch nicht den geringsten Beweis vorlegen. Die Geschichte mit Alice Easton ist sehr unerfreulich, wirklich eine unglückselige Parallele, aber man kann die Position vertreten, daß sie in keinerlei Zusammenhang mit diesem Fall hier steht. Mein Rat ist: Rück erst etwas raus, wenn du mußt. Am Freitag fangen die Winterferien an. Erhol dich. Im neuen Jahr sieht vielleicht alles besser aus.«

Ginger wartete, bis sie sicher war, daß der Lehrer und sein Anwalt verschwunden waren, dann nahm sie mit äußerster Vorsicht das Glas an sich, aus dem Jerry Frankel getrunken hatte. »Scott Cohen gilt eigentlich als Top-Anwalt«, sagte Ruben und nickte in Richtung des Glases. »Ich wundere mich, daß er das hat durchgehen lassen.«

»Er war nicht dabei«, sagte Ginger. »Charlie soll es ins Labor bringen. Der Lehrer glaubt, wir haben keine Beweise; er glaubt, er kommt damit davon. Das werden wir ja sehen. Wenn die Fingerabdrücke auf dem Glas identisch sind mit dem Teilabdruck auf Tara Breckenridges Kreuz, haben wir ihn!«

»Jerry war jetzt schon das zweite Mal im Polizeirevier«, teilte Libby Hildress ihrem Mann an diesem Abend besorgt mit. »Diesmal habe ich ihn selbst gesehen, wie er mit Scott herauskam. Beide sahen ziemlich bedrückt aus.«

»Vielleicht sollten wir die Frankels mal anrufen und fragen, ob wir irgendwas tun können«, schlug Tom vor.

»Ich weiß nicht«, sagte Libby. »Ich habe allmählich kein gutes Gefühl mehr bei der Sache. Nach all diesen Vorfällen ist es vielleicht besser, wenn Billy nicht mehr so oft bei Matthew spielt.«

»Was wollten sie diesmal?« fragte Deborah.
»Sie haben sich nach Alice Easton erkundigt«, antwortete Jerry.
Sie zuckte zusammen. »Das haben sie herausgefunden?«
»Offensichtlich.«
»Ich dachte, die Schule sollte Stillschweigen darüber bewahren; das war Teil der Abmachung.«
»Das dachte ich auch.«
Sie zuckte die Achseln. »Tja, wahrscheinlich sollten wir uns nicht darüber wundern. Irgendwann mußte es ja mal rauskommen.«
»Vermutlich.«
»Was hast du ihnen gesagt?« fragte sie.
»Daß es Verleumdung war, natürlich«, sagte er mit angewidertem Gesichtsausdruck.
»Haben sie dir geglaubt?«
»Ich weiß es nicht, Deborah«, fuhr er sie an. »Warum fragst du sie nicht selber?«

»Ist es nun der Lehrer?« wollte Albert Hoch am nächsten Morgen von seinem Polizeichef wissen. Wie üblich konnte man ihn wieder im ganzen Gebäude hören. »Sie haben ihn jetzt schon zweimal herbestellt. Sind Sie an was dran? Gibt es bald eine Verhaftung?«
»Wir sind noch auf der Gesprächsebene«, antwortete Ruben. »Wir haben Grund zu der Annahme, daß er etwas mit dem Fall zu tun hat, aber wir sind noch nicht sicher.«
»Warum packen Sie ihn dann noch mit Samthandschuhen an?« fragte der Bürgermeister. »Warum stellen Sie nicht seine Wohnung auf den Kopf, damit Sie was in der Hand haben?«
Ruben seufzte. »Er hat einen knallharten Anwalt, und es liegt

kein Grund vor für einen Hausdurchsuchungsbefehl«, entgegnete er und wünschte sich, daß Hoch ihn in Ruhe seine Arbeit tun ließe. »Es gibt in dieser Sache noch einiges zu klären.«
»Ihnen läuft die Zeit weg, Ruben«, warnte der Bürgermeister. »Der Stadtrat gerät unter Druck. Ich gerate unter Druck. Wir müssen einen sichtbaren Fortschritt in dem Fall präsentieren können, etwas, das ich den Leuten zeigen kann. Ihnen läuft die Zeit weg.«
»Ich weiß Ihren Einsatz für mich zu schätzen«, sagte Ruben ruhig. »Ich weiß auch, daß Sie verstehen, daß die Arbeit der Polizei nicht immer auf die schnelle zu erledigen ist; manchmal braucht man große Geduld und eine ausgeklügelte Strategie, um einen Fall aufzuklären, vor allem, wenn er so komplex ist wie dieser.«
»Haben Sie wenigstens einen Plan, was diesen Lehrer betrifft?« erkundigte sich Hoch.
»Im Moment erwägen wir mehrere Ansätze«, antwortete Ruben. »Wir müssen sie noch präziser untersuchen, um zu entscheiden, welcher der ergiebigste sein könnte.«
»Wann können wir etwas vorweisen?«
»Das läßt sich jetzt noch schwer sagen.«
Hoch wackelte mit dem Kopf. »Ich weiß nicht, ob sich der Stadtrat damit zufriedengeben wird.«
»Tut mir leid«, sagte Ruben. »Mehr kann ich Ihnen im Moment nicht sagen.«
Der Bürgermeister war sichtlich enttäuscht. »Sie wollen mir sagen, daß Sie ihn für den Täter halten, aber Sie können ihn nicht festnageln, wie?«
Ruben zuckte die Achseln. »Leider ist das, was man glaubt, nicht immer das, was man auch beweisen kann.«
Ginger klammerte sich in ihrem Zimmer mit den Beinen am Stuhl fest, um nicht aufzuspringen und Ruben zu Hilfe zu eilen. Warum sah nur keiner, daß er sein Bestes gab? Was erwartete der verdammte Stadtrat von ihm? Wie schnell sollte

er denn einen Fall ohne Beweise, Tatwaffe und Augenzeugen aufklären?
Sie hatten den Lehrer im Visier und würden nicht mehr lockerlassen. Wenn der Fingerabdruck identisch war, hatten sie einen ersten soliden Beweis, mit dem sie problemlos einen Hausdurchsuchungsbefehl bekommen würden. Und Ginger war fest überzeugt davon, daß sie bei einer gründlichen Untersuchung von Frankels Haus genügend Beweise für eine Anklage finden würden. Es war alles nur eine Frage der Zeit.
Natürlich bestand keine Gewißheit darüber, daß der Fingerabdruck auf Taras Kreuz tatsächlich vom Mörder stammte. Doch falls er auf Jerry Frankel verwies, verdichtete sich das Bild. Ginger flehte innerlich darum. Sie brauchten nur eine Kleinigkeit zum Vorzeigen, um dem Stadtrat zu beweisen, daß sie auf der richtigen Fährte waren, um Ruben den Rücken freizuhalten. Sie fragte sich, wieviel Zeit ihm noch blieb.

»Stacey?« fragte die Stimme am anderen Ende.
»Ja«, sagte sie.
»Hier ist Danny.« Ein kurzes Schweigen trat ein. »Danny Leo.«
»Oh, hi«, sagte sie. »Ich hab deine Stimme nicht erkannt. Wahrscheinlich, weil ich noch nie am Telefon mit dir gesprochen habe.«
»Ich wollte mich nur noch mal wegen Samstag abend bedanken. Das war echt toll. Ich hab es meinen Eltern erzählt. Zuerst war mein Dad ziemlich sauer, aber ich glaube, dann hat er sich gefreut.«
»Schön.«
»Und dann wollte ich dir auch noch sagen, daß es mir echt Spaß gemacht hat. Hinterher im Kino, meine ich. Hat mir gut gefallen.«
»Mir auch«, gab sie zu.
»Weißt du, wir arbeiten seit einem Jahr an der Zeitung zusammen«, sagte er, »aber wir kennen uns gar nicht richtig.«
»Tja, stimmt.«

»Na ja, ich hab mich gefragt – hast du Silvester schon was vor?«
Staceys Herz tat einen Sprung. Wollte der begehrteste Junge der Schule sich mit ihr verabreden? »Nee«, sagte sie.
»Ein Klassenkamerad von mir macht eine Party. Hast du Lust, mitzukommen?«
Stacey wußte, daß die Jugendlichen hier sich selten einzeln verabredeten. Meist ging man in Gruppen aus. Wenn Danny Leo mit einem jüngeren Mädchen auf einer Party aufkreuzte, würde am nächsten Tag die gesamte Insel davon wissen.
»Klingt gut«, sagte sie. »Ich komme gerne mit.«

Es war schon weit nach Mitternacht, doch Matthew Frankel lag hellwach im Bett, die Arme unterm Kopf verschränkt, und dachte an die Schule. Vor dem Fenster war es dunkel und still, die beste Zeit des Tages zum Nachdenken. Chase lag eingerollt neben dem Bett und atmete ruhig.
Matthew dachte darüber nach, wie er seinen Eltern ohne Angabe von Gründen klarmachen konnte, daß er nicht mehr zur Schule gehen wollte. Den Grund wollte er ihnen verheimlichen, weil er wußte, daß er seinem Vater weh tun würde, und Matthew liebte nichts und niemanden auf der Welt so sehr wie seinen Vater.
Er überlegte, ob er sie bitten sollte, ihn auf eine Privatschule zu schicken, doch davon gab es nur eine auf der Insel, und die war christlich. Da kam er vom Regen in die Traufe, wie seine Mutter sagen würde.
Aber vielleicht konnte sein Vater ihn abends zu Hause unterrichten. Das gab es auch hier, er hatte seinen Vater darüber sprechen hören. Dann würde er bleiben können, wo er sicher war, und er würde diese Typen nie mehr sehen müssen.
»Weißt du, daß dein Vater ein Mörder ist?« hatten drei Fünftkläßler ihn während der Pause auf dem Spielplatz gehänselt.
»Wie fühlt man sich denn so als Sohn von einem Mörder?«
»Sohn von einem jüdischen Mörder!«
»Sohn von dreckigen Juden!«

Sie hatten ihm die neue Jacke weggerissen, sie in eine Pfütze geworfen und waren darauf herumgetrampelt. Dann hatten sie ihn in die Pfütze gestoßen und seinen Kopf unter Wasser gehalten, bis er würgte und spuckte.

»He, schau mal!« hatten sie gesagt, als sie lachend wegliefen. »Der Jiddenbalg heult!«

Tränen rannen auf Matthews Kopfkissen. So etwas hatte er noch nie erlebt. Er wußte, daß er Jude war, aber er hatte immer versucht, zu allen nett zu sein. Er begriff nicht, was passiert war; er kannte diese Jungen nicht einmal.

»Ich bin ausgerutscht und hingefallen«, sagte er zu dem Lehrer, der ihm hochhalf.

»Ich bin ausgerutscht und hingefallen«, sagte er zu der Pausenaufsicht in der Schule, die ihn säuberte.

»Ich bin ausgerutscht und hingefallen«, sagte er zu seinen Eltern.

Matthew log nicht gerne, aber etwas hielt ihn davon ab, die Wahrheit zu sagen.

Freitag war der letzte Schultag vor den Weihnachtsferien gewesen. Er hatte zwei Wochen, um sich einen Plan einfallen zu lassen, mit dem er seine Eltern davon überzeugen konnte, ihn nicht wieder dahin zu schicken.

13

Im Gefolge von Jerry Frankels zweitem Termin im Polizeirevier traf eine Flut von Briefen beim *Sentinel* ein, die einen anderen Ton anschlugen als die früheren, und Gail Brown konnte der Versuchung nicht widerstehen, einige davon zu veröffentlichen.

»Würde mich nicht wundern, wenn der Lehrer das Mädchen umgebracht hätte«, *schrieb ein Junge, der von der Schule geflogen war.* »Manchmal haben die einen Machtrausch und halten sich für Gott oder so.«

»Mir ist es egal, was für ein guter Lehrer er ist«, *tat der Besitzer des Spirituosenladens kund.* »Daß er unterrichten kann, beweist noch lange nicht, daß er nichts mit dem Mord an der armen Kleinen zu tun hatte.«

»Wenn die Polizei wirklich einen der Lehrer an der High-School im Verdacht hat, sollte der dann nicht beurlaubt werden, bis die Sache geklärt ist?« *erkundigte sich eine besorgte Mutter.*

»Das erinnert mich an das Sexualverbrechen in Wenatchee, wo dieser Priester sich rausreden konnte«, *schrieb ein Elektriker, Vater von sechs Kindern.* »Nur daß diesmal das Opfer nicht bloß vergewaltigt, sondern auch ermordet wurde. Lehrer sind Leute, denen wir genausoviel Vertrauen schenken sollen wie Priestern, oder?«

Jerry Frankel las die Briefe und seufzte. »Diese ganze Geschichte ist völlig aus dem Ruder gelaufen«, sagte er. »Ich begreife nicht, wie das passieren konnte ...«
»Wie sind sie auf die Holman-Sache gestoßen?« fragte Deborah.
»Ich weiß es nicht. Sie haben es mir nicht gesagt.«
»Dieser Ort ist wie ein Sieb«, beklagte sie sich. »Nichts kann man für sich behalten. Vielleicht sollten wir wegziehen.«
»Wenn sie mich als Tatverdächtigen in einem Mordfall im Auge haben?« sagte er. »Das würde einen guten Eindruck machen.«
»Ich dachte mehr an Matthew«, sagte sie. »Früher oder später wird ihm das zusetzen.«
»Scott behauptet, meine Position sei gut«, sagte Jerry. »Er meint, sie haben keine Beweise und können mich nicht anklagen. Er sagt, er könne vor Gericht gehen, wenn sie nicht aufhören, mich zu belästigen.«
»Jetzt geht die ganze furchtbare Geschichte von vorne los, oder?«
»Nein«, sagte er.

Ginger freute sich nicht gerade auf die Unterredung mit ihren Eltern, aber sie war eisern entschlossen, zu kämpfen.
»Ich will diesen Mann unter keinen Umständen in meinem Haus haben«, verkündete Verna Earley. »Zu Weihnachten nicht und auch an keinem anderen Tag. Allein die Vorstellung! Was soll ich deinen Brüdern sagen? Du lieber Himmel, ich könnte mich in der besseren Gesellschaft nirgendwo mehr blicken lassen.«
»Dann wirst du, fürchte ich, auch mich in diesem Haus nicht mehr sehen«, gab Ginger zurück. »Und wie willst du das meinen Brüdern erklären?«
»Ich werde ihnen wohl sagen müssen, daß du andere Gesellschaft der unseren vorziehst«, erwiderte ihre Mutter. »Dafür können sie mich ja wohl nicht verantwortlich machen.«
»Augenblick mal«, sagte Jack Earley. Er war sehr für Gerechtig-

keit und mußte bei den Auseinandersetzungen zwischen seiner Frau und seiner Tochter viel zu häufig die Rolle des Vermittlers einnehmen. »Sollen die Menschen an den Feiertagen denn nicht friedlich beisammen sein?«

»*Familien* sollen an den Feiertagen friedlich beisammen sein«, entgegnete Verna.

»Wie christlich von dir, Mutter«, sagte Ginger.

»Du solltest dich zurückhalten. Ich bin so christlich wie jeder andere.«

Ginger wandte sich an ihren Vater. »Vater, du kennst Ruben. Du arbeitest mit ihm. Hat er eine Seuche? Hat er Hörner auf dem Kopf? Hat dein Ruf Schaden genommen, weil du dich in seiner Nähe aufhältst?«

»Dabei geht's um eine Berufssituation«, warf Verna ein, bevor Jack antworten konnte. »Dein Vater kann sich die Leute am Arbeitsplatz ebensowenig aussuchen wie du. Aber eine private Verbindung ist etwas anderes. Dafür entscheidet man sich.«

Ginger schüttelte entnervt den Kopf. »Ich begreife nicht, wie ich hier aufwachsen und das immer übersehen konnte.«

»Was übersehen?« fragte Verna.

»Wie engstirnig und heuchlerisch du bist.«

»Sieh dich vor«, fauchte ihre Mutter. »Das bin ich nicht.«

»Wir sollten uns alle etwas beruhigen«, brachte Jack vor. »Sonst sagen wir noch Dinge, die wir später bereuen.«

»Ich bereue gar nichts«, entgegnete Verna. »Ich habe mich nach Kräften bemüht, ihr Anstand beizubringen, aber sie hat sich immer einen Dreck darum geschert. Nun muß sie eben auf die harte Tour lernen, daß man unter seinesgleichen bleiben sollte.«

Ginger sah ihre Mutter an und seufzte. »Ruben und ich haben eine Beziehung«, sagte sie. »Er gehört zu meinem Leben, vielleicht für sehr lange. Es wäre schön für mich, wenn du dich darüber freuen könntest, aber ich bin achtundzwanzig Jahre alt und brauche keine Erlaubnis mehr von dir. Es tut mir leid, daß du so empfindest, vor allem einem Menschen gegenüber, den du nicht einmal kennst, aber ich bedauere dich mehr als mich. Du hast jetzt zwei Möglichkeiten. Du kannst mich verstoßen und der Welt verkünden, daß du keine Tochter mehr hast. Damit zeigst du zwar nicht gerade Familiensinn, aber du kannst weiter in deinen exklusiven Zirkeln bleiben und die Nase hoch tragen. Oder du kannst dir die Zeit nehmen, zwei außergewöhnliche Menschen kennenzulernen und vielleicht sogar etwas darüber zu erfahren, was wirklich wichtig ist auf der Welt. Das liegt ganz bei dir.«

Verna blickte von ihrer Tochter zu ihrem Mann. Es war offensichtlich, daß sie auf das Ultimatum nicht gefaßt war, die Falle nicht geahnt hatte. Sie machte auf dem Absatz kehrt und verschwand in der Küche.

Jack wandte sich zu seiner Tochter und zuckte die Achseln. »Du hast schweres Geschütz aufgefahren, obwohl es sich eher um ein kleineres Scharmützel gehandelt hat«, sagte er.

»Ich weiß«, sagte Ginger. »Aber ich hoffe, daß der Krieg bald vorüber ist.«

»Ich hab eine zwiespältige Einladung für dich«, sagte Ginger zu Ruben. »Hättest du Lust, zum Weihnachtsessen bei meinen Eltern zu kommen?«

»Was ist so schlimm daran?« erkundigte er sich.

Sie seufzte. »Ich werde dir meine Mutter schildern.«

»Es könnte etwas ungemütlich werden«, fügte Ruben hinzu, als er seiner Tochter die Botschaft überbrachte. »Ihre Mutter scheint nicht besonders aufgeschlossen zu sein gegenüber ethnischen Minderheiten.«

»Na, klasse«, sagte Stacey.

»Wir müssen nicht hingehen, wenn du nicht möchtest«, versicherte er ihr. »Wir könnten unser Weihnachtsessen machen wie immer, und ich fände das vollkommen in Ordnung. Die Entscheidung liegt bei dir.«

Stacey Martinez hatte nicht die geringste Lust darauf, das

wichtigste Fest des Jahres mit Menschen zu verbringen, die sich zwingen mußten, freundlich zu ihr zu sein. Sie hatte es schon an der Schule häufig mit bornierten Dummköpfen zu tun. Doch sie brachte es nicht übers Herz, das zu sagen.
»Möchtest du gehen?« fragte sie.
Ruben dachte einen Moment nach. »Ginger ist mir sehr wichtig«, sagte er dann. »Wichtiger als jeder andere Mensch seit dem Tod deiner Mutter. Das heißt, daß ich mich früher oder später ihrer Familie stellen muß. Der Zeitpunkt wäre nicht ungeeignet. Jack Earley kenne ich, der ist in Ordnung. Was die Mutter betrifft, halte ich es für möglich, daß ihre Einstellung mehr mit Angst vor dem Unbekannten als mit Weltanschauung zu tun hat.«
»Klingt, als würdest du gerne hingehen«, sagte Stacey.
»Mach dir um mich keine Gedanken – was möchtest du?«
»Es ist schon okay.«
»Bist du sicher?«
Sie zuckte die Achseln. »Warum nicht? Wie du schon sagtest: Irgendwann muß es sein.«
»Wenn es ganz schlimm ist, gehen wir, das verspreche ich dir«, sagte er.
»Dad, ich sagte doch, es ist okay. Außerdem«, fügte sie mit maliziösem Lächeln hinzu, »würde es mir mächtig Spaß machen, eine Chili-Schote in die Füllung zu schmuggeln.«

»Seit ich nach Seward Island gezogen bin, besuche ich jedes Jahr das Weihnachtsspiel«, *schrieb eine Frau an den* Sentinel. »Es hat mich sehr getröstet, daß die jungen Leute trotz des heutigen Verfalls der Sitten die wichtigen christlichen Bräuche bewahren. Doch jetzt ist mir das Weihnachtsspiel vergällt durch die Einführung fremder Bräuche, die bei unserer Weihnachtsfeier nichts zu suchen haben. Sinn und Schönheit des Spiels sind zerstört. Ich werde es mir nie mehr ansehen.«

»Zuerst sorgten die Juden für die Abschaffung des Schulgebets«, *äußerte sich Mildred MacDonald.* »Dann durften wir die wunderschöne Douglastanne im Park nicht mehr schmücken, die dort vor hundert Jahren eigens zu diesem Zweck gepflanzt worden ist. Jetzt haben sie unser Krippenspiel kaputtgemacht. Wenn es ihnen nicht paßt, warum gehen sie dann nicht wieder und lassen uns in Ruhe?«

»Das Feiertagsspiel der High-School – denn Weihnachtsspiel sollte man es nicht mehr nennen«, *schrieb ein Kinderarzt,* »war ein treffliches Beispiel dafür, wie eine Gemeinde ihre vielfältigen Wurzeln festlich begehen kann. Wenn unserer Jugend dies gelingt, können wir anderen es da nicht eines Tages auch schaffen?«

»Wenn die High-School das Weihnachtsspiel verändern wollte, hätte man doch einfach ein paar neue Lieder singen können«, *teilte Doris O'Connor der Zeitung mit.* »Weihnachten ist unser Fest, und wir haben das Recht, es so zu feiern, wie wir wollen – und zwar in der bewährten alten Form.«

»Da die jüdischen Geschäfte am meisten verdienen am Weihnachtsgeschäft, sollten sie sich nicht über das Fest beklagen«, *äußerte eine Witwe.*

»Wieso müssen wir diesen ganzen Blödsinn abdrucken?« verlangte Iris Tanaka zu wissen. »Die High-School hat sich endlich durchgerungen, etwas für diese Gemeinde zu tun, und nun benehmen sich die Leute derart engstirnig.«
»Genau deshalb drucken wir das Zeug ab«, sagte Gail. »Um zu beleuchten, was üblicherweise im Dunkeln bleibt.«

»Was ist das für ein Mist?« fragte Deborah Frankel. »Wo kommt das her? Meinen die Leute das ernst?«
»Ein paar, fürchte ich, schon«, antwortete Rachel Cohen. »Sie

halten es sonst unter Verschluß. Im Weihnachtsstreß lassen sie jetzt Dampf ab.«
Deborah schnaubte. »Du meinst, Friede auf Erden und allen Menschen ein Wohlgefallen?«

Malcolm Purdy hätte das niemals jemandem eingestanden, nicht einmal sich selbst, aber tatsächlich war Weihnachten für ihn die schwierigste Zeit des Jahres. Der Schmuck, die Festtagsstimmung, die Lieder, die glänzenden Augen der Kinder – all das verdeutlichte ihm seine Einsamkeit. Sogar die Frau, die für ihn arbeitete und meist bei ihm blieb, wenn er sie darum bat, hatte Weihnachten familiäre Verpflichtungen.
Malcolm hatte niemanden. Die Männer, die sich bei ihm aufhielten, bedeuteten ihm nichts. Sie blieben ein, zwei Monate, aber es entwickelten sich keine persönlichen Beziehungen. Sie lernten von ihm, was sie lernen wollten, bezahlten ihn gut und verschwanden wieder. Von keinem hatte er je wieder gehört.
Einmal im Jahr traf sich Malcolm an einem Ort in Montana mit Männern, die wie er außerhalb der Gesellschaft standen. In diesen Wochen fand er etwas von dem alten Geist des Marine-Corps wieder. Mit einigen dieser Männer war Malcolm sich einig, mit anderen nicht, aber die Aufregung war da, die Intensität – das Bewußtsein, daß etwas geschah im Lande und daß die Dinge sich zu verändern begannen.
Doch zu Weihnachten war er wieder allein mit seinen Gedanken, Erinnerungen und verlorenen Träumen. Am Tag vor Heiligabend schrieb er einen langen Brief an seine Töchter und bat sie um Verzeihung. Als er ihn spätabends beendet hatte, las er ihn durch und warf ihn Seite um Seite ins Feuer.

Ruben brachte eine Pizza mit zu Ginger. Sie aßen sie vor dem offenen Kamin und tranken eine Flasche Chianti dazu. Twink führte sich die Ränder zu Gemüte.
»Ich möchte dir das jetzt geben, solange wir alleine sind«, sagte Ruben und holte eine kleine Schachtel aus der Tasche.

»Ich hoffe, es ist nichts allzu Kostbares«, sagte Ginger mit einem Blick auf das Kästchen.
»Die Kronjuwelen«, scherzte er.
Ginger kicherte und riß das Papier auf. Auf blauem Samt lag ein Goldkettchen mit einem kleinen goldenen Herz.
»Wie zauberhaft«, rief sie aus. »Es ist einfach wunderschön. Hilfst du mir, es umzulegen?«
Sie hob ihr schweres Haar hoch, und Ruben legte ihr die Kette um den Hals. Dann beugte er sich vor und küßte ihren Nacken.
»Das finde ich auch schön«, murmelte sie. »Aber eins nach dem andern.«
Sie nahm ein Geschenk von einem Stapel Päckchen auf dem Boden.
»Für mich?« fragte er lächelnd.
»Nee, eigentlich ist es für den Postboten«, sagte sie und piekte ihn in die Rippen. »Aber jetzt hast du mich in eine peinliche Lage gebracht.«
Er packte es sorgsam aus, achtete darauf, das Papier und das Band nicht zu zerreißen. Ginger konnte kaum an sich halten vor Ungeduld. Sie hatte ihm einen blaßblauen Kaschmirpullover mit einem eleganten Zopfmuster gekauft. Er hatte einen halben Wochenlohn gekostet, aber das war ihr egal. Sie wußte nicht, daß er noch nie einen Kaschmirpullover besessen hatte.
»Den werde ich immer in Ehren halten«, sagte er, während er ihn anzog und über die weiche Wolle strich.
Sie spielte mit ihrer Kette. »Ich werde die nie wieder ablegen.«
»Wir kennen uns seit zwei Jahren«, sagte er. »Vor knapp sechs Wochen haben wir uns zum ersten Mal verabredet. Wieso kommt es mir vor, als seist du mir seit jeher vertraut?«
Sie schmiegte sich an ihn. »Manche Leute meinen, daß man gelegentlich Menschen begegnet, die man in einem früheren Leben schon gekannt hat«, sagte sie.
»Glaubst du daran?«
Sie zuckte die Achseln. »Ich weiß nicht«, sagte sie. »Ich glaube wohl nur an meine Gefühle.« Sie strich mit dem Finger über

seine Wange. »Und im Moment habe ich das Gefühl, daß ich dir gerne diesen Pullover ausziehen würde und alles andere auch, und daß du mit mir dasselbe tun solltest. Aber nicht die Kette abnehmen. Die lasse ich um.«

Seit jenem zweiten Sonntag im Oktober war keine Minute verstrichen, in der Mary Breckenridge nicht an Tara gedacht hätte.

Häufig wachte sie morgens auf und wartete darauf, daß sie das Zimmer betrat, oft setzte sie sich abends zum Essen und fragte sich, weshalb das Mädchen zu spät kam. Manchmal war sie sogar ganz sicher, Taras Stimme in den Räumen von Southwynd zu hören.

Auf einer Ebene ihres Bewußtseins war ihr klar, daß Tara fort war. Auf einer anderen hielt sie immer noch an ihr fest.

Weihnachten war immer Marys Lieblingszeit gewesen, weil die Familie beisammen war, weil man lachte, spielte, sich an seinen Geschenken freute und es sich wohl sein ließ. In diesem Jahr blieb das Haus freudlos. Nichts war geschmückt, nicht einmal einen Baum hatten sie besorgt.

Am Heiligen Abend schneite es, was eine Besonderheit war; sanft legte sich die weiße Decke auf die Insel wie ein Segen. Der Schnee verursachte keine Verkehrsstaus oder Unfälle; es war nur ein zarter Hauch, an dem sich jedermann freute.

Mary bemerkte ihn nicht. Sie zog die Vorhänge zu und blieb den ganzen Tag auf ihrem Zimmer, gab vor, zu lesen. Sie wußte, daß es unfair war gegenüber Tori; das Mädchen war schließlich erst zwölf. Doch Mary konnte nicht anders. Sie fühlte sich krank und ausgebrannt und war unentwegt kurz davor, in Tränen auszubrechen.

Der Kummer wollte einfach nicht weichen. Ständig legte erneut jemand den Finger auf die Wunde. Selbst wenn Mary einmal nicht an Tara denken wollte, kam die Zeitung, die täglich etwas über eine neue Spur oder den Aufguß einer alten Geschichte brachte. Und die Leserbriefe! Mary fragte sich, ob diesen Leuten, die sie größtenteils nicht kannte, klar war, welche Qualen sie ihr bereiteten. Damit nicht genug, wurde sie unentwegt mit mitleidigen Blicken bedacht, sobald sie einmal genügend Energie aufbrachte, in die Stadt zu fahren. Oder die Leute sahen weg oder senkten die Stimme, sobald sie vorbeikam.

»Ihr macht es nur noch schlimmer«, hätte sie ihnen am liebsten zugeschrien. Doch das tat sie natürlich nicht; man hatte ihr beigebracht, niemals die Aufmerksamkeit auf sich zu lenken.

»Du kannst nicht dem *Sentinel* die Schuld geben«, sagte Kyle. »Der berichtet so ausführlich, weil man dort glaubt, zur Verhaftung des Mörders beitragen zu können. Und den Leuten hier kannst du auch nichts vorwerfen. Die wollen nur hilfreich sein, wissen aber nicht, wie.«

Mary schüttelte langsam den Kopf. Ihre Tochter war nicht mehr da. Alles andere war unwichtig.

14

Um drei Uhr am Heiligen Abend holten Ruben und Stacey Ginger zu Hause ab, und sie fuhren gemeinsam zu ihren Eltern.
Das braun gestrichene Haus mit den weißen Zierleisten wirkte anheimelnd. Davor erstreckte sich eine große Rasenfläche. Die Auffahrt war flankiert von zwei riesigen Ahornbäumen, die Rhododendren waren gepflegt, und an den Fenstern hingen Blumenkästen. In den Sträuchern glitzerten bunte Lichterketten, und ein lebensgroßer Weihnachtsmann samt Kutsche und Rentieren zierte das Dach. Durch das große Wohnzimmerfenster sah man eine ausladende, prächtig geschmückte Fichte. Ein Haus, in dem Großeltern wohnen, dachte Ruben. Ihm selbst war eine solche Atmosphäre nie zuteil geworden, und er hatte sie auch für seine Tochter nicht schaffen können.
»Hoffen wir, daß der Schein nicht trügt«, murmelte Ginger, als hätte sie seine Gedanken gelesen. Sie stiegen aus, holten die vielen bunt verpackten Geschenke aus dem Kofferraum und gingen den Weg hinauf.
Jack Earley öffnete ihnen die Tür. »Frohe Weihnachten«, sagte er, umarmte Ginger herzlich, streckte Ruben die Hand hin und lächelte Stacey zu. »Kommen Sie rein ins Warme. Ich nehme Ihre Mäntel. Das Feuer im Wohnzimmer prasselt schon.«
Das Haus strahlte Behaglichkeit aus. Die Möbel waren alt und gediegen, hie und da lagen Teppiche auf den schimmernden Holzböden, überall an den Wänden hingen Familienfotos. Der offene Kamin nahm fast eine ganze Wand des geräumigen Wohnzimmers ein. Der Weihnachtsbaum war bei genauerer

Betrachtung noch prachtvoller als auf den ersten Blick; Hunderte kleiner Lichter funkelten in den Ästen, und er war mit feinstem Zierat geschmückt, den jemand liebevoll über die Jahrzehnte gesammelt hatte.

»Was für ein wunderschöner Baum«, rief Stacey mit großen Augen.

»Der ganze Stolz meiner Frau«, sagte Jack. »Sie braucht jedes Jahr drei Wochen, um ihn zu schmücken.«

Stacey trat etwas näher heran und betrachtete einen winzigen exquisit geschnitzten Holzschlitten.

»Nicht anfassen«, befahl jemand hinter ihr. »Den hat mein Großvater gemacht. Der ist über hundert Jahre alt.«

Stacey drehte sich um. Verna stand in der Tür. »Niemals würde ich ihn anfassen, Mrs. Earley«, sagte sie. »Ich habe ihn nur bewundert.«

»Hm«, sagte Verna.

»Das ist der schönste Weihnachtsbaum, den ich je gesehen habe.«

»Haben Sie denn keinen Weihnachtsschmuck?« fragte Verna. Sie konnte sich einen gewissen Großmut erlauben; sie wußte, daß diese Leute niemals etwas Vergleichbares besitzen würden.

»Es hat sich bei uns nicht ergeben«, antwortete Stacey. »Meine Mutter war Waise, und die Eltern meines Vaters sind schon lange tot. Ich habe ein paar Dinge von meiner Großmutter geerbt, aber so etwas Schönes nicht.«

»Wie schade.«

Verna war fest entschlossen, die Eindringlinge zu verabscheuen – diese Leute, die ihr die Freude an den Feiertagen verdarben. Aber als sie Stacey ansah, empfand sie unwillkürlich ein wenig Mitleid für das Kind, das keine Mutter und auch keine Großeltern mehr hatte. Sie sah ohnehin kaum mexikanisch aus mit ihrem seidigen blonden Haar, dem liebreizenden Gesicht und ihrem schlichten Samtkleid. Nur ihre Hautfarbe verriet sie.

Verna betrachtete Ruben. Hier verhielt es sich ganz anders. Auch seine blankpolierten Schuhe und sein guter blauer Anzug und die Geschenke, die er in den Armen hielt, konnten seine Herkunft nicht verhehlen. Verna betete stumm, daß keiner der Nachbarn ihn beim Hereinkommen gesehen hatte oder seinen Wagen bemerken und die Neuigkeit in der ganzen Stadt verbreiten würde. Sie fragte sich, ob Ginger wohl bewußt darauf gedrängt hatte, mit seinem Auto zu fahren. Sie zwang sich zu einem knappen Lächeln.

»Wie geht es Ihnen, Chief Martinez?«

»Es ist mir eine Freude, Sie kennenzulernen, Mrs. Earley«, sagte Ruben gewandt. »Vielen Dank für die Einladung in Ihr bezauberndes Haus.«

»Nun, ja, willkommen«, erwiderte Verna. Immerhin, er hatte Manieren und sprach gänzlich ohne Akzent. Aber was hatte das schon zu bedeuten?

»Dieser entfesselte Teenager, dem die Augen aus dem Kopf quellen, ist meine Tochter Stacey«, sagte Ruben.

»Guten Tag«, sagte das Mädchen artig.

»Was für ein hübscher Name«, murmelte Verna. Sie fragte sich, ob diese Leute wohl glaubten, daß sie amerikanischer wirkten, wenn sie ihren Kindern typisch amerikanische Namen gaben.

Ginger legte ihre Geschenke unter den Baum, um ihre Mutter nicht zu würgen. Sie wußte genau, was in Vernas Kopf vorging.

»Ruben, bring das Zeug mal hier herüber«, sagte sie, um ihn von ihrer Mutter zu befreien und ihm die schweren Sachen abzunehmen.

Er gehorchte und zwinkerte ihr amüsiert zu, als er sicher war, daß niemand sie beobachtete. Auch er war sich über Vernas Gedanken im klaren.

»Reg dich nicht auf«, raunte er. »Es ist mir einerlei.« Doch er wußte, daß das nicht stimmte.

»Jack sagte, Sie brauchen drei Wochen, um den Baum aufzustellen, Mrs. Earley«, sagte er dann höflich. »Machen Sie das ganz alleine?«

»Ich stelle ihn nicht selbst auf«, sagte sie, ein wenig geschmeichelt. »Das macht Jack. Aber ich schmücke ihn.«

»Hat jeder Schmuck seinen festen Platz, oder dekorieren Sie ihn jedes Jahr anders?«

»Oh, natürlich jedes Jahr anders«, sagte sie und geriet gegen ihren Willen ins Plaudern. »Sobald der Schmuck abgenommen wird, vergesse ich alles, damit ich nicht in Versuchung komme, es im nächsten Jahr zu wiederholen. Das ist das Schöne dabei: jedes Jahr sieht er anders aus. Ich habe noch nicht einmal ...« Sie rief sich streng zur Ordnung. Was stand sie hier herum und unterhielt sich mit ihm, wo sie ihn doch mit Nichtachtung strafen wollte?

»Nun, genug geplaudert«, sagte sie. »Ich muß mich ums Essen kümmern.«

Stacey hatte im Eßzimmer gegenüber den Tisch mit dem schneeweißen Linnen und den sechzehn Gedecken erspäht.

»Sie machen das doch nicht alles alleine, oder?« fragte sie. »Ein Essen für so viele Leute?«

»Aber natürlich«, antwortete Verna. »Wer soll es denn sonst machen?«

»Ich helfe Ihnen gerne, falls ich etwas tun kann«, bot Stacey an.

Verna sah sie überrascht an. »Verstehen Sie was vom Kochen?«

»Ich glaube, du kannst ihr vertrauen, Mom«, sagte Ginger mit einem unterdrückten Lachen. »Sie kocht für Ruben, seit sie zehn ist.«

»Tja, das eine oder andere wäre wohl noch zu tun«, gab ihre Mutter zu und fragte sich, ob sich das Mädchen wohl mit amerikanischer Küche auskannte. Einige einfache, aber wichtige Dinge mußten noch erledigt werden. »Ginger bietet mir ja nie Hilfe an.«

»Ich versteh mich gut auf Füllungen«, sagte Stacey und lächelte ihrem Vater engelsgleich zu, als sie Verna folgte.

»Wie wär's mit einem Drink?« erkundigte sich Jack Earley. »Einen bringen wir sicher noch unter, bevor die anderen kommen.«

»Scotch«, sagten Ginger und Ruben gleichzeitig. »Auf Eis.«

Jack ging zur Bar, und Ruben und Ginger sahen sich an und kicherten nervös.
»Ich halte schon so lange die Luft an, daß mir ganz schwindlig ist«, flüsterte sie. »Ich warte immer noch darauf, daß der Blitz einschlägt.«
»Mein Rücken ist so steif, daß ich mich nicht mehr bücken kann«, entgegnete er.
Jack kam mit den Gläsern zurück. »Auf ein frohes Weihnachten«, sagte er, als sie anstießen.
»Darauf trinke ich gerne«, sagte Ruben.

Irgendwann im Laufe des Abends mußte sich Verna eingestehen, daß sie sich in ihrer Einschätzung von Ruben vielleicht geirrt hatte. Ihm war nichts anzumerken von den Dingen, die sie bei Mexikanern immer vermutet hatte. Er hatte saubere Fingernägel, seine Haare waren nicht fettig, er sprach akzentfreies Amerikanisch, an seiner Arbeitsstelle hatte er offenbar nicht die Möglichkeit, faul zu sein, er drückte sich nicht ungepflegt aus, seine Manieren waren so untadelig wie die aller anderen am Tisch, und er war nicht dumm. Im Gegenteil, er brachte diverse interessante Themen zur Sprache.
Verna hatte bisher natürlich keinen persönlichen Kontakt gehabt zu Mexikanern. Man hatte sie ferngehalten von den Wanderarbeitern, die immer wieder nach Pomeroy kamen, und ihr Urteil gründete sich lediglich auf Berichte anderer. Stacey hätte sie wahrscheinlich etwas nachgiebiger beurteilt, weil das Mädchen ganz offensichtlich weißes Blut hatte, aber ihr Eindruck von Ruben war für sie selbst eine Art Schock. Sie hätte es natürlich nie zugegeben, doch sie meinte inzwischen sogar ein wenig verstehen zu können, was Ginger so attraktiv an ihm fand. Er hielt sich sehr aufrecht, sah jedem direkt in die Augen und hatte ein sehr einnehmendes Lächeln.
Sie war so erstaunt wie alle anderen, daß ihr Weihnachtsessen nicht zu der Katastrophe geriet, die sie befürchtet hatte. Sie bemerkte, daß die Jungs sich zumindest bemühten, liebenswür-

dig zu sein, und den Polizeichef zu einer Runde Pool an dem altehrwürdigen Tisch im Hobbyraum einluden. Sogar ihre Frauen nahmen die Anwesenheit der Eindringlinge gelassen. Die Enkel waren noch zu klein, um sich darüber Gedanken zu machen, und freuten sich nur darüber, jemand Neuen mit ihren Streichen piesacken zu können.

Den Ausschlag für ihre veränderte Einschätzung Rubens hatte wahrscheinlich sein Geschenk gegeben. Als sie die Schachtel sah, hatte sie zuerst angenommen, daß sie etwas Billiges, Grellbuntes oder vollkommen Unpassendes enthalten würde. Doch als Verna die Schachtel öffnete, sah sie in feinem Seidenpapier ein zartes langes Spitzendeckchen, einen Tischläufer. Es war ganz offensichtlich alt, teuer und ausgesprochen stilvoll.

»Oh, wie wunderschön«, rief sie aus.

»Ginger hat uns ein bißchen von Ihnen erzählt«, erklärte Stacey. »Und als Dad dies hier in einem Antiquitätenladen entdeckte, dachte er, das würde gut zu Ihnen passen.«

»Da hat er wirklich recht gehabt«, sagte Verna und strahlte. Das Deckchen war genau richtig für den Eßzimmertisch. Eleanor Jewel hatte eines, das sie ererbt hatte, und es war nicht annähernd so hübsch wie dieses.

»Ein Dankeschön wäre jetzt ganz angebracht«, ermahnte Ginger ihre Mutter.

»Ich weiß, was sich gehört, junge Dame«, fauchte Verna. »Ich habe mich immerhin bemüht, es auch dir beizubringen!« Sie wandte sich an Ruben. »Vielen Dank«, sagte sie. »Es ist entzückend.«

Ruben lächelte.

Sobald die Feiertage vorüber waren, beschloß Verna, würde sie Eleanor zum Kaffee einladen und sie beiläufig durchs Eßzimmer führen. Sie würde ihr natürlich nicht eingestehen, wo sie das Deckchen herhatte. Vielleicht, so dachte sie sich unwillkürlich, würde sie nach einer Weile sogar vergessen können, wer es ihr geschenkt hatte, und es nur um seiner Schönheit willen genießen.

In diesem Moment geschah etwas Verblüffendes. Sie begegnete Rubens Blick und wußte, daß er ihre Gedanken erraten hatte. Doch sie sah keinen Vorwurf in seinen Augen, sondern Verständnis. Ich weiß, was du empfindest, schienen diese Augen zu sagen. Ich bedaure es, aber ich verstehe es. Verna wandte den Blick ab. Sie fühlte sich entlastet und beschämt zugleich.
»Ich werde es für den Eßzimmertisch nehmen«, hörte sie sich sagen. »Und ich werde jedesmal gern an Sie denken, wenn ich es anschaue.«
Ginger blickte ihre Mutter ungläubig an, ihr Vater blinzelte, ihre Brüder starrten fassungslos. Doch Ruben lächelte nur.

»Du hast sie verzaubert«, bemerkte Ginger, als sie nach Hause fuhren. »Wenn ich es nicht mit meinen eigenen Augen gesehen und meinen eigenen Ohren gehört hätte – ich hätte es nicht geglaubt. Du hast sie ganz und gar verzaubert.«
»Ach ja?« sagte er mit einem Zwinkern.
»Schau nicht so selbstgefällig. Du weißt genau, daß es stimmt. Ich weiß nicht, wie du es geschafft hast, aber du hast sie erobert.«
»Da war keine Zauberei dabei«, sagte er. »Ich glaube, es ging für sie nur darum, den Feind ganz aus der Nähe betrachten und feststellen zu können, daß sie sich vor nichts fürchten muß.«
Verna hatte sogar gestattet, daß Ruben sie umarmte, als alle sich verabschiedeten. »Ich freue mich, daß Sie kommen konnten«, sagte sie, und das war nicht gelogen.
»Freue mich, daß Sie kommen konnten?« wiederholte Ginger jetzt. »Na, wenn das keine Zauberei war, muß es ein Wunder gewesen sein.«

Kurz nach neun am nächsten Morgen klingelte das Telefon bei Gingers Eltern.
»Sag mir, daß es nicht wahr ist«, trällerte Eleanor Jewel am anderen Ende. »Sag mir, daß du es nicht getan hast.«

Verna knirschte mit den Zähnen und fragte sich, wie die Nachricht sich so schnell verbreitet hatte.
»Was denn?« fragte sie kleinlaut.
»Nun, diesen Martinez zu euch nach Hause einzuladen, natürlich.«
»Doch, das habe ich tatsächlich getan«, erwiderte Verna. »Es war natürlich Gingers Idee. Offenbar haben der Mann und seine Tochter keine Familie mehr. Ginger arbeitet ja mit ihm, weißt du, und ich denke, er hat ihr leid getan. Ich konnte ihr schlecht sagen, daß sie ihn wieder ausladen soll, nachdem es nun mal passiert war. Das wäre zu unhöflich gewesen.«
»Aber es muß ja schrecklich gewesen sein für dich, meine Liebe.«
»Natürlich«, entgegnete Verna. »Aber ich bin Christin. Was hätte ich tun sollen?«
»Du bist eine Märtyrerin«, rief Eleanor aus. »Eine wahre Märtyrerin.«

»Es stimmt alles«, berichtete Eleanor fünf Minuten später einer Freundin. »Er war tatsächlich zum Essen dort. Verna versuchte es als eine höfliche Geste hinzustellen, weil die beiden zusammen arbeiten, aber wir wissen es besser, wie?«
»Was glaubt sie nur?« fragte die Freundin. »Daß wir dämlich sind? Oder blind? Ihre Tochter bemüht sich ja nicht gerade, die Beziehung geheimzuhalten.«
»Im Gegenteil, meine Liebe«, sagte Eleanor, »ich finde, sie stellt sie geradezu zur Schau. Mildred MacDonald hat die beiden letzte Woche gesehen, wie sie aus dem Kino kamen. Händchenhaltend.«
»Arme Verna«, seufzte die Freundin. »Sie hat drei nette Söhne, aber ihre Tochter war schon immer ein Kreuz für sie.«

15

Stacey Martinez stand in ihrem kleinen Schlafzimmer und legte letzte Hand an ihr Outfit, das aus einer schwarzen Samthose, einer cremefarbenen Seidenbluse und einer Brokatweste bestand. Sie war fünfzehneinhalb und hatte ihr erstes Rendezvous. Ginger war ihr bei der Auswahl der Sachen behilflich gewesen. Nachdem Stacey eine Stunde lang alles mögliche probiert hatte, rief sie Ginger zu Hilfe.

»Ich will weich und ein bißchen besonders wirken«, sagte sie. »Man kann mir ruhig ansehen, wie jung ich bin, aber ich will, daß man mir meine Möglichkeiten anmerkt.«

»Seide«, sagte Ginger sofort mit wissendem Lächeln. »Und Samt. Samt ist ideal für dich.«

Nach fünf Minuten hatten sie das Outfit zusammengestellt. Den letzten Schliff verlieh Stacey ihrer Aufmachung mit einem schwarzen Samtband am Hals, Perlsteckern, die sie von ihrer Mutter geerbt hatte, einem Hauch Wimperntusche und perlmuttfarbenem Lippenstift.

»Du siehst umwerfend aus«, sagte Ginger, als Stacey ins Wohnzimmer kam.

Ruben strahlte.

»Ich weiß nicht, wie es ihr gelungen ist, so toll zu werden«, sagte er, nachdem Danny sie abgeholt hatte und die beiden aufgeregt und erwartungsvoll von dannen gezogen waren.

»Sie hatte doch ein gutes Vorbild«, sagte Ginger, setzte sich neben ihn auf die Couch und legte den Kopf an seine Schulter. »Weißt du, ich dachte immer, es würde der schlimmste Moment

meines Lebens sein, wenn ich nicht mehr Mittelpunkt ihrer Welt bin«, gestand er. »Und nun bin ich so stolz auf sie, daß ich weinen könnte.«
Ginger lächelte. Je länger sie diesen Mann kannte, desto mehr mochte sie ihn. »Ich hab eine Idee«, meinte sie. »Laß uns doch den Champagner gleich aufmachen und nicht bis zwölf warten. Ich finde, wir haben jetzt was Wichtigeres zu feiern.«
»Was denn?« fragte er. »Staceys Emanzipation?«
»Nein«, sagte sie. »Deine.«

Die Party fand im Haus der Petries statt, einer eindrucksvollen grauen Villa im Osten der Insel. Riesige gepflegte Rasenflächen erstreckten sich vor dem Anwesen, das auf einer kleinen Anhöhe lag.
»Owens Vater gehört der Eisenwarenladen und das Gartencenter«, informierte Danny sie. »Er beschäftigt einen Gärtner und schreibt die Ausgaben bei der Steuer als Werbekosten ab.«
Von innen wirkte das Haus nicht weniger imposant. Die großen Räume waren mit Antiquitäten ausgestattet, die ein Vermögen gekostet hatten. Erlesene Speisen und Getränke wurden gereicht, zwei Hausmädchen mit hellgrauen Schürzen waren damit beschäftigt, zu servieren und das schmutzige Geschirr abzutragen, und ein Mann in grauem Anzug nahm ihnen die Mäntel ab.
Stacey war noch nie in einem so vornehmen Haus gewesen. Sie hätte nicht geglaubt, daß irgend jemand auf der Insel, von den Breckenridges abgesehen, sich einen derart aufwendigen Lebensstil leisten konnte und ein solches Fest für eine Horde Teenager ausrichtete.
»Hey, Danny«, rief der picklige Owen Petrie und wankte mit einer Flasche Bier in der Hand auf sie zu. »Freut mich, dich zu sehen. Wer ist dieses bezaubernde Wesen an deiner Seite?«
»Das ist Stacey«, sagte Danny. »Stacey, das ist Owen.«
»Stacey? Stacey und weiter?« fragte Owen. Er hatte eindeutig schon mehrere Biere intus.

»Stacey Martinez«, antwortete sie.
Owen blinzelte. »Die Tochter des Polizeichefs?«
»So ist es.«
»Hol mich der Teufel.«
Damit stolperte Owen weiter, um den nächsten Gast zu begrüßen.
»Ist er immer so höflich?« fragte Stacey kichernd. »Oder nur zu Silvester?«
Danny zuckte die Achseln. »Vielleicht hätten wir nicht herkommen sollen. Möchtest du lieber woanders hin?«
»Nein, nicht doch«, sagte sie. »Es wird bestimmt lustig.«

»Frohes Neues Jahr«, sagte Ruben, als er und Ginger sich um zwölf im Fernsehen das Feuerwerk in Seattle ansahen. »Ich habe das Gefühl, daß es toll wird.«
»Ich auch«, sagte sie.
Den Sekt hatten sie schon vor dem Abendessen ausgetrunken. Jetzt prosteten sie sich mit Kahlúa zu.
»Ich bin froh, daß wir heute abend hiergeblieben sind«, sagte er. »Es ist viel schöner, mit dir alleine zu sein, als mit fremden Menschen zu feiern, die alle zwanghaft glücklich sein wollen.«
Ginger kicherte. »Welchen Grund hat man überhaupt zum Glücklichsein?« fragte sie. »Daß die Welt und wir alle ein Jahr älter sind?«
»Nein«, sagte er und zog sie an sich. »Daß wir beide uns gefunden haben.«

Die Party bei den Petries war in vollem Gange. Es war nach Mitternacht, es wurde immer noch gegessen und Bowle getrunken. Nicht wenige hatten bereits glasige Augen und einen stumpfen Gesichtsausdruck. Das Bier floß in Strömen. Danny trank Ginger Ale.
»Was ist los, alter Knabe?« erkundigte sich Bert Kriedler, der wie eine größere, massigere Ausgabe seines jüngeren Bruders Hank aussah. »Bist du auf Diät?«

»Nee«, antwortete Danny. »Ich muß nachher noch fahren.«
»Wie steht's mit dir, Stacey? Hast du den Tequila gefunden?«
»Die Bowle«, sagte sie. »Ist da Tequila drin?«
Bert antwortete nicht. Er lachte nur und wandte sich ab.
»Ich hoffe, sein Verhalten macht dir nichts aus«, sagte Danny. »Der Typ ist ein Idiot.«
»Sein Bruder ist in meiner Klasse«, bemerkte Stacey. »Muß in der Familie liegen.«
Als sie später auf der Suche nach einer Toilette die Treppe hinaufging, sah sie Bert und ein paar der älteren Jungen in einem der Schlafzimmer. Man mußte weder Experte noch Tochter eines Polizeichefs sein, um zu erkennen, was sie mit dem weißen Pulver anstellten, das vor ihnen lag.
»Au Scheiße!« hörte sie einen von ihnen ausrufen, als sie vorbeiging. »Jetzt wird Miss Tijuana uns bei ihrem Papi verpetzen!«

»Es war wohl nicht so toll für dich heute abend«, sagte Danny auf dem Nachhauseweg.
»Doch, ich hab mich gut amüsiert«, widersprach Stacey. »Es war nur ... anders, als ich es gewohnt bin.«
»Ich hab eigentlich wenig Kontakt zu diesen Jungs«, sagte er. »Und falls es deinen Vater interessiert – ich nehme auch keine Drogen.«
Stacey lächelte. »Das hatte ich nicht anders erwartet«, sagte sie.
»Ich weiß was Besseres anzufangen mit meinem Leben.«
»Schön.«
Sie schwiegen den Rest des Wegs.
»Ähm, meinst du, du hättest mal wieder Lust, mit mir auszugehen?« fragte er, als er vor ihrem Haus hielt.
»Na klar«, antwortete sie.
»Vielleicht wieder ins Kino?«
»Sehr gerne.«
»Wie wär's mit Samstag abend?«
»Paßt mir gut.«

Sogar im Dunkeln konnte sie erkennen, wie sich ein breites Grinsen auf seinem Gesicht ausbreitete.

»Super«, sagte er. »Magst du Pizza? Wir könnten vorher Pizza essen gehen.«

»Ich bin verrückt nach Pizza.«

»Um sechs?«

»Prima.«

Danny sprang aus dem Wagen und öffnete ihr die Tür. Auf der Veranda beugte er sich vor, und seine Lippen streiften ihre Wange.

»Gute Nacht«, flüsterte er.

»Gute Nacht«, raunte sie.

Stacey sah ihm nach, wie er davonfuhr. Sie war ein wenig beschwipst von der Bowle, aber nicht annähernd betrunken. Dennoch hatte sie das Gefühl, als drehe sich die Welt im Kreis. Die Party war schrecklich gewesen, trotz des vornehmen Ambientes. Fast alle hatten entweder eine unschöne Bemerkung gemacht oder sie einfach übersehen, und einige Mädchen hatten ihr giftige Blicke zugeworfen, die deutlich besagten, daß sie einfach nicht verstehen konnten, warum ausgerechnet Stacey mit einem der begehrtesten Jungen der Schule unterwegs war. Stacey hätte ihnen keine Antwort geben können; sie konnte es sich selbst nicht erklären. Doch sie sann nicht länger über den Abend nach. Die Tatsache, daß Danny Leo sie wiedersehen wollte, machte das alles wett. Sie schwebte ins Haus.

16

»Wir waren bereit, Chief Martinez eine Chance zu geben«, *schrieb ein Fernsehmechaniker am ersten Montag des neuen Jahres an den* Sentinel. »Einige von uns fanden zwar, daß man eine ungewöhnliche Wahl getroffen hatte, aber man sagte uns, daß er die besten Voraussetzungen mitbringe, um jedes Problem auf dem Gebiet der Kriminalität zu bewältigen, das in den Neunzigern anstehen könnte. Doch jetzt sind seit dem Mord an Tara Breckenridge schon zwei Monate vergangen, und mir ist klar, daß man uns falsch informiert hat. Ruben Martinez ist offenbar nicht der richtige Mann für diese Position. Man sollte sich nach einem anderen umsehen.«

»Erst war es ein unbekannter Verrückter, der Tara Breckenridge getötet hat, dann ein sehr guter Schüler, ein hervorragender Lehrer, und wer mag es wohl jetzt sein?« *fragte eine Hausfrau.* »Mir scheint, die Polizei tappt im dunkeln und zieht sich an Land, was gerade greifbar ist. Meine Töchter haben inzwischen Angst vor Fremden, Schuljungen und Lehrern. War das im Sinne des Stadtrats, als er einen Außenseiter als Polizeichef einstellte?«

»Wenn ein Projekt scheitert«, *bemerkte ein hochkarätiger Wirtschaftsberater,* »liegt es meist am Management. Vielleicht braucht die Polizei von Seward Island dringend eine neue Führungskraft.«

»In Ordnung«, sagte Albert Hoch müde am Telefon zu Jim Petrie. »Legen Sie los mit der Suche, wenn Sie unbedingt wollen.«

»Sie meinen, Kyle hat es Ihnen erlaubt?« fragte Petrie mit leicht spöttischem Unterton.

»Ich habe nicht mal mit Kyle gesprochen«, antwortete Hoch unwirsch. »Ich bin nur das ewige Gezänk leid. Ich glaube nicht, daß irgendein anderer es besser hinkriegt als Ruben, aber ich habe es satt, darüber zu diskutieren.«

Er war vor allem die Kritik leid, die Briefe, die seine Führungsqualitäten in Frage stellten, die aufgebrachten Anrufe, in denen man ihm mangelnde Urteilskraft vorwarf. Es verletzte ihn, wenn er auf der Straße von Leuten geschnitten wurde, die er seit Jahrzehnten kannte, und es berührte ihn peinlich, als er merkte, daß bereits abfällige Witze über ihn die Runde machten. Einige weniger geduldige Mitbürger hatten seine Absetzung verlangt. Sogar seine Frau Phoebe bekam die soziale Ächtung zu spüren.

»Sie können nicht behaupten, daß ich Sie nicht gewarnt hätte«, sagte Petrie.

»Ich weiß«, seufzte Hoch.

Bevor er das Amt des Bürgermeisters übernahm, war Hoch ein erfolgreicher Versicherungsvertreter gewesen. Als er mit achtundvierzig Jahren einen schweren Herzinfarkt erlitt, entschloß er sich, seinen Job an den Nagel zu hängen und statt dessen als Bürgermeister der Insel anzutreten.

Sympathie, Vertrauen und Akzeptanz waren Hochs Kapital. Damit war er Millionär geworden und hatte es geschafft, dreimal wieder ins Amt gewählt zu werden. Wenn es hart auf hart kam, war ihm sein Ruf wichtiger als seine Prinzipien. Er war keineswegs bereit, ihn in einer aussichtslosen Situation aufs Spiel zu setzen.

Nach seinem Infarkt hatten die Ärzte ihm eingeschärft, Streß zu vermeiden, und er wollte nicht das Risiko eingehen, dem Stadtrat gegenüber unbeliebte Positionen zu vertreten und damit unter Druck zu geraten. Außerdem schuldete er Ruben nichts.

»Ich kann nichts mehr tun«, sagte er knapp eine Stunde später zu Ruben Martinez, nachdem er Kyle Breckenridge einen kurzen Besuch in der Bank abgestattet hatte. »Die Stadträte haben beschlossen, sich nach einem neuen Polizeichef umzusehen.«

Ruben zuckte die Achseln. »Das ist ihr gutes Recht«, sagte er würdevoll. In seiner ganzen Laufbahn war er nicht ein einziges Mal entlassen worden.

»Niemand will Sie von heute auf morgen vor die Tür setzen«, fügte Hoch hastig hinzu, dem eingefallen war, daß Rubens Vertrag erst in zwei Jahren auslief. »Sie werden alles bekommen, was Sie brauchen. Zeit, sich eine andere Stelle zu suchen, Referenzen, was auch immer.«

»Darüber mache ich mir keine Sorgen«, entgegnete Ruben. »Und da die Suche nach einem Nachfolger sicher einige Zeit in Anspruch nehmen wird, möchte ich Ihnen sagen, daß ich bereit bin, so lange zu bleiben, bis Sie einen geeigneten Nachfolger gefunden haben.«

Der Bürgermeister nickte. »Ich hatte gehofft, daß Sie so reagieren würden«, sagte er. »Ich bin Ihnen sehr dankbar und der Stadtrat sicherlich auch.«

Nachdem er diese unangenehme Sache hinter sich gebracht hatte, trat der Bürgermeister hastig den Rückzug an.

Es war schon nach sechs. Ruben war nach Hause gegangen, Charlie hatte einen Arzttermin, die Tagesschicht wurde von der Nachtschicht abgelöst. Obwohl sie seit einer Stunde Feierabend hatte, saß Ginger immer noch in ihrem Büro und versuchte, Papierkram zu erledigen. Doch ihre Wut kam ihr immer wieder in die Quere.

Ihrer Meinung nach war Albert Hoch ein feiger Schwächling, und im Stadtrat saßen nur verlogene Schleimer. Ruben dafür verantwortlich zu machen, daß er Taras Mörder noch nicht gefaßt hatte, war, als gäbe man einem der dämlichen Wetterfrösche im Fernsehen die Schuld daran, daß er ein Erdbeben nicht vorhergesagt hatte.

Ginger war so erbittert wie alle anderen über den Verlauf der Ermittlungen, vor allem jetzt, wo sie wußte, wer das Mädchen ermordet hatte. Tatenlos mit ansehen zu müssen, wie Ruben gefeuert wurde, weil sie nicht genug Beweise hatten, um Jerry Frankel zu verhaften, war eine Qual für sie.

Auf die Wut folgten die Schuldgefühle. Sie hatte das alles zu verantworten. Sie hatte schließlich die Ermittlungen geleitet, den Lehrer verhört, die Informationen verarbeitet. Wenn der Stadtrat sich ereiferte, sollte man eigentlich sie bestrafen, nicht Ruben.

Tränen stiegen ihr in die Augen. Was sollte sie nur tun, wenn Ruben von hier wegging? Sie wurden sich immer vertrauter, aber ihre Beziehung war noch in der Anfangsphase; sie konnte nicht einfach alles aufgeben und mit ihm gehen. Und was würde mit ihnen geschehen, wenn es ihn ans andere Ende des Landes verschlug? Liebesbeziehungen auf Distanz hatten keine Zukunft, vor allem, wenn es noch keine solide Basis gab. Gerade jetzt, als sich alles zum Guten wendete für sie, kamen ihr politische Entscheidungen in die Quere. Sie blinzelte, um die Tränen zurückzuhalten.

Verdammt, dachte sie, der Lehrer war der Mörder, das war so sicher wie das Amen in der Kirche. Und weil sie es nicht beweisen konnten, würde Ruben seine Stelle verlieren, und ihr privates Glück war zerstört. Ginger konnte sich nicht länger beherrschen; sie ließ den Tränen freien Lauf.

»Klopf, klopf«, sagte Helen Ballinger und steckte den Kopf durch die Tür. Sie hatte den Mantel an und war offenbar auf dem Weg nach Hause. »Das hier ist gerade für Charlie gekommen.«

Sie hielt einen Umschlag hoch.

»Ich nehme es für ihn an«, sagte Ginger, ohne sich umzudrehen.
Helen ließ den Umschlag auf Gingers Schreibtisch fallen. »Bis morgen«, sagte sie und verschwand.
Ginger blinzelte. Die Sendung kam vom kriminaltechnischen Labor in Seattle. Ihr stockte der Atem. Sie wußte, was der Umschlag enthielt – die Untersuchungsergebnisse von Jerry Frankels Fingerabdrücken.
Die beiden Detectives nahmen häufig Post füreinander an, doch sie öffneten sie nicht. Ginger tastete den Umschlag ab. Es gehörte sich nicht, aber Charlie würde bestimmt Verständnis dafür haben. Mit zitternden Händen riß sie den Umschlag auf und zerfetzte fast den Bericht dabei. Sie las ihn einmal durch, dann ein zweites und ein drittes Mal. Als sie ihn fast auswendig kannte, saß sie immer noch da und starrte auf das Blatt.

TEIL DREI

Das Opfer

»Wer unter euch ohne Sünde ist,
der werfe den ersten Stein . . .«

Johannes 8,7

1

Malcolm Purdy überstand die Feiertage wie immer: Er betrank sich am Heiligen Abend, war auch zu Silvester betrunken und hatte keinerlei Erinnerung an die Tage dazwischen.

Die Frau, die er angestellt hatte, kam ab und zu vorbei, um nach ihm zu sehen. Einmal blieb sie über Nacht, versuchte ihm etwas Nahrung einzuflößen, machte sauber, als er sich erbrach, und hielt ihn im Arm, als er bewußtlos wurde. Er redete wirres Zeug über Leute, die sie nicht kannte, Orte, an denen sie nie gewesen war, und den miserablen Zustand des Landes. Das meiste verstand sie nicht.

Als ihm der Schnaps ausging, wurde er nüchtern, badete, rasierte sich und putzte sich die Zähne. Gleich Anfang Januar erwartete er zwei Besucher, und er wollte nicht, daß sie ihn wimmernd und spuckend wie ein Baby erlebten.

Die Männer trafen am Dienstag ein und wurden in die Schlafbaracke geleitet. Die Frau packte ihre Sachen aus und servierte ihnen ein warmes Essen. Danach saßen die drei Männer beisammen, tranken Bier, erzählten und lachten. Heute war Entspannung vorgesehen, morgen wollte man an die Arbeit gehen. Um zehn gingen alle schlafen. Die Männer stolperten in ihre Baracke, ihr Gastgeber nickte auf dem Sofa am Kamin ein.

Purdy war glücklich. Er wußte kaum etwas über die beiden, und das würde auch so bleiben. Doch er war nicht mehr allein.

»Also wirklich, Verna, dein Tischläufer ist ja einfach phantastisch«, erklärte Eleanor Jewel, als sie durchs Wohnzimmer schritt. »Ich kann mich nicht erinnern, ihn schon einmal gesehen zu haben. Hast du ihn zu Weihnachten bekommen?«
»Das alte Ding?« erwiderte Verna. »Das hat meiner Urgroßmutter gehört. Es lag jahrelang in einer Kiste.«
Eleanor erschien am Mittwochmorgen zum Kaffee und platzte beinahe vor Neugierde. Sie schaffte es kaum, an sich zu halten, während Verna sie durch ihr schmuckes Heim zur Frühstücksnische geleitete, wo Kaffee und Kuchen serviert waren.
»Und jetzt erzähl mir alles«, sagte Eleanor bei der erstbesten Gelegenheit. Ihr Dreifachkinn wogte begehrlich.
»Worüber?« fragte Verna vorsichtig.
»Na, über den Lehrer natürlich. Werden sie ihn verhaften?«
Seit Weihnachten hatte es keine Neuigkeiten über den Fall Breckenridge gegeben, und die Klatschmäuler gierten nach neuem Stoff.
»Ach so, das«, sagte Verna munter. Sie war erleichtert, daß sie nicht nach Ruben Martinez ausgefragt wurde. »Nun, ich nehme an, daß sie ihn verhaften werden, wenn sie genügend Beweise haben.«
»Dann werden sie ihn also verhaften?« platzte Eleanor heraus. »Du meinst, er war es wirklich?«
Wie früher schon wußte Verna nicht mehr über den Fall als Eleanor. Als das Thema am ersten Feiertag aufkam, hatten Ruben und Ginger sich nicht dazu äußern wollen. Doch Verna witterte eine Chance, sich hier Anerkennung zu verschaffen, und die wollte sie nicht ungenutzt verstreichen lassen.
»Ja, sicher«, sagte sie achtlos. »Und ich bin überzeugt, bald hat Ginger genug in der Hand, um diesen gräßlichen Mann ans Messer zu liefern.«

Als die Ferien vorbei waren, hatte Matthew Frankel viel über den Vorfall auf dem Spielplatz nachgedacht und war zu dem

Schluß gekommen, daß es vielleicht doch nicht so übel war in der Schule. Er fand jedenfalls, daß es nicht fair von ihm war, alle über einen Kamm zu scheren. Schließlich waren es nur wenige gewesen, die sich gemein verhalten hatten.
Sein Großvater war ihm bei dieser Entscheidung behilflich gewesen. Die Frankels hatten einen Teil der Ferien bei Aaron in Pennsylvania verbracht.
»Du wirst ja ein prächtiger junger Mann«, sagte sein Großvater zu ihm. »Und wie läuft's in der Schule?«
Die beiden waren allein an diesem Nachmittag und besuchten gemeinsam Emmas Grab.
»Okay soweit, Großvater«, sagte Matthew. Er kickte einen Kiesel vor sich her.
»Hast du gute Noten?« fragte der alte Mann.
»Jawohl.«
»Hast du Freunde?«
»Klar. Na ja, einen. Er heißt Billy.«
Als Aaron auf den Jungen hinunterblickte, sah er plötzlich einen Ausdruck in dessen Augen, der ihn schmerzlich an Emma erinnerte.
»Was ist los, Junge?« fragte er sanft.
Matthew wand sich. Er kannte seinen Großvater nicht sehr gut, aber er nahm an, daß er ungefähr so war wie Jerry.
»Ein paar Jungs haben einmal so Sachen zu mir gesagt«, antwortete er widerstrebend. »Ziemlich fiese – von wegen, weil ich Jude bin.« Er beschloß, nichts davon zu erwähnen, daß sie auch seinen Vater als Mörder bezeichnet hatten.
Aaron erstarrte. Er hatte sich häufig besorgt gefragt, warum Jerry plötzlich mit seiner Familie ans andere Ende des Landes gezogen war. Er hatte in den letzten Jahren mehrfach schockierende Dinge über den Nordwesten gelesen und gehört, daß es dort regierungsfeindliche Milizen, Neonazi-Gruppen, Skinheads und vermehrt Gewaltverbrechen geben sollte.
»Solche Kinder können einem nur leid tun«, sagte er zu seinem Enkel und erinnerte sich voller Grauen an die brutalen, haß-

erfüllten Jugendlichen im Dritten Reich. »Wenn du ihnen zeigst, daß du keine Angst vor ihnen hast, werden sie dich vermutlich in Ruhe lassen.«
»Aber warum machen die das?« fragte Matthew. »Ich habe ihnen nie etwas getan. Ich kenne die gar nicht.«
Aaron seufzte. »Es gibt Menschen auf der Welt, die kein gutes Verhältnis zu sich selbst haben«, sagte er. »Einige sind dumm, arm oder häßlich, einige kommen einfach nur aus einem schlechten Elternhaus. Aus welchen Gründen auch immer, sie sind jedenfalls unglücklich, und sie glauben, es ginge ihnen besser, wenn sie jemand anderen unglücklich machen. Außerdem haben sie einen sehr begrenzten Wortschatz.«
»Und fühlen sie sich dann wirklich besser?« erkundigte sich der Junge.
»Nur für kurze Zeit«, antwortete Aaron. »Vor der Welt kann man sich verstecken, wenn man es darauf anlegt, aber nicht vor sich selbst. Sogar Menschen, die andere hassen, damit sie sich nicht selbst hassen müssen, müssen irgendwann einmal in den Spiegel blicken.«
»Großvater«, sagte Matthew, »erzähl Mom und Dad bitte nichts davon, ja? Es war keine große Sache, und ich möchte nicht, daß sie sich aufregen.«
Aaron nickte. »Es bleibt unter uns«, sagte er. »Aber du mußt mir versprechen, daß du deinen Eltern Bescheid sagst, falls es noch einmal vorkommt. Denn sie lieben dich, und es ist ihre Aufgabe, dich zu schützen.«
Matthew dachte einen Moment nach. »Ist gut«, willigte er dann ein.
Vier Tage nach Ferienende geschah es erneut.
Die Fünftkläßler umringten Matthew hinter der Sporthalle.
»Hey, da ist ja wieder der Judenbalg«, riefen sie und rückten näher.
Matthew bewahrte Ruhe.
»Ihr seid größer als ich«, sagte er. »Und ihr seid zu dritt. Ihr könnt mich mit dem Gesicht in eine Pfütze drücken, und ich

kann euch vermutlich nicht davon abhalten. Wenn ihr glaubt, ihr fühlt euch dann besser: bitte. Aber wenn ich den Dreck abwasche, werde ich mich immer noch mögen, wenn ich mich im Spiegel anschaue.«

Die drei Jungen sahen sich einen Moment an, dann starrten sie wieder auf Matthew.

»Der Judenbalg will, daß wir sein Gesicht in eine Pfütze stekken«, sagte einer.

»Stimmt«, sagte der zweite. »Er hat darum gebeten.«

»Worauf warten wir dann noch?« fragte der dritte.

Sie lachten und packten ihn. Matthew wehrte sich nicht. Er ließ sich niederschlagen, er ließ zu, daß sie sein Gesicht in eine Pfütze drückten. Er kniff die Augen zu und hielt die Luft an, und er weinte nicht. Nach einer Weile zogen sie ihn hoch.

»Deine Mutter ist eine blöde jüdische Hure!« schrien sie. »Du Sohn eines verdammten jüdischen Mörders!«

Matthew ließ sich sogar davon nicht berühren. Er hielt sich tapfer. »Hat euch schon mal einer gesagt, daß ihr einen sehr begrenzten Wortschatz habt?« fragte er und lächelte sie an. Seine Zähne strahlten weiß in seinem schlammbeschmierten Gesicht.

Die drei Rabauken blickten sich verblüfft an. Keiner hielt Matthew auf, als er sich umdrehte und davonging.

Diesmal erstattete er der Pausenaufsicht Bericht, die seine Blessuren versorgte und ihn saubermachte. Und er erzählte seinen Eltern davon.

»Bist du auch nicht verletzt?« fragte Deborah entsetzt.

»Warum hast du uns das erste Mal nichts davon gesagt?« fragte Jerry.

Matthew zuckte die Achseln. »Sie haben mir nicht weh getan beim ersten Mal, sie wollten mir angst machen. Diesmal hatte ich nicht mal mehr Angst, aber Großvater hat mir gesagt, ich muß euch davon erzählen, wenn es noch mal vorkommt. Sie haben mich in den Schmutz gestoßen und mich beschimpft, das war alles. Ich glaube, sie tun das, weil sie sich dann besser fühlen.«

Jerry hätte fast gelächelt, so sehr erinnerten ihn diese Worte an seinen Vater.

»Komm, wir stecken dich in die Badewanne, junger Mann«, sagte seine Mutter. Sie nahm ihn hoch, drückte ihn so fest, daß ihm fast die Luft wegblieb, und trug ihn die Treppe hoch.

Jerry sank in der Küche auf einen Stuhl. Er ballte die Hände so fest zu Fäusten, daß seine Knöchel weiß wurden. Er war ein sehr geduldiger Mensch, doch jetzt spürte er, wie die Wut ihn packte. Wenn die Polizei ihn belästigte, war das seine Angelegenheit, doch wenn eine Horde Rowdies seinen Sohn mißhandelte, war das etwas anderes. Das ging unter die Gürtellinie. Und es wies zudem darauf hin, daß auf dieser scheinbar idyllischen, friedlichen Insel etwas unter der Oberfläche brodelte, das schlimmer war, als der eine oder andere unreife Brief an die Zeitung ahnen ließ. Jerry selbst war noch nie Zielscheibe von Rassenhaß gewesen, und Aarons mahnenden Worten zum Trotz hatte er sich beinahe eingebildet, auch Matthew davor beschützen zu können. Doch jetzt war er damit konfrontiert und mußte eine Entscheidung treffen.

»Er spielt Kriegsmarine, als sei nichts passiert«, berichtete Deborah zehn Minuten später.

»Aber es ist passiert, nicht?« erwiderte Jerry.

»Er ist noch ein Kind«, sagte sie. »Er versteht das nicht wirklich.«

»Mag sein«, gab ihr Mann zu. »Aber wir verstehen es.«

»Komm, laß uns das nicht unnötig aufbauschen«, meinte sie. »Wenn wir da eine große Sache draus machen, wird das Matthew eher schaden.«

»Wir können nicht einfach schweigend darüber hinweggehen.«

»Das behaupte ich ja nicht. Ich meine nur, daß wir es der Schule überlassen sollten, etwas zu unternehmen. Dort ist es passiert, und dort sollte man sich auch damit befassen. Du kennst den Direktor. Sprich mit ihm und sag ihm, wie uns dabei zumute ist, und dann soll er sich etwas einfallen lassen.«

Deborah war Amerikanerin in der vierten Generation. Sie war nie in Deutschland gewesen, hatte keine Verwandten durch den Holocaust verloren, und alles, was sie über die Gestapo, die Braunhemden und die Hitlerjugend wußte, hatte sie in einem Klassenzimmer erfahren.

»Du hältst es für ein Problem der Schule, wenn irgendwelche Kerle Matthew ›Sohn eines verdammten jüdischen Mörders‹ schimpfen?« fragte Jerry. »Die sollen sich darum kümmern, und das war alles?«

»Fürs erste, ja«, befand sie. »Falls es dir noch nicht aufgefallen sein sollte: Es gibt religiöse Eiferer auf dieser Insel. Und was machen solche Menschen? Sie tun ihre Ängste und ihre Dummheit kund. Aber wenn Rachel recht hat, ist es nur eine Handvoll, und ich meine, daß sie sich bestätigt fühlen, wenn wir uns auf ihre Ebene begeben.« Das fehlt gerade noch, dachte Deborah, noch so ein Schlamassel wie in Scarsdale.

Er sah sie zweifelnd an. »Drei Rowdies sind über deinen Sohn hergefallen, und du willst tun, als sei nichts gewesen?«

»Nein«, verteidigte sie sich. »Aber ich suche mir gerne aus, wofür ich kämpfe. Wenn ein paar Zehnjährige Matthew beschimpfen, ist das scheußlich, aber bestimmt kein Grund, die Nationalgarde auf den Plan zu rufen. Ich finde, daß er es alleine geschafft hat, damit sehr gut umzugehen, und es würde mich wundern, wenn sie ihn wieder belästigen würden.«

»Du weißt genau, daß es nicht beim Verhalten dieser Kinder bleibt«, beharrte Jerry. »Sie hätten diese Wörter nicht gekannt, wenn sie sie nicht zu Hause gehört hätten.«

»Das mag sein«, gab sie zu. »Und was willst du nun tun? Die Eltern erschießen?«

»Natürlich nicht«, sagte er. »Aber ich halte es nicht für eine begrenzte Sache. Vor ein paar Monaten hatte ich es mit einem Schüler zu tun, dessen Eltern offenbar zu Hause eine rechtsradikale Geschichtsauffassung vertreten.«

»Das kann nicht wahr sein«, sagte sie erstaunt. »Was hast du gemacht?«

»Ich habe ihm gesagt, er solle die Bücher mitbringen, wir würden sie parallel zu den anderen Werken lesen, und dann könnten die Schüler selbst entscheiden, was ihnen richtiger vorkäme.«

»Und wie ging es weiter?«

Jerry zuckte die Achseln. »Er hat die Bücher nie mitgebracht. Er hat sie auch nie wieder erwähnt, und wir machten mit dem normalen Lehrplan weiter.«

»Na bitte«, sagte Deborah. »Du mußtest dich nicht auf seine Ebene begeben oder einen großen Wirbel darum machen. Ihn vor seinen Klassenkameraden bloßzustellen genügte schon.«

»In diesem Fall war die Reaktion richtig, aber hier haben wir es mit etwas anderem zu tun. Falls du's vergessen haben solltest: Sie haben mich meinem Sohn gegenüber einen Mörder geheißen.«

Deborah zuckte die Achseln. »Die Polizei versucht verzweifelt, den Fall Breckenridge aufzuklären. In ihrem Eifer haben sie dich etwas bedrängt, und einige Leute haben das mißverstanden. Manche sind vielleicht so dumm und sprechen bei Tisch darüber. Du weißt besser als ich, daß Kinder wie Schwämme sind. Sie saugen etwas auf und geben es wieder von sich, ohne es richtig zu verstehen. Das war vermutlich der Grund dafür. Ich an deiner Stelle würde nun nicht irgendwo die große Verschwörung vermuten.«

»Bist du dir ganz sicher?« fragte er.

»Ja, bin ich«, sagte sie gelassen. »Du wirst sehen, das wird bald vergessen sein. Es war bestimmt nur ein einmaliger Vorfall.«

2

Die Leser des *Seward Sentinel* hatten sich so an den Anblick des schwarzgerahmten Kastens gewöhnt, der seit über einem Monat täglich im Anzeigenteil erschien, daß sie regelrecht nervös wurden, als er plötzlich verschwunden war.

»Was ist passiert?« fragten sie sich am Freitag beim Milchkaffee im »Pelican«.

»Wo ist die Anzeige?« sagten sie, als sie die Fähre bestiegen.

»Warum drucken sie sie nicht mehr ab?«

»Was hat das zu bedeuten?«

»Hat die Polizei den Mörder gefaßt?«

»Wer hat ihn überführt?«

»Wer bekommt die Belohnung?«

In der Redaktion klingelte stündlich zwanzigmal das Telefon.

»Erst haben sie gemeckert, weil wir die Anzeige abgedruckt haben«, äußerte Iris Tanaka, »und jetzt zetern sie, weil wir sie nicht mehr bringen.«

»Es war nicht unsere Entscheidung, sie nicht mehr zu bringen«, rief Gail ihr in Erinnerung. »Malcolm Purdy hat sie zurückgezogen.«

Tatsächlich hatte Purdy am Mittwoch abend angerufen, sich für die Unterstützung der Zeitung bedankt und die Anweisung gegeben, die Anzeige herauszunehmen.

»Ich habe gehört, daß die Polizei kurz vor einer Verhaftung steht«, sagte er. »Die Anzeige ist also demnächst überflüssig.«

»Verhaftung?« echote Gail und versuchte, sich ihre Überraschung nicht anmerken zu lassen. »Ich wußte nicht, daß das

schon feststeht.« Tatsächlich hatte sie nicht die geringste Ahnung gehabt, daß jemand verhaftet werden sollte.
Am anderen Ende der Leitung herrschte einen Moment Stille.
»Tja, das ist mir jedenfalls zu Ohren gekommen«, sagte Purdy.
»Und wer bekommt die Belohnung?« erkundigte sich die Chefredakteurin.
»Kann man noch nicht sagen«, hatte er geantwortet.
»Du liebe Güte, wen verhaften sie denn?« fragte Iris.
Gail zuckte die Achseln. »Den Lehrer, nehme ich an.«
»Den Lehrer?« Die Redaktionsassistentin war verwirrt. »Die meinen wirklich, der Lehrer war es? Das glaube ich nicht.«
»Warum nicht?«
»Ich weiß nicht. Wahrscheinlich, weil er so ein normaler Typ ist. Meine kleine Schwester hat Geschichte bei ihm, und sie erzählt immer, wie nett er ist und daß der Unterricht bei ihm richtig Spaß macht.«
»Auch nette Typen sind manchmal Mörder«, sagte Gail.
Iris runzelte die Stirn. »Ich weiß. Aber ich dachte, das meiste, was wir über ihn gebracht haben, waren nur Vermutungen, der Auflage wegen.«
Gail sah einen Moment lang Alice Easton am Fenster stehen. Vielleicht, dachte sie. »Vielleicht auch nicht«, sagte sie.

Ginger summte einen aktuellen Hit vor sich hin, während sie die Bügelwäsche bearbeitete. Normalerweise haßte sie Bügeln, aber diesmal hatte sie die Arbeitsblusen für eine Woche im Handumdrehen erledigt. Sie kam zu dem Schluß, daß man einfach nicht an die Arbeit denken durfte, die man gerade erledigte. Und tatsächlich war sie mit ihren Gedanken ganz woanders.
Es war Sonntag abend. Sie war mit Ruben und Stacey in Seattle gewesen. Sie waren durch den Pike Place Market geschlendert, hatten die Lebensmittel beäugt, die Stände mit Kunsthandwerk bewundert und über die Fischhändler gelacht, die sich einen Spaß daraus machten, sich den Fang gegenseitig zuzuwerfen.

»Dungeness-Krebs, gekocht«, bot einer von ihnen Ruben an. »Dann muß Ihre bessere Hälfte heut abend nich in die Küche.«

Ruben lächelte. »Möchtest du Krebs zum Abendessen?« fragte er Ginger.

Sie warf einen Blick auf den Preis und rümpfte die Nase. »Nein«, sagte sie. »Lieber Pizza.«

»Ich auch«, schloß sich Stacey an.

Ruben zuckte die Achseln. »Tut mir leid«, sagte er zu dem Fischhändler.

Sie studierten die in die Bodenkacheln eingravierten Namen jener Leute, die zur Erhaltung der berühmten Markthalle beigetragen hatten. Sie kauften frisches Gemüse und Blumen. Und auf dem Heimweg debattierten sie auf der Fähre darüber, welche Pizza sie bestellen wollten, wie jede andere Familie auch.

Ginger war so glücklich wie noch nie. Sie wußte, daß der Durchbruch im Fall Breckenridge kurz bevorstand und daß damit nicht nur Rubens Arbeitsstelle, sondern auch ihre Beziehung gerettet war. Sogar der Stadtrat würde nichts mehr einzuwenden haben, wenn sie den Erfolg vorweisen konnten.

Der Lehrer war der Mörder. Sie wußte es ganz genau. Es würde dann keine Rolle mehr spielen, daß sie drei Monate gebraucht hatten, um ihn festzunageln. Es hatte wenig Indizien gegeben, und er war schlau und vorsichtig gewesen. Doch zu guter Letzt hatte sie sein jungenhaftes Getue durchschaut und würde ihn überführen. Einzig und allein das zählte, und die Öffentlichkeit, die Zeitung und auch der Stadtrat würden das einsehen.

Sie hatte achtundzwanzig Jahre alt werden müssen, um den Mann zu finden, mit dem sie den Rest ihres Lebens verbringen wollte. Einige mochten sie für ein seltsames Paar halten, doch Ginger hatte keinerlei Zweifel daran, daß Ruben Martinez der Richtige für sie war; wenn sie herumwirbelte, war er ruhig, wenn sie impulsiv handelte, wurde er nachdenklich, und er war weise, liebevoll und sexy. Sie würde mit allen Mitteln um ihn kämpfen.

Ginger bügelte ihre letzte Arbeitshose und hängte sie auf einen Bügel außen an die Schranktür, um sie morgens gleich zur Hand zu haben. Dann stellte sie das Bügeleisen aus, wusch sich das Gesicht, putzte sich die Zähne und ging zu Bett. Twink sprang zu ihr hinauf und ließ sich schnurrend neben ihr nieder.

»Na ja, Ruben bist du nicht gerade«, sagte sie, seufzte, als sie daran dachte, wer letzte Nacht neben ihr gelegen hatte, und streichelte den Kater. »Aber alles zu seiner Zeit.«

Mit einem Lächeln auf dem Gesicht schlief sie ein.

Charlie Pricker haßte es, krank zu sein. Schon eine Erkältung machte ihn wütend, weil sie seine Sinne benebelte, und was er sich zugezogen hatte, war nicht nur eine Erkältung.

»Sie haben eine Lungenentzündung, und Sie müssen jetzt Ihre Antibiotika schlucken und sich auskurieren«, sagte Magnus Coop.

»Lungenentzündung?« echote Charlie. »Wo zum Teufel hab ich die her?«

»Das müssen Sie eher mir erklären«, entgegnete der Arzt. »Ich habe Ihnen schon vor einem Monat gesagt, daß Sie Ihren Husten behandeln sollten.«

»Das war doch gar nichts«, brummte Charlie.

»Tja, aber jetzt ist es was. Sie haben Schüttelfrost, Fieber und blutigen Auswurf. Sie gehen jetzt nach Hause und bleiben da, oder ich lasse Sie ins Krankenhaus einweisen.«

»Ich kann nicht länger als ein bis zwei Tage fehlen«, protestierte Charlie. »Bei mir türmt sich die Arbeit.«

»Ich werde es Ruben erklären«, sagte Coop. »Und Jane werde ich sagen, daß sie Ihnen das Telefon wegnimmt«, fügte er hinzu. »Sie müssen absolute Ruhe haben.«

»Ich bringe dir ein bißchen Suppe«, sagte Jane, als ihr Gatte eine Viertelstunde später zu Hause eintraf. Sie hatte schon mit Coop gesprochen und hielt das Schlafzimmertelefon in der Hand.

»Ich esse unten«, sagte Charlie.
Jane schüttelte den Kopf. »Ich bring sie dir hoch. Ich habe Magnus versprochen, dich im Schlafzimmer einzuschließen, wenn du weiter als bis zum Bad gehst.«
Charlie widersetzte sich nicht. Er hätte es zwar nie zugegeben, doch Coops Diagnose hatte ihm einen gewaltigen Schrecken eingejagt. Ein Verwandter von ihm war nach einem Bootsunfall an Lungenentzündung gestorben, ein anderer nach einer Indienreise. Lungenprobleme lagen bei ihm in der Familie.
Zehn Tage stand Charlie unter Hausarrest, sorgfältig bewacht von Jane, dann war er fieberfrei und hustete kein Blut mehr.
Am dritten Donnerstag im Januar erschien er wieder zur Arbeit und fand in dem Poststapel auf seinem Schreibtisch einen Brief vom kriminaltechnischen Labor vor.
»Hey«, sagte er zu Ginger. »Das muß der Bericht über Frankels Fingerabdrücke sein. Die haben ja reichlich lange gebraucht. Seit wann ist der da?«
Sie warf einen Blick auf den Umschlag. »Kam, glaube ich, gestern rein.«
»Warum hast du ihn nicht aufgemacht?«
Ginger sah ihn ausdruckslos an. »Wir öffnen die Post des anderen nicht«, rief sie ihm in Erinnerung.
»Warst du denn nicht neugierig?.«
»Doch, sicher«, sagte sie. »Ich hätte dich auch angerufen, aber Jane sagte, du kommst heute wieder.«
Charlie riß den Umschlag auf und überflog den Bericht. Ein breites Grinsen trat auf sein Gesicht.
»Wir haben ihn!« rief er. »Der Schweinehund – wir haben ihn!«

Aufgrund des Fingerabdrucks und einer Auflistung weiterer Indizien unterzeichnete Richter Irwin Jacobs einen Durchsuchungsbefehl für Jerry Frankel und sein Eigentum.
Am Freitag nachmittag um fünf nach drei erschienen Ruben, Ginger, Charlie und Glen Dirksen bei den Frankels. Nur Jerry und sein Sohn waren zu Hause.

»Tut mir leid, Sir, aber wir haben einen Durchsuchungsbefehl für das Haus«, sagte Ruben und hielt dem Lehrer das Papier hin.

Jerry starrte verständnislos darauf. »Wovon sprechen Sie?« fragte er. »Sie wollen mein Haus durchsuchen? Weshalb?«

»Wir suchen nach Beweisstücken in Zusammenhang mit dem Fall Breckenridge«, sagte Ginger.

»Das verstehe ich nicht«, sagte er. »Hier ist nichts.«

»Das mag sein, Sir«, äußerte Charlie. »Aber der Durchsuchungsbefehl verlangt, daß wir uns davon überzeugen.«

»Soll ich meinen Anwalt anrufen?«

»Das ist Ihre Entscheidung«, sagte Ruben. »Wir sind jedoch dazu berechtigt, uns hier aufzuhalten. Ich bezweifle, daß Ihr Anwalt Ihnen etwas anderes sagen wird. Können wir jetzt reinkommen?«

»Sie meinen, jetzt sofort?« fragte Jerry.

»Ja, Sir.«

»Aber meine Frau ist noch nicht zu Hause. Sollte sie nicht da sein, wenn Fremde ihr Haus durchsuchen?«

»Darauf haben wir keinen Einfluß«, sagte Ruben.

Frankel sah Ginger an. »Ich weiß nicht, was ich tun soll«, sagte er. »Ich muß nachdenken. Können Sie in ein paar Stunden wiederkommen?«

»Nein, ich fürchte, nicht«, sagte sie.

»Aber mein Sohn ist hier. Sie können das nicht in seiner Anwesenheit machen. Er ist erst neun; er versteht das nicht.«

Ruben und Ginger sahen sich an.

»Vielleicht könnte Ihr Sohn eine Weile aus dem Haus gehen«, schlug Ginger vor. »Hat er einen Freund, den er besuchen kann?«

Jerry überlegte kurz, dann nickte er.

»Regeln Sie das doch kurz«, sagte Ruben.

Benommen wandte sich Jerry ab, dann drehte er sich ruckartig wieder um. »Was soll ich ihm sagen?« fragte er.

»Was Sie wollen«, antwortete Ginger.

»Diese Leute werden eine Weile hier zu tun haben«, sagte der Lehrer zu seinem Sohn. »Und es wäre besser, wenn wir alleine wären. Ich habe Mrs. Hildress angerufen. Sie hat gesagt, du kannst rüberkommen und mit Billy spielen, bis ich hier fertig bin.«

Matthew betrachtete die Polizisten, dann sah er seinen Vater an. »Gut, ich gehe«, willigte er widerstrebend ein. »Aber du holst mich, wenn du mich brauchst, ja?«

»Versprochen«, sagte Jerry. Er half dem Jungen, seine Jacke anzuziehen, und brachte ihn zur Tür. »Bleib bei Billy, bis ich dich abhole«, sagte er. »Wir bestellen Pizza zum Abendessen.«

Ginger wurde plötzlich die Kehle eng. Wie eine ganz normale Familie, dachte sie.

Der kleine Junge ging den Weg entlang und schaute mehrfach zum Haus zurück. Dann war er verschwunden.

Die Polizisten suchten gründlich. Sie bemühten sich, keine Unordnung zu hinterlassen, doch Jerry sah nach ein paar Minuten schon, daß Deborah in jedem Fall merken würde, daß jemand hier gewesen war. Er gab die Hoffnung auf, es vor ihr verbergen zu können.

»Nein, du kannst sie nicht aufhalten«, sagte Scott in seinem Büro in Seattle, als Jerry ihn anrief. »Was werden sie finden?«

»Nichts«, antwortete Jerry.

»Dann laß sie suchen.«

Die vier Polizisten arbeiteten rasch und effektiv und übersahen nichts. Der Lehrer lief hinter ihnen her wie ein Hündchen. Eine Stunde später trafen sie sich in der Küche. Keiner war fündig geworden.

»Die Garage«, sagte Ruben. »Und wir sollten uns auch draußen kurz umschauen, bevor es zu dunkel wird.«

Im Sommer war es in dieser Gegend bis um zehn Uhr abends hell, im Winter nur bis halb fünf.

Es war Glen Dirksen, der den Teil des Gartens betrat, in dem Jerry ein Gehege für Chase gebaut hatte. Der Retriever kam angelaufen, und Dirksen bückte sich, um ihn zu streicheln.

Chase nahm das als Einwilligung zum Spiel, schoß davon und kehrte kurz darauf mit einem seiner Lieblingsspielzeuge wieder – einem schmutzigen grauen Lappen, der zusammengerollt und an beiden Enden verknotet war und mit dem Matthew und er immer Wettziehen machten.

Dirksen packte das Bündel an einem Ende. In der Dämmerung dauerte es mindestens eine Minute, bevor er bemerkte, daß der Lappen nicht nur schmutzig, sondern fleckig war. Er löste einen der Knoten und rollte den Lumpen auf. Es handelte sich um ein Sweatshirt, das auf der Vorderseite mit dunklen Flecken übersät war.

Dirksens Herz schlug höher. Er eilte zur Garage. »Seht euch das mal an«, rief er. Ruben und Charlie kamen zu ihm.

»Das ist nur ein altes Sweatshirt, mit dem der Hund spielt«, sagte Jerry.

Charlie betrachtete prüfend den Stoff. »Das hier könnten Blutflecken sein«, sagte er.

»Sind es auch«, bestätigte Jerry. »Ich habe mir vor einer Weile in den Daumen geschnitten und ziemlich geblutet. Die Flecken gingen nicht raus, als meine Frau den Sweater gewaschen hat, deshalb haben wir ihn Chase zum Spielen gegeben.«

»Wir müssen das überprüfen«, sagte Charlie. Er wußte, daß man an Tara Breckenridges Leiche mehrere hellgraue Fasern gefunden hatte. Er faltete das Sweatshirt zusammen und steckte es in eine Papiertüte. Dann heftete er sie zu und beschriftete sie mit einem schwarzen Filzstift.

Einige Sekunden später kam Ginger auf sie zu. Sie sah gleichzeitig triumphierend und ungläubig aus.

»Seht euch das an«, sagte sie. In ihren Händen lag auf einem Stück Zeitungspapier ein Messer mit einem breiten schwarzen Heft und einer fünfzehn Zentimeter langen gebogenen Klinge.

»Wo haben Sie das her?« fragte der Lehrer.

»Aus dem Sicherheitsfach im Kofferraum Ihres Wagens«, antwortete Ginger.

»Meines Wagens? Wie kommt das dahin?«

»Das ist eine gute Frage, Mr. Frankel«, sagte Ruben. »Die wollte ich gerade Ihnen stellen.«
»Ich habe keine Ahnung«, sagte Jerry und blickte auf den Gegenstand in Gingers Händen. »Es gehört mir nicht. Ein solches Messer habe ich noch nie besessen.«
»Das müssen wir auch untersuchen«, sagte Charlie, und alle sahen zu, wie er den Vorgang mit der Tüte wiederholte.
»Mr. Frankel, ich muß Sie jetzt bitten, mit uns aufs Revier zu kommen«, sagte Ruben. »Wir brauchen eine Blutprobe und einige Haare für Tests von Ihnen.«
»Der Durchsuchungsbefehl berechtigt Sie dazu?« fragte Jerry.
»Ja, Sir.«
»Dauert das lange?«
»Nein«, antwortete der Polizeichef. »Sie können Ihren Sohn spätestens um sechs abholen.«
Der Lehrer seufzte. »Ich hole meinen Mantel.«

Gail Brown wußte schon von der Hausdurchsuchung, bevor sie begonnen hatte. So funktionierten Kleinstädte. Sie war nicht über alle Einzelheiten im Bilde, verfügte aber über genügend Informationen, um einige Schlüsse zu ziehen und ihren besten Schreiber an die Story zu setzen.
»Du kriegst eine ganze Spalte«, sagte sie ihm. »Es ist der Leitartikel für morgen. Du hast eine Stunde Zeit. Enttäusch mich nicht.«
Er bewährte sich. Neunundfünfzig Minuten später überreichte er ihr einen schlüssigen Bericht über die Voraussetzungen, die zur Bewilligung des Durchsuchungsbefehls geführt hatten, und eine präzise Beschreibung über Dauer der Durchsuchung und die daran beteiligten Personen. Lediglich über das Ergebnis lagen noch keine Informationen vor, da Ruben sie unter Verschluß hielt.
Gail überflog den Text und bemerkte, daß die Holman Academy und Alice Easton nicht darin erwähnt wurden. Sie war erleichtert darüber, obwohl sie nicht genau begründen konnte,

warum. Sie war zwar nach Scarsdale gefahren, um den Durchbruch im Fall Breckenridge zu bewirken, und hatte sich Hoffnungen auf den Pulitzer-Preis gemacht, doch was sie erfahren hatte – oder eher nicht erfahren hatte –, war unbefriedigend gewesen. Sie hatte Ginger davon in Kenntnis gesetzt und gehofft, daß man diese Informationen lediglich benutzen würde, um dem Lehrer auf den Fersen zu bleiben, bis man ihm etwas nachweisen konnte – falls er tatsächlich mit dem Mord zu tun hatte.

Was nach dem jüngsten Erkenntnisstand der Fall zu sein schien.

Im Gegensatz zu Eleanor Jewel, Mildred MacDonald und ein paar anderen Frauen auf der Insel war Libby Hildress keine Klatschtante. Sie gehörte diversen Gemeindeorganisationen an und hatte viele Bekannte, wodurch sie immer auf dem neuesten Stand über die Geschehnisse auf Seward war, doch der einzige Mensch, mit dem sie darüber sprach, war ihr Mann.

»Mitten am Nachmittag ruft er an«, sagte sie, als Bud und Billy vom Essen aufstanden und sich an ihre Schularbeiten machten. »Ob Matthew eine Weile zum Spielen rüberkommen könnte.«

»Und?« fragte Tom.

»Und dann erzählt mir Matthew, die Polizei ist bei ihnen und spricht mit seinem Vater.«

»Schon wieder.«

»Tom, mach dich nicht über mich lustig. Ich sage dir, es hat etwas zu bedeuten. Warum muß Matthew aus dem Haus gehen, nur weil die Polizei da ist? Das leuchtet nicht ein.«

»Worauf willst du hinaus?« fragte er.

»Ich glaube nicht, daß sie nur mit Jerry reden wollten. Ich bin ziemlich sicher, daß sie das Haus durchsuchen wollten. Sie halten nach Beweisstücken Ausschau. Deshalb hat er den Jungen weggeschickt.«

»Dazu brauchen sie einen Durchsuchungsbefehl«, sagte Tom.

»Und um den zu kriegen, muß man mehr in der Hand haben als nur eine Ahnung.«

»Ganz genau.«

Tom sah seine Frau an. »Du hältst ihn für den Mörder, oder?«

»Ich will es nicht glauben, aber mir fällt nichts anderes dazu ein«, sagte Libby. »Die sind schon zu lange hinter ihm her. Als er Matthew abholte, hat er sich mächtig angestrengt, einen normalen Eindruck zu machen, aber er war völlig verstört.«

»Verstört?«

»Na, du weißt, was ich meine«, sagte sie. »Sein Blick war starr, und er sah aus, als würde er jeden Moment die Fassung verlieren. Ich weiß nicht, wie ich es sagen soll, aber mir fällt nur eines dazu ein: Er sah aus wie jemand, der sich schuldig fühlt.«

3

Ruben und Ginger konnten der Versuchung nicht widerstehen, ein wenig zu feiern. Sie hatten die Beweisstücke entdeckt, mit denen sie den Fall Breckenridge aufgeklärt glaubten, und genossen ihren Erfolg bei Fish and Chips und einem Bier im »Waterside Café«.

»Ich wußte, daß wir finden würden, was wir brauchen, wenn wir erst den Durchsuchungsbefehl hätten«, sagte Ginger mit gedämpfter Stimme, da vom Ergebnis der Suche noch nichts an die Öffentlichkeit dringen sollte.

»Ich finde es nur beängstigend, daß wir ihn fast ausgeschlossen hatten als Verdächtigen«, sagte Ruben.

»Gail hat uns gerettet«, sagte Ginger. »Wenn sie nicht diese Geschichte mit der Holman Academy in Erfahrung gebracht hätte, hätten wir keinerlei Anhaltspunkt gehabt.«

»Schon möglich«, räumte Ruben ein, »aber deine raffinierte Aktion mit dem Wasserglas hat den Stein ins Rollen gebracht. Ohne diesen identischen Fingerabdruck hätten wir nichts in der Hand gehabt.«

Ginger zuckte ungerührt die Achseln. »Die Vorgeschichte ist doch nicht wichtig«, sagte sie. »Hauptsache, wir haben den Dreckskerl zu fassen gekriegt, und nun darf der Stadtrat sich ein Bein ausreißen, damit du bleibst.«

Ruben lachte. »Na ja, ganz so drastisch muß es nicht ablaufen«, sagte er.

»Na komm«, scherzte sie. »Ein bißchen zappeln lassen mußt du sie schon.«

»Weißt du, gute Polizeiarbeit ist nicht hoch genug einzuschätzen«, sagte er nachdenklich. »Aber es ist doch bemerkenswert, wie viele Fälle nur aufgeklärt werden, weil der Täter leichtsinnig ist.«

»Wie meinst du das?«

»Nun, wir haben Frankels Taurus damals untersucht und das Messer nicht gefunden.«

»Ja, aber wir hatten keinen Durchsuchungsbefehl«, rief sie ihm in Erinnerung. »Deshalb kam ich nicht an dieses Sicherheitsfach dran.«

»Aber genau das meine ich«, sagte Ruben. »Der Mann ist doch nicht dumm. Er wußte, daß wir ihn verdächtigen. Warum bewahrte er die Tatwaffe in seinem Auto auf?«

Ginger dachte über die Frage nach. »Weil er glaubte, wir würden das Auto kein zweites Mal untersuchen?«

»Nein, ich meine, wieso hat er sie überhaupt behalten? Er hätte das Messer an vielen Stellen auf der Insel loswerden können, wo wir es niemals gefunden hätten, und er hatte drei Monate Zeit dazu.«

»Wer weiß«, erwiderte Ginger. »Mörder verhalten sich eben manchmal dumm. Vielleicht dachte er, er hätte uns hinters Licht geführt, und wollte das gute Messer nicht wegwerfen. Vielleicht wollte er es auch als Erinnerungsstück behalten.«

In den fünfundzwanzig Jahren, seit er im Dienst war, hatte es Ruben mit allerlei Mördern zu tun gehabt: schlauen, dummen und schlauen, die dumme Dinge taten. Seiner Erfahrung nach behielten manche ihren Revolver, doch eines Messers hatte sich jeder von ihnen entledigt.

»Das meine ich mit leichtsinnig«, sagte er. »Ihr Verhalten ist nicht einleuchtend.«

»Spielt das eine Rolle?« fragte sie. »Er war es – ist das nicht das einzig Wichtige?«

»Natürlich, ja«, gab Ruben zu.

»Ich muß dir gestehen, daß ich eine Zeitlang wirklich Angst hatte, wir würden ihm nichts beweisen können, sie würden

dich feuern, und der erste Mordfall von Seward Island würde unaufgeklärt bleiben. Schrecklich, wenn man sich überlegt, daß es fast so weit gekommen wäre.«
»Dann laß uns lieber nicht länger darüber nachdenken«, schlug er vor.
»Würdest du versuchen zu fliehen, wenn du an seiner Stelle wärst?« fragte Ginger.
»Ich weiß nicht«, antwortete Ruben. »Ohne Familie vielleicht. Aber er hat eine Familie, und außerdem steht ihm einer der besten Strafverteidiger des Landes zur Seite.«
»Nur für den Fall, daß er auf die Idee kommt«, sagte Ginger, »habe ich Dirksen auf ihn angesetzt.«
Ruben lachte anerkennend. »Du bist verdammt gut in deinem Job, weißt du das?« sagte er. »Du bist gründlich, professionell, bedenkst alle Möglichkeiten und hast ein gesundes Mißtrauen in die menschliche Seele.«
»Ich bin so aufgeregt«, sagte Ginger kichernd. »Ich komme mir vor, als könnte ich vom Eagle Rock springen und fliegen. Um ehrlich zu sein: Ich bin fast verzweifelt bei der Vorstellung, einen neuen Polizeichef einarbeiten zu müssen.«
»Ich habe mir auch Sorgen gemacht«, gestand Ruben mit einem verhaltenen Lächeln. »Obwohl es mir dabei, muß ich gestehen, weniger um meine Arbeitsstelle ging.«
Ginger grinste. »Das will ich auch hoffen«, sagte sie. Sie faßten sich unterm Tisch an der Hand. »Der *Sentinel* wird vermutlich morgen eine Geschichte über die Durchsuchung bringen. Wann wollen wir Albert wissen lassen, was wir gefunden haben?«
»Charlie müßte am Montag erste Ergebnisse von dem Messer und dem Sweatshirt kriegen«, sagte Ruben. »Wenn sie so ausfallen, wie wir annehmen, können wir die Papiere zu Van Pelt schaffen. Dann informiere ich den Bürgermeister.«
Harvey Van Pelt war der Staatsanwalt von Puget County. Er würde entscheiden, ob gegen Jerry Frankel genug vorlag, um ihn zu verhaften. Ginger seufzte zufrieden. Der Dreckskerl, der

Tara Breckenridge so entsetzlich zugerichtet hatte, würde nicht davonkommen.

Den Freitagabend verbrachte Deborah Frankel damit, das Haus aufzuräumen. Es war ihr ein Greuel, daß wildfremde Menschen ihr Eigentum begrabbelt hatten, ohne daß sie ihnen die Erlaubnis dazu gegeben oder auch nur davon gewußt hatte. Sie war empört, daß so etwas möglich war. Und obwohl ihr der Gedanke zuwider war, mußte sie sich eingestehen, daß sie Angst hatte, mehr als je zuvor in ihrem Leben. Sie hatte Angst, daß die Polizei etwas wußte, was sie selbst noch nicht zu denken gewagt hatte.

»Aber wie haben sie einen Durchsuchungsbefehl bekommen können?« fragte sie, als alles aufgeräumt war und Jerry sie schließlich überreden konnte, ins Bett zu gehen. »Mit welcher Begründung?«

»Sie haben gesagt, ein Fingerabdruck von mir sei identisch mit einem, den sie auf dem Kreuz von Tara Breckenridge gefunden haben«, antwortete er.

Deborah starrte ihren Mann an. »Ist das möglich?« flüsterte sie.

Er blickte an ihr vorbei. »Ich weiß nicht, wie«, sagte er, »aber offenbar ja.«

Die Angst ergriff Besitz von ihr und würgte sie, und der Gedanke, den sie sich verboten hatte, ließ sie nun nicht mehr los. Und mit diesem Gedanken wurden all die mütterlichen Instinkte in ihr wach, die sie lange schon hegte, seit dem Tag, als sie begriffen hatte, daß ihr Mann eher eine Mutter als eine Gattin brauchte.

»Laß uns übers Wochenende wegfahren«, schlug sie plötzlich vor und dachte nicht mehr an den Aktenkoffer voller Arbeit, der auf sie wartete. »Laß uns einfach ins Blaue fahren.«

»Wohin?«

»Ich weiß nicht – an die Küste vielleicht. Oder in die Berge. Oder wir könnten sogar mit der Fähre nach Victoria übersetzen. Ist mir egal, wohin. Wir müssen nur einfach ein paar Tage hier raus. Mir fällt die Decke auf den Kopf.«

»Ich weiß nicht, ob das eine gute Idee ist«, sagte er langsam.
»Weshalb nicht?«
»In Anbetracht der Umstände ist es vielleicht nicht der richtige Zeitpunkt, die Insel zu verlassen. Es könnte ... komisch aussehen.«
»Du meinst, weil jemand denken könnte, du willst abhauen?«
Er zuckte die Achseln. »So was in der Richtung.«
Sie starrte ihn an, und die unausgesprochene Frage, die sie nicht über die Lippen brachte, schuf Distanz zwischen ihnen. Nach einer Weile machte sie das Licht aus und zog ihre Decke hoch.

Kaum eine Stunde war vergangen, als das Telefon klingelte, doch das Schrillen riß Jerry aus tiefem traumlosem Schlaf. Er tastete nach dem Hörer, wußte nicht recht, wo er sich befand und wieviel Uhr es war.
»Mörder!« schrie eine namenlose, gesichtslose Stimme. »Wir wissen, daß du das arme wehrlose Mädchen getötet hast, und du wirst nicht entkommen! Dreckiger Jude, Mörder!«
Deborah schaltete die Nachttischlampe an. »Wer ruft denn um diese Uhrzeit an?« fragte sie ärgerlich. »Es ist ein Uhr nachts, um Himmels willen.« Dann sah sie sein Gesicht, aus dem alle Farbe gewichen war. »Was ist los?« keuchte sie erschrocken. »Ist was mit Aaron?«
Jerry antwortete nicht. Er lag nur da und umklammerte den Hörer. Deborah riß ihn an sich, doch als sie ihn ans Ohr hielt, hörte sie nur das Freizeichen.
»Sag es mir«, verlangte sie.
»Es ist nichts mit Aaron«, antwortete er tonlos. »War nur ein dummer Streich.«
»Ein Streich?« murmelte sie angewidert. »Du siehst aus, als hättest du ein Gespenst gesehen.«
Ein Gespenst, dachte er, das auf Seward Island sein Unwesen treibt und durchaus kein Gespenst ist.
»Ich bin davon aufgewacht, mehr ist nicht passiert«, sagte er.

Deborah gähnte. »Wenn wir Glück haben, schlafen wir wieder ein.« Sie knipste das Licht wieder aus.
»Du meintest doch, wir sollten übers Wochenende wegfahren?« sagte er ins Dunkle hinein. »Wir scheren uns nicht um den Zeitpunkt oder um die Leute. Fahren wir einfach.«
»Okay«, murmelte sie in ihr Kissen. »Ich brauche nur ein paar Minuten, um einen Koffer zu packen. Wir können die frühe Fähre nehmen.«

»Hast du den *Sentinel* schon gesehen?« fragte Rachel Cohen beim Frühstück ihren Mann. Der Bericht über die Durchsuchung stand auf der ersten Seite.
Scott nickte.
»Tut mir leid, aber ich kann nicht glauben, daß Jerry etwas mit dem Tod dieses Mädchens zu tun hat.«
Der Cherub zuckte die Achseln.
»Ich weiß, daß du über deine Klienten nicht sprechen darfst«, sagte sie. »Aber wir sind mit ihnen befreundet ... Sie werden ihn verhaften, nicht?«
»Es ist nicht ausgeschlossen«, gab er zu.
»Das ist grauenhaft. Die Armen.«
»Hast du mit Deborah gesprochen?«
Rachel schüttelte den Kopf. »Ich habe gleich angerufen, aber nur den Anrufbeantworter erreicht. Ich kann nur ahnen, was sie durchmacht. Sie versucht, unbekümmert zu wirken, weißt du, aber ich glaube, sie hat furchtbare Angst. Sie bemüht sich, diese Sache in der Schule mit Matthew nicht zu schwer zu nehmen, aber ich bin sicher, daß sie entsetzt darüber war.«
»Welche Sache mit Matthew?«
Rachel blinzelte. »Er wurde von Rowdies verprügelt und mit antisemitischen Wörtern beschimpft. Ich habe dir bestimmt davon erzählt.«
Scott runzelte die Stirn. »Dann kann ich mich jedenfalls nicht daran erinnern. Erzähl's mir noch mal.«
Rachel gab so präzise wie möglich wieder, was Deborah ihr

berichtet hatte. »Ich weiß, daß es hier auf Seward Leute gibt, die sich mit solchem Gedankengut befassen«, schloß sie, »aber ich habe Deborah gesagt, daß man normalerweise nichts von ihnen merkt. Ich kann mich nicht erinnern, daß es einen derartigen Vorfall schon mal gegeben hätte.«

»Antisemitismus, wie?« murmelte er.

Er kniff die Augen zusammen, und seine Frau lächelte. Es war Samstag, der Tag, an dem er offiziell nicht arbeitete, doch das hielt ihn nicht davon ab, nachzudenken. Sie wußte, daß er jetzt für eine Weile seinen Gedanken nachhängen würde. Rachel stand auf und räumte den Tisch ab. Es war zwecklos, noch etwas zu sagen; sie wußte, daß ihr Mann sie nicht hören würde.

Am Samstag mittag kurz vor ein Uhr klingelte bei Ginger das Telefon.

»Ich bin in Ocean Shores«, vermeldete Glen Dirksen.

»Was machen Sie denn da?«

»Ich bin Frankel gefolgt«, antwortete der junge Officer. »Sie sagten doch, daß ich ihn beschatten soll. Tja, sie sind heute morgen früh aufgestanden und haben die erste Fähre genommen – der Lehrer, seine Frau, sein Junge und der Hund. Ich wußte nicht, was sie vorhaben, und da dachte ich, ich bleibe ihnen lieber auf den Fersen.«

Er hatte die Nacht unweit des Hauses von Jerry Frankel in seinem Auto verbracht und es sich erst gestattet, einzudösen, als im Schlafzimmer die Lichter ausgingen. Dann war er jede halbe Stunde wach geworden, bis die Familie schließlich aufstand.

»Was machen sie dort?« fragte Ginger unruhig.

»Sie haben sich ein Zimmer im Lighthouse Inn genommen, dann sind sie in die Stadt gegangen und haben bei Dairy Queen zu Mittag gegessen, und jetzt gehen sie am Strand spazieren.«

»Was für Gepäck haben sie mit?«

»Einen kleinen Koffer, reicht nur für ein Wochenende.«

»Haben sie Sie bemerkt?«
»Ich glaube nicht. Ich bin in Zivil und fahre meinen Pick-up. Um diese Jahreszeit sind nicht allzu viele Leute hier, aber ich bin vorsichtig.«
»Gehen Sie so nah ran, wie Sie können«, wies Ginger ihn an. »Es macht nichts, wenn Sie bemerkt werden. Ich will, daß Sie an ihnen kleben wie eine Klette.«
»Mach ich«, versicherte er.
»Haben Sie genug Geld für ein Zimmer und Essen dabei?«
»Ja«, antwortete er. »Aber es ist das Geld für meine Miete, ich hoffe, ich kriege es erstattet.«
»Keine Frage«, sagte sie. »Und hören Sie: Falls die auch nur in Richtung Kanada schauen: Halten Sie sie auf. Nehmen Sie sie fest, wenn es nicht anders geht, unter irgendeinem Vorwand. Und halten Sie mich auf dem laufenden.«

»Siehst du, ich hatte recht«, verkündete Libby Hildress und hielt ihrem Mann triumphierend den *Sentinel* unter die Nase. »Deshalb hat er Matthew rübergeschickt, damit er nicht dabei ist, wenn die Polizei die Beweisstücke findet.«
»In der Zeitung steht nichts von irgendwelchen Beweisstücken«, sagte Tom. »Das kann auch nur ein Sturm im Wasserglas sein.«
»Ohne Grund bekommt man keinen Durchsuchungsbefehl«, beharrte Libby. »Andere Häuser haben sie offenbar nicht durchsucht, oder?«
Tom mußte ihr recht geben. »Dennoch sollten wir ihn nicht verurteilen, bevor wir Genaueres wissen«, wandte er ein.
»Es tut mir leid«, sagte sie. »Matthew ist ein netter Junge, aber ich finde, daß Billy nichts mehr mit dieser Familie zu tun haben sollte. Er ist stundenlang dort drüben, und keiner von uns weiß, was sie da machen. Ich habe noch nie etwas darüber gesagt, aber mir hat diese Freundschaft von Anfang an nicht behagt.«
»Warum denn nicht?« fragte Tom.
»Weil wir nicht wissen, wie solche Leute denken«, sagte sie.

»Oder inwieweit sie versuchen, einen kleinen Jungen wie Billy zu beeinflussen.«

»Wie meinst du das?«

Libby zuckte die Achseln. »Ich weiß nicht«, sagte sie. »Vielleicht sprechen sie schlecht von Jesus?«

»Das ist nicht dein Ernst.«

»Doch, sicher. Die Juden glauben nicht an Jesus. Sie könnten versuchen, ihn zu ihrem Glauben zu bekehren.«

»Libby, ich finde, du übertreibst. Billy hat nie etwas geäußert, das darauf schließen ließ, daß die Frankels mit ihm über Religion sprechen.«

»Ja, aber wir wissen nicht, was sie sagen oder wie sie ihr Leben gestalten«, entgegnete sie. »Sie könnten genausogut irgendeiner dieser Sekten angehören, die Kinder durch Gehirnwäsche umkehren.«

»Nun hör aber auf«, sagte Tom. »Wie kommst du denn darauf?«

»Ich behaupte ja nicht, daß es so ist«, verteidigte sie sich. »Ich meine nur, daß wir vorsichtig sein sollten. Was wissen wir denn schon über sie?«

»Das sind ganz normale Leute wie wir auch«, sagte Tom.

»O nein, ganz und gar nicht«, widersprach Libby. »Sie sind ganz anders. Sie sehen anders aus. Sie denken anders. Sie glauben an andere Dinge. Und woher willst du da wissen, wie sie sich verhalten?«

4

Stacey Martinez war insgesamt viermal mit Danny Leo ausgegangen: am Abend des Lügendetektortests und zu Silvester, und einmal waren sie gemeinsam im Kino und in einem Konzert in Seattle gewesen. An diesem Abend trafen sie sich zum Eislaufen.

Da die Winter mild waren, gab es keine natürlichen Eisflächen auf Seward Island. Vor fünfzehn Jahren hatte die Bevölkerung einen Antrag eingebracht, und die Stadtväter hatten sich entschlossen, eine überdachte Eisbahn zu bauen. Da die Insel ihren Jugendlichen nicht allzu viele Freizeitmöglichkeiten zu bieten hatte, wurde das Projekt auch als Maßnahme gegen Drogenkonsum angesehen.

Der Eispavillon war auf einem Kliff nördlich der Stadt angelegt worden und wurde von der Stadtverwaltung betrieben. Mit einer Snackbar wurde ein Teil der Kosten wieder eingefahren, ein anderer im Winter durch Vermietung an das Hockeyteam der Schule. Die Eisbahn hatte ein Glasdach und war an drei Seiten offen, und man hatte zu jeder Tageszeit eine großartige Aussicht aufs Festland. Nachts konnte man die glitzernde Skyline von Seattle bewundern, während man zur Musik übers Eis glitt.

Zwischen November und März trainierte Danny Leo dreimal wöchentlich auf der Eisbahn. Er kannte sie wie seine Hosentasche.

»Du siehst diesen jungen Mann ziemlich häufig, nicht?« bemerkte Ruben, als Stacey auf Danny wartete. »Schon das dritte Wochenende.«

»Ich mag ihn«, sagte sie. »Er ist reifer als die meisten anderen Jungs an der Schule. Weißt du, daß er schon sein ganzes Leben geplant hat? Er weiß genau, was er will.«
Ruben sah sie an. »Ich bin daran schuld«, sagte er traurig. »Du mußtest zu früh erwachsen werden. Jetzt bist du schon zu weit, um dich mit Partys und hübschen Kleidern abzugeben, und die Jungs in deinem Alter sind dir zu jung.«
Stacey kam zu ihm und umarmte ihn. »Ich weiß nicht, warum ich so bin«, sagte sie, »aber ich möchte wirklich nicht anders sein.«
In diesem Moment liebte er sie mehr als je zuvor. Tränen stiegen ihm in die Augen. Er blinzelte und räusperte sich.
»Du, ähm, machst nicht irgendwas Dummes mit diesem Jungen, nein?« fragte er.
Stacey kicherte. »Nicht so was Dummes wie du und Ginger, wenn du das meinst.«
»Das meine ich, und der Vergleich paßt mir gar nicht«, sagte er, mußte aber wider Willen lächeln.
»Danny ist ein Gentleman«, versicherte sie ihm. »Und da du mich zur Dame erzogen hast, brauchst du dir keine Sorgen zu machen.« Sie warf ihm einen schelmischen Blick zu. »Zumindest fürs erste.«
»Und wie lange ist das?«
Sie legte nachdenklich die Stirn in Falten. »Ich schätze, bis ich mit jemandem zusammen bin, der in mir solche Gefühle auslöst wie Ginger in dir«, sagte sie.
»Tut Danny Leo das nicht?«
Stacey dachte darüber nach. »Vielleicht schon«, sagte sie dann und warf das blonde Haar aus dem Gesicht. »Aber ich muß ihm erst die Chance dazu geben.«

»Du triffst dich ziemlich häufig mit diesem Mädchen«, sagte Peter Leo. Er stand in der Badezimmertür, sah seinem Sohn beim Rasieren zu und fragte sich, wo all die Jahre geblieben waren. »Ist das so gut?«

Danny blinzelte. »Ich finde nicht, daß es jemandem schadet«, antwortete er.
»Sie ist noch sehr jung«, äußerte Peter. »Wenn irgendwas passiert ... wenn sie in Schwierigkeiten kommt ... sie ist minderjährig, weißt du. Es würde deine Pläne ruinieren.«
»Dann muß ich eben dafür sorgen, daß nichts passiert«, entgegnete Danny mit einem kleinen Lächeln.
»Sei nicht frech«, erwiderte Peter. »Man hat nicht immer alles in der Hand.«
»Stacey und ich sind einfach befreundet, Dad«, versicherte Danny seinem Vater. »Mehr ist da nicht.«

Der Abend war klar und für Januar ungewöhnlich kalt. Über dem Glasdach glitzerten die Sterne, und in der Ferne sah man die Lichter von Seattle schimmern. Auf dem Eis herrschte reger Betrieb. Heiße Schokolade war der Renner an der Snackbar.
Danny konnte hervorragend eislaufen. Er würde zweifellos im nächsten Jahr in Harvard in die Eishockeymannschaft eintreten. Stacey hielt sich mit Anmut, aber sie fühlte sich nicht sehr sicher.
»Macht nichts«, sagte er leichthin. »Halt dich an mir fest, dann geht es schon.«
Er legte ihr den Arm um die Taille und glitt im Rhythmus der Musik mit ihr übers Eis. Sie fühlte sich, als schwebe sie.
»Ich bin noch nie draußen eisgelaufen«, sagte sie. Bisher kannte sie nur die reizlosen Eishallen in Kalifornien. »Das ist so anders.«
Er blickte zu den Sternen hoch und übers Wasser. »Genau so soll es sein«, sagte er und wirbelte sie herum, bis sie übermütig lachte und ihr schwindlig wurde.
»Seid ihr beiden zusammen?« fragte Bert Kriedler, als sie stehenblieben, um wieder zu Atem zu kommen. »Ich meine, seid ihr offiziell ein Paar?«
Danny sah Stacey an und lächelte. »Wir sind offiziell Freunde«, sagte er.

»Was ist dein Geheimnis?« fragte Melissa Senn, als sie Stacey auf der Toilette traf. »Ich hab es nicht mal geschafft, daß dieser tolle Bursche mich ein zweites Mal anschaut.«
»Ich glaube nicht, daß es irgendein Geheimnis gibt«, antwortete Stacey aufrichtig. »Wir verstehen uns einfach gut.«
»Meinst du, sie läßt ihn ran?« fragte Melissa Jeannie Gemmetta. »Interessiert er sich deshalb für sie?«
Jeannie schüttelte den Kopf. »Auf keinen Fall. Stacey ist katholisch und sehr vorsichtig, und sie weiß, daß ihr Dad jeden umbringen würde, der sie anrührt. Wenn sie sich hinlegt, dann nur für einen Ring und eine Hochzeitsfeier.«
»Ja, aber denk doch mal«, rief ihr Melissa in Erinnerung, »das haben wir bei Tara auch geglaubt.«

Nach zwei Scotch, einer halben Flasche Wein zum Essen und ein paar Schlucken Kahlúa wurde Ruben am warmen Feuer ungewöhnlich gesprächig.
»Ich bin ein einfacher Mann mit schlichten Bedürfnissen«, sagte er zu Ginger. Sie lagen vor dem offenen Kamin, Twink hatte sich zu ihren Füßen eingerollt. »Ich wollte nie reich oder berühmt sein. Ich wollte mein Leben einfach sinnvoll gestalten und mal probieren, ob ich glücklich sein kann.«
»Also, reich bist du tatsächlich nicht«, sagte Ginger grinsend, »berühmt auch nicht, deine Arbeit ist sehr sinnvoll ... Bleibt also nur noch die Frage – bist du glücklich?«
»Ich glaube schon«, antwortete er. »Aber frag mich lieber noch mal, wenn wir den Lehrer überführt haben.«
Sie piekte ihn in die Rippen. »Wie romantisch«, zog sie ihn auf.
»Romantisch kann alles mögliche sein«, erwiderte er. »Ich finde Wunder zum Beispiel romantisch, und die Aufklärung des Falles Breckenridge grenzt an ein Wunder. Daß Frankel aus diesem Glas getrunken hat, bevor sein Anwalt auftauchte, war mehr als nur Glück.«
»Manchmal läuft es eben so«, sagte sie achselzuckend.
Twink blinzelte.

»Stimmt«, sagte Ruben. »Aber diesem Wunder verdanke ich vermutlich, daß ich meine Stelle noch habe. Und – auch wenn ich das keinem anderen eingestehen würde: Ich freue mich noch mehr darüber, daß ich die Stelle behalten kann, als daß wir den Fall aufgeklärt haben.«
Ginger seufzte zufrieden. »Ich auch«, sagte sie.
Twink gähnte.
»Weißt du, früher war es mir im Grunde egal, wo ich arbeitete«, fuhr Ruben fort. »Wenn die Schule gut und sicher und die Luft sauber war, habe ich jede Stelle angenommen und hätte auch jederzeit wieder weiterziehen können. Doch jetzt ist es anders, und ich muß zugeben, daß mich dieser Widerspruch amüsiert.«
»Welcher Widerspruch?«
»Seien wir doch ehrlich: Ich passe hier nicht hin. Ich bin ein absoluter Außenseiter auf Seward Island, und es ist höchst unwahrscheinlich, daß ich jemals in diese Gemeinschaft aufgenommen werde. Und dennoch will ich hierbleiben, will mich für diese Leute ins Zeug legen, dieses Department leiten, mit diesen Kollegen arbeiten. Ich will, daß Stacey hier die Schule abschließt und weiterhin hier ihr Zuhause hat, auch wenn sie zum Studium weggeht. Ich würde gerne hier alt werden. Ich wußte nicht, wie sehr mir dieser Ort ans Herz gewachsen ist. Erst durch die Vorstellung, weggehen zu müssen, ist es mir bewußt geworden.«
Ginger umarmte ihn. Sie wollte ihm nicht sagen, wie groß ihre Angst gewesen war, ihn zu verlieren.
Twink schnurrte.
»Und da ich nun schon rede wie ein Buch«, fügte Ruben hinzu, »sollte ich dir vielleicht noch sagen, daß ich es ein bißchen leid bin, nach diesen wunderbaren Abenden mit dir immer nach Hause fahren zu müssen. Ich finde, daran sollte sich etwas ändern.«
»In welche Richtung denn?« fragte Ginger und rückte ein Stück von ihm ab, um ihn anzusehen.

»Tja, das ist das Problem: Ich bin mir nicht sicher«, antwortete er. »Weißt du, ich bin egoistisch genug, dich heiraten zu wollen, aber klug genug, um zu wissen, daß eine junge Frau keinen alten Mann heiraten sollte.«

»Als ich uns zum letzten Mal angeschaut habe«, entgegnete sie atemlos, »fand ich mich nicht so jung und dich nicht so alt.«

»Du weißt, wie ich das meine«, sagte er. »Wenn eine Frau wie du zum ersten Mal heiratet, sollte sie ein ganz neues Leben beginnen können – nicht in ein anderes einsteigen. Und was ist mit Kindern? Jede Frau wünscht sich Kinder. Ich würde dich dieser Freude nicht berauben wollen. Aber ich bin alt genug, um dein Vater zu sein. Wenn wir Kinder hätten, wäre ich eher ihr Großvater.«

»Ich glaube nicht, daß es vollkommene Dinge gibt im Leben«, sagte Ginger langsam. »Auch bei den schönsten Sachen muß man auf irgend etwas verzichten. Es wäre gelogen, wenn ich sagen würde, daß ich nicht darüber nachgedacht hätte, eines Tages Kinder zu haben. Ich glaube, das ist ganz natürlich. Aber ich würde auch lügen, wenn ich behaupten würde, daß Kinder mir wichtiger wären als du.«

»Das denkst du vielleicht jetzt«, warnte er sie. »Aber was ist in einem Jahr oder in zehn oder zwanzig Jahren, wenn es zu spät ist?«

»Ich habe keine Ahnung, wie ich mich dann fühlen werde«, sagte sie aufrichtig. »Ich weiß nur, was ich jetzt empfinde. Und jetzt würde ich es schrecklich dumm von mir finden, das, was ich wirklich möchte, zugunsten irgendeiner zukünftigen Situation aufzugeben, die sich vielleicht gar nicht einstellen wird.«

Ruben betrachtete sie im Schein des Feuers. »Du hörst dich an, als hättest du dir das schon lange überlegt.«

»Das hab ich auch«, gab sie zu und lächelte leise. »An unserem zweiten Abend. Ich habe nur gewartet, bis du soweit bist.«

Er fragte sich, ob sie ihm wohl immer einen Schritt voraus sein würde, und beschloß, daß es ihm nichts ausmachte. »Also gut«, sagte er und holte tief Luft, »willst du mich heiraten?«

Ginger starrte einen Moment ins Feuer und nahm seine Worte in sich auf. Sie wollte sicher sein, daß sie sich über alle Konsequenzen im klaren war. Sie blickte zurück auf die vergangenen achtundzwanzig Jahre. Dann sah sie Ruben an, ihre Zukunft.
»Ja«, sagte sie.

»Ich glaube, in dieser Stadt kann man nichts tun, ohne daß einem etwas unterstellt wird«, sagte Danny, als er Stacey zur Haustür brachte. »Die glauben alle, daß wir was miteinander haben.«
»Ist mir egal, was sie glauben«, entgegnete sie. »Wir wissen ja, daß wir einfach gute Freunde sind.«
»Tja«, sagte er und stieß mit der Fußspitze an die Verandatreppe. »Allmählich überlege ich, ob wir nicht doch mehr sein könnten als nur Freunde.«
Sie kicherte. »Mußt du's den anderen beweisen?«
»Ach, Blödsinn«, sagte er grinsend. Seine Freunde hielten ihn eher für verrückt, weil er so viel Zeit mit einem jüngeren Mädchen verbrachte, wo er doch unter den älteren die freie Auswahl hatte.
Stacey blickte im Mondlicht zu ihm auf. »Ich mag dich«, sagte sie. »Sind wir deshalb mehr als nur Freunde?«
»Ich weiß nicht«, sagte er. »Warum probieren wir's nicht aus?«
Er beugte sich vor und küßte sie sanft und leicht auf die Lippen. Sein Mund fühlte sich weich und warm an. Die Welt schwankte ein wenig.
»Wie war das?« fragte er.
»Ich weiß nicht«, murmelte sie atemlos. Um nichts in der Welt hätte sie ihm eingestanden, daß dies ihr erster richtiger Kuß gewesen war und sie keine Vergleiche anstellen konnte.
»Gut, dann versuchen wir's noch mal.«
Diesmal öffnete er ihre Lippen, und er schien ihren Atem einzusaugen und aus ihr trinken zu wollen. Die Welt stand Kopf.

»Das war angenehm«, gestand sie kokett. Sie war nicht sicher, wo das hinführen würde, und wußte auch nicht, ob sie schon bereit dazu war. »Aber ich glaube, ich sollte jetzt reingehen.« Danny kicherte. »Kein Problem«, flüsterte er und strich ihr über die Wange. »Wir haben's nicht eilig.«

5

»Vor drei Monaten geschah in unserer Mitte ein grauenvolles Verbrechen«, sprach der Priester der Methodistenkirche von Eagle Rock mit getragener Stimme, »und nun scheint es, als sei endlich der Tag gekommen, an dem die Gerechtigkeit siegt. Wir sind gottesfürchtige, gesetzestreue Bürger und wollen keinem etwas Böses. Der Gedanke, daß einer von uns diese abscheuliche Tat begangen haben könnte, war uns ein Greuel, und so beteten wir zum Allmächtigen, uns gnädig gesonnen zu sein. Und heute vermag ich euch nun mit großer Erleichterung zu verkünden, daß unsere Gebete erhört wurden. Das Ungeheuer, das Tara Breckenridge tötete, war keiner von uns.«

Hier schwieg der Reverend einen Moment, und einige seiner Schäfchen blickten sich an und lächelten.

»Dennoch dürfen wir nicht müde werden, dem Bösen zu trotzen«, fuhr der Priester fort. »Satan geht um, und er hat viele Gestalten. Er mag aussehen wie wir und handeln wie wir, doch er ist keiner von uns, und wir müssen stets auf der Hut sein, das Böse abwenden, wo immer wir ihm begegnen mögen, und uns und unsere Lieben vor ihm schützen. Im Namen des Herrn, Jesus Christus, Amen.«

»Amen«, antwortete die Gemeinde.

»Siehst du?« flüsterte Libby Hildress ihrem Mann zu, der neben ihr in der zweiten Reihe saß. »Hab ich's dir nicht gesagt?«

»Ruben und ich werden heiraten«, verkündete Ginger beim sonntäglichen Mittagessen.

Verna Earley ließ ihre Gabel fallen. »Heiraten?« keuchte sie, obwohl sie sich seit über einem Monat gegen diese Vorstellung zu wappnen versuchte. An diesem Sonntag waren der Polizeichef und seine Tochter zum ersten Mal seit Weihnachten nicht gemeinsam zum Essen bei den Earleys.

»Heiraten«, bestätigte Ginger.

»He, gratuliere, Schwesterchen«, sagte ihr ältester Bruder. Trotz der Vorbehalte seiner Mutter fand er Ruben durchaus in Ordnung. Der Polizeichef spielte sehr anständig Pool.

»Ja«, riefen auch die anderen. »Herzlichen Glückwunsch.«

»Habt ihr schon einen Termin ausgesucht?« erkundigte sich Gingers Schwägerin.

Ginger schüttelte den Kopf. »Nein. Irgendwann im Frühling. Ich glaube, wir legen beide keinen Wert auf eine lange Verlobungszeit.«

Jack Earley kam zu seiner Tochter und umarmte sie.

»Wenn es das ist, was du dir selbst wünschst«, flüsterte er, »bin ich sehr froh für dich.«

»Danke, Dad.« Ginger strahlte. »Danke euch allen.« Sie blickte abwartend ihre Mutter an.

»Tja, das heißt wohl, daß wir eine Hochzeit ausrichten werden«, sagte Verna so munter, wie es ihr unter den Umständen möglich war. »Du bist meine einzige Tochter, die Chance bekomme ich nur einmal.«

»Eine kleine Feier, Mom«, bat Ginger. »Ruben steht doch schon zum zweiten Mal vor dem Traualtar. Wir wollen keine große Sache daraus machen; nur die Familie und vielleicht ein paar Freunde.«

»Das klingt gut«, meinte Verna, die froh darüber war, einige Bekannte mit dieser Begründung ausschließen zu können. »Eine kleine Feier muß keineswegs weniger elegant sein als eine große.«

Ginger betrachtete ihre Mutter überrascht. »Danke«, sagte sie. »Ich hatte befürchtet, daß wir uns darüber streiten müßten.«

»Es ist dein Leben«, erwiderte Verna. »Außerdem wird Ruben

ja ein mächtig angesehener Mann sein, wenn ihr beide jetzt den Fall Breckenridge abschließen könnt.«
»Noch ist es nicht soweit«, sagte Ginger. Wie immer war sie vorsichtig, was ihre Äußerungen über die Arbeit betraf, doch sie konnte ihre Zufriedenheit nicht ganz verhehlen. »Aber es kann schon sein, daß es nicht mehr allzu lange dauert.«

»Wir wollen nur eine kleine Feier«, sagte Ruben zu Stacey. »Nichts Aufwendiges.«
»Mann, Dad, du begehst doch kein Verbrechen«, gab Stacey zurück. »Du heiratest. Du solltest es in vollen Zügen genießen.«
»Hältst du es nicht für einen Fehler?« fragte er. »Ich meine, es spricht so vieles dagegen.«
»Liebst du sie?«
»Sehr«, lautete die Antwort.
»Glaubst du, daß sie dich liebt?«
»Ja, das glaube ich.«
Stacey zuckte die Achseln. »Worüber machst du dir dann Sorgen?«
»Zum einen über den Altersunterschied«, sagte er. »Und zum anderen darüber, wie du darüber denkst.«
Das Mädchen legte nachdenklich den Kopf schräg. »Tja, das Alter könnte ein Problem sein«, bestätigte sie. »Aber wenn du damit klarkommst, eine weitere Tochter zu haben, kann ich auch damit leben, eine große Schwester zu bekommen.« Und sie duckte sich rasch, um außer Reichweite zu kommen.

Der rostbraune Taurus fuhr von der Fähre und hielt sich Richtung Norden. Matthew und Chase schliefen ineinandergekuschelt auf der Rückbank. Deborah saß neben Jerry und dachte, daß die beiden Tage an der Küste für sie alle Wunder gewirkt hatten.
Sie waren gelaufen und hatten gespielt und die Meeresluft genossen, als seien sie vollkommen unbeschwert. Und als sie jetzt in ihre Wohngegend kamen, als sie die vertrauten Häuser

und Gärten vorbeihuschen sah, war sie fast geneigt, es zu glauben.

»Ich bin froh, daß wir das gemacht haben«, sagte sie und gähnte. »Ich war zum ersten Mal seit langer Zeit wieder richtig entspannt.«

»Dann sollten wir so etwas öfter tun«, schlug Jerry vor und bog in die Larkspur Lane ein.

»Aber wir sollten es nicht langfristig planen«, meinte Deborah. »Ich glaube, es war deshalb so toll, weil wir uns ganz spontan entschieden haben. Ich hätte nicht gedacht, daß ich das noch mal sagen würde, aber ich freue mich jetzt sogar, wieder hier zu sein.«

»Dann sollten wir wirklich öfter spontan sein«, sagte er und lachte leise.

»Weißt du, vielleicht lebt es sich hier ja doch ganz gut«, bemerkte sie. »Vielleicht sollten wir uns nicht von der Haltung einer Minderheit ablenken lassen.«

Jerry bog in die Auffahrt ein. »Du hast wahrscheinlich recht«, stimmte er zu.

Und dann, als sie auf die Garage zufuhren, sahen sie es – groß und schwarz hatte es jemand auf das Tor gesprüht.

Fassungslos starrten sie darauf.

»Wie kann jemand nur ...« stammelte Deborah. »Warum tun sie ...? Was haben wir ...?«

Auf all ihre Fragen gab es eine Antwort, aber Jerry war nicht danach zumute, sie zu äußern. Er hatte davon gehört, seit er zehn Jahre alt war, hatte in der Schule etwas darüber gelernt und in vielen Büchern darüber gelesen. Doch zum ersten Mal in seinem Leben verstand Jerry wirklich, wie Aaron sich als Junge gefühlt haben mußte: die Demütigung, den Verrat, die Angst und die entsetzliche Hilflosigkeit.

Erst die Sache mit Matthew und den Rowdies auf dem Spielplatz; er hatte abgewartet. Dann der Anruf, den er vor sich selbst abgetan hatte. Und nun diese obszöne Nazischmiererei an der Garagentür. Er wußte, daß der Fall Breckenridge das

alles ausgelöst hatte, doch er fragte sich, wer dahinterstand und wohin das noch führen mochte und ob er weiter imstande sein würde, seine Familie zu schützen.
Bedrückt sah er seine Frau an. »Hältst du das immer noch für einen einmaligen Vorfall?«

Officer Glen Dirksen war müde und hungrig und freute sich, nach Hause zu kommen. Er folgte den Frankels, bis sie in die Larkspur Lane bogen, dann fuhr er schnurstracks zu seiner Wohnung, einem geräumigen Parterre-Apartment in einer kürzlich restaurierten Stadtvilla in der Johansen Street, nur drei Straßen vom Stadtpark entfernt.
Die Wohnung war viel größer, als er es sich eigentlich leisten konnte, doch der Besitzer hatte die Miete gesenkt, weil die Mitbewohner froh waren, einen Polizisten im Haus zu haben. Sein Mobiliar bestand aus einem Futon im Schlafzimmer und einem im Wohnzimmer, einem großen Eichenbord vom Trödel, in dem der Fernseher, die Stereoanlage und einige CDs untergebracht waren, und einem alten Holztisch mit zwei Stühlen, die er dunkelgrün lackiert hatte.
Der Kühlschrank war ziemlich leer, er mußte sich also mit zwei Erdnußbuttersandwiches, einer Tüte Schokoladenkekse und einem Glas Milch zufriedengeben. Er hatte in den letzten beiden Tagen wenig gegessen und in seinem Pick-up geschlafen, weil er die Frankels so selten wie möglich aus den Augen verlieren wollte. Er hätte niemandem erklären mögen, wie sie ihm entkommen konnten, während er in einem Hotelbett schlummerte.
Seine große Abenteuerreise an die Küste war ziemlich ereignislos verlaufen. Die Familie aß Fastfood, ging am Strand spazieren und stöberte in den wenigen Läden, die um diese Jahreszeit geöffnet hatten. Sie zeigten keinerlei Interesse an Kanada und nahmen den Polizisten in Zivil, der sich immer in ihrer Nähe aufhielt, nicht zur Kenntnis.
»Es waren nur wenige Leute unterwegs dort«, berichtete Dirksen Ginger. »Er hätte mich bemerken müssen, aber ich glaube

fast, er hat sich nicht an mich erinnert. Er hat mich sogar ein paarmal angelächelt, wissen Sie, so wie man im Vorbeigehen Fremde anlächelt.«

»Gute Arbeit«, sagte Ginger. »Jetzt schlafen Sie sich mal gründlich aus.«

Doch er konnte nicht gleich einschlafen. Glen Dirksen lag auf seinem Futon und dachte darüber nach, daß der Lehrer sich vollkommen unbefangen verhalten hatte, nicht wie jemand, der ein brutales Verbrechen begangen hat.

Der junge Polizist hatte es gelernt, auf die Körpersprache eines Verdächtigen zu achten, auf den Blick, das Verhalten. Doch bei Jerry Frankel, der sich unbeobachtet zu fühlen schien, hatte Dirksen in zwei Tagen keinerlei Anzeichen für seine Schuld sehen können, und er konnte nicht umhin, die Beherrschtheit des Mannes zu bewundern. Er kam zu dem Schluß, daß manche Mörder unglaublich abgebrüht waren. Er wollte Ginger noch mitteilen, daß der Lehrer vermutlich nicht so leicht klein beigeben würde.

Jerry und Deborah lagen beide den größten Teil der Nacht wach und schliefen erst gegen Morgen ein. Sie hatten vergessen, den Wecker zu stellen, und hätten wahrscheinlich verschlafen, wären sie nicht um halb acht vom Geräusch eines Hochdruckreinigers geweckt worden.

»Was ist denn das?« murmelte Jerry. Er zog seinen Bademantel an und öffnete die Haustür. Mehrere Nachbarn standen in der Auffahrt und schrubbten die Garagentür.

»Das muß gestern abend passiert sein«, sagte einer. »Ich bin um vier nachmittags nach Hause gekommen, da war noch nichts davon zu sehen.«

»So eine Gegend ist das hier nicht«, sagte ein anderer. »Sie sollen wissen, daß wir uns alle dafür schämen.«

»Wir kennen Sie, Jerry, und wir mögen Sie und Ihre Familie«, sagte ein dritter. »Wir sind froh, daß Sie hierhergezogen sind und daß wir Sie kennen.«

»Danke«, sagte Jerry, aber es gelang ihm nicht, ihnen zu sagen, wofür er ihnen tatsächlich dankte.

»Die Blutflecken auf dem Sweatshirt sind wertlos«, berichtete Charlie Ruben und Ginger. »Zuviel Fleckentferner. Die Laborjungs haben vielleicht noch Glück mit der DNA, aber da würde ich mich nicht drauf verlassen. Die Fasern stimmen überein mit denen, die wir auf Tara Breckenridges Leiche gefunden haben. Aber das hilft uns nicht weiter; diesen Sweater kriegt man hier auf der Insel mindestens in zehn Geschäften.«

»Was ist mit dem Messer?« fragte Ginger.

»Da sieht es besser aus. Magnus bestätigt, daß ein Messer dieses Typs die Tatwaffe war, und wir haben am Übergang von Klinge zum Griff einen Blutfleck gefunden, der mit Taras Blutgruppe übereinstimmt. Leider auch mit der Blutgruppe der halben Bevölkerung hier. Wir brauchen also die DNA-Ergebnisse, um ganz sichergehen zu können.«

»Daß es die Blutgruppe des Opfers ist, reicht vorerst«, sagte Ruben.

»Und dann noch was«, fügte Charlie hinzu. »Die Zeitung, in die das Messer eingewickelt war, war der *Sentinel* vom zweiten Oktoberwochenende.«

»Na bitte«, murmelte Ginger.

»Das ist natürlich alles noch nicht stichhaltig. Fingerabdrücke auf dem Messer wären ausschlaggebend gewesen. Aber da ließen sich keine sauberen finden.«

»Man kann sich vorstellen, daß die verwischt sind«, sagte Ginger.

»Was war mit der Zeitung?« fragte Ruben.

»Da waren auch keine«, antwortete Charlie. »Aber das Wichtigste ist«, sagte er abschließend, »daß wir höchstwahrscheinlich die Tatwaffe haben.«

»Gut«, sagte Ruben. »Gehen wir zu Van Pelt.«

Harvey Van Pelt sah dem Ende seiner beruflichen Laufbahn entgegen, ohne jemals den großen, schlagzeilenträchtigen Fall bekommen zu haben, von dem alle Anwälte träumen.

Er war groß und schlaksig, hatte volles schwarzgraues Haar, einen borstigen Schnurrbart und viele Lachfalten und wirkte auf die meisten Menschen sympathisch. Vor einigen Jahren hatte er mit dem Gedanken gespielt, in die Politik zu gehen.

»Wenn Sie es auf einen höheren Posten als den des Staatsanwalts abgesehen haben«, teilte ihm einer seiner Parteifreunde mit, »müssen Sie sich einen Namen machen.«

»Als was?« fragte Van Pelt.

»Aber wenn ich es mir recht überlege«, lautete die Antwort, »machen Sie doch lieber weiter wie bisher.«

Van Pelt hatte das beherzigt. Jetzt war er zweiundsechzig und seit neunundzwanzig Jahren Staatsanwalt des Puget County. Alle vier Jahre war er so gut wie einstimmig wiedergewählt worden. Außer seiner Frau wußte noch keiner Bescheid, doch dies war seine letzte Amtszeit. Der Krebs, der langsam seine Leber zerfraß, würde ihm keine weiteren vier Berufsjahre mehr gestatten.

Er war nicht verbittert. Alles in allem hatte er es gut gehabt. Der Blick von seinem Büro auf Gull Harbor war großartig, sein Stuhl war bequem, und von seinem Haus aus war er in zehn Minuten im Gerichtsgebäude und in fünf Minuten auf dem Golfplatz. Er hatte eine Wohnung auf Maui, fuhr einen Lincoln und hatte allen vier Kindern das Studium finanzieren können. Darüber hinaus mochte er seine Arbeit. Sie war interessant, nicht übermäßig strapaziös und immer wieder befriedigend, und sie verschaffte ihm Ansehen und Respekt in der Gemeinde; keine schlechte Stellung für den Sohn einer Näherin, die mit einem sechs Monate alten Baby von ihrem Mann verlassen worden war. Doch der Staatsanwalt war auch nur ein Mensch, und ab und zu sann er darüber nach, daß seine Laufbahn zwar erfolgreich gewesen war, ihm jedoch keine Möglichkeit zum großen Auftritt gegeben hatte.

Das änderte sich schlagartig kurz nach zehn Uhr morgens am dritten Montag im Januar. Auf Harvey Van Pelts Schreibtisch landete der Fall seines Lebens.
Es konnte doch nichts Besseres geben, fand er, als seine Karriere mit der Verurteilung des Dreckskerls zu beenden, der die arme kleine Tara Breckenridge abgeschlachtet hatte. Es schien alles vorzuliegen: Motiv, Gelegenheit, Absicht, Indizien – und sogar die Tatwaffe. Lediglich die DNA-Ergebnisse fehlten, doch die würden für die Geschworenen nur noch Dreingabe sein. Es sah nach einem bombensicheren Treffer aus.
Beinahe. Der Unsicherheitsfaktor war Frankels Anwalt. Van Pelt hatte es noch nie mit Scott Cohen zu tun gehabt, doch der Ruf des Anwalts war ihm bekannt. Er wußte, daß der Cherub in seiner zwanzigjährigen Laufbahn keinen einzigen Mordfall verloren hatte. Und genau darin lag die Herausforderung. Was für ein Triumph wäre es, dachte er, einen Mörder abzuurteilen und gleichzeitig Cohen seine erste Niederlage zu verpassen.
»Sie scheinen hier sehr gute, gründliche Arbeit geleistet zu haben«, sagte er zu Ruben. »Ich sehe keinen Grund, mehr Zeit zu vergeuden. Verhaften Sie ihn.«

An der Seward-High-School hatte die Mittagspause begonnen. Wie üblich saßen Melissa Senn und Jeannie Gemmetta mit Hank Kriedler und Bill Graham am Tisch. Doch heute hatten sie Stacey Martinez zu sich gebeten.
»Ihr seid das Schulgespräch, Danny Leo und du«, eröffnete Jeannie ihr.
»Ach ja?« sagte Stacey. »Warum denn?«
»Tja, ich nehme an, weil ihr so oft zusammensteckt.«
»Wir sind nur gute Freunde«, sagte Stacey automatisch. Sie hatte nicht vor, sich gegenüber diesen Kids über ihre Beziehung zu Danny auszulassen.
»Hey«, sagte Melissa. »Du hast dir den süßesten Jungen der Schule geangelt – genieß es.«

»Wir Jüngeren sind dir wohl nicht mehr gut genug?« zog Hank sie auf.
Stacey lächelte. Weder er noch einer seiner Freunde hatte sich je für sie interessiert. Sie hatten sie einfach übersehen. An ihr hatte sich nichts verändert, doch durch ihre Beziehung zu Danny hatte sie offenbar in deren Augen an Bedeutung gewonnen.
»Woher soll ich das wissen?« gab sie zurück. »Ihr habt mich doch nie eingeladen.«
Hank und Bill sahen sich vielsagend an. »Das müssen wir wohl ändern«, alberten sie.
»Wißt ihr was?« sagte Jack Tannauer und ließ sich zwischen ihnen auf die Bank plumpsen, »ich hab gerade deinen Vater gesehen, Stacey. Er und Detective Earley sind ins Büro des Direktors gegangen.«
»Ehrlich?« flüsterte Melissa. »Was meinst du, was das zu bedeuten hat?«
»Glaubst du, sie werden Mr. Frankel verhaften?« keuchte Jeannie. »In der Zeitung stand, daß sie am Freitag sein Haus durchsucht haben. Vielleicht haben sie was gefunden.«
Jack zuckte die Achseln. »Vielleicht weiß Stacey was.«
Stacey schüttelte den Kopf. »Da muß ich euch enttäuschen«, sagte sie, »aber mein Vater erzählt mir nichts über seine Fälle. Ich weiß nicht mehr darüber als ihr.«
»Wär das nicht der Hammer«, meinte Hank. »Wenn es nun doch der Lehrer war.«
»Hey«, sagte Bill und sprang auf. »Warum sehen wir nicht mal selbst nach?«

Zehn Minuten vor dem Läuten betraten Ruben und Ginger das Klassenzimmer, in dem Jerry Frankel unterrichtete. Jordan Huxley wartete auf dem Gang. Der Lehrer stand mit dem Rücken zur Tür und schrieb etwas an die Tafel.
»Jeremy Frankel?« sagte Ruben und ging auf ihn zu.
Jerry fuhr verblüfft herum. »Ja?«

Ginger stand mit gezogener Waffe an der Tür. Ruben blieb etwa zwei Meter vor Frankel stehen, die Hand auf dem Holster.

»Jeremy Frankel, ich verhafte Sie wegen Mordes an Tara Breckenridge.«

Der Lehrer blinzelte. »Wovon sprechen Sie?«

»Drehen Sie sich bitte um, und legen Sie die Hände an die Tafel.«

»Augenblick mal, ich verstehe nicht. Da muß ein Mißverständnis vorliegen.«

»Drehen Sie sich bitte um«, wiederholte Ruben, »und legen Sie die Hände an die Tafel.«

»Sie haben das Recht zu schweigen«, begann Ginger. »Wenn Sie dieses Recht nicht wahrnehmen, kann alles, was Sie sagen, vor Gericht gegen Sie verwendet werden. Sie haben das Recht auf einen Anwalt ...«

Im Flur hielt Jordan Huxley die Schüler von der Tür fern. »Ihr könnt jetzt da nicht rein«, sagte er. »Bleibt bitte dort drüben an der Wand stehen.«

Ruben brauchte eine knappe Minute, um festzustellen, daß der Lehrer nicht bewaffnet war, und nur einige Sekunden, um ihn in Handschellen zu legen.

»Muß das wirklich sein?« fragte Jerry. »Ich leiste keinen Widerstand. Müssen Sie mich vor den Kindern in Handschellen abführen?«

»Tut mir leid«, sagte Ruben. »So ist die Vorschrift.«

Ginger öffnete die Tür. Sie nahmen den Lehrer zwischen sich und führten ihn unter den neugierigen Blicken der Schüler den Flur entlang und aus dem Schulgebäude hinaus.

6

»Rachel, hol bitte Matthew von der Schule ab«, wies Scott Cohen knapp eine Stunde später seine Frau an. »Jetzt gleich. Nimm ihn mit zu uns, und sieh nach Möglichkeit zu, daß er im Haus bleibt. Ich habe Deborah angerufen. Sie kommt mit der nächsten Fähre und holt ihn ab. Ich nehme dieselbe Fähre, aber ich gehe zuerst noch ins Gericht.«

»Das ist ja einfach entsetzlich«, sagte Rachel.

»Es sieht nicht gut aus«, bestätigte ihr Mann.

Das Gericht von Puget County war in einem dreistöckigen rechteckigen Kalksteingebäude mit einer goldenen Kuppel untergebracht, über dessen Protzigkeit man sich bereits seit einem halben Jahrhundert lustig machte. Es war am nördlichen Ende des Seward Way gelegen und von einem großen Landschaftsgarten umgeben, den die Damen des Garden Club sorgfältig pflegten.

Zwei voll ausgestattete Gerichtssäle fanden dort Platz sowie die großen Büros von Richter Irwin Jacobs und seinem Stab, das etwas kleinere Büro von Ankläger Harvey Van Pelt und eine Reihe Räume, in denen das Verwaltungspersonal arbeitete.

Im dritten Stock auf der linken Seite des Hauses stieß man auf das Untersuchungsgefängnis, das von außen nur durch die Gitter vor den Fenstern zu erkennen war. Hier wurden Jerry Frankels Personalien erfragt, man nahm seine Fingerabdrücke und fotografierte ihn. Er hatte seinen Anwalt angerufen und verweigerte auf Rat des Cherub seither jegliche Aussage.

Als Scott eintraf, hockte er auf einer Liege in einer kleinen Zelle und sah völlig benommen aus.

»Ich verstehe nicht, was hier vorgeht«, sagte er, nachdem man sie in einen engen Raum geführt hatte, in dem ein Tisch und zwei Stühle standen. »Sie können keine Beweise gefunden haben, die mich mit dem Mord in Verbindung bringen.«

Scott blätterte die Akte durch, die er sich hatte geben lassen. »Das sieht hier anders aus«, berichtete er. »Sie behaupten, daß dein Fingerabdruck auf dem Kreuz des Opfers gefunden wurde. Ferner haben sie angeblich ein blutverschmiertes Sweatshirt in deinem Garten gefunden, dessen Fasern identisch sind mit Fasern, die an der Leiche hafteten. Und in einem versteckten Fach in deinem Auto soll ein Messer gesichert worden sein, das nach Aussagen des Gerichtsmediziners die Mordwaffe sein könnte.«

Jerry schüttelte den Kopf, als sähe er dann klarer. »Das war *mein* Blut auf dem Sweatshirt. Ich hatte mich in der Werkstatt geschnitten. Und ich habe keine Ahnung, wo dieses Messer herkommt. Ich habe noch nie ein solches Messer besessen. Ich bin kein Jäger – was soll ich mit einem Jagdmesser? Abgesehen davon: Selbst wenn ich dieses arme Mädchen getötet hätte – wäre ich dann so dumm und würde die Tatwaffe herumliegen lassen, wo jeder sie finden kann?«

Scott sah seinen Klienten forschend an. Seinen grünen Augen entging nichts. »Wenn du jagen würdest, hätten wir die Möglichkeit, zu argumentieren, daß du durch den Besitz des Messers nur die Gelegenheit zu dem Mord, nicht jedoch die Absicht hattest. Das würde dir eine Haftstrafe einbringen«, sagte er langsam. »Wenn du jedoch nicht jagst, haben sie gute Chancen, dir Vorsatz anzuhängen, und dann wird Harvey Van Pelt mit großer Wahrscheinlichkeit die Todesstrafe verlangen.«

Jerry blinzelte. »Wenn du mir Angst einjagen willst, machst du das sehr gut.«

»Ich lege dir nur die Situation dar.«

Seine Aussage war unmißverständlich, und Jerry starrte den Anwalt an. »Ich jage nicht«, sagte er schließlich.
Scott nickte. »Also gut«, sagte er, »gehen wir an die Arbeit.«

»Ruben, ich will der erste sein, der Ihnen gratuliert«, dröhnte Albert Hoch, als er kurz nach zwei ins Revier marschierte, wie Ginger es vorausgesagt hatte. »Ich wußte von Anfang an, daß Sie der Richtige sind für diese Aufgabe. Ich hatte keinerlei Zweifel, daß Sie den Schweinehund erwischen würden.«
»Ich freue mich, daß wir Erfolg hatten«, sagte der Polizeichef. Seine Miene war unergründlich.
»Und nun machen Sie sich bloß keine Sorgen um den Stadtrat und diesen ganzen Quatsch von wegen Entlassung«, fuhr Hoch fort. »Sie werden sehen: Wenn ich mit denen fertig bin, werden sie darum betteln, daß Sie bleiben.«
»Ich weiß das zu schätzen, Herr Bürgermeister«, sagte Ruben, angestrengt bemüht, nicht zu lächeln.
Ginger, die in ihrem Büro am Ende des Ganges saß, hätte beinahe laut gelacht.
Um vier fingen sie an, ihre Aufwartung zu machen. Immer wieder kam einer der Stadträte vorbei, der zufällig gerade in der Nähe zu tun hatte, um Ruben für seine hervorragende Arbeit zu danken und ihn um Verständnis dafür zu bitten, daß sie enorm unter Druck gestanden hatten.
»Natürlich verstehe ich das«, antwortete Ruben jedem von ihnen. »Das ging mir nicht anders.«
»Ich bin so froh, daß es sich nun geregelt hat«, gestand Maxine Coppersmith. »Ich hätte ungern einen anderen an Ihrer Stelle gesehen.«
»Gut gemacht«, meinte Dale Egaard. »Nun können wir es uns sparen, einen Nachfolger für Sie zu suchen.«
»Wir haben uns wie ein Haufen alter Idioten aufgeführt«, gab Ed Hingham zu. »Wir haben Sie schließlich eingestellt; wir hätten mehr Vertrauen zu Ihnen haben müssen.«
Lediglich Jim Petrie ließ sich nicht blicken.

»Der hat vermutlich alle Hände voll zu tun im Laden«, witzelte Charlie. »Er muß die ganzen Riegel und Schlösser zurückgeben, die er nicht mehr los wird.«

Deborah konnte sich auf nichts konzentrieren. Sie holte Matthew ab, fuhr mit ihm nach Hause und machte ihm etwas zu essen, aber sie wußte nicht, was es war und ob er etwas zu sich nahm. Seinen besorgten Fragen wich sie aus, denn sie konnte sie nicht beantworten. Sie wußte selbst nicht mehr weiter.

Scott kam um sechs vorbei und berichtete, daß Jerry wohlauf sei.

»Wann darf er nach Hause?« fragte sie.

Der Anwalt schüttelte den Kopf. »Wir kriegen ihn nicht auf Kaution raus«, sagte er. »Es geht um ein Kapitalverbrechen.«

»Du meinst, er muß dort bleiben?« rief sie entsetzt, und Bilder aus Gefängnisfilmen zogen vor ihrem geistigen Auge vorbei.

»Er ist nicht im Gefängnis«, beruhigte Scott sie, als habe er ihre Gedanken erraten. »Er ist nur in Untersuchungshaft. Er hat eine Zelle für sich. Sie ist klein, aber sauber und sicher, und sein Essen kommt aus dem Waterside Café. Er ist nur angeklagt, nicht verurteilt. Keiner wird ihm etwas zuleide tun.«

Als Scott gegangen war, rief Deborah in Scarsdale bei ihren Eltern an.

»Nein, ich möchte nicht, daß ihr jetzt kommt«, sagte sie. Sie fühlte sich so gedemütigt, als sie ihnen berichten mußte, was geschehen war. »Matthew und mir geht es gut. Es ist wirklich nicht nötig. Irgendwann später vielleicht.«

Dann zwang sie sich dazu, in Cheltenham anzurufen.

»Ich hatte so etwas kommen sehen«, sagte Aaron sofort. »Ich mache mir Sorgen, seit ich neulich mit Matthew gesprochen habe. Sie machen meinen Sohn zum Sündenbock.«

»Wir haben einen exzellenten Anwalt, mit dem wir auch befreundet sind«, sagte Deborah. »Glaub mir, wenn sie Jerry etwas anhängen wollen, kriegt er es raus und bringt die Sache in Ordnung.«

»Ich möchte gern zu euch kommen«, sagte Aaron.

»Ich weiß, aber warte lieber noch ein Weilchen. Wenn der Prozeß anfängt – falls es überhaupt zum Prozeß kommt –, wird er dich brauchen. Wir alle.« Sie fühlte sich außerstande, auch noch seinen Kummer zu ertragen.

Nach acht kamen immer wieder Nachbarn vorbei, die Kuchen brachten und so ernst blickten, als kämen sie vom Begräbnis. Deborah wußte, daß sie es gut meinten, aber sie verschlimmerten ihre Lage noch.

»Ich weiß nicht, wie das passieren konnte«, klagte sie. »Jerry kann nichts mit dieser Sache zu tun haben.«

»Manchmal irrt sich die Polizei«, sagten sie, obwohl sie nicht mehr überzeugt davon waren. Doch sie wollten nicht, daß die Frau und das Kind unter etwas zu leiden hatten, dessen der Mann schuldig war.

Irgendwie gelang es ihr, sich die mitleidigen Äußerungen der Nachbarn anzuhören, den Hund zu füttern, die Küche aufzuräumen, Matthew ins Bett zu bringen. Später ging sie ins Schlafzimmer und zog sich aus, als wolle sie wirklich schlafen gehen. Als sie im Badezimmer vor dem Spiegel stand und ihr Make-up entfernte, blickte sie in ein bleiches Gesicht mit dunklen Ringen unter den Augen.

»Er hat es nicht getan«, sagte sie zu ihrem Spiegelbild. Bist du wirklich sicher? fragte eine leise Stimme.

Und da kamen die Tränen.

»Lehrer im Fall Breckenridge angeklagt«, *lautete die Schlagzeile des* Sentinel *am nächsten Morgen.*

»Die Polizei verhaftete gestern in Zusammenhang mit dem Mord an Tara Breckenridge einen beliebten Lehrer der Seward-High-School.

Der fünfunddreißigjährige Jeremy Frankel wurde nach dreimonatigen Ermittlungen in diesem Fall in seinem Klassenzimmer festgenommen. Die fünfzehnjährige Tara Breckenridge war im Oktober im Madrona Point Park ermordet worden.

Frankel, der seit Januar an der Schule Geschichte unterrichtet, hat seine vorherige Arbeitsstelle in New York State ›unter undurchsichtigen Umständen‹, so Detective Ginger Earley, verlassen.«

»Es mag drei Monate gedauert haben, aber nun haben wir ihn, Kyle«, verkündete Albert Hoch. »Ich weiß, daß viele eine schnellere Lösung erwartet haben, aber, wie Ruben schon sagte: Manche Fälle brauchen ihre Zeit. Geduld, Entschlossenheit und gute Arbeit haben schließlich zum Erfolg geführt. Ich weiß hundertprozentig, daß die ganze Truppe in Graham Hall keine Sekunde lockergelassen hat.«
»Und wird es wirklich zur Verurteilung kommen?« erkundigte sich Breckenridge. »Dieser Schweinehund kann doch nicht etwa durch irgendwelche Gesetzeslücken rutschen, oder?«
»Da würde ich mir keine Sorgen machen«, versicherte ihm der Bürgermeister. »Ruben ist sehr sorgfältig. Er würde keine Falle aufstellen, wenn er nicht wüßte, daß er damit die richtige Beute fängt.«
»Martinez scheint doch sehr fähig zu sein«, gab Breckenridge zu. »Ich muß gestehen, daß ich meine Zweifel daran hatte, aber ich scheine mich geirrt zu haben.«
»Nun ja, du warst in guter Gesellschaft«, sagte Hoch mit einem kleinen Lächeln. »Drüben in Graham Hall streuen sich die Stadträte gerade Asche aufs Haupt.«
Breckenridge zuckte die Achseln. »Ein bißchen Demut schadet nicht«, meinte er.
Hoch betrachtete seine frisch manikürten Fingernägel. »Weißt du«, äußerte er, »es wäre keine schlechte Idee, wenn du vielleicht selbst mal reinschauen und Ruben ein nettes Wort sagen würdest.«
»Willst du mir auf die Sprünge helfen, Albert?«
Der Bürgermeister lief rot an. »War nur ein Vorschlag, Kyle.«
»Keine Sorge«, sagte der Bankpräsident. »Ich hatte fest vor, auf dem Revier vorbeizuschauen.«

Hoch lächelte. »Es wäre eine schöne Geste«, sagte er.
»Das Wichtigste ist, daß wir langsam wieder anfangen können, Ordnung in unser Leben zu bringen«, sagte Kyle und seufzte. »Die letzten drei Monate waren grauenvoll; nicht nur für mich und meine Familie, glaube ich, sondern für die ganze Insel. Jetzt brauchen wir einen klaren Prozeß, eine rasche Verurteilung und eine gerechte Strafe. Es wird für uns alle schwierig sein, es noch einmal zu durchleben, vor allem für Mary, aber es ist unabdingbar, damit die Wunde endlich verheilen kann. Ich hoffe nur, daß es keine Verzögerungen mehr gibt.«

Mary Breckenridge lag den ganzen Tag im Bett. Sie hatte die Vorhänge zugezogen. Neben ihr auf dem Nachttisch stand ihr Migränemittel.
Wie jeden Morgen war sie heruntergekommen, um mit ihrem Mann und ihrer Tochter zu frühstücken. Sie bestand darauf, daß an Taras Platz an dem prachtvollen ovalen Rosenholztisch immer ein Gedeck stand, als könne ihre ältere Tochter jeden Moment hereinkommen. Kyle und Tori bemühten sich nach Kräften, das grausige Ritual zu übersehen.
»Lassen Sie sie, Mrs. Poole«, sagte Kyle. »Jeder trauert auf seine Art.«
An diesem Morgen brachte die Haushälterin wie immer Kyle seinen Saft, seine Cornflakes und den *Seattle Post-Intelligencer* und das *Wall Street Journal.* Dann servierte sie Mary ihren Kaffee, ihren Buttertoast und die Morgenausgabe des *Sentinel.*
Ein Blick auf die Schlagzeile genügte. Sie verschüttete Kaffee, verschluckte sich an einem Bissen Toast und hastete wortlos aus dem Zimmer.
Mary wollte nicht wissen, daß man jemanden wegen des Mordes an ihrer Tochter verhaftet hatte. Sie hatte sich mit immensem Kraftaufwand eingeredet, daß Tara nicht tot war, sondern einfach nicht anwesend. Nur so konnte sie mit dem Verlust umgehen; indem sie sich einredete, daß der Zustand ihrer

Abwesenheit eines Tages beendet sein würde. Was die anderen dachten, war ihr einerlei.
Die Berichte in der Zeitung waren auch nie eindeutig gewesen; mal nahm man dies an, mal glaubte man das. Doch eine Verhaftung war konkret und zwang Mary dazu, der Wahrheit ins Gesicht zu sehen, die sie so nachhaltig zu verdrängen suchte.
Sie wartete, bis sie ganz sicher war, daß Kyle zur Bank gefahren war, Tori in der Schule saß und Mrs. Poole sich in einem anderen Teil des Hauses aufhielt. Dann nahm sie all ihren Mut zusammen, griff zu dem Telefon, das zwischen ihrem Bett und dem ihres Gatten stand, und wählte die Nummer des Polizeireviers.
»Guten Tag, ich möchte mit Chief Martinez sprechen«, sagte sie der Angestellten, die abnahm.
»Es tut mir leid, er ist im Moment nicht da«, antwortete Helen Ballinger der Frau, die ihren Namen nicht genannt hatte. »Kann ich Sie mit jemand anderem verbinden?«
»Nein. Ich will nur mit ihm sprechen.«
»Kann ich ihm vielleicht etwas ausrichten?«
Mary dachte eine Minute lang nach. »Ja«, sagte sie schließlich. »Sagen Sie ihm, Mrs. Breckenridge hat angerufen. Sagen Sie ihm, der Lehrer, den er verhaftet hat, hat meine Tochter nicht umgebracht.«
»Wie bitte?« fragte Helen verblüfft.
»Ich sagte, der Lehrer hat sie nicht umgebracht.«
»Woher wissen Sie das, Mrs. Breckenridge?« fragte Helen vorsichtig.
»Ich weiß es, weil ... weil er ein guter Lehrer ist. Tara sagt, er ist der beste Lehrer, den sie je hatte. Er hat ihr bei ihren Schularbeiten geholfen, wissen Sie. Er würde ihr niemals etwas zuleide tun. Richten Sie das Chief Martinez aus.«
Mary legte auf. Sie hatte getan, was sie konnte, und sie hoffte, daß es genug war, um die Wirklichkeit zumindest noch eine Weile von ihr fernzuhalten.

»Die arme Frau«, sagte Helen später, als sie Ginger von dem Anruf berichtete.

»Sie verdrängt«, sagte Ginger. »Wenn wir jemanden wegen des Mordes an Tara verhaften, muß sie sich eingestehen, daß ihre Tochter tatsächlich tot ist.«

7

Es sprach sich natürlich herum, daß jemand ein Hakenkreuz auf die Garagentür der Frankels gesprayt hatte. Die Leute redeten nicht aus Gehässigkeit darüber, sondern weil sie es nicht fassen konnten. Es war unvorstellbar für sie, daß jemand aus ihrer Gemeinschaft auf so feige Art und Weise etwas derartig Widerwärtiges tun konnte.

Der größte Teil der Farbe hatte sich zwar wegschrubben lassen, doch ein Schatten war zurückgeblieben, und bald fuhren diejenigen, die sich nicht zügeln konnten, langsam die Larkspur Lane entlang, um das Ungeheuerliche mit eigenen Augen zu sehen.

»Ich hab's erst geglaubt, als ich davorstand«, sagte Paul Delaney, der Fotograf des *Sentinel,* zu Gail Brown. »Das ist meine Heimatstadt, um Himmels willen. Die Menschen hier tun so etwas nicht.«

»Ah ja?«

»Komm schon, ich bin hier geboren, genau wie du«, entgegnete er. »So etwas habe ich hier noch nie erlebt.«

»Hast du eine gute Aufnahme davon?« fragte Gail.

Delaney grinste. »Worauf du dich verlassen kannst«, sagte er.

»Unter keinen Umständen unterstützen oder dulden wir die Art von Schmiererei, die in unserer Stadt passiert ist«, *beeilten sich mehrere Wortführer religiöser Gemeinschaften öffentlich zu versichern.* »Aus welchem Grund es auch zu diesem

Anzeichen moralischen Verfalls gekommen sein mag: Wir sind entsetzt darüber, daß so etwas auf unserer friedlichen Insel geschehen konnte.«

»Diese Kampfhähne haben sich vermutlich zum ersten Mal in ihrem Leben auf irgend etwas geeinigt«, *bemerkte Charlie Pricker.*

»Das Recht auf freie Meinungsäußerung ist zwar eine der Grundfesten unserer Verfassung«, *gab der Stadtrat in einer sorgfältig verfaßten Mitteilung bekannt,* »doch wir verurteilen diese ideologische Botschaft an einem Haus unserer Gemeinde aufs schärfste. So etwas schadet uns allen.«

»Wenn diese Leute erst gar nicht hergekommen wären«, *schrieb ein frömmlerischer Presbyterianer an den* Sentinel, »würde Tara Breckenridge noch leben, und es hätte keinen Grund gegeben, Garagentüren zu bemalen.«

»Von welchen Leuten spricht der?« meinte Rachel Cohen. »Von Nathaniel Seward und den Seinen?«

»Auf einem entlegenen Inselchen im Puget Sound kam es zu antisemitischen Äußerungen«, begann Peter Jennings seinen Bericht in den Abendnachrichten auf ABC. »Jemand hat ein Hakenkreuz auf die Garagentür eines jüdischen Lehrers gesprayt, der des Mordes an einem fünfzehnjährigen Mädchen angeklagt ist.«
»Na großartig«, sagte Albert Hoch angewidert. »Jetzt wird das ganze Land glauben, wir seien ein Nazi-Nest.«
»Machen Sie sich keine Gedanken darüber«, sagte Jim Petrie. »Wir werden fünfzehn Minuten berühmt und dann wieder vergessen sein.«
»Mag sein«, murrte der Bürgermeister. »Aber wenn wir schon berühmt werden, dann doch lieber aus anderen Gründen.«

Bei der Gruppe, die sich in der Apsis der unitarischen Kirche von Cedar Valley versammelt hatte, herrschte gedrückte Stimmung. Neunundfünfzig der dreiundsiebzig auf Seward Island ansässigen jüdischen Familien hatten sich hier eingefunden.
»Was sollen wir tun?« fragten sie einander.
»Was hat das zu bedeuten?«
»Wir haben nicht geglaubt, daß es hier Leute gibt, die so denken.«
»Wie sollen wir reagieren?«
»Ich kann das einfach nicht glauben.«
»Wir leben noch nicht lange hier, aber wir haben uns immer so wohl gefühlt, so ... unbemerkt.«
»Nur weil sie glauben, daß einer von uns dieses Mädchen ermordet hat, müssen sie uns doch nicht alle verurteilen. Wenn einer von ihnen ein Verbrechen begangen hat, wenden wir uns doch auch nicht gegen alle.«
»Aber wann immer es uns betrifft, reicht ein fauler Apfel, und wir sind alle verdorben. So läuft es leider.«
»Gut, setzen wir uns«, rief der Wortführer, ein angesehener Herzspezialist. »Laßt uns versuchen, diese Sache zu begreifen.«
»Wir leben seit fast zehn Jahren auf dieser Insel«, begann ein Immobilienmakler. »Außer dann und wann einem Leserbrief in der Zeitung hat es nie Probleme gegeben.«
»Sie meinen den Blödsinn, den jemand zu Weihnachten verzapft hat, von wegen den jüdischen Händlern, die damit Geld verdienen?« fragte ein Steuerberater.
»Ja, genau.«
»Und Sie halten das für bedeutungslos?«
Der Makler zuckte die Achseln. »Leute, die solche Briefe verfassen, sind mit ihrem Leben nicht zufrieden. Sie haben etwas gegen Juden, Schwarze, Schwule, gegen alles, was nicht ihrer persönlichen Auslegung des Neuen Testaments entspricht. Sie sind Randgruppen, die nicht die Mehrheit repräsentieren. Schauen Sie doch mich an – ich verkaufe Häuser, in der

Boutique meiner Frau kann man *chachkas* erstehen, und meine Kinder verstehen sich mit allen gut.«

»Also, die Gärtnerei meines Bruders mußte schließen, als der Eisenwarenladen seine Abteilung für Gartenbedarf eröffnet hat«, klagte ein Computerfachmann. »Sie haben seine Preise so drastisch unterboten, daß er nicht mehr mithalten konnte. Und sobald er zugemacht hatte, schossen bei denen die Preise in die Höhe.«

»Das ist keine Diskriminierung«, äußerte jemand amüsiert. »Das ist freier Wettbewerb.«

»Wir stellen hier eine Minderheit dar«, sagte ein Chiropraktiker. »Und wie die meisten Minderheiten werden wir toleriert, wenn wir etwas anzubieten haben, das die Mehrheit haben möchte. Ansonsten werden wir ignoriert.«

»Bisher war das so«, sagte der Herzspezialist seufzend. »Nun haben wir einen jüdischen Lehrer, der des Mordes an einem nichtjüdischen Mädchen angeklagt wird, und das versucht jemand zu seinen Zwecken zu nutzen. Die Frage ist: Was wollen wir tun?«

»Sie meinen, wir sollen dagegen protestieren?« fragte ein erfolgreicher Versicherungsagent. »Wie denn? Eine Demo auf der Commodore Street? Eine Anzeige im *Sentinel?* Sollen wir die Leute davon überzeugen, daß wir nette Menschen sind, die es nicht verdienen, vergast zu werden?«

»Was schlagen *Sie* denn vor?« fragte ein anderer.

»Ich würde sagen: erst einmal Ruhe bewahren. Ich denke, wir können davon ausgehen, daß die meisten von uns hier leben, weil es uns gefällt. Es ist relativ sicher hier, und es geht ziemlich entspannt zu. Die Mehrheit der Menschen hier will einfach in Frieden leben und läßt die anderen auch in Frieden. Ich bin der Ansicht, daß wir uns selbst schaden, wenn wir jetzt ein Geschrei anstimmen.«

Alle sahen sich an. »Sie meinen, wir sollen so tun, als sei nichts geschehen?«

»Warum nicht? Denken wir doch mal praktisch. Es geht um

einen Lehrer, der wegen Mordes festgenommen wurde. Jemand schmiert ein Hakenkreuz an sein Garagentor. Das ist sein Problem. Unsere Tore sind sauber, oder?«

»Noch«, murmelte jemand.

»Augenblick mal«, warf einer ein. »Vor kurzem gehörte Jerry Frankel noch zu uns, war dem nicht so?«

Einige scharrten mit den Füßen und blickten zu Boden.

»Das ist immer noch so«, betonte der Herzspezialist. »Und wenn jemand etwas Derartiges an sein Garagentor schmiert, sind wir alle davon betroffen.«

»O nein, keineswegs«, sagte der Makler. »Ich habe niemanden umgebracht.«

»Geht es uns darum?« dachte der Steuerberater laut. »Jerry soll aus unserer Mitte verstoßen werden, damit wir von Schmierereien verschont bleiben?«

»Weshalb denn nicht?« fragte der Versicherungsvertreter. »Wenn er schuldig ist, muß er bestraft werden.«

»Sie begreifen es einfach nicht, wie?« fragte der Steuerberater. »Das hier betrifft nicht nur Jerry Frankel. Es betrifft uns alle. Hier macht sich einfach jemand Jerrys Lage zunutze, um uns eine Botschaft zukommen zu lassen.«

»Quatsch«, schimpfte der Makler. »Hysterie ist hier völlig fehl am Platz. Hier gibt es keine ominösen Botschaften. Hinter dem dämlichen Hakenkreuz verbirgt sich kein Plan. Es ist einfach lächerlich, wenn man glaubt, daß sich so etwas Ende des zwanzigsten Jahrhunderts auf Seward Island ereignen kann. Es handelt sich um einen Streich, der vermutlich auf das Konto von Halbwüchsigen geht, und die einheimischen Politschwachköpfe haben sich das zunutze gemacht. Ich gebe zu, daß es ausgesprochen geschmacklos war, aber diese Personen sind geschmacklos, was erwartet ihr also?«

»Sie haben absolut recht«, stimmte der Versicherungsvertreter zu. »Wir machen einen *tsimmes* wegen nichts und wieder nichts. Und solange ich dabei keine Kunden verliere, habe ich vor, mich davon fernzuhalten.«

Zustimmendes Gemurmel war zu vernehmen. Die meisten blickten erleichtert. Der Herzspezialist und der Steuerberater sahen sich an.
»Ihr meint also, daß diejenigen unter uns, die das als bedrohlich empfinden, den Teufel an die Wand malen?«
»Ja«, sagte der Versicherungsvertreter. »Hören Sie, das ist unser Zuhause hier. Wir kennen diese Leute. Wir sind Nachbarn. Wir machen Geschäfte mit ihnen. Ich werde sogar in ihren Countryclub eingeladen. Sie haben sich niemals gegen uns gewendet. Was immer da passiert ist, ihr werdet sehen: Es war nur ein einmaliger Vorfall.«

8

In den Tagen nach Jerry Frankels Verhaftung begannen sich die Bewohner von Seward Island aus ihrer selbstauferlegten dreimonatigen Zurückgezogenheit zu lösen. Sie verriegelten ihre Türen nicht mehr, hielten ihre Kinder nicht mehr unter Verschluß, drehten sich nicht mehr argwöhnisch um und fürchteten sich nicht mehr voreinander.

»Ich habe meine Nachbarin heute zum Kaffee eingeladen«, *schrieb eine Hausfrau an den* Sentinel. »Das habe ich seit Monaten nicht mehr getan. Seit Monaten habe ich zum ersten Mal nicht mehr darüber nachgedacht, ob ihr Mann oder ihr Sohn ein Mörder sein könnte.«

»Auf unseren Straßen kann man sich wieder sicher fühlen, unseren Töchtern wird nichts mehr zustoßen«, *äußerte der Friseur.* »Und das haben wir Chief Ruben Martinez und seiner exzellenten Truppe zu verdanken. Im Namen meiner Frau und unserer drei Töchter möchte ich hiermit unseren herzlichen Dank zum Ausdruck bringen.«

»Ein Hoch auf Chief Ruben Martinez und Detective Ginger Earley«, *verkündete auch der Besitzer des örtlichen Schreibwarenladens.* »Und auch auf alle anderen Mitglieder der hiesigen Polizei, die zur Ermittlung und Festnahme von Tara Breckenridges Mörder beigetragen haben.«

»Wenn wir eine Entscheidung treffen, können wir nicht immer sicher sein, daß es die richtige ist«, *schrieb die Stadträtin Maxine Coppersmith.* »Doch jetzt wissen wir, daß wir gut daran taten, Ruben Martinez als Polizeichef einzustellen.«

Ruben und Ginger waren erstaunt über die freudige Reaktion der Inselbewohner. Pralinen, Obstkörbe und Blumensträuße, in einfacher oder aufwendiger Ausführung, trafen in Graham Hall ein. Dutzende von Karten landeten auf ihren Schreibtischen. Man verlangte nach Auszeichnungen und Festakten.
»Vor einer Woche wollten sie unsere Köpfe rollen sehen«, bemerkte Ginger lächelnd. »Jetzt sind wir Helden.«
»Wir haben nur unsere Arbeit getan«, sagte Ruben bescheiden. »Ich verstehe die Aufregung nicht.«

»In dieser ganzen Zeit hatte ich solche Angst, daß der Mörder einer von uns ist«, *schrieb die Sekretärin der lutherischen Kirche an die Zeitung.* »Gott sei Dank war es nicht so.«

»Was meint die damit?« fragte Deborah Rachel. »Wer ist ›uns‹?«

»Jerry Frankel wurde vom Dienst suspendiert«, *informierte Jordan Huxley den* Sentinel. »Ich muß sagen, anhand seiner Unterlagen war er ein Lehrer, wie man ihn sich nur wünschen kann. Es gab nicht den geringsten Hinweis auf abweichendes Verhalten. Ich fühle mich teilweise schuldig an Taras Tod. Doch wie hätte ich das ahnen können?«

»Ich unterrichte meine drei Kinder zu Hause«, *schrieb die Frau eines Umwelttechnikers.* »Ich dachte immer, ich tue das, damit unsere Kinder eine bessere Bildung bekommen, als es im staatlichen Schulsystem möglich ist. Doch jetzt begreife ich, daß wir uns dafür entschieden haben, weil wir sie schützen wollen.«

»Bei der Einstellung von Lehrern müssen strengere Aufnahmebedingungen eingeführt werden«, *forderte ein Vater, dessen Tochter gerade auf die High-School gekommen war.* »Wir müssen verhindern, daß so etwas noch einmal geschehen kann.«

»Warum meinen alle plötzlich, wir seien so sicher?« *wollte eine neunundvierzigjährige unverheiratete Frau wissen, die ihr Leben der Pflege ihrer kranken Mutter widmete.* »Nur weil einer von denen hinter Gittern sitzt, sind wir noch lange nicht sicher. Was ist mit all den anderen, die hier herumlaufen und sich aufführen, als gehöre ihnen alles?«

»Ein Prozeß ist zu gut für einen, der kleine Mädchen mordet«, *schrieb ein Mann, der als Kind häufig geschlagen worden war.* »Vor allem, wenn er auch noch Macht über Kinder hat. Kommt noch einer mit mir zum alten Ahorn?«
Das bezog sich auf den riesigen Ahornbaum im Stadtpark, den man laut Überlieferung einst benutzt hatte, um Übeltäter zu hängen.

»Pressefreiheit in Ehren«, sagte Scott Cohen warnend zur Herausgeberin des *Sentinel.* »Aber einen Brief zu veröffentlichen, in dem zur Lynchjustiz aufgerufen wird, das geht zu weit.«
»Es sieht aus wie die Meinung eines einzelnen«, erwiderte Gail Brown mit einem Achselzucken. »Aber ich will Ihnen nicht verhehlen, daß Sie diese Haltung etwa bei der Hälfte aller Verfasser von Leserbriefen in dieser Sache finden können.«
»Mein Klient ist so lange unschuldig, bis man ihm seine Schuld nachweisen konnte«, sagte Scott. »Und das ist keine Meinung – das ist das Gesetz unseres Landes. Bitte sorgen Sie dafür, daß dies Ihren Lesern vermittelt wird.«
Gail lächelte breit. »Darf ich Sie zitieren?«

»Sie haben mich schon verurteilt, und jetzt können sie es kaum erwarten, mich hängen zu sehen«, beklagte sich Jerry bei seinem Anwalt.
»Man ist uns im Moment nicht gerade wohlgesonnen«, bestätigte Scott.
»Was sollen wir tun?«
»Wir bewahren die Ruhe, gehen behutsam vor und überstürzen nichts.«
»Du hast gut reden.«
»Schau, ich weiß, daß das nicht eine der angenehmsten Lebenslagen für dich ist, aber du mußt jetzt geduldig sein. Die Vorverhandlung steht an, und dann wollen wir erst mal sehen, was Van Pelt in der Hand hat. Ich werde auch Verlegung des Verhandlungsorts beantragen.«
»Werden sie uns das genehmigen?«
Scott nickte. »Ich denke schon«, sagte er. »Der *Sentinel* bemüht sich nach Kräften, uns die Verlegung auf dem Silbertablett zu servieren.«

Harvey Van Pelt war begeistert von dem Fall Frankel. Je mehr er sich einarbeitete, desto mehr war er überzeugt davon, daß hier der große Fall vorlag, auf den er sein Leben lang gewartet hatte.
Ruben hatte darauf geachtet, daß jedes einzelne Detail präzise dokumentiert wurde. Nirgendwo hatte es Patzer gegeben, weder bei der Hausdurchsuchung noch beim Umgang mit den Beweisstücken. Alles war genau nach Vorschrift geschehen. Lediglich die kriminaltechnischen Analysen und die DNA-Untersuchung standen noch aus. Van Pelt fragte sich, wann Scott Cohen wohl ein Gnadengesuch einreichen würde.
Und sich einen Korb einhandeln würde, dachte Van Pelt und lächelte in sich hinein. Ungeachtet der Kosten für den Steuerzahler würde dieser Fall mit dem Galgen enden. Zum ersten Mal in seiner neunundzwanzigjährigen Amtszeit war Van Pelt froh, daß in diesem Bundesstaat der Tod durch den Strang

erfolgte. Das war zwar in gewisser Weise barbarisch, doch für diesen Täter das passende Ende.

Die juristischen Täuschungsmanöver im Vorfeld des Prozesses hatten bereits begonnen. Man stellte Anträge, erörterte Mitteilungen und diskutierte über Termine. Diese Vorgänge glichen einem Schachspiel; jeder versuchte den anderen abzuschätzen, seine Schritte vorauszusehen, ihm zuvorzukommen. Diesen Teil eines Falls schätzte Van Pelt am meisten. Er war ein hervorragender Schachspieler.

Doch natürlich gefiel ihm auch der Prozeß selbst. Vor allem hörte er gerne seine Stimme, die den Raum erfüllte, wenn er vor den Geschworenen stand und ihnen mit Emphase seine Argumente vortrug. Er war schon immer ein guter Redner gewesen.

Aber Harvey Van Pelt war auch ein guter Staatsdiener. In mehr als einem Vierteljahrhundert waren weder er selbst noch einer seiner Angestellten je wegen Unregelmäßigkeiten ins Gerede gekommen. Er hatte den Ruf, gerecht, ehrlich und ein treuer Verfechter des Gesetzes zu sein.

Obwohl er gewählt wurde, ließ Van Pelt sich nicht in die Politik hineinziehen und schottete sich gegen Beeinflussungen jeder Art ab. Er befaßte sich unvoreingenommen mit jedem Fall und übernahm ihn nur, wenn er ihn lückenlos vertreten konnte. Nach gründlichem Studium der Akten im Fall Breckenridge war er überzeugt davon, daß Jerry Frankel die Tat begangen hatte.

»Ich äußere mich selten zu einem anhängigen Verfahren, vor allem im Frühstadium«, sagte er zu dem Reporter des *Sentinel,* der ihn interviewte. »Es besteht dabei immer die Gefahr, die potentiellen Geschworenen zu beeinflussen, wissen Sie. Ich führe meine Prozesse vor Gericht, nicht in den Medien. Ich kann Ihnen nur sagen: Ich bin überzeugt davon, daß der Gerechtigkeit Genüge getan wird.«

»Van Pelt ist ein anständiger Kerl«, sagte Scott zu Jerry. »Und ein weitaus besserer Jurist, als man angesichts seines Lebenslaufs glauben mag. Deshalb muß ich dich an dieser Stelle fragen, ob du eine Aushandlung des Strafmaßes beantragen möchtest?«

»Was meinst du damit?«

»Ich weiß nicht, wo Van Pelt im Moment steht und wie überzeugt er von einer Verurteilung ist, aber es wäre möglich, daß wir mit Mord zweiten Grades durchkommen.«

Jerry blinzelte. »Und was bedeutet *das?*«

»Das bedeutet, daß du sie ermordet hast, aber nicht mit Vorsatz«, antwortete Scott. Sein Gesicht war ausdruckslos. »Daß es aus dem Augenblick heraus passiert ist. Ihr hattet Streit. Vielleicht wolltest du ihr nur angst machen mit dem Messer. Die Sache geriet außer Kontrolle, du bist ausgerastet und hast nicht gemerkt, was du tust. Das würde dir eine lange Haftstrafe einbringen, aber die wäre besser als das andere.«

»Es ist aber nicht besser als ein Freispruch«, entgegnete Jerry.

»Das ist richtig«, stimmte der Anwalt zu.

»Ich brauche keine Gnade«, erklärte Jerry. »Wenn Van Pelt meint, daß er genügend Beweise für eine Verurteilung hat, dann soll er es doch versuchen.«

»Ich sollte dir vielleicht ein paar Dinge über unser Rechtssystem verdeutlichen«, sagte Scott. »Eine Verurteilung hat manchmal sehr viel weniger mit der Beweislage als vielmehr mit der Haltung der Geschworenen gegenüber dem Angeklagten, in diesem Fall also dir, zu tun. Wenn sie dich für schuldig halten, werden sie den Beweisen Glauben schenken. Wenn sie dich für unschuldig halten, werden sie sich nach Kräften bemühen, die Beweise zu übersehen.«

»Augenblick mal – ich dachte, ich sei so lange unschuldig, bis man mir meine Schuld nachweisen kann.«

»Das ist das Ideal«, sagte Scott. »Unglücklicherweise sieht es in der Realität oft anders aus.«

Jerry legte nachdenklich die Stirn in Falten. »Es ist nicht zu übersehen, daß die Leute hier mich gerne lynchen würden, Beweise hin oder her. Wird eine Verlegung des Verhandlungsorts daran etwas ändern?«

»Schon möglich. Aber Mord an einem fünfzehnjährigen schwangeren Mädchen kommt bei niemandem gut an, unabhängig vom Ort.«

»Rätst du mir zur Aushandlung des Strafmaßes?«

»Nein«, sagte Scott. »Die Entscheidung liegt bei dir. Ich habe nur dafür zu sorgen, daß du über alle Möglichkeiten informiert bist. Es lagen eindeutig genügend Beweise für eine Festnahme vor. Van Pelt muß den Eindruck haben, daß sein Material für einen Prozeß ausreicht. Was aber nicht bedeutet, daß es auch zu einer Verurteilung kommt.«

Der Lehrer schwieg einen Moment und erwog seine Optionen. Sein Anwalt wartete geduldig.

»Ich glaube, ich kann es schaffen«, sagte Jerry. »Sie können mir nicht nachweisen, daß das Messer mir gehört hat, und selbst wenn sie Taras Blut darauf finden, werden sie keines von mir und auch keine Fingerabdrücke von mir darauf feststellen können. Es könnte also durchaus sein, daß der wahre Mörder, der wußte, daß ich verdächtigt werde, die Tatwaffe in mein Auto gelegt hat. Das war kein Problem. Meine Garage ist nie abgeschlossen.«

»So könnten wir durchaus argumentieren«, bestätigte Scott.

»Ich habe auch einiges über DNA gelesen, seit ich hier drinsitze, und ich sage, es war *mein* Blut auf dem Sweatshirt, und ich denke nicht, daß mir jemand beweisen kann, daß es nicht so war.«

»Du magst recht haben.«

»Was diesen Teilfingerabdruck angeht, den sie angeblich auf ihrem Kreuz gefunden haben – wer weiß, wie der dahinkam? Das könnte zu einem anderen Zeitpunkt passiert sein. Zum Beispiel an diesem Tag, als ich sie im Gang traf. Es läßt sich keinesfalls beweisen, daß er vom Abend des Mordes stammt.«

»Das stimmt«, räumte Scott ein.

»Und du hast mir garantiert, daß die Sache mit Alice Easton vor Gericht nicht verwendet werden kann.«
»So ist es«, sagte der Anwalt.
»Dann meine ich, daß wir berechtigte Zweifel anmelden können. Ich finde, wir gehen vor Gericht.«
»Okay«, verkündete Scott. »Wir gehen vor Gericht.«

Matthew Frankel war zum Pendler geworden. Zwei Tage nach der Verhaftung seines Vaters hatten die drei Rowdies ihn auf die Toilette gezerrt, seinen Kopf in ein schmutziges Klo gedrückt und ihn festgehalten, als er würgte und um sich schlug. Er war ohnmächtig geworden, und sie hätten ihn vermutlich ersticken lassen, weil sie so einen Spaß bei der Sache hatten – doch ein Junge aus der Klasse über ihnen kam herein.
»Was macht ihr da?« fragte er.
»Nichts«, sagten sie.
Der Junge mit der runden Brille erfaßte die Lage und betrachtete die drei Kerle, prägte sich ihre Gesichter genau ein.
»Verschwindet«, sagte er.
Die drei rannten davon, und der Elfjährige zog Matthew aus dem Klo, legte ihn auf den Bauch, drehte seinen Kopf zur Seite und drückte so lange auf seinen Rücken, bis Matthew erbrach und es keinen Zweifel daran gab, daß er durchkommen würde.
Billy Hildress fand seinen besten Freund fünf Minuten später.
»Jemand hat mich rausgezogen«, berichtete Matthew anschließend, »aber ich konnte sein Gesicht nicht sehen.«
»Was ist hier los?« schrie Deborah den Direktor an. »Er ist neun Jahre alt, um Himmels willen. Er hat nichts getan, womit er so eine Behandlung verdient hätte.«
»Ich bin völlig Ihrer Meinung, und es tut mir entsetzlich leid«, sagte der Direktor ergeben. Er fürchtete, daß die aufgebrachte Mutter, die ihm gegenübersaß, rechtliche Schritte einleiten würde. »Und sobald wir wissen, wer die Jungen waren, die Matthew das angetan haben, werden wir sie uns vornehmen, das verspreche ich Ihnen.«

»Warum hat niemand aufgepaßt?«
»Mir ist nun klar, daß wir ihn nicht aus den Augen hätten lassen dürfen«, räumte der Direktor ein, »aber es ist leider so, daß ich nicht genügend Personal habe, um jedes Kind unentwegt zu beobachten.«
»Nach zwei vorangegangenen Vorfällen bei *diesem* Kind hätten Sie das Personal aber finden müssen«, gab Deborah zurück.
Der Direktor ließ ihren Zorn über sich ergehen. Was erwarten Sie denn? hätte er gerne zurückgeschrien. Ihr Mann ermordet ein Kind, und Sie glauben, das bleibt ohne Auswirkungen auf Ihr eigenes?
»Einen solchen Vorfall hat es hier noch nie gegeben«, sagte er statt dessen. »Wenn Sie ein wenig Geduld haben, werden wir sicher eine annehmbare Lösung finden.«
Doch Deborah wollte nicht warten. Sie meldete Matthew bei einer Schule auf dem Festland an, und schon nach wenigen Tagen sah man Mutter und Sohn an jedem Werktag auf der Fähre.
Matthew vermißte seine alte Schule nicht. Er mochte seinen neuen Lehrer und verstand sich gut mit seinen Klassenkameraden. Am schönsten war, daß niemand dort etwas über ihn zu wissen schien und er sich nirgendwo fürchten mußte.
Doch er litt darunter, daß Billy und er sich nun nur noch samstags sehen konnten. Manchmal machten sie einen Ausflug mit Deborah, oder sie streiften mit Chase durch den Madrona Point Park, gingen eislaufen im Eispavillon oder blieben einfach zu Hause und machten Videospiele. Und wenn sich etwas ereignete, das besonders wichtig war, telefonierten sie miteinander.
Nur Billy vertraute Matthew seine Ängste nach der Verhaftung seines Vaters an.
»Mein Dad könnte niemandem etwas zuleide tun«, sagte er zu seinem besten Freund. »So ist er nicht. Er wird nicht mal wütend. Meine Mom ja, aber mein Vater nicht. Er ist immer nett zu allen, und mit ihm kann man immer über alles reden. Er hat ziemlich viel Ähnlichkeit mit deinem Dad.«

Billy nickte. »Das finde ich auch«, erwiderte er. »Wahrscheinlich ist das alles ein Irrtum.«
»Aber ich habe Angst, daß das keiner außer uns weiß.«
»Meinst du, Mr. Cohen weiß es?«
»Ich glaube schon«, räumte Matthew ein. »Aber wenn er die Polizei nicht überzeugen kann, sperren die vielleicht meinen Dad sein Leben lang ein für etwas, das er nicht getan hat.«
»Ich glaube nicht, daß es so läuft«, sagte Billy. »Ich glaube, es gibt da diese Geschworenen, die das entscheiden.«
»Was sind Geschworene?«
»Ich weiß nicht«, gestand Billy. »Aber mein Vater sagt, Mr. Cohen muß die Geschworenen davon überzeugen, daß sie deinen Dad nicht einsperren sollen, wenn er nichts Böses getan hat.«
»Oh«, sagte Matthew. Er fühlte sich ein wenig besser, obwohl er nicht genau wußte, weshalb.
Seine Freundschaft zu Billy war sein Rettungsanker. Billy konnte er sich anvertrauen, Billy sagte immer die Wahrheit und war immer da, wenn etwas schieflief.

»Tut mir leid, Matthew, aber Billy ist nicht da«, sagte Libby Hildress eines Mittwoch abends am Telefon, während ihr jüngerer Sohn zwei Meter von ihr entfernt saß und sie wütend anstarrte.
»Ach ja?« fragte Matthew verwundert. »Er hat eine Nachricht hinterlassen, daß ich ihn gleich anrufen sollte. Schien was Wichtiges zu sein.«
»Nun, es war wohl doch nicht so wichtig.«
»Wahrscheinlich.«
»Oder vielleicht wollte er dir sagen, daß er samstags in Zukunft keine Zeit mehr hat«, sagte sie.
Schweigen am anderen Ende.
»Wirklich nicht?« fragte Matthew.
»Nein, wirklich nicht«, sagte Libby fest. »Wir haben beschlos-

sen, daß Samstag von jetzt an Familientag ist. Wir haben festgestellt, daß wir so wenig Zeit gemeinsam verbringen.
Ich hoffe, du verstehst, daß wir nichts gegen dich persönlich haben«, fügte Libby hinzu. »Aber unter diesen Umständen würden wir es besser finden, wenn du auch gar nicht mehr anrufst.«

9

Die Vorverhandlung fand am zweiten Montag im Februar im größeren Saal des Gerichtsgebäudes von Puget County statt – jenem Saal, der höchst selten benutzt wurde.
Es war ein eindrucksvoller Raum mit hohen Fenstern, Eichenböden, kunstvollen Stuckdecken und schimmernden Holztäfelungen. Um neun Uhr morgens waren die sechs Sitzreihen, die an Kirchenbänke erinnerten, bereits voll besetzt.
Quer durch den Saal verlief ein niedriges Holzgeländer mit einer Schwingtür in der Mitte. Dahinter standen zwei lange Tische für den Ankläger und den Verteidiger. Harvey Van Pelt und drei seiner Mitarbeiter saßen links des Gangs, Jerry Frankel und Scott Cohen rechts davon. Die Zuschauerreihen befanden sich in ihrem Rücken. Die Geschworenenbank, eine etwas erhöhte Plattform, die ihrerseits von einem Geländer umgeben war, stand unter den Fenstern auf der linken Seite des Saals. Auf den vierzehn Lehnstühlen würde an diesem Tag niemand Platz nehmen. An einem kleinen Tisch mit Telefon rechts im Raum saß Jack Earley. Er trug die für Gerichtsdiener übliche Uniform und sein Hüftholster.
Über allem thronte Richter Irwin Jacobs, ein sechsundsechzigjähriger kleiner, kahlköpfiger Mann mit einer markanten Nase und buschigen schwarzen Augenbrauen, die fast ineinandergewachsen schienen. Außer seinem Kopf waren von ihm nur die Hände zu sehen; der Rest verschwand in seinem schwarzen Talar.
In den folgenden drei Stunden wurden mehrere Zeugen ver-

eidigt, nahmen den Zeugenstand ein und machten ihre Aussage.

Kristen Andersen trat als erste ein. Sie war extrem nervös und flüsterte beinahe.

»Sie haben gesehen, wie Tara Breckenridge drei Tage vor ihrem Tod von Mr. Frankel umarmt wurde auf eine Art, die Ihnen unschicklich erschien, ist das zutreffend?« faßte Van Pelt zusammen.

»Ja.«

»Ihre Zeugin«, sagte er zum Cherub.

»Können Sie sich an Momente in Ihrem Leben erinnern, in denen Sie verstört waren und weinten und jemand, Ihr Vater vielleicht oder ein anderer Mann, Sie in die Arme nahm?« fragte Scott Cohen.

Kristen warf ihren Eltern, die in der zweiten Reihe saßen, einen raschen Blick zu.

»Ich denke schon«, murmelte sie.

»Können Sie uns einen Grund nennen, warum ein Mann so etwas tut?«

»Weil er mich trösten will.«

»Genau«, bekräftige Scott. »Können Sie nun mit absoluter Sicherheit bestätigen, daß die Szene, die Sie im Gang der High-School beobachtet haben, einen unschicklichen Charakter hatte?«

»Tja ...«

»Wäre es vielleicht möglich, Miss Andersen, daß Mr. Frankel Tara trösten wollte, genauso wie Ihr Vater versuchen würde, Sie zu trösten?«

Kristen dachte einen Moment nach. »Ich denke, es wäre möglich«, sagte sie.

»Danke.«

»Können Sie uns sagen, zu welchem Zeitpunkt Sie den braunen Taurus-Kombi im Madrona Point Park eintreffen sahen?« fragte der Ankläger Owen Petrie.

»Ungefähr um elf Uhr«, antwortete der Teenager.
»Wann verließen Sie den Park?«
»Etwa um halb zwölf.«
»War der Taurus noch dort, als Sie wegfuhren?«
»Ja.«
»Ihr Zeuge.«
»Mr. Van Pelt beschrieb eben den Taurus, den Sie im Park gesehen haben, als rostbraun«, sagte der Cherub. »Haben Sie ihn gegenüber Chief Martinez so beschrieben?«
»Nicht ganz«, gab Owen zu. »Ich sagte, er sei dunkel gewesen, nicht schwarz, aber vielleicht dunkelgrün, braun oder grau. Ich war mir nicht sicher. Ich sagte auch, es könnte vielleicht ein Sable gewesen sein.«
»Haben Sie Mr. Frankels Auto jemals auf dem Parkplatz der High-School gesehen?«
»Ja, natürlich. Jeden Tag.«
»Und als Sie den Taurus, den Sie beschrieben, an jenem Abend im Park sahen, dachten Sie da automatisch: ›Da ist Mr. Frankels Auto‹?«
Owen blinzelte ein paarmal, dann sagte er: »Nein.«
»Haben Sie zufällig das Nummernschild erkennen können?«
»Nein.«
»Können Sie also den Wagen meines Klienten zweifelsfrei als den Wagen identifizieren, den Sie im Madrona Point Park sahen?«
»Nein«, antwortete er. »Und ich habe auch nie gesagt, daß ich das könnte.«

»Können Sie genau beschreiben, welche Szenen Sie während der Ferienschule zwischen dem Opfer und dem Angeklagten beobachtet haben?« fragte Van Pelt Heidi Tannauer, die zur Vorverhandlung angereist war.
»Ich habe Tara und Mr. Frankel mehrmals nach dem Unterricht zusammen gesehen.«
»Was taten die beiden?«

»Sie gingen spazieren, unterhielten sich, lachten. Einmal sah ich ihn auf einer Bank sitzen, und Tara setzte sich zu ihm. Einmal, als ich sie sah, aßen sie zusammen einen Apfel.«

»Haben Sie Mr. Frankel jemals mit einer anderen Schülerin oder einem Schüler nach dem Unterricht alleine gesehen?«

»Nein.«

»Ihr Zeuge.«

»Als Sie Mr. Frankel und Tara den Apfel essen sahen«, fragte Scott, »aßen sie da beide vom selben Stück?«

»Wie meinen Sie das?«

»Reichten sie den Apfel hin und her? Oder hielt einer dem anderen den Apfel hin, um ein Stück abzubeißen?«

»Nein«, sagte Heidi. »Jeder hatte eine Hälfte.«

»Wenn Sie die beiden nach dem Unterricht zusammen sahen – ach, wie oft war das gleich?«

»Zwei- oder dreimal.«

»Ja, gut, haben Sie bei diesen zwei oder drei Gelegenheiten jemals gesehen, daß Mr. Frankel Tara Breckenridge berührt hätte? Sie in die Arme nahm? Ihre Hand hielt? Auf irgendeine Art zärtlich mit ihr war?«

Das Mädchen schwieg kurz. »Nein. Ich kann mich an nichts dergleichen erinnern.«

»Welche Todesursache haben Sie bei Tara Breckenridge aufgrund Ihrer Autopsie ermittelt, Dr. Coop?« fragte der Ankläger den Gerichtsmediziner.

»Sie starb infolge zahlreicher Stichwunden«, antwortete der Arzt.

»Würden Sie bitte dem Gericht die Tatwaffe beschreiben?«

»Es handelt sich um ein Jagdmesser mit einer gebogenen, circa fünfzehn Zentimeter langen Klinge, die an der breitesten Stelle maximal 2,8 Zentimeter mißt.«

»Stammten alle Verletzungen, die das Opfer aufwies, von dieser Waffe?«

»Ja.«

»Und konnten Sie feststellen, ob sie dem Opfer alle von ein und derselben Person zugefügt wurden?«

»Ich bin der Überzeugung, daß es sich so verhielt.«

»Und konnten Sie aufgrund Ihrer Untersuchung weitere Rückschlüsse auf den Täter ziehen?«

»Aufgrund der Beschaffenheit und dem Einstichwinkel der Wunden schätze ich, daß er zwischen 1,78 und 1,88 Meter groß und einigermaßen kräftig ist«, sagte Coop.

»Wissen Sie zufällig die Körpergröße des Angeklagten?«

Coop warf einen raschen Blick auf Frankel. »Nach einer Messung im letzten August war er 1,82.«

»Noch weitere Ergebnisse?«

»Ich bin zu dem Schluß gekommen, daß der Mörder mit großer Wahrscheinlichkeit Linkshänder ist.«

»Wissen Sie zufällig, Dr. Coop, ob der Angeklagte Linkshänder ist?«

»Ja, er ist Linkshänder«, antwortete Coop.

»Ihr Zeuge.«

»Dr. Coop, wie viele Ihrer Patienten sind zwischen 1,78 und 1,88 Meter groß?« fragte Scott.

Coop schürzte die Lippen. »Mindestens zweihundert.«

»Und wie viele von ihnen sind Linkshänder?«

»Zwanzig vielleicht.«

»Und – ohne Namen zu nennen – wie viele von diesen zwanzig kannten Ihres Wissens Tara Breckenridge?«

Coop betrachtete den Anwalt einen Moment lang. »Höchstwahrscheinlich«, sagte er, »mindestens 70 Prozent von ihnen.«

»Gut«, fuhr Scott fort. »Das Messer, das Sie uns als die Tatwaffe beschrieben, Dr. Coop – ist das ein ungewöhnliches Messer?«

»Nein.«

»Wenn Sie auf einer Skala von eins bis zehn die Verbreitung dieses Messers einschätzen müßten, wie hoch würden Sie sie ansetzen?«

»Bei neun oder zehn«, sagte der Gerichtsmediziner.

»Und wenn Sie schätzen müßten, in wie vielen Haushalten auf

der Insel ein solches Messer vorhanden ist, wie würde da Ihre Antwort lauten?«

»Einspruch«, rief Van Pelt. »Das sind Mutmaßungen, Euer Ehren. Woher soll der Zeuge wissen, wie viele Messer es auf der Insel gibt?«

»Die Geschworenen sind nicht hier, Mr. Van Pelt«, erwiderte Richter Jacobs gelassen. »Und ich halte mich für fachkundig genug, um diese Aussage zuzulassen. Fahren Sie fort.«

Coop zuckte die Achseln. »Ich würde sagen, mindestens fünfhundert.«

»Eine letzte Frage«, schloß Scott. »Ihrer persönlichen Einschätzung nach: Wie viele Ihrer zwanzig Patienten, die Linkshänder und zwischen 1,78 und 1,88 groß sind, besitzen ein solches Messer?«

»Mit Sicherheit weiß ich, daß elf dieser Männer ein solches Messer besitzen«, sagte Coop.

Nachdem Magnus Coop den Zeugenstand verlassen hatte, machte Ginger ihre Aussage über die Erklärung des Angeklagten und die Entdeckung des Messers in seinem Auto.

»Würden Sie das Messer bitte beschreiben«, forderte der Ankläger sie auf.

»Es ist ein Jagdmesser«, antwortete Ginger. »Es hat einen schwarzen Griff und eine fünfzehn Zentimeter lange gebogene Klinge, die maximal 2,8 Zentimeter breit ist.«

Glen Dirksen trat in den Zeugenstand und beschrieb, wie er das blutbeschmierte Sweatshirt in Jerry Frankels Garten gefunden hatte.

»War es versteckt?« fragte Scott im Kreuzverhör. »Mußten Sie es ausgraben?«

»Nein, Sir.«

»Sie meinen, es lag einfach herum, so daß jeder es sehen konnte?«

»Ja, Sir. Der Hund spielte damit.«

Ein nervöses Kichern war aus dem Zuschauerraum zu hören.

Charlie Pricker wurde als letzter Zeuge vernommen. Er berichtete von Jerry Frankels Fingerabdruck, der mit dem Teilabdruck auf Taras Kreuz identisch war, und dem Untersuchungsergebnis, aus dem hervorging, daß die Fasern auf der Leiche vom Sweatshirt des Lehrers stammen konnten.
»Das Blut auf dem Sweatshirt ließ sich nicht mehr untersuchen, aber wir hoffen auf die DNA-Analyse«, sagte Charlie.
»Fanden Sie Blutspuren auf dem Messer?« fragte Van Pelt.
»Ja«, antwortete Charlie. »Wir konnten eine kleine Blutspur untersuchen und kamen zu dem Ergebnis, daß die Blutgruppe des Opfers damit übereinstimmt.«
»Ihr Zeuge.«
»Sagen Sie, Detective Pricker«, äußerte Scott, »fanden Sie eine blutbeschmierte Hose, als Sie das Haus der Frankels durchsuchten?«
»Nein, Sir.«
»Fanden Sie blutbeschmierte Schuhe oder Socken?«
»Nein, Sir.«
»Was glauben Sie, was damit passiert ist?«
»Wie bitte, Sir?«
»Nun, wenn mein Klient so dumm war und ein belastendes Sweatshirt herumliegen ließ, das Sie so leicht finden konnten, was glauben Sie wohl, was er mit den anderen Kleidungsstücken gemacht hat, die er am Abend des Mordes trug?«
»Ich weiß es nicht, Sir«, antwortete Charlie. »Vielleicht hat er sie weggeworfen. Oder vielleicht war auf den anderen Sachen kein Blut.«
»Kommt Ihnen das angesichts der Brutalität der Tat wahrscheinlich vor?« fragte Scott.
»Ich mache nur meine Arbeit, Sir«, sagte der Detective. »Ich zerbreche mir nicht den Kopf darüber, was wahrscheinlich oder unwahrscheinlich ist.«

Zwölf Minuten nach zwölf erfuhr Jerry Frankel, daß er des Mordes an Tara Breckenridge angeklagt wurde. Es gab keine

Fanfaren und keinen Trommelwirbel, lediglich einen Hammerschlag.
»Es liegen genügend Punkte vor, um diesen Angeklagten vor Gericht zu bringen«, sagte Richter Jacobs mit ausdrucksloser Stimme.
»Das war alles?« fragte der Lehrer seinen Anwalt, als Jacobs den Raum verließ und Jack Earley auf Jerry zukam, um ihn in seine Zelle zurückzubringen.
»Das war alles«, sagte Scott. »Was hast du erwartet?«
»Ich weiß nicht«, sagte Jerry und zuckte die Achseln. »Hier wird über mein Leben entschieden. Ich dachte, es würde etwas dramatischer ausfallen.«

Als Ginger, Charlie und Glen Dirksen aufs Revier zurückkamen, erwartete sie eine Magnumflasche Champagner.
»Du lieber Himmel, wo kommt die denn her?« fragte Ginger.
Ruben grinste. »Vom Stadtrat«, antwortete er.
»Neuigkeiten verbreiten sich schnell«, sagte Dirksen. »Vom Gerichtssaal bis hierher läuft man nur zehn Minuten.«
Ginger lachte. »Wir leben offenbar in einer Kleinstadt.«

»Bis zur Vorverhandlung sind nur ein paar Wochen ins Land gegangen«, *ereiferte sich ein wütender Steuerzahler in einem Brief an den* Sentinel. »Doch ich habe gehört, daß es noch ein Jahr dauern kann, bis es zum Prozeß kommt. Ich kann es mir nicht leisten, herumzusitzen, Bücher zu lesen, fernzusehen und dreimal täglich Mahlzeiten aus dem Waterside Café zu mir zu nehmen. Warum soll ich Unsummen bezahlen, damit ein verfluchter Mörder das darf?«

»Die Mühlen der Justiz mahlen zu langsam in diesem Land«, *schrieb der Besitzer des Supermarkts.* »Selbst wenn der Angeklagte nächstes Jahr verurteilt werden sollte, wird es Jahrzehnte dauern, bis alle Revisionen bearbeitet sind, die sicherlich beantragt werden. Tara Breckenridge ist keine sechzehn geworden, aber ihr Mörder lebt vielleicht noch zwanzig Jahre, bis er für sein Verbrechen bezahlen muß.«

»Der Verhandlungsort wurde verlegt«, sagte Scott zwei Tage später. »Der Prozeß wird im Whatcom County stattfinden.«
»Aber das ist nur drei Stunden entfernt von hier«, erwiderte Jerry.
Scott zuckte die Achseln. »Mehr konnte Richter Jacobs nicht erreichen. Van Pelt setzt ihn unter Druck.«
»Schade«, sagte Jerry seufzend. »Ich hatte irgendwie auf Bucks County gehofft.«
»Es gibt kein Bucks County in Washington«, sagte Scott.
»Nein«, bestätigte Jerry. »Das liegt in Pennsylvania.«
Sein Anwalt blinzelte. »Na, zumindest hast du deinen Humor nicht verloren«, sagte er. »Das ist gut.«
»Was ändert das schon?« erklärte der Lehrer. »Ich habe gehört, was die Leute in dieser Vorverhandlung über mich gesagt haben. Wenn ich nicht wüßte, daß ich unschuldig bin, hätte ich ihnen geglaubt. Sogar ich selbst hätte mich davon überzeugen lassen, daß ich der Täter bin.«
»Aber das war bislang eine einseitige Darstellung«, rief ihm Scott in Erinnerung.
»Das weiß ich«, räumte Jerry ein. »Aber sei ehrlich – haben wir überhaupt eine Chance? Unabhängig vom County und den Geschworenen?«
»Wir haben in jedem Fall eine Chance«, antwortete Scott und sah seinen Klienten direkt an. »Es gibt einige unklare Punkte in diesem Fall. Da wollen wir erst mal sehen, wie Van Pelt die erklärt, wenn er eine Verurteilung haben möchte.«
»Vor vier Monaten hatte ich noch ein Leben«, sagte Jerry. »Ich hatte eine Familie. Ich hatte einen Beruf, der mir wichtig und sinnvoll erschien. Ich hatte den Kopf voll hochfliegender Ideen, wie man die Welt verbessern könnte. Jetzt will ich nur noch meinem Sohn wieder einmal einen Gutenachtkuß geben,

meine Frau umarmen und aus einem Fenster ohne Gitterstäbe schauen können.«

»Es ist noch nichts entschieden in diesem Fall«, versicherte ihm Scott. »Glaube mir, es hat noch nicht mal richtig angefangen.«

»Was läuft hier falsch?« *empörte sich eine Mutter in einem Leserbrief an den* Sentinel. »Jerry Frankel metzelt Tara Breckenridge auf Seward Island, aber seinen Prozeß läßt er nach Bellingham verlegen? So etwas passiert, wenn Mörder sich Rechtsverdreher heuern dürfen, um ungeschoren davonzukommen.«

»Es ist *unser* Mord und *unser* Prozeß«, *schrieb der Besitzer des Ladens für Autoersatzteile.* »Und die Geschworenen sollten Leute sein, die Tara Breckenridge kannten und mochten. Das wäre die einzige Form von Gerechtigkeit, die dieser Mörder verdient hätte.«

»Ich habe mich vehement gegen die Verlegung des Verhandlungsorts eingesetzt«, verteidigte sich Harvey Van Pelt auf der Treppe vor dem Gerichtsgebäude. »Aber Richter Jacobs hat sie bewilligt.« Er schwieg einen kurzen Moment. »Er hatte sicher seine Gründe.«

»Klar hatte er die«, murmelte einer angewidert. »Juden halten zusammen.«

Van Pelt, der wußte, daß der Richter eine juristisch einwandfreie Entscheidung getroffen hatte – angesichts der allgemeinen Stimmung die einzig richtige –, gab vor, diese Äußerung nicht gehört zu haben.

10

Ginger war es einerlei, wo der Prozeß stattfand. Das fiel nicht mehr in ihr Ressort. Sie hatte ihren Teil getan. Sie hatte dazu beigetragen, daß ein gefährlicher Mörder gefaßt werden konnte, und wurde nun dafür auf der Insel als Heldin gefeiert. Und sie war verlobt. Sie war so glücklich wie noch nie.

Zwei Monate vor ihrem neunundzwanzigsten Geburtstag hatte sie das Gefühl, daß die Einzelteile ihres Lebens endlich ein Ganzes ergaben – wie in den Puzzles, über denen sie in ihrer Kindheit so oft mit ihrem Vater gebrütet hatte.

Ruben würde zwar niemals zur High-Society von Seward gehören, aber man zollte ihm Respekt in der Gemeinde. Erstaunlicherweise gehörten einige Freunde ihrer Mutter zu den ersten, die ihm gratulierten.

Kurz nach Jerry Frankels Verhaftung hatte Verna eine kleine Verlobungsanzeige im *Sentinel* aufgegeben. Nach wenigen Tagen trafen kleine, duftende Briefkarten in Graham Hall ein, auf denen man Ruben und Ginger zu ihrem beruflichen Erfolg beglückwünschte und seiner Freude über die bevorstehende Hochzeit Ausdruck gab.

»Wie schade, daß ihr beide kein großes Fest wollt«, klagte Verna, die den plötzlichen Ruhm ihrer Tochter genoß, »wo doch die ganze Insel mit euch feiern möchte. Eure Hochzeit könnte das gesellschaftliche Ereignis des Jahrzehnts werden.«

»Sie haben sich so bemüht, es nicht zu zeigen, nicht wahr?« säuselte Helen Ballinger.
»Stimmt«, sagte Charlie breit grinsend. »Und sie sind so kläglich gescheitert dabei.«

»Tja, nun, ich denke, Ihr Häuschen wird Ihnen bald zu klein sein«, dröhnte Albert Hoch und schüttelte Ruben so heftig die Hand, daß er ihm fast den Arm auskugelte. »Ich werde mal mit Ed Hingham reden. Ihm gehört die halbe Insel, und ich weiß zufällig, daß er auf Somerset ein hübsches Haus mit drei Schlafzimmern, zwei Bädern und einem tollen Blick auf den Hafen besitzt. Und wir wollen auch einen neuen Vertrag mit Ihnen aushandeln. Damit Sie sich mindestens noch fünf Jahre richtig wohl fühlen hier. Ich werde das so bald wie möglich mit dem Stadtrat erörtern. Sie sollen sich über nichts Gedanken machen müssen.«
»Er hat wahrscheinlich recht«, sagte Ruben zu Ginger. »Mein Haus ist nicht sehr groß.«
»Die haben Angst, daß du ihnen wegläufst, weil sie dich so mies behandelt haben«, entgegnete Ginger. »Ich kenne das Haus auf Somerset. Es ist hinreißend. Ich meine, wir sollten solche großzügigen Gesten nicht ablehnen, solange wir sie noch angeboten bekommen.«

»Darauf wäre ich nicht gekommen, aber sie passen wirklich gut zusammen, nicht wahr?« sagte Maxine Coppersmith zu Dale Egaard.
»Allerdings«, sagte Egaard. »Ich frage mich nur, weshalb sie so lange dafür gebraucht haben, dahinterzukommen.«

»Gratuliere, Ruben«, sagte Kevin Mahar eines Sonntags, als der Polizeichef Stacey von der Kirche abholte. »Sie scheinen nicht nur einen Mörder gefaßt, sondern dabei auch eine Frau erbeutet zu haben.«
»Ginger kann sich wirklich freuen«, fügte Doris O'Connor mit aufrichtigem Lächeln hinzu.

»Haben Sie schon einen Termin festgelegt?« fragte Lucy Mahar. »Juni ist ein wunderschöner Monat hier.«

»Auf die Tragödie folgt Heilung und sogar die Liebe«, *begann Gail Brown einen Leitartikel.*

Ruben war das Interesse, das man an ihm zeigte, unangenehm. »Ich wünschte, sie würden damit aufhören«, sagte er. »Der Trubel wegen der Verhaftung stört mich weniger, aber unser Privatleben soll bitte ein solches bleiben.«
Ginger war viel zu selig, um sich darüber Gedanken zu machen. Innerhalb kurzer Zeit war Ruben vom Sündenbock zum Erlöser geworden, und dazu hatte sie beigetragen. Sie würden bald heiraten und in einem schönen Haus leben. Damit für immer verbunden wäre ein Geschichtslehrer, der des Mordes angeklagt war und für seine Tat verurteilt würde, und auch dazu hatte sie beigetragen. Natürlich wäre das eine ohne das andere nicht denkbar gewesen, doch diesen Gedanken schob sie beiseite.
Ginger hatte nichts dagegen einzuwenden, wenn die Bewohner der Insel sich mit ihnen freuen wollten. Solche Situationen waren schließlich die wichtigen Momente im Leben; Ereignisse, an die man sich später erinnern würde, Momente am Wendepunkt zwischen Vergangenheit und Zukunft. Eine bessere Zeit konnte sie nicht mehr erleben, selbst wenn sie hundert Jahre alt würde.
Warum, fragte sie sich, wälzte sie sich dann jede Nacht ruhelos im Bett herum und hatte seit sechs Wochen keine Nacht mehr durchgeschlafen?

Auch Deborah Frankel lag nachts wach. Vor wenigen Monaten noch hatte sie ihr Leben im Griff gehabt; ihr Sohn wuchs heran, ihre Karriere gedieh, ihre Ehe blieb stabil. Jetzt war alles ins Gegenteil verkehrt. Der Junge lächelte kaum noch, sie kam mit ihrer Arbeit nicht voran, die Kollegen flüsterten hinter ihrem Rücken, und ihre Beziehung mit ihrem Mann fand nur noch in einem Besuchsraum statt, wo sie sich durch einen Schlitz in einer Plexiglaswand verständigen mußten.

»Wie geht's Matthew?« fragte Jerry immer als erstes.

»Den Umständen entsprechend gut«, log Deborah. Sie sah keinen Sinn darin, ihm die Wahrheit zu sagen – daß sie jeden Abend hörte, wie der Junge sich in den Schlaf weinte. »Er hat sich in der neuen Schule gut eingewöhnt, er ist jetzt Sonics-Fan, und er und Chase sind unzertrennlich.«

»Er fehlt mir.«

»Du ihm auch. Vielleicht kann Scott bewirken, daß er dich besuchen darf.«

»Nein«, sagte Jerry rasch. »Ich will nicht, daß er mich hier sieht. Ich will nicht durch ein verdammtes Loch in der Wand mit ihm reden müssen.«

»Okay.«

»Versteht er, was passiert?«

»Zum Teil«, antwortete sie. Wahrscheinlich viel mehr, als wir glauben, dachte sie.

»Und wie geht es dir?«

»Ich schleppe mich so durch«, sagte sie aufrichtig. »Etwas anderes bleibt mir nicht übrig.«

Deborah haßte diese Besuche. Sie wollte nicht dort sitzen und artige Gespräche führen. Ihr war nach Schreien zumute. Sie wollte mit den Fäusten an die Plexiglaswand hämmern. Sie wollte durch den Schlitz greifen, ihn an der Gurgel packen und ihn fragen, warum er ihnen all das angetan hatte. Dann lag sie wieder nachts im Bett, wartete, daß die Zeit verging, und fragte sich, ob sie vielleicht doch nicht ihm allein die Schuld geben konnte; ob sie etwa auch zu der schrecklichen Tragödie beigetragen hatte, die über sie alle hereingebrochen war.

»Für eine schlechte Ehe genügt einer«, hatte ihre Mutter ihr immer gesagt. »Aber für eine gute braucht man zwei.«

War sie zu sehr mit sich und ihrer Karriere beschäftigt gewesen? Hatte sie sich zu wenig mit ihm befaßt? Hatte sie nicht

genug auf seine Bedürfnisse geachtet? War ein neunjähriger Junge das einzige, was sie noch zusammenhielt?
Deborah hatte mehr als einmal über Scheidung nachgedacht, doch es war mehr ein Gedankenspiel gewesen, etwa so, wie ein Sträfling in einem Hochsicherheitstrakt über die Flucht nachdenkt. Kaum war die Idee da, verschwand sie auch wieder. In welchem Zustand ihre Ehe auch sein mochte, sie würde ihren Mann nie verlassen. Manchmal sehnte sie sich zwar nach einer anderen Form von Beziehung, doch sie wußte, daß er die Trennung nicht überleben würde.
Aaron hatte seinem Sohn beigebracht, daß es nichts Wichtigeres gab als Familie, daß man sich nur auf die Familie verlassen und nur der Familie vertrauen konnte. Und dann hatte ihn Emma auf grausamste Weise im Stich gelassen. Deborah konnte nicht einmal ahnen, welche Verletzungen bei Jerry zurückgeblieben waren, denn Jerry sprach nie über ihren Tod. Er erwähnte seine Mutter selten, und wenn, dann nur flüchtig.
Nach außen hin war er der extrovertierte, optimistische, engagierte Mann, den sie damals an der Universität kennengelernt hatte. Doch sie wußte, daß er auch eine dunkle Seite hatte. Manchmal erhaschte sie einen Blick darauf, wenn er sich unbeobachtet glaubte. Ein Gesichtsausdruck, eine Geste. Ab und zu verfiel er in eine Stimmung, zu der sie und Matthew keinen Zugang hatten.
Deborah wußte, daß jeder Mensch eine dunkle Seite hatte, doch wieviel Raum sie bei Jerry einnahm, konnte sie nicht einschätzen. Sie spürte nur, daß seine Verletzlichkeit, seine Abhängigkeit von ihr und seine Weigerung, sich schmerzhaften Dingen offen zu stellen, etwas damit zu tun hatten.
Seit zehn Jahren teilten sie das Bett, und es war immer ein Hort der Geborgenheit gewesen; ein Ort der Ruhe, an dem sie die Last der Verantwortung eine Weile ablegen konnten; ein neutraler Ort, an dem sie sich im Dunkeln einander anvertrauen konnten; ein tröstlicher, friedlicher Ort, der ihnen wohltat, selbst wenn sie einander nicht mehr so nahe waren wie früher.

Bis die Sache mit Alice Easton passiert war. Danach hatte sich alles verändert.

Deborah hatte während der gesamten widerwärtigen Sache zu ihrem Mann gestanden; sie hatte ihn in Schutz genommen, ihn verteidigt, sich ihre Würde bewahrt, den Schmähungen und Anfeindungen zum Trotz. Doch danach war alles anders. Jerry hatte immer wieder seine Unschuld beteuert, aber nichts war mehr wie vorher.

»Ich habe dieses Mädchen nicht mal angefaßt«, erklärte er. »Du glaubst mir doch, oder?«

»Es spielt keine Rolle, was ich glaube«, sagte sie müde. »Das entscheidende ist, was alle anderen glauben.«

Deborah hatte sich dagegen ausgesprochen, in Scarsdale zu bleiben und die Sache vor Gericht auszutragen. Wieso in einer Stadt aushalten, in der man keine Chance mehr hat? argumentierte sie.

»Wegzulaufen kommt einem Schuldeingeständnis gleich«, widersprach er. »Das kann ich meinen Schülern nicht antun. Was sollen die aus so einem Verhalten lernen?«

»Das ist mir gleich«, erwiderte sie. »Ich denke an uns und an Matthew. Selbst wenn du den Prozeß gewinnst, bist du deine Stelle los. Alice Eastons Vater wird dafür sorgen, daß du an der Holman Academy keinen Fuß mehr auf den Boden bekommst. Und auch an jeder anderen Schule im Umkreis von tausend Meilen nicht. Wozu sollen wir also hierbleiben? Es ist viel besser, wenn wir irgendwo ganz neu anfangen, wo uns niemand kennt. Laß dich auf den Handel ein, den sie dir anbieten, und dann verschwinden wir.«

Er hatte natürlich auf sie gehört, wie immer. Und sie hatten sich für einen Ort entschieden, der so weit wie möglich von Scarsdale entfernt war. Doch es war nicht weit genug gewesen. Nun lag Deborah im Bett, starrte in die Dunkelheit und suchte eine Antwort, die sie nicht finden konnte – die Antwort auf eine Frage, die ihr vom einen Ende des Landes zum anderen gefolgt war wie ein Schatten. Hatte ihre Selbständigkeit, ihre Weige-

rung, ein weiteres Kind zu bekommen, ihre Hinwendung zu ihrem Beruf, die schleichende Entfremdung zwischen ihnen Jerry in einen Abgrund getrieben?
Der Jerry Frankel, den sie kannte und mit dem sie so viele Jahre verbracht hatte, hätte weder Alice Easton sexuell belästigt noch Tara Breckenridge ermordet. Doch galt das auch für den Jerry, der ihr fremd war?

Auch Mary Breckenridge wartete darauf, daß die Nacht zu Ende ging.
Sie wollte nicht an Jerry Frankel denken, wollte sein Gesicht nicht vor sich sehen und seinen Namen nicht hören, doch sie war wehrlos. Sein Anblick verfolgte sie sogar in der Dunkelheit – das glatte braune Haar, die klugen Augen, der jungenhafte Gesichtsausdruck, das entschlossene Kinn. Und immer wieder hörte sie seinen Namen.
Ihr verzweifelter Versuch, Ruben Martinez zu überzeugen, war vergebens gewesen. Der Geschichtslehrer saß immer noch hinter Gittern, und Presse und Fernsehen stürzten sich auf die Details seines Lebens.
Jede gräßliche Einzelheit des Verbrechens, das die Insel monatelang in Atem gehalten hatte, wurde nun für das gesamte Land aufbereitet. Es schien keine anderen Themen mehr zu geben.

»CNN hat Seward Island entdeckt«, *informierte eine Kindergärtnerin den* Sentinel. »Wie bedauerlich, daß wir nun mit der einen Sache berühmt werden, deren wir uns alle schämen, und nicht mit den vielen Dingen, auf die wir stolz sind.«

»Als nächstes werden die liberalen Medien wohl mit ihren Kameras in den Gerichtssaal einwandern und versuchen, den Prozeß zu beeinflussen«, *schrieb ein Konservativer.*

»Wozu brauchen wir überhaupt einen Prozeß?« *fragte ein Fischer.* »Wir wissen, daß er es war. Warum ersparen wir den

Steuerzahlern nicht eine Menge Geld und Zeit und werfen den Dreckskerl den Haien vor. Das würde ich gerecht finden.«

Mary konnte es nicht ertragen. Jedes Wort über ihn war eine Attacke, jedes Bild von ihm eine Schändung. All diese Äußerungen kamen ihr vor wie Messerstiche in ihre Seele. So mußte Tara sich gefühlt haben.
Sie wußte, daß sie es nicht wagen konnte, ein zweites Mal bei der Polizei anzurufen; sie hatte Angst, daß Kyle es herausfinden und sie schelten würde. Oder, schlimmer noch, sie in eine Anstalt einweisen würde. Doch sie mußte etwas unternehmen. Etwas, das all dem ein Ende bereitete. Deshalb schottete sie sich von allem und jedem ab und schloß sich in ihrem Zimmer ein, wo sie tagsüber vor sich hindöste und nachts wachlag. Doch sobald sie einschlief, sah sie Tara vor sich, tränenüberströmt, wie sie die Hände nach ihr ausstreckte und sie anflehte, ihr zu helfen und sie zu trösten. Und je angestrengter Mary ihre Tochter zu erreichen suchte, desto weiter rückte sie von ihr weg. Dann wurde der Schmerz so unerträglich, daß sie aufwachte. Als der Februar hinter ihr lag, wußte Mary Breckenridge, was es bedeutete, in der Hölle zu sein.

Gail Brown verbrachte fast den gesamten Februar in ihrem Büro, wo sie an fünf Artikeln arbeitete, die sie für die Krönung ihrer bisherigen Laufbahn hielt. Sie betitelte die Serie »Anatomie einer Tragödie«. Der Mordfall Breckenridge wurde chronologisch und minutiös erneut aufgerollt, und selbst Leser, die glaubten, alles darüber zu wissen, waren fasziniert.
Als der fünfte Teil, in dem es um die Ereignisse im Vorfeld des Prozesses ging, erschienen war, beschloß Gail, noch zwei weitere Folgen zu verfassen: eine über den Prozeß und eine nach der Urteilsverkündung. Sie hatte sie schon im Kopf skizziert und hatte vor, jeden Tag die weite Fahrt nach Bellingham in Kauf zu nehmen, um alles vor Ort mitzuerleben.

»Ich möchte einen Fall von Anfang bis Ende verfolgen«, sagte sie über die Serie. »Ich möchte den Lesern vermitteln, wie eine echte Ermittlung aussieht. Und dann möchte ich zeigen, was während eines Prozesses geschieht – im Gerichtssaal und außerhalb. Dies schien mir die geeignetste Form dafür zu sein.«
Sie erhielt landesweite Anerkennung dafür; man bezeichnete ihre Texte als brillant, packend und realistisch. Der *Seattle Post-Intelligencer* wollte die Rechte für einen Abdruck erwerben. Andere große Zeitungen interessierten sich für Auszüge. Fernsehsender baten um Interviews.
»Du bist berühmt«, verkündete Iris Tanaka, als sich ein Produzent von *Nightline* meldete. »Sogar bei Ted Koppel sollst du auftreten.«
Gail grinste. »Wenn Seward Island damit bekannt wird, werd ich es wohl durchstehen.«
Sie dachte über ihre Garderobe nach und überlegte, ob ihr Konto wohl einem Einkaufsbummel durch die schicken Geschäfte von Seattle standhalten würde.

Libby Hildress las Gail Browns Serie im *Sentinel* und fühlte sich bestätigt. Sie hielt es für göttliche Fügung, daß ihr Mann Tara Breckenridges Leiche gefunden hatte und daß sie selbst als eine der ersten Jerry Frankel als möglichen Täter in Betracht gezogen hatte. Sie fragte sich, ob sie vielleicht, ohne es zu merken, eine Botschaft von Gott erhalten hatte. Allein der Gedanke daran versetzte sie in Hochstimmung und bestärkte sie in ihrer Überzeugung.
»Warum hast du denn nicht gleich was gesagt, wenn du ihn schon die ganze Zeit im Verdacht hattest?« flüsterte ihre Freundin Judy Parker ihr während der Chorprobe zu.
»Weil ich eine gute Christin bin«, antwortete Libby Hildress. »Ich möchte von niemandem schlecht denken, selbst wenn er keiner von uns ist. Aber ich glaube, nach einer Weile habe ich einfach zwei und zwei zusammengezählt.«

»Und wenn man sich überlegt, daß euer Billy soviel Zeit bei diesen Leuten verbracht hat.«

Libby seufzte. »Ich kann nur dem Herrn danken, daß er ihn beschützt hat.«

Doch Billy Hildress kam sich nicht beschützt vor. Nur einsam.

»Matthew ist mein bester Freund«, klagte er. »Ich verstehe nicht, warum ich nicht mehr mit ihm spielen darf.«

»Weil sein Vater etwas ganz Schlimmes getan hat«, erklärte Libby ihm geduldig.

»Aber Matthew hat nichts Schlimmes getan. Was sein Vater macht, hat doch nichts mit ihm zu tun.«

Der Apfel fällt nicht weit vom Stamm, dachte Libby sofort, doch das wollte sie Billy nicht sagen, weil er seinem Freund aus unerfindlichen Gründen eisern die Treue hielt.

»Du bist noch zu jung, um das zu verstehen«, wich sie statt dessen aus. »Eines Tages, wenn du älter bist, kann ich es dir erklären.«

Der Junge gab sich nicht zufrieden mit dieser Äußerung und wandte sich an seinen Vater.

»Ich glaube, das solltest du lieber mit deiner Mutter besprechen«, meinte Tom Hildress. »Sie hat sich das genau überlegt.«

»Sie sagt, ich bin zu jung, um es zu verstehen«, erwiderte Billy. »Bin ich aber nicht. Sie glaubt, daß Mr. Frankel schuldig ist, und deshalb ist Matthew irgendwie auch schuldig. Das stimmt aber nicht, oder?«

Tom seufzte. »Nein«, antwortete er. »Aber ich glaube, so meint sie es nicht.«

»Aber wenn Matthew nichts Böses getan hat, weshalb können wir dann nicht mehr Freunde sein?«

»Ich glaube, Mom denkt, solange die Situation mit seinem Vater nicht geklärt ist, bist du nicht sicher bei den Frankels«, sagte Tom.

»Aber sein Vater ist doch nicht mal zu Hause«, widersprach Billy. »Er ist im Gefängnis. Und außerdem könnte Matthew doch zu uns kommen.«

Tom bemühte sich, seine Kinder niemals anzulügen. »Billy, wir können manchmal nicht ahnen, wie Menschen handeln werden, vor allem, wenn sie unter Druck stehen. Ich glaube, Mom meint, daß sich die Lage mit den Frankels insgesamt ein bißchen beruhigen muß. In ein paar Monaten ist vielleicht alles geklärt, und dann könnt ihr beide euch wieder treffen wie vorher.«

»Dad, sag mal ganz ehrlich«, fragte Billy, »glaubst du wirklich, daß Mr. Frankel dieses Mädchen ermordet hat?«

»Ehrlich?« sagte Tom. »Ich weiß nicht. Im Moment sieht es danach aus, aber ich denke, wir kennen erst die eine Seite der Geschichte.«

»Mom scheint zu glauben, daß er es war«, erwiderte Billy. »Aber ist es in Ordnung, wenn ich wie du erst die andere Seite der Geschichte abwarte?«

»Ja, das ist in Ordnung«, antwortete Tom.

11

Mitte März begann die Anklage gegen Jerry Frankel ins Wanken zu geraten.

»Wir haben nicht ein identisches Haar gefunden«, berichtete Charlie Pricker am zweiten Mittwoch des Monats. »Keines der Haare, die wir von Jerry Frankel haben, entspricht den Haaren, die wir an der Leiche entdeckt haben.«

»Das ist merkwürdig«, sagte Ruben stirnrunzelnd. »Irgend etwas hätte sich da doch finden müssen.«

»Könnte er eine Mütze getragen haben?« fragte Ginger hoffnungsvoll.

»Es gibt keinen Hinweis darauf«, antwortete Charlie. »Und wir haben nirgendwo eine Mütze gefunden. Rein theoretisch könnte er natürlich eine getragen und sie dann zusammen mit seinen anderen Sachen weggeworfen haben.«

»Könnten eventuell Haare auf den Teppich geraten sein, als er die Leiche eingerollt hat?« fragte Ruben.

Charlie zuckte die Achseln. »Schon möglich«, sagte er. »Aber da waren auch keine.«

»Was soll das heißen, keine identischen Haare?« fragte Albert Hoch.

»Das heißt, daß im Labor weder auf Taras Leiche noch auf dem Teppich Haare gefunden wurden, die von Frankel stammen«, antwortete Ruben.

»Nein, ich meine, was heißt das in bezug auf den Prozeß?«

»Nun, es wäre hilfreich gewesen«, gab der Polizeichef zu. »Ein weiterer forensischer Nagel zu seinem Sarg sozusagen. Aber es ist nicht so dramatisch. Das Fehlen der Haare läßt sich immer irgendwie erklären. Er könnte eine Mütze getragen haben. Oder die Haare sind abgefallen, als er die Leiche in den Teppich rollte.«

»Aber Sie haben andere Haare auf dem Teppich gefunden, nicht wahr?«

Ruben nickte. »Sie könnten von dem Teppich selbst stammen.«

Der Bürgermeister verdrehte die Augen. »Ich sehe schon Scott Cohen sich die Hände reiben.«

»Wir müssen mit dem auskommen, was wir haben«, rief Ruben ihm in Erinnerung. »Wir können nicht irgend etwas fabrizieren.«

»Sind Sie sicher, daß das vorhandene Beweismaterial ausreicht?«

»Ich glaube, daß Van Pelt genug in der Hand hat«, antwortete der Polizeichef. »Sicher, vorwiegend sind es Indizienbeweise, aber die kann man den Geschworenen durchaus vorlegen.«

»Das Sweatshirt ist aus dem Labor gekommen«, verkündete Charlie am Donnerstag bedrückt. »Es wird nichts mit der DNA. Wir können nicht beweisen, daß das Blut von Tara stammt.«

»Und die Fasern?« fragte Ginger.

»Die Fasern sind einwandfrei identisch«, bestätigte er. »Aber wir haben drei Läden gefunden, die genau dieses Sweatshirt in derselben Farbe aus ein und derselben Produktion seit sechs Monaten verkaufen.«

»Das Auto hat nicht viel gebracht«, berichtete Charlie am darauffolgenden Montag.

Sie hatten Jerry Frankels Taurus an dem Tag beschlagnahmt, an dem der Lehrer verhaftet wurde. Das kriminaltechnische Labor in Seattle hatte ihn zwei Monate lang auseinandergenommen und allen erdenklichen Tests unterzogen.

»Raus mit der Sprache«, sagte Ruben.

»Keine Fingerabdrücke«, sagte Charlie.
»Gar keine?«
»Keine von Tara.«
»Er hat sie abgewischt«, sagte Ginger tonlos.
»Das wäre möglich«, räumte Charlie ein, »aber sie haben wiederum kein einziges Haar gefunden. Jedenfalls keines vom Opfer. Und keine Hautpartikel.«
»Er hat den Wagen saubergemacht«, erklärte Ginger. »Vergeßt nicht, wir haben das Auto erst drei Monate nach der Tat untersuchen können. Er hatte genug Zeit, gründlich zu putzen.«
»Gibt es auch irgendeine gute Nachricht?« fragte Ruben. »Ich kann mir kaum vorstellen, daß es – selbst nach drei Monaten – keine Spur gibt, wenn Tara in diesem Wagen von Southwynd zum Madrona Point gefahren ist.«
»Ja, kann sein, daß wir da Glück haben, aber auch das ist so 'ne Sache«, antwortete Charlie achselzuckend. »Die Laborjungs haben im Beifahrersitz ein paar blaue Fasern gefunden, die von dem Jeansrock stammen können, den sie an dem Abend anhatte.«
»Und das reicht vielleicht nicht aus?« fragte Ginger ängstlich.
»Nein, im Grunde nicht«, antwortete Charlie. »Sie können nicht beweisen, daß sie genau von diesem einen Rock stammen. Und wie bei dem Sweatshirt hat sich herausgestellt, daß dieser Rock im letzten Herbst ein Verkaufsschlager war. Ein Laden hat über zwanzig Stück aus derselben Palette unters Volk gebracht.«
»Also, wir haben keine Fingerabdrücke, keine Haare und keine Fasern, die eindeutig sind«, sagte Ruben. »Was ist mit Blut?«
»Das ist am übelsten«, sagte Charlie. »Der Wagen ist sauber.«
Ginger sah erschrocken aus. »Da muß ein Fehler vorliegen«, rief sie aus, und ihre Stimme hatte einen verzweifelten Unterton. »Das ist nicht möglich.«
»Das hab ich den Jungs im Labor auch gesagt«, entgegnete Charlie. »Aber sie haben mir versichert, daß sie lediglich ein allgemein gebräuchliches Putzmittel feststellen konnten.«

»Das heißt also«, sagte Ruben mit einem tiefen Seufzer, »daß im Labor keinerlei stichhaltige Beweise dafür gefunden wurden, daß Tara Breckenridge sich jemals in diesem Auto aufgehalten hat.«

»Darauf läuft es raus«, bestätigte Charlie. »Die Möglichkeit besteht, sogar die Wahrscheinlichkeit, aber wir können es nicht hundertprozentig beweisen.«

»Könnte es sein, daß sie gar nicht mit seinem Wagen gefahren ist?« dachte Ginger laut. »Daß sie auf anderem Weg in den Park gelangt ist und ihn dort getroffen hat?«

»Das paßt überhaupt nicht in unsere Theorie«, rief Ruben ihr in Erinnerung.

»Nein«, bekräftigte Charlie. »Die Zeit, die Abfolge der Ereignisse – alles, was wir haben, beruht auf der Theorie, daß er sie irgendwann nach zehn in der Nähe von Southwynd abgeholt hat und etwa um elf mit ihr in den Madrona Point Park gefahren ist, als der junge Petrie den Wagen beobachtet hat. Und in den Reifen haben wir ja auch Schotter von dem Parkplatz im Park gefunden. Was allerdings nicht beweist, daß er von diesem Abend stammt.«

Ruben massierte sich die Schläfen. »Ich kann vielleicht damit leben, daß wir keine Spuren haben, die darauf hinweisen, daß das Opfer sich in seinem Wagen aufgehalten hat«, sagte er. »Aber auch keine Blutspuren? Wie sie zugerichtet war – er muß mit Blut bedeckt gewesen sein. Ist es möglich, daß Frankel auch noch die letzte Spur davon entfernt hat?«

»Mit genügend Zeit und Putzmittel?« erwiderte Charlie. »Ja, das ist durchaus möglich.«

Der Polizeichef seufzte. »Erst finden wir keine Haare von Frankel am Opfer, dann müssen wir das Sweatshirt streichen, und nun erweist sich auch noch das Auto als Niete – ich kann nicht behaupten, daß mir das alles gefällt«, äußerte er.

»Was ist los, Ruben?« polterte Albert Hoch am Telefon.

»Ich weiß nicht«, antwortete der Polizeichef unbehaglich.

»Bricht eure Anklage zusammen?«
Ruben antwortete nicht gleich. »Noch nicht«, sagte er schließlich. »Wir warten noch auf die DNA, und da sind wir ziemlich zuversichtlich. Unterdessen bleiben uns immer noch das Messer und der Fingerabdruck.«

Ginger wusch sich das Gesicht, putzte sich die Zähne und schlüpfte in ihren Schlafanzug. Doch sie würdigte ihr warmes, gemütliches Bett keines Blickes; sie wußte, daß sie in dieser Nacht nicht darin schlafen würde. Statt dessen zog sie ihren Bademantel und ein Paar dicke Socken an und tappte ins Wohnzimmer.

Das Feuer loderte lebhaft; sie hatte es so aufgeschichtet, wie Ruben es ihr beigebracht hatte. Twink hatte sich auf dem blauen Sofa eingerollt und genoß die Wärme. Ginger setzte sich zu ihm und begann ihn gedankenverloren hinter den Ohren zu kraulen.

Nichts entwickelte sich so, wie sie es gedacht hatte. Wie eine Reihe Tontauben zerplatzte jeder Beweis, den sie als unwiderlegbares Zeichen für Jerry Frankels Schuld betrachtet hatte, unter den Schüssen ihrer eigenen Mitarbeiter.

In mühevoller Kleinarbeit hatten sie genug zusammengetragen, um eine Anklage gegen diesen Mann zu bewirken, und nun brach das ganze Gebilde in sich zusammen. Was noch vor Tagen unbezweifelbar gewirkt hatte, war jetzt wertlos geworden.

Ginger seufzte. Vor zwei Monaten hatte sie unter Qualen eine Entscheidung getroffen, hatte sich auf ihren kleinen Pakt mit dem Teufel eingelassen. Die Ermittlungen hatten daraufhin ihrer Ansicht nach die richtige Entwicklung genommen, doch nun sah sie sich mit der Tatsache konfrontiert, diesen Pakt aufkündigen zu müssen – und dabei würde nicht nur die Anklage gegen Jerry Frankel Schaden nehmen.

Sie starrte fast die ganze Nacht ins Feuer, als gäbe es in den Flammen eine Antwort für sie. Ab und zu stand sie auf und legte ein Stück Holz nach. Dann setzte sie sich wieder und versank in Gedanken. Manchmal zuckte Twink mit dem Schwanz und gab ein klägliches Miauen von sich, als könne er erraten, was in ihr vorging.

Im Gegensatz zu Harvey Van Pelt dachte Scott Cohen selten daran, daß er noch nie einen Mordfall verloren hatte. Er konzentrierte sich lieber mit voller Kraft auf den jeweils aktuellen Fall. Jede Situation war einzigartig und wies eine Verkettung von Umständen auf, die sich nie wiederholte. Man konnte keinen Fall mit dem anderen vergleichen und mußte für jeden einen ganz eigenen Ansatz wählen.

Er hatte Klienten vertreten, von deren Unschuld er hundertprozentig überzeugt war, und hatte das Belastungsmaterial so lange überprüft, bis er die Schwachstelle fand, die schließlich für einen Freispruch sorgte.

Doch er hatte auch Klienten vertreten, von deren Schuld er hundertprozentig überzeugt war, und hatte das Material durchkämmt, bis er den Fehler fand, mit dem er die Anklage erschüttern konnte.

So oder so schlief Scott nachts immer gut, denn er glaubte bedingungslos an das Rechtssystem. Sicher wurde der Gerechtigkeit nicht immer vollständig Genüge getan, doch Scotts Berufsethos gründete auf der Überzeugung, daß die Anklagepunkte in einem Mordfall Beschuß von allen Seiten aushalten mußten, bevor man einen Mann wegen dieses Verbrechens verurteilte.

In den über hundert Fällen, an denen der Cherub im vergangenen Vierteljahrhundert beteiligt war, hatte er niemals die Geschworenen belogen, Tatsachen falsch dargestellt oder eine Theorie vertreten, die er nicht entsprechend untermauern konnte. Das Geheimnis seines Erfolgs lag in seinen hervorragenden Strategien. Er hatte einen untrüglichen Instinkt für die Schwachpunkte in einer Argumentation, und dann ließ er so lange nicht locker, bis er die gesamte Anklage untergraben hatte und der Ankläger klein beigeben mußte.

»Ich habe nichts gegen den Staat«, hatte er einmal in einem Interview in der *Seattle Times* gesagt. »Aber ich wäre nicht bereit dazu, mein Leben in die Hände einer Reihe von unkündbaren Beamten zu legen. Und das gilt auch für meine Klienten. Wir können uns in diesem Land glücklich schätzen, ein System zu haben, in dem die Organe der Legislative gewählt werden müssen. Der Staat trägt die Verantwortung für die Integrität seiner Angestellten und die Qualität ihrer Arbeit, und dieses System dient zu unser aller Schutz.«

Die Anklage gegen Jerry Frankel erstaunte ihn. Die einzelnen Bestandteile ergaben ein stimmiges Bild, doch sie schienen nicht aus demselben Stoff gefertigt und in aller Hast zusammengestückelt zu sein, und nun lösten sich nach und nach die Nähte auf.

Der Fingerabdruck auf dem Kreuz, der Taurus, der im Park gesichtet wurde, das blutige Sweatshirt, das Messer, die Augenzeugen, die den Lehrer und die Schülerin zusammen gesehen hatten – all das wurde merklich geschwächt, wenn nicht grundsätzlich fragwürdig durch die Ergebnisse der Laboruntersuchungen. Dem Anwalt war klar, daß dieses Gewebe gigantische Löcher aufwies.

Obwohl Jerry Frankel sowohl ein Freund als auch sein Klient war, vermochte Scott nicht mit Bestimmtheit zu sagen, ob er schuldig oder unschuldig war. Nach außen hin schien der Mann ein sanfter Philosoph zu sein, keinesfalls gewalttätig, auch wenn Scott schon immer eine gewisse Ruhelosigkeit in ihm gespürt hatte. Aber das spielte keine Rolle für ihn; damit mußte er sich nicht befassen. Das Entscheidende war, daß die Anklage in sich zusammenbrach.

»Sie haben gar nichts«, sagte Scott am Dienstag zu Van Pelt. »Sie können nicht beweisen, daß er sich am Tatort aufgehalten hat; Sie können ihn nicht mit der Leiche in Verbindung bringen; Sie können nicht beweisen, daß sich das Opfer in seinem Wagen aufgehalten hat. Sie haben nicht einmal einen stichhaltigen Beweis dafür, daß es tatsächlich der Wagen meines Klienten war, der am Madrona Point gesehen wurde. Ihre Anklage besteht aus heißer Luft und Wunschdenken.«

»Was soll das heißen?« erwiderte Van Pelt empört. »Ich habe das Motiv und die Gelegenheit. Ich habe die Tatwaffe, die in seinem Wagen gefunden wurde, und den Fingerabdruck auf dem Kreuz. Und täglich kann die DNA-Analyse eintreffen, die das Ganze untermauert.«

»Sind Sie da so sicher?« fragte Scott.

»Selbstverständlich«, lautete die gereizte Antwort.

»Es tut mir leid«, sagte der Cherub. »Ich weiß, wie wichtig es für die Menschen hier ist, daß der Mörder gefaßt wird, aber ich fürchte, Ihre Leute haben nicht sauber gearbeitet.« Er reichte dem Ankläger einen blauen Umschlag. »Ich beantrage, daß die Anklage fallengelassen wird.«

»Ruben«, flehte Van Pelt, »ich brauche Ihre Hilfe. Cohen geht morgen früh zu Richter Jacobs. Haben wir irgend etwas, mit dem wir das verhindern können?«

»Ich melde mich wieder bei Ihnen«, antwortete der Polizeichef.

Sie trafen sich im Verhörraum. Ruben und Charlie hatten sich an Kopf- und Fußende des Tisches niedergelassen, Ginger saß in der Mitte. Sie war merkwürdig still und kreidebleich. Schwarze Ringe lagen unter ihren Augen.

»Ist alles in Ordnung mit dir?« fragte Ruben, weil er sich um sie sorgte.

Doch sie zuckte nur die Achseln. »Ich habe schlecht geschlafen«, sagte sie lediglich.

»Ich habe mit dem Labor gesprochen«, berichtete Charlie. »Die DNA-Analyse ist noch nicht fertig, und vorher können sie uns nichts Verbindliches sagen. Ohne diese Ergebnisse und angesichts der aktuellen Lage wüßte ich nicht, was du Van Pelt mitgeben könntest.«

»Vielleicht heißt das einfach, daß wir ihn eben nicht schnappen sollen«, sagte Ginger ausdruckslos.

Ruben starrte sie an. »Das klingt seltsam aus deinem Munde«, sagte er. »Der Stütze von Recht und Wahrheit auf Seward Island.«
»Wenn wir keine Beweise haben«, sagte sie achselzuckend, »wird Van Pelt das Urteil nicht durchkriegen.«
Jetzt starrten die beiden Männer sie an.
»Augenblick mal, was ist hier los?« fragte Charlie. »Du warst es, die alle davon überzeugt hat, daß Frankel der Täter ist. Es sieht dir nicht ähnlich, jetzt aufzugeben.«
»Ich gebe nicht auf«, erwiderte Ginger mit einem Seufzer. »Ich bin nur realistisch.«
»Aber wir haben solide Beweise«, widersprach Charlie. »Der Rock und die Fasern sind etwas strittig, aber das Messer lag in seinem Wagen.«
»Ja«, sagte sie dumpf und preßte die Hände so fest zusammen, daß ihre Knöchel weiß wurden, denn sie wußte, was als nächstes kommen würde.
»Und sein Fingerabdruck war auf ihrem Kreuz.«
Da war er, der Moment, vor dem sie sich gefürchtet hatte, der ihr in all diesen Nächten den Schlaf geraubt hatte. Und ihr wurde klar, daß es von Anfang an unvermeidlich gewesen war.
»Nein«, flüsterte sie, so leise, daß beide Männer nicht sicher waren, sie richtig verstanden zu haben.
»Wie bitte?« fragte Ruben.
Ginger holte tief Luft. Als sie wieder ausatmete, schien sie zu schaudern. »Es war nicht sein Fingerabdruck«, sagte sie.
»Doch, sicher«, widersprach Charlie. »Ich habe doch den Bericht gesehen.«
»Nein«, sagte sie wieder. »Du hast den zweiten Bericht gesehen.«
Die beiden Männer waren verwirrt.
»Das verstehe ich nicht«, sagte Ruben.
»Der Fingerabdruck, den wir von Frankels Glas abgenommen hatten, war nicht mit dem Teilabdruck auf Taras Kreuz iden-

tisch«, erklärte sie mit tonloser Stimme. »Ich habe einen neuen gemacht und den ans Labor geschickt.«
»Du hast was?« fragte Charlie ungläubig.
»Ich habe einen zweiten Abdruck vom Kreuz genommen, um einen passenden zu kriegen«, sagte sie.
»Wie konntest du so etwas tun?« fragte Ruben.
»Ich wußte, daß er es getan hatte«, antwortete Ginger. »Und ich wußte auch, daß wir es nur beweisen konnten, wenn wir Zugang zu seinem Haus bekamen. Wir brauchten nur einen Beweis für einen Durchsuchungsbefehl. Ich dachte mir, falls wir nichts dort finden, ist niemandem Schaden entstanden. Aber wenn wir was finden, haben wir ihn. Und dann haben wir ja die Tatwaffe entdeckt.«
Schweigen trat ein.
Charlie rutschte unbehaglich auf seinem Stuhl hin und her. »Ich hab noch was zu erledigen«, murmelte er und flüchtete.
Ruben saß reglos da. Kein Muskel zuckte in seinem Gesicht, doch Ginger spürte, wie er sich von ihr entfernte. Sie war so nahe an der Erfüllung ihrer Wünsche gewesen. Sie hatte den Gral schon in Händen gehalten, und dann hatte sie ihn einfach fallen lassen.
»Sie hätten dich gefeuert«, flüsterte sie, und Tränen stiegen ihr in die Augen. »Ich hatte dich gerade erst gefunden. Ich wollte dich nicht verlieren. Ich wußte, daß er der Täter war.«
Er wußte nicht, was er sagen, was er fühlen, was er tun sollte. Die Frau, auf die er so lange gewartet hatte, die bezaubernde, warmherzige, geistreiche, aufregende Frau, die er in drei Monaten heiraten und mit der er den Rest seines Lebens verbringen wollte, erwies sich plötzlich als ein fremder Mensch, den er kaum zu kennen glaubte.
Er arbeitete nicht zum ersten Mal mit Kollegen, die es für richtig gehalten hatten, Beweise zu manipulieren, um den Täter in einem besonders schwierigen Fall festzunageln. Sie hatten immer nur die besten Absichten gehabt – der Schweinehund sollte hinter Gitter, wo er hingehörte. Doch für ihn war

das unerheblich; Ruben hatte sie alle entlassen. Das Gesetz war unantastbar, und er hatte einen Eid geleistet, es immer zu achten. Außerdem war er der Überzeugung, daß ein Polizist, der das Gesetz mißachtete, nicht besser war als ein Verbrecher.
»Ich muß Van Pelt anrufen«, sagte er nach einer Weile.
Ginger nickte wie betäubt.
Ruben erhob sich langsam und ging zur Tür. »Wir müssen uns natürlich darüber unterhalten, aber nicht jetzt«, sagte er. »Nimm dir ein paar Tage frei ... melde dich krank oder so.« Und er ging hinaus, ohne sie noch einmal anzusehen.

»Bitte, Euer Ehren«, protestierte Van Pelt am Mittwoch morgen, als Richter Jacobs tatsächlich die Anklage gegen Jerry Frankel fallenließ. »Wir haben immer noch die Tatwaffe und den richtigen Angeklagten. Die DNA-Analyse wird das sicher beweisen.«
»Falls dem so ist, können Sie jederzeit das Verfahren wieder eröffnen«, teilte ihm der Richter mit. Seine Stimme klang müde. »Aber dieser Mann hat keine Vorstrafen und scheint über einen guten Leumund zu verfügen. Wie die Anklage derzeit aussieht, kann ich ihn nicht in Haft behalten.«
Van Pelt sah aus, als wolle er jeden Moment in die Luft gehen. Er fühlte sich entsetzlich gedemütigt; nicht weil Richter Jacobs mit wenigen Worten seinen größten Fall zerstört hatte, sondern weil er in seinem tiefsten Innern wußte, daß der Richter absolut korrekt handelte.
»Ich hätte die Anklage in dem Moment fallenlassen sollen, als Cohen bei mir auftauchte«, sagte er zu seinem Assistenten. »Ich wußte es. Jetzt habe ich mich zum Narren gemacht. Ich hätte die DNA-Analyse abwarten sollen, bevor ich das Verfahren eröffnete. Ich hatte es zu eilig.«

»Wie meinst du das, ich kann hier raus?« fragte Jerry.
»Ich meine, daß der Richter aus Mangel an Beweisen die Anklage gegen dich hat fallenlassen«, sagte Scott.

Jerry glaubte, sich verhört zu haben. »Ich dachte, sie hätten eine lückenlose Beweiskette.«
Der Cherub zuckte die Achseln. »Scheint ihnen weggebröselt zu sein«, sagte er.
»Weggebröselt?« fragte der Lehrer verblüfft. »Du meinst, weil die DNA negativ war?«
»Nein, die Ergebnisse sind noch nicht da. Aber die anderen Beweise reichen nicht mehr aus, um dich festzuhalten. Sie können das Verfahren natürlich jederzeit wieder eröffnen, wenn die DNA positiv sein sollte.«
Der Lehrer brach in hysterisches Gekicher aus. »Hattest du schon mal das Gefühl, auf ein Eisenbahngleis gefesselt zu sein?« fragte er seinen Anwalt. »Du siehst, wie der Zug immer näher kommt, weißt, daß er dich zermalmen wird, aber du kommst nicht weg? Und dann, im letzten Moment, hält er an, und du weißt nicht, warum? So fühle ich mich jetzt.«
»Verdaue das ein paar Stunden«, sagte Scott. »Laß mir bis morgen Zeit, um die restlichen Formalitäten zu erledigen. Morgen früh kannst du nach Hause und deinen Sohn küssen und deine Frau umarmen, wann immer du willst.«

»Gut, Richter Jacobs läßt den Lehrer gehen«, sagte Glen Dirksen am Mittwoch nachmittag. »Und was passiert, wenn die DNA-Ergebnisse kommen?«
»Wenn sie ihn belasten, eröffnet Van Pelt erneut das Verfahren«, antwortete Ruben. »Falls nicht, nehmen wir die Ermittlungen wieder auf.«
»Van Pelt wird es nicht gelingen, das Verfahren wieder zu eröffnen«, sagte der junge Polizist, sichtlich aufgebracht. »Ich habe Frankel während der Vorverhandlung beobachtet; er weiß, wie die DNA-Ergebnisse ausfallen werden, und wird nicht abwarten, bis sie da sind. Ich würde es an seiner Stelle auch nicht tun. Und wenn er erst mal entlassen ist, könnte ich ihn bis nach Timbuktu verfolgen. Wir hätten keinerlei Möglichkeiten, ihn aufzuhalten.«

»Wir haben getan, was wir konnten«, erwiderte Ruben. »Wir hatten nur nicht genug in der Hand.«
»Na ja, versuch es von der positiven Seite zu sehen«, äußerte Charlie Pricker. »Keiner wird uns dafür verantwortlich machen. Sie werden alle dem Staranwalt die Schuld zuschieben, weil der ihn rausgehauen hat.«

»Jacobs läßt Frankel frei?« rief Gail Brown aus.
»Das habe ich gehört«, sagte Iris Tanaka.
»Unfaßbar«, murmelte die Chefredakteurin, die sich schon überlegte, wie sie die sechste und siebte Folge ihrer Serie umarbeiten konnte, um zu zeigen, daß auch sorgfältige Ermittlungen manchmal scheitern konnten. »Setz sofort jemanden dran und nimm den Leitartikel für morgen raus. Ich schreib einen neuen.«
»Nach all den Monaten«, bemerkte Iris. »Den Falschen zu erwischen!«
Gail seufzte, als ihr Alice Easton wieder in den Sinn kam. Sie hatte mit niemandem außer Ginger über den anonymen Brief und die Ergebnisse ihrer Reise nach Scarsdale gesprochen.
»Das ist der Haken bei der Sache«, sagte sie. »Wenn er nun nicht der Falsche ist?«

Malcolm Purdy wunderte sich, daß er den Mord an Tara Breckenridge so persönlich nahm. Doch das Ereignis hatte ihn erschüttert, und deshalb hatte er die Ermittlungen genauestens verfolgt und sogar selbst einige Schritte unternommen, indem er sich mit verschiedenen gut informierten Personen in Verbindung setzte. Er war zum selben Schluß gekommen wie die Polizei, nur wesentlich früher. Es wunderte ihn immer, wie langsam sich der Polizeiapparat in Bewegung setzte, wie mühselig sich der Prozeß der Wahrheitsfindung gestaltete, wie weit man sich verrenken mußte, um die kostbaren Rechte mordenden Abschaums nicht zu verletzen.
Der ehemalige Marineinfanterist zweifelte keine Sekunde dar-

an, daß Jerry Frankel der Mörder war. Die psychische Abartigkeit des Mannes stand ihm glasklar vor Augen: Er wies die typischen Unzulänglichkeiten auf, die man erwarten konnte, wenn man einen Überlebenden des Holocaust zum Vater und eine launische Trinkerin zur Mutter hatte. Infolgedessen hatte er einen Beruf ergriffen, in dem er das Denken von Kindern beeinflussen konnte, und hatte schließlich seine Macht über sie mißbraucht. Das konnte so gut wie jeder sehen, besonders deutlich aber jemand, der sich mit Menschen auskannte und – wie er – Töchter hatte.

Nach der Vorverhandlung hatte Purdy gefeiert. Er hatte grundsätzlich wenig Vertrauen in das verweichlichte liberale Rechtssystem. Doch in diesem Fall hatte es sich bewährt. Die Guten hatten gesiegt. Tara Breckenridge war gerächt.

Zu dieser Zeit wohnte ein junger Mann bei ihm, und sie hatten gemeinsam einen Kasten Bier und eine Flasche Bourbon niedergemacht, während sie die ganze Nacht vor dem Feuer saßen. Die Frau versuchte, sie zum Essen zu bewegen, und machte hinterher sauber.

»Das Schwein wird hängen«, prophezeite Purdy und wirbelte die Frau in einem seltsamen Freudentanz durchs Zimmer.

An dem Abend, als er erfuhr, daß man Frankel freilassen würde, marschierte er bis zum Morgengrauen ruhelos auf und ab. Er fühlte sich betrogen. Sein wiederbelebtes Vertrauen in das System war erschüttert – Tara Breckenridge würde nicht zu ihrem Recht kommen.

Man mußte keine Intelligenzbestie sein, um sich zu denken, daß der Dreckskerl die DNA-Ergebnisse nicht abwarten, sondern bei der nächstbesten Gelegenheit verschwinden würde. Purdy zerbrach sich den Kopf darüber, ob die Polizei, die durch ihre Gesetze und ihre Bürokratie behindert war, imstande sein würde, ihn aufzuhalten.

Der Alptraum ist zu Ende, dachte Deborah Frankel, nachdem sie kurz mit Jerry und ausführlich mit Scott gesprochen hatte.

Oder fing er erst an? Als sie in den Spiegel sah, wußte sie keine Antwort auf diese Frage. Jedenfalls war die Anklage gegen ihren Mann nicht mehr haltbar, und der Richter hatte beschlossen, ihn freizulassen. Zumindest vorerst, bis die DNA-Analyse vollständig vorlag.
Sie fragte sich unwillkürlich, wie die Ergebnisse wohl ausfallen würden. Hatte Jerry ein Verhältnis gehabt mit Tara Breckenridge ... war er der Vater des ungeborenen Kindes ... wollte sie das wirklich wissen? Er hatte es immer wieder nachdrücklich geleugnet, und das hatte sie bis zu einem gewissen Grad beruhigt, doch im hellen Licht des Badezimmers mußte sie sich eingestehen, daß sie nicht sicher war, ob sie ihm glauben konnte. Für sie wäre es einfacher gewesen, wenn sie die Wahrheit von den Geschworenen erfahren hätte.
Um Matthews willen war sie froh, daß Jerry nach Hause kam. Der Junge vergötterte seinen Vater, hing an seinen Lippen und vertraute ihm blind. Wie einfach doch die Kindheit ist, dachte sie. Sie hingegen mußte schwerwiegende Entscheidungen treffen. Sie mußte ihren Sohn und sich schützen und, falls erforderlich, auch ihren Mann, unabhängig davon, wie die DNA-Ergebnisse ausfallen würden. Sie mußte es für Matthew tun.
Das Haus mußte verkauft werden. Das hätte sie in jedem Fall getan, wenn Jerry verurteilt worden wäre. Doch sie würde es auch jetzt tun. Auf Seward Island zu leben war für sie und ihren Sohn unerträglich geworden, und Jerry würde hier nie wieder unterrichten können. Weshalb sollten sie dann auch nur eine Minute länger als notwendig ausharren? Deborah machte sich eine Notiz in ihrem Terminkalender. Am nächsten Morgen wollte sie als erstes den Makler anrufen.
Ihre Stelle würde sie natürlich aufgeben. Falls die Firma ihr nicht mit der Kündigung zuvorkam. Durch das Medienecho litt sie im Büro so sehr wie Matthew zuvor in seiner alten Schule. Deborah wußte um ihre Qualitäten, doch sie war eine Belastung für das Image der Firma geworden. Man würde froh sein, sie loszuwerden. Doch das machte nichts. Sie hatten Ersparnis-

se, mit denen sie vorerst über die Runden kämen, und sie wußte, daß sie in einem anderen Bundesstaat schnell etwas finden würde. Ihre Referenzen sprachen für sich. Sie mußte sich lediglich bei einer der großen Headhunter-Agenturen melden, dann würden die Angebote eintreffen.

Was Jerry betraf, sah es etwas anders aus. Selbst wenn sich seine Unschuld herausstellte, würde er vermutlich nicht mehr unterrichten können. Diesmal würde es keinen Handel mit der Schule geben wie damals in Scarsdale.

Man hatte Anklage gegen ihn erhoben und ihn verhaftet, und man würde in irgendeiner Form ein Urteil über ihn fällen. Das würde ihm anhängen. Außerdem glaubte sie nicht, daß er noch die Nerven haben würde, als Lehrer zu arbeiten.

Doch sie hatte eine Idee, über die sie schon seit geraumer Zeit nachdachte. Geschichte war enorm wichtig für Jerry; er machte sich ständig Notizen und hatte schon öfter erwähnt, daß er sie eines Tages zu einem Buch zusammenfassen wollte. Das könnte seine neue Perspektive sein – schreiben. Damit würde er sich mit seinem Lieblingsthema befassen und den Klassenzimmern fernbleiben können. Und es spielte keine Rolle, ob die Bücher veröffentlicht würden – sie konnten gut von ihrem Einkommen leben.

Deborah nahm sich vor, das Thema anzuschneiden, wenn sie und Matthew Jerry am Gerichtsgebäude abholten.

12

Zum ersten Mal seit seiner Verhaftung schlief Jerry ruhig. Er wurde nicht von Alpträumen heimgesucht und von Ängsten geplagt. Der Hilfssheriff, der ihm am Donnerstag morgen um halb acht sein Frühstück brachte, mußte ihn wecken.

»Ich dachte, Sie seien schon auf und könnten's kaum erwarten«, sagte er, ohne zu lächeln.

»Ich auch«, erwiderte Jerry mit verlegenem Grinsen.

Nie war ihm der Kaffee so aromatisch, der Orangensaft so frisch vorgekommen. Er freute sich an dem knusprigen Speck, den lockeren Rühreiern, dem warmen, gebutterten Toast. Er wußte, daß er von nun an auch die kleinen Freuden des Alltags bewußt erleben würde, denn sie waren nicht selbstverständlich. Er kam zu dem Schluß, daß es keine berauschendere Droge gibt als die Freiheit.

Scott hatte ihm frische Kleider gebracht: eine graue Hose, ein weißes Hemd, einen blauen Pullover, Unterwäsche und Socken. Nach dem Frühstück zog er sich sofort um und ließ die dicke orange Gefängniskleidung in einem Häufchen auf dem Boden zurück.

Sonnenstrahlen fielen durch die Gitter seiner Zelle. Ein neuer Tag, dachte er, ein neuer Anfang. Deborah hatte gesagt, daß sie und Matthew ihn abholen wollten. Jerry hatte seinen Sohn zwei Monate lang nicht gesehen, und er konnte es kaum erwarten, ihn in die Arme zu schließen und ihm zu versprechen, daß er ihn nie wieder verlassen würde.

Vor dem Gerichtsgebäude versammelten sich stumme, ernst blickende Menschen, die offenbar Zeugen des Geschehens werden wollten.
Sie standen in kleinen Gruppen beisammen, und es wurden immer mehr, bis schließlich der Gehsteig, der Kreisverkehr und die Rasenflächen links und rechts des imposanten Gebäudes besetzt waren. Lediglich vor der breiten Treppe scheuten sie zurück.
»Das ist unglaublich«, raunte Gail Brown Paul Delaney, dem Fotografen, zu. »Das sind mindestens tausend Leute hier.«
Sie drängten sich zum Rand der Treppe durch, um einen guten Blickwinkel zu haben, fanden dort jedoch schon etliche Reporter und Fotografen vor. Seit die Sache mit dem Hakenkreuz auf Jerry Frankels Garagentor bekanntgeworden war, erregte der Fall allgemeine Aufmerksamkeit.
»Was wollen die alle hier?« fragte Glen Dirksen, der im Gerichtsgebäude stand und durch die dicken Bleiglastüren nach draußen blickte.
»Sie wollen sehen, wie die Gerechtigkeit mißachtet wird«, antwortete Harvey Van Pelt, der seine Bemerkung mitbekommen hatte. »Deshalb sind sie hier.«
»Warum wurde der Zeitpunkt der Entlassung meines Klienten bekanntgegeben?« fragte Scott Cohen.
»Die Leute haben ein Recht auf Information und ein Recht darauf, anwesend zu sein«, rief ihm der Ankläger in Erinnerung. »Außerdem fragen uns die Zeitungsleute nicht um Erlaubnis, bevor sie etwas drucken. Vielleicht gehen Sie lieber zur Hintertür raus.«
»Mein Klient hat kein Verbrechen begangen«, erwiderte der Cherub. »Er muß sich nicht davonschleichen. Er hat das Recht, als freier Mann zur Vordertür hinauszugehen.«
»Ich glaube nicht, daß es Schwierigkeiten geben wird, Mr. Cohen«, sagte Jack Earley. »Die Leute da draußen machen mir nicht den Eindruck, als seien sie in Lynchstimmung. Ich glaube, die sind nur neugierig.«

»Können Sie zumindest die Auffahrt frei machen, damit der Wagen ranfahren kann?« fragte Scott.

Es war zehn nach eins. Die Formalitäten waren geklärt, die Papiere unterzeichnet. Es fehlte nur noch Deborah Frankel, die ihren Mann nach Hause bringen sollte.

»Wir machen das«, sagte Glen Dirksen. Er winkte zwei uniformierten Polizisten zu, die in der Halle standen. Zu dritt liefen sie die Treppe hinunter und baten die Leute, beiseite zu treten.

Zwölf Minuten nach eins fuhr Deborah mit dem rostbraunen Taurus vor und hielt am Fuße der Treppe. Ein Raunen lief durch die Menge.

»Okay, gehen wir«, sagte Scott.

Jack Earley holte Jerry in dem kleinen Raum neben der Halle ab, in dem er gewartet hatte, und flankiert vom Gerichtsdiener und seinem Anwalt, trat Jerry hinaus ins Sonnenlicht.

»Da ist er«, schrie Gail und winkte ihrem Fotografen zu. »Halt dich ran.«

Jerry bemerkte die Menschenmenge nicht. Er starrte auf den Wagen und versuchte seinen Sohn zu sehen. Als er ihn auf dem Rücksitz des Taurus entdeckt hatte, lächelte er und rannte los.

»Warten Sie, Mr. Frankel«, rief Jack Earley, doch der Lehrer hörte nicht auf ihn.

In dem Moment, als Jerry sich von seiner Eskorte löste, stieg Matthew aus dem Auto und begann auf ihn zuzulaufen. Er war so aufgeregt wie nie zuvor. Es war ein so besonderer Tag, daß seine Mutter sich freigenommen hatte und er nicht zur Schule gehen mußte.

Als Jerry und sein Sohn noch zwanzig Schritte voneinander entfernt waren, wurde Scott Cohen plötzlich kalt, als sei ein eisiger Windhauch über ihn hinweggeweht. Als sie fünfzehn Schritte voneinander entfernt waren, folgte der Anwalt einer Ahnung, die er später nicht mehr erklären konnte, und rannte plötzlich los. Als Vater und Sohn sich bis auf zehn Schritte genähert hatten, schrie Scott Glen Dirksen und den Polizisten, die sich immer noch in der Menge aufhielten, etwas zu. Als der

Mann und der Junge nur noch fünf Schritte voneinander entfernt waren, hörte der Cherub das Geräusch, vor dem er sich gefürchtet hatte. Es klang wie die entfernte Fehlzündung eines Autos, und Jerry Frankel brach in den Armen seines Sohnes zusammen.

Von den Schaulustigen bemerkten die wenigsten das Geräusch, weil sie so damit beschäftigt waren, einen Blick auf das Geschehen zu erhaschen. Zuerst dachten die meisten, es handle sich um ein herzzerreißendes Wiedersehen. Dann merkten die Vordersten, daß etwas anderes geschehen war. Der Anwalt beugte sich über seinen Klienten und gestikulierte heftig, der Gerichtsdiener polterte die Treppe herunter, und die drei Polizisten umringten die kleine Gruppe mit gezückten Waffen.

Jerry lag im Schoß seines Sohnes und starrte ihn blicklos an.

»Dad? Was ist los mit dir, Dad?« schrie der Junge, obwohl seine Hose mit Blut und Hirnmasse bespritzt war.

Er bekam keine Antwort. Eine einzige Kugel, nicht größer als das Ende eines Bleistifts, war in die Stirn seines Vaters eingedrungen und hatte die Rückseite seines Schädels weggesprengt.

Deborah war in der Bewegung erstarrt. Sie hatte Jerry die Treppe hinunterlaufen sehen, hatte gesehen, wie etwas seinen Kopf nach hinten schleuderte und wie er in die Knie ging, und sie hatte sofort begriffen. Sie wußte, daß sie Matthew beschützen, ihn von dort wegbringen mußte. Doch sie konnte sich nicht mehr rühren, ihre Hände schienen am Lenkrad zu haften, und der Entsetzensschrei, der zugleich ein schuldbewußter Schrei der Erleichterung war, blieb ihr in der Kehle stecken.

Draußen drängte die Menge nach vorn, und als alle verstanden hatten, was vorgefallen war, erhob sich ein Jubelgeschrei.

Das ganze Geschehen hatte nicht länger als sechsundzwanzig Sekunden gedauert.

Sie brachten die Leiche zu Magnus Coop in die Klinik. Der Gerichtsmediziner legte sie auf denselben Tisch in der Lei-

chenhalle, auf dem Tara Breckenridge gelegen hatte, und bedeckte sie mit einem Tuch.
»Das ist entsetzlich«, murmelte er immer wieder. »Das ist absolut entsetzlich.«

»Laß den Film entwickeln und bring die Bilder, so schnell du kannst«, wies Gail Brown Paul Delaney an, als sie zurück in die Redaktion hasteten. »Halt die Titelseite frei«, rief sie ihrer Assistentin zu. »Morgen gibt's eine Wahnsinnsausgabe!«
»Was ist passiert?« wollte Iris Tanaka wissen.
»Jemand hat Jerry Frankel erschossen, als er das Gerichtsgebäude verließ«, berichtete Gail.
»O mein Gott, wer?«
»Keine Ahnung. Wird man vielleicht nie erfahren. Aber setz jemanden dran.«
»Hast du es selbst gesehen?« fragte Iris.
»Klar«, sagte Gail. »Paul und ich standen ganz vorne. Es müssen um die tausend Leute dort gewesen sein. Und als sie merkten, was passiert war, sind sie ausgerastet – haben gejubelt, getanzt, gesungen. So was hab ich noch nie erlebt.«
»Das ist ja grauenvoll«, murmelte Iris.
»Schön war's nicht«, stimmte Gail zu. »Wir haben alles fotografiert. Ruf den Drucker an. Er soll die Auflage morgen verdoppeln.«

Um drei Uhr nachmittags kam Charlie ins Revier zurück. Die Tat hatte sich leicht rekonstruieren lassen. Nachdem er die Eintrittswunde betrachtet hatte, sah er sich die Gebäude im Umfeld des Gerichtsgebäudes an und kam zu dem Schluß, daß sich der Todesschütze auf der Dachterrasse eines vierhundert Meter entfernten alten Hauses aufgehalten hatte, das zu einem schicken Einkaufszentrum umgebaut wurde. Durch die Bauarbeiten hatte der Schütze problemlos Zugang zum Dach gefunden.
»Angesichts der Entfernung würde ich sagen, er hat ein Jagd-

gewehr mit Zielfernrohr benutzt«, sagte er. »Der Eintrittswunde und den Absplitterungen von Knochen und Kugel nach zu schließen, hat er Jagdmunition benutzt, nicht größer als Kaliber dreißig. Das Ding ist in Frankels Kopf explodiert wie eine Minihandgranate. Wir haben so gut wie keine Chance, jemals die Waffe zu finden. Der Typ kannte sich aus.«

»Auf diese Art und Weise wollten wir den Fall nicht abschließen«, sagte Ruben mit einem Seufzer.

»Aber wenn man es sich recht überlegt«, bemerkte Glen Dirksen, »ist auf diese Art der Gerechtigkeit Genüge getan worden, wenn auch nicht auf dem amtlichen Weg.«

»Ich verstehe, was Sie meinen«, sagte der Polizeichef tonlos. »Aber deswegen ist es noch lange nicht richtig.«

»Mag sein«, räumte Dirksen ein. »Aber er wäre um ein Haar ungeschoren davongekommen. Und Sie wissen so gut wie ich, daß er es eines Tages wieder getan hätte. Die Art mag uns nicht zusagen, aber es gibt mindestens ein minderjähriges Mädchen da draußen, das dankbar ist.«

»Es ist nicht unsere Aufgabe, die Gesellschaft vor einem Verbrechen zu schützen, das noch nicht begangen wurde«, belehrte ihn Ruben.

»Tja, aber es ist nun mal passiert«, erwiderte Dirksen, »und ich kann nicht behaupten, daß ich traurig darüber wäre.«

Ruben seufzte erneut. »Ich glaube kaum, daß man uns sehr drängen wird, den Schützen ausfindig zu machen«, sagte er. »Aber wir müssen zumindest offiziell eine Akte eröffnen.«

»Das kann nicht dein Ernst sein«, äußerte Charlie. »Der Typ wird der neue Held der Stadt werden. Es wird Legenden geben. Sie werden ihn bestimmt ›den Mann, der Seward Island erlöste‹ nennen.«

»Er ist immer noch ein Mörder«, erklärte der Polizeichef, »und es ist unsere Pflicht, ihn zu fassen, wenn wir können.«

»Versteh mich nicht falsch«, sagte Charlie. »Frankels Frau und sein Sohn tun mir wirklich leid. Vor allem der Junge. Schrecklich, daß so was vor seinen Augen geschehen mußte. Ich kann mir nichts Schlimmeres vorstellen. Aber ich glaube kaum, daß heute abend noch jemand anders trauert. Ein Mörder ist ermordet worden – das werden sie denken, nichts anderes.«

»Du magst recht haben«, räumte Ruben ein. »Aber nur mal theoretisch: Wenn er nun unschuldig war?«

Dirksen starrte ihn an. »Wollen Sie damit sagen, daß Sie an seiner Schuld zweifeln?«

»Ich zweifle immer«, antwortete Ruben. »Unsere Arbeit ist niemals lückenlos. Deshalb vertraue ich auf das System. Das zwingt uns zur Ehrbarkeit.«

»Aber das System hat versagt«, gab der Polizist zurück. »Der Anwalt hat ihn freigekriegt.«

Ruben schüttelte traurig den Kopf. »Nein«, sagte er. »Das System hat funktioniert. Er wurde freigelassen, weil nicht genügend Beweise gegen ihn vorlagen.«

»Aber er war der Täter«, widersprach Dirksen. »Ist mir egal, was mit den Beweisen los war, ich weiß, daß er es getan hatte. Das Opfer hat sich vielleicht nicht in seinem Auto aufgehalten, na und? Vielleicht ist er an dem Abend nicht mal mit dem Auto gefahren.«

»Und was ist mit dem jungen Petrie?« fragte Charlie.

»Der könnte sich geirrt haben«, erklärte Dirksen. »Vielleicht hat er was durcheinandergebracht, und sie haben sich gleich am Madrona Point getroffen. Frankel wohnte nur einen Kilometer entfernt von dort, er könnte zu Fuß gegangen sein. Außerdem haben wir das blutige Sweatshirt gefunden, oder? Auch wenn wir das Blut nicht testen konnten. Und das Messer. Und er hatte Motiv und Gelegenheit, und wir wissen, daß er das nicht zum ersten Mal getan hat. Ich bin der Meinung, daß er dieses Ende verdient hat. Und wenn es auch bedeutet, daß mir die Gerechtigkeit wichtiger ist als das System. Dann ist es eben so.«

Um fünfzehn Uhr achtunddreißig marschierte Ginger ins Revier und schnurstracks in Rubens Büro, wo sie einen Umschlag auf seinen Schreibtisch fallen ließ.
»Meine Kündigung«, sagte sie und wandte sich zum Gehen.
»Warte«, sagte er. Er hatte zwei Nächte lang nachgedacht, hatte im Bett gelegen, an die Decke gestarrt und versucht, einen Weg zu finden, mit dem er seiner Überzeugung treu bleiben und ihr dennoch einen Platz in seinem Leben einräumen konnte. Er kam zu dem Schluß, daß Gefühle manchmal den Verstand behindern. Er sagte sich, daß sie so gehandelt hatte, um ihm zu helfen und den Fall Breckenridge schneller aufzuklären. Das hieß, daß er einen Teil der Verantwortung zu tragen hatte. »Wir müssen miteinander reden.«
Sie schüttelte den Kopf. »Es gibt nichts zu reden«, sagte sie. »Ich habe geglaubt, aus den richtigen Gründen so gehandelt zu haben. Doch als ich mir mein Verhalten aus deiner Sicht ansah, habe ich gemerkt, wie falsch es war. Ich kann nicht mehr hier arbeiten. Das wissen wir beide.«
»Du bist eine gute Polizistin«, sagte er.
»Ich war es«, entgegnete sie.
»Jeder von uns macht Fehler.«
»Ruben, ich habe in einem Mordfall Beweismittel verfälscht.«
»Ja«, sagte er. »Aber nur bis zu einem gewissen Grad. Du hast gewußt, daß der Fingerabdruck für den Durchsuchungsbefehl wichtig war, aber nicht, daß der ganze Fall davon abhing. Das ist der Unterschied.«
»Das ändert nichts«, sagte sie. »Ein Mann ist tot.«
»Daran bist nicht du schuld.«
»Natürlich«, rief sie aus. »Ich habe es zu verantworten, daß er überhaupt ins Gefängnis kam.«
»Das weißt du nicht«, widersprach Ruben. »Du kannst nicht ahnen, wie sich die Ermittlungen entwickelt hätten. Wir hätten ihn vielleicht durch etwas ganz anderes drangekriegt.«
Sie sah ihn müde an. »Wir wußten nicht mehr weiter.«
Ruben zuckte die Achseln. »Du hast geglaubt, daß er schuldig

war. Du wolltest nicht, daß noch jemand unter ihm zu leiden hat.«
»Ich habe gegen deine Lebensprinzipien verstoßen«, sagte sie ernst. »Und du versuchst das zu rechtfertigen. Wie kannst du so etwas tun?«
Er wählte seine Worte sorgfältig. »Ich rechtfertige es nicht«, sagte er. »Aber ich kann nicht darüber hinwegsehen, daß du auch nur ein Mensch bist und extrem unter Druck geraten warst. Ja, was du getan hast, war falsch. Aber als es darauf ankam, hast du es gestanden, obwohl du wußtest, daß es deine Karriere zerstören würde. Wenn ich da nicht Milde walten lassen kann, wäre ich kein guter Polizeichef – und auch kein anständiger Mann.«
»Es tut mir leid, daß ich dir solche Schwierigkeiten gemacht habe«, sagte sie. »In einer halben Stunde ist mein Schreibtisch geräumt.«
Ruben mußte ihre Kündigung annehmen. Er war dankbar, daß sie die Entscheidung nicht ihm überlassen hatte, denn er war nicht sicher, ob er es geschafft hätte, sie zu entlassen.
»Ich halte es für besser, wenn du einen Monat Kündigungsfrist nimmst«, sagte er. »Als Grund kannst du Erschöpfung oder berufliche Erwägungen oder so etwas angeben. Dann schaffst du keine Unruhe im Revier, und die Spekulationen halten sich in Grenzen.«
Sie starrte ihn an. Er bot ihr einen eleganten Abgang anstatt der öffentlichen Demütigung, die sie eigentlich verdient hatte. Es war ein Strohhalm, und sie wollte ihn nur zu gerne ergreifen.
»Was ist mit Van Pelt?« fragte sie.
Ruben wirkte etwas unbehaglich. »Ich habe ihm lediglich gesagt, daß ein Irrtum vorlag«, antwortete er, »daß im Labor etwas verwechselt wurde und daß wir das erst bemerkt haben, als wir alles noch einmal durchgingen.«
Ginger starrte ihn an. »Du hast ihn angelogen?«
Er zuckte die Achseln. »Es war keine richtige Lüge. In gewisser Hinsicht stimmte es ja.«

Sie zögerte einen Moment, dann schüttelte sie den Kopf. »Charlie ist auch noch da«, sagte sie.
»Mit Charlie habe ich alles geklärt«, erwiderte er. »Es wird unter uns dreien bleiben.«
Ginger blinzelte. »Du schuldest mir nichts«, sagte sie. »Ich habe meinen Eid gebrochen, dein Vertrauen mißbraucht. Ich verdiene es, in einem Müllwagen davongefahren zu werden. Warum gefährdest du deine Position? Warum willst du, daß ich noch einen Monat bleibe, wo eigentlich jede Minute zu lang ist?«
Er lächelte, ein wenig wehmütig. Sein Bild von ihr war natürlich etwas angekratzt. Vielleicht würde er sich in den nächsten Wochen ab und zu fragen, ob er ihr noch vertrauen konnte. Doch er wußte, daß Vollkommenheit, so sehr man sie auch anstrebte, nur selten erreicht wurde.
»Weil ich dich liebe«, sagte er. Liebe hört nicht einfach auf, nur weil man enttäuscht wird, dachte er.

Die Cohens nahmen Deborah und Matthew mit zu sich. Rachel gab Deborah eine Valium und brachte sie im Gästezimmer ins Bett. Sie zog dem Jungen die blutigen Kleider aus und ließ ihm ein heißes Bad ein, um dem Zittern Einhalt zu gebieten, das seinen kleinen Körper schüttelte. Sie schickte Daniel los, um Chase zu holen. Als er den jungen Hund brachte, saß Matthew in einem Frotteebademantel in der Küche und versuchte Hühnerbrühe mit Nudeln zu essen.
»Sie bleiben natürlich heute nacht bei uns«, sagte Rachel zu ihrem Mann. »Sie können unmöglich allein sein. Deborahs Eltern nehmen die letzte Maschine, sie kommen morgen früh an. Jerrys Vater wird gegen Mittag eintreffen.«
Scott nickte. »Das ist ein grauenvoller Tag«, sagte er. »Ein grauenvoller Tag für die Frankels und für Seward Island.«
Nachdem Matthew ein paar Löffel Suppe gegessen hatte, gab Rachel ihm eine Valium und legte ihn zu seiner Mutter ins Bett. Chase rollte sich auf dem Fußboden ein. Dann ging sie ins

Wohnzimmer, setzte sich zu Scott und wartete schweigend – was gab es schon zu sagen? –, bis es dunkel wurde und die Freunde und Nachbarn eintrafen.
»Wir hätten nie geglaubt, daß es zu so etwas kommen würde«, sagten sie.
»Das ist eine anständige Insel. Wir können nicht fassen, daß so etwas hier passieren konnte.«
»Warum?« fragte jemand. »Wir haben gedacht, seine Unschuld sei bewiesen, als man die Anklage fallenließ.«
»Ich schätze, jemand war anderer Ansicht«, antwortete Scott.
»Wir sind zutiefst schockiert«, rief ein Nachbar aus. »Die Leute haben wirklich gejubelt?«
»Ja, viele von ihnen«, bestätigte Scott.
»Glaubt ihr, daß es mit der, ihr wißt schon, mit der anderen Sache zu tun hatte?« fragten sich der Herzspezialist und der Steuerberater.
»Schwer zu sagen«, sagte Scott.

»Vor einigen Monaten berichteten wir über einen jüdischen Lehrer, der des Mordes an einem minderjährigen Mädchen auf einer abgelegenen Insel in Washington State angeklagt wurde, und einen Fall von Antisemitismus, der damit in Zusammenhang stand«, *sagte Peter Jennings in den Abendnachrichten.* »Nun hat diese Geschichte eine seltsame Wendung genommen.«

»Also, ich wollte bestimmt nicht, daß er ermordet wird«, sagte Libby Hildress zu ihrem Mann. »Ich bin nur hingegangen, um zu sehen, was passieren würde.«
»Was hast du denn erwartet?« fragte Tom müde. »Die Stimmung hier ist so aufgehetzt, daß es ein Wunder ist, daß sie ihn nicht vor den Augen des Jungen in Stücke gerissen haben.«
»Du kannst nicht die Leute hier dafür verantwortlich machen«, erklärte Libby. »Wenn du jemandem Schuld zuweisen willst, dann diesem Anwalt.«

»Weshalb? Hat der Anwalt ihn erschossen?«
»Ach, du weißt doch, wie ich das meine.«
»Und jetzt wirst du mir wohl erzählen, daß du zu denen gehört hast, die gejubelt haben?«
»Na ja, ein bißchen«, gab sie zu. »Ich konnte nicht anders. Es ging allen so. Wir waren alle so, ach, ich weiß nicht – erleichtert. Und – jeder tat es. Aber jetzt wäre es mir lieber, ich hätte es nicht getan.«
»Ach, wirklich?« sagte Tom. »Und warum?«
Sie biß sich auf die Lippe und sah ihn an. »Weil ich gemerkt habe, daß es in den Medien ganz verfälscht dargestellt wird, von Leuten, die uns gar nicht kennen. Wir stehen da wie ... ein Haufen Heiden.«

Um halb acht Uhr abends klingelte es bei den Martinez, und Stacey öffnete die Tür. Danny Leo stand auf der Veranda.
»Hi«, sagte er.
»Hi«, echote sie.
»Ich habe gehört, was heute passiert ist«, begann er. »Ich fand es so schrecklich, und ich wollte gern mit deinem Vater darüber reden. Ist es ungünstig?«
Stacey schüttelte den Kopf. »Er ist ziemlich verstört«, sagte sie. »Aber er hat bestimmt nichts dagegen.«
Sie gingen ins Wohnzimmer. Ruben saß mit einem Glas Scotch in der Hand auf der Couch und starrte ins Leere. Ginger hatte in die einmonatige Kündigungsfrist eingewilligt, und sie hatten den Hochzeitstermin verschoben.
»Wir müssen das beide erst verarbeiten«, sagte sie. »Vielleicht finden wir wieder zueinander, vielleicht auch nicht. Wir werden sehen.«
Sie hatte natürlich recht. Und er wußte, wahrscheinlich besser als sie, daß ihre gemeinsame Zukunft bestenfalls unsicher war. Ihre Beziehung wiederaufzubauen würde ein schwieriger Prozeß sein, bei dem es keine Erfolgsgarantie gab. Jeden Moment würde eine Kleinigkeit alles wieder gefährden können.

Klar war beiden lediglich, daß sie immer noch zusammensein wollten. Er blickte voraus in die Monate und Jahre und fühlte sich unendlich einsam. Dies war der zweite schlimme Tiefpunkt in seinem Leben.

Danny räusperte sich, um sich bemerkbar zu machen.

»Ich wollte Ihnen sagen, wie leid es mir tut, Sir«, begann der Junge.

Ruben sah ihn an. »Was tut dir leid, Danny?« fragte er leise.

»Es tut mir leid, weil so etwas nicht passieren dürfte«, antwortete er. »Ich weiß, daß Sie eine Weile glaubten, ich hätte Tara ermordet, aber ich hatte die Chance, mich von dem Verdacht zu befreien. Mr. Frankel hat diese Chance nie bekommen, und die Unklarheit wird nun immer bestehenbleiben. Ich finde, daß diese Leute, die heute gejubelt haben, im Unrecht sind. Und auch die, die meinen, daß der Mörder von Mr. Frankel ein Held ist.« Er verstummte, ein wenig verlegen wegen seines langen Monologs. »Ich wollte Ihnen nur mitteilen, wie mir zumute ist«, sagte er.

Ruben sah den Jungen forschend an. »Ich muß zugeben, daß ich nicht allzu begeistert war, als du anfingst, mit meiner Tochter auszugehen«, sagte er. »Aber ich habe immer an ihre Urteilskraft geglaubt, und jetzt begreife ich ein bißchen, was sie in dir sieht.«

Danny grinste. »Das ist gut, Sir«, sagte er. »Ich mag Stacey nämlich sehr gerne, und mit Ihrer Erlaubnis würde ich gerne weiterhin mit ihr ausgehen.«

Wie einfach doch die Jugend ist, dachte Ruben traurig. Warum muß alles so kompliziert werden, wenn man erwachsen ist?

So sehr Mary Breckenridge sich auch von der Welt abschottete – die Nachricht vom Tod Jerry Frankels drang doch zu ihr durch.

Irma Poole erzählte ihr davon, als sie ihr den Tee ins Schlafzimmer brachte. »Es ist vorbei«, sagte die Haushälterin fest. »Es ist

endlich zu Ende. Mit Gottes Willen können wir es nun hinter uns lassen und einen Neuanfang machen.«
Mary blickte zu der Frau auf, die seit über einem Vierteljahrhundert für sie und ihre Familie sorgte.
»Ja?« fragte sie klagend. »Können wir das wirklich?«

13

Beim *Sentinel* trafen zahlreiche Leserbriefe ein, und wie Charlie Pricker vorausgesagt hatte, sprach sich die überwältigende Mehrheit für den Attentäter aus.

»Wenn unser Rechtssystem mit einem mordenden Lehrer nicht fertig wurde«, *schrieb ein Automechaniker,* »sollten wir froh sein, daß jemand anders es geschafft hat.«

»Ich möchte gar nicht wissen, wer geschossen hat«, *äußerte ein Schriftsteller.* »Ich ziehe es vor, ihn mir als stattlichen Ritter auf einem stolzen weißen Roß vorzustellen.«

»Er hat uns allen einen Gefallen erwiesen«, *meinte ein Klempner.* »Wir sollten ihn preisen und nicht verfolgen.«

»Tja, Ruben, da haben Sie Glück gehabt«, sagte Albert Hoch vertraulich. »Wenn der Dreckskerl davongekommen wäre, hätten wir hier die Hölle auf Erden gehabt. So können wir den Fall abschließen und uns wieder anderen Dingen zuwenden.«
»Bleibt immer noch die Frage nach dem Schützen.«
Der Bürgermeister zuckte die Achseln. »Oh, da würde ich mir an Ihrer Stelle kein Bein ausreißen«, sagte er.
»Es ist aber meine Pflicht«, rief Ruben ihm in Erinnerung.
»Na ja, wenn Ihnen dabei wohler ist«, meinte Hoch mit einem Zwinkern, »können Sie ja die üblichen Verdächtigen festnehmen.«

»Wenn Sie hinter mir stehen«, sagte Ruben, »kann ich Ihnen auch gleich sagen, daß Kyle Breckenridge die Liste der Verdächtigen anführt. Keiner hatte ein stärkeres Motiv, den Mörder seiner Tochter umzubringen.«

Dem Bürgermeister traten die Augen aus dem Kopf. »Also, den können Sie gleich streichen von Ihrer Liste«, fauchte er. »Ich hatte eine Unterredung mit Kyle zu dem Zeitpunkt, als Frankel erschossen wurde.«

»Würden Sie das auch unter Eid aussagen?« fragte Ruben.

Hoch zuckte nicht einmal mit der Wimper. »Natürlich«, antwortete er. »Und da Sie offenbar die Stimmung in dieser Gemeinde nicht richtig einschätzen können, möchte ich Ihnen dringend raten, sich mit etwas anderem zu befassen.«

»Ich frage mich, ob sich irgendwer auf dieser Insel schon mal überlegt hat, daß wir nur deshalb in einem so angenehmen Land leben, weil wir ein funktionierendes Rechtssystem haben«, sagte Ruben verärgert.

»Ich glaube, sie sind alle so froh, daß es endlich vorbei ist, daß sie sich darüber noch keine Gedanken machen«, erwiderte Ginger. »Laß ihnen Zeit.«

»Auf die Zeit haben wir keinen Einfluß«, sagte er, »und der Meinung unseres geschätzten Bürgermeisters ungeachtet, haben wir Ermittlungen durchzuführen.«

»Gut«, sagte sie nachgiebig, denn sie war schließlich immer noch im Dienst, »wer steht noch auf deiner Liste?«

Malcolm Purdy öffnete das automatische Tor und sah gelassen zu, wie Ginger mit ihrem Streifenwagen den Weg entlangfuhr und vor seinem baufälligen Häuschen hielt.

»Wieso kommen Sie erst jetzt?« fragte er mit zynischem Grinsen.

»Sie haben mich erwartet?« parierte sie.

»Gestern schon.«

»Gut«, sagte sie. »Dann wissen Sie, warum ich hier bin, und wir müssen keine Zeit mit langen Vorreden verschwenden.«

»Oh, Sie können Ihre Zeit verschwenden, wie Sie wollen«, äußerte er. »Aber mir scheint, daß jemand den Steuerzahlern einen Haufen Kosten erspart hat. Wenn Sie den Kerl finden, sollten Sie ihm einen Orden verleihen.«

»Ich werde Ihren Vorschlag bedenken«, entgegnete Ginger.

Purdy lachte in sich hinein. »Ich war den ganzen Tag hier«, sagte er. »Ich habe zwei Zeugen, die das bestätigen können: einen Mann, der für ein paar Wochen hier wohnt, und die Frau, die für mich den Haushalt macht. Beide waren die ganze Zeit mit mir zusammen.«

»Haben Sie etwas dagegen, wenn ich mir mal Ihre Waffen ansehe?«

»Haben Sie einen Hausdurchsuchungsbefehl?« fragte er.

»Brauche ich einen?« konterte sie.

Er zuckte die Achseln und führte sie hinters Haus. Dort schloß er die Tür zu einem umgebauten Schuppen auf. Die Waffensammlung, die er dort in filzbezogenen Ständern aufbewahrte, umfaßte alles vom Sturmgewehr über Sport- und Jagdwaffen bis zur Schrotflinte. Alle waren frisch gereinigt und geölt. Auf einem Regal standen alle erdenklichen Formen von Zielfernrohren.

»Für den Kriegsfall sind Sie gut gerüstet«, bemerkte Ginger.

»Die Kriegszeiten sind für mich vorbei«, sagte er. »Die Waffen sind nur zu meinem Vergnügen da.«

Ginger betrachtete die Sammlung eingehend, dann nahm sie eine Winchester aus dem Ständer. Es war ein wunderschönes Gewehr. Sie strich über den glatten Schaft und den blaustählern schimmernden Lauf und bemerkte die 270-Kaliber-Prägung. Ihr entging nicht, daß man die Waffe mit einem Zielfernrohr ausstatten konnte. Sie zog den Schlagbolzen zurück, registrierte, wie weich der Mechanismus funktionierte, und roch frisches Öl in der Kammer. Schließlich stellte sie das Gewehr in den Ständer zurück und ging mit Purdy zu ihrem Wagen.

»Sie sind wohl noch mal davongekommen«, sagte sie, als sie einstieg.

»Ach ja?« fragte er lächelnd.
»Mit der Belohnung«, erklärte sie. »Den hunderttausend Dollar. In Ihrer Anzeige stand ›für die Verhaftung und Verurteilung‹, nicht wahr?«
Er legte den Kopf schief. »Ich finde, die Bedingungen sind erfüllt. Und so wie's aussieht, Detective, haben Sie sich einen Teil davon verdient.«
»Ich?«
»Sie haben für das erste Beweisstück gesorgt, nicht wahr? Für den identischen Fingerabdruck?«
»Tut mir leid«, sagte sie rasch, zog die Tür zu und ließ den Motor an. »Ich komme nicht in Frage. Wenn Sie Ihr Geld unbedingt loswerden wollen, müssen Sie nach jemand anderem Ausschau halten.«
Purdy wartete, bis sie durchs Tor gefahren sein mußte, dann schloß er es per Knopfdruck wieder und ging hinters Haus, um den Schuppen zu verriegeln.
Die Frau stand in der Hintertür. »Du warst ziemlich wagemutig«, sagte sie.
»Nein«, erwiderte der ehemalige Marineinfanterist mit einem kleinen Lächeln. »Sie konnte es in der Hand halten und trotzdem nichts beweisen. Und das wußte sie auch.«

»Er hat zwei Zeugen, die schwören, daß sie die ganze Zeit bei ihm waren«, berichtete Ginger Ruben, »und eine wunderschöne Winchester, an der wir keine Spuren finden werden.«
»Du glaubst, er war es?«
»Ich bin ganz sicher. Wir können jeden anderen auf der Insel überprüfen, der ein Gewehr besitzt, mit dem man Munition Kaliber dreißig oder kleiner verschießen kann, aber es wäre Zeitverschwendung.«
Der Polizeichef seufzte. »Also gut«, sagte er. »Wir wollen nicht umsonst arbeiten; die Ermittlungen werden bis auf weiteres eingestellt.«
»Und der Fall Breckenridge?«

Ruben zuckte die Achseln. »Der wird abgeschlossen, sobald die DNA-Ergebnisse kommen.«
Charlie Pricker stand in der Tür zu Rubens Büro. »Na, dann ist es bald soweit«, sagte er.
»Wie meinst du das?« fragte Ginger.
Er hielt einen Umschlag hoch. »Die DNA-Analyse vom Messer ist gerade eingetroffen«, antwortete er. »Es war Taras Blut.«
Auf Gingers sommersprossiges Gesicht trat ein erleichtertes Grinsen. »Ich wußte es«, rief sie. »Ich wußte, daß er es getan hatte. Ich wußte, daß die DNA es bestätigen würde.«
»Sieht ganz so aus«, sagte Ruben.
»Der Vaterschaftstest müßte nächste Woche kommen«, sagte Charlie. »Aber das ist jetzt nur noch eine Kleinigkeit.«
»Mir fällt ein Stein vom Herzen«, sagte Ginger. »O mein Gott, ich hatte solche Angst, daß ich vielleicht den Tod eines unschuldigen Mannes zu verantworten hatte.«
»Tja, offenbar war es nicht so«, gab der Polizeichef zu.
»Ich würde am liebsten auf den Eagle Rock klettern und aus vollem Hals ›ja‹ schreien!«
»Ja«, echote Charlie, »aber wie wär's, wenn du dich auf normale Zimmerlautstärke und eine althergebrachte Pressekonferenz beschränkst. Sobald das bekannt wird, werden die wie die Heuschrecken über uns herfallen. Wir waren gestern zur Hauptsendezeit landesweit zu sehen.«
»Du gibst die Interviews, Charlie«, sagte Ginger, schlagartig ernüchtert. »Du kannst das viel besser als ich, und du kennst dich mit diesen ganzen technischen Sachen aus.«
Glen Dirksen streckte den Kopf durch die Tür. »Ich habe gerade einen Anruf von einem der Makler hier bekommen. Er sagt, Deborah Frankel hat ihm gestern morgen um neun Uhr den Auftrag erteilt, ihr Haus zu verkaufen.«
»Was soll man dazu sagen«, murmelte Charlie.
»Ich hatte also recht«, sagte Dirksen. »Sie hätte ihn abgeholt, und sie wären über alle Berge gewesen.«
»Charlie«, sagte Ginger. »Ich finde, du solltest Officer Dirksen

zu der Pressekonferenz mitnehmen. Da kann er Erfahrung sammeln.«

»Ehrlich? Ich komme ins Fernsehen? Wow, was werden meine Eltern sagen!« rief Dirksen und schoß davon.

»Er hat das Zeug zu einem guten Polizisten«, sagte Charlie amüsiert.

Ginger sah ihn an. Sie waren sich so nahe gewesen und hatten so viel gemeinsam erlebt. Er würde ihr fast so sehr fehlen wie Ruben. »Die Tatsache, daß Frankel schuldig war, ändert nichts an meinem damaligen Verhalten«, sagte sie zu ihm. »Ich bin dir dankbar dafür, daß wir das unter uns behalten konnten und ich mir meinen Abgang selbst wählen durfte. Aber falls du irgendwann in diesem Monat das Gefühl haben solltest, daß es dir nicht recht ist, daß ich noch hier bin – ich gehe sofort, kein Problem. Sind wir uns da einig?«

Charlie zuckte die Achseln, dann nickte er. »Wer weiß«, sagte er freundlich. »Ich an deiner Stelle hätte vielleicht dasselbe getan.«

Diesmal war das Treffen im Keller eine ausgelassene Feier. Es wurde gelacht und gejohlt, und die sieben Männer, die bei Kerzenlicht um den Tisch saßen, prosteten sich mit Champagner zu und beglückwünschten sich gegenseitig. Jeder brachte mindestens einen Toast aus.

»Auf die Trottel, die nicht wußten, wie ihnen geschieht«, sagte Axel Tannauer, der Besitzer des Kinos.

»Auf uns«, sagte Tavis Andersen, der Apotheker.

»Auf den Anfang«, sagte Grant Kriedler, der Fordhändler. »Jetzt, wo wir wissen, daß wir es schaffen, kann uns keiner mehr aufhalten.«

»Es war so lächerlich einfach, wenn man sich's recht überlegt«, schwärmte Andersen.

»Größtenteils ja«, stimmte Tannauer zu. »Der Geniestreich war der Brief an Gail Brown.«

»Das reinste Glück, daß dieser Cousin von mir in Scarsdale

lebt«, gestand Jim Petrie, Stadtrat und Besitzer des Eisenwarenladens. »Das Geniale war, zu ahnen, daß Brown nicht haltmachen würde, bevor sie die Geschichte ausgegraben hatte.«

»Aber diese Sache mit dem Hakenkreuz war nicht zu fassen«, äußerte Barney Graham, der Bestattungsunternehmer.

»Warum?« fragte Andersen. »Wir waren es ja nicht. Das war jemand anders.«

»Das meine ich ja«, erklärte Graham. »Wir haben die Kugel ins Rollen gebracht, und jemand anders ist mitgelaufen.«

»Es war perfekt«, sagte Tannauer. »Beweist einmal mehr, wie einflußreich wir sind.«

»Es war idiotisch, und es hätte alles ruinieren können«, sagte Kriedler scharf. »Ich habe sofort gemerkt, daß es den jüdischen Anwalt stutzig gemacht hat.«

»Du machst dir zuviel Gedanken. Du hörst dich ja schon bald selbst an wie ein Jude.«

Die anderen Männer johlten und trampelten mit den Füßen. Der Lärm hallte durchs Haus, und der elfjährige Junge, der im zweiten Stock schlief, erwachte. Oder vielleicht erwachte er auch nicht, sondern hatte nur auf die Gelegenheit gewartet. Er huschte im Schlafanzug die Treppe hinunter; barfuß, damit ihn keiner hörte.

Keiner bemerkte ihn, als er die Tür zu dem Kellerraum einen Spalt aufschob. Keiner sah ihn neben der Tür auf dem Boden kauern. Er blinzelte hinter seiner runden Brille, um die Männer im Kerzenlicht genau erkennen zu können, sich ihre Gesichter einzuprägen. Er bemühte sich, ihre Sprüche zu behalten, ihre Namen zu verstehen, sie mit einem Gesicht verbinden zu können. Er wollte sich das alles genau merken, für später, wenn es entscheidend sein würde, daß er dieses Treffen gesehen hatte.

Vieles begriff er nicht, aber er wußte dennoch, daß hier etwas Düsteres geschah. Er war ganz sicher, daß die Rowdies Matthew Frankel auf der Toilette beinahe umgebracht hatten, und nun hatte jemand Matthews Vater getötet ... und aus irgendeinem unerklärlichen Grund feierten diese Männer.

»Hat jemand eine Ahnung, wer geschossen hat?« hörte der Junge Petrie fragen.

Die Männer zuckten die Achseln.

»Ich würde mal die Vermutung anstellen«, sagte Kriedler, »daß es sich um einen gewissen ehemaligen Marineinfanteristen handeln könnte, der so scharf darauf war, sein Geld loszuwerden.«

»Falls dem so ist, sollten wir ihn zum Bürgermeister wählen«, schlug Andersen vor.

Die anderen lachten.

»Jetzt wird er sich wohl sagen, daß er die Belohnung selbst verdient hat«, sagte Tannauer.

Als der Champagner ausging und ihnen keine Trinksprüche mehr einfielen, stolperten die Männer nach draußen. Der Junge huschte unbemerkt davon. Er hatte genug gehört und gesehen. Eines Tages, wenn er älter war und Leute fand, die ihm zuhörten, würde er vielleicht davon berichten.

Die Sterne funkelten am Himmel, die Luft war klar und frisch und brachte eine Ahnung des Frühlings. Auf dem Weg zu ihren Autos blieben die Männer unwillkürlich stehen und schauten zu dem Haus nebenan hinüber. Reglos und dunkel lag es da; keine Jungenstimme durchdrang die Stille, kein Hundegebell. Das Garagentor war frisch gestrichen. Neben dem Weg stand ein Schild mit der Aufschrift »Zu verkaufen«.

»Noch ein letzter Trinkspruch«, sagte Tavis Andersen und erhob ein imaginäres Glas. »Auf die Säuberung der Gegend.«

Ihr Gastgeber, Martin Keller, gluckste.

»Jetzt, wo alles vorbei ist«, sagte Axel Tannauer, »meint ihr wirklich, daß er der Mörder war?«

»Wer weiß?« antwortete Jim Petrie.

»Ist das von Bedeutung?« fragte Keller.

»Er muß es gewesen sein«, sagte Graham. »Sie haben schließlich das Messer in seinem Auto gefunden. Obwohl man sich wirklich fragt, weshalb er das behalten hat, der Idiot.«

Die sechs Männer blickten den siebten Mann an, der bislang geschwiegen hatte, ihren Anführer.
»Natürlich war er es«, sagte Kyle Breckenridge. »Daran gibt es keinen Zweifel. Wir haben nur dafür gesorgt, daß sie es schneller merkten.«

14

Er sah nur ihre Augen. Jedesmal. Sie schienen ein Eigenleben zu führen im Mondlicht, losgelöst von ihrem Körper. Wie er sich auch wand und krümmte, er entkam ihnen nicht, und sie klagten ihn an, richteten über ihn.

Er bedeckte das Gesicht mit den Händen, um sie nicht zu sehen. Doch sie verfolgten ihn weiter. Immer nur die Augen. Er versuchte sich zu verstecken, wimmerte und zog den Kopf ein, denn er wußte, was als nächstes geschehen würde. Es geschah immer. Er hielt sich die Ohren zu. Doch der schreckliche Schrei zerriß die Dunkelheit, als wolle er ihn vor der ganzen Welt bloßstellen.

Er erwachte schweißgebadet, schwer atmend und mit hämmernden Kopfschmerzen. Der Alptraum hatte ihn wieder heimgesucht. Er störte seinen Schlaf, gefährdete seine Gesundheit, trieb ihn in den Wahnsinn. Und er wollte ihn als den entlarven, der er war.

Kinderschänder! Mörder!

Es gab kein Entkommen.

Warum jetzt? fragte er sich und rang um Atem. Jetzt, wo alles geschafft war, wo der Lehrer tot und der Fall beinahe abgeschlossen war, jetzt, wo die Freiheit winkte?

Es war ungerecht. Er hatte alles so hervorragend geplant und umgesetzt: die Spuren hinterlassen, das Messer untergeschoben, die Öffentlichkeit manipuliert, dafür gesorgt, daß jemand anders, ein Entbehrlicher, dafür bezahlen mußte – und keiner war ihm auf die Schliche gekommen.

Niemand wußte es, außer ihr.
Doch er hatte nur getan, was jeder in seiner Position getan hätte – er hatte sich verteidigt. Es war Notwehr gewesen. Sie hatte ihm keine andere Wahl gelassen. Warum verstand sie das nicht? Warum ließ sie ihn nicht in Ruhe?
Er preßte die Hände an die Schläfen. Der Schmerz sollte weichen, sie sollte verschwinden. Doch sie blieb. *Was glaubst du, wie lange ich das noch aushalten kann?* schrie er sie stumm an.
Es spielte keine Rolle mehr, ob er schlief oder wach war; sie tauchte immer auf, verhöhnte ihn, reizte ihn, machte ihm das Leben zur Hölle. Er konnte nicht mehr verdrängen, sie nicht mehr vergessen, sein Verstand konnte ihn nicht mehr vor ihr schützen.
Er konnte den Gedanken nicht ertragen, so weiterzuleben, allein mit sich. Er sehnte sich nach einem anderen Menschen, der ihn trösten, der ihn nicht verurteilen, der ihm vergeben würde, auch ohne zu verstehen. Es konnte nur jemand sein, der ihm blind vertraute und ihn bedingungslos liebte. Nur ein solcher Mensch würde die Arme um ihn legen, ihn halten und den Schmerz verscheuchen können.
Er stand auf und stolperte blind zur Tür, riß sie auf, zu gepeinigt, um Lärm zu vermeiden. Einen Moment lang blieb er stehen und blinzelte ins helle Licht. Dann stolperte er den Flur entlang, zu der Tür gegenüber dem rosa-gelben Zimmer, in dem er früher immer Trost gefunden hatte.
Mit namenlosem Entsetzen blickte Mary Breckenridge ihm nach.